Alternate Edition

Rumbos

Jill Pellettieri
Santa Clara University

Norma López-Burton
University of California, Davis

Robert Hershberger
DePauw University

Susan Navey-Davis
North Carolina State University

Rafael Gómez
California State University, Monterey Bay

THOMSON

HEINLE

Australia Brazil Canada Mexico Singapore Spain United Kingdom United States

THOMSON

HEINLE

Rumbos Alternate Edition

Pellettieri | López-Burton | Hershberger | Navey-Davis | Gómez

Editor in Chief: PJ Boardman
Acquisitions Editor: Helen Richardson Greenlea
Senior Content Project Manager: Esther Marshall
Editorial Assistant: Natasha Ranjan
Senior Marketing Manager: Lindsey Richardson
Marketing Assistant: Marla Nasser
Senior Marketing Communication Manager: Stacey Purviance

Senior Manufacturing Buyer: Mary Beth Hennebury
Composition & Project Management: Pre-PressPMG
Photo Reseacher: Jill Engebretson
Senior Art Director: Cate Rickard Barr
Text/Cover Designer: Linda Beaupré
Text & Cover Printer: Courier Corporation

Cover Image: *Le Passage à niveau*, 1919, Fernand Léger (1881–1955 French) Oil on canvas, "© Artists Rights Society (ARS), New York / ADAGP, Paris." Photo: ©Art Institute of Chicago, Illinois/A.K.G., Berlin/SuperStock

Printed in the United States of America
1 2 3 4 5 6 7   10 09 08 07

Library of Congress Control Number: 2007922954

Student Edition: ISBN 978-1-4282-0600-7
1-4282-0600-0

Thomson Higher Education
25 Thomson Place
Boston, MA 02210-1202
USA

For more information about our products, contact us at:
Thomson Learning Academic Resource Center
1-800-423-0563
For permission to use material from this text or product, submit a request online at **http://www.thomsonrights.com**
Any additional questions about permissions can be submitted by e-mail to **thomsonrights@thomson.com**

Credits appear at the end of the book, which constitute a continuation of the copyright page.

Brief Contents

Capítulo 1   Envolviéndonos en el mundo hispano

Metas comunicativas	*Vocabulario en contexto*	*Estructuras*
• Hablar de dónde vienes • Describir la geografía y el clima de diferentes lugares • Comentar los detalles de tu ascendencia • Hablar de la influencia de los hispanos en los Estados Unidos • Describir festivales que celebran los hispanos en los Estados Unidos	• La geografía y el clima • Los hispanos en los Estados Unidos	• Usos del tiempo presente del indicativo **Un paso más allá** Diferencias entre **ser, estar, haber** y **tener** • Usos de artículos definidos e indefinidos • Concordancia y posición de adjetivos **Un paso más allá** La posición de los adjetivos

Capítulo 2   La familia: Tradiciones y alternativas

Metas comunicativas	*Vocabulario en contexto*	*Estructuras*
• Describir a tu familia y las relaciones familiares • Describir los ritos, celebraciones y tradiciones familiares • Narrar en el pasado • Contar y escribir una anécdota sobre ritos y celebraciones en tu familia	• Las familias tradicionales, modernas y alternativas • Ritos, celebraciones y tradiciones familiares	• **Haber** + el participio pasado • Diferencias básicas entre el pretérito y el imperfecto **Un paso más allá** Expresiones de tiempo que requieren o el pretérito o el imperfecto • Más diferencias entre el pretérito y el imperfecto **Un paso más allá** Verbos que cambian de significado en el pretérito

Rumbo al mundo hispano

Lecturas	¡A escribir!	Espejos/Video	Índices de vocabulario y gramática
Exploración literaria "Cajas de cartón" de Francisco Jiménez **Estrategia de lectura** Reconocer cognados y palabras derivadas de palabras familiares **Introducción al análisis literario** Identificar voces y personajes **¡A leer!** Entrevista con Francisco Alarcón	El informe **Estrategia de escritura** El proceso de redacción	**Espejos** • Diversidad racial en el mundo hispano • Contribuciones de los hispanos **Video** Los premios Grammys latinos	**Palabras conocidas** Saludos y despedidas, presentaciones, geografía y clima, festivales, nacionalidades, preposiciones y adverbios de lugar **Gramática conocida** Subject pronouns Present tense of regular and irregular verbs **Ir a** + infinitive Gender of articles and nouns Personal **a** Contractions Demonstratives

Rumbo a Guatemala, Honduras y Nicaragua

Lecturas	¡A escribir!	Espejos/Video	Índices de vocabulario y gramática
Exploración literaria "Una Navidad como ninguna otra" de Gioconda Belli **Estrategia de lectura** Usar la idea principal para anticipar el contenido **Introducción al análisis literario** Marcar el desarrollo del argumento **¡A leer!** "*Corpus Christi*: El mico y la paloma, tradición del pueblo católico en Guatemala"	La anécdota personal **Estrategia de escritura** La importancia del lector público y la selección de detalles apropiados	**Espejos** • ¿Qué es una familia? • Una quinceañera **Video** Día de los Muertos en Managua	**Palabras conocidas** Miembros de la familia, relaciones familiares, celebraciones familiares **Gramática conocida** Preterite verbs Imperfect tense Adverbs of time Time expressions with **hace que** and **llevar, acabar de** Regular and irregular past participles **Saber** and **conocer** **Tener** expressions

Capítulo 3 Explorando el mundo

Metas comunicativas	*Vocabulario en contexto*	*Estructuras*
• Describir las oportunidades de estudiar y viajar en el extranjero • Explicar los trámites para solicitar un programa de intercambio académico • Hacer una llamada telefónica • Describir los modos de transporte y excursiones turísticas • Informarte y comentar sobre precios • Escribir una carta personal	• Estudiar en el extranjero • Viajar en el extranjero	• Las preposiciones **por** y **para** • Verbos reflexivos y recíprocos **Un paso más allá** Verbos con cambios de significado cuando se usan en forma reflexiva • Palabras negativas e indefinidas • Formas comparativas y superlativas **Un paso más allá** Formas comparativas con ciertas preposiciones

Capítulo 4 El ocio

Metas comunicativas	*Vocabulario en contexto*	*Estructuras*
• Opinar sobre actividades de ocio y comida • Hacer, aceptar y rechazar invitaciones • Hablar de la cocina y preparación de comida • Ofrecer y aceptar de comer y beber • Escribir una reseña	• El ocio • La cocina	• Subjuntivo en cláusulas sustantivas **Un paso más allá** El subjuntivo, el indicativo o el infinitivo después de ciertos verbos • La voz pasiva con **ser** • Expresiones impersonales **Un paso más allá** El uso del **se** accidental para comunicar acciones accidentales o no intencionales

Rumbo a México

Lecturas	*¡A escribir!*	*Espejos/Video*	*Índices de vocabulario y gramática*
Exploración literaria "Un lugar en el mundo" de Hernán Lara Zavala **Estrategia de lectura** Identificar palabras por el contexto **Introducción al análisis literario** Establecer temas **¡A leer!** Entrevista con el alumno Enrique Acuña de Relaciones Internacionales, desde Rouen, Francia	La carta personal **Estrategia de escritura** Diccionarios bilingües tradicionales y electrónicos	**Espejos** • La UNAM y la UAG • Explorando el mundo precolombino **Video** Protesta de estudiantes	**Palabras conocidas** Cursos y especializaciones, edificios universitarios, lugares en el pueblo, viajar en avión, reservaciones de hotel **Gramática conocida** Common verbs with prepositions Common reflexive verbs Reflexive pronouns Negation Superlative adjectives Possessive adjectives and pronouns

Rumbo a Cuba, Puerto Rico y La República Dominicana

Lecturas	*¡A escribir!*	*Espejos/Video*	*Índices de vocabulario y gramática*
Exploración literaria "La Cucarachita Martina" de Rosario Ferré **Estrategia de lectura** Identificar el tono **Introducción al análisis literario** La ironía y la sátira **¡A leer!** Reseña de *Antes que anochezca*	La reseña **Estrategia de escritura** La revisión de forma	**Espejos** • ¿A qué hora empieza el partido? / Un concepto diferente del tiempo • ¡Para chuparse los dedos! **Video** Navidad en Puerto Rico	**Palabras conocidas** Deportes, pasatiempos, comidas, bebidas, cómo pedir en un restaurante **Gramática conocida** Present subjunctive forms Past participles

Capítulo 5   La imagen: Percepción y realidad

Metas comunicativas	*Vocabulario en contexto*	*Estructuras*
• Describir las características físicas y la personalidad de otras personas • Describir la ropa y comentar las tendencias de moda • Expresar preferencias sobre la moda • Escribir una biografía	• La apariencia física y el carácter • La moda y la expresión personal	• Pronombres de objeto directo **Un paso más allá** El uso de pronombres de objeto directo y otros pronombres juntos • Pronombres de objeto indirecto • Verbos como **gustar** **Un paso más allá** Pronombres de objeto dobles

Capítulo 6   Explorando tu futuro

Metas comunicativas	*Vocabulario en contexto*	*Estructuras*
• Hablar de la búsqueda de trabajo • Describir las oportunidades para trabajar y prestar servicio en el extranjero • Manejar la conversación durante una entrevista • Hacer una llamada telefónica formal • Escribir una carta de presentación	• La búsqueda de trabajo • El voluntariado	• El futuro y el condicional **Un paso más alla** Sustitutos para el tiempo futuro • Mandatos formales e informales **Un paso más allá** Posición de los pronombres con mandatos

Rumbo a España

Lecturas	¡A escribir!	Espejos/Video	*Índices de vocabulario y gramática*
Exploración literaria "La gloria de los feos" de Rosa Montero **Estrategia de lectura** Usar la estructura de los párrafos para diferenciar entre ideas principales e ideas subordinadas **Introducción al análisis literario** Determinar la voz narrativa y el punto de vista **¡A leer!** "Javier Bardem, ternura tras rudos rasgos"	La descripción biográfica **Estrategia de escritura** La revisión de forma II: Gramática	**Espejos** • Nuestra imagen y los piropos • El destape: ¿con ropa o sin ropa? **Video** Manuel Pertegaz	**Palabras conocidas** Partes del cuerpo, adjetivos descriptivos, ropa: tejidos, complementos **Gramática conocida** Direct object pronouns Indirect object pronouns Pronouns as objects of prepositions Verbs commonly used with indirect object pronouns Placement of double object pronouns

Rumbo a Costa Rica, El Salvador y Panamá

Lecturas	¡A escribir!	Espejos/Video	*Índices de vocabulario y gramática*
Exploración literaria "Flores de volcán" de Claribel Alegría **Estrategia de lectura** Clarificar el significado al entender la estructura de la oración **Introducción al análisis literario** Comprender el lenguaje poético **¡A leer!** "Un mes inolvidable"	La carta de presentación **Estrategia de escritura** El uso de los conectores para lograr la cohesión en el texto	**Espejos** • En busca de trabajo • El arzobispo Óscar Romero, un voluntario involuntario **Video** Niños trabajadores en El Salvador	**Palabras conocidas:** Profesiones y oficios, descripciones de puestos, búsqueda del trabajo **Gramática conocida** Future and conditional forms Review of command forms

Capítulo 7   Derechos y justicia

Metas comunicativas	*Vocabulario en contexto*	*Estructuras*
• Hablar de las luchas por los derechos • Expresarte ante situaciones desagradables • Comentar y expresar tus opiniones sobre el crimen y la justicia • Describir y opinar sobre un juicio • Escribir un reportaje	• La lucha por los derechos • El derecho a la justicia	• El subjuntivo en cláusulas adjetivales **Un paso más allá** El subjuntivo versus el indicativo después de expresiones indefinidas • El subjuntivo en cláusulas adverbiales **Un paso más allá** El subjuntivo después de expresiones indefinidas

Capítulo 8   La expresión artística

Metas comunicativas	*Vocabulario en contexto*	*Estructuras*
• Hablar de las artes plásticas • Describir la literatura • Expresar tus reacciones a la literatura • Escribir un poema	• La expresión artística: Artes plásticas • El mundo de las letras	• El imperfecto del subjuntivo • El uso del subjuntivo en cláusulas condicionales con **si** **Un paso más allá** El subjuntivo versus el indicativo en cláusulas con **si** • Pronombres relativos **Un paso más allá** Los usos de **lo que, lo cual** y **cuyo(a/os/as)**

Rumbo a Ecuador, Perú y Bolivia

Lecturas	¡A escribir!	Espejos/Video	Índices de vocabulario y gramática
Exploración literaria "Entre dos luces" de César Bravo **Estrategia de lectura** Separar los hechos de las opiniones **Introducción al análisis literario** Comprender las convenciones teatrales **¡A leer!** "La ordenanza del ruido pasa el primer debate"	El reportaje **Estrategia de escritura** Las citas directas e indirectas	**Espejos** • La situación indígena • Las líneas de Nazca **Video** El caso Berenson	**Palabras conocidas** Partidos políticos, elecciones, problemas cívicos **Gramática conocida** Personal **a** Negative and indefinite words Conjunctions Interrogative words

Rumbo a Colombia y Venezuela

Lecturas	¡A escribir!	Espejos/Video	Índices de vocabulario y gramática
Exploración literaria "El insomne" de Eduardo Carranza **Estrategia de lectura** Reconocer la función de una palabra como indicio de su significado **Introducción al análisis literario** La alegoría **¡A leer!** "Fernando Botero retrata la guerra en Colombia en una nueva exposición"	La expresión poética: Pintando con palabras **Estrategia de escritura** La descripción y el lenguaje descriptivo	**Espejos** • La arquitectura venezolana a través de los años • Rómulo Gallegos **Video** "Gente silla" en Colombia	**Palabras conocidas** Las artes, las letras, películas, televisión **Gramática conocida** Past subjunctive forms Conditional tense Present perfect tense Commands Preterite tense Imperfect tense Past perfect tense Pronouns

Capítulo 9 Tecnología: ¿progreso?

Metas comunicativas	Vocabulario en contexto	Estructuras
• Comentar y explicar los inventos históricos y actuales • Describir las cuestiones éticas que conlleva la alta tecnología • Conversar sobre temas controvertidos • Escribir un ensayo expositivo	• Los inventos de ayer y de hoy • La tecnología y la ciencia	• El presente perfecto del subjuntivo y el pluscuamperfecto del subjuntivo **Un paso más allá** Distinguir entre el subjuntivo del presente perfecto, el subjuntivo del pluscuamperfecto y otras formas del subjuntivo • El futuro perfecto y el condicional perfecto

Capítulo 10 Desafíos del mundo globalizado

Metas comunicativas	Vocabulario en contexto	Estructuras
• Describir los temas sociales y ambientales conectados con la globalización • Analizar el impacto de la globalización en el medio ambiente • Elaborar y defender una opinión sobre temas sociales y ambientales • Escribir un ensayo argumentativo	• Los desafíos sociales de la globalización • La ecología global	• Los tiempos progresivos **Un paso más allá** El participio presente versus el infinitivo • Repaso de los tiempos verbales

Rumbo a Argentina y Uruguay

Lecturas	*¡A escribir!*	*Espejos/Video*	*Índices de vocabulario y gramática*
Exploración literaria "Zapping" de Beatriz Sarlo **Estrategia de lectura** Reconocer la función de un texto **Introducción al análisis literario** Comprender las intenciones de la autora en el ensayo **¡A leer!** "Una encuesta de la Universidad Argentina de la Empresa (UADE): realizada en Capital y GBA. El celular estrecha los lazos familiares" por Fabiola Czubaj	El ensayo expositivo **Estrategia de escritura** El ensayo académico	**Espejos** • Caceroladas en el Internet • Tradición y tecnología en la agricultura **Video** Asociación Nacional de Inventores	**Palabras conocidas** La computadora, los aparatos electrónicos **Gramática conocida** Past participles Perfect tenses

Rumbo a Chile y Paraguay

Lecturas	*¡A escribir!*	*Espejos/Video*	*Índices de vocabulario y gramática*
Exploración literaria "Un tal Lucas" de Luis Sepúlveda **Estrategia de lectura** Reconocer palabras conectivas **Introducción al análisis literario** Resumen de conceptos para un análisis completo **¡A leer!** "Mapuches, discriminación y basura" por Alejandro Navarro Brain	El ensayo argumentativo **Estrategia de escritura** Cómo escribir un ensayo argumentativo	**Espejos** • Paraguay, un país bilingüe • Los cartoneros y el reciclaje en Chile **Video** La contaminación en Santiago	**Palabras conocidas** Ecología **Gramática conocida** Verb tenses Present progressive tense Present and past participles Direct and indirect object pronouns Reflexive pronouns Perfect tenses

Acknowledgments

Rumbos is the product of many years of experience, several years of creative and dedicated collaboration among coauthors and colleagues, and the unending support of family and friends.

The *Rumbos* authors would like to thank Helen Richardson, Senior Acquisitions Editor, for her hard work, motivation, and dedication to the success of this project, as well as Heather Bradley, Development Project Manager, who has been instrumental in guiding the first edition to publication. Esther Marshall, Senior Production Project Manager, is also very deserving of our gratitude and special thanks for her meticulous work, reflected throughout the book. We additionally offer our sincere thanks to Lindsey Richardson, Senior Marketing Manager, Wendy Constantine, Managing Technology Project Manager, Rachel Bairstow, Technology Project Manager, and Liz Graham for her help coordinating the new DVD.

We would like to recognize and thank our colleagues who have created and contributed to the ancillary program. Their pedagogical and creative talents have added greatly to the completeness of our program: James Abraham at Glendale Community College (CD-ROM and Diagnostic quizzes), Don Miller at California State University-Chico (web exploration activities and web links), Jeff Longwell at New Mexico State University (web quizzes), and Florencia Henshaw at University of Illinois Urbana Champagne (Testing Program and Activity File). Lucía Varona from Santa Clara University contributed the Service Learning component to the newly incorporated Activity File. Florencia Henshaw deserves special thanks for her contributions to this Alternate Edition.

The *Rumbos* authors would also like to express our deepest gratitude to our loved ones, who have supported us throughout the long work hours, frustrations, and joys that this project has brought all of us.

Finally, we would like to again thank our many reviewers, who graciously took the time to provide us with insightful comments and critiques that helped to shape this program. We hope that the final product will serve you and your students well.

Joseph Agee, *Morehouse College*
Esther Alonso, *Southwestern College*
Rebecca Anderson, *Santa Monica College*
Gunnar Anderson, *State University of New York-Potsdam*
Debra D. Andrist, *University of St. Thomas*
Ines Arribas, *Bryn Mawr College*
Barbara Ávila-Shah, *University of Buffalo-SUNY*
Ann Baker, *University of Evansville*
Mary Baldridge, *Carson-Newman College*
Paul Bases, *Martin Luther College*
Lisa Blair, *Shaw University*
Mayra Bonet, *Texas A&M University*
María José Bordera-Amerigo, *Randolph-Macon College*
Dennis Bricault, *North Park University*
Alan Bruflat, *Wayne State College*
Elizabeth Bruno, *University of North Carolina-Chapel Hill*
Lourdes Bueno, *Austin College*
Flor María Buitrago, *Muhlenberg College*
Luis C. Cano, *University of Tennessee-Knoxville*
Margarita Casas, *Linn-Benton Community College*
Milagros López-Pelaez Casellas, *Mesa Community College*
Marco Tulio Cedillo, *Lynchburg College*
Chyi Chung, *Northwestern University*
Thomas A. Claerr, *Henry Ford Community College*
Roberto J. Vela Córdova, *Texas A & M University-Kingsville*
Robert L. Colvin, *Brigham Young University-Idaho*
Norma Corrales, *Clemson University*
Xuchitl Coso, *Georgia Perimeter College*
Sister M. Angela Cresswell, *University of South Florida*
Gerardo Cruz, *Cardinal Stritch University*
Marcus Dean, *Houghton College*

Lee Denzer, *Black Hawk College East Campus*
Sarah J. DeSmet, *Wesleyan College*
Deborah Doughert, *Alma College*
Douglas Duno, *Chaffey College*
Dolores Durán-Cerda, *Pima Community College-Downtown*
Nancy Joe Dyer, *Texas A&M University*
Addison Everett, *Dixie State College*
Jose Antonio Fabres, *College of Saint Benedict/Saint John's University*
Mary Fatora-Tumbaga, *Kauai Community College*
Ronna Feit, *Nassau Community College*
Fernando Feliu-Moggi, *University of Colorado-Colorado Springs*
Mila Sánchez García, *Southern Methodist University*
Jill R. Gauthier, *Miami University-Hamilton*
Caroline Gear, *International Language Institute of Massachusetts*
Susana González, *Golden West College*
Lucila González-Cirre, *Cerro Coso Community College*
Andrew Gordon, *Mesa State College*
Curtis D. Goss, *Southwest Baptist University*
Frozina Goussak, *Collin County Community College District*
Sara Griswold, *Augusta State University*
Margaret B. Haas, *Kent State University*
Mark Harpring, *University of Puget Sound*
Dennis Harrod, *Syracuse University*
Denise Hatcher, *Aurora University*
Nancy Hayes, *Grinnell College*
Marina Herbst, *University of Georgia*
Oscar Hernández, *South Texas College*
Betty Heyder, *Lindenwood University*

Lidia I. Hill, *California State University-Los Angeles*
Jerry Hoeg, *Pennsylvania State University*
Patricia Gutiérrez Horner, *Stanly Community College*
Carolina Ibáñez-Murphy, *Pima Community College-Downtown*
Margarita R. Jácome, *University of Iowa*
Nancy Jager, *State University of New York-Fredonia*
Lourdes N. Jiménez, *Saint Anselm College*
Herminia Jiménez-Kerr, *University of California-Berkeley*
Peggy Jones, *Prairie State College*
Kathleen Johnson, *University of North Carolina-Chapel Hill*
Robert J. Kahn, *Millsaps College*
Ruth Kauffmann, *William Jewell College*
Victoria L. Ketz, *Iona College*
Manel Lacorte, *University of Maryland*
Mayte de Lama, *Elon University*
Bevernly C. Leetch, *Towson University*
Annette B. Lemons, *College of the Ozarks*
Frederic Leveziel, *Southern Illinois University-Edwardsville*
Bob Lewis, *Limestone College*
Lydia Llerena, *Rio Hondo College*
Iraida López, *Ramapo College of New Jersey*
María Luque-Eckrich, *DePauw University*
Julia Cardona Mack, *University of North Carolina-Chapel Hill*
Alison Maginn, *Monmouth University*
Enrique Manchón, *University of British Colombia*
H.J. Manzari, *Worcester Polytechnic Institute*
Delmarie Martínez, *Nova Southeastern University*
Sergio Martínez, *San Antonio University*
Ellen Mayock, *Washington and Lee University*
Timothy McGovern, *University of California-Santa Barbara*
Lisa Volle McQueen, *Central Texas College*
Jerome Miner, *Knox College*
Montserrat Mir, *Illinois State University*
Phyllis Mitchell, *Wheaton College*
Tim Mollett, *Ohio University Southern*
Katya Monge-Hall, *Pacific University*
José Morillo, *Marshall University*
Frank A. Morris, *University of Miami*
John A. Morrow, *Northern State University*

Felicidad Obregón, *Drew University*
Maritza Osuna, *Union College*
Fernando Palacios, *University of Alabama*
María Pao, *Illinois State University*
Osvaldo Parrilla, *Barton College*
Antonio F. Pedrós-Gascón, *The Ohio State University*
Teresa Pérez-Gamboa, *University of Georgia*
Inmaculada Pertusa, *University of Kentucky*
Anna Marie Pietrolonardo, *Illinois Valley Community College*
Ana Piffardi, *Eastfield College*
Mirta Pimentel, *Moravian College*
Enida Pugh, *Valdosta State University*
Bel Quiros-Winemiller, *Glendale Community College*
Lea Ramsdell, *Touson University*
Sherrie Ray, *University of Arkansas at Little Rock*
John Reed, *Saint Mary's University of Minnesota*
Ray S. Renteria, *Kingwood College/Sam Houston State University*
Jose E. Reyes, *Marywood University*
Valerie Rider, *University of North Carolina-Wilmington*
John T. Riley, *Fordham University*
Melinda Ristvey, *Slippery Rock University*
David A. Rock, *Brigham Young University-Idaho*
Sharon Robinson, *Lynchburg College*
Ann Rodríguez, *Magnificat High School*
Debra M. Rodríguez, *Hiram College*
Emily Scida, *University of Virginia*
Albert Shank, *Scottsdale Community College*
Joshua J. Thomas, *University of Iowa*
Julio Torres-Recinos, *University of Saskatchewan*
Laura Trujillo, *University of Tennessee*
Renee Turner, *St. Anselm College*
Nicholas J. Uliano, *Cabrini College*
Dana Ward, *Pitzer College*
Helen Webb, *University of Pennsylvania*
Nancy Whitman, *Los Medanos College*
Jamey Widener, *North Carolina State University*
Jonnie Wilhite, *Kalamazoo Valley Community College*
Tracey Van Bishop, *New York University*
Michelle Johnson Vela, *Texas A&M University-Kingsville*
U. Theresa Zmurkewycz, *St. Joseph's University*

And a special thanks to our class testers:

Douglas Duno, *Chaffey College*
María Luque-Eckrich, *DePauw University*
Jim Rambo, *DePauw University*

Melinda Ristvey, *Slippery Rock University*
Sharon Robinson, *Lynchburg College*
Jamey Widener, *North Carolina State University*

MAR CARIBE

Barranquilla
Cartagena
Maracaibo
Puerto de España
TRINIDAD Y TOBAGO
Caracas
R. Orinoco
Medellín
VENEZUELA
Georgetown
OCÉANO ATLÁNTICO
Manizales
GUYANA
Paramaribo
Bogotá
SURINAM
Cayenne
Cali
COLOMBIA
GUAYANA FRANCESA
Quito
ECUADOR
Guayaquil
R. Amazonas
Manaus
Belem
ECUADOR
PERÚ
Iquitos
Cajamarca
R. Madeira
Recife
Machu Picchu
BRASIL
Lima
Ayacucho
Cuzco
BOLIVIA
Salvador
L. Titicaca
Brasilia
Arequipa
La Paz
Arica
Sucre
Belo Horizonte
Iquique
Potosí
OCÉANO PACÍFICO
PARAGUAY
São Paulo
Río de Janeiro
Antofagasta
Asunción
Santos
Salta
CHILE
Tucumán
R. Paraná
Porto Alegre
Córdoba
R. Uruguay
Valparaíso
Mendoza
Rosario
URUGUAY
Santiago
Buenos Aires
Montevideo
Concepción
La Plata
Río de la Plata
ARGENTINA
Bahía Blanca
TRÓPICO DE CAPRICORNIO
Puerto Montt
CORDILLERA DE LOS ANDES
ISLAS MALVINAS
Punta Arenas
TIERRA DEL FUEGO
Cabo de Hornos
Estrecho de Magallanes

| 0 | 200 | 400 | 600 | 800 millas |
| 0 | 200 | 400 | 600 | 800 kilómetros |

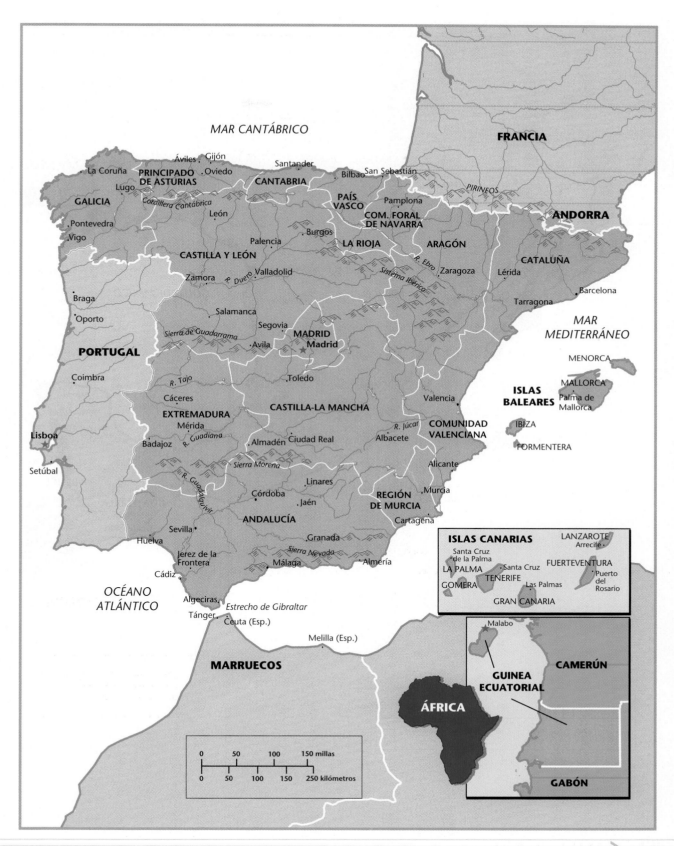

MAR CANTÁBRICO

FRANCIA

Áviles • Gijón
La Coruña • PRINCIPADO • Oviedo Santander
• Bilbao • San Sebastián
GALICIA • DE ASTURIAS CANTABRIA PAÍS PIRINEOS
Lugo VASCO Pamplona
Cordillera Cantábrica • León COM. FORAL ANDORRA
Pontevedra DE NAVARRA
• Burgos LA RIOJA ARAGÓN CATALUÑA
Vigo Palencia R. Ebro Zaragoza Lérida
CASTILLA Y LEÓN Valladolid Sistema Ibérico Barcelona
Zamora R. Duero Tarragona
Braga MAR
Oporto Salamanca MEDITERRÁNEO
Sierra de Guadarrama Segovia MENORCA
PORTUGAL • Avila MADRID MALLORCA
Madrid ISLAS Palma de
R. Tajo • Toledo BALEARES Mallorca
Coimbra EXTREMADURA CASTILLA-LA MANCHA IBIZA
Cáceres Valencia
Lisboa Mérida R. Júcar FORMENTERA
Badajoz R. Guadiana Almadén Ciudad Real Albacete COMUNIDAD
Setúbal VALENCIANA
Sierra Morena Alicante
R. Guadalquivir Linares REGIÓN
Córdoba DE MURCIA
Sevilla Jaén Murcia
Huelva ANDALUCÍA Cartagena
Jerez de la Granada
Frontera Sierra Nevada Almería
Cádiz Málaga

OCÉANO
ATLÁNTICO Algeciras Estrecho de Gibraltar
Tánger Ceuta (Esp.)

Melilla (Esp.)

MARRUECOS

ISLAS CANARIAS LANZAROTE
Arrecife
Santa Cruz
de la Palma FUERTEVENTURA
LA PALMA Santa Cruz Puerto
GOMERA TENERIFE Las Palmas del
Rosario
GRAN CANARIA

Malabo
CAMERÚN
GUINEA
ECUATORIAL
ÁFRICA

GABÓN

0   50   100   150 millas
0   50   100   150   250 kilómetros

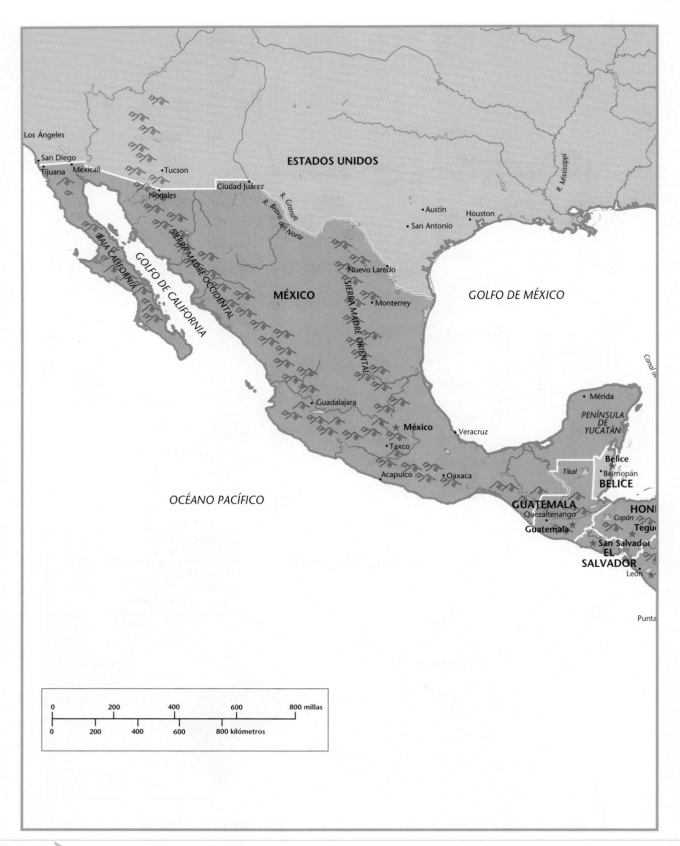

ESTADOS UNIDOS

Los Ángeles

San Diego
Tijuana   Méxicali
Nogales
Tucson

Ciudad Juárez

R. Grande
R. Bravo del Norte

Austin
Houston
San Antonio

SIERRA MADRE OCCIDENTAL

BAJA CALIFORNIA

GOLFO DE CALIFORNIA

MÉXICO

Nuevo Laredo

Monterrey

SIERRA MADRE ORIENTAL

GOLFO DE MÉXICO

R. Mississippi

Mérida

PENÍNSULA
DE
YUCATÁN

Canal de

Guadalajara

México
Taxco

Veracruz

Tikal

Belice
Belmopán
BELICE

Acapulco
Oaxaca

GUATEMALA
Quezaltenango

Copán

HON

Tegu

OCÉANO PACÍFICO

Guatemala

San Salvador
EL
SALVADOR

León

Punta

0	200	400	600	800 millas

0	200	400	600	800 kilómetros

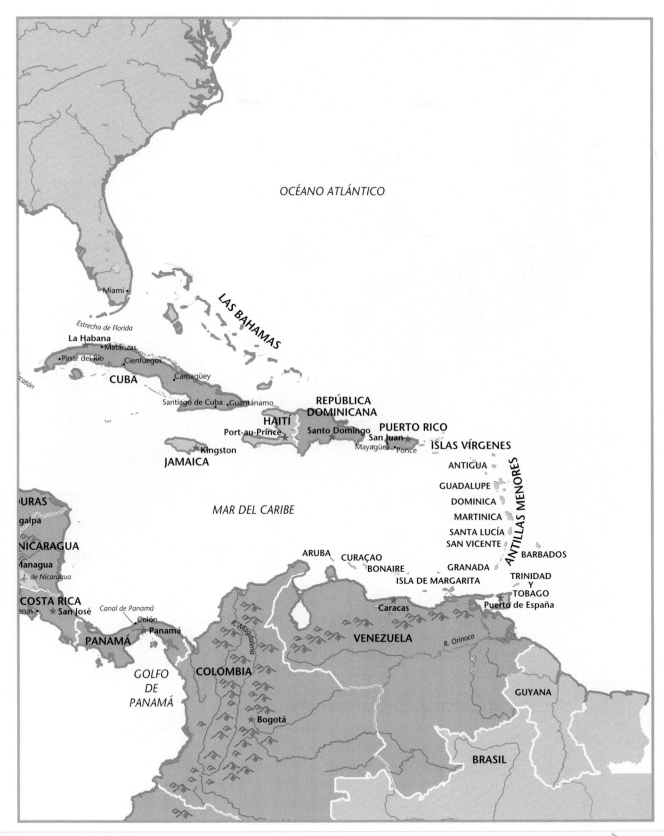

OCÉANO ATLÁNTICO

Miami

Estrecho de Florida

LAS BAHAMAS

La Habana
Matanzas
Pinar del Río
Cienfuegos
Camagüey
CUBA
Santiago de Cuba
Guantánamo

REPÚBLICA
DOMINICANA

HAITÍ
Port-au-Prince
Santo Domingo

PUERTO RICO
San Juan
Mayagüez
Ponce

ISLAS VÍRGENES

Kingston

JAMAICA

ANTIGUA

GUADALUPE

DOMINICA

MARTINICA

SANTA LUCÍA

SAN VICENTE

BARBADOS

ANTILLAS MENORES

MAR DEL CARIBE

ARUBA
CURAÇAO
BONAIRE

GRANADA

ISLA DE MARGARITA

TRINIDAD
Y
TOBAGO
Puerto de España

URAS
galpa

NICARAGUA

Managua
L. de Nicaragua

COSTA RICA
enas
San José

PANAMÁ

Canal de Panamá
Colón
Panamá

Caracas

VENEZUELA

R. Magdalena

R. Orinoco

GOLFO
DE
PANAMÁ

COLOMBIA

Bogotá

GUYANA

BRASIL

Yucatán

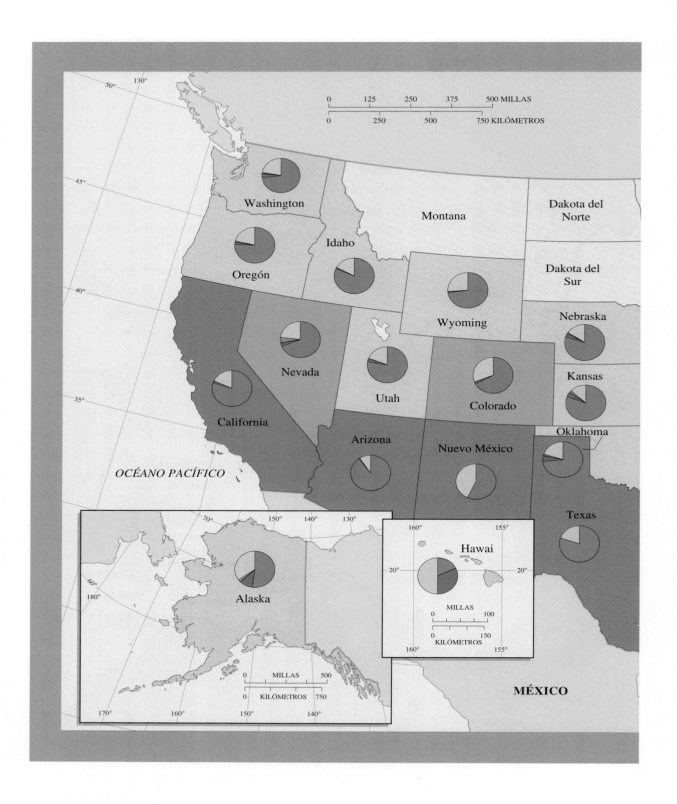

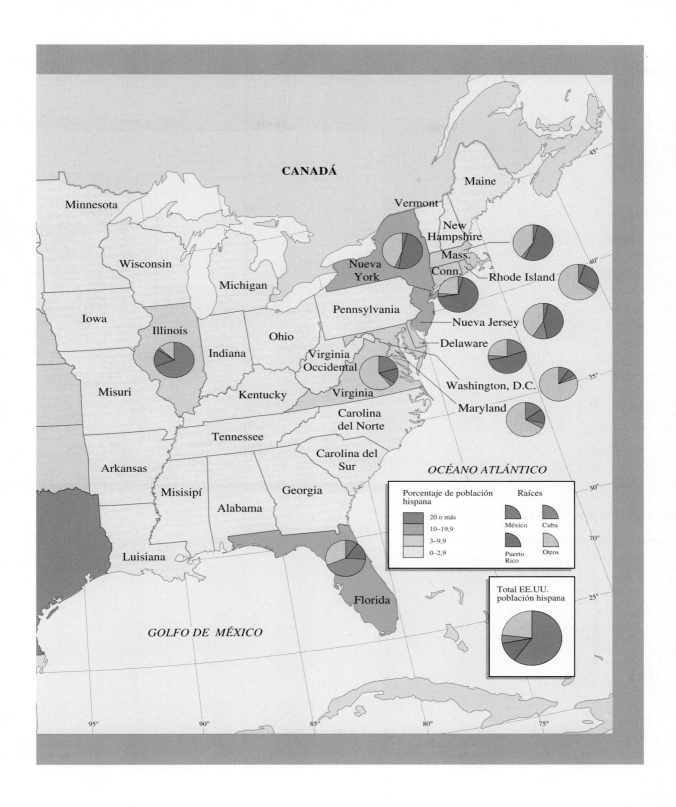

CANADÁ

Minnesota

Wisconsin

Michigan

Iowa

Illinois

Indiana

Ohio

Misuri

Kentucky

Arkansas

Tennessee

Misisipí

Alabama

Georgia

Luisiana

GOLFO DE MÉXICO

Maine

Vermont

New Hampshire

Mass.

Conn.

Nueva York

Pennsylvania

Rhode Island

Nueva Jersey

Delaware

Virginia Occidental

Virginia

Washington, D.C.

Maryland

Carolina del Norte

Carolina del Sur

OCÉANO ATLÁNTICO

Florida

Porcentaje de población hispana

Raíces

20 o más

10–19,9

3–9,9

0–2,9

México

Cuba

Puerto Rico

Otros

Total EE.UU. población hispana

Capítulo 1

RUMBO AL MUNDO HISPANO

Metas comunicativas

En este capítulo vas a aprender a...

- hablar de dónde vienes
- describir la geografía y el clima de diferentes lugares
- comentar los detalles de tu ascendencia
- hablar de la influencia de los hispanos en los Estados Unidos
- describir festivales que celebran los hispanos en los Estados Unidos

Estructuras

- Usos del tiempo presente del indicativo
- Diferencias entre **ser, estar, tener** y **haber**
- Usos de artículos definidos e indefinidos
- Concordancia y posición de adjetivos

Cultura y pensamiento crítico

En este capítulo vas a aprender sobre...

- la variedad racial en los países de habla hispana
- la contribución de los hispanos que viven en los Estados Unidos
- los lazos históricos entre el mundo hispano y los Estados Unidos

  Track 6

El mundo hispano						
1325 Los aztecas fundan Tenochtitlán		**1535** Creación del Virreinato de la Nueva España				**1846** Guerra entre los Estados Unidos y México
1325	**1510**	**1535**	**1565**	**1605**	**1775**	**1845**
Es la tierra de los Sioux, Cherokee, Apache, Iroquois, Navajos, Chippewa, Pueblo y más	**1513** Juan Ponce de León llega a la Florida	**1565** Los españoles establecen San Agustín en la Florida		**1607** Inmigrantes de Inglaterra establecen Jamestown en Virginia	**1776** Las trece colonias se declaran independientes	**1848** Tratado de Guadalupe Hidalgo

Los Estados Unidos

Envolviéndonos en el mundo hispano

John Leguizamo

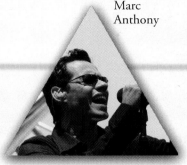

Marc Anthony

George Santayana

Marcando el rumbo

1-1 Envolviéndonos en el mundo hispano

Paso 1: Mira el mapa de España y Latinoamérica, la cronología histórica y las fotos. Con un(a) compañero(a), haz una lista de personajes, hechos históricos, lugares geográficos, culturas y el clima que ustedes asocian con el mundo hispano. Luego, utiliza la lista para comentar con tu compañero(a) sobre la imagen que ustedes tienen del mundo hispano. Después de comentar sus percepciones, escriban una lista de algunas de sus ideas.

Paso 2: Con un(a) compañero(a), determina si las siguientes ideas sobre el mundo hispano y su gente son ciertas o falsas. Si son falsas, corrígelas y escribe lo que te parezca correcto.

1. Todos los latinoamericanos son morenos.
2. Los puertorriqueños son ciudadanos estadounidenses.
3. El Caribe y Centroamérica se encuentran en áreas propensas a huracanes.
4. La Ciudad de México es una de las ciudades más grandes del mundo.
5. En los países del mundo hispano se habla sólo un idioma, el español.

1-2 Los lazos históricos que nos unen

CD1-2 Vas a escuchar una descripción de las conexiones entre la historia de los Estados Unidos y la del mundo hispano.

Paso 1: Escucha la siguiente descripción de ciertos aspectos de la historia del continente americano y toma notas: Los españoles; Las guerras; Las huellas de la influencia mutua.

Paso 2: ¿Cierto o falso? Lee las siguientes oraciones e indica si son ciertas o falsas. Si la oración es falsa, corrígela.

1. Los primeros europeos en explorar los Estados Unidos fueron los ingleses.
2. Una de las ciudades más antiguas de los Estados Unidos fue fundada por españoles.
3. Los españoles y estadounidenses lucharon en una guerra en 1846.
4. México perdió a Puerto Rico y Cuba en la guerra de 1898.

Paso 3: ¿Qué opinas? En tu opinión, ¿existen o no nexos importantes entre las culturas del mundo hispano y de los Estados Unidos? Con un(a) compañero(a), trata de identificar por lo menos tres razones que apoyen tu opinión.

1860	1900	1910	1935	1940	1945	1950	1960	1965

1898 Guerra entre los Estados Unidos y España

1910 Revolución mexicana

1936–39 Guerra civil española

1959 Revolución cubana

1965 Los Estados Unidos invade la República Dominicana

1861–1865 Guerra civil

1898 Guerra con España

1941 Los Estados Unidos entra en la Segunda Guerra Mundial

1948 Se establece la Organización de Estados Americanos (OAS)

Vocabulario en contexto

La geografía y el clima

CASA INTERNACIONAL

¡Les damos la bienvenida a los nuevos residentes latinos!

Vicenta Mamani

¡Saludos a todos! Me llamo Vicenta Mamani y vengo de Bolivia. Mi familia es de **ascendencia indígena** y hablo español y aymara. Vivimos en Copacabana, un pueblo que está **situado** en el **altiplano** de Bolivia en la **cordillera** de los Andes. Aparte del nombre, Copacabana no tiene nada que ver con la metrópolis brasileña. Mi pueblo es un sitio tranquilo que está **en el borde** del lago Titicaca. A pesar de que Copacabana queda a unos 3.800 metros de **altura,** tenemos un clima moderado y pasamos muchos días **soleados.** Creo que **las puestas del sol** sobre el lago son las mejores en el mundo. Tengo muchas ganas de conocerlos y **compartir** más sobre mi querida Bolivia con Uds.

Javier Rosenbrock Spinetta

Hola. Soy Javier Rosenbrock Spinetta, Javi para mis amigos. Soy de Argentina, de la ciudad de San Carlos de Bariloche. Es una ciudad **encantadora** con muchos **atractivos** de interés. Está **situada** entre los Andes y el **desierto** de la Patagonia en la Provincia de Río Negro y allá **gozamos** de una increíble belleza natural, sobre todo en el invierno cuando **nieva.** Justo **en las afueras** de mi ciudad queda el **Cerro** Catedral, el más famoso centro de esquí de Sudamérica, y ¡claro que me encanta esquiar y hacer *snowboard!* Pero también disfruto mucho los veranos de nuestro clima **montañoso.** Me encantaría contarles más de mi tierra y también aprender de la suya. ¡Chau!

iLrn ¡OJO! Don't forget to consult the **Índice de palabras conocidas**, p. A1, to review vocabulary related to greetings, geography, weather and the seasons, and adverbs and prepositions of location.

Visit www.thomsonedu.com/spanish for a Heinle iRadio podcast on pronunciation, diphthongs.

For additional practice see the **Activity File** at the end of this text: **Capítulo 1, Vocabulario A. Diversidad geográfica.** p. D17; and **Vocabulario C. Amnesia.** p. D18.

Other words and phrases related to topography and geography are cognates of English words: **el continente** (continent), **la costa** (coast), **el glaciar** (glacier), **la laguna** (lagoon), **la provincia** (province), **la región** (region), **la sierra** (sierra).

Para hablar de dónde vienes

el condado	*county*
antiguo(a)	*old*
nacer	*to be born*

Para describir la geografía y el clima de un sitio

el acantilado	*cliff*
el amanecer	*sunrise*
la bahía	*bay*
el chubasco	*heavy rain shower*
el huracán	*hurricane*
la isla tropical	*tropical island*
el Mar Mediterráneo / Mar Caribe	*Mediterranean / Caribbean Sea*
la neblina	*fog*
el relámpago	*lightning flash*
la tormenta	*storm*
el trueno	*thunder*
el volcán	*volcano*
(estar) despejado	*(to be) clear (skies)*
(ser) húmedo	*(to be) humid*
plano(a)	*flat*
rocoso(a)	*rocky*
(ser) seco(a)	*(to be) dry*
llover (ue)	*to rain*
lloviznar	*to drizzle*

Para enriquecer la comunicación: Para informarse de dónde viene alguien

¿Cuántos habitantes tiene la ciudad?	*How many inhabitants does the city have?*
¿Cómo es el clima?	*What is the climate like?*
¿Qué es lo más típico de tu ciudad?	*What is the most typical thing of your city?*
¿Está a gran distancia de Guadalajara?	*Is it very far from Guadalajara?*
a mano derecha/izquierda	*on the right-hand / left-hand side*
a la vuelta de la esquina	*around the corner*

Práctica y expresión

  1-3 Vacaciones regaladas Escucha el anuncio de Radio Salsa sobre un concurso para ganar una semana de vacaciones en un lugar del mundo latino. Sólo tienes que adivinar qué destino describe. Mientras escuchas, toma nota de las características geográficas que escuchas y decide cuáles de los siguientes dibujos pueden ser del destino. Después de escuchar, decide qué destino es.

CD1–3

1.

2.

3.

4.

5.

 1-4 Una de estas cosas no es como las otras Una palabra de cada lista no encaja con las otras. Comenta el significado de cada palabra con tu compañero(a) y luego determina la conexión entre todas las de la lista. Determina qué palabra no se relaciona con esa conexión.

1. huracán	Mar Caribe	clima seco	lluvia
2. acantilado	bahía	isla	trueno
3. plano	chubasco	cordillera	montañoso
4. volcán	cerro	puesta del sol	altura

1-5 Estoy pensando en un sitio... Piensa en tu ciudad o destino favorito en los Estados Unidos. Descríbele ese sitio a tu compañero(a), sin mencionar su nombre. Tu compañero(a) te puede hacer preguntas sobre el sitio también, pero tiene que adivinar *(guess)* su nombre. Tal vez algunas de las siguientes frases sean útiles para su conversación.

Preguntas posibles:	**Si no sabes una palabra:**	**Si no entiendes a tu compañero(a):**
¿En qué estado/condado está?	Es una cosa como…	No entiendo. Repite, por favor.
¿Cómo es el clima allí?	Es parecido(a) a…	¿Cómo?
¿Qué atractivos ofrece?	Está cerca/lejos de…	

1-6 En el mundo hispano Describe todos los aspectos de la geografía y el clima de los siguientes lugares del mundo hispano: Segovia, España; Punta Cana, República Dominicana; Cuzco, Perú; Costa del Sol, El Salvador; Islas Galápagos, Ecuador. Si no conoces algún lugar, puedes buscar la información en la Red. Luego, comenta con tu compañero(a) los lugares que más te interesan visitar.

1-7 Anuncio publicitario Trabaja con tus compañeros(as) para crear un anuncio publicitario para la Oficina de Turismo de uno de los lugares mencionados en la actividad 1–6 (u otro lugar del mundo hispano). Deben incluir todo tipo de información para atraer a los turistas. Van a presentar su anuncio a la clase y la clase va a votar por el mejor anuncio.

Espejos

Diversidad racial en el mundo hispano

El mundo hispano no es homogéneo. Al igual que en los EE.UU., muchos grupos de varios países se establecieron en Latinoamérica. España, Italia, África, Japón, Corea, Portugal, China y Francia, entre otros, contribuyeron a la población lati-noamericana y formaron al "latinoamericano". En países que tocan el Mar Caribe, como Venezuela, Colombia, Panamá, Costa Rica, Honduras, Cuba, República Dominicana y Puerto Rico, de-bido a la trata de esclavos *(slave trade)*, hay mucha influencia africana. En el Perú, el 20% de la población es de ascendencia japonesa debido a varias olas de inmigración que empezaron en 1899. En Argentina, más del 90% son de ascen-dencia española e italiana. A Chile, Argentina y Bolivia han llegado centenares de coreanos desde 1961. ¡Lati-noamérica, al igual que los Estados Unidos, es un crisol *(melting pot)!*

> Cuatro perspectivas

Perspectiva I En los Estados Unidos...

1. ¿Puedes describir a un estadounidense típico? ¿Sí? ¿Cómo es?
2. ¿No hay un estadounidense típico? ¿Por qué no?
3. ¿De qué grupos étnicos son algunos estudiantes de tu universidad?
4. ¿Hay estudiantes de ascendencia japonesa, coreana, mexicana o irlandesa... ?

Perspectiva II ¿Cómo vemos a los latinoamericanos en general?

¿Puedes describir a un latinoamericano típico? ¿Cuál es el estereotipo?

1. ☐ Caucasian
2. ☐ African American
3. ☐ Chinese
4. ☐ Japanese
5. ☐ other Asian
6. ☐ American Indian
7. ☐ Hispanic

1. ¿A qué se refieren las casillas del uno al seis?
2. ¿A qué se refiere la casilla número siete?
3. ¿Puede un latinoamericano ser de ascendencia coreana o japonesa, ser negro o ser blanco?
4. ¿Piensas que el término "Hispanic" es una clasificación racial o no?

Perspectiva III Desde el punto de vista de la gente en Latinoamérica...

Marca con una (X) tu opinión.

☐ Piensan que hay diferencias raciales en Latinoamérica.

☐ Hay racismo, pero menos marcado que en los EE.UU.

☐ Piensan que todos son más o menos iguales en apariencia.

☐ Se autodenominan *(They call themselves)* "Hispanic" en su país.

Perspectiva IV ¿Cómo ven a los estadounidenses? ¿Sabes?

Estructuras

iLrn ¡OJO! Before beginning this section, review the following themes on pp. B1–B3 of the **Índice de gramática:** Subject pronouns, Present indicative of regular verbs, Present indicative of stem-changing verbs, Present indicative of verbs with spelling changes, Present indicative of irregular verbs, and **Ir a +** infinitive.

> For additional practice see the **Activity File** at the end of this text: **Capítulo 1, Estructuras A. Conociendo a Javier.** p. D45; and **Estructuras B. Un día en clase.** p. D45.

Usos del tiempo presente del indicativo

The present indicative tense is used by Spanish speakers not only to communicate general ideas about the present, but also to refer to actions or situations in the near future, or even in the past. Use the present indicative to talk about:

■ Actions or situations that occur regularly or habitually, even though they may not be taking place or existing at the present moment.

—**Soy** Vicenta y **vivo** en Copacabana, Bolivia, pero **llevo** cinco años en Irvine, California. *I'm Vicenta and I live in Copacabana, Bolivia, but I've been living in Irvine, California, for five years.*

■ Actions that occur in the present, or actions in progress.

—¿Y por qué **estás** aquí en California? *And why are you here in California?*

—**Estoy** aquí porque **estudio** para ser doctora en la Universidad de California. *I am here because I am studying to be a doctor at the University of California.*

—En este momento me **preparo** para mis exámenes finales. *Right now I'm preparing for my final exams.*

■ Actions that will occur in the near future.

—En junio **vuelvo** a mi país por unos meses para estar con mi familia. *In June I will return to my country for a few months in order to be with my family.*

■ Actions in past-tense narrations that are brought to life through the use of the present tense.

El pintor ecuatoriano Guayasamín **nace** en Quito, Ecuador, en 1919. Él **empieza** a pintar cuadros de escenas indígenas, con volcanes y otros elementos del altiplano, en 1942, cuando **tiene** 23 años.

> ### Un paso más allá: Diferencias en significados entre *ser, estar, haber* y *tener*

In English the verbs **ser, estar, haber,** and **tener** can all mean *to be* in the present indicative. All four verbs are used in Spanish to describe either permanent or temporary conditions.

The verbs *ser* and *estar*

Ser is used to express the following:

1. to identify or define a subject
   Él **es** profesor.
2. to express origin or to identify the material of which something is made
   Él **es** de Santa Cruz, Bolivia. Su casa **es** de ladrillo (*brick*).
3. to express possession
   Los libros de arquitectura **son** de él.
4. to identify nationality, religion, or political affiliation
   José **es** boliviano.
   Muchos de sus amigos **son** católicos.

Visit www.thomsonedu.com/spanish for a Heinle iRadio podcast on grammar, **ser** and **estar**.

5. to identify intrinsic characteristics or qualities of people and things
   José **es** trabajador y simpático.
6. to indicate time, dates, and seasons
   En Bolivia **es** invierno en junio.
   Hoy **es** martes y **son** las diez de la mañana.
7. to indicate where an event is to take place
   El concierto **es** en un auditorio en las afueras de Santa Cruz.
8. with certain impersonal expressions
   Es útil saber aymara en Bolivia.

Estar is used to express the following:

1. to express location
   José **está** en casa con su familia.
2. with the present progressive tense
   Ellos **están** esperando en casa porque **está** lloviendo.
3. with adjectives to describe states or conditions that are subject to change
   La hija de José **está** muy guapa con su nuevo vestido.
   Ellos **están** contentos a pesar de la lluvia.

> An exception to this rule is the expression **estar muerto(a)** *(to be dead),* which, although permanent in nature, is still used with the verb **estar.**

Adjectives that change their meaning with **ser** and **estar** are as follows:

Adjective	With *ser*	With *estar*
aburrido	*boring*	*bored*
bueno	*good*	*good (food)*
enfermo	*sickly (person)*	*ill*
listo	*clever*	*ready*
loco	*insane*	*crazy, foolish*
malo	*bad*	*ill*
rico	*rich (prosperous)*	*delicious*
seguro	*safe*	*sure, certain*
verde	*green*	*unripe*
vivo	*cunning*	*alive*

Hay, an irregular form of the verb **haber,** is used to express the idea of *there is* or *there are.* It should not be confused with the verbs **ser** or **estar.**

> **Hay** muchos cuadros de Guayasamín en esta galería.

> Los cuadros **son** de paisajes y **son** muy grandes y con mucho color.

> Todos los cuadros **están** colgados en las paredes de la galería.

> Visit www.thomsonedu.com/ spanish for a Heinle iRadio podcast on grammar, **tener** and **tener** expressions.

Tener can also be translated as *to be,* but is limited to certain idiomatic expressions:

> Note that in some other idiomatic expressions, the verb **hacer** can also be translated as the verb *to be.* These are typically limited to weather and time expressions: **hace viento** *it is windy;* **hace sol** *it is sunny;* **hace calor/frío** *it is hot/cold.*

tener... años	*to be . . . years old*	tener miedo de (a)	*to be afraid of*
tener calor	*to be hot*	tener prisa	*to be in a hurry*
tener celos	*to be jealous*	(no) tener razón	*to be right (wrong)*
tener cuidado	*to be careful*	tener sed	*to be thirsty*
tener éxito	*to be successful*	tener sueño	*to be tired, sleepy*
tener frío	*to be cold*	tener suerte	*to be lucky*
tener hambre	*to be hungry*	tener vergüenza	*to be ashamed,*
tener la culpa	*to be guilty*		*embarrassed*

Práctica y expresión

1-8 En Uruguay Un grupo de amigos y tú están en Uruguay. ¿Qué piensan hacer si cambia el clima? Para saber más sobre el clima de Uruguay, escribe otra vez las oraciones siguientes.

1. Si llueve / yo / pensar / leer un libro.
2. Si hace sol / Javier / querer / irse a la playa.
3. Si está despejado / nosotros / ir / al campo.
4. Si hay tormenta, / ¿qué preferir / tú?
5. Si hay truenos / ¡yo / pensar / esconderme!

1-9 Estamos en Bolivia Lee las siguientes situaciones y describe qué está pasando. Usa expresiones con **ser** o **estar**.

> **Ejemplo** Si estás en Bolivia y la altura te molesta... (malo)
> **Estás malo. ¡Qué pena!**

1. Si estás en Bolivia y no quieres salir del hotel... (aburrido)
2. Si te gusta el escabeche muchísimo y quieres comer más... (rico)
3. Si el plátano es verde... (verde)
4. Si tomas seis tazas de mate... (loco)
5. Si caminamos todo el día por Bogotá... (cansado)
6. Si aprendes aymara en una semana... (listo)

1-10 En España Cristina va a España el semestre que viene y Jorge, un chico español de Madrid, le habla de su ciudad. Para saber lo que dice, completa su conversación usando expresiones con **tener.**

Jorge: Ay, Cristina, hace mucho tiempo que no voy a España. _____; yo también quiero ir.

Cristina: Sí, Jorge, _____. Pero también _____, pues Madrid es una ciudad grande y no conozco a nadie.

Jorge: Sí, es grande, pero te va a encantar, sobre todo por la vida nocturna. Te juro *(I swear)* que siempre vas a _____ porque vas a salir hasta muy tarde.

Cristina: Eso es lo que me dicen. Pues, dime, Jorge, ¿cuáles son tus lugares favoritos en la ciudad?

Jorge: A mí me gusta mucho ir al Prado. Es increíble.

Cristina: ¿Al Prado? Em... pues, Jorge, _____. No sé qué es el Prado.

Jorge: Ah, el Prado es uno de los museos más famosos del mundo. Tienes que verlo.

Cristina: Pues, sí voy a ir.

Jorge: Y también tienes que ver la Plaza Mayor. Tiene mucha historia, pero también es un buen sitio para charlar con amigos. Y si _____ podéis comer tapas allí. Pero _____ traer mucho dinero porque es un sitio turístico y la comida allí puede costar mucho.

Cristina: Bueno, Jorge. Gracias por la información.

1-11 **De viaje** ¿Qué hace la gente cuando viaja a un país latinoamericano? Para comparar tus experiencias con un(a) compañero(a), haz y contesta las siguientes preguntas.

1. ¿Pruebas platos exóticos?
2. ¿Hay comidas que no puedes o quieres comer?
3. ¿Quién de tu familia quiere ir a los museos, tus padres o tú?
4. ¿Tu familia va a lugares turísticos o va a pueblos pequeños?
5. ¿Aprendes el idioma local antes de ir al país?
6. ¿Quién compra más recuerdos en tu familia?
7. ¿Qué clima prefiere cada miembro de tu familia?
8. ¿Hay lugares que prefieres evitar *(avoid)?*

1-12 **Estudiante internacional** Ésta es la ficha de un estudiante internacional. Escribe otra vez la información usando expresiones con **ser** o con **estar**. Usa las siguientes palabras y frases: peruano, contento, listo, hablando por teléfono, inteligente, en los EE.UU. ahora, introvertido, bien hoy, estudiante, en su casa ahora.

Nombre: Dante Herrera-Gálvez

Dirección: 1036 Davisville, Tuscon, AZ. 85223

Nacionalidad: peruana

Especialidad: ingeniería

Cursos: matemática, economía, estadística

Pasatiempos: leer, caminar, resolver crucigramas

 1-13 **¿Quién eres?** Piensa y asume la personalidad de un(a) latinoamericano(a) o español(a) famoso(a). Con las siguientes preguntas, tu compañero(a) va a adivinar quién eres.

1. ¿Dónde vives? ¿Hace frío o calor ahora donde vives?
2. ¿Eres aburrido(a)? ¿Por qué piensas eso?
3. ¿Cuántos años tienes?
4. ¿Tienes hambre ahora? ¿Qué quieres comer? ¿Cuál es tu comida favorita?
5. ¿Tienes mala suerte en la vida? ¿Por qué piensas eso?
6. ¿Eres un(a) cantante (u otra profesión) pobre o un(a) pobre cantante? ¿Por qué dices eso?
7. ¿Estás aburrido(a) en esta entrevista? ¡¿Cómo es posible?!

Exploración literaria

"Cajas de cartón"

En esta selección vas a leer sobre las experiencias de un niño mexicano, hijo de trabajadores migratorios. El cuento describe la vida de esta familia en los campos de California, y también muestra los problemas que el chico enfrenta en una nueva escuela. El objetivo del autor es exponer las dificultades que tienen los trabajadores migratorios hispanos en integrarse a los Estados Unidos sin abandonar su dignidad y su identidad cultural.

Antes de leer

1. ¿En qué zonas de los Estados Unidos hay muchos trabajadores migratorios de origen hispano? ¿Hay trabajadores migratorios en tu estado?
2. ¿Has leído algún cuento o algún artículo sobre trabajadores migratorios? ¿Recuerdas alguna noticia reciente sobre ellos?
3. ¿Crees que los trabajadores migratorios son importantes para la economía de los Estados Unidos? ¿Por qué?

> **Lectura adicional alternativa:**
> José Martí, "Dos Patrias"

Estrategia de lectura | Reconocer cognados y palabras derivadas de palabras familiares

When you read in Spanish, you will come across many words with which you are not familiar. Rather than looking up every unfamiliar word in the dictionary, you should first determine whether these words are cognates (**cognados**) or derivatives (**derivadas**). Cognates are words that have forms and meanings similar to their English counterparts (for example, *immigrant* and **inmigrante**). Derivatives are words that come from other Spanish words with which you are familiar (for example, **campesino**, meaning *field worker*, is a derivative from the noun **campo**, *field*). In some instances you may encounter false cognates (**cognados falsos**), which are words that appear to have the same meaning in both languages because of having similar forms, but they can have radically different meanings. For example, the word **asistir** may seem like the English verb *to assist*, when it actually means *to attend*, as in "**él no asistiría a la escuela hoy**". Recognizing similarities in words between Spanish and English, as well as relating unknown Spanish words to familiar ones, are two simple strategies that will enable you to read more efficiently and with less reliance on a dictionary.

The words listed below have been taken from the reading. First determine whether the word in bold is a cognate (C) or a derivative (D), then try to define the word in English. Take into consideration the context in which the word appears in order to refine your definition.

	Cognate (C) or Derivative (D)	English equivalent
1. escuchó el **motor**	C	*engine, motor*
2. me **entristeció**		
3. era una olla vieja y **galvanizada**		
4. sentí un gran dolor de **estómago**		
5. salimos de nuestro **escondite**		
6. me saludó **cordialmente**		

> **Enfoque estructural:** Note the uses of **ser, estar, haber** and **tener** in the reading. Can you find any idiomatic expressions with **tener** studied in this chapter?

Now that you have identified the words, go back and look at the entire phrase of which each word is a part. You should be able to understand each phrase. Keep these phrases in mind as you read the selection. Also, be on the lookout for additional cognates and derivatives of familiar words.

Sobre el autor y su obra

Francisco Jiménez inmigró a los Estados Unidos desde México cuando tenía cuatro años. Sus padres eran trabajadores migratorios, y junto a su familia trabajó en los campos de California. Con mucho esfuerzo y dedicación, Jiménez realizó sus estudios en la Universidad de Santa Clara, y luego consiguió su maestría y doctorado en la Universidad de Columbia. Actualmente es profesor en el Departamento de Idiomas y Literatura de la Universidad de Santa Clara. Ha publicado gran cantidad de libros sobre la vida de los hispanos en los Estados Unidos, y en toda su obra se nota una fuerte influencia de sus experiencias como hijo de campesinos mexicanos inmigrantes.

FRANCISCO JIMÉNEZ (1943–)

> Cajas de cartón

Francisco Jiménez

Era a fines de agosto. Ito, el aparcero[1], ya no sonreía. Era natural. La cosecha de fresas terminaba, y los trabajadores, casi todos braceros, no recogían tantas cajas de fresas como en los meses de junio y julio.

Cada día el número de braceros disminuía. El domingo sólo uno —el mejor pizcador[2]— vino a trabajar. A mí me caía bien. A veces hablábamos durante nuestra media hora de almuerzo. Así fue como supe que era de Jalisco, de mi tierra natal. Ese domingo fue la última vez que lo vi.

Cuando el sol se escondía detrás de las montañas, Ito nos señaló que era hora de ir a casa. —Ya hes horra —gritó en su español mocho[3]. Ésas eran las palabras que yo ansiosamente esperaba doce horas al día, todos los días, siete días a la semana, semana tras semana, y el pensar que no las volvería a oír me entristeció.

Por el camino rumbo a casa, Papá no dijo una palabra. Con las dos manos en el volante[4] miraba fijamente hacia el camino. Roberto, mi hermano mayor, también estaba callado. Echó para atrás la cabeza y cerró los ojos. El polvo[5] que entraba de fuera lo hacía toser repetidamente.

Era a fines de agosto. Al abrir la puerta de nuestra chocita[6] me detuve. Vi que todo lo que nos pertenecía estaba empacado en cajas de cartón. De repente sentí aún más el peso de las horas, los días, las semanas, los meses de trabajo. Me senté sobre una caja, y se me llenaron los ojos de lágrimas al pensar que teníamos que mudarnos a Fresno.

Esa noche no pude dormir, y un poco antes de las cinco de la madrugada Papá, que a la cuenta tampoco había pegado[7] los ojos en toda la noche, nos levantó. A los pocos minutos los gritos alegres de mis hermanitos, para quienes la mudanza era una aventura, rompieron el silencio del amanecer. Los ladridos[8] de los perros pronto los acompañaron.

Mientras empacábamos los trastes[9] del desayuno, Papá salió para encender la Carcachita. Ése era el nombre que Papá le puso a su viejo Plymouth negro. Lo compró en una agencia de carros usados en Santa Rosa. Papá estaba muy orgulloso de su carro. "Mi Carcachita", lo llamaba cariñosamente. Tenía derecho a sentirse así. Antes de comprarlo, pasó mucho tiempo mirando otros carros. Cuando al fin escogió la Carcachita, la examinó palmo a palmo. Escuchó el motor, inclinando la cabeza de lado a lado como un perico, tratando de detectar cualquier ruido que pudiera indicar problemas mecánicos. Después de satisfacerse con la apariencia y los sonidos del carro, Papá insistió en saber quién había sido el dueño. Nunca lo supo, pero compró el carro de todas maneras. Papá pensó que el dueño debió haber sido alguien importante porque en el asiento de atrás encontró una corbata azul.

Papá estacionó el carro enfrente de la choza y dejó andando el motor.[10] —¡Listo! —gritó. Sin decir palabra, Roberto y yo comenzamos a acarrear[11] las cajas de cartón al carro. Roberto cargó las dos más grandes y yo las más chicas. Papá luego cargó el colchón[12] ancho sobre la capota del carro y lo amarró a los parachoques[13] con sogas para que no se volara con el viento en el camino.

Todo estaba empacado menos la olla de Mamá. Era una olla vieja y galvanizada que había comprado en una tienda de segunda en Santa María. La olla estaba llena de abolladuras y mellas[14], y mientras más abollada estaba, más le gustaba a Mamá, "Mi olla", la llamaba orgullosamente.

Sujeté abierta la puerta de la chocita mientras Mamá sacó cuidadosamente su olla, agarrándola por las dos asas[15] para no derramar los frijoles cocidos. Cuando llegó al carro, Papá tendió las manos para ayudarle con ella. Roberto abrió la puerta posterior del carro y Papá puso la olla con mucho cuidado en el piso detrás del asiento. Todos subimos a la Carcachita. Papá suspiró, se limpió el sudor[16] de la frente con las mangas de la camisa, y dijo con cansancio—: Es todo.

Mientras nos alejábamos, se me hizo un nudo en la garganta[17]. Me volví[18] y miré nuestra chocita por última vez.

Al ponerse el sol[19] llegamos a un campo de trabajo cerca de Fresno. Ya que Papá no hablaba inglés, Mamá le preguntó al capataz[20] si necesitaba más trabajadores. —No necesitamos a nadie —dijo él rascándose la cabeza—. Pregúntele a Sullivan. Mire, siga este camino hasta que llegue a una casa grande y blanca con una cerca alrededor. Allí vive él.

Cuando llegamos allí, Mamá se dirigió a la casa. Cruzó la cerca, pasando entre filas de rosales hasta llegar a la puerta. Tocó el timbre. Las luces del portal se encendieron y un hombre alto y fornido salió. Hablaron brevemente. Cuando él entró en la casa, Mamá se apresuró hacia el carro. —¡Tenemos trabajo! El señor nos permitió quedarnos allí toda la temporada —dijo un poco sofocada[21] de gusto y apuntando hacia un garaje viejo que estaba cerca de los establos.

El garaje estaba gastado por los años. Roídas por comejenes[22], las paredes apenas sostenían el techo agujereado. No tenía ventanas y el piso de tierra suelta ensabanaba[23] todo de polvo.

Esa noche, a la luz de una lámpara de petróleo, desempacamos las cosas y empezamos a preparar la habitación para vivir. Roberto enérgicamente se puso a barrer el suelo; Papá llenó los agujeros de las paredes con periódicos viejos y hojas de lata. Mamá les dio de comer a mis hermanitos. Papá y Roberto entonces trajeron el colchón, y lo pusieron en una de las esquinas del garaje. —Viejita —dijo Papá, dirigiéndose a Mamá— tú y los niños duerman en el colchón. Roberto, Panchito y yo dormiremos bajo los árboles.

Muy tempranito por la mañana al día siguiente, el señor Sullivan nos enseñó donde estaba su cosecha y, después del desayuno, Papá, Roberto y yo nos fuimos a la viña[24] a pizcar.

A eso de las nueve, la temperatura había subido hasta cerca de cien grados. Yo estaba empapado de sudor y mi boca estaba tan seca que parecía como si hubiera estado masticando un pañuelo[25]. Fui al final del surco[26], cogí la jarra de agua que habíamos llevado y comencé a beber. —¡No tomes mucho; te vas a enfermar! —me gritó Roberto. No había acabado de advertirme cuando sentí un gran dolor de estómago. Me caí de rodillas y la jarra se me deslizó de las manos. Solamente podía oír el zumbido de los insectos. Poco a poco me empecé a recuperar. Me eché agua en la cara y en el cuello y miré el lodo[27] negro correr por los brazos y caer a la tierra que parecía hervir.

Todavía me sentía mareado[28] a la hora del almuerzo. Eran las dos de la tarde y nos sentamos bajo un árbol grande de nueces que estaba al lado del camino. Papá apuntó el número de cajas que habíamos pizcado. Roberto trazaba diseños en la tierra con un palito. De pronto vi palidecer[29] a Papá que miraba hacia el camino. —Allá viene el camión[30] de la escuela —susurró alarmado. Instintivamente, Roberto y yo corrimos a escondernos entre las viñas. El camión amarillo se paró frente a la casa del señor Sullivan. Dos niños muy limpiecitos y bien vestidos se apearon[31]. Llevaban libros bajo sus brazos. Cruzaron la calle y el camión se alejó. Roberto y yo salimos de nuestro escondite y regresamos adonde estaba Papá. —Tienen que tener cuidado —nos advirtió.

Después del almuerzo volvimos a trabajar. El calor oliente y pesado, el zumbido de los insectos, el sudor y el polvo hicieron que la tarde pareciera una eternidad. Al fin las montañas que rodeaban el valle se tragaron el sol. Una hora después estaba demasiado oscuro para seguir trabajando. Las parras[32] tapaban las uvas y era muy difícil ver los racimos[33]. —Vámonos —dijo Papá, señalándonos que era hora de irnos. Entonces tomó un lápiz y comenzó a calcular cuánto habíamos ganado ese primer día. Apuntó números, borró algunos, escribió más. Alzó la cabeza sin decir nada. Sus tristes ojos sumidos[34] estaban humedecidos.

Cuando regresamos del trabajo, nos bañamos afuera con el agua fría bajo una manguera[35]. Luego nos sentamos a la mesa hecha de cajones de madera y comimos con hambre la sopa de fideos, las papas y tortillas de harina blanca recién hechas. Después de cenar nos acostamos a dormir, listos para empezar a trabajar a la salida del sol.

Al día siguiente, cuando me desperté, me sentía magullado[36]; me dolía todo el cuerpo. Apenas[37] podía mover los brazos y las piernas. Todas las mañanas cuando me levantaba me pasaba lo mismo hasta que mis músculos se acostumbraron a ese trabajo.

Era lunes, la primera semana de noviembre. La temporada de uvas se había terminado y yo podía ir a la escuela. Me desperté temprano esa mañana y me quedé acostado mirando las estrellas y saboreando[38] el pensamiento de no ir a trabajar y de empezar el sexto grado por primera vez ese año. Como no podía dormir, decidí levantarme y desayunar con Papá y Roberto. Me senté cabizbajo[39] frente a mi hermano. No quería mirarlo porque sabía que estaba triste. Él no asistiría a la escuela hoy, ni mañana, ni la próxima semana. No iría hasta que se acabara la temporada de algodón, y eso sería en febrero. Me froté[40] las manos y miré la piel seca y manchada de ácido enrollarse y caer al suelo.

Cuando Papá y Roberto se fueron a trabajar, sentí un gran alivio. Fui a la cima de una pendiente cerca de la choza y contemplé la Carcachita en su camino hasta que desapareció en una nube de polvo.

Dos horas más tarde, a eso de las ocho, esperaba el camión de la escuela. Por fin llegó. Subí y me senté en un asiento desocupado. Todos los niños se entretenían hablando o gritando.

Estaba nerviosísimo cuando el camión se paró delante de la escuela. Miré por la ventana y vi una muchedumbre[41] de niños. Algunos llevaban libros, otros juguetes. Me bajé del camión, metí las manos en los bolsillos, y fui a la oficina del director. Cuando entré oí la voz de una mujer diciéndome: —*May I help you?* Me sobresalté[42]. Nadie me había hablado en inglés desde hacía meses. Por varios segundos me quedé sin poder contestar. Al fin, después de mucho esfuerzo, conseguí decirle en inglés que me quería matricular en el sexto grado. La señora entonces me hizo una serie de preguntas que me parecieron impertinentes. Luego me llevó a la sala de clase.

El señor Lema, el maestro de sexto grado, me saludó cordialmente, me asignó un pupitre[43] y me presentó a la clase. Estaba tan nervioso y asustado en ese momento cuando todos me miraban que deseé estar con Papá y Roberto pizcando algodón. Después de pasar lista, el señor Lema le dio a la clase la asignatura de la primera hora. —Lo primero que haremos esta mañana es terminar de leer el cuento que comenzamos ayer —dijo con entusiasmo. Se acercó a mí, me dio su libro y me pidió que leyera. —Estamos en la página 125 —me dijo. Cuando lo oí, sentí que toda la sangre se me subía a la cabeza, me sentí mareado. —¿Quisieras leer? —me preguntó en un tono indeciso. Abrí el libro a la página 125. Sentía la boca seca. Los ojos se me comenzaron a aguar. El señor Lema entonces le pidió a otro niño que leyera.

Durante el resto de la hora me empecé a enojar más y más conmigo mismo. "Debí haber leído", pensaba yo.

Durante el recreo me llevé el libro al baño y lo abrí a la página 125. Empecé a leer en voz baja, pretendiendo que estaba en clase. Había muchas palabras que no sabía. Cerré el libro y volví a la sala de clase.

El señor Lema estaba sentado en su escritorio. Cuando entré me miró sonriendo. Me sentí mucho mejor. Me acerqué a él y le pregunté si me podía ayudar con las palabras desconocidas. —Con mucho gusto —me contestó.

El resto del mes pasé mis horas de almuerzo estudiando inglés con la ayuda del buen señor Lema.

Un viernes, durante la hora del almuerzo, el señor Lema me invitó a que lo acompañara a la sala de música.

—¿Te gusta la música? —me preguntó.

—Sí, muchísimo —le contesté, entusiasmado—. Me gustan los corridos mexicanos.

Él, entonces, cogió una trompeta, la tocó, y me la pasó. El sonido me hizo estremecer. Era un sonido de corridos que me encantaba. —¿Te gustaría aprender a tocar este instrumento? —me preguntó. Debió haber comprendido la expresión en mi cara porque antes de que yo respondiera, añadió: —Te voy a enseñar a tocar esta trompeta durante las horas del almuerzo.

Ese día casi no podía esperar el momento de llegar a casa y contarles las nuevas[44] a mi familia. Al bajar del camión me encontré con mis hermanitos que gritaban y brincaban[45] de alegría. Pensé que era porque yo había llegado, pero al abrir la puerta de la chocita, vi que todo estaba empacado en cajas de cartón.

---

[1]**aparcero** *sharecropper* [2]**pizcador** *picker*
[3]**español mocho** *broken Spanish* [4]**volante**
steering wheel [5]**polvo** *dust* [6]**chocita** *shack*
[7]**pegado...** cerrado los ojos [8]**ladridos**
barking [9]**trastes** platos [10]**dejó...** *left the*
engine on [11]**acarrear** llevar [12]**colchón**
mattress [13]**parachoques** *bumper*
[14]**abolladuras...** *dents and nicks*
[15]**asas** *handles* [16]**sudor** *sweat*
[17]**se me hizo...** *I felt a lump in my throat*

[18]**me volví** *I turned around* [19]**al ponerse...**
al atardecer [20]**capataz** jefe [21]**sofocada**
overwhelmed [22]**roídas...** comidas por
termitas [23]**ensabanaba** cubría [24]**viña**
plantación de uvas [25]**como si...** *as if I had*
been chewing on a hankerchief [26]**surco**
trench [27]**lodo** barro, tierra [28]**mareado**
dizzy [29]**palidecer** ponerse pálido [30]**camión**
autobús [31]**se apearon** se bajaron [32]**parras**
grapevines [33]**racimos** *bunches*

[34]**sumidos** *sunken* [35]**manguera** *hose*
[36]**magullado** con dolor [37]**apenas** *barely*
[38]**saboreando** disfrutando [39]**cabizbajo** con
la cabeza baja [40]**me froté** *rubbed*
[41]**muchedumbre** grupo numeroso [42]**me**
sobresalté *startled* [43]**pupitre** escritorio
pequeño [44]**las nuevas** las noticias
[45]**brincaban** saltaban

Después de leer

1-14 Reconocer cognados y palabras derivadas de palabras familiares Haz una lista de todos los cognados que encontraste en la lectura y otra lista de las palabras derivadas. Compara tu lista con la de un(a) compañero(a). ¿Han encontrado algunos usos del inglés en la lectura? ¿Por qué se encuentran esas palabras?

Cognados	Palabras derivadas

1-15 Comprensión y expansión En parejas o en grupos de tres, contesten las siguientes preguntas.

1. ¿Por qué se muda la familia al principio del cuento?

2. ¿A dónde se mudan? ¿Cómo es el lugar donde viven?

3. ¿En qué condiciones trabajan? ¿Cuántas horas por día crees que trabajan? ¿Les pagan un salario decente?

4. ¿Por qué se esconden el narrador y su hermano cuando el autobús de la escuela para frente a la casa del señor Sullivan?

5. Cuando termina la temporada de uvas, ¿cómo se siente el narrador?

6. ¿Con quién habla el narrador en la escuela el primer día de clases? ¿Qué piensa el narrador de estas personas?

7. ¿Cómo reacciona el narrador cuando vuelve de la escuela y ve las cajas de cartón? ¿Por qué?

8. ¿Crees que los padres tienen la culpa de que el niño tenga que trabajar en lugar de asistir a la escuela? ¿Por qué?

9. En tu opinión, ¿este cuento describe bien la realidad de los trabajadores migratorios, o es posible que el autor esté exagerando un poco? ¿Por qué?

Introducción al análisis literario | Identificar voces y personajes

In the selection you have just read, the narrator **(narrador)** is also a character **(personaje)** in the story. When the main character, or protagonist **(protagonista)** narrates the story from his or her point of view (as a "**yo**"), we identify the narrative voice **(voz narrativa)** as the first person **(primera persona)**. In addition to a first person narration it is also possible to have a second person narration **(segunda persona)** and, more commonly, a narration in third person **(tercera persona)**. In a second person narration, the voice is directed to the reader as "**tú**", and in a third person narration, a more distanced "**él**" or "**ella**" relates to the story. In addition to the narrator and the protagonist, which can be one and the same, there are other secondary characters **(personajes secundarios)**. In "Cajas de cartón", the protagonist introduces several secondary characters that help in the development of the plot. Go back over the reading and identify the characters that are introduced by the narrator. Next, indicate their roles in the context of the story.

Personaje	Rol en el cuento

Do any of these characters have more important roles than others? Do you think all of these are secondary characters, or are there any who could be considered main characters **(personajes principales)**? Are there any characters that could be taken out without causing any changes in the plot? If there are some that won't affect the outcome of the story, why do you suppose the author decided to include them?

Actividad de escritura

The selection you have read presents you with a good portrayal of the narrator's life and experiences. However, the other characters are not as developed. Select one of the secondary characters in the story and develop a short narration with them as protagonists. For example, you could write about what the mother does while the father and sons are working in the field. Or possibly, the father meets the original owner of the "Carcachita" and their lives change completely. It can be written in first person or third person, whichever fits your story better.

Vocabulario en contexto

Los hispanos en los Estados Unidos

Festival de la Herencia Hispana

Día **festivo** para todas las comunidades latinas en Los Ángeles

12 de octubre 12:00-8:00 P.M.

¡**Festejemos** nuestros **logros** y nuestro **orgullo** latino!

César Chávez
icono de la raza

CONCIERTOS
Ritmos bailables de rock, banda, cumbias, salsa, merengue y más...

Artistas: Maná, Graciela Beltrán, Marc Anthony, El Gran Combo de Puerto Rico, Álex Bueno...

CERTÁMENES CON PREMIOS
DE MÁS DE $1.000,00

- poesía en español
- fotografía
- pintura
- baile

COMIDA
Los invitamos a **degustar** platos exquisitos de nuestra diversa cocina latina

Arepas, arroz con frijoles, carnes al carbón, empanadas, tamales...

Puestos de comida

Escenario

HOLLYWOOD BLVD

Fuegos artificiales 8:00 P.M.

Espectáculo de Ballet folklórico de México

LAS PALMAS AVE

¡OJO! Don't forget to consult the **Índice de palabras conocidas**, p. A2, to review vocabulary related to heritage and festivals.

> For additional practice see the **Activity File** at the end of this text: **Capítulo 1, Vocabulario B. Un hispano en los Estados Unidos.** p. D17; and **Vocabulario D. Los hispanos en mi ciudad.** p. D18.

> Other words and phrases related to Spanish-speakers in the U.S. are cognates with English words: **diverso(a)** *(diverse);* **dominante** *(dominant);* **generación** *(generation);* **heterogéneo(a)** *(heterogeneous);* **homogéneo(a)** *(homogeneous);* **influencia** *(influence);* **origen** *(origin).*

> In addition to the many U.S. states that have Spanish names, several states have Spanish versions of their names. Some examples include: **Nueva Hampshire, Nueva Jersey, Nuevo México, Nueva York.** There are also Spanish names for the people from some states, such as: **neoyorquino(a) (de Nueva York); niuyoricano(a) (puertorriqueño(a) de Nueva York);** and **tejano(a) (de Texas).**

Para hablar de los hispanos en los Estados Unidos

el anglo(hispano)hablante	*English (Spanish) speaker*
los antepasados	*ancestors*
el aporte	*contribution*
el (la) boricua	*Puerto Rican*
el (la) chicano(a)	*Chicano*
la clase social	*social class*
la etnia / el grupo étnico	*ethnic group*
la minoría	*minority*
la población	*population*
abundar	*to abound (to be abundant)*
asimilarse	*to assimilate*
destacar(se)	*to distinguish (oneself)*
establecerse	*to establish (oneself)*
influir	*to influence*
inmigrar	*to immigrate*
pertenecer	*to belong to (to pertain to)*
superarse	*to improve oneself*
valorar (los valores)	*to value (values)*

Para hablar de las celebraciones

el entusiasmo	*enthusiasm*
las fiestas patrias	*celebrations in honor of a group's homeland*
la pachanga	*party (party music)*
la pista de baile	*dance floor*
el puesto	*stand (booth)*
alucinante	*amazing, incredible*
entretenido(a)	*entertaining*
acoger	*to welcome, receive*

Para enriquecer la comunicación: Para hablar de los festivales

Todo va a **salir bien/mal.**	*Everything is going to **turn out well/badly.***
No **cabe duda** que vamos al festival.	*There's **not a doubt** that we're going to the festival.*
Afortunadamente abundan los chicanos por aquí.	***Fortunately,** there are a lot of chicanos around here.*
¡Pedro!, ¿**quiúbole?**	*Pedro, **What's up?** (Chicano Spanish)*
¡Qué **padre!**	*How **cool!** (México/U.S. Spanish)*
¿**A poco?**	*Really? (México/U.S. Spanish)*
¡**Ándale!**/¡**Órale!**	*All right! (Interjection) (México)*

Práctica y expresión

 1-16 **Ceremonia de inicio** Escucha el siguiente discurso que inicia la celebración del Festival de la Herencia Hispana en Los Ángeles y luego contesta las preguntas que siguen.

CD1–4

1. ¿Cuál es la fecha de la primera Fiesta Nacional de la Herencia Hispana en los Estados Unidos?
2. ¿Qué importancia tienen las fechas del Mes de la Herencia Hispana?
3. Según la presentadora, ¿qué celebran en el Día de la Raza?
4. ¿Dónde van a presentar los conciertos del festival?
5. ¿A qué hora van a entregar los premios de los certámenes?
6. ¿Cómo van a cerrar el festival?

 1-17 **En otras palabras** Toma turnos con un(a) compañero(a) de clase para explicar en español el significado de cada una de las siguientes palabras.

1. los antepasados
2. asimilarse
3. un icono
4. la clase social
5. abundar
6. inmigrar

 1-18 **Iconos latinos** Empareja la persona con su logro o aporte. Luego, describe todo lo que sabes de esa persona, de sus antepasados y de sus logros y/o aportes.

1. Ellen Ochoa
2. Mario J. Molina
3. Jean Michel Basquiat

4. Dolores Huerta
5. Sammy Sosa
6. Salma Hayek

a. co-fundadora con César Chávez de Los Campesinos Unidos de América, AFL-CIO *(UFW)*
b. jugador de béisbol de la República Dominicana que llegó a ser el decimoctavo jugador, y el primer latino, en conectar 500 jonrones en la historia del béisbol de las Grandes Ligas

c. pintor estadounidense nacido en Brooklyn, hijo de madre puertorriqueña y padre haitiano
d. la primera astronauta latina en el espacio
e. actriz mexicana de mucho éxito en Hollywood
f. científico de MIT y ganador del Premio Nobel de química en 1995

1-19 Celebraciones latinas A continuación tienes algunas de las celebraciones latinas más populares en los Estados Unidos. Describe lo que sabes de cada evento. Si no conoces el evento, haz una investigación por Internet. ¿Cuáles son las fechas de las celebraciones? ¿Dónde toman lugar? ¿Qué festejan? ¿Cómo son las celebraciones? ¿Has participado tú o alguien que conoces en una de estas celebraciones? ¿Qué otras celebraciones latinas importantes no están en la lista? Trata de ver cuántas celebraciones toman lugar cerca de tu universidad.

1. El Día de la Raza
2. El Día de los muertos
3. Carnaval Miami – Festival de la Calle Ocho
4. El Cinco de mayo
5. El desfile puertorriqueño en Nueva York / el Día Nacional de Puerto Rico

 1-20 La influencia latina en los Estados Unidos Usen la información de las siguientes tablas para comenzar una discusión sobre varios aspectos de la influencia hispana que hay hoy en día en los Estados Unidos. Traten de pensar en por lo menos dos detalles en cada categoría. Luego, compartan sus ideas con otros de la clase.

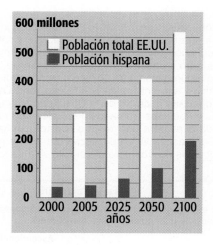

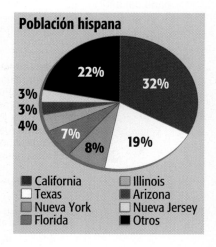

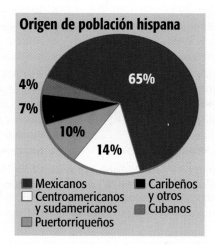

1. Lugares de los EE.UU. donde se ve más influencia latina
2. Lugares que llevan nombres en español
3. Palabras inglesas de origen español
4. Películas sobre hispanos
5. Deportes con jugadores hispanos
6. Personas que conocen

Espejos

Contribuciones de los hispanos

Los ciudadanos estadounidenses de ascendencia hispana han contribuido enormemente al desarrollo de los EE.UU. Han dejado su huella en la política, el servicio público, la industria, el entretenimiento, los deportes, los negocios, la ciencia y también en el servicio militar.

El General Ricardo Sánchez, nacido en Texas de padres mexicanos, sirvió como Comandante General de las fuerzas armadas aliadas en Irak. Su madre trabajó sola para mantener a cinco hijos. Ricardo, de adolescente, también trabajó para ayudarla. Fue el primero en su familia en graduarse de la escuela secundaria. Estudió, con la ayuda del ROTC, en la Universidad de Texas A&I y más adelante obtuvo su maestría *(masters)* en ingeniería. En el ejército *(army)*, con perseverancia y disciplina subió hasta la distinguida posición de Comandante General. En diciembre de 2003, la revista nacional *Hispanic* lo nombró "El hispano del año".

Nydia Margarita Velázquez nació en Yabucoa, Puerto Rico, hija de una familia muy pobre. Su padre era trabajador de caña de azucar y sólo llegó hasta tercer grado. A la casa que Nydia compartía con nueve hermanos le faltaban las comodidades modernas, pero a pesar de su humilde comienzo, Nydia fue la primera mujer de su familia en recibir un diploma de colegio. Cuando tenía 16 años asistió a la Universidad de Puerto Rico y a la Universidad de Nueva York. Entre sus logros está el haber sido nombrada directora nacional de la Oficina de Migración en el Departamento de Asuntos Públicos y Recursos Humanos. Pero alcanzó la cumbre de su carrera política cuando fue elegida la primera Congresista puertorriqueña al Congreso de los Estados Unidos. Ahora la Congresista Velázquez lucha por apoyar proyectos federales para crear trabajos, casas y escuelas nuevas para mejorar la vida de los pobres.

Las dos culturas

A. Los EE.UU. es un país formado por inmigrantes, algunos más recientes que otros. ¿Sabes la ascendencia de los siguientes estadounidenses?

Nombre	Ascendencia
1. Martina Navratilova	a. italiana
2. Henry Kissinger	b. alemana
3. Noam Chomsky	c. austriaca
4. El presidente John F. Kennedy	d. dominicana
5. Oscar de la Renta	e. africana
6. Geraldine Ferraro	f. boliviana
7. Andre Agassi	g. mexicana
8. Oprah Winfrey	h. iraní
9. Raquel Welch	i. checa
10. Cristina Aguilera	j. rusa
11. Arnold Schwarzenegger	k. irlandesa
12. General Ricardo Sánchez	l. ecuatoriana

B. ¿Podrías identificar algunos hispanos que se han destacado en los Estados Unidos?

C. ¿Qué profesiones ejercen? *(What do they do?)* ¿Son atletas? ¿Son actores o músicos? ¿Son escritores? ¿Son políticos, científicos u hombres o mujeres de negocios?

D. ¿Por qué no conocemos a muchos hispanos en los campos de la ciencia, la literatura o los negocios?

Estructuras

iLrn ¡OJO! Before beginning this section, review the following themes on p. B4 of the **Índice de gramática:** Gender of articles and nouns, Personal **a,** Contractions, Demonstrative adjectives, and Demonstrative pronouns.

> For additional practice see the **Activity File** at the end of this text: **Capítulo 1, Estructuras C. Otra contribución hispana.** p. D46.

> The definite article is optional with the following countries: (la) **Argentina,** (el) **Brasil,** (el) **Canadá,** (la) **China,** (el) **Ecuador,** (el) **Paraguay,** (el) **Perú,** (el) **Uruguay.**

> Note that English omits the article in these cases.

> Note that English uses possessive adjectives in these cases.

> When seasons and days of the week (as proper nouns) are discussed as specific dates or periods, they require the definite article, for example, **la próxima primavera** or **el viernes pasado.**

Usos de artículos definidos e indefinidos; Concordancia y posición de adjetivos

In describing and identifying, articles and adjectives are subject to modifications according to their use and position in a sentence.

Los usos del artículo definido

The definite article is used in Spanish:

1. with nouns that are used in a general or abstract sense, or with non-count nouns.

    El entusiasmo siempre abunda en las fiestas patrias.
    Y **la** música tiene un papel importante.

2. with certain countries, cities and geographic regions such as **Los Ángeles, Las Antillas, El Salvador, Los Estados Unidos, La Gran Bretaña, La Habana, La República Dominicana.**

3. with geographic names or other proper nouns modified by an adjective.

    Hay mucha arquitectura bonita en **el** San Diego antiguo.
    Nos encanta **la** amable población de San Diego.

4. with reflexive verbs followed by parts of the body and articles of clothing.

    Me lavo **la** cara y me pongo **el** vestido para el desfile.

5. with titles, except **don/doña,** when talking *about* a person but omitted when talking *to* the person.

    Quiero hablar con **el** profesor.
    —Profesor, ¿puedo hablar con usted?

6. with names of languages, except when following the verb **hablar,** or the prepositions **de** or **en.** The article is frequently omitted after the verbs **aprender, comprender, enseñar, entender, escribir, estudiar, leer,** and **saber.** However, the article is used with the preceding verbs if a modifying word or phrase describes the language.

    Quiero aprender inglés.
    Se habla **el** español puro en muchos lugares en el país.

7. with days of the week to mean *on,* and with times of day and dates.

    El viernes, **el** cuatro de julio, vamos a ver los fuegos artificiales.
    Salimos a **las** ocho de **la** mañana.

8. with units of weight, quantity, or frequency.

    Bailamos merengue dos veces a **la** semana.
    Las bebidas cuestan $5 **la** botella.

9. with names of meals.

    ¿A qué hora es **el** almuerzo?

10. with names of sports and games.

Los usos del artículo indefinido

As in English, the use of the indefinite article communicates that a noun is not known to the listener or reader. Once the noun has been introduced, the definite article is used.

—Hay **un** artículo interesante sobre la Calle Ocho.
—¿Quieres leer **el** artículo ahora mismo?

Omisiones del artículo indefinido

The indefinite article is not used as frequently in Spanish as it is in English. Although the indefinite article may mean *some* or *a few,* it is less specific than **algunos(as).** When the idea of *some* is emphasized, **algunos** or **algunas** is used.

Tengo **algunos** amigos que inmigraron de Cuba.

The indefinite article is *not* used:

1. before the words **cien(to), cierto, mil, otro, medio,** and after **qué** and **tal.**

   Esta banda va a tocar cien canciones.
   Quiero escuchar otra banda.
   Podemos ganar mil dólares en el certamen.
   ¡Qué día tan fantástico!

2. after the verbs **ser** and **hacerse** *(to become)* with professions, religions, nationality, or political affiliation, unless the nouns following these verbs are modified.

   Unmodified: Él es profesor de estudios caribeños.
   Modified: Sí, y es *un* profesor <u>excelente</u>.

3. after the prepositions **sin** and **con,** unless the following noun is modified by an adjective, or unless it carries the meaning of *one.*

   Unmodified: Llegamos sin problema a la celebración del Día de la raza.
   Modified: Pero volvimos con *un* dolor de cabeza terrible después de escuchar tanta música.
   Meaning *one:* Y yo volví sin *un* centavo en los bolsillos. Gasté todo mi dinero en la comida tan buena.

La concordancia de los adjetivos

In Spanish, adjectives agree in number and in gender with the nouns that they modify, according to the following patterns:

Adjectives that end in **-o** have four different forms.

	Masculine	**Feminine**
Singular	chicano	chicana
Plural	chicanos	chicanas

Adjectives that end in any other vowel or in a consonant have only two forms, singular and plural. Like nouns, they show singular and plural by adding **-s** to vowels and **-es** to consonants.

importante	importante**s**
difícil	difícil**es**

Visit www.thomsonedu.com/spanish for a Heinle iRadio podcast on grammar, adjectives.

> For additional practice see the **Activity File** at the end of this text: **Capítulo 1, Estructuras D. Todos somos iguales.** p. D46.

> Remember that words that end in **-z** change the **z** to **c** before adding **-es,** for example: **feliz, felices.**

Adjectives of nationality that end in a consonant, or descriptive adjectives that end in **-dor,** **-ín, -ón,** and **-án,** add **-a** to show feminine agreement. These adjectives have four forms.

español	española	españoles	españolas
francés	francesa	franceses	francesas
encantador	encantadora	encantadores	encantadoras
juguetón	juguetona	juguetones	juguetonas
andarín	andarina	andarines	andarinas
charlatán	charlatana	charlatanes	charlatanas

The following adjectives have a short masculine form *before* a singular masculine noun:

bueno	un **buen** logro	*but*	un logro **bueno**
malo	**mal** día	*but*	una carroza **mala**
primero	**primer** certamen	*but*	los **primeros** certámenes
tercero	el **tercer** mes	*but*	la **tercera** celebración
alguno	**algún** hispanohablante	*but*	**alguna** isla
ninguno	**ningún** condado	*but*	**ninguna** provincia

If a single adjective *follows* and modifies two nouns and one of the nouns is masculine, the adjective will be plural masculine. If, however, a single adjective *precedes* and modifies two or more nouns, it will agree with the first noun.

En esta región hay volcanes y lomas **bonitos.**

En las **pequeñas** islas y bosques encontramos muchos pájaros.

Lo, the neuter form of the definite article, can be combined with a singular masculine adjective to refer to abstract ideas.

Lo bueno *(The good thing)* es que el cielo está despejado.

Un paso más allá: La posición de los adjetivos

Descriptive adjectives normally follow the noun that they modify. They can be placed before the noun to call attention to a natural characteristic of the noun. When the adjective is placed after the noun, the adjective is in a position of contrast, identifying an attribute of the noun in opposition to other more intrinsic possibilities.

Sobre el acantilado hay **bellas** flores.   Las flores **feas** no son muy comunes.

The following adjectives change meaning, depending on their position either before or after the noun:

Adjective	Before the noun	After the noun
antiguo	*former, old*	*ancient, old*
cierto	*some, certain*	*sure, certain*
medio	*half*	*middle*
mismo	*same*	*the thing itself*
nuevo	*another, different*	*brand new*
pobre	*pitiful*	*destitute, poor*
viejo	*former*	*old*

Veo los **mismos** puestos en la calle.
El escenario **mismo** es muy bonito.
Hay un hombre **viejo** que sale primero para hablar de las **viejas** tradiciones.

Práctica y expresión

1-21 El Festival de la familia Completa el siguiente párrafo para saber cómo es el Festival de la familia en Sacramento, California. Decide si se necesita un artículo definido o no en el espacio.

Al Festival de la familia en California va muchísima gente. Hay gran variedad de comida y mucha alegría. En _____ puestos venden comida mexicana. _____ comida mexicana es la más popular, pero también hay comida centroamericana, como de _____ Guatemala y _____ Salvador.

_____ música es _____ alma del festival. Es muy alegre. ¡Tienes que mover _____ pies! Hay bandas de mariachi como también grupos que tocan cumbia de _____ Colombia.

_____ domingo, el festival empieza a las 11 de la mañana, pero a mi vecino, _____ Don Luis, le gusta ir por _____ tarde porque ¡_____ artículos para la venta están más baratos!

1-22 Festivales ¿Sabes qué puedes encontrar en festivales o celebraciones? Con un(a) compañero(a), mira a ver cuánto sabes sobre el tema. Escribe el artículo indefinido y di si esto se encuentra en un festival o no. ¡OJO! algunos no necesitan un artículo indefinido.

> **Ejemplo** ¿_____escenario?
> **¿Hay un escenario? Sí, hay.**

1. ¿_____ banda de música?
2. ¿_____ profesores de cálculo enseñando?
3. ¿_____ batería?
4. ¿_____ tres o cuatro grupos musicales?

5. ¿_____ premios?
6. ¿_____ cantantes?
7. ¿_____ puesto de comida?
8. ¿_____ música?

1-23 Observaciones Parte de lo divertido de un festival es mirar a la gente. ¿Qué observas? Contesta las preguntas sustituyendo las palabras subrayadas.

> **Ejemplo** Ese grupo mariachi es muy buen grupo. ¿Qué piensas sobre esos grupos de salsa?
> **Esos grupos de salsa son muy buenos.**

1. Esas muchachas con los trajes típicos son encantadoras. ¿Qué piensas de ese muchacho?
2. Ese niño juguetón y alegre es mexicano. ¿Y esas niñas?
3. Las enchiladas de esos puestos son grandes y riquísimas. ¿Qué piensas de los tacos?
4. El primer acto del sábado es el mismo que el primer acto del domingo. ¿Qué opinas de los primeros actos?
5. ¡La fiesta es fantástica! ¿Qué piensas de las luces y el escenario?

1-24 ¿Qué está pasando en este festival? Estas imágenes son de un festival hispano en los Estados Unidos. Descríbele las fotos a otro(a) estudiante.

1.

1. En la foto 1, ¿de dónde es el hombre? Adivina.

2. ¿Qué está representando? Describe su disfraz.

3. ¿Qué están haciendo las otras personas en el escenario? Describe sus trajes.

2.

4. En la foto 2, ¿qué están haciendo? ¿De dónde son? Adivina.

5. Describe su uniforme.

1-25 Opiniones Con un(a) compañero(a), habla sobre los siguientes aspectos de las celebraciones y luego compara lo que sabes con otros grupos.

1. ¿Qué festivales conoces? ¿Qué piensas de ellos?
2. ¿Qué es lo bueno, lo malo, lo interesante de los festivales?
3. ¿Cómo son los certámenes de los festivales que conoces?
4. ¿Hay buena música? ¿Qué crees?
5. ¿Te gustan los fuegos artificiales? ¿Qué piensas de ellos? ¿Cuándo hay fuegos artificiales en tu vecindario?

1-26 Latinoamericanos Piensa en un latinoamericano bien conocido y descríbeselo a tu compañero(a) de clase. Él o ella tiene que adivinar quién es.

Ejemplo **Esta persona es un buen actor de cine. Es más o menos guapo. Tiene el pelo negro y un poco largo. Es puertorriqueño. En una película es un policía mexicano. Fue una película excelente. ¿Quién es?**
(Benicio del Toro)

Rumbo abierto

> **Paso 1** ¿Qué asocias con las siguientes palabras? Empareja las frases de la columna A con las frases de la columna B.

A	B
_____ **1.** los mexicanos en los Estados Unidos	**a.** una nueva frontera
_____ **2.** la cultura azteca	**b.** judíos, cristianos y moros
_____ **3.** la mezcla de las razas en América	**c.** grupo étnico-cultural mesoamericano
_____ **4.** España medieval	**d.** chicanos
_____ **5.** la guerra entre los Estados Unidos y México	**e.** indígenas, africanos, europeos

> **Paso 2** Francisco Alarcón, poeta y profesor universitario, nos da su opinión sobre el significado que para él tiene la palabra *chicano* y sobre las contribuciones de los latinos a la cultura norteamericana. Para facilitar tu comprensión recuerda la estrategia de lectura que aprendiste en este capítulo (reconociendo cognados y palabras derivadas de palabras familiares). Además, lee la siguiente lista de palabras claves antes de leer la entrevista.

Mexica. Cultura mesoamericana que controló gran parte de México durante los siglos XV y XVI.

Mestizaje. Término que se usa para denominar la mezcla de las razas en Latinoamérica.

Sefardita. Grupo judío que vivió en España y Portugal durante la Edad Media. Fueron expulsados en el siglo XV.

Ahora lee el fragmento de la entrevista que aparece en la siguiente página.

> **Paso 3** Después de leer el fragmento de la entrevista, decide si las siguientes afirmaciones son ciertas o falsas. Corrige las falsas.

1. La palabra *chicano* es una abreviación de la palabra mexicano-americano.

2. El movimiento chicano surgió en los Estados Unidos en 1848.

3. Los chicanos se sienten muy orgullosos de su herencia indígena.

4. La música tropical es un ejemplo de la contribución latina a la cultura de este país.

5. La comida representa la única influencia latina en la cultura norteamericana.

> **Paso 4** Entrevista a un(a) compañero(a). Hazle las siguientes preguntas.

1. ¿Con qué grupo étnico-cultural te identificas?

2. ¿De dónde viene tu familia? Describe el lugar o el país.

3. ¿Mantuvieron algunos de los valores de su cultura nativa? ¿Cuáles?

4. ¿Lograron el sueño americano?

5. Explica si la historia de tu familia es parecida a la de Alarcón.

¿Qué significado personal tiene para usted la denominación chicano?

La palabra chicano es un término para mí muy importante y ésta es una palabra de origen indígena, viene de un término de la lengua nahuátl que fue de los aztecas. Lo chicano tiene que ver con un movimiento que surgió en los Estados Unidos en los años sesenta para poder recobrar un sentido de orgullo étnico y cultural, entonces la palabra chicano para mí es muy positiva. Quiere decir que somos parte del continente, que nuestra historia no comienza en 1848 con el tratado de Guadalupe Hidalgo, tampoco comienza con el descubrimiento de América en 1492 sino que se remonta a hace miles de años. La palabra chicano hace entonces un énfasis en la historia y en la cultura indígena de América y para mí tiene un valor importantísimo.

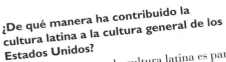

¿De qué manera ha contribuido la cultura latina a la cultura general de los Estados Unidos?

Bueno yo pienso que la cultura latina es parte de los Estados Unidos desde siempre. California es una palabra de origen español. Estamos aquí cerca de Sacramento, cerca de San Francisco, todos son términos de origen hispano, entonces sin duda tiene que ver con el mundo y la cultura hispana que llegó hasta los Estados Unidos en el siglo XVI. El impacto que se está viendo es más y más en la cultura popular, por ejemplo, ¿qué podemos hacer sin la comida mexicana y la comida latina? Cuando era niño en California era difícil encontrar tortillas de maíz o de harina de trigo en los mercados comunes y corrientes. En los Estados Unidos ahora hay tortillas en todas partes. La cocina mexicana es parte de la dieta norteamericana, la música, yo creo que el impacto de la música latina es importantísimo. El impacto principalmente de la música cubana y puertorriqueña, los ritmos tropicales y aun la música mexicana tiene un gran impacto en el arte.

A mí me parece que una de las contribuciones más importantes de la cultura tiene que ver con el arte visual. Hacemos buenos artistas visuales los chicanos. Podemos ir a cualquier museo. Nos damos cuenta de que el impacto visual de artistas chicanos es tremendo y sin duda que la literatura también va a tener impacto, así que yo creo que estamos teniendo impacto a muchos niveles. Demográficamente, ¿qué serían los Estados Unidos sin los latinos?, ¿qué sería California sin los latinos? No sería California, no habría este sabor en el suroeste. Entonces para mí es algo muy importante. Treinta y cinco millones de latinos viven en Estados Unidos, más hispanohablantes hay en Estados Unidos que en toda Centroamérica. Yo pienso que el futuro de California va a ser otra vez una combinación de culturas, un mestizaje entre latinos y anglos y otros grupos étnicos que van a dar una realidad nueva diferente a la que estamos viviendo actualmente. Yo creo que el impacto cultural va a ser tremendo.

¡A escribir!

El informe

ATAJO *Functions:* Talking about the present; Making transitions; Linking ideas
Vocabulary: Family members; Nationality
Grammar: Adjectives: agreement; Articles: definite & indefinite; Verbs: present; Verbs: use of **ser** & **estar**

> ## Paso 1

El informe es un tipo de texto que *informa* al lector de datos, causas y circunstancias relacionados con una cuestión de interés. Esta tira cómica nos presenta una cuestión cultural de interés en nuestra sociedad: ¿Cómo se identifican las personas de ascendencia hispana en este país? Tu trabajo es el de investigar esta cuestión y reportar los resultados en un breve informe escrito.

> ## Paso 2

Busca algunas definiciones de los términos *hispano* y *latino*. Luego, entrevista a varias personas de ascendencia hispana que viven en tu comunidad para ver qué significan los términos para ellos y cómo se identifican. Usa las siguientes preguntas u otras que piensas que son importantes:

¿Usted se identifica más como *hispano, latino* u otro término? ¿Por qué? Para Ud., ¿qué significan los términos *hispano* y *latino*? ¿De qué país es su familia? ¿Cuánto tiempo lleva su familia en los Estados Unidos? ¿Habla español con su familia?

Apunta bien las respuestas de cada persona. Después de conseguir toda la información, apunta tus respuestas a estas preguntas: ¿Qué tienen en común todas las definiciones de hispano y latino que encontraste? ¿Qué diferencias tienen? ¿Hay alguna preferencia por un término u otro? ¿Cuál es? ¿Quiénes son las personas que prefieren este término? ¿Tienen algo en común? ¿Son de un país hispano en particular? ¿Hablan español en casa?

Ahora, escribe una oración completa para describir la preferencia o falta de preferencia que encontraste en tu entrevista. Por ejemplo: *En mi comunidad la gente de ascendencia hispana se identifica con el término* latino(a).

> Before beginning your report, read the Estrategia de escritura on p. 31.

ESTRATEGIA DE ESCRITURA

El proceso de redacción

Good writing typically involves the following four stages: *Planning, discovery, composing,* and *revising,* and a good writer will revisit any given stage during any part of the process.

Planning: Think critically about your writing task and consider the following questions: *What am I being asked to write and what is its function? What do I already know about this topic? What kind of research is appropriate given the task at hand (i.e., Internet search, personal interviews, library search)? Who is this piece of writing directed toward and how might that affect what I write?*

Discovery: Gather information. Spend 10–15 minutes *brainstorming,* that is, jotting down on paper any ideas that come to mind about your topic and task. Once done, you can look at all the ideas and decide which will work best for your purposes.

Composing: Write and structure your ideas. To keep your writing coherent, develop each idea separately in its own paragraph. As you compose, check to see that what you are writing reflects the goals and purposes you stated for your task in the planning stage. Ask yourself: *Does my text respond to the task and topic? Does each paragraph develop a particular aspect of the topic? Does my writing respond to the special needs of my audience?*

Revising: Look critically at your work. Ask yourself the questions posed in the *composing* stage. This type of revision is called the *content* revision and should always come before the *surface form* revision. During the *surface form* phase, check for spelling and accent errors (for which you can use Spanish spell check to catch many, but not all errors), vocabulary usage, and grammar errors. It is helpful to get peer feedback on your writing during this stage.

> ## Paso 3

Escribe el primer borrador de tu informe. Lo que escribes debe contestar la pregunta, ¿*Cómo prefiere identificarse la gente de ascendencia hispana en mi comunidad?* Para comenzar tu informe, usa la oración que escribiste en el Paso 2. Luego, escribe varias oraciones para explicar esta primera oración. Incluye información sobre la definición que mejor resuma (*summarizes*) el significado de los términos para la gente que entrevistaste. También, si es relevante, puedes incluir las respuestas que apuntaste a las preguntas del Paso 2. Al final, escribe un buen título para tu informe.

> ## Paso 4

Trabaja con un(a) compañero(a) de clase para revisar tu primer borrador. Lee su informe y comparte con él/ella tus respuestas a las siguientes preguntas: ¿Contesta su informe la pregunta de cómo prefiere identificarse la gente de ascendencia latina en su comunidad? ¿Presenta definiciones de los términos? ¿Crees que las oraciones del párrafo (o de los párrafos) explican bien su primera oración? Si no, ¿qué consejos le das a tu compañero(a) para resolver el problema? ¿Necesitas separar un párrafo en dos porque presenta más de una idea específica? ¿Comprendes todas las palabras y frases que usa tu compañero(a)? Señala lo que no comprendes y tu compañero(a) puede ver si esas palabras o frases son correctas. ¿Qué otras recomendaciones puedes hacer?

> ## Paso 5

Considera los comentarios de tu compañero(a), haz los cambios necesarios y haz también una revisión de forma (*surface form revision*). Mira las formas de los verbos que usas: ¿Concuerdan (*Do they agree*) con su sujeto? ¿Usaste bien los verbos irregulares? ¿Usaste correctamente los verbos *ser* y *estar*? Ahora, mira los adjetivos y artículos definidos e indefinidos. ¿Concuerdan en número y género con los sustantivos (*nouns*) que describen? Corrige todos los errores y escribe un nuevo borrador.

¡A ver!

Los premios Grammys latinos

> **Paso 1**   Cada año, en Los Ángeles, los Grammys latinos celebran el talento de muchos artistas hispanos. Antes de ver este vídeo sobre la ceremonia de los Grammys latinos del año 2005, contesta las siguientes preguntas y luego compara tus respuestas con un(a) compañero(a).

1. ¿Miras programas de premios, como los Emmys, los Grammys o los Oscars? ¿Has visto los Grammys latinos alguna vez?

2. ¿Sabes los nombres de algunos músicos latinos? ¿Cuáles? ¿Sabes de qué países son? *Shakira-Columbia, Julio Iglesias- Enrique " -*

3. ¿Crees que la música latina algún día va a convertirse en algo tan popular como el rap para los jóvenes? *espero que sí!*

> **Paso 2**

Mira el segmento y toma notas sobre los artistas que van a mencionar.

Juanes

> **Paso 3**   ¿Qué recuerdas? Contesta las siguientes preguntas.

1. ¿Qué artistas se mencionan en el vídeo? ¿De qué países son?
   Juanes -columbia, Fey-mexico
2. ¿Es ésta la primera ceremonia de los Grammys latinos para Juanes? *no*
   ¿Cómo sabes esto? *porque él ganó nueve Grammys anterior de esta ceremonia*
3. Según Juanes, ¿por qué son importantes los Grammys latinos?
   celebran la musica, la cultura
4. ¿Quién es Emilio Estefan? *el marido de Gloria Estefan*
5. ¿Qué opina Tego Calderón de los Grammys latinos? ¿Por qué?

que es hipocrítico (hipocrita-person)

reggaeton
los Aaterciopelados

> **Paso 4**   Con otro(a) estudiante, prepara una breve presentación sobre un(a) artista hispano(a) famoso(a) en los Estados Unidos. No te olvides de mencionar de qué país es, qué tipo de música hace, y si ha ganado alguna vez un Grammy u otro premio en este país.

CD1–5

Para hablar de dónde vienes

la ascendencia *heritage / nationality*
el atractivo *attraction*
el condado *county*

antiguo(a) *old*
indígena *indigenous*

compartir *share*
gozar *to enjoy*
nacer *to be born*

Para describir la geografía y el clima de un sitio

el acantilado *cliff*
el altiplano *high plateau*
la altura *height / altitude*
el amanecer *sunrise*
la bahía *bay*
el cerro *hill*
el chubasco *heavy rain shower*
la cordillera *mountain chain*
el desierto *desert*
el huracán *hurricane*
la isla tropical *tropical island*

el Mar Mediterráneo / Mar Caribe
    Mediterranean / Caribbean Sea
la neblina *fog*
la puesta del sol *sunset*
el relámpago *lightning flash*
la tormenta *storm*
el trueno *thunder*
el volcán *volcano*

(estar) en el borde *(to be) on the edge*
(estar) en las afueras *(to be) on the outskirts*
(estar) situado(a) *(to be) situated*

(estar) despejado *(to be) clear (skies)*
encantador(a) *charming*
(ser) húmedo(a) *(to be) humid*
montañoso(a) *mountainous*
plano(a) *flat*
rocoso(a) *rocky*
(ser) seco(a) *(to be) dry*
soleado(a) *sunny*

llover (ue) *to rain*
lloviznar *to drizzle*
nevar (ie) *to snow*

Para hablar de los hispanos en los Estados Unidos

el anglo(hispano)hablante *English/Spanish speaker*
los antepasados *ancestors*
el aporte *contribution*
el (la) boricua *Puerto Rican*
el (la) chicano(a) *Chicano*
la clase social *social class*
la etnia / el grupo étnico *ethnicity / ethnic group*

el icono *icon*
el logro *achievement*
la minoría *minority*
el orgullo *pride*
la población *population / village*

abundar *to abound*
asimilarse *to assimilate*
destacar(se) *to (make something) stand out / to make oneself stand out*

establecer(se) *to establish (something) / to establish oneself*
influir *to influence*
inmigrar *to immigrate*
pertenecer a *to belong to*
superar(se) *to overcome / to improve oneself*
valorar / los valores *to value / values*

Para hablar de las celebraciones

el certamen *contest*
el entusiasmo *enthusiasm*
el escenario *stage*
el espectáculo *show*
las fiestas patrias *celebrations in honor of one's homeland*
los fuegos artificiales *fireworks*
la pachanga *party (party music)*

la pista de baile *dance floor*
el premio / premiar *award / to award*
el puesto *booth*
el ritmo bailable *danceable rhythm*
la (música) salsa/cumbia/merengue *salsa/cumbia/merengue music*

alucinante *amazing, incredible*
entretenido(a) *entertaining*

exquisito(a) *exquisite*
festivo(a) *festive*
verdadero(a) *real, true*

acoger *to welcome*
degustar *to taste, sample*
festejar *to celebrate*

Capítulo (2)

RUMBO A GUATEMALA, HONDURAS Y NICARAGUA

Metas comunicativas

En este capítulo vas a aprender a...

- describir a tu familia y las relaciones familiares
- describir los ritos, celebraciones y tradiciones familiares
- narrar en el pasado
- contar y escribir una anécdota sobre ritos y celebraciones en tu familia

Estructuras

- **Haber** + el participio pasado
- Diferencias básicas entre el pretérito y el imperfecto
- Más diferencias entre el pretérito y el imperfecto

Cultura y pensamiento crítico

En este capítulo vas a aprender a...

- describir y explicar los conceptos, ritos y tradiciones de diferentes familias
- comprender la relación existente entre el concepto de familia de los centroamericanos y sus ceremonias religiosas
- describir y apreciar las celebraciones familiares importantes, como la quinceañera

  Track 11

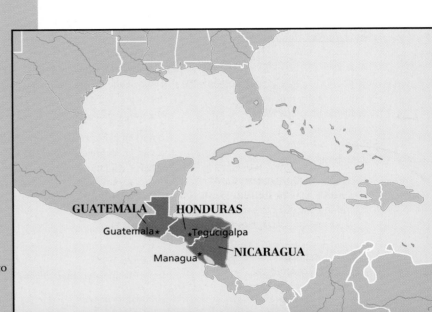

Guatemala, Honduras y Nicaragua

1000 AC Florece la cultura maya en Centroamérica

1502 Cristóbal Colón llega a las costas de Honduras

1524 Pedro Alvarado conquista Guatemala

| 1000 AC | 1500 | 1520 | 1775 | 1850 | 1910 | 1915 |

Los Estados Unidos

1776 Se proclama la independencia de las trece colonias

1849 Se inicia la fiebre del oro en California

1907 Los EE.UU. envía tropas a Honduras

1912 El presidente Wilson da principio a la celebración del Día de la madre

34 >

La familia: Tradiciones y alternativas

Miguel Ángel Asturias

Palenque, México

Violeta Barrios de Chamorro

Marcando el rumbo

2-1 Nicaragua, Honduras y Guatemala: ¿Qué sabes de Centroamérica? Con un(a) compañero(a), determina si las siguientes ideas sobre estas tres naciones de Centroamérica y su gente son ciertas o falsas. Si son falsas, corrígelas y escribe lo que te parezca correcto.

CD1-6

1. El español es la lengua oficial en toda Centroamérica.
2. Guatemala tiene sitios arqueológicos muy importantes.
3. Rigoberta Menchú es una reconocida novelista.
4. Honduras, Guatemala y Nicaragua gozan de una gran diversidad de climas.
5. El Movimiento Sandinista de Liberación Nacional es una agrupación política de Nicaragua.

2-2 El mundo centroamericano: Guatemala, Honduras y Nicaragua Vas a escuchar una descripción de algunas características sobresalientes de estos tres países.

Paso 1: Escucha la siguiente descripción de ciertos aspectos culturales de Centroamérica y toma notas.

La civilización maya	Honduras
Guatemala	Nicaragua

Paso 2: ¿Cierto o falso? Lee las siguientes oraciones e indica si son ciertas o falsas. Si la oración es falsa, corrígela.

1. La civilización maya es la cultura prehispánica más importante de Centroamérica.
2. Guatemala ha producido dos Premios Nobel.
3. Honduras tiene un clima tropical y exporta petróleo.
4. Violeta Chamorro fue la primera presidenta de Nicaragua.

Paso 3: ¿Qué recuerdas? La descripción de países que acabas de escuchar incluyó algunos rasgos geográficos, históricos, étnicos, económicos y culturales. ¿Qué país te gustaría visitar y por qué?

1968 El guatemalteco Miguel Ángel Asturias gana el Premio Nobel de Literatura

1979 El Movimiento Sandinista de Liberación Nacional derrota al dictador Somoza en Nicaragua

1987 Se firma el Plan de Paz de Centroamérica

1990 Violeta Barrios de Chamorro es elegida presidenta de Nicaragua

1992 Rigoberta Menchú gana el Premio Nobel de la Paz

1970   **1980**   **1985**   **1990**   **1995**   **2005**

1972 El presidente Nixon inaugura la celebración del Día del padre

1992 Los EE.UU., México y Canadá firman el Tratado de Libre Comercio

1994 Se celebra en Miami La Cumbre de las Américas

2004 El presidente Bush notifica al Congreso su intención de firmar un tratado de libre comercio con Centroamérica (CAFTA).

Vocabulario en contexto

Las familias tradicionales, modernas y alternativas

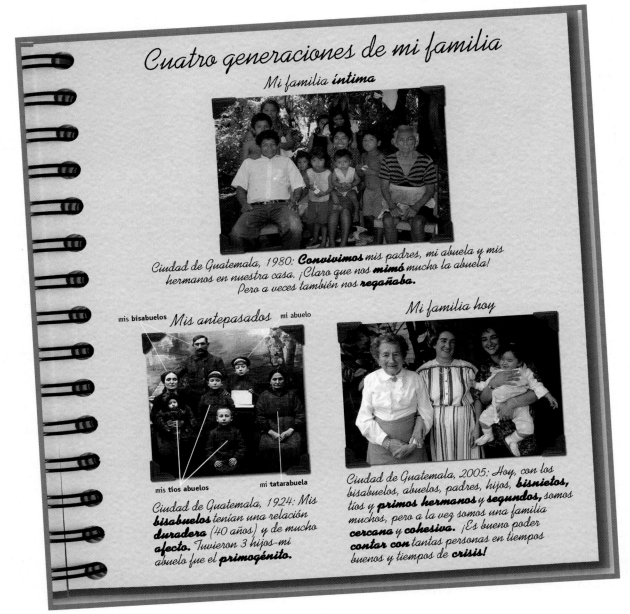

Cuatro generaciones de mi familia

Mi familia *íntima*

Ciudad de Guatemala, 1980: **Convivimos** mis padres, mi abuela y mis hermanos en nuestra casa. ¡Claro que nos **mimó** mucho la abuela! Pero a veces también nos **regañaba.**

Mis antepasados

mis **bisabuelos**   mi abuelo

mis tíos abuelos   mi **tatarabuela**

Ciudad de Guatemala, 1924: Mis **bisabuelos** tenían una relación **duradera** (40 años) y de mucho **afecto.** Tuvieron 3 hijos–mi abuelo fue el **primogénito.**

Mi familia hoy

Ciudad de Guatemala, 2005: Hoy, con los bisabuelos, abuelos, padres, hijos, **bisnietos,** tíos y **primos hermanos** y **segundos,** somos muchos, pero a la vez somos una familia **cercana** y **cohesiva.** ¡Es bueno poder **contar con** tantas personas en tiempos buenos y tiempos de **crisis!**

¡LRN ¡OJO! Don't forget to consult the **Índice de palabras conocidas**, pp. A2–A3, to review vocabulary related to family and familial relationships.

Visit www.thomsonedu.com/spanish for a Heinle iRadio podcast on pronunciation, **N** and **Ñ**.

> For additional practice see the **Activity File** at the end of this text: **Capítulo 2, Vocabulario A. Vecino curioso**. p. D19; and **Vocabulario B. Más preguntas**. p. D19

> Other words and phrases related to family and familial relationships are cognates of English words: **disciplinar / la disciplina; estricto, firme, nuclear, pareja homosexual / heterosexual, respeto.**

Atención a la palabra: Soportar is a false cognate and does not mean *to support* in the sense of giving moral/financial support. Rather it means to tolerate, a verb that does have a cognate form in Spanish, **tolerar.** Another Spanish verb that means *to tolerate* or *to put up with* is **aguantar.** The correct verb to use to indicate support, as in help, is **apoyar.**

> **¿Nos entendemos?** Throughout the Spanish-speaking world there are many different words for family members. Some are regional and are limited to a particular area. For example, in Guatemala the word **chichí**, from Mayan, is used for *grandmother,* but in Honduras **chichí** means *baby.* In parts of Spain the words **yayo(a)** are used for *grandfather* and *grandmother* in addition to **abuelo(a).**

Para hablar de los lazos familiares

el (la) hijastro(a)	*stepson (stepdaughter)*
el (la) hijo(a) adoptivo(a) / adoptar	*adopted child / to adopt*
el (la) hijo(a) único(a)	*only son/child (daughter)*
el (la) huérfano(a)	*orphan*
el (la) medio hermano(a)	*half brother (sister)*
la niñera	*baby-sitter*
el (la) primogénito(a)	*first born*
la segunda pareja	*second marriage / second wife/husband*

Para describir las relaciones familiares

la comunicación franca	*frank/open communication*
la expectativa	*expectations*
la (in)fidelidad / ser (in)fiel	*(un)faithfulness / to be (un)faithful*
la intimidad / privacidad	*intimacy, privacy*
el malentendido	*misunderstanding*
alternativo(a)	*alternative*
estable	*stable*
extendido(a)	*extended*
lejano(a)	*distant*
monoparental	*single parent*
contar (con)	*to count on*
criar	*to raise*
educar	*to educate; to teach manners to*
fracasar / el fracaso	*to fail / failure*
independizarse	*to become independent*
pelear / la pelea	*to fight / a fight*
proveer / el (la) proveedor(a)	*to provide / provider*
rechazar / el rechazo	*to reject / rejection*
soportar	*to tolerate*

Para enriquecer la comunicación: Para expresar el afecto

Sí, **cariño/cielo/querido(a)**.	*Yes, honey.*
¡Ven aquí, **bombón**!	*Come here, sweetie!*
¡Cuánto te quiero, **mijo(a)**!	*I love you so much, my son/daughter!*
Mi **media naranja** y yo tenemos tres hijos.	*My better half and I have three kids.*
Tenemos que **hacer las paces**, mi amor.	*We have to make up (make peace), my love.*
La quiero **como a una hermana**.	*I love her like a sister.*

Práctica y expresión

CD1-7

2-3 La historia familiar Mercedes Vanegas Rivas está grabando su historia familiar y comienza con los detalles de la rama materna de su familia. Escucha su historia e indica la relación que tiene cada una de las siguientes personas con Mercedes. Luego, contesta las preguntas que siguen.

Ana María Barreto Paniagua *big abuela*
Alfonso Cruz Paniagua *bisabuelo*
Luisa Cruz Barreto *abuela*
Josefina Cruz Barreto

Jesús Rivas Torres
Catarina Rivas Cruz *madre*
Francisco Bustamante Arenas *marido (1)*
José Luis Navas Reyes *marido (2)*

1. ¿Por qué cree Mercedes que sus bisabuelos tenían el mismo apellido materno? *parientes lejanos*
2. ¿Por qué se divorció Mercedes de su primer esposo? *fue infiel*
3. ¿Quién es Juliana? *eran optada para Mercedes y José*
4. ¿Cuál es el apellido de Jorge, el hijo de Mercedes Vanegas Rivas y José Luis Navas Reyes? *Jorge Navas Vanegas*
5. Describe la familia de Mercedes ahora. ¿Cómo es la relación entre ellos? *quine nietos*

2-4 Mi historia familiar Toma turnos con tu compañero(a) para contar sus historias familiares. Mientras tu compañero(a) te habla, dibuja su árbol genealógico y tu compañero(a) va a hacer lo mismo contigo. ¿Es parecida tu familia a la de tu compañero(a)? ¿Por qué sí o no?

2-5 Relaciones familiares Con un(a) compañero(a), contesta las siguientes preguntas según las costumbres de tu familia.

1. ¿La niñera se considera como parte de la familia?
2. ¿Qué tipo de relación tienes con tu familia íntima? Describe.
3. ¿Hay sólo un proveedor en tu casa? ¿Quién es?
4. ¿Qué hacen en tu familia cuando hay un malentendido entre dos miembros?
5. En tu familia, ¿cómo regañan a los niños cuando no se portan bien?
6. ¿Se valora mucho la intimidad en tu familia? Explica.
7. En tu familia, ¿ha cambiado el concepto de familia o los valores a través de los años? Explica.

2-6 La unidad familiar en la tele y las películas Con un grupo de compañeros(as), piensen en tres o cuatro familias de programas de la tele y/o de películas recientes. Describan los miembros de las familias y las relaciones entre ellos. Luego, contesten las siguientes preguntas.

1. ¿Hay una variedad de relaciones familiares representadas? Describan esta variedad.
2. ¿Creen que esa variedad refleja bien la realidad de la familia estadounidense en el siglo XXI? ¿Por qué sí o no?
3. ¿Hay alguna diferencia entre la representación de familias estadounidenses y familias hispanas?
4. ¿Cómo comparan las familias que investigaron con las familias en la tele y en las películas de hace 30–40 años?

¿Qué es una familia?

E l concepto de familia en muchas partes de Latinoamérica y España es diferente al de los Estados Unidos. La noción va más allá de la familia nuclear que incluye a un marido, mujer e hijos. En muchos países de Latinoamérica, al igual que en Guatemala, Nicaragua y Honduras, si preguntas: "¿Tienes una familia grande?", seguramente la persona va a pensar en sus padres, abuelos, tíos, primos...

Es posible encontrar varias generaciones bajo un mismo techo (under the same roof). Después de que uno de los abuelos queda viudo(a), es normal que se mude (move) a la casa de una hija y participe activamente en la disciplina de los niños. Los ancianos que viven en un asilo (convalescent home) generalmente no tienen familia.

Los hijos no se van de la casa a los 18 años. El momento apropiado para mudarse de la casa es cuando la persona va a formar una nueva familia después de casarse. Es normal y natural que los hijos de 20 a 30 años vivan en la casa de sus padres. El salir de la casa a los 19 o 20 años sin una razón válida, le dice al mundo que hay problemas o desamor en la familia.

> Cuatro perspectivas

Perspectiva I Cuando piensas en el concepto de familia, ¿qué es "normal" para ti en los EE.UU.? Menciona si es **muy común, poco común** o **muy extraño.**

1. Un abuelo que vive con sus hijos y nietos
2. Una abuela que disciplina a su nieta en frente del padre de la niña
3. Una hija o hijo de 26 años que vive con sus padres
4. Un(a) muchacho(a) soltero(a) de 21 años que no vive con sus padres
5. Un(a) hijo(a) que vive en las dos casas de sus padres divorciados

Perspectiva II ¿Cómo vemos a los centroamericanos?

1. Los jóvenes no tienen un espíritu de independencia.
2. Los hondureños están muy apegados (attached) a sus padres.
3. Los guatemaltecos aman a su familia.

4. Los abuelos interfieren en la vida familiar.
5. La disciplina de los niños debe ser sólo la responsabilidad del padre y de la madre.
6. Los jóvenes nicaragüenses son listos, no tienen que pagar alquiler.

Perspectiva III En Honduras, Nicaragua y Guatemala, algunos jóvenes dicen:

Es mejor llegar a casa del trabajo y estar con la familia en vez de estar solo.

¿Por qué poner al abuelo en un asilo? ¡Estaría muy sólo! ¿...y si le pasa algo?

Mi abuela me regaña, ¡pero también me defiende de mis padres!

Perspectiva IV ¿Cómo ven a los estadounidenses? ¿Sabes?

Las dos culturas

¿Crees que en los EE.UU. no hay unión familiar? ¿Tiene tu familia (extendida) reuniones familiares?

¿Sí? ¿Con qué frecuencia? ¿Dónde? ¿Cuándo? / ¿No? ¿Por qué no?

¿Conoces a una familia latinoamericana? ¿Cómo es? ¿Es diferente a la tuya?

Estructuras

iLrn **¡OJO!** Before beginning this section, review the following themes on pp. B5–B8 of the **Índice de gramática:** Regular preterite verbs, Verbs with spelling changes in the preterite, Stem-changing preterite verbs, Irregular verbs in the preterite, Imperfect tense, Adverbs of time, Time expressions with **hace que; llevar, acabar de,** Past participles of regular verbs, Irregular past participles.

> For additional practice see the **Activity File** at the end of this text: **Capítulo 2, Estructuras A. Una familia perfecta.** p. D47; and **Estructuras B. Una celebración caótica.** p. D47.

Haber + el participio pasado; Diferencias básicas entre el pretérito y el imperfecto

In the following section you will review verb tenses used to describe events and conditions in the past, such as details of an engagement.

Los tiempos perfectos: *Haber* + el participio pasado

One way speakers of both Spanish and English talk about the past is to use the perfect tenses. The present perfect tense (**el tiempo presente del perfecto**) communicates the idea of *have/has done* something, describing an action that has started before the present moment and continues into the present.

Gloria y Esteban **han hablado** mucho de sus problemas matrimoniales. (presente del perfecto)

```
|———————X————————————————————————|——————————————→
        han hablado de sus problemas              (momento presente)
```

In this example, Gloria and Esteban have discussed their marital problems before the moment the sentence was uttered (i.e., the present moment).

The past perfect or pluperfect (**el pluscuamperfecto**) communicates the idea of *had done* something, describing an action that had taken place before another point in time in the past.

Gloria y Esteban ya **habían hablado** mucho de sus problemas cuando decidieron ir a ver a un consejero matrimonial. (pluscuamperfecto)

```
|————X————————————————X———————————|——————————————→
     habían hablado de sus    decidieron ir a ver a un   (momento presente)
     problemas               consejero matrimonial
```

In this example, when Gloria and Esteban decided to see a marriage counselor, they had already discussed their problems previously. Both of those actions took place prior to the moment the sentence was uttered (i.e., the present).

To form the present perfect, Spanish speakers use a present tense form of the auxiliary verb **haber** + the past participle of a second verb.

he has ha hemos habéis han	regalado (*-ar* verb) proveído (*-er* verb) convivido (*-ir* verb)

To form the past perfect, or pluperfect, Spanish speakers use an imperfect form of the auxiliary verb **haber** + the past participle of a second verb.

había habías había habíamos habíais habían	criado sido elegido

Diferencias básicas entre el pretérito y el imperfecto

When Spanish speakers choose to convey specific information about the time or times of an event in the past, they use either the preterite or the imperfect tense.

Use the preterite to:

- talk about completed actions, events, or in reference to either the beginning or the end of an action.

    Gloria y Esteban **se casaron** en 1975.

    (Ellos) **Empezaron a tener** dificultades en el matrimonio en 1980.

    Lamentablemente, (ellos) **se divorciaron** en 1983.

Use the imperfect to:

- describe actions in progress when neither the beginning nor the end of the action is being emphasized.

    Durante el noviazgo, Gloria y Esteban **se veían** mucho.

    En esa época ellos **se llevaban** bastante bien.

- talk about past progressive actions.

    Esteban **viajaba** mucho cuando la relación empezó a deteriorarse.

- talk about habitual or repeated actions in the past, ideas that are typically communicated in English with *used to* or *would*.

    Cuando Gloria y Esteban **eran** adolescentes, siempre **hacían** planes para el futuro.

- talk about time of day, age and weather in the past.

    Gloria **tenía** 18 años cuando salió con Esteban por primera vez.

    Era de noche y **hacía** un poco de calor.

> ### Un paso más allá: Expresiones de tiempo que requieren o el pretérito o el imperfecto

The following time expressions often signal either the preterite or the imperfect tense. The expressions that usually introduce preterite verbs refer to specific instances in the past or communicate a sense of a completed action or event. The expressions that frequently introduce imperfect verbs refer to repeated or habitual actions in the past or indicate an instance of two actions occurring simultaneously.

Preterite time expressions	Imperfect time expressions
anoche	a menudo
ayer	cada día / todos los días
durante	frecuentemente
cuando	generalmente, por lo general
el semestre pasado	mientras
la semana pasada	muchas veces
hace (una hora, un día, un mes)	siempre

Visit www.thomsonedu.com/ spanish for a Heinle iRadio podcast on grammar, preterite and imperfect.

> The imperfect progressive (**el imperfecto progresivo**) is used to place greater emphasis on the ongoing nature of the action. In the example, **Él hablaba por teléfono**, the imperfect tense itself carries a past progressive meaning, *He was talking*. If one were to say **Él estaba hablando por teléfono**, using the past progressive tense, greater emphasis would be placed on the ongoing nature of the action of talking on the phone.

Práctica y expresión

2-7 Cuando era niño Describe lo que hacía Juan Ramón cuando era niño y en el otro dibujo, qué hizo él la semana pasada. Pregúntale a tu compañero(a) de clase si hacía algo similar.

1. ¿Qué hacía Juan Ramón cuando tenía cinco años?
2. ¿Qué hizo Juan Ramón la semana pasada?
3. Pregunta a un(a) compañero(a): ¿Hacías algo similar de niño(a)? ¿y ayer?

2-8 La vida de un maya en el mundo de hoy Llena los espacios en blanco con las formas correctas del pretérito o el imperfecto del verbo que está en paréntesis para conocer la vida real de este maya. Luego usando el mismo modelo, prepara una narración de tu propia vida para compartirla con la clase.

Me llamo José Alejandro Iuit Canul. Mis apellidos son maya y **1.**_____ (nacer) en la ciudad de Antigua, Guatemala. **2.**_____ (completar) mis estudios de primaria en la colonia Yucatán. De niño, mi familia y yo **3.**_____ (vivir) en la sierra. Todos los días **4.**_____ (jugar) por horas con mis hermanos después de la escuela, en vez de hacer la tarea. Mi madre siempre **5.**_____ (regañarnos). Más adelante **6.**_____ (estudiar) en Antigua, donde **7.**_____ (completar) mis estudios profesionales.

Mi padre **8.**_____ (llamarse) Fermín B. Iuit y el nombre de mi madre **9.**_____ (ser) María del Pilar Canul. Los dos **10.**_____ (morir) cuando yo **11.**_____ (tener) 32 años. Recuerdo que siempre **12.**_____ (sentir) mucho orgullo *(pride)* de ser maya. ¡Igual que yo!

2-9 Desde entonces... ¿Qué ha pasado desde la muerte del cacique Lempira? Cambia las palabras con asterisco al presente perfecto. Luego piensa con qué mártir político se le ha comparado.

Lempira es* una figura muy querida que representa* la lucha contra el invasor. Los hondureños reconocen* el heroísmo de Lempira y le ponen* el nombre de Lempira a la moneda *(currency)* nacional. Lempira se convierte* en el hijo adoptivo de la gran familia hondureña.

2-10 El gran cacique Lempira Llena los espacios en blanco con el pasado perfecto del verbo para aprender sobre el gran cacique maya, Lempira. Luego, con un(a) compañero(a), piensa en una situación similar en la historia.

—Fue cacique de los indígenas en Honduras.	—Lempira organizó un ejército.	—Los españoles pidieron negociar la paz.	—Cambiaron el nombre de "Cerquín" a "Gracias a Dios".

→

—Lempira nació en 1490.	—Los españoles atacaron a Lempira en Cerquín.	—Lempira defendió Cerquín por seis meses.	—Cuando en 1537 Lempira salió a negociar, los españoles lo asesinaron.	—Ahora la moneda *(currency)* de Honduras se llama Lempira.

1. Antes de la conquista española, Lempira _____ (ser) cacique de Cerquín.
2. Lempira organizó un ejército porque los españoles _____ (atacar) a Lempira.
3. Antes de morir, Lempira _____ (poder) defender Cerquín por seis meses.
4. Salió a negociar la paz porque los españoles le _____ (prometer) hacer negociaciones.
5. Ahora, esta área se llama "Gracias a Dios", pero antes la _____ (llamar) "Cerquín".

2-11 Excusas ¿Qué tipos de mentiras, digo, pretextos les puedes decir a tus padres en las siguientes situaciones? Otro(a) estudiante puede tomar el papel de tu papá o tu mamá.

Ejemplo Llegaste muy tarde a casa después de una fiesta. ¿Qué pasó?
Llegué tarde a casa porque el coche no tenía gasolina. Empujamos el coche por tres millas y cuando llegamos a la gasolinera vimos que no teníamos dinero. ¡Eso fue lo que pasó!

1. Tu hermanito tiene un ojo hinchado *(swollen)* y te culpa a ti. ¿Qué pasó?
2. Te dije que era el cumpleaños de tu abuelo y no lo llamaste. ¿Qué pasó?
3. Te dejé un mensaje escrito en un papel: "Lava los platos antes de salir esta noche." No lo hiciste. ¿Qué pasó?

2-12 Tus padres ¿Qué tipo de relación tienes con tus padres? Con un(a) compañero(a), usando el presente perfecto, habla sobre tus padres.

¿Qué ha hecho tu padre o tu madre que admiras mucho?
¿Te han criado bien? ¿Han sido muy estrictos?
¿Te han mimado?
¿Te han dado suficiente dinero para la universidad?
¿Han favorecido a tu hermana o hermano más que a ti?

(pluscuamperfecto)

2-13 Niño(a) prodigio ¿Eras un(a) niño(a) prodigio? Usa el pasado perfecto para decir qué habías hecho a cierta edad. Contrasta tus logros *(achievements)* con los de otros estudiantes.

Ejemplo Antes de los dos años...
Antes de los dos años ya había aprendido a caminar.

1. Antes de los cinco años...
2. Antes de los diez años....
3. Antes de aprender a manejar...
4. Antes de mi graduación de la secundaria...
5. Antes de ser aceptado a esta universidad...

Exploración literaria

"Una Navidad como ninguna otra"

En este cuento la autora, Gioconda Belli, comparte sus recuerdos de un evento inolvidable, un terremoto devastador que dejó en ruinas a la ciudad de Managua el 23 de diciembre de 1972. El cuento presenta cómo la autora se preparaba para recibir las Navidades, luego la llegada inesperada de la catástrofe, y por último, la reacción de ella y de las otras personas ante el desastre. El cuento termina con el dilema de la madre joven que tiene que escoger entre sus obligaciones cívicas y la necesidad de cumplir con los sueños de su hija a la espera de la llegada de Santa Claus.

Antes de leer

1. ¿Recuerdas alguna celebración en la que algo no ocurrió como tú tenías planeado? ¿Qué pasó? ¿Cuál fue tu reacción ante ese evento inesperado?
2. ¿Has estado alguna vez en un terremoto o en algún otro desastre natural? ¿Cómo fue esa experiencia? ¿Crees que es posible intuir cuando algo malo va a ocurrir?
3. ¿Cuáles fueron algunas catástrofes grandes en los Estados Unidos? ¿Cuándo ocurrieron? ¿Se conmemora a las víctimas ese día?

> **Lectura adicional alternativa:** Sergio Ramírez, "Catalina y Catalina"

iRadio Grammar: Preterite and Imperfect

Enfoque estructural: The following text offers several good examples of the differences between the use of the imperfect and of the preterite. For each use presented in the **Estructuras** section, identify a passage in the text that exemplifies that particular definition.

Estrategia de lectura | Usar la idea principal para anticipar el contenido

Knowing the general topic or theme of a reading can help you predict both the kind of information you may encounter in a text as well as how it will be organized. From the title we can make some assumptions. We know, that it will be an account of a particular holiday that is marked by an unusual set of circumstances. Also, we can deduce that the text is in the form of an anecdote and most likely will consist of a linear presentation of events.

Once we begin to read we can also use paragraph structure to help us anticipate the content of each portion of text. In reading of such an anecdotal narration, we might expect to find the following types of information:

Geographic information	Primary event
Cultural comparison/contrast	Secondary event
Information about a specific locale	Consequences

How might you match the categories with the following fragments from the reading?

- No sabría decir a qué hora me empezó el desasosiego[1], pero sé que en el almacén donde compraba los juguetes para mi hija Maryam, me sentí...

- Era la Navidad de otra cultura u otro clima, pero todos lo aceptaban sin rechistar[2].

- Ciertamente que el, ambiente cargado, tenso, recordaba la sensación que precede los grandes aguaceros[3] del trópico.
- A las diez de la noche al inclinarme sobre la cama de Maryam para calmarle el sueño intranquilo con palmaditas en la espalda, escuché el sonido hueco[4], lejano de...
- Mi esposo apareció al lado mío y dejé que él tratara de sacar a Maryam de la cuna, pero era como estar de pie sobre el lomo de un animal furioso.
- —Se está quemando Managua —gritó alguien.

After completing this exercise, look for these paragraphs in the text. Were you right in your assumptions about the content of the paragraphs?

---

[1]**desasosiego** la ansiedad [2]**rechistar** protestar [3]**aguaceros** *downpours* [4]**hueco** *hollow*

Sobre la autora y su obra

Gioconda Belli, poeta y novelista nicaragüense, nació en Managua en 1948. En 1970 publicó sus primeros poemas y también ingresó al Frente Sandinista de Liberación Nacional. Pocos años después, a causa de la persecución del régimen somocista, tuvo que exiliarse en México y Costa Rica. En 1978 ganó el premio Casa de las Américas por su colección de poemas *Línea de fuego*. Con el triunfo de la revolución en 1979, ella volvió a Nicaragua donde encontró trabajo bajo el nuevo sistema político. Actualmente vive en Santa Mónica, California. En su obra, trata con frecuencia temas eróticos donde su cuerpo le sirve como metáfora de sus luchas ideológicas.

GIOCONDA BELLI (1948–)

Una Navidad como ninguna otra

Gioconda Belli

No sabría decir a qué hora me empezó el desasosiego, pero sé que en el almacén donde compraba los juguetes para mi hija Maryam, me sentí claustrofóbica, agobiada y hasta febril. Fue por eso que acepté, sin pensarlo dos veces, la oferta de don Jorge, el dueño, de que dejara mis regalos empa-cando[1]. Él se haría cargo[2], me dijo. Yo no tendría que hacer cola frente a la sección de empaque. El favor me pareció una bendición: Me harían unos empaques preciosos y yo me podría ir a mi casa a descansar. La cara de don Jorge se me antojó[3] radiante y luminosa, como la de un Rey Mago[4] oculto bajo camisa y pantalón de lino[5] beige.

—No sabe cómo se lo agradezco —repetí no sé cuántas veces.

Salí del almacén atiborrado de[6] compradores y respiré el aire de la calle con profundo alivio[7]. Tenía el pecho oprimido. Noté que hacía mucho calor, un calor inusual para esa época en Managua. Por ser el fin de la estación lluviosa, diciembre aún conserva cierto frescor. Además, los vientos alisios[8] soplan con fuerza y contribuyen a aminorar[9] el húmedo bochorno[10] del trópico. Pero los vientos alisios no soplaban esa tarde. Las hojas de los árboles estaban inmóviles. La gente que subía y bajaba apresurada por la avenida cargando sus paquetes, sudaba acalorada. Caminé sintiéndome extrañamente ajena a la excitación del espíritu navideño. Sólo quería llegar a mi casa y acostarme. No quería tener la obligación de sentirme feliz, ni quería oír más villancicos[11] o sonreír con lástima al tipo disfrazado de Santa Claus que se paseaba por la acera[12] vestido para el Polo Norte, rodeado de niños mendigos cuyos harapos[13] y sucias caritas se refle-

jaban, haciendo un triste contraste, sobre las vitrinas escarchadas con nieve artificial[14]. [...]

Era la Navidad de otra cultura u otro clima, pero todos lo aceptaban sin rechistar. Mientras caminaba al estacionamiento tenía la sensación de estar ajena a la celebración, angustiada por una pesadez que no sabía a qué atribuir. Quizás se debía a que no podía evadirme de la conciencia de que la Navidad era una fiesta donde la pobreza se hacía más flagrante[15]. Era la fiesta de quienes habían conocido la nieve, en un país donde la mayoría no tenían acceso siquiera al agua potable.

Llegué a mi casa y me tiré en la cama. Mi hija vino y se me subió encima. Su cara traviesa y dulce hacía que todo esfuerzo valiera la pena. A la media-noche del día siguiente, el 24 de diciembre, su padre y yo pondríamos los juguetes al lado de su cama para que ella los viera al despertar. Imaginé su alegría cuando viera la preciosa granja roja con los animalitos diminutos. A sus cuatro años, ya disfrutaba la fantasía. Cada Navidad era más divertido verla reaccionar ante los regalos. Yo había seleccionado cuidadosamente cada uno para lograr el máximo efecto con el limitado presupuesto de que disponíamos[16] como joven matrimonio trabajador. Cantidad antes que calidad era en esto mi filosofía. Querría que ella despertara y viera un montón de juguetes. Sabía por experiencia que mientras más grande era la caja, mayor era la ilusión infantil. [...]

Me dolía un poco la cabeza. No atinaba a[17] entender qué me pasaba, por qué mi desazón[18]. Aquella atmósfera opresiva, asfixiante, estaba cargada de malos presagios[19]. Salí a tomarme una aspirina. Comenté con Alicia la doméstica, pequeña, morena y maternal, lo caluroso que estaba el día.

—No hay aire —confirmó ella—. ¿Ya se fijó que no se mueve ni una hoja? Si no fuera porque estamos en diciembre, diría que va a llover.

Ciertamente que el ambiente cargado, tenso, recordaba la sensación que precede los grandes aguaceros del trópico. Pero también podría tratarse de algo peor. El corazón me dio un vuelco. No pienses eso, me dije. [...]

—Alicia, ayúdame a pasar la cuna de Maryam a mi cuarto —dije, en un impulso—. Está haciendo mucho calor —aclaré, justificándome—. Por lo menos que duerma con aire acondicionado.

Después de hacer el traslado, anduve arreglando cosas en la casa para ocuparme en algo y distraerme. Me arrepentí de haber dejado los paquetes en la tienda. Había sido un error. Me hacía falta ahora el rito de empacarlos sigilosamente[20], escondida de la niña.

Llegó mi esposo. Cenamos. Se burló otra vez de mi idea de usar como árbol de Navidad una palmera que adorné con luces y bolas de colores. Defendí mi palmera navideña, pero tuve que admitir que la pobre se veía desgajada[21] y mustia, inepta para sostener ningún peso en las ramas.

A las diez de la noche al inclinarme sobre la cama de Maryam para calmarle el sueño intranquilo con palmaditas en la espalda, escuché el sonido hueco[22], lejano de una trepidación. Era como un trueno que viniera de la tierra. Sonaba a temblor, excepto que nada se movía.

—¿Oíste eso? —pregunté a mi esposo—. Creo que fue un retumbo[23].

—Oí algo —dijo—. Tal vez fue un avión. No te preocupes— y siguió viendo televisión, sin inmutarse[24].

Me salí a la puerta para ver el cielo. Una luna llena, radiante, con un ancho halo rodado, brillaba en el horizonte. El cielo sin nubes pesaba sobre la ciudad. A lo lejos ladraban los perros. La noche lucía demasiado quieta. Antes de acostarme, dejé la llave de la casa junto a la puerta, mi bolso a la orilla de la cama. Por si acaso. Apenas habríamos dormido unas horas cuando sobrevino el terremoto[25]. Eran las 12:28 de la mañana del 23 de diciembre de 1972. [...]

Mi esposo apareció al lado mío y dejé que él tratara de sacar a Maryam de la cuna, pero era como estar de pie sobre el lomo de un animal furioso. Por fin, no sé cómo, mientras yo gritaba que la sacara, él logró cargarla y salimos corriendo a través de la casa en tinieblas[26], que se balanceaba como barco sobre el oleaje rabioso[27] de una tierra que había perdido súbitamente su capacidad de ser el confia-ble punto de apoyo sobre el que transcurrían nuestras vidas. Adornos, plantas, cuadros, artefactos, caían al suelo y se quebraban estrepitosamente[28]. [...] Llegamos a la puerta y le alcancé las llaves. Alicia, embozada[29] en una toalla, daba gritos y profería entrecortadas jaculatorias[30]: "Dios nos ampare. María Santísima. Madre Santa. Las tres Divinas Personas. Abra la puerta, don Mariano, abra la puerta". La puerta no se abría. Maldije la paranoia de Maria-no que nos había llevado a vivir en aquella casa con rejas[31] en todas las ventanas y hasta en el boquete[32] del patio interior. Si la puerta no se abría, no tendríamos por donde salir. [...] Mariano, desesperado, forcejeaba con la puerta, y al fin, empezó a patearla como loco, hasta que, milagrosamente, tras un descomunal jalón de la manija[33], la puerta se abrió lo suficiente para que nos pudiéramos deslizar[34] hacia fuera. Los vecinos ya estaban en la acera. El muro de la casa del frente cayó con un estruendo[35] ante nuestros ojos. La gente gritó. Hombres y mujeres se agarraban, lloraban, daban vueltas para un lado u otro, sin saber qué hacer. El pavimento se movía como una serpiente negra, viva. De pronto, tan súbitamente como empezara a temblar, la tierra se aquietó. [...]

—Se está quemando Managua —gritó alguien. A los lejos se oían sirenas. Nos invadió el desamparo[36]; nada podíamos hacer, estábamos a merced de fuerzas telúricas cuyo comportamiento era absolutamente impredecible y de las cuales no había forma de escapar. [...]

Cuando paró el segundo terremoto, Alicia, que vivía cerca, se marchó a buscar a su familia. Nosotros nos metimos al carro porque alguien dijo que era el lugar más seguro. Decidimos pasar la noche allí. Empezaba a hacer frío y yo tiritaba[37], me castañeteaban los dientes[38]. No sé en qué momento recordé los juguetes que dejara empacando. Pensé en mi pobre hija que dormía en mis brazos envuelta en el mantel de crochet de comedor y que no tendría juguetes en Nochebuena, en aquella Navidad de pesadilla. [...]

Parecía mentira que en un instante la ciudad hubiera perecido y sólo quedaron en pie los barrios periféricos. La vida de cada habitante de Managua quedó marcada esa noche para siempre con la nostalgia por una ciudad que nunca resucitó. Recordé mis presagios del día anterior. Hacía años que presentía que me tocaría vivir un terremoto. Mi intui-ción no se equivocó, pero mi imaginación se quedó corta. Nunca pensé que viviría días como éstos.

El centro comercial estaba desierto. Las vidrieras de todas las tiendas se habían fracturado y caído al piso, dejando los almacenes abiertos. Junto al almacén de mi papá un negocio de venta de colchones[39] tenía una promoción en que regalaba muñecas lindas y enormes por la compra de un *set* matrimonial. Las muñecas eran casi del tamaño de mi hija Maryam. Estaban solas allí, tiradas sobre los colchones. Las muñecas solas y mi hija sin juguetes. Miré a todos lados pensando en lo fácil que sería. Acompañé a mi papá a su tienda. Todo estaba en el suelo, pero era recuperable. Empezamos a meter la mercadería en cajas y bolsas y transportarlas al camión. Las muñecas me veían desde las camas. Cada vez que pasaba yo las miraba. [...]

Por fin llegó el turno de la última caja. Seguí a mi papá al camión. El chofer metió la llave en la ignición y encendió el motor. El ruido me hizo reaccionar.

—Ya regreso —grité, corriendo hacia la tienda con las muñecas—. Ya regreso.

Tenía que hacerlo. Cualquier madre lo haría. Tomé la muñeca, me la puse bajo el brazo y regresé al camión. Me la acomodé en el regazo y le dije al chofer que podíamos marcharnos. Mi padre me abrazó sin decir nada.

Varios días después, en la casa de mis suegros, en Granada, donde nos refugiamos, Maryam me miró mientras jugaba con la muñeca y me dijo, con esa mirada de concentración de los niños cuando han recapacitado[40] —Mamá, qué alegre que no hubo terremoto donde vive Santa Claus.

---

[1]**de...** *left my gifts to be wrapped* [2]**se...** se ocuparía de hacerlo [3]**se...** me pareció [4]**la...** *a face of one of the three kings of the Magi* [5]**lino** *linen* [6]**atiborrado...** lleno de [7]**alivio** *relief* [8]**vientos...** *prevailing winds of the region* [9]**aminorar** *to mitigate* [10]**bochorno** *sultry* [11]**villancicos** *Christmas carols* [12]**acera** *sidewalk* [13]**harapos** *ragged clothing* [14]**sobre...** *on the windows frosted with artificial snow* [15]**flagrante** evidente

[16]**con...** *with the limited budget available to us* [17]**atinaba...** pude [18]**desazón** ansiedad [19]**malos...** *bad omens* [20]**sigilosamente** secretamente [21]**desgajada** *bare* [22]**hueco** *hollow* [23]**retumbo** *rumble* [24]**inmutarse** cambiar de actitud [25]**terremoto** *earthquake* [26]**tinieblas** oscuridad total [27]**oleaje...** *wild surf* [28]**estrepitosamente** con un clamor [29]**embozada** *wrapped* [30]**profería...** *uttered*

intermittent exclamations [31]**rejas** *bars* [32]**boquete** *entrance* [33]**tras...** *after an enormous and strong pull to the handle* [34]**deslizar** *slip by* [35]**estruendo** *crash* [36]**desamparo** *hopelessness* [37]**tiritaba** temblaba por el frío [38]**me...** *my teeth were chattering* [39]**colchones** *mattresses* [40]**recapacitado** recuperado

Después de leer

 2-14 Utilizando la idea central para anticipar el contenido Con la ayuda de un(a) compañero(a), vuelvan a considerar las categorías de información típicas de una anécdota. ¿Sirven para todos los párrafos? Si no, ¿hay otras categorías de información que se pueden añadir?

Categorías de información típicas	Otras categorías

2-15 Comprensión y expansión En parejas o en grupos de tres, contesten las siguientes preguntas.

1. ¿Por qué decidió la narradora abandonar la tienda sin sus regalos?
2. ¿Por qué le llamó la atención a la narradora el tiempo de aquel día?
3. ¿Por qué no compartía la narradora el espíritu navideño de la época? ¿Le molestaba algo en particular sobre la Navidad?
4. ¿En qué momento presintió la narradora que algo malo iba a ocurrir? ¿Qué hizo para prevenirlo?
5. ¿Se arrepintió la narradora de haber salido rápido de la tienda aquella tarde? ¿Por qué?
6. ¿De qué se burló el esposo de la narradora?
7. ¿Cuándo notó la narradora los primeros indicios de que iba a haber un terremoto? ¿Cuál fue la reacción del esposo? ¿Qué hizo la narradora antes de acostarse?
8. Según la narradora, ¿quién tenía la culpa por no poder salir fácilmente de la casa?
9. ¿Dónde pasó la noche la familia?
10. ¿Por qué fueron la narradora y su padre al centro? Allí, ¿qué le impresionó a la narradora? ¿Qué decidió hacer y por qué?
11. ¿Piensas que la decisión de la narradora fue razonable? ¿Harías tú lo mismo?

Introducción al análisis literario | Marcar el desarrollo del argumento

A text is said to have a classical narrative structure when the following elements of its plot are readily discernable by the reader:

exposition **(la exposición):** provides an introduction to the story, introducing characters and setting.

conflict **(el conflicto):** a conflict or problem that arises.

climax **(el clímax, el punto decisivo):** a pivotal moment when a decision is made or an action executed that addresses the conflict or problem.

dénouement **(el desenlace):** the tying together of loose ends of the story and its closure.

Though stories will often deviate from this model, it is commonly seen in a wide array of literary texts. Knowing that literary narratives will often follow this model will help you as a reader to identify key moments in the evolution of a text. You may also find that seeking out these divisions in a text is related to the more general reading strategy of using main ideas to anticipate content.

Go back over the reading and determine how you would divide the text into the categories of exposition, conflict, climax, and dénouement. After doing so, consider if the story has taken on a different meaning. Did you identify the earthquake as the climatic moment, or does it occur later in the story when the young mother decides to take the doll from the store? Be sure to discuss your divisions of the story with a classmate. Are there any notable differences in your interpretations?

Actividad de escritura

Develop a short narration, drawing from your own experiences of unusual holiday celebrations, that incorporates the aforementioned elements of a classical narrative.

Vocabulario en contexto

La primera comunión

Masaya. En la Basílica Nuestra Señora de la Asunción, en Masaya, el pasado 21 de mayo, la niña María Luisa Marín Gutiérrez celebró su **primera comunión** en una **misa** presidida por el **Sacerdote** Javier Solís. Fue un día de mucho **recocijo** y celebración, tanto para los orgullosos padres como para los padrinos de María Luisa. Para **conmemorar** tan grato evento, sus padres ofrecieron una alegre recepción en su residencia, donde les acompañaron muchos familiares y amiguitos. ¡Felicidades María Luisa!

Queridos Jaime y Adela:

Espero que esta carta les encuentre bien. El mes pasado María Luisa hizo su **primera comunión**. Les incluyo el recorte del periódico y también algunas fotos que sacamos del día. Una es de la **procesión** de los niños que comenzó la **ceremonia** y en la otra salimos María Luisa y yo. Está preciosa en su vestido, ¿no? Después de la **misa** fuimos a casa para cenar. Nos acompañó el **cura**, el padre Solís, y nos dio a los padres y los padrinos una **bendición** especial antes de **bendecir la mesa**. Después de la cena comenzó la fiesta para María Luisa y sus amiguitos. **Decoramos** la casa con **globos** y otros **adornos** festivos y también invitamos a un **payaso** para entretener a los niños. Fue un día estupendo.

Les mandamos un beso grande,
Alicia y Francisco

iLrn ¡OJO! Don't forget to consult the **Índice de palabras conocidas,** p. A3, to review vocabulary related to family celebrations.

> Other words and phrases related to family customs and celebrations are cognates of English: **las condolencias, el champán** (champagne), **el rabí, la sinagoga, la reunión familiar** (family reunion). Of course, **la piñata** is a Spanish word that English has borrowed.

> For additional practice see the **Activity File** at the end of this text: **Capítulo 2, Vocabulario C. Tradición favorita p. D20;** and **Vocabulario D. ¿Y tu tradición favorita? p. D21.**

Para describir los ritos, celebraciones y tradiciones familiares

el aniversario (de bodas)	*wedding anniversary*
el bautismo	*baptism*
el candelabro	*candelabra*
la cuaresma	*Lent*
el día del santo	*day of one's saint name*
la fogata	*bonfire*
el funeral	*funeral*
la graduación	*graduation*
la guirnalda	*garland*
Jánuca	*Chanukah*
melancólico(a)	*melancholic*
el nacimiento	*birth*
los preparativos	*preparations*
la quinceañera	*fifteenth birthday / Sweet Fifteen / fifteen-year-old girl*
el villancico	*Christmas carol*
religioso(a)	*religious*
agradecer / el agradecimiento	*to thank / gratefulness, gratitude*
colocar	*to hang, to place*
consentir en	*to agree to*
contar chistes	*to tell jokes*
dar el pésame	*to offer condolences*
emborracharse	*to get drunk*
envolver regalos	*to wrap presents*
estar de luto	*to be in mourning*
(estar/quedarse de) sobremesa	*(to be/stay at the table for) table talk*
hacer/gastar bromas	*to play a joke*
rezar	*to pray*
trasnochar	*to stay up very late*

Para enriquecer la comunicación: Comentarios y saludos para los ritos y celebraciones

El tío Pepe es un **aguafiestas.**	*Uncle Pepe is a **party pooper.***
El abuelo es siempre **el rey de la fiesta.**	*Grandpa is always **the life of the party.***
Estuvimos celebrando **hasta las tantas.**	*We were celebrating **until the wee hours.***
Fuimos **de casa en casa** cantando.	*We went singing from **house to house.***
¡**Vaya** fiesta más buena!	***What a great party!***
¡Enhorabuena! / ¡Felicidades!	*Congratulations!*
¡Chin-chin!	*Cheers!* (when toasting)

Práctica y expresión

 2-16 Las Navidades en Honduras En la radio escuchas un programa sobre las
CD1–8 tradiciones navideñas en las diferentes partes del mundo. Hoy describen las tradiciones en
Honduras. Escucha el programa y apunta todos los detalles de las siguientes tradiciones.
Luego, contesta las preguntas que siguen.

> las decoraciones
> las posadas
> el ponche infernal
> el Warini
> la cena de Nochebuena

1. ¿Cuáles de las siguientes cosas no son decoraciones típicas de la Navidad en
   Honduras?
   a. árbol
   b. adornos y luces
   c. candelabro
   d. nacimiento con figuras de la Virgen, José y el Niñito Jesús
2. ¿Cuáles de las siguientes cosas no son costumbres de las posadas?
   a. fogata
   b. celebración melancólica
   c. emborracharse
   d. villancicos
3. ¿Cuáles de las siguientes cosas no son costumbres de la Nochebuena?
   a. reunión familiar
   b. misa del gallo
   c. quedarse de sobremesa
   d. dar el pésame

 2-17 Ritos y celebraciones ¿Cuáles de las características de la columna a la derecha
asocias con las celebraciones o ritos de la columna a la izquierda? Haz la lista con un(a)
compañero(a) y comenten las diferencias de opinión. Luego, hablen de cuáles de las
celebraciones de la lista son tradicionales en sus familias.

el aniversario de bodas	una procesión
La Navidad	hacer bromas
Jánuca	celebración religiosa
un funeral	dar el pésame
La Nochevieja	conmemorar
la cuaresma	envolver regalos
la primera comunión	trasnochar
una graduación	colocar adornos y guirnalda en el árbol
	emborracharse
	día melancólico
	cantar villancicos
	ir a la misa
	rezar
	mucho regocijo
	colocar el candelabro
	estar de luto

2-18 En mi familia... ¿Cuáles de los siguientes ritos son tradiciones en tu familia? Comenta con tus compañeros(as) todos los detalles que puedas sobre estas costumbres en tu familia. ¿En qué ocasiones las haces? ¿Con qué frecuencia? ¿Cómo?

1. Quedarse de sobremesa después de la cena
2. Guardar luto cuando se muere un pariente cercano
3. Agradecer un regalo con una tarjeta
4. Bendecir la mesa / la comida antes de comer
5. Hacer bromas con los miembros de la familia
6. Trasnochar con la familia en la Nochevieja
7. Tener una fogata en la playa con la familia
8. Darles un beso a los familiares antes de acostarse
9. Celebrar el nacimiento de un nuevo bebé en la familia
10. ¿?

 2-19 ¡Vaya costumbre! Piensa en un rito o una costumbre de tu familia en algún día festivo especial (Navidad, Pascua, Jánuca, la graduación, *Sweet Sixteen*, El Día de los inocentes...) que consideras interesante, único, cómico, tal vez raro. En un grupo con otros(as) tres estudiantes, explícales todo lo que puedas sobre el rito o costumbre. Luego, voten por el rito o costumbre que consideran más interesante, y un representante del grupo le explica a la clase la costumbre elegida. Tal vez las siguientes frases sean útiles para la conversación.

Para la persona que describe
Para empezar:
Bueno... *(Well . . .)*
Primero... y luego... al final...
La cosa es que...
Para ver si entienden los otros:
¿Me explico?
¿Comprenden?
Mientras piensas en qué decir:
Este... este... *(Um . . . um)*

Para la persona que escucha
Para demostrar interés:
¡No me digas!
¡Qué alucinante!
¿En serio?
¡No te creo!

 2-20 Ritos familiares del mundo hispano A continuación hay una lista de eventos que se celebran en familia en el mundo hispano o solamente en un país del mundo hispano. En un grupo con dos o tres compañeros(as), seleccionen e investiguen un evento y luego hagan una pequeña presentación a la clase. Algunas preguntas claves a investigar son: ¿Cuándo se celebra? ¿Cuáles son los ritos asociados con el evento? ¿Quiénes participan? ¿Cómo se celebra? ¿Es un evento religioso? ¿Es de origen latino?

1. La Gritería (Nicaragua)
2. La Quema del Diablo (Guatemala)
3. El Día del padre / El Día de la madre
4. Las posadas
5. El Día de todos los santos
6. El Día de los Reyes Magos
7. El Día de los santos inocentes

Espejos Una quinceañera

Una quinceañera, o fiesta de los 15 años, es una gran celebración que en el pasado *(long ago)* marcaba el debut, o la entrada, en sociedad de una jovencita. Hoy día y según el estado financiero de la familia, esta ocasión se puede celebrar en la casa, en un club social o en un hotel. En algunos casos, la fiesta tiene tantos detalles como una boda. Algunas quinceañeras incluyen una celebración religiosa antes de la fiesta, las muchachas llevan vestidos elegantes, bailan un vals *(waltz)* con el padre y el padrino y también se hace un brindis *(toast)* en su honor. Cada quinceañera tiene su propio formato, pero se acostumbra que la jovencita escoja *(picks)* a 14 amigas (ella es la número 15) para que desfilen *(march down the aisle)* con ella, todas vestidas iguales, al principio de la fiesta. Hay música, pastel, flores, decoraciones, invitados de todas las edades *(all ages)*, regalos, bebida, comida, ¡y claro, mucho baile!

Las dos culturas

A. Comparaciones
1. ¿Qué cumpleaños es equivalente a una quinceañera en los Estados Unidos?
2. ¿Qué cumpleaños se celebra más que otros en los Estados Unidos? ¿Por qué?
3. ¿Celebró tu familia un cumpleaños tuyo con una gran fiesta? ¿Cómo fue?
4. ¿A quiénes se invita normalmente a una fiesta de cumpleaños aquí? Y en Nicaragua, ¿qué crees?
5. ¿Los muchachos bailan en fiestas de cumpleaños de adolescentes en los Estados Unidos? ¿Se sirven bebidas alcohólicas?

B. En los Estados Unidos
Con un(a) compañero(a), narra y compara un rito *(right of passage)* o celebración que en tu opinión marca el paso a ser un adulto en los EE.UU.

Estructuras

Más diferencias entre el pretérito y el imperfecto

iLrn ¡OJO! Before beginning this section, review the following themes on p. B8 of the **Índice de gramática: Saber** and **conocer, Tener** expressions.

When talking about events in the past, such as the details of a particular celebration, the choices that Spanish speakers make between the preterite or the imperfect tenses often depend on the context of the events being related. Consider the following narration:

> **Era** el 15 de abril en el pueblo de San Roque. **Era** muy tarde en la noche, pero los padres de Carmen todavía **estaban** cocinando mientras ella **intentaba dormirse.** Carmen **estaba** muy emocionada con los preparativos para su cumpleaños el día siguiente. Carmen **tenía** 14 años ¡y mañana **iba a cumplir** 15! Ella **pensaba** en todos los familiares que **iban a venir** cuando, de repente, Carmen **oyó** un ruido en el patio de la casa. No **tenía** miedo pero **quería** saber lo que **causó** ese ruido extraño. Cuando ella **se levantó** de la cama para investigar, un grupo de jóvenes **apareció** al pie de su ventana. Todos le **gritaron** "feliz cumpleaños" y **empezaron** a cantarle las Mañanitas. **Eran** las 00:30 de la mañana. El día especial había comenzado de una manera sorprendente.

In the narration describing the evening before Carmen's birthday, the imperfect tense is used to:

- set the scene, or to provide background information for an event.

  > **Era** el 15 de abril en el pueblo de San Roque. **Era** muy tarde en la noche, pero los padres de Carmen todavía estaban cocinando mientras ella **intentaba dormirse.** Carmen **estaba** muy emocionada con los preparativos para su cumpleaños el día siguiente. Carmen **tenía** 14 años ¡y mañana **iba a cumplir** 15!

- describe two or more actions that are taking place simultaneously. **Mientras** and **y** are often used to connect the phrases.

  > ...los padres de Carmen todavía **estaban cocinando** mientras ella **intentaba dormirse**

In this same narration, the preterite tense is used to:

- communicate the primary events of a scene in the past.

  > ...Carmen **oyó** un ruido en el patio de la casa.

  > ...un grupo de jóvenes **apareció** al pie de su ventana.

  > Todos **gritaron** "feliz cumpleaños" y **empezaron** a cantarle las Mañanitas.

- indicate an interruption of another action in the past. **Cuando** is often used to connect the two phrases. The verbs in the imperfect describe what *was happening* when another action, described in the preterite, interrupted.

  > Ella **pensaba** en todos los familiares que **iban a venir** a su fiesta de cumpleaños cuando, de repente, Carmen **oyó** un ruido en el patio de la casa.

For additional practice see the **Activity File** at the end of this text: **Capítulo 2, Estructuras C. Una historia de Navidad.** p. D48; and **Estructuras D. El valor de la amistad.** p. D48.

Visit www.thomsonedu.com/ spanish for a Heinle iRadio podcast on grammar, **saber** and **conocer**.

Several verbs in Spanish convey different meanings, depending on their use in either the preterite or the imperfect, when translated into English. With these verbs the imperfect tense communicates the ongoing nature of the state while the preterite indicates the onset or the completion of the state. These verbs include:

	Imperfect		Preterite	
conocer	conocía	*knew someone; was acquainted with*	conocí	*met someone (for the first time)*
saber	sabía	*knew something*	supe	*learned something, found out*
querer	quería	*wanted to do something*	quise	*wanted to do something and did*
poder	podía	*was able to do something*	pude	*was able to do something and did*
tener (que)	tenía (que)	*had to do something*	tuve (que)	*had to do something and did*

> Using **querer** negatively in the preterite translates as *refused to do something.*

> Using **poder** negatively in the preterite translates as *failed to do something.*

Notice that with each of these verbs, use in the preterite implies an action taken or realized. On the other hand, use in the imperfect communicates merely knowledge, intention, or need, but never specifies whether or not an action was initiated. Compare the following examples:

Carmen **conocía** *(already knew)* a muchas personas en el pueblo.

vs.

Carmen **conoció** *(met for the first time)* a un chico nuevo en su clase.

Los padres de Carmen **sabían** *(had knowledge of)* cómo celebrar una fiesta de quinceañera siguiendo las tradiciones de su pueblo.

vs.

Ella nunca **supo** *(found out)* sobre los planes para sorprenderla.

Sus amigos **querían cantarle** *(felt like singing to her)* muchas canciones.

vs.

Una chica no **pudo cantar** *(tried but was unable to sing)* porque le dolía un poco la garganta.

Para las quinceañeras, los padres en San Roque **tenían que hacer** *(had to do, but didn't necessarily do)* muchas cosas.

vs.

Los padres de Carmen **tuvieron que hacer** *(had to do and did)* muchas cosas para la fiesta de ella.

Práctica y expresión

2-21 El día de los Reyes Magos. ¿Qué pasó? Cambia los verbos en paréntesis al pasado. Decide si debes usar el pretérito o el imperfecto. Luego, pregúntale a tu compañero(a) si tuvo una experiencia similar cuando era niño(a).

Cuando 1. _____ (ser) pequeña 2. _____ (creer) en los Reyes Magos. Siempre les 3. _____ (escribir) cartas donde les 4. _____ (pedir) los juguetes que 5. _____ (querer). Cada 5 de enero 6. _____ (poner) yerba en una cajita y 7. _____ (tratar) de no dormirme para "ver" a los Reyes. Al fin y al cabo *(in the end)*, nunca 8. _____ (poder) hacerlo.

Un año, 9. _____ (saber) así como así *(just like that)*, que los Reyes Magos no 10. _____ (existir). Mi hermano me lo 11. _____ (decir). Hmmm, al final, nunca 12. _____ (conocer) a los Reyes Magos y no 13. _____ (querer) escribirles otra vez.

2-22 ¿Qué pasó inesperadamente en la boda? ¿Qué puede ir mal? En parejas, usen su imaginación y narren qué pasó. Luego, en grupos de cuatro, voten por la situación más graciosa *(funny)* para presentarla a la clase.

Ejemplo   La novia caminaba al altar cuando... **¡vio un ratón!**

1. El padre de la novia iba hacia el altar con su hija cuando...
2. El cura le preguntaba a la congregación: "¿Hay alguien aquí que se oponga *(opposes)* a este matrimonio?" cuando...
3. El novio iba a decir "sí, quiero" cuando...
4. El novio iba a besar a la novia cuando...
5. El fotógrafo iba a tomar una foto cuando...

2-23 ¿Recuerdas? Comparte con un(a) compañero(a), algo que pasó un día de Navidad o un cumpleaños importante para ti. ¿Qué día fue? ¿A qué hora te levantaste? ¿Quiénes vinieron a tu casa? ¿Qué recibiste? ¿Cómo te sentiste? ¿Cuántos años tenías? ¿Dónde vivías? ¿Qué hiciste ese día?

2-24 Momentos importantes Comparte con un(a) compañero(a) tu reacción cuando ocurrieron los siguientes eventos. ¿Dónde estabas y qué hacías cuando supiste lo siguiente? ¿Cómo lo supiste? ¿Quién te lo dijo? ¿Cuál fue tu reacción?

1. Te dijeron que Santa Claus no existía.
2. Te dijeron que un familiar querido murió.
3. Te dijeron que una hermana o hermano nació.
4. Te dijeron que tus padres se iban a divorciar.
5. Recibiste la carta de aceptación para esta universidad.
6. Te enteraste de la tragedia del 11 de septiembre.

2-25 Recuerdos Con un(a) compañero(a), comparte algún momento triste, muy feliz, embarazoso o importante de tu vida. ¿Qué pasó? ¿Cuándo? ¿Dónde? ¿Cuántos años tenías?

2-26 ¿Estás de acuerdo o no? Con un(a) compañero(a), lee las siguientes oraciones y decide si alguna vez viviste estas experiencias y por qué.

1. Era imposible tener una comunicación franca con mis padres cuando tenía 16 años.
2. Mis padres no me disciplinaron mucho.
3. Me peleaba con mis hermanos constantemente.
4. Las reuniones familiares eran una tortura para mí.
5. Cuando tenía de cinco a nueve años, fue el mejor tiempo de mi vida.
6. Les pedía mucho a mis padres una hermanita o un hermanito.

> **Paso 1** ¿Qué asocias con las siguientes palabras? Empareja las frases de la columna A con las frases de la columna B.

A	B
_____ **1.** Día de Corpus Christi	**a.** Simio de cola larga
_____ **2.** Una paloma	**b.** Fiesta católica que celebra la Eucaristía
_____ **3.** Un mico	**c.** Ave doméstica
_____ **4.** Mi viejo	**d.** Canto religioso que elogia a Dios
_____ **5.** El alabado	**e.** Una manera cariñosa que usan las esposas para dirigirse a sus esposos
_____ **6.** Santísimo Sacramento	**f.** Eucaristía

> **Paso 2** Ahora lee el fragmento de un artículo de un periódico de Guatemala que aparece en la siguiente página.

> **Paso 3** Después de leer el artículo, decide si las siguientes afirmaciones son ciertas o falsas. Corrige las falsas.

1. La fiesta del Corpus Christi es una celebración de tipo religioso.

2. Según un sacerdote, los guatemaltecos tienen gran devoción por la Eucaristía.

3. Parte de la fiesta incluye un recorrido del Santísimo Sacramento por las calles.

4. Es costumbre regalar un mico y una gallina durante esta fiesta.

5. La celebración de Corpus Christi es una fiesta de origen moderno.

> **Paso 4** ¿Qué opinas? Con un(a) compañero(a), contesta las siguientes preguntas.

1. ¿Cómo celebras el Día de los enamorados / Día de la amistad? ¿Les envías tarjetas a tus familiares y amigos? ¿Vas a comer a un restaurante? ¿Lo celebras con tu familia o con tus amigos?

2. ¿Tiene el Día de los enamorados / Día de la amistad algún vínculo religioso en los Estados Unidos? ¿Por qué hay este vínculo en Centroamérica? ¿Cuál es la relación entre el intercambio de micos y palomas entre novios y la celebración religiosa de Corpus Christi? ¿Qué relación hay entre la primavera, la fertilidad y esta celebración?

Corpus Christi: El mico y la paloma, tradición del pueblo católico en Guatemala

El día de ayer, el pueblo católico se vistió de fiesta espiritual al celebrarse el día del Corpus Christi en Guatemala.

La fiesta del Corpus Christi es la exaltación del cuerpo y la sangre de Cristo, una celebración muy antigua dentro de la Iglesia católica; en la Iglesia de Guatemala ha adquirido particular relieve, sobre todo, porque los feligreses[1] tienen un profundo amor y devoción a la eucaristía, afirmó el vicario[2] de la Catedral, sacerdote Manuel Chilín.

El Santísimo Sacramento, bajo palio[3], recorre las principales calles del Centro Histórico de la Ciudad de Guatemala, acompañado por una banda de música que interpreta sones y alabados. Como es tradición en la fiesta de Corpus Christi, se da el intercambio del mico y la paloma entre los novios, que simboliza desde los tiempos de la Colonia ritos de primavera y fertilidad.

EL MICO Y LA PALOMA

Antiguamente para los cristianos de Guatemala y, sobre todo, para las parejas la celebración del Corpus Christi podríamos decir que era lo que hoy significa el Día del Cariño, manifestó un religioso.

Explicó que los novios de aquel tiempo solían llegar a la Catedral Metropolitana a visitar al Santísimo y ofrecer su noviazgo y, como expresión de amor, la novia le regalaba un mico al novio y éste le regalaba una palomita; "significaba el amor que se tenían" y esas figuritas llevaban una frase de cariño.

Para algunas personas, venir al Corpus Christi tiene un significado de tradición y respeto al pueblo católico.

Algunas personas nos dijeron:

—Desde que éramos novios, teníamos la costumbre de comprar la paloma y el mico, esto es una tradición que venía desde el tiempo de nuestros antepasados. Ahora ya somos abuelos, pero siempre cumplimos con esta tradición que les trasladamos a nuestros hijos.

—Nuestros papás siempre vienen a regalarse la paloma y el mico, ahora nosotros seguimos la tradición de los abuelos. Recién estamos casados, pero desde novios cumplimos con esta tradición.

—Yo soy viuda, pero recuerdo que mi viejo y yo siempre veníamos en esta fecha de Corpus Christi aquí a la capital. Soy de Villanueva. Hoy mis hijos me traen y ellos también, los casados, compran la paloma y el mico, luego entramos a misa.

Luego nos dirigimos a la Catedral. Lamentablemente, esta tradición ya no se celebra como en otros tiempos; las tradiciones las debemos de conservar porque son un legado de nuestros antepasados que con el Corpus Christi aumentaba la fe en Dios en el pueblo guatemalteco, por lo que hoy en día debemos de seguir el ejemplo de nuestros padres y abuelos.

---

[1]**feligreses** personas que pertenecen a una iglesia [2]**vicario** rango religioso [3]**palio** canopy

¡A escribir!

ATAJO *Functions:*
Describing people;
Describing places;
Describing the past;
Sequencing of events
Vocabulary: Family members;
Religions; Religious holidays;
Upbringing
Grammar: Verbs: preterite;
Verbs: preterite vs. imperfect

> In **Exploración literaria** you read
an anecdote by Gioconda Belli.
Her narration focuses on a
particular episode, and through
the details she provides, we learn
about her family's Christmas
traditions and the importance of
family relationships in her family.

> Paso 1

Imagínate que un amigo de Nicaragua quiere aprender sobre las tradiciones familiares en los Estados Unidos y en particular, en tu familia. Escríbele una anécdota sobre algún evento significativo, emocionante o hasta cómico que ocurrió en tu familia, que ilustre alguna tradición y también que revele algo sobre tus lazos familiares.

La anécdota personal es una breve historia que normalmente relata un evento interesante, emocionante o cómico y al mismo tiempo sirve para demostrar algún concepto. Piensa en una tradición familiar importante y recuerda algunos de los momentos específicos de esa tradición. Luego, selecciona el episodio que demuestre un aspecto interesante, emocionante o cómico de esa tradición y de la relación entre los familiares que participan en ella.

> Paso 2

Apunta todos los detalles que puedas recordar del evento o momento que seleccionaste. Usa las siguientes categorías y preguntas para organizar tus ideas.

La tradición

1. ¿Cuál es la tradición?
2. ¿Cuándo o con qué frecuencia la practicas?
3. ¿Quiénes normalmente participan?
4. ¿Dónde la practican normalmente?

El momento/evento

1. ¿Cuándo ocurrió?
2. ¿Quiénes estaban allí?
3. ¿Dónde estaban? Describe varios detalles del lugar (el ambiente, el clima, etc.)
4. ¿Qué hacían los participantes?
5. ¿Qué ocurrió? Describe el orden de los sucesos.
6. ¿Cómo estaban los participantes antes y después del evento?
7. ¿Por qué fue significativo/emocionante/cómico el evento? ¿Cuál fue el momento que más lo demuestra?

Tu familia

1. ¿Qué demuestra el evento de las relaciones familiares en tu familia?
2. ¿Cómo lo demuestra?

Lee la **Estrategia de lectura** y piensa en tu lector y en la información que necesita saber para entender bien tu anécdota. ¿Tienes que añadir más detalles? ¿Hay algunos detalles que puedes omitir de tu lista porque seguramente tu lector los va a saber?

ESTRATEGIA DE ESCRITURA

La importancia del lector público y la selección de detalles apropiados

Writing is an act of communication between a writer and a reader or readers. To be successful in written communication you must recognize the audience for whom you are writing, and consider what this audience needs to know to be able to understand the message you are trying to convey. A consideration of your intended readers' needs should guide you in the selection of appropriate details to include in your writing. Always try to answer the following questions about your reader, even if it may involve some guesswork.

1. Who is the reader? Consider age, sex, nationality / culture, religion, social status, education, etc.

2. What does the reader know / need to know? Given your answers to question 1, consider what important / relevant background details the reader might know and those that he or she might likely *not* know about what you will write. Remember that personal information, cultural knowledge, and technical information are not universally shared!

3. What are the reader's interests? Think about what would motivate the reader to read your writing and consider including details that would satisfy this motivation. Remember that the less information you have about your reader, the more background information and details you should include in your writing.

> **Paso 3**

Escribe el primer borrador de tu anécdota. La anécdota es normalmente breve y tiene la siguiente estructura: comienza con los detalles de trasfondo *(background)* más concretos e importantes de la historia, narra en orden los sucesos que ocurrieron en un momento o evento específico con el detalle apropiado para el (la) lector(a), enfoca el clímax y termina rápidamente después, preferiblemente con una oración que resume la importancia o relevancia de la historia.

Sigue esta estructura e incorpora los detalles más importantes que apuntaste en el Paso 2. Descarta *(Throw out)* los detalles que no sean necesarios. Ten cuidado en el uso de los tiempos verbales: Usa el imperfecto para describir los detalles que sirven de trasfondo para los otros sucesos de la historia. Usa el pretérito para contar los sucesos que ocurrieron. Usa el pluscuamperfecto si es importante resaltar *(emphasize)* que un suceso pasado ocurrió antes que otro evento pasado. Cuando acabes, escribe un título que demuestre el significado de tu historia.

> **Paso 4**

Trabaja con un(a) compañero(a) de clase para revisar el primer borrador. Lee su anécdota y contesta las siguientes preguntas con él/ella: ¿Hay partes de su anécdota que no entiendes? ¿Qué información necesitas para entender mejor la historia? ¿Entiendes lo importante/emocionante/ cómico de la historia? ¿Qué información necesitas para entenderlo? ¿Crees que el título es apropiado para la anécdota? ¿Por qué? ¿Puedes sugerirle uno mejor? ¿Presenta los sucesos en un orden lógico? ¿Incluye eventos o conceptos culturales o personales que una persona de Nicaragua no entendería? ¿Tiene alguna frase que no reconoces o que no entiendes? ¿Usó bien los tiempos verbales? ¿Tienes alguna recomendación específica para tu compañero(a)?

> **Paso 5**

Considera los comentarios de tu compañero(a) y haz los cambios necesarios. Por último, enfoca tu atención específicamente en el vocabulario y la gramática que aprendiste en este capítulo. ¿Incorporaste el vocabulario nuevo donde fue posible? ¿Puedes incorporar más? ¿Usaste bien el imperfecto, el pretérito y los tiempos perfectos? Recuerda los verbos con un significado especial en el pretérito. ¿Usaste uno de esos verbos? ¿Los usaste con ese significado especial?

¡A ver!

> **Paso 1** El Día de los Muertos es una tradición religiosa que se celebra en muchas partes del mundo hispano, y especialmente en los países de América Central. Es un rito que se celebra desde hace siglos, y que refleja un aspecto de la cultura popular de estos países. Con un(a) compañero(a), describe una fiesta religiosa importante en los Estados Unidos. Aquí tienes algunas preguntas que te pueden ayudar en la descripción: ¿Cuál es el nombre de esta tradición? ¿Cuándo es? ¿Dónde se celebra? ¿Qué se hace ese día? ¿Quién participa? ¿Es una tradición de tu familia?

> **Paso 2** Mira el segmento y toma notas sobre esta tradición nicaragüense.

> **Paso 3** ¿Qué recuerdas? Contesta las siguientes preguntas.

1. ¿Cuándo se celebra el Día de los Muertos en Nicaragua?

2. ¿Cuáles son algunos de los preparativos?

3. ¿Quién participa?

4. ¿Qué hacen las familias este día?

5. ¿Es una ocasión triste? ¿Cómo sabes esto?

> **Paso 4** ¿Qué opinas? Con otro(a) estudiante, contesta las siguientes preguntas.

1. ¿Qué te ha sorprendido del segmento? ¿Por qué?

2. En gran parte de las fiestas religiosas de Centroamérica hay una mezcla de lo religioso y lo pagano. ¿Por qué crees que hay esta mezcla?

3. La tradición del Día de los Muertos comenzó aproximadamente hace 3000 años. ¿Crees que es importante preservar las tradiciones de nuestros antepasados? ¿Por qué?

Vocabulario

CD1–9

Para hablar de los lazos familiares

el (la) bisabuelo(a) *great-grandfather (grandmother)*

el (la) bisnieto(a) *great-grandchild*

el (la) hijo(a) adoptivo(a) / adoptar *adopted child / to adopt*

el (la) hijastro(a) *stepson (stepdaughter)*

el (la) hijo(a) único(a) *only son/child (daughter)*

el (la) huérfano(a) *orphan*

el (la) medio hermano(a) *half brother (sister)*

la niñera *baby-sitter*

el (la) primogénito(a) *first born*

el (la) primo(a) hermano(a) *first cousin*

el (la) primo(a) segundo(a) *second cousin*

la segunda pareja *second marriage / second wife/husband*

el (la) tatarabuelo(a) *great-great-grandfather (grandmother)*

el (la) tío(a) abuelo(a) *great-uncle (aunt)*

Para describir las relaciones familiares

la comunicación franca *frank/open communication*

la crisis *crisis*

la expectativa *expectations*

la (in)fidelidad / ser (in)fiel *(un)faithfulness / to be (un)faithful*

la intimidad / privacidad *intimacy, privacy*

el malentendido *misunderstanding*

alternativo(a) *alternative*

cercano(a) *close*

cohesivo(a) *cohesive*

duradero(a) *lasting*

estable *stable*

extendido(a) *extended*

íntimo(a) / nuclear *intimate / immediate / nuclear*

lejano(a) *distant*

monoparental *single parent*

contar (con) *to count on*

convivir *to live together*

criar *to raise*

educar *to educate; to teach manners to*

fracasar / el fracaso *to fail / failure*

independizarse *to become independent*

mimar *to spoil*

pelear / la pelea *to fight / a fight*

proveer / el (la) proveedor(a) *to provide / provider*

rechazar / el rechazo *to reject / rejection*

regañar *to scold*

soportar *to tolerate*

Ritos, celebraciones y tradiciones familiares

el aniversario (de bodas) *wedding anniversary*

el bautismo *baptism*

la cuaresma *Lent*

el día del santo *day of one's saint name*

el funeral *funeral*

la graduación *graduation*

Jánuca *Chanukah*

el nacimiento *birth*

la primera comunión *first communion*

la quinceañera *fifteenth birthday / Sweet Fifteen / fifteen-year-old girl*

Para describir los ritos, celebraciones y tradiciones familiares

el adorno *ornament/decoration*

el candelabro *candelabra*

la ceremonia *ceremony*

el cura / sacerdote *priest*

la fogata *bonfire*

el globo *balloon*

la guirnalda *garland*

la misa (del gallo) *(Midnight) mass*

el payaso *clown*

los preparativos *preparations*

la procesión *procession*

el regocijo *joy, merriment*

el villancico *Christmas carol*

melancólico(a) *melancholy*

religioso(a) *religious*

agradecer / el agradecimiento *to thank / gratefulness, gratitude*

bendecir (la mesa) / la bendición *to bless (the meal) / blessing*

colocar *to hang, to place*

conmemorar *to commemorate*

consentir en *to agree to*

contar chistes *to tell jokes*

dar el pésame *to offer condolences*

decorar *to decorate*

emborracharse *to get drunk*

envolver regalos *to wrap presents*

estar de luto *to be in mourning*

(estar/quedarse de) sobremesa *(to be/stay at the table for) table talk*

hacer/gastar bromas *to play a joke*

rezar *to pray*

trasnochar *to stay up very late*

Capítulo 3

RUMBO A MÉXICO

Metas comunicativas

En este capítulo vas a aprender a...

- describir las oportunidades de estudiar y viajar en el extranjero
- explicar los trámites para solicitar un programa de intercambio académico
- hacer una llamada telefónica
- describir los modos de transporte y excursiones turísticas
- informarte y comentar sobre precios
- escribir una carta personal

Estructuras

- Las preposiciones **por** y **para**
- Verbos reflexivos y recíprocos
- Palabras negativas e indefinidas
- Formas comparativas y superlativas

Cultura y pensamiento crítico

En este capítulo vas a aprender sobre...

- el sistema educativo en las escuelas mexicanas
- la UNAM y otras universidades en México
- la pasada gloria de Chichén Itzá

  Track 4

México	**1100 a 800 A.C.** Desarrollo de la cultura olmeca en México	**Siglo 8 A.C.** Se inicia la construcción de Monte Albán, ciudad de la cultura zapoteca de Oaxaca	**856 A.C.** Fundación de Tula, centro cultural de los toltecas del Valle de México	**100 A.C.** Se inicia la construcción de Teotihuacán	**1519** Moctezuma, líder azteca, recibe a Hernán Cortés en Tenochtitlán	**1551** Se funda la Universidad Autónoma de México (UNAM)	**1810** El padre Miguel Hidalgo inicia el movimiento de independencia de México

1100 A.C.   **900 A.C.**   **100 A.C.**   **1550**   **1650**   **1850**

Los Estados Unidos

1636 Se funda la Universidad de Harvard

1845 Texas, antiguo territorio mexicano, se convierte en el estado número 28 de la Unión Americana

Explorando el mundo

Octavio Paz   Monte Albán   Mural de Diego Rivera

Marcando el rumbo

3-1 México: Explorando el mundo Con un(a) compañero(a), determina si las siguientes oraciones sobre México y su gente son ciertas o falsas. Si son falsas, corrígelas y escribe lo que te parezca correcto.

1. El emperador Moctezuma fue un líder azteca. *Cierto*
2. La Universidad Autónoma de México es más antigua que la Universidad de Harvard. *cierto*
3. El 5 de mayo los mexicanos celebran su independencia de España. *falso*
4. Octavio Paz fue presidente de México. *falso*
5. El Museo Nacional de Antropología e Historia es un centro dedicado al estudio de las culturas pre-hispánicas. *cierto*

3-2 Los paseos culturales del Instituto Nacional de Antropología e Historia (INAH) El Instituto Nacional de Antropología e Historia de México ofrece una serie de visitas guiadas por especialistas, a diferentes sitios de interés dentro del país.

CD1-10

Paso 1: Escucha la siguiente conversación entre un representante de INAH y un estudiante. Toma notas bajo las siguientes categorías:

> Maravillas de la catedral, Ciudad de México
> Zona arqueológica de Teotihuacán *310*
> Universidad Autónoma de México *250*

Paso 2: ¿Cierto o falso? Lee las siguientes oraciones e indica si son ciertas o falsas. Si la oración es falsa, corrígela.

1. El paseo por la catedral de la Ciudad de México *no* incluye almuerzo. *falso*
2. La zona arqueológica de Teotihuacán representa un ejemplo del período clásico de Mesoamérica. *cierto*
3. La UNAM es un centro arqueológico importante. *falso*   *arquitectura nueva*
4. Al final de la conversación el estudiante decide no hacer una reservación sino consultar con un amigo. *cierto*

1862 (mayo 5) Los mexicanos derrotan a los franceses en la ciudad de Puebla

1969 Inauguración de la línea 1 del metro en la Ciudad de México

1990 Octavio Paz gana el Premio Nobel de Literatura

1860   **1900**   **1950**   **1985**   **2000**

1850 California entra a formar parte de los Estados Unidos

1916 Francisco (Pancho) Villa, revolucionario mexicano, invade el pueblo de Columbus, Nuevo México

1942 Los Estados Unidos permiten la entrada de miles de trabajadores mexicanos al país bajo el programa bracero

1985 Se funda el Instituto Tomás Rivera de Investigación sobre la población latina

2002 Los hispanos se convierten en el grupo minoritario más grande de los Estados Unidos

Vocabulario en contexto

Estudiar en el extranjero

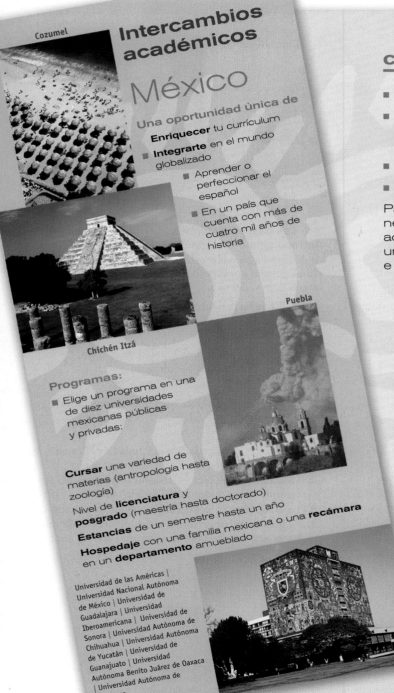

Cozumel

Intercambios académicos

México

Una oportunidad única de

- **Enriquecer** tu currículum
- **Integrarte** en el mundo globalizado
  - Aprender o perfeccionar el español
  - En un país que cuenta con más de cuatro mil años de historia

Chichén Itzá

Puebla

Programas:

- Elige un programa en una de diez universidades mexicanas públicas y privadas:

Cursar una variedad de materias (antropología hasta zoología)

Nivel de **licenciatura** y **posgrado** (maestría hasta doctorado)

Estancias de un semestre hasta un año

Hospedaje con una familia mexicana o una **recámara** en un **departamento** amueblado

Universidad de las Américas | Universidad Nacional Autónoma de México | Universidad de Guadalajara | Universidad Iberoamericana | Universidad de Sonora | Universidad Autónoma de Chihuahua | Universidad Autónoma de Yucatán | Universidad de Guanajuato | Universidad Autónoma Benito Juárez de Oaxaca | Universidad Autónoma de Querétaro

Costos por semestre

- **Gastos** administrativos: N$4.200,00
- **Colegiatura** (hasta 18 créditos): Licenciatura N$10.000,00 / Maestría N$12.000,00
- Hospedaje con familia: N$20.000,00
- **Trámites** administrativos

Para **inscribirte** en el programa necesitas llenar una solicitud de admisión indicando tu preferencia por universidad y materias a cursar e incluir:

1. una copia oficial de tu **historial académico**
2. una copia de tu pasaporte **vigente**
3. una solicitud para una visa de estudiante (disponible en el consulado de México)
4. prueba de que tienes un seguro médico con **cobertura total**

Si viajas de los Estados Unidos no es necesaria ninguna certificación de **vacunas**. Sin embargo, te recomendamos vacunarte contra el tétano y la hepatitis A.

iLrn **¡OJO!** Don't forget to consult the **Índice de palabras conocidas**, p. A3, to review vocabulary related to university life.

> For additional practice see the **Activity File** at the end of this text: **Capítulo 3, Vocabulario A. Estudiante en el extranjero.** p. D22; and **Vocabulario B. Mi sueño.** p. D22.

Mudarse implies changing residence. **Moverse** is a false cognate in that it only means to move your body physically and not to change residence.

> Other words and phrases related to studying abroad that are cognates with English words include: **el cibercafé, drástico** (drastic), **el obstáculo** (obstacle), **las primeras impresiones** (first impressions), **el tétano** (tetanus).

Para describir la experiencia

el choque cultural	culture shock
acoplarse	to fit in
enfrentarse a los retos	to confront challenges
extrañar a los amigos	to miss friends
madurar	to mature

Para describir los trámites administrativos

el (la) asesor(a)	adviser
la asistencia financiera	financial aid
la beca	scholarship
la fecha límite	deadline
darse de alta/baja	to add/drop

Para instalarse en el nuevo entorno

el acceso a Internet de alta velocidad	high-speed Internet access
el adaptador eléctrico	electricity adapter
la casa de cambio	place to exchange currency
el colegio residencial	dorm
la llamada local / de larga distancia / por cobrar	local / long distance / collect phone call
la tarjeta de banco	bank card
la tarjeta telefónica de pre-pago	prepaid phone card
la tasa de cambio	exchange rate
cobrar un cheque	cash a check
hospedarse	to stay (lodge)
involucrarse en actividades	to get involved in activities
mudarse	to move (residence)
retirar dinero	withdraw money

Para enriquecer la comunicación: La llamada telefónica *(informal)*

Bueno / Aló (Sudamérica) / Diga (España).	Hello.
¿Puedo hablar con Jorge?	May I speak to Jorge?
¿De parte de quién? / ¿Quién habla?	Who is calling?
De Amy. / Soy Amy.	Amy. / It's Amy.
No se encuentra. / No está.	He's not here.
¿Le puedo dejar un recado?	Can I leave him a message?
¿Me oyes?	Can you hear me?
Saludos a la familia.	Say hello to your family.
De tu parte.	I'll tell them you said that.
Hasta luego.	Good-bye.

Práctica y expresión

3-3 Estudiar en México Alicia González quiere cursar un semestre en una universidad mexicana. Llama a la oficina de programas internacionales de la Universidad de las Américas en Cholula, México, para informarse sobre sus programas. Ayúdala a apuntar los detalles importantes. Escucha su conversación telefónica y luego contesta las preguntas.

CD1–11

1. ¿Puede inscribirse directamente en la Universidad de las Américas?
2. ¿Qué quiere estudiar Alicia? ¿A qué nivel quiere estudiar?
3. ¿Cuánto es la colegiatura por un semestre, en dólares?
4. ¿Cuáles son las opciones de hospedaje para Alicia?
5. ¿Por qué piensa la directora que Alicia va a preferir un departamento?
6. ¿Cuál es la fecha límite para solicitar, si Alicia piensa asistir en el otoño?

3-4 Los pasos a seguir Ordena la siguiente lista de trámites que tienes que seguir si quieres hacer un programa de intercambio académico.

a. averiguar la tasa de cambio
b. seleccionar un programa apropiado
c. pagar la colegiatura
d. conseguir un seguro médico con cobertura total
e. mudarte
f. inscribirte en el programa
g. darte de alta en los cursos
h. hablar con un asesor de tu universidad
i. buscar una casa de cambio
j. conseguir una conexión a Internet de alta velocidad
k. solicitar una beca
l. retirar dinero del banco
m. encontrar el consulado de México

3-5 En nuestra universidad Tú y tus compañeros(as) trabajan en la oficina de servicios para estudiantes internacionales y tienen que preparar una hoja de información sobre su universidad para los estudiantes de intercambio de habla hispana. Preparen la hoja e incluyan la siguiente información.

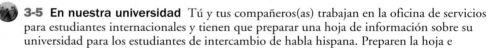

Los trámites administrativos	Cómo instalarte en el nuevo entorno	Cómo acoplarte a la nueva cultura
El costo de la colegiatura por semestre La fecha límite de altas y bajas para el semestre que viene La cantidad máxima de créditos que un estudiante puede cursar en un semestre Los tipos de asistencia financiera disponible en su universidad Cómo conseguir un historial académico ¿?	Cómo conseguir una conexión a Internet Cómo conseguir una tarjeta bancaria Cómo cambiar dinero y las tasas actuales de cambio La mejor manera (más barata) de hacer llamadas de larga distancia ¿?	Algunas cosas que pueden causar un choque cultural Las mejores actividades en las que deben involucrarse ¿?

3-6 ¿Cómo me acoplo? Imagina que dentro de poco vas por un año a la Universidad Autónoma de Yucatán y ahora estás pensando en cómo va a ser la experiencia. Comenta con un(a) compañero(a) tus respuestas a las siguientes preguntas.

1. ¿Cuáles son algunos de los retos que esperas enfrentar? ¿Cómo piensas enfrentarlos?
2. ¿Qué puedes hacer para acoplarte mejor a ese nuevo entorno?
3. ¿Piensas que vas a extrañar mucho a tu familia / tus amigos / tu novio(a)? ¿Qué puedes hacer para no extrañarlos tanto?
4. ¿Qué cosas vas a tener que hacer para instalarte bien en tu nuevo hogar en Mérida?
5. ¿Qué cosas piensas llevar a México? ¿Por qué?
6. ¿Cómo te puede ayudar esta experiencia, personal, académica y profesionalmente en el futuro?

3-7 Programas interesantes Haz una investigación sobre los programas de intercambio que tiene tu universidad y presenta la información sobre un programa a tu clase. No te olvides de incluir todos los detalles sobre el lugar, la universidad, las materias que puedes cursar, los trámites que tienes que seguir para inscribirte, etc.

Espejos

La UNAM y la UAG

De las 500 mejores universidades del mundo, la Universidad Nacional Autónoma de México (UNAM) ocupa el primer lugar en Latinoamérica, revela un estudio del *Ranking académico de las universidades del mundo*. A nivel mundial ocupa el lugar 180.

Con sólo pasar un examen de admisión, los mexicanos tienen derecho a una educación casi gratuita en la UNAM. Pero, no todos solicitan entrada a esta universidad, pues los estudiantes generalmente solicitan entrada a la universidad regional de su estado; de hecho, es raro solicitar a varias universidades en todo México. Si algún estudiante de otro estado quiere estudiar, por ejemplo, en la UNAM, generalmente viene a vivir con algún familiar o amigo que viva en la capital. Otra opción es alquilar un cuarto en una casa particular. El ambiente estudiantil de los colegios residenciales como en los Estados Unidos no es común en México.

Otra institución auténticamente mexicana, pero con orientación y proyección internacional, es la Facultad de Medicina de la Universidad Autónoma de Guadalajara (UAG). Gracias a su prestigio a nivel internacional, cuenta con estudiantes de 35 países de todo el mundo. Sus egresados *(graduates)* estadounidenses regresan a los EE.UU. con excelente preparación en su campo, y con un conocimiento superior de la lengua y la cultura mexicana, lo cual les ofrece una ventaja al ejercer su profesión en comunidades latinas aquí en los EE.UU.

> Cuatro perspectivas

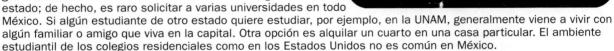

Perspectiva I ¿En qué piensas cuando se habla de la vida universitaria en los Estados Unidos? Menciona si lo siguiente es **muy común, poco común** o **muy extraño.**

1. Tener educación universitaria gratuita. *Muy extraño*
2. Solicitar a una universidad solamente, la más cercana a la casa de tus padres. *poco común*
3. Solicitar a dos o tres universidades cerca de tu casa. *poco común*
4. Vivir en la casa de tus padres mientras estudias en la universidad. *poco común*
5. Vivir en los colegios residenciales de la universidad. *muy común*
6. Solicitar a universidades fuera de los Estados Unidos. *muy extraño*

Perspectiva II ¿Cómo vemos a los mexicanos? Marca con una (X) tu opinión y con un(a) compañero(a) explica por qué piensas así.

1. Tienen suerte de que la educación es gratuita. __X__
2. Los jóvenes no tienen un espíritu de independencia. _____
3. Los mexicanos están muy apegados *(attached)* a su familia. __X__

4. Los mexicanos aprecian a su familia. __X__
5. Los estudiantes deben solicitar a la mejor universidad aunque esté lejos. __X__
6. Los jóvenes tienen menos gastos si viven con su familia. __X__
7. Los estadounidenses que estudian medicina en México no pueden ejercer *(have a practice)* en los Estados Unidos. __X__

Perspectiva III En México, algunos mexicanos dicen...

La UNAM es una excelente universidad y es casi gratis.

No hay razón para solicitar a otra universidad fuera del área donde vives. Aumentaría los gastos y estaría lejos de mi familia.

La educación en la UAG es excelente y el éxito de sus egresados lo prueba *(proves it)*.

Perspectiva IV ¿Cómo ven a los estadounidenses? ¿Sabes?

> ### Las dos culturas
> ¿Qué piensas del costo de la educación en tu universidad? ¿Y en otras universidades que conoces?
> ¿Piensas que la educación universitaria debe ser un derecho *(a right)* para todos?

Estructuras

iLrn **¡OJO!** Before beginning this section, review the following themes on p. B9 of the **Índice de gramática:** Common verbs with prepositions, Common reflexive verbs, and Reflexive pronouns.

Visit www.thomsonedu.com/ spanish for a Heinle iRadio podcast on grammar, **por** and **para**.

Las preposiciones **por** y **para**; Verbos reflexivos y recíprocos

Las preposiciones *por* y *para*

The prepositions **por** and **para** are frequently used in describing intentions, actions, comparisons, and periods of time related to daily activities in a foreign environment.

Para is used to indicate:

- movement or direction toward a destination or goal

  Él salió **para** el consulado mexicano.

- a specific deadline or future period of time

  Tenemos que inscribirnos en la universidad **para** octubre.

- purpose, use, goal or recipient

  El dinero es **para** el alojamiento.
  Muchas personas viajan **para** madurar.
  Esta tarjeta de banco es **para** ti.

- an implied comparison of inequality (i.e., The following example implies *Compared to other nineteen-year-olds, this one has seen a great deal of the world.*)

  Para una persona de diecinueve años, ha visto mucho mundo.

- the person(s) having an opinion or making a judgment

  Para mí, prefiero limitar mis gastos personales.

Common expressions with **para**:

para siempre	*forever*
no estar para bromas	*to not be in the mood for jokes*
no servir para nada	*to be useless*

For additional practice see the **Activity File** at the end of this text: **Capítulo 3, Estructuras A. Viajando por México.** p. D49.

Por is used to indicate:

- a specific period of time, or a general time of day

  El pasaporte está vigente **por** un período de diez años.
  Por la mañana, vamos a buscar un departamento amueblado.

- movement along or through a space

  Nos encanta pasear **por** el Zócalo.

- cause, reason or motive of action

  Por falta de dinero, no puede hacer una llamada de larga distancia.
  Muchas personas visitan las pirámides **por** curiosidad.

- an action that is about to take place

  El avión está **por** salir del aeropuerto.

- on behalf of, for the sake of, or in favor of

  Como estás enfermo, voy **por** ti al banco para retirar dinero.
  Los padres hacen muchos sacrificios **por** los hijos.
  Por ser extranjero, no puedo votar **por** el candidato.

- the object of an errand with **ir, venir, pasar,** and **preguntar**

  Ella vino y preguntó **por** ti.

- means of communication or transportation

  Ella habla con sus padres cada semana **por** teléfono.

- the exchange of money or substitution of one thing for another

  Pago cien pesos al mes **por** el seguro médico.

- the agent of an action in a passive construction

  Las pirámides fueron construidas **por** los aztecas.

- rate, frequency, or unit of measure (i.e., *per*)

  En nuestro programa hay un profesor **por** cada veinte estudiantes.

- multiplication or division

  Seis **por** dos son doce.

Common expressions with **por:**

por adelantado	*in advance*	por lo general	*generally*
por ahora	*for now*	por lo menos	*at least*
por aquí	*around here*	por lo visto	*apparently*
por casualidad	*by chance*	por mi parte	*as for me*
por ciento	*percent*	por ningún lado	*nowhere*
por cierto	*for sure, by the way*	por otra parte	*on the other hand*
por completo	*completely*	por otro lado	*on the other hand*
por dentro	*inside*	por primera vez	*for the first time*
por desgracia	*unfortunately*	por si acaso	*in case*
¡Por Dios!	*Oh my God! / For God's sake!*	por su cuenta	*on one's own*
		por supuesto	*of course*
por ejemplo	*for example*	por todas partes	*everywhere*
por eso	*therefore*	por última vez	*for the last time*
por favor	*please*	por último	*lastly, finally*

Verbos reflexivos y recíprocos

Reflexive and reciprocal verbs are useful in describing daily routines and activities that one might engage in while living abroad. Truly reflexive verbs describe actions for which the subject and object are the same. For example, in the sentence **Juan se mira a sí mismo en el espejo,** Juan is both the subject or *doer* of the action (the one who looks, in this case) as well as the object or *recipient* of the action (the one who is being looked at). To communicate the reflexive concept in English, we use pronouns that end in *-self/-selves.* In Spanish, it is obligatory to use reflexive pronouns (**me, te, se, nos, os, se**) to communicate reflexive ideas. There are many verbs in Spanish that also require the use of these pronouns, but can't be considered as truly "reflexive" in the manner just described. For example, with the "reflexive" verb **quejarse,** it might be difficult to imagine how the subject and object of the action are the same. We use the term "reflexive," then, to refer to an entire class of verbs that share the same set of pronouns. The prepositional phrases **a mí mismo(a), a ti** mismo(a), a sí mismo(a), etc., are optional and may be added for emphasis. Reflexive pronouns follow the same rules for placement as other types of pronouns. When they occur with other pronouns, they are placed first in the progression.

Enrique **se** acopla al nuevo ambiente. (placed immediately before a conjugated verb)

Él **se** está acoplando bien. (placed immediately before a conjugated verb)

(Él está acoplándo**se** bien.) (placed at the end of a present participle)

Por estudiar en el extranjero, él **se** ha integrado en el mundo globalizado.

—Enrique, ¡involúc**ra**te en muchas actividades! (placed at the end of an affirmative command)

¡Y no **te** olvides de lavar**te** la cara antes de salir! (placed immediately before a conjugated verb used as a negative command; placed at the end of an infinitive)

—Sí, mamá, ya **me** la lavé. (placed first, before a direct object pronoun, in front of a conjugated verb)

> The definite article is used in place of the possessive pronoun in a reflexive construction before parts of the body and articles of clothing.

Use reflexive pronouns:

- to indicate a reflexive dimension of a verb that, in many instances, could also be used non-reflexively

  Enrique **se hospedó** en un hotel después de su viaje.
  Al administrador del hotel le gusta **hospedar** a los extranjeros.

- to add emphasis to the subject of the verb

  Él **se** comió la cena en dos segundos la primera noche en el hotel.

- with certain verbs that are always used reflexively

arrepentirse (ie)	*to repent*	jactarse de	*to boast*
darse cuenta de	*to realize*	quejarse de	*to complain*

- with reciprocal or mutual actions, when using the plural reflexive pronouns (**nos, os, se**), to express the idea of *each other*. When the context alone does not adequately convey the reciprocity of the action, the clarifying phrase **uno a otro** (or an appropriate derivative such as **una a otra, unos a otros, unas a otras**) can be added.

  Enrique y su novia **se** extrañan el uno al otro.

> Note that the masculine form is used unless both subjects are feminine.

> For additional practice see the **Activity File** at the end of this text: **Capítulo 3, Estructuras B. Una historia de amor estudiantil.** p. D49.

 Un paso más allá: Verbos con cambios de significado cuando se usan en forma reflexiva

Some verbs convey a different meaning when they are used reflexively. Compare the following examples:

Non-reflexive		Reflexive	
acordar (ue)	*to agree*	acordarse (ue) de	*to remember*
despedir (i)	*to fire*	despedirse (i) de	*to say good-bye*
dormir (ue)	*to sleep*	dormirse (ue)	*to fall asleep*
ir	*to go*	irse	*to leave / to go away*
negar (ie)	*to deny*	negarse (ie) a	*to refuse*
parecer	*to seem*	parecerse a	*to resemble*
poner	*to put*	ponerse	*to put on, to become*
probar (ue)	*to try, taste*	probarse (ue)	*to try on*
quitar	*to take away*	quitarse	*to take off*

Práctica y expresión

3-8 Frida Kahlo Llena los espacios en blanco con las preposiciones **por** o **para** para saber sobre la vida de la famosa pintora mexicana, Frida Kahlo.

Frida Kahlo nació cerca de la Ciudad de México en 1910. Estudiaba en la Escuela Nacional Preparatoria donde _____ casualidad estaba su futuro esposo, Diego Rivera, quien pintaba un mural _____ su escuela. _____ desgracia, cuando tenía 18 años, sufrió un accidente de autobús que la obligó a quedarse en cama _____ mucho tiempo sin poder moverse. _____ combatir el aburrimiento, empezó a pintar y así la pintura se convirtió en un vehículo de expresión _____ ella.

Dos años más adelante se reencuentra con Diego Rivera, quien muestra interés _____ la artista y sus pinturas. Se vieron _____ dos años más antes de casarse. _____ el mundo, su matrimonio fue muy extraño, lleno de infidelidades, amor y odio _____ su parte y _____ parte de él.

Frida sufrió mucho dolor físico _____ el accidente, pero _____ otra parte, Frida fue una persona llena de vida y color. Su pintura dejó plasmada _____ siempre la agonía y la pasión de ser humano.

3-9 La vida de un estudiante Miguel y Francisco están estudiando y hacen planes para hacer otras cosas. ¿Qué dicen? Llena los espacios en blanco con las formas correctas del verbo dado. Decide si el verbo debe ser reflexivo o no.

Miguel: _me aburro_ (aburrir/se) aquí estudiando tantas horas. ¿Quieres salir a caminar un poco?

Francisco: Miguel, _acuerdas_ (acordar/se) ir a estudiar para el examen de mañana. ¿No _te acuerdas_ (acordar/se)?

Miguel: Es que si no salgo a tomar un poco de aire fresco _me duermo_ (dormir/se) sobre los libros. ¡Ven conmigo!

Francisco: No, no quiero _____ (ir/se) contigo porque tengo que _irme_ (ir/se) a la biblioteca... tengo que estudiar...

Miguel: Tengo una idea, ¿por qué no _pones_ (poner/se) tus libros en la mochila y vamos al café de la esquina. Tienes que _probar_ (probar/se) el café que sirven allí. Es muy fuerte. ¡Vámonos, hombre! ¡_Se parece_ (parecer/se) a mi tío el comelibros *(bookworm)*!

Miguel: Está bien, vámonos.

3-10 Cooperación entre estudiantes Paula y Milagros son estudiantes y amigas íntimas. ¿Cómo se ayudan? Lee lo que hacen y escribe otra vez la oración que demuestre una acción recíproca.

> **Ejemplo** Paula ayuda a Milagros a estudiar biología. Milagros ayuda a Paula a estudiar matemáticas.
> **Se ayudan la una a la otra.**

1. Si tienen problemas, Paula llama a Milagros y Milagros llama a Paula.
2. Ella siempre escucha los problemas de Milagros y Milagros escucha los problemas de Paula.
3. Paula aconseja a Milagros, pero también Milagros aconseja a Paula.
4. Cuando no tiene con quién hablar, Milagros habla sola.
5. Tienen el mismo cumpleaños. Paula le compra regalos a Milagros y Milagros también le compra regalos a ella.

3-11 ¿Cómo es tu personalidad? Hazle estas preguntas a tu compañero(a) para ver cómo es la personalidad de cada uno.

1. ¿De qué te jactas? ¿Qué puedes hacer muy bien? ¿?

2. ¿Eres atrevido(a)? ¿Qué te atreves a hacer? ¿Te atreves a ir a estudiar a un país latinoamericano por un año? ¿?

3. ¿De qué te preocupas con frecuencia? ¿Te preocupas de tus notas, de tus padres, de no aprender la lengua? ¿?

4. ¿De qué te arrepientes? ¿De no aprender a bailar salsa, de no estudiar más español, de no comunicarte mejor con tu compañero(a) de cuarto? ¿?

5. ¿De qué te das cuenta ahora? ¿De que tus padres no son tan malos, de que la vida es corta, de que tienes que estudiar mucho más para sacar buenas notas? ¿?

3-12 A la universidad El hijo o la hija quiere irse de la casa para estudiar en una universidad. ¿Cómo reaccionan las dos madres (una mexicana y una estadounidense)? En grupos de cuatro (dos parejas) actúen la situación mirando las sugerencias a continuación. ¿Qué dices tú? ¿Qué dicen tus padres?

Ejemplo   Estudiante: **Tengo que mudarme porque la universidad está muy lejos.**
Madre: **¿Por qué no te quedas en casa y vas a la universidad que está aquí cerca? Así tienes buena comida, lavadora...**

El estudiante	Padre / Madre
mudarse	quedarse en casa
irse lejos	quedarse cerca
cuidarse	preocuparse
divertirse	estudiar mucho
darse de baja	matricularse a tiempo

Exploración literaria

"Un lugar en el mundo"

En este fragmento del cuento "Un lugar en el mundo", el escritor mexicano Hernán Lara Zavala nos presenta a un joven maya y un doctor que se conocen en un autobús rumbo a Zitilchén, un pueblo cerca de Yucatán. Al principio, parecen ser dos extraños que tratan de ignorarse, pero después de un viaje de dos horas descubrimos que, aparte de compartir el mismo destino, hay algo más que los une. El autor utiliza el diálogo para dejar que los personajes cuenten su propia historia. Así, el lector puede introducirse directamente en este lugar en el mundo y conocer la situación social de los mayas en el sureste de México.

Antes de leer

1. Según el texto, "el autobús donde iba Baqueiro había salido con media hora de retraso y el calor lo había puesto de mal humor. Aún faltaban dos horas de camino, con paradas en cada pequeño pueblo, antes de llegar a Zitilchén". ¿Cómo te imaginas que va a ser este viaje para el Doctor Baqueiro? ¿Crees que su humor va a mejorar o empeorar durante las 2 horas de viaje? ¿Por qué?

2. En el autobús, un joven maya de 18 años conversa con un doctor. ¿Crees que pueden tener mucho en común? ¿Por qué sí o por qué no? Sabiendo que el doctor abordó el autobús de mal humor, ¿cuál crees que va a ser la actitud del doctor hacia este joven maya?

3. El joven y el doctor hablan, entre otras cosas, sobre las oportunidades de estudiar. En tu opinión, ¿hay algunas minorías que tienen menos posibilidades para asistir a la universidad? ¿Por qué?

> **Lectura adicional alternativa:**
> Octavio Paz, "Todos santos, día de muertos"

Estrategia de lectura Identificar palabras por el contexto

Identifying words through context is similar to the strategy you learned in Chapter 1, "Recognizing cognates and derivatives of familiar words," in that it asks us to use words that we are familiar with in order to help us establish meaning. In addition to considering the similarities between words in English and Spanish, another strategy is to take advantage of words we know in Spanish to help us make intelligent guesses about unknown words used in the context of those words we know. For example, if a passage reads **Deseaba estar con su familia y recuperarse de la constante presión de la clínica que no lo dejaba ni a sol ni a sombra,** we can guess, from the grammatical context of the words we know that the expression **ni a sol ni a sombra** refers to something that never stops occurring **(constante).**

Below are a series of words and phrases from the reading that you may not know. These words are italicized in the context of a sentence or paragraph. Use the grammatical context as well as the words you are familiar with in each sentence to help you make an intelligent guess as to the meaning of each unknown word or phrase.

1. junto a él, *pegado* a la ventanilla, iba un muchacho maya
2. el doctor Baqueiro trató de *hacer caso omiso* del muchacho intentado compenetrarse en su propia lectura. No lo consiguió. La voz del joven le impedía toda concentración.
3. Se iba a bañar y fui por agua al pozo para ponerla en la *candela*. No le gusta el agua fría.
4. Cuidando a los chiquitos, haciendo *mandados* y ayudando a la esposa del señor a servir la mesa.
5. Puedes aprender bien inglés *Labrarte* un futuro. Ser un hombre importante.

Sobre el autor

Hernán Lara Zavala, cuentista y ensayista mexicano, nació en México, D.F. en 1946. Estudió en la UNAM, donde todavía trabaja como asesor del programa de posgrado en Letras Hispánicas. Sus obras frecuentemente muestran un fuerte interés en zonas más aisladas de México. El cuento "Un lugar en el mundo" es del libro *De Zitilchén*, donde explora las dificultades de la vida en esta región de su país, poniendo énfasis en las tensiones raciales que allí predominan. También es autor de varias crónicas de viaje, como por ejemplo *Equipaje de mano* (1995) y *Viaje al corazón de la península* (1998).

HERNÁN LARA ZAVALA (1946-)

> Un lugar en el mundo (fragmento)

Hernán Lara Zavala

El doctor Indalecio Baqueiro sacó su pañuelo de mala gana[1] para secarse las gotas de sudor que le resbalaban[2] por la frente, se detenían unos instantes en sus gruesas cejas y, rodeándole las cuencas[3] de los ojos, continuaban sobre sus mejillas hasta caer sobre el libro que intentaba leer. Iba a pasar el fin de semana a Zitilchén. Le gustaba descansar en la abúlica[4] tranquilidad de su pueblo natal en donde todo lo que hacía era beber cerveza, conversar con los parientes, comer y dormir. Deseaba estar con su familia y recuperarse de la constante presión de la clínica que no lo dejaba ni a sol ni a sombra[5]. Clara, su esposa, había salido desde el viernes en el automóvil de la familia. Él se había quedado en Campeche para atender una operación de emergencia: un indio maya con un tumor en el cerebro. Siempre lo habían impresionado los familiares de los indios que se limitaban a una sola y lacónica[6] pregunta: "¿va a quedar bien?" No les importaba el estado actual del enfermo ni el diagnóstico a la enfermedad. Únicamente: "¿va a quedar[7] bien?" En ocasiones insistían en llevarse al pariente antes de tiempo aun a costa de volver dos o tres semanas después con el único afán[8] de que le quitaran las puntadas[9] al convaleciente.

El autobús donde iba Baqueiro había salido con media hora de retraso y el calor lo había puesto de mal humor. Aún faltaban dos horas de camino, con paradas en cada pequeño pueblo, antes de llegar a Zitilchén.

Intentaba leer, casi con desesperación, entre su sofocamiento[10] y su mal humor, la novela que se había propuesto terminar durante el fin de semana y que había empezado desde hacía más de seis meses. Sus ocupaciones no le dejaban tiempo para la lectura que, junto con la cacería[11] habían sido sus dos apasionados pasatiempos de juventud.

Mientras viajaba sintió cómo se incrementaba su ira[12] a causa de que junto a él, pegado a la ventanilla iba un muchacho maya de unos dieciocho años que había sacado un libro leyéndolo en voz alta. Al principio el doctor Baqueiro trató de hacer caso omiso[13] del muchacho intentando compenetrarse en su propia lectura. No lo consiguió. La voz del joven le impedía toda concentración.

Cuando el doctor Baqueiro, después de guardar su pañuelo en el bolsillo, lo miró con severidad pidiéndole con los ojos que bajara la voz, el maya dejó de leer. Sonrió.

—¿Tú qué estás leyendo?—le preguntó con simpleza.

Baqueiro, desconcertado[14] ante la llaneza[15] del muchacho, viendo su rostro moreno, su cabeza un poco triangular, sus pómulos[16] protuberantes y sus ojos negros y vivaces, no pudo más que responderle a pesar de[17] su mal talante[18].

—Una novela.

—¿Está escrita en inglés?

—Bueno, originalmente sí. Por un polaco. Pero ésta es una traducción al español.

—Es que yo estudio inglés—le dijo el muchacho sin que viniera al cuento[19] mostrándole su libro. Era uno de esos *pocket books* para aprender inglés. Cómo leerá, pensó Baqueiro, que ni cuenta me di[20] de que leía en otro idioma—. Me lo sé todo—continuó el muchacho—. Anda, pregúntame lo que quieras—le dijo entregándole el libro. Ahí era donde quería llegar, pensó Baqueiro mientras cerraba, resignado, su propio libro. Eligió una página del principio, al azar.[21]

—*Where are you going?*—le preguntó examinándolo con recelo[22].

—¿A dónde va usted?— respondió el muchacho concentrado.

El uso del usted en la traducción le llamó la atención a Baqueiro, que al inicio de la conversación se había sentido desconcertado ante el intempestivo tuteo[23] del muchacho.

—*Where is the post-office?*—volvió a preguntar.

—¿A dónde está la oficina de correos?

—Muy bien—observó el doctor un tanto sorprendido. Muy bien—repitió mientras buscaba frases más complicadas, escéptico[24]—. Muy bien—dijo por tercera vez—, parece que te sabes el libro de memoria, pero a ver—le dijo cerrando el libro—. *Where did you learn to speak English?*

—*I learned at school. In my hometown.*

—Muy bien, muy bien. Cuéntame dónde aprendiste.

—Yo soy de Tunkán, un pueblo cerquita de Izamal. ¿Conoce Izamal? Bueno, allí aprendí algo con mi maestro; pero como me gustaba el inglés me compré mi libro. Luego mi mismo maestro me recomendó para que entrara a trabajar en un hotel cerca de Chichén. Yo era el único mesero que hablaba inglés. Ayudaba al dueño a atender a los gringos. Los llevaba a las ruinas y les explicaba. A veces les decía mentiras—confesó sonriendo.

—¿Y por qué te saliste?

—El hotel abre nada más durante la temporada[25]. Tuve que buscar otro trabajo. Pero no creas, en el hotel me fue muy bien. Tengo una novia americana. Su familia insiste en llevarme a Estados Unidos.

—¿Y por qué no vas? Puedes aprender bien inglés. Labrarte un futuro. Ser un hombre importante.

—Me gusta aquí, para qué ir a otra parte. Ella y su familia son muy buenos. Me escriben y cada vez que vienen me invitan con ellos a Mérida... Una vez llevé a mi novia al pueblo. Se quedó en mi casa. Se iba a bañar y fui por agua al pozo[26] para ponerla en la candela. No le gusta el agua fría. Cuando traje el agua me dejó pasar: estaba desnuda. No le dio vergüenza[27]— dijo sonriendo—. Dormimos juntos. Pasó el tiempo,

dejé el hotel y entré a trabajar con un sastre[28] en mi pueblo; y luego un señor que me conoció me llevó a trabajar con él a Mérida.

—Haciendo...

—Cuidando a los chiquitos, haciendo mandados y ayudando a la esposa del señor a servir la mesa. En las tardes iba a la escuela. Me gusta estudiar. Me gusta tanto que cuando alguna de mis novias me hablaba le pedía a mi patrón que dijera que no estaba. Pero ya no trabajo con ellos.

—Por qué.

—Nada... mi cuñado me consiguió un trabajo mejor en Zitilchén, que es a donde voy.

—Yo voy precisamente a Zitilchén —dijo Baqueiro notando hasta entonces que su mal humor había desaparecido.

Baqueiro, que conocía a toda la gente importante del pueblo le preguntó.

—¿Y se puede saber quién es tu cuñado?

—Es soldado en el regimiento de Zitilchén.

—¿Y qué clase de trabajo te consiguió?

—Soldado...

A ti que veo que te gusta estudiar tanto, ¿te gustaría ser soldado?

—No lo sé, pero me van a pagar mejor. Cuando mi mamá lo supo lloró mucho porque ella piensa que pueden matarme. No quería que yo fuera soldado. Pero la convencí.

—¿Pero no preferirías ganar un poco menos y seguir estudiando? ¿Por ejemplo en casa del señor con el que trabajabas?

—Pues sí, pero...

—Consíguete otro trabajo. Eres un muchacho inteligente y no creo que tengas la disposición del soldado. ¿Cuánto te pagaba el señor con el que trabajabas en Mérida?

—Doscientos pesos, las comidas y el cuarto. Me dejaba las tardes libres para estudiar.

—¿Y en el ejército?

—Mil quinientos.

—Si te quedas trabajando con tu patrón[29] y sigues estudiando ganarás mucho más que un soldado en poco tiempo.

—Me gusta estudiar, pero en mi casa necesitan el dinero.

—Tus cualidades te van a servir de poco como soldado. Eres inteligente y no pareces un muchacho agresivo. En el ejército se te va a olvidar el inglés; no vas a tener oportunidad de practicarlo nunca; no es que crea que te vayan a matar, no. En todo caso tú vas a ser el que tendrás que matar —dijo, recordando los incidentes en Zitilchén que propiciaron[30] que hubiera un pelotón de fijo[31] en el pueblo—. Por lo que me cuentas tu vocación no es la de soldado, que me parece que no va contigo. Tú no quieres estar en el ejército toda tu vida, ¿no te gustaría ser importante?, ¿ocupar un lugar en el mundo?

---

[1]**de mala gana** con mal humor
[2]**resbalaban** caían [3]**cuencas** *eye sockets*
[4]**abúlica** perezosa [5]**ni a sol...** nunca
[6]**lacónica** breve [7]**quedar** *turn out* [8]**afán** intención [9]**puntadas** *stitches*
[10]**sofocamiento** calor [11]**cacería** *hunting*

[12]**ira** rabia [13]**hacer...** ignorar
[14]**desconcertado** sorprendido [15]**llaneza** simplicidad [16]**pómulos** *cheekbones*
[17]**a pesar de** despite [18]**talante** actitud
[19]**sin que...***out of nowhere* [20]**ni cuenta...** *didn't even realize* [21]**al azar** *random*

[22]**recelo** *distrust* [23]**intempestivo tuteo** inapropiado uso del tu [24]**escéptico** dudoso [25]**temporada** *season* [26]**pozo** *well*
[27]**vergüenza** *shame* [28]**sastre** *tailor*
[29]**patrón** jefe [30]**propiciaron** causaron
[31]**pelotón de fijo** *permanent platoon*

Después de leer

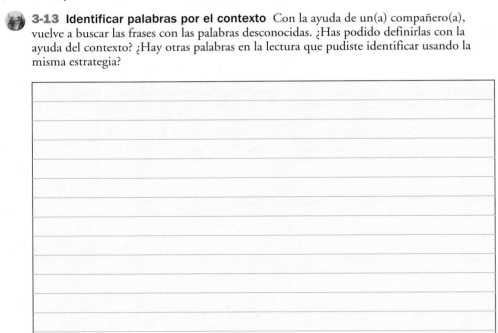

3-13 Identificar palabras por el contexto Con la ayuda de un(a) compañero(a), vuelve a buscar las frases con las palabras desconocidas. ¿Has podido definirlas con la ayuda del contexto? ¿Hay otras palabras en la lectura que pudiste identificar usando la misma estrategia?

3-14 Comprensión y expansión En parejas o en grupos de tres, contesten las siguientes preguntas.

1. ¿Por qué va el Doctor Baqueiro a Zitilchén? ¿Y el joven maya qué va a hacer en Zitilchén?

2. ¿Cómo trata el Dr. Baqueiro al joven maya al principio del viaje? ¿Y al final del viaje?

3. ¿Por qué está tan molesto el Dr. Baqueiro con el joven maya al principio del viaje?

4. ¿En qué momento se da cuenta el Dr. Baqueiro que su humor había cambiado?

5. ¿Por qué crees que está sorprendido el Dr. Baqueiro de que el joven maya sepa hablar inglés?

6. ¿Cuál es la profesión actual del joven maya? ¿Qué piensa el Dr. Baqueiro de este trabajo? ¿Por qué?

7. ¿Crees que el joven maya tomó la decisión correcta en dejar de estudiar para ganar mucho más dinero? ¿Por qué sí o por qué no?

8. En tu opinión, ¿cuál es probablemente la verdadera vocación del joven maya? ¿Por qué?

9. ¿Estás de acuerdo con lo que dice el Dr. Baqueiro al final del fragmento? ¿Crees que es un buen consejo? ¿Por qué?

Introducción al análisis literario | Establecer temas

Themes **(los temas)** are the central ideas communicated by the text. Though some themes may be explicit **(explícito)**, it is more common for the author to engage the reader in a contemplation of how several elements of the story–setting, plot, characterization, reaction of the characters, and the tone—work together in order to build a theme or themes. Themes that are constructed in this fashion are implicit **(implícito)** and require more active participation of the reader. For example, the theme in "**Un lugar en el mundo**" is implicit. In order to arrive to the central themes of this short story, we need to consider the following elements:

- **Setting:** Where in Mexico does the story take place? What ethnic groups are mentioned? Can we deduce by context the economic situation of the region?

- **Plot:** Who are the characters and what are they doing?

- **Characterization:** What is the doctor like? What is his background? What does the young man do? What do we know about him?

- **Reaction of the protagonist to the events:** How does the doctor react to what the young man is telling him? How does he feel about this young man?

- **Tone:** Is the author criticizing a particular situation? Is the tone humorous or serious? Is the story didactic in some way? Is there a moral of the story?

After considering these questions about "**Un lugar en el mundo**", think of how you might combine them to form a theme or themes of the story.

¡Bienvenidos a la Universidad Nacional Autónoma de México!

Información sobre las opciones de transporte y de excursiones durante tu estancia en México, D.F.

*L*a Ciudad de México cuenta con un sistema de metro muy eficiente, limpio y moderno. Las **tarifas** son bajas y se puede **transbordar** de una **línea** a otra sin tener que pagar un costo extra. Los boletos se venden exclusivamente en **taquillas** que hay en todas las estaciones.

Los primeros dos **vagones** de cada tren del metro están reservados para las mujeres y niños para que vayan más cómodos durante las horas de más tráfico.

*L*os **camiones** cubren la mayor parte de la ciudad. Las **paradas** de los camiones están señaladas con un gran letrero con un camión dibujado y el letrero enfrente del camión indica el **destino** final. Hay también **líneas camioneras** para hacer viajes fuera de la ciudad. Una excursión popular para los estudiantes es ir a Acapulco un fin de semana. Un boleto en autobús de primera clase, **viaje redondo** México-Acapulco-México, cuesta alrededor de $N500.00 (nuevos pesos).

*L*os taxis son otra opción de transporte. Dentro de la ciudad los precios de **pasaje** son más estables y no es necesario **regatear** el precio con el **chofer** antes de **abordar** el taxi. Fuera de D.F. las tarifas pueden variar considerablemente y por eso es recomendable regatear el precio antes de abordar.

*E*n las agencias de viajes de la ciudad puedes buscar **folletos** sobre los muchos **recorridos turísticos** del país. Durante tu estancia es importante ver los **monumentos** y las **ruinas** más famosos de México. A veces las agencias ofrecen **descuentos** de 20% para estudiantes.

iLrn ¡OJO! Don't forget to consult the **Índice de palabras conocidas**, p. A4, to review vocabulary related to traveling.

> For additional practice see the **Activity File** at the end of this text: **Capítulo 3, Vocabulario C. Antes de ir.** p. D23. and **Vocabulario D. Servicio al turista** p. D23.

Visit www.thomsonedu.com/ spanish for a Heinle iRadio pod- cast on pronunciation, **X**.

> Other words and phrases related to traveling and getting around are cognates with English words: **el ferry, la excursión, el paquete** (tour package), **la ruta** (route), **la zona** (zone).

> ¿Nos entendemos? In addition to the word **autobús**, throughout the Spanish speaking world there are a variety of other words used to denote a *bus*: **el camión** (Mexico), **la guagua** (Caribbean and Canary Islands), **el carro** (Ecuador), **el colectivo** (Argentina). There is a similar amount of variation with respect to the terms used to denote hitchhiking. In addition to **viajar de aventón**, there is **ofrecer / coger pon** (Puerto Rico), **hacer dedo** (Argentina), **pedir/hacer autostop** (España).

El carro / taxi

la licencia de manejo	*driver's license*
pedir/dar un aventón	*to hitchhike / to give a ride*
rentar un carro	*to rent a car*

En tren/metro/autobús (camión)

el andén	*platform*
el cambio	*loose change*
la ficha	*token*
la terminal	*terminal*
perder el tren/autobús/vuelo	*to miss the train/bus/flight*

Hacer un tour

el crucero	*cruise*
el hostal	*hostel*
los impuestos	*taxes*
el itinerario	*itinerary*
la línea camionera/aérea	*bus/airline*
la lista de espera	*waiting list*
la plaza / el puesto	*space (e.g., on a bus)*
el retraso	*delay*
la sección de no fumadores	*nonsmoking section*
la tarjeta de embarque	*boarding pass*
alojarse	*to stay (e.g., lodge)*
garantizar / la garantía	*to guarantee / guarantee*
reservar con anticipación	*to reserve in advance*
disponible / la disponibilidad	*available / availability*

Sitios de interés

la catedral	*cathedral*
la pirámide	*pyramid*

Para enriquecer la comunicación: Para comentar e informarse de los precios

Perdone, **¿cuánto vale** ir de aquí al centro?	*Pardon me, **how much does it cost** to go from here to downtown?*
¿En cuánto me sale el paquete en total?	***How much is the whole package going to cost me?***
No está **nada mal** el precio.	*That price **isn't bad at all**.*
Me parece **algo caro / carísimo**.	*That seems **somewhat expensive / very expensive**.*

Práctica y expresión

3-15 **Estudiantours** En la Radio UNAM escuchas el siguiente anuncio comercial sobre
CD1-12 ofertas de viajes para estudiantes. Escucha el anuncio para ver si te interesa la última
oferta. Contesta las preguntas que siguen.

1. ¿Cuáles de los siguientes sitios están incluidos en el paquete turístico?
   a. La pirámide de Kukulcán
   b. Palenque
   c. La Ciudad de México
   d. San Cristóbal de las Casas
   e. Las ruinas de Chinkultic

2. ¿Qué es el Templo de las Inscripciones?

3. ¿Qué no incluye el paquete turístico?
   a. cenas
   b. recorridos turísticos con guía
   c. propinas
   d. entradas a los sitios arqueológicos
   e. viaje redondo en avión desde la Ciudad de México

4. ¿Cuánto cuesta el paquete por persona?

5. ¿Cuáles son tres detalles de la segunda oferta?

6. ¿A qué número puedes llamar para reservar?

3-16 **¡Dame un aventón!** Indica cuáles de los siguientes modos de transporte existen
en tu ciudad o estado y da tu opinión sobre cada uno. ¿Piensas que es barato, costoso,
(in)cómodo, (in)eficiente, peligroso, (im)práctico? ¿Por qué?

1. tren
2. metro
3. taxi
4. viajar por aventón
5. ferry
6. autobús

3-17 **¿Te ha pasado alguna vez?** Entrevista a tu compañero(a) para ver si le han
pasado algunas de las siguientes situaciones al viajar. Pregúntale qué hizo en cada
situación. Toma apuntes para luego poder reportar a la clase sobre una de las situaciones.

1. Viajar por aventón
2. Perder un vuelo importante
3. Abordar un autobús sin tener el cambio
4. Abordar un autobús/metro/tren sin saber la parada que quería
5. Alojarse en un hotel/hostal sucio y espantoso
6. Bajarse del tren/autobús en el destino equivocado

3-18 Aventuras en Cancún Estás estudiando en la Universidad Autónoma de Yucatán y llamas a una agencia de viajes para ver lo que pueden hacer tú y tus amigos en Cancún este fin de semana. Usa el siguiente folleto y toma turnos con un(a) compañero(a) haciendo los papeles de agente de viajes y cliente para decidir qué recorrido van a hacer.

Cancún: Recorridos turísticos

Recorrido	Descripción	Tarifa
ISLA MUJERES	Famosa por sus impresionantes escenarios naturales y sus hermosas vistas del Mar Caribe y por tener el acantilado más elevado sobre el nivel del mar en toda la Península de Yucatán. Incluye: Atención personalizada, guía bilingüe, transportación redonda en el Trimarán, equipo de snorkel, tubo de snorkel sin costo, barra libre en la embarcación (refrescos, cerveza, agua). Salidas todos los días a las 7:30 y a las 9:30 de la mañana.	$N471,00
COZUMEL	Isla de playas de blanca arena y mar color turquesa de gran belleza. Incluye: Autobús de lujo o van, con A/A y T.V., transportación redonda, atención personalizada, guía bilingüe, ferry, barra libre en la embarcación (refrescos, cerveza, agua) y comida. Salidas todos los días a las 7:30 de la mañana.	$N728,00
TULÚM / XEL-HA	Tulúm es una bella zona arqueológica y en Xel-Ha se puede explorar las transparentes aguas azules del acuario natural más grande del mundo. Incluye: Autobús de lujo, transportación redonda, atención personalizada, entradas a Tulúm, guía bilingüe, buffet y bebidas. Salidas todos los días a las 8:30 de la mañana.	$N897,00
CHICHÉN ITZÁ	Llamada "La ciudad de los brujos", es la zona arqueológica más importante de la cultura maya. Incluye: Autobús de lujo, transportación redonda, atención personalizada, entradas a la zona arqueológica, guía bilingüe, buffet, Show de Luz y Sonido. Salidas jueves, viernes y sábados a las 7:30 de la mañana.	$N600,00

 3-19 La historia en rueda Con un grupo de compañeros(as) inventen una historia sobre un estudiante estadounidense de intercambio en la Ciudad de México y las aventuras que tuvo al usar diferentes modos de transporte en México. Un estudiante comienza la historia con una oración y luego el (la) siguiente sigue con otra oración que siga lógicamente de la primera. Así en rueda van a construir la historia.

Espejos

Explorando el mundo precolombino

La ciudad de Teotihuacán

La impresionante ciudad de Teotihuacán, o Ciudad de los dioses en nahuatl, fue el centro más importante de Mesoamérica y la ciudad más grande de las Américas. Tenía unas 600 pirámides y más de 200.000 residentes, siendo su población más grande que la de Roma en la misma época (*around the same time*).

Las dos pirámides principales son la pirámide del sol y la pirámide de la luna, donde se realizaban sacrificios humanos cuando ocurrían eclipses y otros eventos astronómicos. Muchas pirámides estaban alineadas con las estrellas y el sistema solar, lo que demuestra un conocimiento muy avanzado de matemáticas, geografía y astronomía. Es fascinante notar que todas estas pirámides fueron construidas sin herramientas (*tools*) de metal, animales de carga ni rueda (*wheel*).

La construcción de la ciudad comenzó en el año 100 A.C. y fue abandonada en el 650 D.C. por razones que aún se desconocen, pero Teotihuacán, en su apogeo (*height*), fue sin duda un lugar de mucha energía, un centro religioso, cultural, comercial y educativo de mucha importancia en el mundo indígena precolombino.

Las dos culturas

1. ¿Qué ciudad que conoces bien tiene aproximadamente 200.000 habitantes? ¿Cómo se compara con Teotihuacán en cuanto a la complejidad de su organización?
2. ¿Qué imperio dominaba en Europa en esos siglos (*centuries*)?
3. ¿Cuántos siglos después aparecerían (*would appear*) los Estados Unidos en el mapa?
4. ¿Hay monumentos indígenas en los Estados Unidos?
5. ¿Qué monumentos históricos son importantes en los Estados Unidos?
6. ¿Has visitado alguno de estos lugares arqueológicos en México? ¿Y en otros países?

Estructuras

> For additional practice see the **Activity File** at the end of this text: **Capítulo 3, Estructuras C. Estudiar en México.** p. D50.

Palabras negativas e indefinidas; Formas comparativas y superlativas

Palabras negativas e indefinidas

The following negative and indefinite words may be used in expressing preferences relating to travel:

iLrn ¡OJO! Before beginning this section, review the following themes on pp. B10–B11 of the **Índice de gramática:** Negation, Superlative adjectives, Possessive adjectives and pronouns.

Negative		Positive/Indefinite	
no	*no*	sí	*yes*
nada	*nothing*	algo	*something*
nadie	*no one*	alguien	*someone*
ningún,	*none,*	algún,	*some,*
ninguno(a, os, as)	*no one*	alguno(a, os, as)	*someone*
de ningún modo	*by no means*	de algún modo	*somehow*
de ninguna manera	*no way*	de alguna manera	*some way*
nunca, jamás	*never*	alguna vez	*sometime, ever*
		siempre	*always*
(ni)... ni	*(neither) . . . nor*	(o)... o	*(either) . . . or*
tampoco	*neither, not either*	también	*also*

Other negative expressions

ni siquiera	*not even*	todavía no	*not yet*
ni yo tampoco	*nor I, neither do I*	ya no	*no longer*

Use of negative expressions

- Negate a sentence by placing **no** before the verb or its preceding object pronouns.
  —¿Quieres subir las pirámides?
  —No, **no** quiero subirlas.

- Other negative words can be placed either before the verb or after it when **no** or another negative word precedes the verb.
  No he estado en ninguna lista de espera para viajar.
  Nunca he estado en **ninguna** lista de espera para viajar.

- In Spanish, multiple negative words are common.
  El chofer **no** ha llevado a los turistas a **ninguna** parte **tampoco.**

- When **nadie** and **ninguno** (in reference to a person) are used as direct objects they must be preceded by the preposition **a.**
  —¿Conoces a alguno de los turistas en el hostal?
  —**No, no** conozco a **ninguno. No** conozco a **nadie** en el hostal.

- **Ninguno(a)** is generally used in the singular except when the noun it modifies only exists in the plural.
  —¿Quieres unos folletos turísticos?
  —**No, no** quiero **ninguno.**

- **Nunca** and **jamás** both mean *never*. **Alguna vez** is used to mean *ever* in a question.
  —¿Has estado en el D.F. **alguna vez?**
  —**No, nunca.**

- **Algo** and **nada** may also be used as adverbs.
  El viaje fue **algo** aburrido. **No** fue **nada** interesante.

Expresiones comparativas y superlativas

In the context of studying or traveling abroad, the following comparative and superlative forms may be used.

Comparisons of inequality

- Use **más** *(more)* or **menos** *(less)* before an adjective, an adverb, or a noun, and **que** *(than)* after it.

más	adjective (cómodo)
menos +	adverb (puntualmente) + que
	noun (metros)

  ¿Viajar en microbús? Es **más cómodo que** viajar en camión.
  En general, el tren llega **más puntualmente que** el ferry.
  En el D.F. hay **más taxis que** camiones.

- Use **más que** or **menos que** after a verb form.
  Los taxistas **trabajan más que** los camioneros.

- Irregular comparatives

mejor(es)	*better*	peor(es)	*worse*
menor(es)	*younger*	mayor(es)	*older*

  Los precios son **mejores** si tu estancia incluye un fin de semana.
  Es **peor** perder el vuelo que llegar con dos horas de anticipación.

Comparisons of equality

- Use **tan** *(as)* before an adjective or an adverb and **como** *(as)* after it.

	adjective (interesante)		
tan +		+	como
	adverb (frecuentemente)		

  Ella va al zoológico **tan frecuentemente** como su amiga.

- Use **tanto/tanta** *(as much)* or **tantos/tantas** *(as many)* before a noun, and **como** *(as)* after it.

tanto (color)	
tanta (gente)	
	+ como
tantos (museos)	
tantas (ruinas)	

  ¿Hay **tantas ruinas** impresionantes en Palenque como en Chichén Itzá?
  No, **no hay tantas ruinas** impresionantes en Palenque porque muchas no han sido excavadas todavía.

> For additional practice see the **Activity File** at the end of this text: **Capítulo 3, Estructuras D. Recorridos turísticos.** p. D50.

> When the regular comparative forms of **más bueno(a, os, as)** and **más malo(a, os, as)** are used, they refer to moral qualities: **Para muchos, Cortés era un hombre más malo que Moctezuma.**

> **Tan** can also be used by itself to show a great degree of a given quality; for example: **¡Qué viaje tan perfecto!**

> Note that one can make comparisons with verbs. For example: **Vas de vacaciones tanto como yo.**

> **Tanto(s)/Tanta(s)** can also be used on their own to show a great amount of something. For example: **¡Hace tanto calor!** *(It's so hot!)*

> One can change a comparison of equality to one of inequality by using the word **no** before a verb. For example: **No hay tantos monumentos en Jalapa como en el D.F.**

Superlative forms

Whereas comparative statements compare two people or things in regard to a particular quality, superlative statements express the highest or lowest degree of a particular quality and always in relation to a group of people or things. In Spanish, superlative statements include a form of the definite article (**el, la, los, las**) and use the preposition **de** to specify the group to which the statement refers. Consider the following formula for superlative constructions:

definite article + noun + **más/menos** + adjective + **de**
Es   el   templo   más   alto   **de** todos.

To indicate the highest degree of a quality, Spanish speakers will either use an adverb, such as **muy** or **sumamente,** before the adjective or add the suffix **-ísimo** (**-a, -os, -as**) to the adjective itself. If the adjective ends in **-o** or **-a,** these letters are dropped before the suffix is added.

El viaje a Chichén Itzá es **sumamente divertido.**

or

El viaje a Chichén Itzá es **divertidísimo.**

Like the comparative forms, superlative constructions have the same irregular forms:

el (la, los, las) mejor(es)   **el (la, los, las) peor(es)**
el (la, los, las) menor(es)   **el (la, los, las) mayor(es)**

Es **el mejor** ejemplo de arquitectura maya de la región.

> ## Un paso más allá: Formas comparativas con ciertas preposiciones

Some pseudo-comparative statements made with the prepositions **entre** *(between),* **como** *(like),* **excepto** *(except),* and **menos** *(less)* require the use of subject pronouns after these words. Consider the following examples:

Entre tú y yo, prefiero viajar solo.

Y **como tú,** me gustan más las plazas que los museos.

Todos compraron algo, **excepto nosotros.**

Todos, **menos ella,** saben el itinerario.

Similarly, Spanish speakers say **igual que tú** *(the same as you)* with the subject pronoun **tú.** Whenever a pronoun follows the comparative word **que,** the subject pronoun is used.

Ella visita el museo de arte moderno más que **yo.**

In comparative statements referring to numerical quantities, Spanish speakers use **más de** instead of **más que.** For example:

Hay **más de** 500 ruinas en Palenque.

When making a comparative statement referring to an idea or abstract concept, **de lo que** is used.

El folleto de turismo tiene más detalles **de lo que** yo esperaba.

Práctica y expresión

3-20 Preferencias ¿Qué medios de transporte prefieres? ¿Por qué? Da tu opinión formando una oración comparativa usando los siguientes criterios: eficiencia, peligro, rapidez, lentitud, comodidad, preocupación, diversión, problemas, ejercicio.

> **Ejemplo** patineta / patines
> **La patineta** *(skateboard)* **es más peligrosa que los patines** *(skates).*

1. avión / crucero
2. metro / taxi
3. coche / autobús
4. andar a pie / andar en bicicleta

3-21 Impresiones de México ¿Qué cosas le impresionan de México a este estudiante? Lee los comentarios y escribe el superlativo absoluto.

> **Ejemplo** El nombre de la ciudad "San Cristóbal de Las Casas" es largo, ¿no?
> **¡Es larguísimo!**

1. Las ciudades mexicanas Tlalnepantla y Coatzacoalcos son difíciles de pronunciar, ¿no?
2. El volcán Popocatépetl es muy grande, ¿no?
3. La gente en México es muy simpática.
4. ¡Las playas de la costa del Pacífico son muy lindas!
5. Las pirámides son muy antiguas.

3-22 México, Guatemala y los EE.UU. Ya estás familiarizado con estos tres países. Trabaja con un(a) compañero(a) y compáralos, escribiendo comparaciones de igualdad y desigualdad.

> **Ejemplo** a. Compara dos países: México es más pequeño que los EE.UU.
> b. Compara tres países: Guatemala es el país más pequeño de los tres.
> c. ¿Es "más o menos" de lo que pensabas?: Los EE.UU. es más grande de lo que pensaba.

País	República de Guatemala	Estados Unidos de América	Estados Unidos de México
Tamaño	$108.890 \ km^2$	$9.629.091 \ km^2$	$1.972.550 \ km^2$
Colores de la bandera	azul y blanco	rojo, blanco y azul	verde, blanco y rojo
Población amerindia	43%	1.5%	30%
Fertilidad	4.67 hijos por mujer	2.07 hijos por mujer	2.53 hijos por mujer
Independencia	1821	1776	1810
Estados	22 departamentos	50 estados	31 estados

3-23 Un(a) compañero(a) de viaje Tu compañero(a) de viaje es un poco negativo(a). Lee las siguientes oraciones y escribe las expresiones negativas de tu compañero(a).

> **Ejemplo** De alguna manera voy a subir esa pirámide.
> **Yo no. ¡De ninguna manera!**

1. Alguna vez voy a ir a Acapulco.
2. Voy a comprar algunas cosas de recuerdo. No voy a comprar nada.
3. Voy a nadar o a caminar por la playa.
4. Voy a beber algo frío, como una horchata.
5. Tengo hambre, ¿y tú?
6. ¿Quieres comer algo? No quiero comer nada.
7. ¿Ya comiste?
8. ¿Tienes alguna idea para divertirnos?
9. ¿Por qué eres tan negativo(a) siempre?
10. ¿Te quiere alguien?

3-24 ¿Qué piensas tú? Lee las siguientes oraciones y compara tu opinión con la de tu compañero(a). ¿Están de acuerdo o no? ¿Por qué?

1. El mejor coche del mundo es el Mercedes.
2. ¡Los cruceros son carísimos! No valen la pena *(They are not worth it)*.
3. El avión es el medio de transportación más peligroso de todos.
4. El coche es el medio de transportación menos eficiente de todos.
5. ¡Los taxis son peligrosísimos!

 3-25 México Pongan a prueba su conocimiento de México. En grupos de tres, decidan quién es más convincente y parece saber más.

> **Ejemplo** ¿Quién es más inteligente, el presidente de los EE.UU. o el presidente de México?
> **El presidente de México es tan inteligente como el presidente de los EE.UU.**

1. ¿Qué país es más interesante, México o Nicaragua? ¿Por qué dices esto?
2. ¿Qué hoteles son más caros, los de los EE.UU. o los de México?
3. ¿Qué música es más conocida en el mundo, la música folklórica de los EE.UU. o la música mariachi de México?
4. ¿Qué país produce menos petróleo, los EE.UU. o México?
5. Sin mirar un mapa, ¿qué país crees que es más pequeño, Perú o México?
6. ¿Quién es mejor músico, Carlos Santana o Jerry García? ¿Por qué piensas eso?

Rumbo abierto

> **Paso 1** A continuación vas a leer una entrevista en la revista estudiantil *Nuestra Comunidad* que publica la Universidad Iberoamericana de México. En esta entrevista el estudiante mexicano Enrique A. Acuña Tam habla sobre su experiencia como estudiante de intercambio en una universidad francesa. Antes de leer el texto, entrevista a un(a) compañero(a) y pregúntale sobre su interés y experiencia en programas de intercambio educativo. Aquí tienes algunas preguntas que te pueden ayudar:

1. ¿Has estudiado en un país extranjero?
2. ¿Tienes interés en participar en un programa de intercambio estudiantil?
3. ¿Cuáles pueden ser algunos de los beneficios de los programas de intercambio?

> **Paso 2** Ahora lee la entrevista que aparece en la siguiente página.

> **Paso 3** Lee la entrevista y en parejas o grupos de tres contesta las siguientes preguntas.

1. ¿Qué estudia Enrique Acuña Tam?
2. ¿Qué lo motivó a estudiar en Francia?
3. ¿Cuál es una de las características del programa FLAME de la Universidad de Rouen?
4. ¿Qué estudió Enrique durante su primer trimestre?
5. ¿Qué diferencias hay entre la manera de calificar en la Ibero y en Rouen?

> **Paso 4** ¿Qué opinas? Con un(a) compañero(a), contesta las siguientes preguntas.

1. ¿Cuáles son algunos de los beneficios de estudiar en el extranjero?
2. ¿Tiene sentido para un mexicano ir a Francia y tomar cursos en inglés? ¿o para un estadounidense ir a Francia para estudiar el español? ¿Por qué?
3. ¿Qué criterios utilizarías para seleccionar un programa de intercambio estudiantil? Piensa en tus metas académicas y tus planes profesionales.

Aprovechar oportunidades de intercambio: Entrevista con el alumno Enrique Acuña de Relaciones Internacionales, desde Rouen, Francia.

Enrique A. Acuña Tam, alumno de octavo semestre de Relaciones Internacionales, realiza actualmente estudios en la École Supérieure de Commerce (ESC) de Rouen, Francia, por medio de la Subdirección de Intercambio Estudiantil de la Universidad Iberoamericana. Cursó un trimestre de enero a marzo, y ahora, de septiembre a diciembre, estudia un segundo periodo. A continuación transcribimos una entrevista que Acuña Tam concedió —vía correo electrónico— a Nuestra Comunidad.

¿Por qué el interés de realizar un intercambio? ¿Qué repercusiones personales y/o profesionales encuentras?

La razón principal por la cual decidí irme de intercambio es porque sentía la necesidad de aprender otro idioma. Cada día nuestro mundo se vuelve más global y por lo tanto más pequeño, por esto se debe estar preparado para poder asimilar y comprender otras culturas, para poder aceptar otras formas de ser. Las repercusiones profesionales son de gran trascendencia, ya que hoy en día las empresas multinacionales y transnacionales están buscando personas que se adapten fácilmente a otras formas de trabajo y que tengan "movilidad" en el mundo.

¿Por qué seleccionaste esa universidad?

Hubo tres razones principales por las cuales yo elegí esta escuela. En primer lugar, porque es la única en Francia donde hay posibilidades de estudiar materias en inglés, y también porque tiene un programa llamado FLAME con materias en francés para extranjeros. La segunda razón es porque en la ESC Rouen

se puede obtener un *Graduate Certificate of European Business Studies* sin tener que haber terminado la licenciatura. Y en tercer lugar, porque la ESC Rouen es una "Grande École", que es un título que existe en Francia para las mejores escuelas.

¿Qué materias estás cursando?

El primer semestre cursé el Diplomado de Negocios en Europa. Esta vez estoy estudiando siete materias de FLAME, por ejemplo, Vinos en Francia o Negocios en Francia, y tres materias normales de la escuela, por ejemplo, Derecho Internacional o Socio-psicología.

¿Encuentras diferencias sustanciales en los métodos de enseñanza entre las dos universidades?

Los métodos de enseñanza son totalmente distintos. Aquí los períodos escolares son de tres meses y las clases tienen una duración de 20 horas al trimestre. La mayor parte del trabajo lo realizas por cuenta propia, ya sea investigando en la biblioteca o en Internet. También varía la forma de corregir: aquí la calificación es sobre 20 (no sobre 10), pero prácticamente nadie saca más de 15.

¿Cuáles han sido hasta ahora tus experiencias de cambio a otro país y a otra universidad?

Esta experiencia ha sido una oportunidad magnífica para conocer a personas de varios países del mundo, conocer sus culturas y comprender por qué somos tan distintos. También ha sido una experiencia increíble en mi vida profesional ya que gracias a la ESC Rouen conseguí un "stage", o trabajo de estudiante, de abril a agosto en Londres, en una empresa multinacional, lo cual me ha preparado mejor para el futuro.

¡A escribir!

ATAJO *Functions:* Writing a letter; Comparing and distinguishing; Saying how often you do something; Talking about daily routines
Vocabulary: Food, house, means of transportation, traveling
Grammar: Accents; Comparisons; Negation; Prepositions: **por** & **para**; Verbs: reflexive

El año que viene vas a estudiar en México en la Universidad de Guadalajara y vas a vivir con una familia mexicana. La universidad acaba de mandarte la siguiente carta de la madre de una posible familia anfitriona y te pidió que le escribieras una carta (o un mensaje por correo electrónico) para presentarte y para contarle a la familia un poco de ti.

Paso 1

La carta personal se distingue de otros tipos de textos por ser más interactiva. Es en realidad un diálogo con personas ausentes. El lenguaje usado en ese diálogo va a depender de la persona a quien le escriba el (la) autor(a), la relación que tenga con esa persona y el propósito de la carta. Como cualquier otro tipo de escrito, la carta personal se define también por su estructura. Tiene una fecha, comienza con un saludo, expresa un propósito y termina con una despedida. Ahora te toca a ti contestarle a Elena.

> Guadalajara, Jalisco, el 15 de octubre de 2005
>
> Querido(a) estudiante:
> Deseo que esta carta te encuentre bien. Soy Elena, y a mi familia y a m nos gustara mucho ser anfitriones de un estudiante de intercambio de los Estados Unidos. Somos una familia de cinco: mi esposo, Jos, y nuestros tres hijos, Samuel, Amanda y Rafael, de 18, 12 y 10 aos respectivamente, y yo. Vivimos en Guadalajara, no lejos de la universidad, y ya tenemos una recmara privada esperndote.
>
> Nos gustara saber algo de tí y as podemos ayudarte a instalarte y acoplarte mejor a nuestra cultura. Alguna vez has vivido en otro pas? Tienes algunas necesidades especiales? Te gusta involucrarte en actividades? Cmo es tu rutina diaria? A qu hora acostumbras levantarte y dormirte? Prefieres algunas comidas ms que otras? Piensas viajar mucho durante tu estancia? Prefieres visitar algunos sitios ms que otros?
> Tenemos muchas ganas de conocerte.
>
> Un fuerte abrazo,
> Elena Gmez de Garca y familia

Paso 2

En esta carta quieres contestar las preguntas de Elena y quieres comunicarle quién eres para establecer una relación. A la vez vas a querer saber más de su familia, por lo cual le vas a hacer algunas preguntas también. Para organizarte, piensa en cada una de las siguientes categorías y escribe durante cinco minutos todo lo que se te ocurra en cada categoría.

Respuestas a sus preguntas   Otras cosas para describirte y tus preferencias   Cosas que quieres saber de la familia de Elena

Después de apuntar todas tus ideas, organízalas dentro de cada categoría. Trata de incluir todo el vocabulario del capítulo que puedas. También piensa si puedes usar algunos verbos reflexivos y/o frases comparativas, superlativas o negativas.

ESTRATEGIA DE ESCRITURA

Diccionarios bilingües tradicionales y electrónicos

The quality of your dictionary and how you use it will directly impact the quality of the translation you obtain. Many words and phrases are not easily translated, and often the definition of a word depends on the context in which it is used. Only high quality dictionaries will provide you with the quantity of words and information about those words that you will need to express yourself appropriately in Spanish. Ask your teacher to recommend a good dictionary and follow these tips for use:

1. Know what kind of word you are trying to translate. Are you looking for a noun or a verb? If you need to translate *play* you will find **jugar** as a verb (i.e., *to play*), but **obra de teatro** as a noun (i.e., *a live performance*). Remember that verbs like *pay-back* and *look-up* are considered one word in Spanish. Do not try to look up each separately!

2. Be careful with verb types. Notations like *tr.* or *intr.* indicate whether the verb needs an object (*transitive*) or whether it can be used without one (*intransitive*). Some verbs can be intransitive in English, but will require an object in Spanish.

3. Confirm the context. If your dictionary doesn't tell you how the word is used, look it up in a Spanish monolingual dictionary. Alternatively, you can search that Spanish word in quotations ("...") on the Internet to see how it is used in context.

4. Try synonyms. If you can't find the word you are looking for, think about other ways in which that meaning is expressed in English and search for those words.

> Paso 3

Escribe la carta usando la siguiente estructura:

La fecha: Escríbela en la parte superior derecha de la carta, con el mes en letra minúscula.

El saludo: Se debe usar un saludo apropiado para el tipo de carta y la relación entre el (la) escritor(a) y el (la) destinatario(a). En este caso, "Querida Sra. Gómez de García", tal vez sea lo más apropiado. Nota que el saludo va seguido por dos puntos (:).

La salutación: Escríbela antes de comenzar el cuerpo de la carta. Para este tipo de carta es apropiado escribir: "Espero que se encuentre bien."

El cuerpo: Incluye tanto tus respuestas a las preguntas de Elena como tus propias preguntas para ella. Cada párrafo debe tratar sólo de una idea, así que usa párrafos distintos para contestar sus preguntas y para hacer las tuyas.

La despedida y tu firma: Algunas opciones son: Atentamente *(f)*, Saludos cordiales *(f, i)*, Cuídese *(i)*, Un abrazo *(i)*, Cariñosamente *(i)*, Un beso *(i)*. En este caso, todas menos la última es apropiada.

> Paso 4

Trabaja con un(a) compañero(a) de clase para revisar tu primer borrador. Lee su carta y comparte con él/ella tus respuestas a las siguientes preguntas: ¿Tiene la carta todos los elementos necesarios (fecha, saludo, salutación, cuerpo, despedida y firma)? ¿Son apropiados el saludo y la despedida para dirigirse a la señora de una familia desconocida? ¿Por qué sí o no? ¿Incluye en el cuerpo respuestas a las preguntas de la señora Gómez de García? ¿Presenta suficiente información de sí mismo(a)? ¿Está bien organizada la carta? ¿Usa bien el vocabulario y gramática del capítulo?

> Paso 5

Considera los comentarios de tu compañero(a) y haz los cambios necesarios. También enfoca específicamente las palabras y estructuras que aprendiste en este capítulo. ¿Usaste bien el vocabulario? ¿Usaste bien los verbos reflexivos, palabras negativas, **por** y **para** y las estructuras comparativas y superlativas? Por último, haz una última revisión de la ortografía.

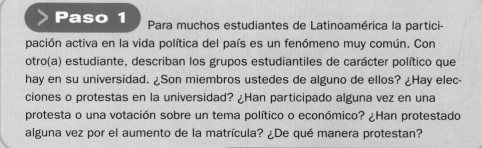

¡A ver!

> **Paso 1** Para muchos estudiantes de Latinoamérica la participación activa en la vida política del país es un fenómeno muy común. Con otro(a) estudiante, describan los grupos estudiantiles de carácter político que hay en su universidad. ¿Son miembros ustedes de alguno de ellos? ¿Hay elecciones o protestas en la universidad? ¿Han participado alguna vez en una protesta o una votación sobre un tema político o económico? ¿Han protestado alguna vez por el aumento de la matrícula? ¿De qué manera protestan?

> **Paso 2**
Mira el segmento y toma notas sobre esta protesta de estudiantes en la Ciudad de México.

> **Paso 3** ¿Qué recuerdas? Contesta las siguientes preguntas.

1. ¿En qué universidad ocurrió esta protesta?

2. ¿Por qué están protestando los estudiantes?

3. ¿Qué actividades organizaron los estudiantes para protestar?

4. ¿Están todos los estudiantes de acuerdo con la protesta? ¿Por qué?

5. ¿Por qué se opone el decano a la protesta?

> **Paso 4** ¿Qué opinas? Con otro(a) estudiante, contesta las siguientes preguntas.

1. ¿Tienen derecho los estudiantes a cancelar clases y bloquear calles para protestar por el aumento de la matrícula? ¿Por qué?

2. ¿Qué es más importante: el derecho a protestar o el derecho a asistir a clases? ¿Por qué?

3. ¿Crees que la manera de protestar de los estudiantes mexicanos es efectiva? ¿Por qué?

Para describir la experiencia

el choque cultural *culture shock*

acoplarse *to fit in*

enfrentarse a los retos *to confront challenges*

enriquecer *to enrich*

extrañar a los amigos *to miss friends*

integrarse *to integrate oneself (into a country)*

madurar *to mature*

Para describir los trámites administrativos

el (la) asesor(a) *adviser*

la asistencia financiera *financial aid*

la beca *scholarship*

la cobertura total *complete coverage*

la colegiatura *tuition*

el departamento *apartment*

la estancia *stay, period of time*

la fecha límite *deadline*

los gastos *expenses*

el historial académico *academic transcript*

el hospedaje/hospedarse *lodging/to lodge oneself*

la licenciatura *undergraduate*

el posgrado *graduate studies*

la recámara *bedroom*

el trámite *step (in a process)*

la vacuna *vaccination*

vigente *current*

cursar *to take courses, to deal with a process*

darse de alta/baja *to add/drop*

inscribirse *to enroll*

Para instalarse en el nuevo entorno

el acceso a Internet de alta velocidad *high-speed Internet access*

el adaptador eléctrico *electricity adapter*

la casa de cambio *place to exchange currency*

el colegio residencial *dorm*

la llamada local /de larga distancia/por cobrar *local/long distance/collect phone call*

la tarjeta de banco *bank card*

la tarjeta telefónica de pre-pago *prepaid phone card*

la tasa de cambio *exchange rate*

cobrar un cheque *cash a check*

hospedarse *to stay (lodge)*

involucrarse en actividades *to get involved in activities*

mudarse *to move (residence)*

retirar dinero *withdraw money*

Para hablar del transporte y los viajes

el andén *platform*

el cambio *loose change*

la catedral *cathedral*

el (la) chofer *driver*

el crucero *cruise*

el descuento *discount*

el destino *destination*

la ficha *token*

el folleto *brochure*

el hostal *hostel*

los impuestos *taxes*

el itinerario *itinerary*

la licencia de manejo *driver's license*

la línea camionera/aérea *bus/airline*

la lista de espera *waiting list*

el monumento *monument*

la parada *stop (e.g., bus)*

el pasaje *ticket, passage*

la pirámide *pyramid*

la plaza *space (e.g., on a bus)*

el recorrido turístico *sightseeing trip*

el retraso *delay*

las ruinas *ruins*

la sección de no fumadores *nonsmoking section*

la taquilla *ticket office*

la tarifa *price*

la tarjeta de embarque *boarding pass*

la terminal *terminal*

el vagón *car (of a train)*

el viaje redondo *round trip*

disponible / la disponibilidad *available / availability*

abordar/transbordar *to board, get on / to transfer (e.g., on a bus)*

alojarse *to stay (e.g., lodge)*

garantizar / la garantía *to guarantee / guarantee*

pedir/dar un aventón *to hitchhike / give a ride*

perder el tren/autobús/vuelo *to miss the train/bus/flight*

regatear *to bargain*

rentar un carro *to rent a car*

reservar con anticipación *to reserve in advance*

Capítulo 4

RUMBO A CUBA, PUERTO RICO Y REPÚBLICA DOMINICANA

Metas comunicativas

En este capítulo vas a aprender a...

- opinar sobre actividades de ocio y comida
- hacer, aceptar y rechazar invitaciones
- hablar de la cocina y preparación de comida
- ofrecer y aceptar de comer y beber
- escribir una reseña

Estructuras

- Subjuntivo en cláusulas sustantivas
- Voz pasiva con los verbos **ser** y **estar**
- Expresiones impersonales

Cultura y pensamiento crítico

En este capítulo vas a aprender sobre...

- la música, los deportes y la cultura popular del Caribe
- un concepto diferente del tiempo
- algunas comidas típicas del Caribe

 Track 1

La Habana ★ • Matanzas
• Pinar del Río • Cienfuegos
CUBA • Camagüey
Santiago de Cuba • Guantánamo

REPÚBLICA DOMINICANA
Santo Domingo ★ **PUERTO RICO**
San Juan ★
Mayagüez • Ponce

Cuba, Puerto Rico y Repúb. Dominicana						
Antes de 1492 Habitan en estas islas los taínos, siboney y caribes	**1496** Bartolomé Colón funda Santo Domingo, en la República Dominicana	**1511** Juan Ponce de León funda San Juan, Puerto Rico	**1538** Se funda la Universidad Autónoma de Santo Domingo, la más antigua del hemisferio	**1853** Nace José Martí, escritor y patriota cubano	**1874** Nace el béisbol en Cuba	
1490	**1500**	**1520**	**1550**	**1850**	**1870**	**1900**

Los Estados Unidos

1819 El Presidente James Monroe le compra a España el estado de la Florida por cinco millones de dólares

1898 España le cede Puerto Rico, Guam y las Filipinas a los EE.UU.

El ocio

Roberto
Clemente

Teófilo
Stevenson

Sammy
Sosa

Marcando el rumbo

4-1 Cuba, Puerto Rico y República Dominicana: ¿Qué sabes del Caribe? Con un(a) compañero(a), determina si las siguientes ideas sobre estas tres naciones del Caribe y su gente son ciertas o falsas. Si son falsas, corrígelas y escribe lo que te parezca correcto.

1. Hay más jugadores cubanos en las grandes ligas de los Estados Unidos que de ningún otro país latinoamericano.
2. El merengue es un tipo de baile popular de origen puertorriqueño.
3. Cuba es la isla más grande de las Antillas.
4. Los puertorriqueños son ciudadanos norteamericanos.
5. La gastronomía caribeña tiene influencia española y africana.

4-2 El Caribe: Cuba, Puerto Rico y República Dominicana Vas a escuchar una descripción de algunas características sobresalientes de estos tres países.

CD1-14

Paso 1: Escucha la siguiente descripción de ciertos aspectos culturales del Caribe y toma apuntes: la música; la gastronomía; los deportes y la cultura.

Paso 2: ¿Cierto o falso? Lee las siguientes oraciones e indica si son ciertas o falsas. Si la oración es falsa, corrígela.

1. La música caribeña representa una mezcla de influencias de África y Europa.
2. El sancocho es un tipo de música dominicana.
3. Una persona interesada en surfing debe visitar Cuba.
4. En Cuba se celebra cada año un festival de cine.

Paso 3: ¿Qué recuerdas? Acabas de escuchar una descripción de algunos atractivos turísticos de Puerto Rico, Cuba y la República Dominicana. Imagínate que tienes sólo una semana para visitar esos tres países. Con un(a) compañero(a), haz un itinerario de lo que quieres hacer durante esos siete días.

1920

1917 El Presidente Woodrow Wilson firma una ley que concede ciudadanía estadounidense a los puertorriqueños

1950

1952 Puerto Rico pasa a ser un Estado Libre Asociado de los Estados Unidos

1959 Revolución cubana

1960

1961 El presidente John F. Kennedy fracasa en su intento de derrocar a Fidel Castro con la invasión de Playa Girón (Bay of Pigs)

1962 Alicia Alonso crea el Ballet Nacional de Cuba, compañía de fama mundial

1965

1965 Lyndon B. Johnson interviene militarmente en la República Dominicana

1966 Roberto Clemente, puertorriqueño, es nombrado el jugador más valioso de las Grandes Ligas

1980

1979 Se celebran los Juegos Panamericanos en San Juan, Puerto Rico

1990

2005

2004 El equipo de fútbol femenino de los Estados Unidos gana la medalla de oro olímpica

Vocabulario en contexto

El ocio

http://www.ociocaribeño.com

ociocaribeño.com

Cine

Música

Libros

Comida

Clubs

GUÍA DEL OCIO en la Red
Para **entretenerte**, hoy destacamos…

Las artes

Museo de Arte de Ponce, Puerto Rico:
Exposición de la Escuela Puertorriqueña de Pintura.

Museo de arte taíno, Puerto Plata, República Dominicana:
Exposición de **piezas** de **cerámica** taína.

Universidad de Puerto Rico, Recinto de Río Piedras:
Recital de guitarra clásica.

Deportes espectáculo

Copa Cuba: Campeonato Nacional de **Atletismo**

Boxeo: Coliseo Angulo de Carolina, Puerto Rico

Béisbol: Los tigres de Licey contra los leones de Ponce- República Dominicana

Deportes activos

República Dominicana:
Escalada en roca, Pico Duarte

Explorar las **cuevas** de Cabarete

Puerto Rico:
Probar surfing con **cometa** en Punta Las Marías

Practicar **tablavela** en Palmas del Mar

Practicar **paracaidismo** en Humacao

Juegos de mesa en la Red

Jugar al **ajedrez**

Jugar a **las damas**

Jugar a **las cartas**
Póker
Veintiuna
Dominó
Backgammon

¡Lrn ¡OJO! Don't forget to consult the **Índice de palabras conocidas**, pp. A4–A5, to review vocabulary related to sports and leisure.

Visit www.thomsonedu.com/ spanish for a Heinle iRadio podcast on pronunciation, **C, S, Z**.

For additional practice see the **Activity File** at the end of this text: **Capítulo 4, Vocabulario A. Algo para cada ocasión.** p. D24; and **Vocabulario B. Amigos aburridos.** p. D24.

> **¿Nos entendemos? La cometa** is only one of several names used throughout the Spanish speaking world to denote a kite. In Puerto Rico it is called **la chiringa**, and in Mexico and other areas it is called **el papalote**. There is also some variation in the Spanish word for dartboard, as both **la diana**, and **el blanco** are used.

Para hablar del ocio

el (la) aficionado(a)	*fan*
el blanco	*target*
la carrera de relevo	*relay race*
el coleccionismo / coleccionar	*collecting / to collect*
el crucigrama	*crossword puzzle*
los dardos	*darts*
la montaña rusa	*roller coaster*
el parque de atracciones	*amusement park*
el torneo	*tournament*
apostar	*to bet, gamble*
apuntar	*to aim*
barajar / la baraja	*to shuffle / deck of cards*
empatar / el empate	*to tie (the score) / tie (score)*
hacer equipos	*to form teams*
lograr el golpe	*get a strike (bowling)*
navegar a vela / en canoa	*to sail (a sailboat) / to canoe*
remar / el remo	*rowing, paddle / to row*
repartir las cartas	*to deal cards*
tirar la bola	*throw the ball*
volar una cometa	*to fly a kite*
voltear los bolos	*knock over bowling pins*

Para enriquecer la comunicación: Hacer, aceptar y rechazar una invitación

¿**Te apetece ir** al partido de béisbol mañana?	*Do you feel like going to the baseball game tomorrow?*
Sí. **Sería estupendo.**	*Yes. That would be great.*
¿**Te gustaría ir** a la bolera conmigo?	*Would you like to go to the bowling alley with me?*
¡Ay, **cuánto lo siento!** No puedo mañana, tal vez otro día.	*I'm really sorry. I can't tomorrow, maybe another day.*
¿**Estás libre** el viernes?	*Are you free Friday?*
Sí, ¿**qué tienes en mente?**	*Yes, what do you have in mind?*

Práctica y expresión

 4-3 Conociendo Cuba Escucha el siguiente anuncio publicitario sobre Cuba, que sale
CD1-15 en una estación de radio mexicana, y luego contesta las preguntas.

1. ¿Cuáles de las siguientes actividades se pueden hacer en Varadero? Identifica la foto y
   escribe el nombre de la actividad.

a. _____   b. _____   c. _____   d. _____

2. ¿Qué tiene el Museo del Deporte?
3. ¿Cuáles serían dos actividades de interés para los coleccionistas?
4. Según el anuncio, ¿qué actividades de ocio nocturno ofrece la isla?
5. ¿Cómo se llega a Cuba desde México?
6. ¿Te parece Cuba un buen sitio para el ocio? ¿Por qué sí o no?

4-4 ¿Estás de acuerdo? En una página web sobre el ocio encontraste la siguiente lista
de actividades en categorías. ¿Estás de acuerdo con la clasificación de las actividades? Si
no, cambia las listas. ¿Puedes pensar en otras actividades para añadir a las listas?

Actividades de ocio

Juegos de mesa	Deportes extremos	Actividades artísticas o culturales	Deportes competitivos
• las cartas	• la escalada en roca	• una exposición de arte	• el atletismo
• los dardos	• el paracaidismo	• una clase de cerámica	• la tablavela
• subir a la montaña rusa	• jugar al boliche	• hacer crucigramas	• el ajedrez
• las damas	• explorar cuevas	• apostar dinero en las cartas	• el remo
	• un recital de poesía		

4-5 Momentos de ocio Entrevista a un(a) compañero(a) sobre cómo le gusta pasar sus
momentos de ocio. Trata de ver si tienes intereses en común con él o ella.

Pregúntale sobre:

■ las actividades que le gusta hacer.
■ la frecuencia con la que hace esas actividades.
■ una de sus experiencias más memorables haciendo una de esas actividades y por qué
   fue tan memorable.
■ cuándo hará esa actividad en el futuro.
■ ¿?

Basándote en sus intereses, ¿le puedes recomendar alguna actividad de ocio?

 4-6 Dramatizaciones En grupos de tres, seleccionen una de las siguientes situaciones
para dramatizar. ¡Sean creativos!

1. Dos amigos(as) "compiten" para lograr salir con la misma persona. Los (Las) dos la/lo
   llaman el mismo día para invitarlo(a) a salir en "la cita de sus sueños", un día lleno de
   diversión y actividad. Él/Ella tiene que decidir qué invitación aceptar y cuál va a
   rechazar.
2. Un sábado por la noche un grupo de amigos de la universidad conversa sobre sus
   opciones para entretenerse. Todos tienen ideas muy extrañas. ¿Qué deciden hacer?

Espejos

¿A qué hora empieza el partido?
Un concepto diferente del tiempo

Un estereotipo muy conocido de los latinoamericanos es que no llegan a tiempo a ninguna parte. ¿Es esto verdad o es un mito? Como todos los estereotipos, tiene algo de verdad. En general, los caribeños tienen una actitud más relajada en cuanto al tiempo, especialmente en eventos sociales.

—¿A qué hora salimos? —Pues, cuando estemos listos... por la tardecita.

—¿A qué hora es la fiesta? —Vente a eso de las 7:00... (que quiere decir después de las ocho)

—¿A qué hora debemos reunirnos para salir al partido de baloncesto?

—Déjame ver... la guagua *(bus)* sale a las 6:00 P.M.... ¡¡Escuchen todos, deben estar aquí a las 5:00 P.M.!!

No todo es tan relajado. La escuela, la iglesia, los medios de transporte, los programas de televisión, el trabajo, y especialmente la hora de salida, siguen un horario determinado.

Las personas que regresan a los EE.UU. después de una estadía *(stay)* en Latinoamérica sienten la diferencia al llegar. La vida en los EE.UU. cobra velocidad y urgencia. En los EE.UU. el reloj "corre", ¡pero en el Caribe, las manecillas *(hands)* del reloj "andan"!

❯ Cuatro perspectivas

Perspectiva I En los Estados Unidos...

1. ¿Es importante llegar a tiempo? Y para ti, ¿es importante?
2. ¿Piensas que ser puntual es una característica positiva o negativa en los EE.UU.?

Perspectiva II ¿Cómo vemos a los caribeños? Marca con una (X) tu opinión.

1. Los caribeños no son eficientes porque no prestan atención al tiempo. _____
2. La vida es más relajada. _____
3. Pierden el tiempo. _____
4. Disfrutan la vida. _____
5. No entienden que el tiempo es oro *(time is money)*.

_____

Perspectiva III En Puerto Rico, la República Dominicana y Cuba... algunos dicen:

1. No es bueno ser el primero en llegar a una fiesta. Es mejor hacer una "entrada".
2. Una cosa es el trabajo, controlado por el tiempo, y otra es estar en la casa, tranquilo, sin un plan específico.
3. Es bueno visitar a los amigos y sentarse a hablar sin prisa.

Perspectiva IV ¿Cómo ven los caribeños a los estadounidenses? ¿Sabes?

Las dos culturas

1. ¿Llegaste tarde a algún sitio alguna vez?
2. ¿Te enojas cuando hay un atraso *(delay)?* ¿Por qué?

Estructuras

iLrn ¡OJO! Before beginning this section, review the following themes on pp. B12–B13 of the **Índice de gramática:** Present subjunctive of regular verbs, Present subjunctive of irregular verbs, Present subjunctive of stem-changing verbs, Present subjunctive of verbs with spelling changes.

Visit www.thomsonedu.com/ spanish for a Heinle iRadio pod-cast on grammar, subjunctive mood.

> The impersonal expressions **es verdad** and **es cierto** require the use of the indicative mood in the noun clause they introduce, unless they are used in an interrogative sentence as described in **Un paso más allá.**

> For additional practice see the **Activity File** at the end of this text: **Capítulo 4, Estructuras A. Opiniones en la cocina.** p. D52; and **Estructuras B. Consejos y sugerencias.** p. D52.

Subjuntivo en cláusulas sustantivas

The subjunctive is not a tense, but rather a mood. In Spanish, the indicative mood is used to describe or to refer to events that are certain, definite, and factual. The subjunctive mood, on the other hand, is used after certain verbs and expressions that communicate desire, doubt, emotion, necessity, will, or uncertainty. In this section we will focus on the use of the subjunctive mood as it appears in noun clauses, to talk about preferences and recommendations related to leisure. Noun clauses (**cláusulas sustantivas o nominales**) are dependent or subordinate clauses that function as the object of a preceding verb. Noun clauses are always introduced by **que.**

Mi amiga	**recomienda**	**que yo haga el paracaidismo.**
Subject	verb	noun clause/subordinate clause (direct object)

The subjunctive is used in the noun clause/subordinate clause when the verb in the main clause:

- expresses wish, desire, or will, with verbs such as **desear, preferir, proponer,** and **querer,** and with the expression **ojalá.**

  Sus padres **prefieren** que él no **escale** montañas solo.
  Ojalá que **haya** buen tiempo para navegar a vela.

- expresses hope or emotion, with verbs such as **alegrarse, enfadarse, enojarse, esperar, estar contento de, lamentar, sentir, sorprender, temer, tener miedo de.**

  Me alegro que les **gusten** los deportes acuáticos. El esquí acuático es muy popular aquí.
  Lamento que no **puedan** esquiar hoy por la lluvia.
  Sentimos que ustedes siempre **pierdan** el dinero jugando a las cartas.
  (A ellos) **Les sorprende** que no apostemos dinero en los partidos.

- is an impersonal expression conveying emotion, preference, or probability such as the following:

es bueno	es malo
es horrible	es posible
es importante	es raro
es increíble	es triste

  Es bueno que ellos **hayan** llevado sus canoas con ellos.
  Es probable que mañana **puedan** salir. El tiempo va a mejorar.

- expresses doubt, uncertainty or denial, with verbs such as **dudar, negar, no creer, no pensar.**

  Ella **duda** que **vaya** a haber muchas personas en el lago hoy.
  No cree que el equipo de remo **practique** hoy.

- expresses request, preference, or advice, with verbs such as **aconsejar, exigir, insistir, impedir, mandar, obligar, ordenar, oponer, pedir, recomendar.**

  Aconsejamos que los participantes **jueguen** a las cartas o a los dardos mientras esperan.
  Pedimos que todos **tengan** paciencia.

There are several instances in which, depending on the context, either the subjunctive or indicative can be used in the noun clause.

- With the verbs **decir** and **pedir**, the indicative is used when the verbs convey or report information. When **decir** or **pedir** are used to express a command, then the subjunctive is used.

  Juan **dice** que el torneo **empieza** a las seis. (Reporting when the tournament will begin.)
  Juan **pide** que el torneo **empiece** a las seis. (Requesting that the tournament begin at a specific time.)

- With the verbs **creer** and **pensar**, the indicative is used in an affirmative statement. The subjunctive is used when either of these verbs is negated. The subjunctive may also be used in an interrogative sentence with these verbs according to the degree of doubt the speaker has about a particular proposition.

  Yo **creo** que la exposición **es** buena, pero mi amigo **no piensa** que **sea** tan interesante.
  ¿**Crees** tú que **es** buena? (The speaker thinks so.)
  ¿**Piensas** que **sea** buena? (The speaker doesn't think so.)

- Similarly, the expressions **quizá(s)**, **tal vez**, and **acaso** require the subjunctive when the speaker is uncertain about a particular action. If the speaker is relatively certain, then the indicative is used.

  Quizás tengamos tiempo para ir al parque de atracciones. (Speaker is unsure.)
  Tal vez tienen una montaña rusa allí. (Speaker is fairly certain that they do.)

With certain verbs, such as **aconsejar, dejar, hacer, impedir, mandar, obligar a, ordenar, permitir, prohibir**, it is possible to use an infinitive in place of a noun clause.

Mi esposa no me **deja hacer** el paracaidismo.

Key West, Florida

Práctica y expresión

4-7 Personalidades Mira a ver cómo es tu personalidad y la de tu compañero(a). Tomen turnos haciéndose las siguientes preguntas. ¡Luego pregúntale por qué piensa esto!

	Sí	No
1. Creo que nueve entradas (innings) en béisbol _____ (ser) demasiadas.	_____	_____
2. Lamento que no _____ (haber) béisbol todo el año.	_____	_____
3. Prefiero _____ (jugar) a las cartas en vez de (instead of) tirar la bola con un amigo.	_____	_____
4. Siento que un equipo _____ (tener) que ganar, prefiero que _____ (empatar).	_____	_____
5. Si voy ganando un juego por muchos puntos, dejo que mi oponente _____ (ganar) unos puntos.	_____	_____
6. En un juego de mesa como Monopolio, no creo que prestar dinero _____ (ser) buena idea.	_____	_____
7. En un juego de mesa como Risk, me alegra _____ (destruir) a mis oponentes.	_____	_____
8. Pienso que ganar no _____ (ser) tan importante.	_____	_____
9. Niego que los jugadores, en cualquier juego, no _____ (querer) ganar.	_____	_____
10. Prefiero que no _____ (transmitir) ningún juego deportivo por televisión.	_____	_____

4-8 Somos diferentes Tu compañero(a) va a leer lo siguiente y tú comentas sobre su dilema, oración por oración, especialmente sobre lo subrayado.

Ejemplos   Tu compañero(a): Mi novio(a) y yo somos muy diferentes...
                            Tú: **¡Qué interesante que sean tan diferentes!**

              Tu compañero(a): A él/ella le gusta el boxeo...
                            Tú: **¡Qué increíble que le guste el boxeo!**

Vocabulario útil: pienso, creo, no dudo, dudo, es terrible, es increíble, es importante, es bueno, es malo, lamento, ojalá, es posible...

Mi novio(a) y yo *somos* muy diferentes. A él/ella *le gusta el boxeo*. Admira a Óscar de la Hoya, Kermit Cintrón y Félix Trinidad... A mí no me gusta la violencia. *¡Tantos golpes!* *¡Tanta sangre!* Yo *prefiero jugar a la baraja o mirar atletismo*. Las carreras de relevo son tan elegantes y emocionantes. *¡Es mucho más civilizado!* El único problema es que *me gusta apostar* y a veces se me va la mano *(I get carried away)* y *pierdo mucho dinero*, pero *es mejor que el boxeo*, ¿no?

4-9 ¿Verdad o mentira? Pregúntale a un(a) compañero(a) sobre su conocimiento del béisbol. ¿Quién de los dos acertó *(was right)* más?

> **Ejemplo**   Treinta por ciento de los beisboleros en los EE.UU. son de ascendencia latinoamericana.
> **No pienso que 30% sean latinoamericanos. o Sí, creo que 30% son latinoamericanos.**
> (Respuesta: Sí, es verdad que 30% son latinoamericanos.)

1. A-Rod es un beisbolero de ascendencia dominicana.
2. Fidel Castro es un aficionado al béisbol.
3. Hay más jugadores cubanos que de Puerto Rico o de la República Dominicana.
4. Un jugador llamado I-Rod o Pudge es de ascendencia puertorriqueña.
5. El fútbol es tan popular como el béisbol en el Caribe.
6. Los equipos de béisbol de Cuba son tan buenos como algunos equipos profesionales de los EE.UU.
7. El béisbol nació en Cuba, no en los EE.UU.

4-10 Un día de lluvia ¿Qué prefieres hacer para entretenerte en un día de lluvia? Con un(a) compañero(a), reacciona a las siguientes sugerencias usando **prefiero, dudo, espero, creo, no creo, pienso,** etc.

> **Ejemplo**   ¿Qué tal si vamos a la playa?
> **No creo que sea buena idea. Es mejor ir a la playa cuando hace sol.**

1. ¿Qué tal si volamos cometas?
2. ¿Te gustaría ir a remar en el río?
3. ¿Y si jugamos a los dardos?
4. ¿Qué tal si hacemos el crucigrama del periódico?
5. ¿Te gusta ir a un parque de diversiones?
6. ¿Quieres ir a la bolera?

4-11 Hombres versus mujeres En grupos de cuatro (dos hombres y dos mujeres), usen frases como: **queremos que, sugerimos que, es mejor que, es preferible que, ya saben que, te aconsejo que, insistimos que,** etc., para demandar ciertas cosas. Después compartan su lista de demandas con la clase.

> **Ejemplo**   Ellos: **Queremos que** las mujeres miren partidos de béisbol en televisión con nosotros.
> Ellas: **Pensamos que** ellos deben cocinar para nosotras.

4-12 Demandas al instructor En grupos de tres, hagan una lista y lleguen a un consenso sobre cambios que quieren en la clase de español para hacerla más divertida. Miren a ver qué dice el profesor sobre sus ideas. Usen el vocabulario del ocio y la cocina.

> **Ejemplo**   Nosotros queremos que nos enseñe a jugar barajas españolas en la clase.

Exploración literaria

"La Cucarachita Martina"

Rosario Ferré se ha dedicado en todas sus obras a abogar por la participación de mujeres en la literatura. Explora los mismos temas en sus cuentos para niños que en sus cuentos para adultos: el rol de la mujer en el contexto machista del Caribe. Una preocupación central en su obra es la situación que vive la mujer en la sociedad hispana. En el caso de esta selección, la autora se basa en un cuento para niños puertorriqueños muy popular, llamado "La Cucarachita Martina y el Ratoncito Pérez". Haciendo unos cambios a esta historia original, Ferré crea un sátira de un aspecto significante de la sociedad puertorriqueña: el machismo.

Antes de leer

1. ¿Cuáles son algunos cuentos para niños que tratan de la relación entre hombres y mujeres? Brevemente resume la trama (*plot*) de uno de ellos y describe a los personajes principales.
2. Sabiendo que la autora se basa en un cuento para niños, pero hace algunos cambios para enfocarse en la situación de la mujer en la sociedad hispana, ¿crees que esta historia va a ser diferente de tus predicciones? ¿Por qué sí o no? ¿Cómo te imaginas que va a ser el tono de esta historia?

> **Lectura adicional alternativa:**
> Nicolás Guillén, "Balada de los dos abuelos"

Estrategia de lectura | Identificar el tono

Tone in literature indicates to the reader a set of attitudes that the author has toward his or her subject matter. Tone includes a broad range of perspectives, including nostalgic, sentimental, didactic, humorous, ironic, critical, and cynical, just to name a few. A work will often provide several attitudes that, together, will help shape for the reader the author's purpose in writing a particular piece. In order to help you identify the tone, consider the characteristics of some of the most difficult tones to detect in literary works:

- Cynical: it intends to question and openly criticize social behaviors with a disapproving and sometimes pessimistic attitude.
- Didactic: it informs the reader about an experience, example, or observation with the purpose of teaching a moral lesson.
- Satiric: it intends to expose and criticize a social vice or folly through exaggerated irony, sarcasm, ridicule, or wit.
- Ironic: it stresses the contrast between an ideal and actual condition, usually expressed by a contradiction between an action or expression and the context in which it occurs. Irony is more subtle than sarcasm.

Keeping these in mind, evaluate some excerpts from "La Cucarachita Martina". From the following list, choose the term or combination of terms that best describes the tone of each passage.

sentimental   didactic   critical   ironic
nostalgic   humorous   satiric   cynical

1. Había una vez y dos son tres, una cucarachita que era muy limpia y que tenía su casa muy aseada (*tidy*).
2. ¡Ay no, no, no, por favor, Señor Gallo (*rooster*)! ¡Apártese de mi lado! ¡Eso no puede ser! Es usted muy indiscreto, y además, hace tanto ruido que, en la mañanita no me dejará dormir!
3. Al otro día la Cucarachita Martina se levantó muy temprano, y se puso a limpiar su casa porque quería que estuviese reluciente el día de la boda. Primero barrió la sala; luego barrió el comedor y las habitaciones; luego barrió el balcón, las escaleras, la acera (*sidewalk*); y al final dispuso (*set*) la mesa primorosamente (*lovingly*).

Now that you have practiced identifying tone, read the story to determine if the tones of the sample passages are continued throughout the rest of the story or if there are different perspectives added. Can you find other examples of the same tones as the passages above?

> La Cucarachita Martina

Rosario Ferré

Había una vez y dos son tres, una cucarachita que era muy limpia y que tenía su casa muy aseada[1]. Un día se puso a barrer el balcón y luego siguió barriendo la escalera y luego, con el mismo ímpetu[2] que llevaba, siguió barriendo la acera[3]. De pronto vio algo en el piso que le llamó la atención y se inclinó para recogerlo. Cuando lo tuvo en la palma de la mano vio que era algo muy sucio, pero después de brillarlo y brillarlo con la punta de su delantal[4], descubrió que era una moneda.

—¡Ay, pero si es un chavito[5]!, —dijo— ¿qué podré comprarme con un chavito?

Apoyada en el mango[6] de su escoba pensó y pensó sin ocurrírsele nada hasta que por fin se cansó. Guardó la escoba detrás de la puerra, se quitó el delantal y se fue a dormir la siesta. Cuando se despertó, se sentó en el balcón a coger fresco y siguió pensando qué era lo que más le gustaría comprarse con su chavito nuevo.

—Podría comprarme un chavo de dulce, —dijo— pero eso de no me conviene, porque en cuanto me lo coma se me acaba[7]. Podría comprarme un chavo de cinta [8] color guayaba[9] para hacerme un lazo[10]... pero eso tampoco me conviene, porque cuando me despeine se me acaba. ¡Ay, ya sé, ya sé! Me compraré un chavito de polvo[11], para que San Antonio[12] me ayude a buscar novio!

Y dicho y hecho, se fue corriendo a la tienda y se compró un chavito de polvo. Cuando regresó a su casa se puso su mejor vestido, se empolvó[13] todita todita y se sentó en el balcón para ver pasar a la gente.

Al rato atravesó la calle el Señor Gato, muy elegante, vestido todo de negro porque iba camino de unas bodas. Cuando la vio tan bonita se acercó al balcón y, recostándose sobre los balaustres[14], se atusó los bigotes[15] frente a todo el mundo con un gesto muy aristocrático y dijo:

—¡Buenos días, Cucarachita Martina! ¡Qué elegante está usted hoy! ¿No le gustaría casarse conmigo?

—Quizá, —contestó la Cucarachita— pero primero tiene usted que decirme cómo hará en nuestra noche de bodas.

—¡Por supuesto, Cucarachita! ¡Eso es muy fácil! En nuestra noche de bodas yo maullaré[16] ¡MIAOUU, MARRAOUMAUMIAOUU, MIAOUUMIAOUU! ¡Yo mando aquí y arroz con melao[17]!

—¡Ay no, por favor, Señor Gato! ¡Váyase, váyase lejos de aquí! ¡Eso sí que no, porque me asusta!

Y el Señor Gato salió corriendo. Cruzó entonces la calle el Señor Perro, muy elegante, con su abrigo acabadito de lustrar[18] porque iba caminando a un bautizo. Viéndola tan bonita, se arrimó a los balaustres del balcón y se rascó[19] contra ellos varias veces la espalda. Irguió[20] entonces las orejas con pretensión, como si fuese un perro de casta, y dijo:

—¡Muy buenos días, Cucarachita Martina! ¡Pero qué reguapa está usted hoy! ¿Por qué no se casa conmigo?

—Puede ser, le contestó la Cucarachita, pero primero tiene usted que decirme cómo hará en nuestra noche de bodas.

—¡Cómo no Cucarachita! ¡Enseguida le enseño! En nuestra noche de bodas yo aullaré[21]: ¡JAUJAUJAUJAU-JAUJAUJAUJAU! ¡Aquí mando yo y arroz mampostiao[22]!

—¡Ay no, no, por favor, Señor Perro! Aléjese, aléjese de mi lado. Es usted muy chabacano[23] y además, con tanto ruido me va a despertar a mis hijitos.

Pasó entonces por la calle el Señor Gallo, muy orondo[24] con su traje de plumas amarillas porque iba camino de unas fiestas patronales. Cuando la vio tan bonita se acercó al balcón y, moviendo la cresta con arrogancia, sacó pecho en plena calle y dijo:

—¡Buenos días, Cucarachita Martina! ¡Pero qué bonita está usted hoy! ¿Por qué no se casa conmigo?

—A lo mejor, le contestó la Cucarachita, pero primero tiene usted que decirme cómo hará en nuestra noche de bodas.

—¡Claro que se lo diré, Cucarachita! ¡Sin ningún problema! En nuestra noche de bodas yo cantaré ¡KIKIRIKI-III, yo mando aquííí! ¡KOKOROKOOOO, aquí mando yooo!

—¡Ay no, no, no, por favor, Señor Gallo! ¡Apártese, apártese de mi lado! ¡Eso no puede ser! Es usted muy indiscreto, y además, hace tanto ruido que, en la mañanita, no me dejará dormir!

Y el Señor Gallo se alejó con la cresta muy alta, disimulando el desaire[25].

Se estaba haciendo tarde y ya la Cucarachita se disponía a entrar de nuevo a su casa, cuando a lo lejos vio venir al Ratoncito Pérez por la calle. Se había vestido con su camisa más limpia y en la cabeza llevaba un sombrero de paja[26] adornado con una pequeña pluma roja. La Cucarachita se volvió a sentar en el sillón y se acomodó cuidadosamente los pliegues[27] del vestido. Cuando el Ratoncito Pérez llegó frente a ella, se quitó el sombrero y, haciéndole una profunda reverencia, le dijo:

—¡Buenos días, Cucarachita Martina! ¡Qué tarde tan agradable hace hoy! ¿No le gustaría salir conmigo a dar un paseo?

La Cucarachita le contestó que muchas gracias, que prefería seguir cogiendo fresco en su balcón, pero que si él quería, podía sentarse a su lado y hacerle compañía. Entonces el Ratoncito Pérez subió con mucha elegancia las escaleras y, cuando estuvo junto a ella, le dijo con mucha crianza[28]:

—Cucarachita Martina, hace tiempo que quería hacerle una pregunta. ¿Le gustaría casarse conmigo?

—A lo mejor, —le contestó la Cucarachita, disimulando una pícara[29] sonrisa tras el vuelo de su abanico[30]— pero primero me tiene usted que decir cómo hará en nuestra noche de bodas.

—Te diré muy pasito[31], ¡Chuí, Chuí, Chuí! ¡Así te quiero yo a ti! —le susurró[32] muy discreto el Ratoncito al oído para que los vecinos no se enteraran—. Y ni tonto ni perezoso le besó respetuosamente los dedos de la mano.

—¡Ay qué lindo y qué fino! ¡Me gusta como haces, Ratoncito Pérez! Mañana mismo me casaré contigo.

Al otro día la Cucarachita Martina se levantó muy temprano, y se puso a limpiar su casa porque quería que estuviese reluciente[33] el día de la boda. Primero barrió la sala; luego barrió el comedor y las habitaciones; luego barrió el balcón, las escaleras y la acera; y al final dispuso la mesa primorosamente[34]. Después entró en la cocina, porque quería darle una sorpresa al Ratoncito Pérez. Primero lavó el arroz; luego rayó[35] el coco y lo exprimió en un paño[36] fino para sacarle la leche; luego lo echó en la olla y le añadió varios puñados[37] de pasas[38], un tazón de melao, un poco de jengibre[39], un poco de agua, varias rajas[40] de canela y dos cucharadas de manteca. Cuando terminó colocó la olla sobre las tres piedras del fogón y lo puso todo a hervir. Entonces se fue a su cuarto, para engalanarse[41] con su traje de novia.

Pero héte aquí que[42] la Cucarachita Martina no sabía que el Ratoncito Pérez, además de ser muy fino, era también muy goloso[43] y se la pasaba siempre buscando qué comer. No bien[44] hubo ella salido por la puerta de la cocina, el Ratoncito se acercó al fogón. De la olla salía un aroma delicioso que lo envolvía como en un sueño de gloria, haciéndole la boca agua. Como no podía ver qué era lo que había adentro, arrimó un banquillo[45] y, subiéndose de un salto, logró alcanzar el borde de la olla. Comenzó entonces a columpiarse[46] sobre ella de extremo a extremo, intentando descubrir a qué sabía tan suculento manjar[47]. Por fin, alargando la uña de una pata, alcanzó una rajita de canela. "Una sola tiradita[48] y será mía", se dijo. Tiró una vez, pero la raja estaba bien caliente y se había quedado pegada a la melcocha[49] del arroz. Intentó una segunda vez y la raja se movió un poquito. Tiró con más brío y logró por fin desprenderla, pero mareado por el dulce olor a manjares de bodas, perdió el balance y cayó al fondo de la olla.

Un poquitito después, la Cucarachita Martina volvió a la cocina a revolver el arroz con su larga cuchara de palo. Cuando vio que el Ratoncito Pérez se había caído en la olla, comenzó a lamentarse desconsolada:

—¡Ay, Ratoncito Pérez, pero quién te manda a meterte en la cocina, a husmear[50] por donde no te importa!

Como el ratoncito Pérez nada le contestaba, la Cucarachita se fue a su cuarto, se quitó su traje de novia, se vistió de luto y, sacando su cuatro[51] del ropero, se sentó a la puerta de su casa y se puso a cantar:

Ratoncito Pérez cayó en la olla,
Cucarachita Martina lo canta y lo llora,
¡Lo canta y lo llora!
¡Lo canta y lo llora!

---

[1]**aseada** ordenada [2]**ímpetu** energía [3]**acera** *sidewalk* [4]**delantal** *apron* [5]**chavito** centavo [6]**mango** *handle* [7]**acaba** termina [8]**cinta** *ribbon* [9]**guayaba** *guava fruit* [10]**lazo** *bow* [11]**polvo** *face powder* [12]**San Antonio** Para los hispanos católicos, San Antonio de Padua es el Santo patrón de las mujeres solteras, y es un rito común rezarle para encontrar novio [13]**se empolvó** se puso maquillaje [14]**balaustres** *banisters* [15]**se atusó...** *smoothed his whiskers* [16]**maullaré** *will meow*

[17]**arroz con melao** *lit. rice and honey* [18]**acabadito de lustrar** *recently polished* [19]**se rascó** *scratched* [20]**irguió** levantó [21]**aullaré** *will howl* [22]**arroz mampostiao** *traditional Puerto Rican dish* [23]**chabacano** vulgar [24]**orondo** robusto [25]**desaire** *rejection* [26]**paja** *straw* [27]**pliegues** *creases* [28]**crianza** respeto [29]**pícara** *roguish* [30]**abanico** *fan* [31]**pasito** suavemente [32]**susurró** dijo en voz muy baja [33]**reluciente** brillante [34]**primorosamente** *neatly* [35]**rayó** *grated*

[36]**paño** *cloth* [37]**puñados** *handfuls* [38]**pasas** *raisins* [39]**jengibre** *ginger* [40]**rajas** *sticks* [41]**engalanarse** vestirse elegantemente [42]**héte aquí que** *as it turns out* [43]**goloso** glotón [44]**no bien** tan pronto como [45]**banquillo** *stool* [46]**columpiarse** *swing* [47]**manjar** *delicacy* [48]**tiradita** *(little) pull* [49]**melcocha** *molasses* [50]**husmear** investigar [51]**cuatro** *guitar-like Puerto Rican instrument*

Después de leer

4-13 Identificar el tono Con la ayuda de un(a) compañero(a), haz una lista de todos los tonos que has identificado en la selección. ¿Cuáles son los tonos que predominan? ¿Cómo contribuyen los tonos dominantes al significado del cuento?

4-14 Comprensión y expansión En parejas o en grupos de tres, contesten las siguientes preguntas.

1. Según el cuento, ¿qué hace Martina en sus momentos de ocio?

2. ¿Por qué decide Martina que no es buena idea gastar su centavo en un dulce o una cinta? Irónicamente, ¿qué ocurre al final con su novio?

3. ¿Por qué escoge Martina al Ratoncito Pérez, pero no al Perro, al Gato o al Gallo?

4. Martina espera que su novio la respete y la quiera. ¿Por qué crees que los tres primeros pretendientes no entienden las expectativas de ella?

5. ¿Qué hace Martina en preparación para el día de la boda?

6. El Ratoncito Pérez parece perfecto, pero al final descubrimos que tiene una falla. ¿Cuál es?

7. ¿Cómo reacciona Martina cuando ve que el Ratoncito Pérez se había caído en la olla?

8. Antes de leer hiciste algunas predicciones sobre esta historia. Ahora que la has leído, ¿cómo se comparan tus predicciones con lo que realmente ocurrió? ¿Pasó lo que esperabas, o te sorprendió algo?

9. En tu opinión, ¿cuál puede ser la moraleja (*moral*) de esta historia?

10. ¿Crees que este cuento es más para niños o para adultos? ¿Por qué?

Introducción al análisis literario | La ironía y la sátira

As it was discussed in **Estrategia de lectura**, irony is the product of a disparity between our expectations of how something should be and its actual portrayal in literature. For example, in the story you just read, it is ironic that a cockroach, which in nature is a scavenger, is portrayed in the story as obsessed with cleanliness and tidiness. Irony is often used in developing a critical portrayal for this very reason: it calls attention to the way things should be versus the way they are described. When irony or its cousin, sarcasm, are used systematically and with exaggeration, the product is often a satire. Satire is directed at exposing a particular vice or folly of a specific society. For instance, Jonathan Swift used satire in *Gulliver's Travels* as a means to comment critically on British political practices in the eighteenth century.

Assuming that **"La Cucarachita Martina"** is a satire of Puerto Rican society, discuss with a classmate what specific aspects the author might be attacking. You might consider, for example the references to domestic chores, the attitude of each potential boyfriend, and the behavior of Martina on her wedding day. You might also consider how this portrayal is both tragic and humorous in its satirical dimension. Does the author use dark humor? Why do you suppose that darkly humorous satires are often the most effective in serving the author's purpose?

Actividad de escritura

Using what you now know about satire and tone in narrative, create a short satire of a classic children's story to criticize something about today's society. Here are some ideas: "The Three Little Pigs go on Strike", "Cinderella Divorces the Prince", "Little Red Riding Hood Protests to Save the Forest".

Vocabulario en contexto

La Cocina

¿Te apetece ser chef de la cocina criolla?
¡Es facilísimo!

RECETA DEL MES: EL MOFONGO

Aunque tiene muchas variantes y se conoce por diferentes nombres (Matajíbaro o Fufú en Cuba, Mangú en la República Dominicana y Mofongo en Puerto Rico), el plátano verde machacado es siempre el ingrediente básico de este famosísimo plato.

INGREDIENTES:

- 3 plátanos **verdes**
- 1/2 **libra** de **chicharrones** o **tocino**
- **dientes de ajo**
- 1 **cucharada** de aceite de oliva
- sal **a gusto**
- aceite para **freír**

UTENSILIOS DE COCINA:

- **un mortero**
- una **sartén**

PREPARACIÓN:

1. Primero, **remojas** los plátanos en agua con sal durante 15 minutos.
2. Luego **fríes** los plátanos en la sartén sin **tostarlos** demasiado.
3. Tienes que **machacar** el ajo, los plátanos fritos y el tocino o los chicharrones con el aceite.
4. Después, **agregas** la sal para **sazonar** la mezcla.
5. Por último, tomas 3 o 4 cucharadas de la mezcla para formarla en una bola, y sigues haciendo lo mismo con el resto.
6. ¡Es recomendable servirlo caliente!

Tabla de medidas
1 **pizca** = 1/8 **cucharadita**
4 cucharadas = 1/4 **taza** = 2 onzas = 56 gramos
1/4 libra = 4 onzas = 115 gramos

iLrn ¡OJO! Don't forget to consult the **Índice de palabras conocidas**, pp. A5–A6, to review vocabulary related to food and recipes.

> For additional practice see the **Activity File** at the end of this text: **Capítulo 4, Vocabulario C. Tostones.** p. D25; and **Vocabulario D. Clase de cocina.** p. D25.

> Other words and phrases related to cooking are cognates with English words: **el cubo** (cube), **la gastronomía** (gastronomy, cuisine), **las hierbas** (herbs), **la onza** (ounce), **el orégano** (oregano), **el procesador** (food processor), **el puré** (puree), **el ron** (rum), **los utensilios** (utensils), **la vainilla** (vanilla).

Para hablar de los ingredientes y la preparación

la canela	cinnamon
la olla	pan, pot
el perejil	parsley
el recipiente	container
la yema	yolk
agrio / agridulce	bitter, sour / sweet and sour, bittersweet
de lata / de bolsa	canned / in a bag
maduro	ripe
picante	spicy
sabroso / el sabor	tasty, delicious / taste
adobar / el adobo	to marinate / marinade
asar a la parrilla; asar	to broil, grill; to roast
batir	to whip
cubrir	to cover
derretir	to melt
descartar	to discard, throw out
echar(le) sal	to add salt (to something)
enfriar	to cool
hervir	to boil
picar, cortar	to cut
retirar	to remove
verter	to pour out
a fuego bajo/medio/alto	on low/medium/high heat
en trozos	in pieces

Para enriquecer la comunicación: Para pedir, ofrecer y servir de comer y beber

¿Puedo ofrecerle algo de beber/comer?	Can I offer you something to drink/eat?
No, gracias. Acabo de tomar algo.	No, thank you. I just had something.
Tenga, sírvase Ud. mismo(a).	Here, serve yourself.
Muchas gracias. Está sabrosísimo(a).	Thanks very much. It's delicious.
¿Qué te traigo?	What can I bring (serve) you?
¿Me das un cafecito?	Can you get me a cup of coffee?
¡Claro! Con mucho gusto.	Of course! With pleasure.

> ¿Nos entendemos? There is a great deal of variation in Spanish with food related vocabulary since the foods themselves present a great deal of diversity throughout the Spanish speaking world. For example, **el plátano, el banano,** and **el guineo** are all used to denote a banana, but they really refer to different varieties of this fruit.

Práctica y expresión

4-15 Secretos de cocina Mientras buscas una estación de radio encuentras un
CD1-16 programa de cocina en español. Escucha el programa y contesta las preguntas que siguen.

1. Según la locutora, ¿por qué es tan fácil de preparar el Mangú?
2. ¿Qué es la Bandera Dominicana?
3. ¿Cuáles de los siguientes no son ingredientes para el sofrito?
   a. cebolla
   b. canela
   c. tomate
   d. ron
4. Según la locutora, ¿cuáles de los siguientes pasos no son parte de la preparación del sofrito?
   a. cortar las verduras
   b. hervir las verduras en una olla
   c. freír las verduras
   d. verter los ingredientes en un recipiente
5. ¿Por qué dice la locutora que el sofrito es fundamental para la cocina criolla?
6. Según la locutora, ¿cuál es el secreto para lograr el verdadero sabor criollo?

4-16 Asociaciones Identifica las relaciones entre las palabras de la columna derecha con las de la columna izquierda.

Ejemplo   La libra se asocia con la medida porque una libra es una medida.

1. _____ la libra   a. la medida
2. _____ el mortero   b. el chile
3. _____ la yema   c. el huevo
4. _____ agrio   d. machacar
5. _____ picante   e. el limón
6. _____ freír   f. el cubo de hielo
7. _____ hervir   g. la sartén
8. _____ la canela   h. la olla
9. _____ enfriar   i. dulce

4-17 Recetas para cualquier ocasión Habla con tu compañero(a) para ver cuáles son sus recetas preferidas (de comida o bebida) para las siguientes ocasiones. Pregúntale también sobre los ingredientes y la preparación de esas recetas.

1. Durante las Navidades
2. Para fiestas con los amigos
3. Durante el verano
4. Cuando no tiene mucho tiempo
5. ¿?

4-18 El menú del día Tú y otro(a) estudiante tienen que preparar un menú especial para otros dos estudiantes de la clase. Juntos entrevisten a los otros dos sobre sus gustos y preferencias alimenticias *(food)*. Luego, trabaja con tu compañero(a) para elaborar un menú completo de comidas para un día, incluyendo el desayuno, la comida y la cena.

4-19 Cocinando con... Trabaja con otro(a) estudiante para presentar a la clase una receta de la cocina cubana, dominicana o puertorriqueña. Tienen que presentar tanto los ingredientes y los utensilios necesarios como la manera de prepararla.

¡Para chuparse los dedos!

Ya se sabe que no todos los hispanohablantes comen tacos y enchiladas; eso está claro. De hecho, ¡muchos estadounidenses tienen una mejor noción de la comida mexicana que un puertorriqueño, un español o un uruguayo! Pero si no comen flautas ni salsa picante, ¿qué se come en estos tres países caribeños?

Lo más común es que toda carne muy bien sazonada con ajo, ya sea pollo, lechón *(pork)*, carne de res, cabrito *(goat)* o ternera *(veal)*, se coma con arroz y habichuelas *(beans)*, muchas veces acompañados de plátanos. En Cuba a esta combinación de habichuelas negras y arroz blanco se le llama "moros y cristianos". ¿Por qué será?

Los platos más conocidos y sabrosos *(tasty)* son los varios tipos de carne o marisco preparados en fricasé o en asopao *(sopa)*: el mojo isleño *(pescado)*, la lengua de vaca y las chuletas *(chops)* y patitas *(feet)* de cerdo y ropa vieja.

Hay plátanos de muchos tipos y se cocinan de mil maneras: verdes o maduros, en sopa, fritos, hervidos *(boiled)*, machacados *(mashed)*, asados y se sirven como piononos, piñón, mofongo, tostones, amarillos, pasteles (algo similar a tamales), guineitos verdes en escabeche... La variedad es enorme, ¡y es todo para chuparse los dedos! ¿Ya se les hace la boca agua?

Arroz blanco, ropa vieja, amarillos y tostones

Carne de cerdo frita, morcillas *(blood sausages)*, arroz con marisco, pescado frito y pollo frito ¡Todo riquísimo!

Las dos culturas

1. ¿Qué comidas son típicas de los EE.UU.?
2. ¿Qué comidas de las arriba mencionadas conoces o has comido?
3. ¿Qué comidas no te gustaría probar *(try)* y por qué?
4. ¿Por qué crees que al arroz y las habichuelas *(beans)* se les llama "moros y cristianos"?
5. ¿Qué comidas de los EE.UU. crees que no les gustarían a las personas de otras culturas?
6. ¿Qué comida en los EE.UU. es similar en popularidad y versatilidad al plátano?
7. ¿Qué dicho *(saying)* en inglés es equivalente a "para chuparse los dedos" y "se me hace la boca agua"?
8. ¿Afecta la geografía el tipo de comida que se come en tu región?

Estructuras

iLrn ¡OJO! Before beginning this section, review the following themes on p. B13 of the **Índice de gramática:** Past participles

La voz pasiva con **ser**; Expresiones impersonales

La voz pasiva con *ser* + participio pasado

In making statements about preparing food, Spanish speakers will often use a form of the passive voice. In Spanish the active voice implies a subject that performs the action of the verb to an object. In the passive voice, however, what is normally the object of the sentence comes to occupy the subject position. Consider the following:

ACTIVE: **La cocinera preparó el sancocho.**

PASSIVE: **El sancocho fue preparado por la cocinera.**

The true passive voice in Spanish is composed of the verb **ser** and a second verb in the past participle form (functioning as an adjective). Often the preposition **por** is used with the true passive to reintroduce the doer of the action. In the passive voice, the verb **ser** can appear in any of the tenses. It should be noted, however, that the passive is not frequently used in speech, but more common in reporting in writing.

El pastel **fue decorado** hace una hora por Cristina.

Los dientes de ajo **son añadidos** al final.

> For additional practice see the **Activity File** at the end of this text: **Capítulo 4, Estructuras C. Asistente del chef** p. D53.

The verb **estar** can also be used with past participles to indicate the result of an action, but this is not considered the passive voice. When **estar** is used with the past participle, the construction stresses that the object has already undergone the action of the verb and remains in the state of that resulting action. Since the focus is only on the object and its resultant state, **por** + the doer of the action is never used. Consider these examples:

Los pasteles ya **están decorados.** (stresses that the cakes are in the state of being decorated without importance given to the process of decorating them or to who decorated them)

Los pasteles **son decorados** cada mañana a las 8 **por los cocineros.** (stresses the action of decorating the cakes and who does it)

Expresiones impersonales

In addition to the true passive voice, there are a variety of ways to communicate the reduced importance of the subject of a sentence while placing more emphasis on the action itself. Impersonal expressions include:

- use of the third person plural (if the subject or agent is not known or deemed unimportant)

  Dicen que la comida puertorriqueña es estupenda.
  They say that Puerto Rican food is great.

> If a **se** construction is used with a verb in the third-person singular, it is only possible through context to distinguish between the impersonal **se** and the passive **se.**

- use of the passive/impersonal **se** construction to communicate the idea that an unspecified agent is responsible for the action. In English, this construction can be translated as *one does something* or as *something is done.*

  Se asa la carne a la parrilla.
  One cooks the meat on a grill. (impersonal meaning)
  or
  *The meat **is cooked** on a grill. (passive meaning)*

When the verb is in the third-person plural, as in the following example, only the passive **se** meaning is possible, and it is assumed that the subject or agent is not known or is deemed unimportant.

> **Se compran** las aceitunas en la otra tienda.
> *The olives are purchased in the other store. (passive meaning)*

Note that the use of **por** + the doer of the action is not permitted in either the passive or the impersonal **se** constructions, but rather only with the true passive (**ser** + past participle).

 For additional practice see the **Activity File** at the end of this text: **Capítulo 4, Estructuras D. Cambio de planes.** p. D54.

> ### Un paso más allá: El uso del *se* accidental para comunicar acciones accidentales o no intencionales

In Spanish the passive **se** construction is also used with certain verbs to indicate actions that are unplanned or unexpected. In these occurrences, the verb is either in the third-person singular or the third-person plural, agreeing with either a singular or plural object of the sentence. An indirect object pronoun is also used to indicate to whom the unintentional action occurred.

> **(A mí)** + **se** + **me cayó la olla.**
> (**a** + indirect object noun or pronoun) + **se** + indirect object pronoun + verb in the third person + noun

Other verbs commonly used in this construction include the following:

acabar: A ella se le acabó el apio.

olvidar: A ti se te olvidó añadir la sal.

descomponer: A ellos se les descompuso el batidor eléctrico.

perder: Se me perdieron mis recetas favoritas.

romper: A nosotros se nos rompió el mortero.

Práctica y expresión

 4-20 Una cena romántica Pregúntale a un amigo qué más debes hacer para tener una cena romántica perfecta. Contesta las preguntas usando el participio pasado. Decide al final si lo ha hecho todo bien o no.

> **Ejemplo** ¿Adobaste la carne?
> **Ya está adobada.**

1. ¿Pusiste la mesa?
2. ¿Arreglaste las flores?
3. ¿Limpiaste la cocina?
4. ¿Pusiste la música?
5. ¿Abriste la puerta?
6. ¿Encendiste las velas?
7. ¿Serviste la comida?
8. ¿Envolviste el regalo?
9. ¿Firmaste la tarjeta de aniversario?

4-21 Coquito Escribe otra vez la receta para hacer "Coquito", ¡una bebida puertorriqueña riquísima! Tu compañero(a) te dictará todo *lo que hizo* y tú escribes *cómo se hace*. ¡Trata de hacer coquito en casa!

> **Ejemplo** Tu compañero(a): Compré todos los ingredientes.
> Tú escribes: **Se compran todos los ingredientes.**

Ingredientes:
dos tazas de ron blanco
dos tazas de leche evaporada
una lata de crema de coco
ocho yemas de huevo
canela, azúcar y extracto de vainilla a gusto

1. *Combiné* la leche, el ron y la crema de coco.
2. Después, *mezclé* las yemas de huevo con el azúcar y la vainilla.
3. Un poquito antes, *puse a hervir* los palitos de canela en una taza de agua y le *añadí* el agua sin los palitos.
4. *Vertí* todo en un recipiente grande para combinarlo todo bien.
5. *Coloqué* el coquito en botellas y lo *metí* al refrigerador.
6. Una hora antes de servirlo, lo *agité* bien y lo *serví* en copitas con polvo de canela por encima.

4-22 Clases de cocina Doña Carmen Aboy de Valldejuli es la Julia Child de Puerto Rico. Hoy, nada le sale bien a sus estudiantes. ¿Qué pasa hoy en sus clases de cocina?

> **Ejemplo** Mario, ¿por qué te vas a la tienda ahora? (acabar / leche)
> **¡Se me acabó la leche!**

1. Juan, ¿por qué hay pedazos *(pieces)* de vidrio *(glass)* en el piso? (caer / botella de vino) *Se me cayó*
2. Julia, ¿por qué estás limpiando la mesa? (derramar / salsa de tomate) *Se me derramé*
3. Se secaron las habichuelas. ¿Por qué no les añadieron más agua? (no ocurrir)
4. ¿Por qué ustedes no tienen platos? (romper)
5. Marga, esta carne está casi negra. ¿Qué pasó? (quemar)
6. Néstor, ¿dónde está la receta que debías traer? (quedar / casa)
7. Mari y Tito, el plato les quedó soso *(bland).* ¿Por qué no le pusieron sal? (olvidar)

4-23 Desgracias en la cocina Con un(a) compañero(a), comparte tus experiencias culinarias. Decide quién es el mejor cocinero de los dos.

1. ¿Cocinas con frecuencia? ¿Por qué sí o por qué no?
2. ¿Es difícil o fácil para ti?
3. ¿Se te ha quemado algún plato? ¿Qué pasó?
4. ¿Se te ha caído un plato? ¿Con o sin comida?
5. ¿Se te ha roto un vaso o una copa cara? ¿Qué pasó? ¿Cómo reaccionó el dueño?
6. ¿Se te ha derramado una copa de vino tinto en una alfombra? ¿Qué hiciste para limpiarla?
7. ¿Se te ha olvidado echarle un ingrediente importante a un plato?
8. ¿¡Se te ha acabado la leche alguna vez!? ¿Qué hiciste?

4-24 Tu plato favorito Con un(a) compañero(a), comparte una receta favorita. Usa la construcción con **se** cuando sea posible. En grupos más grandes decidan cuál es la receta más sabrosa.

1. ¿De qué país es la receta?
2. ¿Quién te enseñó a cocinarla?
3. ¿Es fácil o difícil?
4. ¿Cuáles son los ingredientes?
5. ¿Qué haces primero?
6. ¿Con qué se come?

Rumbo abierto

> Paso 1 Antes de leer esta reseña lee con rapidez el texto y trata de usar las destrezas de la lectura que estudiaste al principio de este capítulo. Con otro(a) estudiante, trata de hacer una lista de los nombres, eventos y conceptos que asocias con la isla de Cuba, su gente, su historia y sus relaciones con los Estados Unidos.

> Paso 2 Ahora lee la reseña de una película del director estado-unidense Julián Schnabel que se estrenó en el año 2001. El protagonista es el actor español Javier Bardem y la obra narra la vida de un intelectual cubano.

> Paso 3 Después de leer esta reseña, decide si las siguientes afirmaciones son ciertas o falsas. Corrige las falsas.

1. La película ganó un premio en Europa.
2. En la película participan diferentes personas de muchos países.
3. Reinaldo Arenas participó en la Revolución cubana.
4. La película del escritor cubano está basada en la biografía del escritor J. Schnabel.
5. Reinaldo Arenas fue uno de los cubanos que salió de Cuba durante el éxodo del Puerto Mariel.

> Paso 4 ¿Qué opinas sobre la relación entre el arte y la política? Con un(a) compañero(a), explora las siguientes preguntas. ¿Tiene el gobierno el derecho de prohibir cierto tipo de arte? ¿arte antirreligioso? ¿arte de contenido sexual? ¿Debe tener el artista la libertad de criticar la moralidad de la mayoría en una sociedad?

ANTES QUE ANOCHEZCA

Ganador del Premio del Gran Jurado en el Festival de Cine de Venecia 2000, *Antes que anochezca* es un paseo de gran riqueza imaginativa por la vida y los escritos del brillante autor cubano exiliado Reinaldo Arenas. Dirigida y co-escrita por Julián Schnabel (*Basquiat*), la película está protagonizada por el actor español Javier Bardem (*Boca a Boca*; *Jamón, Jamón*), cuya elocuente y compleja interpretación en el papel de Arenas lo hizo merecedor de la Copa Volpi por Mejor Actor en el Festival de Cine de Venecia 2000.

Antes que anochezca se extiende a lo largo de toda la vida de Arenas, desde su infancia en un ambiente rural y su temprana participación en la Revolución, hasta la persecución que más tarde experimentaría como escritor y homosexual en la Cuba de Castro; desde su salida de Cuba en el éxodo de Mariel Harbor en 1980, hasta su exilio y muerte en los Estados Unidos. Es el retrato de un hombre cuyo afán de libertad —artística, política, sexual— desafió la pobreza, la censura, la persecución, el exilio y la muerte. Como el trabajo de Arenas, *Antes que anochezca* combina pasajes llenos de una imaginación arrebatadora con un apremiante realismo; al hacerlo, representa el genio creativo al que Arenas dedicó su vida: transformar la experiencia en libre expresión.

El pintor y realizador Julián Schnabel supo acerca de Reinaldo Arenas cuando vio el documental *Habana*, un recorrido oral por la historia de Cuba dirigido por Java Bokova. Arenas cautivó la atención y la imaginación de Schnabel, tanto por su historia como por la manera en la que la contaba. Schnabel recuerda, "Decía: 'Por el momento, mi nombre es Reinaldo Arenas y soy un ciudadano de ningún lugar. El Departamento de Estado me ha declarado apatriado, así que, legalmente, no existo'. Pensé que era un hombre muy divertido y humilde. Después había un fragmento de un poema en prosa llamado 'The Parade Ends', que me dio la idea de que su vida podría convertirse en una película".

¡A escribir!

ATAJO *Functions:*
Describing; Talking
about films; Writing an
introduction; Writing a
conclusion
Vocabulary: Food; Leisure; Sports
Grammar: Adjectives: agreement;
Adjectives: position; Verbs:
passive; Verbs: passive with **se**;
Verbs: subjunctive

> Before beginning your review,
read the *Estrategia de escritura*
on p. 125.

> **Paso 1**

Por medio de la reseña el (la) autor(a) nos describe un libro, una película,
una exposición, un restaurante, etc., desde su punto de vista personal.
Contamos con las reseñas para decidir qué película queremos ver, para
probar un nuevo restaurante o para hacer alguna actividad nueva. Por
ejemplo, acabas de leer una reseña sobre la película *Antes que anochezca*
y basándote en esa información puedes decidir si te interesa verla o no.

Vas a contribuir una reseña a una *Guía del ocio* en español que va a
crear tu clase. Vas a probar algo nuevo y luego vas a escribir una reseña
sobre la experiencia. Identifica lo que quieres hacer y toma apuntes de la
experiencia.

> **Paso 2**

Una buena reseña combina datos objetivos con la opinión personal de
su autor. Para organizarte a escribir, haz una lista de todos los datos objetivos
importantes para la descripción de tu tema. Debes incluir la siguiente
información:

- el nombre
- la ubicación (si es un restaurante)
- el tipo de película / exposición / restaurante
- el nombre del director, artistas/actores o chef (si lo tienes)
- detalles objetivos sobre las piezas o platos (si es exposición o restaurante) o sobre el argumento *(plot)* de la película

Ahora, toma entre diez y quince minutos para escribir en español todas tus
reacciones a tu objeto de estudio. Considera lo siguiente: ¿Cuál fue tu primera
reacción? ¿Cambió tu opinión al final? ¿Qué te gustó? ¿Qué no te gustó? ¿Por
qué? ¿Cuáles son los aspectos más interesantes? ¿Se lo recomiendas a todo el
mundo, o solamente a personas con intereses especiales? ¿Por qué sí o no?
Resume tu experiencia en una oración.

ESTRATEGIA DE ESCRITURA

La revisión de forma

The revision of surface form refers to correcting the spelling and grammar errors in your completed writing draft. In this section, we will focus on spelling errors. If you use a word processing program, you can use the Spell Check function to catch a good number of errors. Typically this function will underline or highlight a word that it does not recognize, and sometimes it might suggest a new word. If no new word or spelling is suggested, you can try a couple of strategies. Think whether the word needs an accent. You can review the rules of written accentuation with the **Atajo Writing Assistant CD.** Try a couple of different spellings, keeping in mind that the following letters or groups of letters can often be confused: **b/v, c/z/s, gi/ge/ji/je, j/g/h, qu/k/c, gu/g, ll/y, r/rr.** Alternatively, look up the word in a dictionary. If none of these strategies works, make sure that you have not inadvertently *invented* the word. Remember that Spell Check only catches misspelled words; it does not catch words spelled correctly, but used improperly. There are a number of Spanish words whose spelling only differs by the use of an accent mark: **solo/sólo, mas/más, tu/tú, mi/mí, te/té, el/él, de/dé, si/sí.** To these we can include question words such as **qué, cuándo,** etc., which when used as a conjunction do not have an accent. Finally, we can also add verb forms, such as **hablo,** which means *I speak,* but whose meaning changes to *she or he spoke,* **habló,** when the accent is used. In order to catch these types of errors you will have to take caution when using these words.

Many word processing programs come with a Spanish dictionary either installed or as an option that you can install. Others might require an additional purchase. Check with your campus computing department for help if you do not currently have access to software with Spanish Spell Check.

Paso 3

Escribe tu primer borrador e incluye las siguientes partes:

Una introducción: Incluye el nombre y la ubicación (si es relevante), el tipo de obra, exposición, comida que es, etc.

El desarrollo (cuerpo de la reseña): Dale al lector suficiente información para poder entender bien cómo es la obra, la exposición o el restaurante. Usa adjetivos descriptivos para demostrar tus opiniones. Por ejemplo, si escribes "la exposición presenta una colección impresionante del arte taíno", se entiende que piensas que tiene una buena colección. Por eso no hace falta usar frases como yo creo, en mi opinión, etc.

Una conclusión: Resume en una o dos oraciones la información que presentaste en la reseña, incluyendo tu opinión. Puedes usar la frase que escribiste en el Paso 2 para resumir tu opinión. Concluye con tu recomendación para el lector.

Un título: Piensa en algo que capte bien el tema de tu reseña, tu opinión o las dos cosas.

Paso 4

Trabaja con tu compañero(a) de clase para revisar tu primer borrador. Lee su reseña y comparte con él/ella tus respuestas a las siguientes preguntas: ¿Tiene una introducción, un cuerpo, una conclusión y un título? Después de leer su reseña, ¿tienes una buena idea de cómo es el objeto de su reseña? ¿Crees que necesita elaborar más o menos en su descripción? ¿Se nota la opinión de tu compañero(a) en la reseña? ¿Es convincente su opinión o necesita dar más detalles para apoyar su opinión? ¿Usa bien algunos conectores para enlazar de manera correcta las ideas, oraciones y párrafos de su reseña? ¿Hace una recomendación al final? ¿Usa bien el subjuntivo? ¿Usa la voz pasiva y/o expresiones personales? ¿Ves algunos casos donde puede usar estas estructuras? ¿Usa bien el vocabulario del capítulo?

Paso 5

Considera los comentarios de tu compañero(a) y haz los cambios necesarios. Haz una revisión de forma para corregir errores de vocabulario y gramática.

¡A ver!

> **Paso 1** Generalmente, cada celebración se asocia con un tipo de comida especial. Con otro(a) estudiante, describe qué comidas tradicionales se sirven para las ocasiones importantes en tu familia. ¿Cuál es el plato principal? ¿Qué se sirve para acompañarlo? ¿Y de postre? Compara tus respuestas con las de tu compañero(a). ¿Tienen tradiciones similares o muy diferentes?

> **Paso 2**

Mira el segmento y toma notas sobre cómo celebran la Navidad los boricuas.

> **Paso 3** ¿Qué recuerdas? Contesta las siguientes preguntas.

1. ¿Qué hacen los puertorriqueños durante los festejos de Navidad?

2. ¿Quiénes participan de la pachanga?

3. ¿Cómo se prepara el lechón?

4. ¿Qué platos se sirven para acompañar al lechón?

5. ¿Qué se sirve de postre?

> **Paso 4** ¿Qué opinas? Con otro(a) estudiante, contesta las siguientes preguntas.

1. ¿Cómo se compara la celebración puertorriqueña que viste en el vídeo con las tradiciones navideñas en los Estados Unidos? ¿Es similar o diferente? ¿Por qué?

2. ¿Crees que la comida refleja la cultura del país? ¿Cómo? ¿Puedes dar ejemplos?

3. ¿Es la comida tu parte favorita de las celebraciones familiares? ¿Hay alguna celebración en particular que esperas con entusiasmo? ¿Por qué te gusta tanto?

CD1–17

Para hablar del Ocio

el (la) aficionado(a) *fan*
el ajedrez *chess*
el atletismo *track and field*
el blanco *target*
la bolera *bowling alley*
el boliche *bowling*
el boxeo *boxing*
la carrera de relevo *relay race*
las cartas *cards*
el coleccionismo / coleccionar *collecting / to collect*
el crucigrama *crossword puzzle*
las damas *checkers*
los dardos *darts*
la escalada en roca *rock climbing*

la exposición *exposition*
los juegos de mesa *board games*
la montaña rusa *roller coaster*
el parque de atracciones *amusement park*
la pieza de cerámica *ceramic piece*
el recital *recital*
el remo / remar *rowing, paddle / to row*
el torneo *tournament*
la veintiuna *blackjack*

apostar *to bet, gamble*
apuntar *to aim*
barajar / la baraja *to shuffle / deck of cards*
empatar / el empate *to tie (the score) / tie (score)*

entretener(se) *to entertain (oneself)*
explorar cuevas *to explore caves*
hacer equipos *to form teams*
lograr el golpe *get a strike (bowling)*
navegar a vela / en canoa *to sail (a sailboat) / to canoe*
practicar paracaidismo *to skydive*
practicar tablavela *to windsurf*
repartir las cartas *to deal cards*
tirar la bola *throw the ball*
volar una cometa *to fly a kite*
voltear los bolos *knock over bowling pins*

Para hablar de la cocina

la canela *cinnamon*
el chicharrón *pork rind*
la cucharada *tablespoon*
la cucharadita *teaspoon*
la libra *pound*
el mortero *mortar*
la olla *pan, pot*
el perejil *parsley*
la pizca *pinch*
el recipiente *container*
la sartén *frying pan*
la taza *cup*
el tocino *bacon*
la yema *yolk*

agrio(a) / agridulce *bitter, sour / sweet and sour, bittersweet*

de lata / de bolsa *canned / in a bag*
maduro(a) *ripe*
picante *spicy*
sabroso(a) / el sabor *tasty, delicious / taste*
verde *unripe / green*

adobar / el adobo *to marinate / marinade*
agregar *to add*
asar a la parrilla; asar *to broil, grill; to roast*
batir *to whip*
cubrir *to cover*
derretir *to melt*
descartar *to discard, throw out*
echar(le) sal *to add salt (to something)*
enfriar *to cool*

freír *to fry*
hervir *to boil*
machacar *to crush, to mash*
picar *to cut*
remojar *to soak*
retirar *to remove*
sazonar *to season*
tostar *to brown, to toast*
verter *to pour out*

a fuego bajo/medio/alto *on low/ medium/high heat*
a gusto *to taste*
en trozos *in pieces*

Capítulo 5

RUMBO A ESPAÑA

Metas comunicativas

En este capítulo vas a aprender a...

- describir las características físicas y la personalidad de otras personas
- describir la ropa y comentar las tendencias de moda
- expresar preferencias sobre la moda
- escribir una biografía

Estructuras

- Pronombres de objeto directo
- Pronombres de objeto indirecto y verbos como **gustar**
- Pronombres de objeto dobles

Cultura y pensamiento crítico

En este capítulo vas a aprender sobre...

- los piropos
- percepciones sobre el cuerpo
- los estereotipos
- los conceptos sobre la imagen en las dos culturas

  Track 9

España							
	218 A.C. a 300 D.C. Dominación romana	**711** Invaden los árabes (moros)	**1492** Cristóbal Colón llega al nuevo mundo; los Reyes Católicos expulsan a los judíos de España				
	300	**700**	**1500**		**1600**		**1750**
Los Estados Unidos			**1513** Juan Ponce de León llega a la Florida	**1565** Los españoles fundan San Agustín en la Florida	**1607** Inmigrantes de Inglaterra fundan Jamestown en Virginia		**1776** Las trece colonias se declaran independientes

La imagen: Percepción y realidad

 Acueducto de Segovia

 Café al aire libre

 Los Reyes Católicos de España

Marcando el rumbo

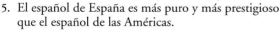

5-1 España: Percepción y realidad

Paso 1: Mira el mapa, la cronología histórica y las fotos de España. Con un(a) compañero(a), haz una lista de personajes, culturas, hechos históricos y lugares geográficos que ustedes asocian con España. Luego, utiliza la lista para comentar con tu compañero(a) sobre la imagen que ustedes tienen de España. Después de comentar sus percepciones, escriban una lista de algunas de sus ideas.

CD1-18

Personajes	Cultura	Lugares geográficos	Hechos históricos

Paso 2: ¿Cierto o falso? Con un(a) compañero(a), determina si las siguientes ideas sobre España y su gente son ciertas o falsas. Si son falsas, corrígelas.

1. Los españoles comen muy tarde en la noche después de ir al cine, al teatro, a un concierto o a bailar.
2. España es un país del tercer mundo.
3. En España se vende cerveza en las máquinas expendedoras *(vending machines)* en las universidades y otros sitios públicos.
4. En España se puede esquiar.
5. El español de España es más puro y más prestigioso que el español de las Américas.

5-2 Un viaje a España ¿Qué te gustaría conocer?

A continuación vas a escuchar un anuncio de la agencia de viajes Olé que se especializa en visitas guiadas para turistas interesados en la historia y el arte. La agencia ofrece cuatro viajes diferentes.

Paso 1: Escucha el anuncio y toma notas sobre lo siguiente:

De la edad de piedra al cristianismo
Por las tierras de los conquistadores
Al-Andaluz
Joyas del arte de España

Paso 2: Escribe una descripción corta de los lugares que quieres visitar durante unas vacaciones de verano y por qué. Recuerda que España tiene una variedad de climas según la región y la época del año. ¿Qué ropa llevarías para los diferentes viajes?

Paso 3: Comparte tus preferencias con otros estudiantes de la clase para ver los lugares más populares entre todos.

1810 Empiezan a independizarse las colonias españolas en Centro y Sudamérica

1848 Los Estados Unidos anexan Texas, California, Nevada, partes de Arizona, Utah, Colorado, Wyoming y Nuevo México

1898 Guerra Hispanoamericana

1861–1865 Guerra civil

1936–1939 Guerra civil

1936–1975 Dictadura de Francisco Franco

1941 Los Estados Unidos entran en la Segunda Guerra Mundial

1975 Juan Carlos I establece una monarquía constitucional

1986 España se une a la Unión Europea

1800   **1850**   **1860**   **1940**   **1970**   **1980**

Vocabulario en contexto
La apariencia física y el carácter

Mejora tu imagen con el Dr. Josep Sempre Bello

¿Te falta **autoestima**?

¿Quieres estar más **seguro de ti mismo**?

El Dr. Josep Sempre Bello te puede ayudar...

¡Mejora tu **aspecto físico** y mejora tus relaciones con los demás!

¡Proyecta una imagen de una persona **audaz** y segura de sí misma!

En el centro del Dr. Josep Sempre Bello te ofrecemos los siguientes servicios:
- Gimnasio con entrenador personal
- Cursos para mejorar la personalidad que proyectas: cómo ser más extrovertido, cómo mejorar **el genio**, cómo aumentar **el amor propio**

Dicen los pacientes del Dr. Sempre Bello:

¡En el año 1999 yo era **pequeño de estatura** y a la vez algo gordo. Me gustaban mis grandes **facciones** (sobre todo la **nariz aguileña**) pero no me gustaba ser **calvo**, y era muy **sensible** a la crítica. Era tímido y siempre estaba **de mal humor**, y por eso era difícil hacer amigos.

Oscar Mario

Antes

Después

"¡Gracias al doctor Bello soy una persona totalmente nueva! Después de las clases de autoestima y el programa de tonificación, estoy más **delgado de cintura** y creo que tengo **buen aspecto**, pues ¡hasta me gusta mi cabeza calva! Noto también cambios en mi personalidad: ahora **tengo buen genio** y proyecto la imagen de una persona **despreocupada** y **juguetona**. Debido al Dr. Sempre Bello estoy más seguro de mí mismo y me sobra el amor propio".

¡El doctor Josep Sempre Bello te espera!

Centro del Dr. Josep Sempre Bello. Avda. de la Plata, 118 – 46006 Valencia. 041-240878.

Visit www.thomsonedu.com/spanish for a Heinle iRadio podcast on pronunciation, **G, GU** and **GA**.

> Other words and phrases related to physical and character descriptions and image are cognates of English words: **cara triangular u ovalada** (round or oval face); **la cirugía plástica** (plastic surgery); **tener un complejo** (to have complex); **voluptuoso(a)** (voluptuous); **frívolo(a)** (frivolous); **potente** (strong, potent).

> For additional practice see the **Activity File** at the end of this text: **Capítulo 5, Vocabulario A. www.Cupido.com.** p. D26; and **Vocabulario B. ¿Y la personalidad?** p. D26.

> The term **un sinvergüenza** can be very strong and can imply an arrogant or disrespectful person.

> ¿Nos entendemos? Caution should always be taken when using colloquial expressions in Spanish. What is common and acceptable in one place and context, might be offensive in another. This is the case with the phrase **tener mala leche**, where in some countries it is a common expression, but in others it is considered rude or offensive. If you are not sure about the status of colloquial phrases, it is best not to use them in unfamiliar contexts.

Para describir la apariencia física

adelgazar / engordar	*to lose weight / gain weight*
tener...	*to have . . .*
arrugas / una cicatriz	*wrinkles / a scar*
una barbilla / un mentón redonda(o)	*a round chin*
cejas pobladas	*thick eyebrows*
facciones delicadas	*delicate facial features*
una nariz chata	*a flat/snub nose*
pelo lacio/rizado	*straight/curly hair*

Para describir el carácter (la personalidad) de una persona

ser...	*to be . . .*
apasionado(a)	*passionate*
atrevido(a)	*daring, risqué*
caprichoso(a)	*capricious, impulsive*
cariñoso(a)	*affectionate, loving*
egoísta	*selfish*
(mal)educado(a)	*(bad) mannered, (im)polite*
mimado(a)	*spoiled, pampered*
patoso(a)	*clumsy*
quisquilloso(a)	*finicky, fussy*
(in)seguro(a) de sí mismo(a)	*(in)secure*
sensato(a)	*sensible*
terco(a)	*stubborn*
valiente	*courageous*
vanidoso(a)	*vain, conceited*
un(a) sinvergüenza	*a shameless person*

Para enriquecer la comunicación: Para comentar el carácter de la gente

Tiene **mala leche.**	*He has a **bad temper.** (informal)*
Ella **no me cae bien / me cae muy mal.**	*She doesn't sit well with me / she rubs me the wrong way.*
Le sobra el amor propio.	*He's got plenty (more than enough) of pride.*
A ella no le importa **el qué dirán.**	*She isn't bothered by **what people say.***
Ana no tiene **pelos en la lengua.**	*Ana doesn't **mince words.***

Práctica y expresión

5-3 **En el consultorio del Dr. Josep Sempre Bello** Trabajas como consejero(a) del CD1-19 centro del doctor. Escucha el perfil *(profile)* de esta nueva paciente y toma nota de sus características. Sigue las indicaciones del siguiente formulario y determina los tratamientos y los programas que sean necesarios.

Formulario de consulta

Centro Dr. Josep Sempre Bello
Paciente: Sra. Sara Rodríguez Recinos

Descripción física: _____
Descripción del carácter: _____

Programas / tratamientos recomendados:
_____ Entrenador personal   _____ Cirugía plástica

Cursos para mejorar la personalidad:
_____ Cómo ser más audaz   _____ Cómo mejorar las relaciones interpersonales
_____ Cómo aumentar el amor propio   _____ Cómo ser menos quisquilloso

Otras recomendaciones:

5-4 **En otras palabras** ¿Cuál es la imagen o percepción que tenemos de las personas con las siguientes características? ¿Qué hacen o qué no hacen? Escribe una frase que describa a una persona con las siguientes características.

> **Ejemplo**   una persona egoísta
> **Una persona egoísta siempre piensa en sí misma y no comparte sus cosas con los demás.**

1. una persona despreocupada
2. una persona sensible
3. una persona patosa
4. una persona valiente
5. una persona vanidosa
6. un sinvergüenza
7. una persona mimada

5-5 **Españoles famosos** En la siguiente lista aparecen nombres de algunas de las personas o personajes españoles más famosos en o fuera de España. ¿Cómo son? Si no los conoces, haz una pequeña investigación en Internet y escribe una breve descripción física y de la personalidad de cada uno. Luego, comenta con un(a) compañero(a) las características que los hacen tan famosos.

1. Su alteza real, Sofía de Grecia, reina de España
2. Sancho Panza, compañero de Don Quijote
3. Rossy de Palma, actriz
4. Julián López, "El Juli", torero

5-6 **La belleza en los Estados Unidos** ¿Cómo es la imagen del hombre y de la mujer "ideal" en los Estados Unidos actualmente? Haz una lista de características físicas y cualidades de su personalidad. Compara tus listas con las de otros(as) compañeros(as) de la clase. ¿En qué están de acuerdo? ¿En qué no?

5-7 **¿De acuerdo?** A continuación se presentan algunas de las ideas y estereotipos que se oyen sobre la imagen. Léelas e indica si estás de acuerdo o no. Explica por qué.

1. Las rubias se divierten más que las morenas.
2. Si no te gustas tal y como estás, te cambias y vas a aumentar la autoestima.
3. Sólo la gente vanidosa se hace la cirugía plástica.
4. La belleza es universal.

Espejos

Nuestra imagen y los piropos

¿Qué es un piropo?

Un piropo es un comentario dirigido a una mujer en la calle. Es un cumplido *(a compliment)* que tiene como propósito dar confianza, no intimidar, confesar una atracción, no hostigar *(harass)*, decir algo gracioso o poético para llamar la atención, no ofender. Algunos lo consideran "poesía de la calle", o "echarle *(throw)* una flor a alguien".

¿Qué se hace al oír piropos?

Echar piropos es una costumbre que está desapareciendo, pero que definitivamente aún existe en España y Latinoamérica. Las mujeres cuando escuchan que alguien les dirige un piropo, no contestan, sino que siguen caminando. Su autoestima, confianza en sí misma y su importancia como persona no se ven afectadas al recibir este tipo de cumplido. Algunos ejemplos de piropos son:

¿Se abrió el cielo y bajaron los ángeles?

¡Diosa! *(Goddess!)*
¡Tantas curvas y yo sin frenos! *(So many curves and I don't have brakes!)*
¿Desde cuándo los bombones caminan por la calle? *(Since when does candy walk down the street?)*
Mírame a los ojos, morena, que quiero ver el cielo. *(Look me in the eyes, brunette, because I want to see heaven.)*
¡Y dicen que la Virgen no tiene hermanas! *(And they say the Virgin Mary has no sisters!)*

＞ Cuatro perspectivas

Perspectiva I En los Estados Unidos...

¿Cuál es el equivalente de un piropo en los Estados Unidos?
¿Es algo positivo o negativo?
¿Echarías tú un piropo?

Perspectiva II ¿Cómo vemos a los españoles?

Marca con un (✓) si estás de acuerdo, (X) si no estás de acuerdo y (N) si te sientes neutral.

☐ El piropo es una forma de hostigamiento *(harassment)* sexual hacia la mujer española.

☐ Los españoles no son muy sensibles *(sensitive)* hacia las mujeres.

☐ El piropo es gracioso, pero no es apropiado.

☐ Una mujer española liberada no debe aceptar un piropo.

☐ Los piropos son sexistas.

☐ Me gustan los piropos.

Perspectiva III En España...

Algunos hombres dicen:

Es un cumplido, es echar una flor.
Es una frase graciosa para expresar admiración.

Algunas mujeres dicen:

No hace daño, es gracioso, es una rima o juego.
Mientras más pasan los años, más aprecias los piropos.

Perspectiva IV ¿Cómo ven a los estadounidenses?

Comenta con unos(as) compañeros(as) cómo creen Uds. que los españoles ven a los estadounidenses.

Las dos culturas

Si consideramos los piropos como un juego verbal, ¿hay alguna forma de juego verbal en los Estados Unidos?

¡OJO! Before beginning this section, consult the following topics on p. B14 of the **Índice de gramática:** Formation and placement of direct object pronouns.

> For additional practice see the **Activity File** at the end of this text: **Capítulo 5, Estructuras A. Después del desfile.** p. D55.

> **¿Nos entendemos? El leísmo hispano** Occasionally, and more commonly in Spain, speakers of Spanish will use the indirect object pronoun **le(s)** to substitute for the direct object. For example, instead of saying: **Yo voy a llamarlo mañana sobre nuestros planes,** someone in Spain might say: **Yo voy a llamarle mañana sobre nuestros planes.** Although this phenomenon is thought to be limited to Spain and primarily to the singular, masculine form, it actually has a more widespread occurrence.

Pronombres de objeto directo

In describing physical characteristics or someone's personality, Spanish speakers will often use pronouns to avoid redundancies in speaking and in writing.

The direct object of a sentence is usually a person or a thing, and it answers the questions *what?* or *whom?* in relation to the sentence's subject and verb (in the same manner that an indirect object pronoun answers the questions *to whom?* or *for whom?*).

Subject	Verb	Direct object	
Andrea	mira	un anuncio.	*What does she look at? (an announcement)*
Marcos	llamó	a su amiga.	*Whom did he call? (his friend)*

In Spanish, direct object pronouns may be used in place of direct object nouns when it is clear from context what the pronouns designate. In this manner, Spanish speakers can avoid repetition of an object previously stated in a conversation. In the same way, English speakers use *it* and *them* in the place of direct objects to shorten sentences and to avoid repetition.

—¿Conociste **a la nueva amiga de Alicia?**

—Sí, **la** conocí ayer en el centro.

—¿Viste **el pelo rizado** que tiene?

—Sí, **lo** vi. Lo tiene como el tuyo.

The direct object pronoun **lo** can be used to stand for actions, conditions, or ideas in general.

—Rafael, ¿puedes creer *que la señora antes tenía pelo rizado?*

—¡No puedo creer**lo**!

> ## Un paso más allá: El uso de pronombres de objeto directo y otros pronombres juntos

In the preceding sentences, the direct object pronouns **la** and **lo** replace the direct object nouns **la nueva amiga de Alicia** and **el pelo rizado,** respectively. In the first example, it is possible to include a pronoun along with the direct object pronoun *(**La** conocí a ella).* It is not possible, however, to include the direct object and the direct object pronoun together in the same sentence *(**La** conocí a la nueva amiga de Alicia).*

Práctica y expresión

5-8 Un arreglo extremo Contesta las preguntas llenando los espacios en blanco con el pronombre del objeto directo apropiado para decir qué mejoras *(improvements)* le hicieron a esta persona.

1. ¿Qué hicieron con la nariz? _____ hicieron más pequeña.
2. ¿Qué hicieron con el pelo? _____ recortaron muy a la moda.
3. ¿Qué pasó con las cejas? _____ redujeron mucho.
4. ¿Qué pasó con la cicatriz que tenía en la cara? _____ borraron con cirugía plástica.
5. ¿Y sus arrugas? _____ eliminaron con botox.
6. Sus ojos son diferentes. _____ cambiaron de color.

5-9 ¿Cómo eres tú? ¿Cómo son los demás? Conversa con otro(a) estudiante para ver cómo es la relación de los padres de cada uno. Contesten las preguntas usando el objeto directo cuando sea posible.

> **Ejemplo** ¿Escuchas a tus padres? ¿Y tus padres?
> **Yo los escucho. Mis padres no me escuchan.**

1. ¿Comprendes a tu novio(a)? ¿Y él/ella?
2. ¿Amas a tu madre? ¿Y ella?
3. ¿Quieres a tu familia? ¿Y tu familia?
4. ¿Buscas a un hombre (una mujer) con dinero? ¿Y él/ella?
5. ¿Necesitas a tus amigos? ¿Y ellos?
6. ¿Miras programas de ejercicios? ¿Y tus amigos?

5-10 Antonio Machado Lo siguiente fue escrito por el poeta español Antonio Machado. Léelo para ver qué significa y luego trata de producir algo similar.

> El ojo que ves,
> no es ojo porque tú lo ves.
> Es ojo porque te ve.

¿Comprendes este juego de palabras? ¿Estás de acuerdo con su opinión?

¿Podrías componer algo parecido con otra parte del cuerpo, como la mano? Completa la frase "Esa mano que tocas, no es una mano porque la tocas..."

¿Qué tal "labios"? Esos labios que besas...

5-11 Dos actores y dos atletas ¿Qué piensas de estos destacados españoles? Con un(a) compañero(a), comparte tu opinión usando los pronombres de objeto directo cuando sea posible.

Vocabulario útil: admirar, respetar, odiar, amar, adorar, conocer, comprender

Sobre Antonio Banderas y Penélope Cruz:
¿Los conoces? ¿Viste sus últimas películas? ¿Dónde? ¿Las recomiendas?
¿Qué piensas de su cara, su nariz, sus labios, su pelo... ?
¿Qué piensas de su talento artístico?
Y como personas, ¿qué piensas de ellos?

Sobre Juan Carlos Ferrero (tenista) y Sergio García (golfista):
¿Los conoces? ¿Los has visto jugar alguna vez? ¿Cuándo? ¿Dónde?
¿Qué piensas de su talento atlético?
¿Qué piensas de su cara, su pelo, su ropa... ?
Y como personas, ¿qué piensas de ellos?

"La gloria de los feos"

En esta lectura conocerás a dos jóvenes que no son aceptados por otros niños de su edad. El cuento va más allá del ambiente contemporáneo de España y nos invita a considerar nuestro trato con otros que son diferentes a nosotros. El estilo periodístico de Rosa Montero es directo, lógico y lleno de detalles descriptivos. Aprenderás a usar estas características de su cuentística para entender más fácilmente el cuento "La gloria de los feos".

Antes de leer

1. Cuando estabas en la escuela primaria, ¿eras aceptado por todos tus compañeros o algunos se burlaban (*make fun*) de tu apariencia física? ¿Había algún estudiante del que todos se burlaban?
2. En general, ¿cómo trata la gente a los feos? ¿Y a los guapos? ¿Se discrimina a las personas en base a su apariencia física? ¿Puedes dar ejemplos?
3. En tu opinión, ¿es importante la apariencia física para poder tener muchos amigos? ¿Y para tener novio/a? ¿Por qué?

> **Lectura adicional alternativa:** Antonio Muñoz Molina, "El hombre sombra"

Estrategia de lectura | **Usar la estructura de los párrafos para diferenciar entre ideas principales e ideas subordinadas**

In order to organize a composition for the reader, writers will often express the main idea of a text (sometimes identified as a **thesis statement**) in the first paragraph and then develop this idea further in each of the subsequent paragraphs. These subsequent (or body) paragraphs, in turn, may begin with an idea (subordinate to the thesis statement) that is then developed in the rest of the paragraph. These subordinate ideas are often called **topic sentences** and represent different facets embraced by the thesis statement of the first paragraph. Having an awareness of this organization—a main idea in the first paragraph (thesis) supported by subordinate ideas (topic sentences) in the subsequent paragraphs—will help you to navigate through a text and will facilitate your identification of main and subordinate ideas.

Begin by reading the first paragraph of the selection and identify what you suspect will be the controlling idea (thesis) for the selection and write it down.

Central idea(s) or thesis statement(s): _____

Below are listed the first sentences of the remaining paragraphs. As you read through the selection, ask yourself if these are the topic sentences for each of the paragraphs. If not, identify the sentences that do fulfill this role. Next, determine if each topic sentence supports the main idea that you wrote above. If not, you may have misidentified the thesis sentence.

1. Lupe y Lolo eran así: llevaban la estrella negra en la cabeza.

    (alternative topic sentence): _____   Supporting ideas: _____

2. Pero lo peor, con todo, era algo de dentro; algo desolador e inacabado.

    (alternative topic sentence): _____   Supporting ideas: _____

3. En cuanto a Lolo, vivía más lejos de mi casa, en otra calle.

    (alternative topic sentence): _____   Supporting ideas: _____

4. Poco después me enteré de su nombre, porque los demás niños le estaban llamando todo el rato.

    (alternative topic sentence): _____   Supporting ideas: _____

5. Pasaron los años y una tarde, era el primer día de calor de un mes de mayo, vi venir por la calle vacía a una criatura singular; era un esmirriado muchacho de unos quince años con una camiseta de color verde fosforescente.

    (alternative topic sentence): _____   Supporting ideas: _____

6. Y entonces *la* vi a ella.

    (alternative topic sentence): _____   Supporting ideas: _____

7. Lo demás, en fin, sucedió de manera inevitable.

    (alternative topic sentence): _____   Supporting ideas: _____

As you continue to read, use the outline above to jot down supporting ideas and descriptions for each paragraph. After you finish, review the outline to determine if it accurately summarizes the main ideas and the supporting arguments of the text.

Sobre la autora y su obra

Hoy en día Rosa Montero, además de ser periodista de reputación internacional, es una de las autoras españolas más leídas. Rosa Montero se ha dedicado a la literatura española y ha escrito nueve novelas —entre ellas: *La loca de la casa* (2003), *La función Delta* (1981), *Te trataré como a una reina* (1983), *La hija del caníbal* (1997), *El corazón del tártaro* (2001)— tres colecciones de cuentos infantiles y cinco colecciones de relatos. Debido a su formación periodística, su narrativa se enfoca en personajes de toda condición social y siempre está comprometida con la realidad circundante *(surrounding)*. Su cuento "La gloria de los feos" viene de su colección *Amantes y enemigos: Cuentos de parejas* (1998) y es representativo de un don de observación propio de una periodista.

ROSA MONTERO (1951–)

> La gloria de los feos

Rosa Montero

Me fijé en[1] Lupe y Lolo, hace ya muchos años, porque eran, sin lugar a dudas, los *raros* del barrio. Hay niños que desde la cuna son distintos y, lo que es peor, saben y padecen[2] su diferencia. Son esos críos[3] que siempre se caen en los recreos; que andan como almas en pena, de grupo en grupo, mendigando[4] un amigo. Basta con que el profesor *los* llame a la pizarra para que el resto de la clase se desternille[5], aunque en realidad no haya en ellos nada risible[6], más allá de su destino de víctimas y de su mansedumbre[7] en aceptarlo.

Lupe y Lolo eran así: llevaban la estrella negra en la cabeza[8]. Lupe era hija de la vecina del tercero, una señora pechugona[9] y esférica. La niña salió redonda desde chiquitita[10]; era patizamba[11] y, de las rodillas para abajo, las piernas se le escapaban cada una para un lado como las patas de un compás[12]. No es que fuera gorda; es que estaba mal hecha, con un cuerpo que parecía un torpedo y la barbilla saliendo directamente del esternón[13].

Pero lo peor, con todo, era algo de dentro; algo desolador[14] e inacabado[15]. Era guapa de cara: tenía los ojos grises y pelo muy negro, la boca bien formada, la nariz correcta. Pero tenía la mirada cruda[16], y el rostro borrado por una expresión de perpetuo estupor[17]. De pequeña *la* veía arrimarse[18] a los corrillos[19] de los otros niños: siempre fue grandona y les sacaba a todos la cabeza[20]. Pero los demás críos parecían ignorar su presencia descomunal[21], su mirada vidriosa[22]; seguían jugando sin prestarle atención, como si la niña no existiera. Al principio, Lupe corría detrás de ellos, patosa y torpona, intentando ser una más;

pero, para cuando llegaba a los lugares, los demás ya se habían ido. Con los años la vi resignarse a su inexistencia. Se pasaba los días recorriendo sola la barriada[23], siempre al mismo paso doblando las mismas esquinas, con esa determinación vacía e inútil con que los peces recorren[24] una y otra vez sus estrechas peceras[25].

En cuanto a Lolo, vivía más lejos de mi casa, en otra calle. Me fijé en él porque un día los otros chicos le dejaron atado[26] a una farola[27] en los jardines de la plaza. Era en el mes de agosto, a las tres de la tarde. Hacía un calor infernal, la farola estaba al sol y el metal abrasaba[28]. Desaté al niño, lloroso y moqueante[29]; me ofrecí a acompañarle a casa y le pregunté quién le había hecho eso. "No querían hacerlo", contestó entre hipos[30]: "Es que se han olvidado". Y salió corriendo. Era un niño delgadísimo, con el pelo hundido y las piernas como dos palillos[31]. Caminaba inclinando hacia delante, como si siempre soplara frente a él un ventarrón furioso[32], y era tan frágil que parecía que se iba a desbaratar[33] en cualquier momento. Tenía el pelo tieso[34] y pelirrojo, grandes narizotas[35], ojos de mucho susto. Un rostro como de careta de verbena[36], una cara de chiste. Por entonces debía de estar cumpliendo los diez años.

Poco después me enteré de[37] su nombre, porque los demás niños le estaban llamando todo el rato. Así como Lupe era invisible, Lolo parecía ser omnipresente: los otros chicos no paraban de[38] martirizarle, como si su aspecto de triste saltamontes[39] despertara en los demás una suerte de ferocidad entomológica. Por cierto, una vez coincidieron en la plaza Lupe y Lolo; pero ni siquiera se miraron. Se repelieron entre sí, como apestados[40].

Pasaron los años y una tarde, era el primer día de calor de un mes de mayo, vi venir por la calle vacía a una criatura singular; era un esmirriado[41] muchacho de unos quince años con una camiseta de color verde fosforescente. Sus vaqueros, demasiado cortos, dejaban ver unos tobillos picudos[42] y unas canillas[43] flacas; pero lo peor era el pelo, una mata espesa rojiza y reseca[44], peinada con gomina[45], a los años cincuenta, como una inmensa ensaimada[46] sobre el cráneo. No me costó trabajo reconocerle; era Lolo, aunque un Lolo crecido y transmutado[47] en calamitoso[48] adolescente. Seguía caminando inclinando hacia delante, aunque ahora parecía que era el peso de su pelo, de esa especie de platillo volante[49] que coronaba su cabeza, lo que le mantenía desnivelado[50].

Y entonces *la* vi a ella. A Lupe. Venía por la acera[51], en dirección contraria. También ella había dado el estirón puberal[52] en el pasado invierno. Le había crecido la misma pechuga que a su madre, de tal suerte que, como era cuellicorta[53], parecía llevar la cara en bandeja[54]. Se había teñido[55] su bonito pelo oscuro, así como a lo punky. Estaban los dos, en suma, francamente espantosos[56]; habían florecido, conforme a sus destinos, como seres ridículos. Pero se los veía anhelantes[57] y en pie de guerra[58].

Lo demás, en fin, sucedió de manera inevitable. Iban ensimismados[59] y chocaron el uno contra el otro. Se miraron entonces como si se vieran por primera vez, y se enamoraron de inmediato. Fue un 11 de mayo y, aunque ustedes quizá no lo recuerden, cuando los ojos de Lolo y Lupe se encontraron tembló el mundo, los mares se agitaron, los cielos se llenaron de ardientes meteoros. Los feos y los tristes tienen también sus instantes gloriosos.

[1]**Me...** Presté atención a [2]**padecen** sufren por [3]**críos** niños [4]**mendigando** *begging for* [5]**se...** *erupts in laughter* [6]**risible** cómico [7]**mansedumbre** estado calmado [8]**llevaban...** *were born under a bad sign* [9]**pechugona** con pechos grandes [10]**desde...** desde joven [11]**patizamba** *bow-legged* [12]**patas...** *hands of a compass* [13]**esternón** *sternum* [14]**desolador** *bleak* [15]**inacabado** no terminado [16]**cruda** *raw, primitive* [17]**rostro...** *her face always showed a look of stupor* [18]**arrimarse** acercarse [19]**corrillos** *cliques* [20]**les...** *she was taller than the rest* [21]**descomunal** grande [22]**vidriosa** *glassy* [23]**barriada** sector del pueblo [24]**recorren** pasan por [25]**peceras** *fish bowls* [26]**le...** *left him tied* [27]**farola** *lamp post* [28]**abrasaba** quemaba [29]**moqueante** *runny-nosed* [30]**hipos** *hiccups, sobs* [31]**palillos** *toothpicks* [32]**como...** *as if he were facing furiously blowing winds* [33]**desbaratar** *fall apart* [34]**tieso** rígido [35]**narizotas** *nostrils* [36]**Un...** *a face like a mask on a carnival attraction* [37]**me...** supe [38]**no paraban...** no dejaron de [39]**saltamontes** *grasshopper* [40]**Se...** *They repelled one another, as if suffering from the plague* [41]**esmirriado** flaco, delgado [42]**picudos** *bony* [43]**canillas** *shins* [44]**una...** *a clump of thick, dry, red hair* [45]**gomina** *hair grease* [46]**ensaimada** *Common Spanish breakfast pastry similar in shape to a cinnamon roll* [47]**transmutado** transformado [48]**calamitoso** desastroso [49]**platillo...** *flying saucer* [50]**lo...** *which kept him unbalanced* [51]**acera** *sidewalk* [52]**ella...** *she had a growth spurt* [53]**cuellicorta** con un cuello corto [54]**en...** *on a tray* [55]**teñido** *dyed* [56]**espantosos** horribles [57]**anhelantes** con deseos [58]**en...** *on the war path* [59]**ensimismados** *self-absorbed*

Después de leer

5-12 Interpretando ideas centrales y subordinadas Haz un bosquejo *(outline)* de la lectura. ¿Cuál es el propósito de la autora al escribir este cuento? ¿Cuál es el mensaje? ¿Hay una frase que resuma todo el mensaje del texto? ¿Cuál es? ¿Depende el mensaje del contexto cultural de España o es universal?

 **5-13 Comprensión y expansión** Hazle las siguientes preguntas a un(a) compañero(a) de clase.

1. En tu opinión, ¿cuál es la situación de la narradora? ¿Conoce ella bien a Lupe y Lolo? ¿Por qué sí o por qué no?
2. ¿Con qué objetos se compara a Lupe en el segundo y el tercer párrafo? ¿Es una descripción positiva o negativa? ¿Por qué se usan imágenes del reino animal?
3. Según la narradora, ¿le prestan mucha atención los otros chicos a Lupe o la ignoran?
4. ¿En qué sentido es Lolo diferente a Lupe?
5. Antes de la escena final, ¿se habían conocido Lupe y Lolo?
6. Después de unos años, ¿cómo cambian Lupe y Lolo?
7. Al encontrarse los dos al final del cuento, ¿qué pasa para marcar este encuentro amoroso? ¿Cuál es el significado de estos eventos naturales?
8. ¿Has conocido a personas como Lupe y Lolo? ¿Es realista el trato que reciben de sus amigos o es exagerado? ¿Puede ser la juventud tan cruel como sugiere la narradora?
9. En tu opinión, ¿suelen juntarse las personas *raras* como Lupe y Lolo? ¿Por qué sí o por qué no?
10. ¿Cómo afecta nuestra interpretación del cuento el hecho de que nunca sabemos lo que están pensando Lupe y Lolo? ¿Cómo cambiaría el cuento si fuera desde el punto de vista de ellos?

Introducción al análisis literario | Determinar la voz narrativa y el punto de vista

The story you have just read features a first-person narrator **(narrador(a) en primera persona)** who is a direct witness to the scene she describes, but who is not privy to the inner thoughts of the characters. Unlike an omniscient narrator **(narrador(a) omnisciente),** the narrator here reveals that she has limited understanding of the situation she describes because of her status as a present but inactive character in the story she tells **(narrador(a) testigo).**

Reread the first paragraph and identify where we are first introduced to the narrator as a first person witness to the scene she describes. Next, continue to mark instances where the narrator reveals her presence in the story. Finally, note the instances in which the narrator's perspective is limited to her own thoughts and feelings.

A narrator who participates as an observing character in a story will often reveal his/her own point of view **(punto de vista)** in regard to the subjects he/she describes. To help you determine the narrator's point of view in the story, prepare a list of words or phrases that the narrator uses to describe Lupe and Lolo.

Adjetivos descriptivos:

Lupe	**Lolo**
redonda	un niño delgadísimo
mal hecha	grandes narizotas
las patas de un compás	calamitoso adolescente

The narrator also uses metaphors **(metáforas)**—a comparison that does not employ "like" or "as"—from the animal kingdom to describe her subject. For example, she describes Lupe as having an **aspecto de triste saltamontes.** Can you find other comparisons of this type in the text? Considering the words and metaphors employed by the narrator in her description of Lupe and Lolo, what can we conclude about her point of view? Does she appear sympathetic to the people she describes or is her treatment of them as dehumanizing and critical as that of their peers? How does the point of view of the narrator, then, contribute to your understanding of the story?

Actividad de escritura

Working with a partner, decide how you might portray two characters similar to Lupe and Lolo. Try to employ the same critical point of view as the narrator in your description. As an alternative, try to imagine how Lupe and Lolo's children might look were they ever to marry. Try to use vocabulary and structures from the chapter.

Vocabulario en contexto

La moda y la expresión personal

Este año en la Pasarela Cibeles: Las últimas tendencias de los diseñadores españoles

Moda mujer

- top estampado
- capucha
- cazadora
- bolsillos
- con punta estrecha
- zapatos de tacón alto

Moda hombre

- polo de punto
- una americana
- cierre de cremallera
- vaqueros
- pata ancha
- puños abotonados
- las zapatillas

Complementos

la gargantilla

el gorro

la gorra

Siempre **innovadores**, los diseñadores españoles como Antonio Miró, Agatha Ruiz de la Prada, Miguel Palacio y muchos otros presentan para esta temporada una colección **impactante** para mujeres y hombres. Con sus colores y **estampados llamativos**, sus atrevidos **diseños** seguramente van a marcar las tendencias y **estar en boga** en toda Europa.

iLrn ¡OJO! Don't forget to consult the **Índice de palabras conocidas**, p. A7, to review vocabulary related to clothing and fashion.

➤ For additional practice see the **Activity File** at the end of this text: **Capítulo 5, Vocabulario C. De compras en Barcelona.** p. D27, and **Vocabulario D. Hablando de moda.** p. D28.

➤ Other words and phrases related to clothing and fashion are cognates or direct borrowings from English: **el top** (women's top); **el polo** (polo shirt); **la parka; el poliéster** (polyester); **los mocasines** (moccasines); **las tendencias** (trends).

➤ The word **hortera** only varies in number and not in gender: **camiseta hortera, conjunto hortera.**

Vocabulario relacionado con la moda

el atuendo / el conjunto	*outfit*
el calzado	*footwear*
las chanclas	*flip-flops, beach sandals*
los zapatos planos	*flat shoes*
la chaqueta	*jacket*
el encaje	*lace*
la franela	*flannel*
el jersey	*pullover sweater*
la lencería	*lingerie*
el camisón	*nightgown*
el sujetador	*bra*
las bragas	*panties*
los calzoncillos	*underpants (men's)*
la marca	*brand*
la pana	*corduroy (Spain/Argentina), velvet*
el punto	*knit*
la ropa de etiqueta	*designer clothing*
la sudadera	*sweatshirt*
el tatuaje adhesivo	*adhesive tattoo*
fresco(a)	*fresh*
imprescindible	*indispensable*
innovador(a)	*innovative*
lucir un estilo	*to show off a style*
vestir (una prenda)	*to wear (an item of clothing)*

Para enriquecer la comunicación: Para conversar sobre la moda

Esos pantalones le **quedan holgados/ajustados.**	*Those pants **fit him/her loosely/tightly.***
La chaqueta le **marca** bien la cintura.	*The jacket **shows off** her waist nicely.*
¡Qué **mono(a)** estás!	*How **cute** you look!*
Esos zapatos están **pasados de moda.**	*Those shoes are **out of style.***
Ese estilo **no me va (no me cuadra).**	*That style **doesn't fit** me.*
Los tatuajes me **chiflan.** (España)	*I really **dig** tattoos.*
¡Qué pantalones más **horteras!** (España)	*What a **tacky** pair of pants!*

➤ ¿Nos entendemos? With clothing and fashion related vocabulary, there is a great deal of diversity in Spanish. For example, the word **las zapatillas** means *slippers* or *tennis shoes* in Spain, but in Mexico, Puerto Rico, and some other Spanish-speaking countries, it is used for a woman's shoe. In many of these countries **los zapatos de tenis**, or simply **los tenis**, is used for *tennis shoes*, and the word **las chanclas** is used for *slippers*. In Mexico and other countries the word **el saco** is used instead of **la americana**, but in Spain **el saco** means a *sack* or *bag*. Similar examples include:

la braga (España) = **el calzón** (México) = **los pantis** (Puerto Rico) = **la bombacha** (Argentina)
la cazadora (España) = **la chamarra** (México) = **la chaqueta** (P.R.) = **la campera** (Argentina)
el gorro (España/Argentina) = **la cachucha** (México) = **la gorra** (P.R.)

Práctica y expresión

5-14 El desfile de modas Para saber cuáles van a ser las tendencias este año, escucha la descripción de los modelos en la Pasarela Cibeles. Luego, mira los dibujos abajo e indica cuáles son las prendas que llevan los modelos. Finalmente, indica cuáles de las prendas descritas no están representadas en los dibujos y descríbelas bien.

5-15 La moda de la clase Con un(a) compañero(a) de clase, haz una lista de todas las prendas y complementos (con una descripción de las telas y los colores) que visten los estudiantes de la clase. Luego, juntos, escriban una descripción de las modas de la clase basándose en su lista.

5-16 ¡Qué hortera! A veces lo que está muy de moda un año, está muy pasado de moda en otro. ¿Te acuerdas de algunas de esas tendencias del pasado? Comenta con un(a) compañero(a) de clase todos los ejemplos que puedan recordar y luego comparen las respuestas con otros de la clase y comenten las diferencias de opinión.

> **Ejemplo** los pantalones de poliéster de la época de la música disco

5-17 La moda en nuestra sociedad Contesta con un(a) compañero(a) de clase las siguientes preguntas.

1. ¿Es importante la moda en nuestra sociedad? ¿Cuáles son los indicadores del nivel de importancia?
2. ¿Es más importante la moda para las mujeres que para los hombres? ¿Por qué sí o por qué no? ¿Es más importante la moda para los jóvenes que para los adultos? ¿Por qué sí o por qué no?
3. ¿Cuál es la ropa de etiqueta más de moda entre los niños? ¿Entre los estudiantes universitarios? ¿Cuánto cuesta una prenda típica de cada uno de esos diseñadores?
4. ¿Cuáles son las tendencias actuales que más te fascinan? ¿Cuáles son las tendencias que más te molestan? ¿Por qué?

5-18 Dramatizaciones Con otros dos estudiantes de la clase, elaboren una dramatización de las siguientes situaciones. Traten de incorporar todo el vocabulario que puedan.

1. Alicia quería un cambio de aspecto y acaba de gastar mucho dinero en un atuendo y peinado nuevos. ¿El problema? A ella le chifla el nuevo estilo que luce, pero a sus compañeros de casa les parece algo fuera de moda. Al llegar a casa, Alicia les pide sus opiniones sobre su transformación.
2. Jaimito tiene sólo 16 años y se hizo un agujero (*piercing*) en la nariz sin el permiso de sus padres. Vuelve a casa con un aro en la nariz y sus padres lo descubren. Los padres no están contentos y empiezan a decirle a Jaimito por qué no les gusta. ¡Lo que no saben todavía es que Jaimito también se hizo un tatuaje!

Espejos

El destape: ¿con ropa o sin ropa?

La actitud frente a la desnudez *(nudity)* es diferente en España. En los años 60, sólo las extranjeras hacían topless, pero luego de la muerte del dictador Francisco Franco en 1975, la práctica del topless quedó totalmente despenalizada *(de-penalized)* al abolirse la ley del "escándalo público y las faltas *(sins)* contra la moral, las buenas costumbres y la decencia pública".

En la televisión y anuncios publicitarios de revistas no es raro ver niñitos desnudos y mujeres casi desnudas.

Chicos en la playa, 1910 por Joaquín Sorolla y Bastida

Las dos culturas

¿Qué piensas sobre esta costumbre? Mira las opiniones siguientes con los números del uno al cinco. Lee las oraciones y decide qué piensas tú o un estadounidense típico marcando tu opinión a la izquierda, y adivina *(guess)* cómo piensa un español típico a la derecha.

1 = Está bien. ¿Por qué no?

2 = Lo acepto, pero no es apropiado.

3 = No me importa.

4 = No es aceptable.

5 = ¡Qué horror!

Los Estados Unidos   **España**

Los Estados Unidos		España
1 2 3 4 5	a. Revistas que contienen mujeres desnudas de la cintura hacia arriba.	1 2 3 4 5
1 2 3 4 5	b. Niños y niñas (de dos a cinco años) totalmente desnudos en una playa pública.	1 2 3 4 5
1 2 3 4 5	c. Hombres totalmente desnudos en una playa pública.	1 2 3 4 5
1 2 3 4 5	d. Hombres sin ropa de la cintura hacia arriba en una playa pública.	1 2 3 4 5
1 2 3 4 5	e. Mujeres sin ropa de la cintura hacia arriba en una playa pública.	1 2 3 4 5
1 2 3 4 5	f. Niñas de 1 a 10 años sin ropa de la cintura hacia arriba en una playa pública.	1 2 3 4 5
1 2 3 4 5	g. Mujeres de 60 años, o más, sin ropa de la cintura hacia arriba en una playa pública.	1 2 3 4 5
1 2 3 4 5	h. Amamantar *(breastfeed)* a un bebé en público.	1 2 3 4 5

1. ¿Dónde se acepta la desnudez en los Estados Unidos?
2. ¿Qué películas populares en los Estados Unidos son explícitas en cuanto al sexo?
3. ¿Qué programas de televisión son verbalmente explícitos en cuanto al sexo?
4. Generalmente, los programas de televisión en los Estados Unidos son verbalmente explícitos pero no se muestran los desnudos. ¿Por qué? ¿Cuál es la actitud hacia el cuerpo en los Estados Unidos y cuál es en Europa?

Estructuras

iLrn ¡OJO! Before beginning this section, consult the following topics on pp. B14-B16 of the **Índice de gramática:** Formation and placement of indirect object pronouns, Pronouns as objects of prepositions, Verbs commonly used with indirect object pronouns, and Placement of double object pronouns.

> For additional practice see the **Activity File** at the end of this text: **Capítulo 5, Estructuras B. Lista de regalos.** p. D55.

Pronombres de objeto indirecto; Verbos como **gustar**; Pronombres de objeto dobles

Pronombres de objeto indirecto

In making recommendations about clothing, Spanish speakers often use indirect object pronouns to identify the recipient(s) of the action of a particular verb. Indirect object pronouns tell *to whom* or *for whom* the action of the verb is performed.

> El diseñador **les** muestra los nuevos conjuntos **a sus amigos.**
> *The designer shows the new outfits to his friends.*
> ¿**Te** gusta **a ti** lucir un nuevo estilo?
> *Do you like to show off a new style?*

As the above sentences demonstrate, Spanish speakers often include both the indirect object and the indirect object pronoun in the same sentence. In sentences involving the third person, the pronoun is included to resolve any ambiguities of the indirect object pronoun **le(s)**, which could mean **a usted(es), a él (ellos),** or **a ella (ellas).** While the indirect object may be left out (assuming the person referred to has been previously identified in the conversation), the indirect object pronoun is almost always used.

> ¿**Le** recomendaste la chaqueta **a Sara?**
> *Did you recommend the jacket to Sara?*
> Sí, **le** recomendé la chaqueta.
> *Yes, I recommended the jacket to her.*
> **Le** puse el tatuaje adhesivo **a Juan.**
> *I put the adhesive tattoo on John.*
> Pero su novia **le** quitó el tatuaje.
> *But his girlfriend took it off him (removed it from him).*

The final two sentences demonstrate that, while indirect object pronouns generally communicate *to whom,* they can also communicate *on whom, for whom,* or even *from whom.*

Verbos como *gustar*

⌒ Visit www.thomsonedu.com/spanish for a Heinle iRadio podcast on grammar, **gustar**.

As you recall, the verb **gustar** is special because it always requires the use of an indirect object pronoun. This is because **gustar** does not literally translate as *to like*, but rather *to be pleasing to.* In the first example below, the sentence literally means *The jeans are pleasing to me.* The subject in English becomes the indirect object in Spanish, and the direct object (the thing or person liked) becomes the subject in Spanish.

> Me gustan los vaqueros.
> *I like the jeans.*

Verbs like **encantar** and **molestar** function exactly like the verb **gustar** and always require indirect object pronouns. Like **gustar,** these verbs are usually used only in third person singular or plural.

> For additional practice see the **Activity File** at the end of this text: **Capitulo 5, Estructuras C. Anuncio personal.** p. D56; and **Estructuras D. Para conocerte mejor.** p. D56.

> ¿Te importa tener ropa de etiqueta?
> *Does having designer clothing matter to you?*
>
> A veces. ¡Sobre todo, me encantan los zapatos italianos!
> *Occasionally. Above all, I love Italian shoes!*

Other verbs like **gustar:**

> Though verbs like **gustar** are typically used in the third person singular or plural, all forms can be used. For example: **Me gustas** *(I like you),* **Les fascinamos** *(We fascinate them).*

caer bien/mal	*to like/dislike a person*	importar	*to matter to, to be important to*
encantar	*to delight, to love*	interesar	*to be of interest to*
enojar	*to anger*	molestar	*to annoy*
faltar	*to miss, to be lacking*	parecer	*to seem; to appear*
fascinar	*to fascinate*	quedar	*to fit; to remain; to keep*

Los usos de objetos indirectos y pronombres de objeto indirecto juntos

In some cases Spanish speakers may include the indirect object along with the pronoun in order to further qualify or add emphasis to their opinions, as exemplified in the following conversation:

> Pablo: Mercedes me cae fatal.
> *I can't stand Mercedes.*
>
> Mónica: Pues, **a nosotras** Mercedes **nos** cae muy bien.
> *Well, **we** really like Mercedes.*

A nosotras is included here to emphasize that Mónica and her friend's opinion is contrary to Pablo's.

Un paso más allá: Pronombres de objeto dobles

Occasionally, speakers of Spanish use both direct and indirect object pronouns together in the same sentence. The indirect object pronouns **le** and **les** always change to **se** when they are used together with the direct object pronouns **lo, la, los,** and **las.**

Yo **le** compré **una camisa de franela** a mi hermana.

Se la compré ayer en el centro.

También **les** compré **unas camisetas** a mis amigas.

Se las compré en la misma tienda.

Práctica y expresión

5-19 Gustos diferentes Mira los dibujos y determina qué tipo de ropa les gusta a las siguientes personas. Usa el verbo **gustar** para expresar sus preferencias.

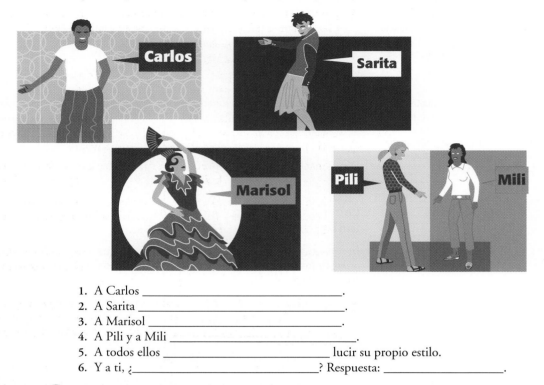

1. A Carlos _____.
2. A Sarita _____.
3. A Marisol _____.
4. A Pili y a Mili _____.
5. A todos ellos _____ lucir su propio estilo.
6. Y a ti, ¿_____? Respuesta: _____.

 5-20 Regalos feos Para tu cumpleaños, recibiste muchas cosas que no te gustaron. ¿Qué hiciste? Tomen turnos y pregúntense qué hicieron con los regalos. Sustituyan el objeto directo y el objeto indirecto en sus respuestas. Utilicen también los siguientes verbos: quedar, regalar, dar, ofrecer.

> **Ejemplo** Tú: ¿Qué hiciste con el jersey amarillo? (a mi primo)
> Compañero(a): **Se lo di a mi primo.**

1. ¿Qué hiciste con los pantalones cortos? (a mi hermanito)
2. ¿Qué hiciste con el vestido de pana? (a la iglesia)
3. ¿Qué hiciste con la sudadera anaranjada? (a vosotros en el club)
4. ¿Qué hiciste con las camisetas con estampados llamativos? (a ustedes)
5. ¿Qué hiciste con la chaqueta de poliéster morada? (a ti)
6. ¿Qué hiciste con las corbatas de lunares? (para mí)

5-21 Tus compañeros(as) de clase En grupos de tres averigua los gustos de tus compañeros(as) de clase. Pregúntales lo siguiente y luego comparte con toda la clase.

1. Las sudaderas no resaltan la figura. ¿Te gustan? ¿Por qué?
2. ¿Qué piensas de las chaquetas de cuero? ¿Te molesta la conciencia o no?
3. ¿Te gustan los tatuajes? ¿En ti o en otras personas? ¿Prefieres los permanentes o los adhesivos?
4. ¿Te gusta la moda de ahora? ¿Qué está a la moda? ¿Qué te gusta? ¿Qué no te gusta?
5. ¿Te gusta vestirte bien o prefieres la ropa informal?

5-22 ¿Eres quisquilloso, o no? Con un(a) compañero(a) compara opiniones sobre las siguientes situaciones. Contesta usando pronombres de objeto indirecto y directo.

> **Ejemplo** —¿Le prestas tu camisa favorita a tu hermanito? ¿Por qué?
> —**¡No! No se la presto nunca porque él no se baña con frecuencia.**

1. ¿Le regalas ropa interior a tu compañero(a) de cuarto en su cumpleaños? ¿Por qué?
2. ¿Te quitas el sombrero o la gorra cuando entras a una casa? ¿Por qué?
3. ¿Le lavas la ropa a tu novio(a)? ¿Por qué?
4. ¿Te piden dinero tus amigos? ¿Te molesta?
5. ¿Le dices a un(a) amigo(a) que lleva ropa fea? ¿Cómo?
6. ¿Te prestan tus amigos los zapatos algunas veces? ¿Te molesta?

5-23 ¿Tienes escrúpulos? En grupos de dos o tres, imagínense que están en las siguientes situaciones y decidan cuál es la mejor solución.

1. Eres amigo(a) de la novia en una boda. Sabes que el novio es un maleducado y atrevido, y tiene una relación amorosa con otra mujer. ¿Le dices la verdad a tu amiga?

2. Te dan como regalo una cazadora muy cara. Con mucho entusiasmo te preguntan: "¡¿Te gusta, te gusta?!" ¿Les dices la verdad, que no te gusta, o les dices una mentira, que sí te gusta mucho y gracias?

3. Tu amigo te presenta a su novia (que no es muy agraciada) y te dice: "Ella es la mujer de mi vida, es muy muy guapa, ¿no?" ¿Le respondes que sí piensas que es muy guapa o cambias el tema?

4. Una buena amiga te da como regalo unos pantalones muy vanguardistas pero a ti no te gustan. Una semana después vas a un cumpleaños pero no tienes dinero para comprar un regalo. ¿Le das los pantalones que te dio tu amiga a la persona que cumple años?

5. Vas a casarte y ves a tu ex-novia entre los invitados. Tu futura esposa, que tiene muy mal genio, no la conoce. ¿Le dices que ella está en la boda? ¿O le dices que no sabes quién es?

Rumbo abierto

> **Paso 1** Vas a leer un artículo biográfico sobre un actor español famoso, Javier Bardem. ¿Has oído de este actor? ¿Has visto algunas de sus películas? Mira su foto y descríbelo físicamente. ¿Qué percepción de su carácter te da su imagen? ¿Es sexy, terco, valiente... ? ¿En qué tipo de películas puedes verlo?

> **Paso 2** Para facilitar tu comprensión de la lectura, recuerda la estrategia de lectura: Lee cada párrafo e identifica la tesis o idea central. Después, haz una pequeña lista de las ideas del párrafo que apoyan esta tesis o idea central. Haz esto para cada párrafo y al final mira tu bosquejo (outline) para determinar si resume bien el artículo.

> **Paso 3** Después de leer la biografía del actor Javier Bardem, decide si las siguientes afirmaciones son ciertas o falsas. Corrige las falsas.

1. Javier Bardem es español. Él nació en las Canarias.
2. Javier Bardem empezó a actuar desde los 6 años.
3. Su familia está muy relacionada con el cine en muchos aspectos.
4. De niño, sólo le interesaba actuar, no hacer deportes.
5. Fue nominado al Óscar y al Globo de Oro, pero no ganó.
6. Tiene un aspecto rudo y tiene la nariz rota pero es muy tierno y amable.

> **Paso 4** Haz una lista de todos los aspectos de Javier Bardem y de su vida que describe el artículo. Debajo de cada categoría en tu lista, escribe algunas de las frases descriptivas que se usan para describir al actor. Busca en el diccionario las palabras que no conozcas. ¿Cómo se compara la percepción que tenías del actor con lo que leíste en este artículo?

JAVIER BARDEM, TERNURA TRAS RUDOS RASGOS

Los americanos lo han descubierto ahora, pero nosotros hace tiempo que sabemos que Bardem es uno de los mejores actores nacionales del momento. Ha sido el primer español en ser nominado a un Oscar como Mejor Actor por la película *Antes que anochezca*. Aunque tiene un rostro con rasgos grandes y un tanto toscos, este actor esconde una gran sensibilidad y ternura.

Javier Encinas Bardem nació el 1 de marzo de 1969 en Canarias en el seno de una familia de grandes actores. Su madre es la actriz Pilar Bardem, y sus abuelos, Rafael Bardem y Matilde Muñoz Sampedro, también son actores. Su tío es el director de cine Juan Antonio Bardem y sus hermanos, Carlos y Mónica, también se dedican a la interpretación y a la dirección. Así que no es extraño que Javier, desde muy pequeño se interesara por esta profesión. Su primer trabajo como actor lo realizó cuando sólo tenía 6 años en *El pícaro*, una serie dirigida por Fernando Fernán Gómez. En 1985 reaparece ante las cámaras cuando interviene (participa) en cuatro capítulos de la serie *Segunda enseñanza*, de Pedro Masó. De nuevo, bajo las órdenes de Masó, interpreta a un drogadicto en la serie de Televisión Española, *Brigada Central*.

Cuando era más joven, el mundo del deporte le interesaba mucho. Su gran afición por el rugby con tan sólo trece años, lo llevó a formar parte de la selección española. Las pesas y el boxeo también formaron parte de sus aspiraciones. Su afición al dibujo lo llevó a estudiar en la Escuela de Artes y Oficios. Trabajó como dibujante publicitario hasta finales de 1989, cuando empieza a disfrazarse de supermán en el matinal de TVE "El día por delante". También se interesó por el teatro y participó en un grupo independiente con el que realizó una gira por España con las obras "El médico a palos" y "El sombrero de tres picos".

Bardem cuenta con una filmografía muy extensa y en el año 1995 se convirtió en uno de los actores más premiados y solicitados por su excelente trabajo en *Días Contados*. Gracias a esta película consiguió el Goya al mejor actor y el premio al mejor actor del Círculo de Escritores Cinematográficos. En 1997 le seguirían trabajos en *Carne trémula* dirigida por Pedro Almodóvar y *Perdita Durango*, una demoníaca *(maligna)* aventura de pasión, sexo y violencia en la frontera entre México y los EE.UU. *Antes que anochezca* (2000), del director norteamericano Julian Schnabel, le lanzó su carrera internacional. Gracias a esta película el actor canario ha entrado por la puerta grande de Hollywood y a punto estuvo de ganar el Globo de Oro, que se lo arrebató Tom Hanks. También se quedó a las puertas de ganar el Óscar que finalmente ganó Russell Crowe. Sin embargo, consiguió el Premio al Mejor Actor del Cine Independiente y, luego, La Sociedad Nacional de Críticos de Cine de Estados Unidos (NSFC) le nombró Mejor Actor del año 2000.

Su relación con la prensa es regular, la verdad es que a Javier no le hace sentir muy cómodo. Sin embargo, sabemos que es gran amante de su familia y nunca le faltan elogios para hablar de las personas que la forman. Considera a su madre una gran mujer y trabajar con ella en algunas ocasiones es todo un placer para él.

Hoy es uno de los actores más solicitados. Su aspecto rudo, su nariz rota y su corpulencia física le dan cierto aire tosco, pero es capaz de mostrar muy diversos registros que nos descubren en él una faceta tierna y amable. Esperamos que este actor tan macizo y con tanta personalidad siga cosechando muchos éxitos.

¡A escribir!

ATAJO *Functions:*
Describing people;
Expressing an opinion
Vocabulary: Body;
Personality; Emotion
Grammar: Adjectives: agreement;
Adjectives: position; Personal
Pronouns: direct & indirect; Verbs:
present; Verbs: use of **gustar**

Visit www.thomsonedu.com/
spanish for a Heinle iRadio podcast on grammar, **gustar**.

Paso 1

El periódico español **El país** tiene un certamen *(concurso)* de escritura
para estudiantes internacionales. Para inscribirte, tienes que escribir una
breve biografía sobre una persona especial/interesante en tu vida.

Las biografías nos permiten conocer a una persona más a fondo y suelen incluir descripciones tanto del aspecto físico de la persona como de su
carácter y de los hechos que la hacen una figura interesante. Piensa en
dos o tres personas importantes/especiales en tu vida. ¿Por qué son
importantes/especiales? Selecciona la persona sobre quien puedes
escribir la biografía más interesante.

Paso 2

Usa las siguientes categorías para hacer listas de varias de las características de la
persona que seleccionaste:

- su aspecto físico o carácter (adjetivos que lo/la describen)
- ¿qué le fascina/molesta/interesa?
- su familia y sus comienzos (dónde y cuándo nació, descripción de su familia...)
- su modo de vestir
- sus logros profesionales o personales *(achievements)*

Trata de usar primero el vocabulario que ya conoces. Luego, si lo necesitas, puedes
buscar palabras en un diccionario bilingüe. ¿Puedes usar algunas de las frases descriptivas que aprendiste en el cuento *La gloria de los feos* o en la biografía de Javier
Bardem? Después de elaborar tu lista, subraya algunas de las características que más
demuestran por qué es tan especial/interesante esta persona para ti y escribe una o
dos oraciones completas que describan a esta persona y lo que tiene de especial.

Paso 3

Escribe un borrador de tu biografía usando como modelo la estructura de la biografía de Javier Bardem.

La introducción: Usa la oración (o las dos oraciones) que escribiste en el Paso 2 para escribir un breve párrafo de
introducción.

El cuerpo: Escribe dos o tres párrafos para describir otros aspectos de la vida de esta persona que tengan relación
con tu introducción. **¡OJO!** Es posible que no uses todas las características que apuntaste en el Paso 2. Sólo usa
las que ejemplifiquen el punto que haces en tu introducción.

La conclusión: Escribe un párrafo de conclusión que resuma las características más distintivas que mencionaste
en el primer párrafo.

El título: Escribe un título que capte *(captures)* la esencia de tu biografía.

ESTRATEGIA DE ESCRITURA

La revisión de forma II: Gramática

There are a couple of strategies that can make the process of reviewing your work for grammar problems easier. The first is to know your common errors. Perhaps the most common type of student error in writing is that of agreement between adjectives and articles and their nouns, and between verbs and their subjects. To check for these errors in your writing, take a clean draft of your work and highlight (or underline) all the adjectives and articles. Once you have highlighted the adjectives, go back to each one and draw an arrow to the noun it is supposed to modify. Ask yourself if it agrees in number, and, where appropriate, gender with the noun. If not, correct the form. Using a different color, highlight each verb form on the page. For each form, ask yourself what tense the form should be in, and who the subject is. Then verify that you have indeed used the correct verb ending for your intended subject and tense. Another strategy for checking your grammar is to keep a list of the errors you commonly make. If you regularly make errors with **ser** and **estar** or with **gustar**-type verbs, you can specifically check your work to see if you have used these forms, and if so, if you have avoided your usual mistakes. You can use the search function of your word processor to help find these grammatical items in your work. For example, open the search window and type in **gustar, gusta,** and **gustan.** Then, check to see that you have used the proper form and accompanying pronouns. The more you take conscious, proactive steps to improve your surface grammar, the less you will find that you need to do so.

> **Paso 4**

Trabaja con un(a) compañero(a) de clase para revisar el primer borrador. Lee su biografía y comparte tus respuestas a las siguientes preguntas con tu compañero(a): ¿Puedes entender por qué es especial la persona que describe? ¿Incluye detalles pertinentes? ¿Tiene algún detalle que no apoye el punto fundamental de la biografía o el punto fundamental de cada párrafo? ¿Resume bien la conclusión el punto fundamental de la biografía? ¿Tiene alguna palabra o frase que no reconoces o que no entiendes? ¿Tienes alguna recomendación específica para tu compañero(a)?

> **Paso 5**

Considera los comentarios de tu compañero(a) y luego enfoca específicamente en las estructuras que aprendiste en este capítulo. ¿Usaste bien el verbo **gustar** u otros verbos de este tipo? ¿Usaste bien los pronombres de objeto directo e/o indirecto? ¿Puedes usar estos pronombres para eliminar la repetición en tu biografía? Por último, haz una revisión de la forma y escribe un segundo borrador.

¡A ver!

Manuel Pertegaz

> Paso 1 Vas a ver un segmento sobre el diseñador catalán Manuel Pertegaz. Es uno de los más famosos en España y lleva más de sesenta años creando moda. Con otro(a) estudiante, comparen sus opiniones sobre la importancia de los diseñadores de moda. ¿Creen que la gente pone atención a quién diseña su ropa? ¿Ustedes compran roda de algunos diseñadores famosos? En general, ¿las creaciones de los diseñadores están dirigidas a un público variado o a un sector de la sociedad en particular? ¿Hay diseñadores populares en los Estados Unidos? ¿Creen que un diseñador puede ser tan famoso como un actor o un cantante? ¿Por qué?

> Paso 2
Mira el segmento y toma notas sobre las creaciones de este diseñador español.

> Paso 3 ¿Qué recuerdas? Contesta las siguientes preguntas.

1. ¿Dónde se realizó este homenaje a Manuel Pertegaz?
2. ¿Cuáles son algunas características generales de su estilo?
3. ¿De qué habló Pertegaz en la conferencia de prensa?
4. ¿Por qué es tan importante el diseño que creó para Doña Letizia Ortiz?
5. ¿Qué telas utiliza en los trajes de novia?

> Paso 4 Para muchas personas, las creaciones de un diseñador representan una forma de expresión artística. Para otros, es tan sólo un oficio. Con un(a) compañero(a), decide si la moda es arte o no. Apoyen su opinión con argumentos lógicos y con ejemplos.

CD1–21

Para describir la apariencia física

ser... agraciado(a) *to be attractive*
   calvo(a) *to be bald*
   delgado(a) de cintura/caderas *to be thin waisted/in the hips*
   pequeño(a) de estatura *to be small in stature (size)*
tener... buen aspecto *to look good*

arrugas / una cicatriz *to have wrinkles / a scar*
una barbilla / un mentón redonda(o) *to have a round chin*
cejas pobladas *to have thick eyebrows*
facciones grandes/delicadas *to have large/delicate facial features*

una nariz aguileña/chata *to have a hooked/flat nose*
pelo lacio/rizado *to have straight/curly hair*

adelgazar / engordar *to lose weight / gain weight*

Para describir el carácter (la personalidad) de una persona

ser... apasionado(a) *to be . . . passionate*
   atrevido(a) *daring, risqué*
   audaz *daring, bold*
   caprichoso(a) *capricious, impulsive*
   cariñoso(a) *affectionate, loving*
tener... (el) amor propio *pride / self-respect*
   (la) autoestima *to have . . . self-esteem*
   buen/mal genio *a bad/good temper*

despreocupado(a) *carefree*
(mal)educado(a) *(bad) mannered, (im)polite*
egoísta *selfish*
juguetón(a) *playful*
mimado(a) *spoiled, pampered*
patoso(a) *clumsy*
quisquilloso(a) *finicky, fussy*

(in)seguro(a) de sí mismo(a) *(in)secure*
sensato(a) *sensible*
sensible *sensitive*
un(a) sinvergüenza *shameless*
terco(a) *stubborn*
valiente *courageous*
vanidoso(a) *vain, conceited*

Vocabulario relacionado con la moda

el atuendo / el conjunto *outfit*
el calzado *footwear*
   las chanclas *flip-flops, beach sandals*
   las zapatillas *slippers, sports shoes*
   los zapatos
      con puntas estrechas *pointed toe*
      de tacón alto *high-heeled*
      planos *flat*
las chaquetas y los abrigos *jackets and coats*
   la americana / el saco *men's blazer*
      con puños abotonados *with buttoned cuffs*
   la cazadora *jacket (waist length)*
el diseño *design*
el encaje *lace*
el estampado *print*
la franela *flannel*

la gargantilla *short necklace, choker*
el gorro / la gorra *cap (no visor) / cap (with visor)*
el jersey *pullover sweater*
la lencería *lingerie*
   las bragas *panties*
   los calzoncillos *underpants (men's)*
   el camisón *nightgown*
   el sujetador / el sostén *bra*
la marca *brand*
la pana *corduroy, velvet*
los pantalones
   los vaqueros *jeans*
      de pata ancha *wide-legged*
      con cierre de cremallera *zipper*
      con bolsillos *with pockets*

el punto *knit*
la ropa de etiqueta *designer clothing*
la sudadera *sweatshirt, sweat suit*
   con capucha *hooded*
el tatuaje adhesivo *adhesive tattoo*

fresco(a) *fresh*
impactante *striking, powerful*
imprescindible *indispensable*
innovador(a) *innovative*
llamativo(a) / vistoso(a) *showy, flashy*

estar en boga *to be in vogue*
lucir un estilo *to show off a style*
vestir (una prenda) *to wear (an item of clothing)*

Capítulo 6

RUMBO A COSTA RICA, EL SALVADOR Y PANAMÁ

Metas comunicativas

En este capítulo vas a aprender a...

- hablar de la búsqueda de trabajo
- describir las oportunidades para trabajar y prestar servicio en el extranjero
- manejar la conversación durante una entrevista
- hacer una llamada telefónica formal
- escribir una carta de presentación

Estructuras

- Los tiempos verbales del futuro y del condicional
- Mandatos formales e informales
- Posición de los pronombres con mandatos

Cultura y pensamiento crítico

En este capítulo vas a aprender sobre...

- diferencias culturales en entrevistas y relaciones personales en el trabajo
- el Arzobispo Óscar Romero y su influencia en El Salvador
- las maquiladoras textiles en El Salvador
- las experiencias de una voluntaria española en El Salvador

  Track 7

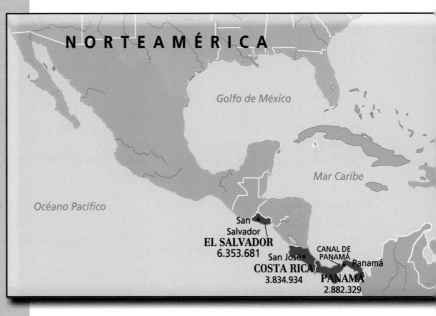

NORTEAMÉRICA

Golfo de México

Océano Pacífico

Mar Caribe

San Salvador
EL SALVADOR
6.353.681

San José
COSTA RICA
3.834.934

CANAL DE PANAMÁ

Panamá

PANAMÁ
2.882.329

Costa Rica, El Salvador y Panamá	**1502** Cristóbal Colón llega a Costa Rica	**1878** Se inicia la construcción del Canal de Panamá	**1903** Panamá declara su independenca de Colombia	**1914** Se inaugura el Canal de Panamá		
	1500	**1790**	**1880**	**1900**	**1925**	**1930**
Los Estados Unidos		**1791** Se agrega el "Bill of Rights" a la Constitución de los Estados Unidos	**1899** Se funda la United Fruit Company	**1920** Las mujeres ganan el derecho a votar	**1929** Inicio del período de depresión económica en los Estados Unidos	**1933** El presidente Franklin D. Roosevelt inicia el Programa de Reformas Sociales llamado "New Deal"

Explorando tu futuro

Zona de conservación Guanacaste

Volcán San Salvador

Comunidad cuna

Marcando el rumbo

6-1 **Costa Rica, El Salvador y Panamá: ¿Qué sabes de Centroamérica?** Con un(a) compañero(a), determina si las siguientes oraciones sobre estas tres naciones de Centroamérica y su gente son ciertas o falsas. Si son falsas, corrígelas.

1. Costa Rica es uno de los países más estables y prósperos de Latinoamérica.
2. El dólar se usa como moneda en El Salvador y en Panamá.
3. Los Estados Unidos tienen hoy en día el control legal del Canal de Panamá.
4. En El Salvador hay un segmento de la población que habla español e inglés y que tiene vínculos culturales con el Caribe de habla inglesa.

CD1-22

6-2 **El mundo centroamericano: Costa Rica, El Salvador y Panamá** Vas a escuchar una descripción de algunas características sobresalientes de estos tres países.

Paso 1: Escucha la siguiente descripción de ciertos aspectos culturales de Centroamérica y toma notas.

La naturaleza   La cultura   La economía

Paso 2: **¿Cierto o falso?** Lee las siguientes oraciones e indica si son ciertas o falsas. Si la oración es falsa, corrígela.

1. El Parque Nacional Isla del Coco en Costa Rica y el Parque Nacional Darién en Panamá forman parte del patrimonio de la humanidad.
2. Costa Rica considera su biodiversidad como un recurso económico.
3. Los indios cuna viven en una isla de la costa de El Salvador.
4. El envío de dinero a sus familiares por parte de salvadoreños en el extranjero es un aspecto importante de la economía de ese país.

Paso 3: **¿Qué recuerdas?** Escribe una descripción de los rasgos comunes de los tres países y una descripción de las diferencias. ¿Qué país te gustaría visitar? ¿Por qué?

1980 El arzobispo Óscar Arnulfo Romero es asesinado en San Salvador

1987 Óscar Arias Sánchez, costarricense, recibe el Premio Nobel de la Paz

1991 Representantes del Frente Farabundo Martí y del gobierno salvadoreño firman un acuerdo de paz

1998 Huracán Mitch

1999 Eligen a Mireya Elisa Moscoso de Gruber como presidenta de Panamá

1960

1961 Se crea el Cuerpo de Paz

1980

1978 El Senado ratifica el acuerdo firmado por el presidente Carter y el presidente Torrijos otorgándole soberanía a Panamá sobre la zona del canal

1985

1986 El presidente Reagan se ve envuelto en el "Iran-Contra Affair"

1990

1995

2000

1999 El Canal de Panamá regresa a control panameño

Vocabulario en contexto
La búsqueda de trabajo

¿Y ahora qué? Tu **reclutador** en Internet
Con más de 2.000 empresas en nuestra base de datos
y te conectamos con los mejores trabajos

http://www.yahoraque.com

BOLSA DE TRABAJO

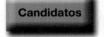

Bolsa de trabajo

Ver ofertas
Lista de empresas

Ejecutivo de cuentas: Empresa multinacional con operaciones en Panamá y El Salvador con énfasis en **ventas** de telefonía celular.
Responsabilidades: Desarrollar y atender el mercado, **cotizar** precios y obtener órdenes de venta.
Requisitos: Estudios universitarios, experiencia **previa** en vender servicios y **atención al cliente**, alto grado de motivación, **buena presencia, dispuesto a** viajar.
Edad: No mayor de 30 años
Sexo: Masculino
Salario: Base + **comisiones** por metas alcanzadas + **bonos**
Beneficios: Seguro médico y **capacitación** continua en ventas y en estrategias de atención al cliente
Solicitudes: Enviar currículum, foto y **carta de presentación**

Candidatos

Ingresar currículum
Modificar currículum

Diseñador gráfico: Diseñar elementos gráficos de la compañía, catálogos, papelería.
Requisitos: **dominio** de Corel, Freehand y Photoshop y mínimo de un año de experiencia, trabajar bien **bajo presión**
Edad: Mayor de 18 años
Sexo: Femenino
Salario: Negociable según experiencia
Solicitudes: Únicamente por correo electrónico

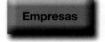

Empresas

Registrar tu empresa
Buscar candidatos

Consultor en **bases de datos:** Crear, **implementar** y **administrar** bases de datos.
Planear proyectos, capacitar al personal.
Requisitos: Conocimientos avanzados en SQL, **manejo de** sistema operativo UNIX y Windows
Edad: Mayor de 18 años
Sexo: Indistinto
Salario: Según experiencia
Solicitudes: Enviar currículum por correo electrónico. Incluir foto y datos personales (estado civil, familia)

SISTEMAS SOLOTÚ
Atención **empresarios**: Haz click aquí para aprender a **hacerte** rico. ¡**Monta tu propio negocio** y ¡empieza a ganar millones ya!

iLrn ¡OJO! Don't forget to consult the **Índice de palabras conocidas**, pp. A7–A8, to review vocabulary related to jobs and the workplace.

Visit www.thomsonedu.com/spanish for a Heinle iRadio podcast on prounciation, **C, S, Z.**

> Other Spanish words and phrases related to jobs and job searches that are cognates with English or English loan words include: **el (la) aprendiz(a)** *(apprentice)*, **la aptitud**, **dinámico(a)**, **el (la) director(a)**, **el (la) distribuidor(a)** *(distributor)*, **exportar** *(to export)*, **freelance**, **importar, la iniciativa** *(initiative)*, **marketing, negociable** *(negotiable)*, **el personal** *(personnel)*, **la productividad, el (la) promotor(a)**, **talento.**

> For additional practice see the **Activity File** at the end of this text: **Capítulo 6, Vocabulario A. Bolsa de trabajo.** p. D29; and **Vocabulario B. Entrevista de trabajo.** p. D30.

Para hablar de la búsqueda de trabajo

el (la) agente de bienes raíces	*real estate agent*
los atributos	*attributes*
el (la) científico(a)	*scientist*
el (la) corredor(a) de bolsa	*stock broker*
las destrezas	*skills*
el (la) gerente de sucursal	*branch manager*
el (la) jefe(a) de finanzas	*head of finances*
la pensión	*pension*
el sindicato	*union*
emprendedor(a)	*enterprising*
encargarse de	*to be in charge of*
supervisar	*to supervise*
vender acciones	*to sell stocks, shares*

Para enriquecer la comunicación: Para manejar la entrevista

Tengo entendido que el puesto es de tiempo completo.	*I understand that it's a full-time position.*
Efectivamente. Estoy listo para comenzar ya.	*Indeed. I am ready to begin now.*
Opino como usted. Es una oportunidad fantástica.	*I share your opinion. It's a fantastic opportunity.*
Estoy totalmente de acuerdo con usted.	*I totally agree with you.*
¿Y cómo lo ve usted?	*And how do you see it?*
Como decía, puedo comenzar la semana que viene.	*As I was saying, I can start next week.*
Cambiando de tema...	*Changing the topic . . .*

Práctica y expresión

CD1–23

6-3 El reclutador de personal Vicente es dueño de un servicio de reclutamiento de personal. Hoy en su contestador encuentra tres mensajes de nuevos candidatos que buscan empleo. Escucha sus mensajes y ayúdalo a seleccionar el mejor candidato para la siguiente vacante que acaba de salir.

> **Lic.** is an abbreviation for the title **licenciado**.

Avenida 10, Calles 17, 19
San José de Costa Rica

Se busca: Coordinador de Representantes, Línea Dermatológica

Somos una importante empresa, dedicada a dar servicio a la industria farmacéutica. Requerimos un coordinador de una línea dermatológica, para supervisar a representantes dermatológicos, hacer capacitación de productos y ventas. Tiene que tener buena presencia y estar dispuesto a viajar, a veces al extranjero. Sexo: indistinto. Edad: entre 30–40 años. Mínimo 3 años de experiencia en puesto afín.

Contacto: Lic. Araceli García

---

1. ¿Cómo se llaman los tres candidatos?
2. ¿Quién es el (la) mejor candidato(a) para este puesto? ¿Por qué?

6-4 En otras palabras Toma turnos con un(a) compañero(a) y explica cada uno de los siguientes términos para ver si él (ella) puede adivinar qué termino describes.

1. Carta de presentación
2. Atención al cliente
3. Reclutador
4. Sindicato
5. Pensión
6. Bono
7. Bolsa de trabajo

6-5 ¿Te interesa? Comenta con tu compañero(a) cada uno de los siguientes puestos o profesiones: ¿Qué haces en ese trabajo? ¿Cuáles son los atributos y destrezas necesarios para hacerlo? ¿Cuál es un salario típico para este tipo del trabajo en los Estados Unidos? ¿Cuáles son algunos de los beneficios típicos que se ofrecen en estos puestos? ¿Cuáles son algunas de las compañías que ofrecen ese tipo de trabajo? Luego, comenta sobre si te gustaría hacer ese trabajo o no y por qué.

1. Corredor de bolsa
2. Farmacéutico
3. Nutricionista
4. Agente de bienes raíces
5. Gerente de la sucursal en un banco
6. Empresario

6-6 ¡El trabajo de tus sueños! Buscas el trabajo de tus sueños y consultas con un(a) reclutador(a). Toma turnos con otro(a) estudiante haciendo los papeles de reclutador(a) y cliente. Deben hablar de las responsabilidades que el (la) candidato(a) busca desempeñar, las habilidades y destrezas especiales que tiene, su formación académica y el horario, el salario y los beneficios que le gustaría tener. El (La) reclutador(a) le hace sugerencias sobre trabajos apropiados.

6-7 Dramatizaciones En grupos de tres, hagan una pequeña dramatización de una de las siguientes situaciones.

1. El (La) presidente(a) de una compañía multinacional tiene que escoger entre uno de sus dos aprendices para un nuevo puesto en Costa Rica. El (La) presidente(a) les hace una entrevista y, basándose en la entrevista, se decide por un(a) aprendiz(a).

2. Un(a) candidato(a) vio una vacante en una compañía y solicitó el puesto. En su currículum y carta de presentación exageró *(exaggerated)* mucho sobre sus habilidades. Lo hizo tan bien que lo (la) seleccionaron para una entrevista. Se entrevista con dos vice presidentes de la compañía y le hacen preguntas sobre su currículum. Luego, los dos presidentes hablan del (de la) candidato(a).

Espejos

En busca de trabajo

Mira los anuncios clasificados de la página 158. A primera vista, no se ve del todo diferente a un anuncio en los Estados Unidos pero, ¿puedes ver algunas diferencias importantes?

Las diferencias continúan en la entrevista de trabajo. Si tienes una entrevista en El Salvador o en algún país latinoamericano (¡o en la mayor parte del mundo!) encontrarás que las preguntas son un poco más personales, como: ¿Es usted casado? ¿Planea casarse? ¿Cuántos años tiene? ¿Tiene hijos? ¿Piensa tener más? ¿Cómo está de salud? Hábleme sobre su familia...

Una vez estés trabajando, verás que es importante mantener una buena relación a nivel personal además de a nivel laboral. Los problemas se resolverán de una manera o de otra, pero si hay amistad y conexiones en el trabajo, la cooperación se facilita grandemente.

> Cuatro perspectivas

Perspectiva I En los Estados Unidos...

1. ¿Hacemos preguntas personales en las entrevistas? ¿Por qué sí o por qué no?
2. ¿Qué preguntas son ilegales en los Estados Unidos?
3. ¿Es importante formar amistades en el trabajo?

Perspectiva II ¿Cómo vemos a los salvadoreños, costarricenses y panameños? Marca con una (X) las opiniones con las que estás de acuerdo y con un(a) compañero(a) explica por qué piensas así.

1. En el Salvador quieren saber cosas personales y en realidad, no es de su incumbencia *(it's none of their business)*. _____
2. En muchos países del mundo hay discriminación basada en el sexo y la edad *(age)*, y eso no es justo *(fair)* para el empleado. _____
3. Las empresas quieren conocer bien a la persona que van a emplear. Hasta cierto punto tienen razón. _____
4. En El Salvador las relaciones personales son importantes, pero no entiendo por qué. _____

Perspectiva III ¿Qué piensan en esos países? Contesta honestamente y sin juzgar *(without judgment)* las siguientes preguntas para ver el punto de vista de muchas empresas en el mundo.

1. ¿Por qué hacer preguntas personales? ¿Por qué no?
2. ¿Prefieres a una persona que se lleve bien con los demás? ¿sí o no?
3. ¿Es bueno emplear a una mujer que en unos meses vaya a pedir tiempo libre para tener un bebé?
4. ¿Por qué emplear a una persona enferma que va a faltar mucho al trabajo?

Perspectiva IV ¿Cómo ven los panameños a los estadounidenses? ¿Sabes? Escribe una lista de tus ideas y las de tu compañero(a) sobre su punto de vista. Comparte con la clase.

Las dos culturas

A pesar de *(in spite of)* las limitaciones en las entrevistas aquí en los EE.UU., ¿se discrimina de todas maneras *(anyway)*?

Estructuras

iLrn ¡OJO! Before reviewing this section, consult the following topics on p. B17 of the **Índice de gramática:** Regular future and conditional verbs; and Irregular stems in the future and conditional.

> For additional practice see the **Activity File** at the end of this text: **Capítulo 6, Estructuras A. Clarividente pesimista.** p. D57; and **Estructuras B. Empresario soñador.** p. D57.

> The past subjunctive may be also used in this manner.

El futuro y el condicional

By definition, both the future and conditional tenses refer to an action subsequent to another. The future tense is used to talk about events that will happen after a moment in the present, and the conditional describes actions that will take place after a moment in the past. More common uses of these two verb tenses, used to make statements about professional goals and aspirations, are summarized below:

The future tense is used to:

- refer to future actions or events.

   Algún día **montaré** mi propio negocio y no **tendré** que depender de las comisiones.

- express probability or conjecture in the present.

   —Hace mucho que no tengo noticias de Juan. ¿Qué **estará haciendo** estos días?
   *It's been a long time since I've heard anything about Juan. I **wonder** what he is doing these days.*
   —**Estará planeando** una presentación para el jefe de finanzas.
   *He is **probably** planning a presentation for the head of finance.*

The conditional tense is used to:

- express what would be done under conditions that are either hypothetical or highly unlikely.

   Con unos años de experiencia más, Marta **sería** la directora de la sucursal.
   Si pudiera elegir mi carrera otra vez, yo **querría** ser nutricionista en vez de farmacéutico(a).

- talk about future actions from a point of reference in the past.

   Ayer Carlos dijo que **se encargaría** del nuevo proyecto.
   En aquel momento no sabía que **tendría** que trabajar tanto.

- make polite requests or to soften suggestions and statements with verbs like **deber, gustar, poder, preferir, querer,** and **tener.**

   ¿**Podría** indicarme dónde debo dejar mi carta de presentación?
   ¿**Preferiría** dejarla conmigo o dársela directamente al jefe?

- express probability or conjecture in the past

   —¿En qué año vino Pablo a trabajar con nosotros?
   —**Vendría** aquí hace seis años, ¿no?

> **¿Nos entendemos?** With the exception of Spain, the future tense is not used as much in Spanish as it is in English. In Spain, the use of the simple or morphological future is quite common.

> **Un paso más allá: Sustitutos para el tiempo futuro**

In Spanish, there are a number of viable substitutes for the future tense.

- The present tense is often used to refer to actions that will take place in the near future.

  Mañana **tengo** la entrevista y también **hago** la presentación para los ejecutivos.

- The construction **ir + a** plus infinitive is also used to describe future actions. The simple future may be preferred, however, to express a stronger sense of intention or purpose.

  —En la entrevista **voy** a mostrarles que soy una persona de buena presencia y que voy a poder trabajar bajo presión.
  —Te **darán** el puesto. No te preocupes.

- Certain verbs that express intention or obligation, such as **pensar, deber, necesitar,** and **tener que,** can be used in the present with a futuristic meaning.

  —¿**Piensas** solicitar el puesto de corredora de bolsa?
  Are you thinking about applying for the stock broker job?

  —Sí, **debo** enviarles mi solicitud pronto.
  Yes, I should send them my application soon.

  —¿**Necesitas** incluir cartas de recomendación?
  Do you need to include letters of recommendation?

  —Sí, **tengo que** pedirte una carta.
  Yes, I have to ask you for a letter.

Práctica y expresión

6-8 Lo mismo de siempre ¿Qué hará cada persona en su trabajo? Escribe otra vez la oración con otra forma de expresar el futuro.

Ejemplo   Carpintero: Va a trabajar con madera.
              Trabajará con madera.

1. Un farmacéutico	a. Vamos a estudiar muchísimo.
2. Los corredores de bolsas	b. Va a leer las recetas.
3. Un diseñador gráfico	c. Va a trabajar en un laboratorio.
4. Los optómetras	d. Van a vigilar las subidas y bajadas de la bolsa.
5. Nosotros los estudiantes	e. Va a vender casas y edificios.
6. Un nutricionista	f. Van a tratar de "usted" al jefe.
7. Un científico	g. Les va a aconsejar a sus pacientes qué comer.
8. Los empleados	h. Se va a sentar frente a su mesa a dibujar.
9. Una agente de bienes raíces	i. Van a examinar a sus pacientes.

6-9 El año 2020 ¿Cómo será tu vida en el año 2020? Usa tu imaginación y comparte con un(a) compañero(a) de clase cómo será tu vida. Pregúntense más detalles.

¿Qué tipo de trabajo tendrás?

¿Cómo será tu jefe(a)?

¿Cuánto dinero ganarás?

¿Dónde vivirás?

¿Te casarás? ¿Cómo será tu esposo(a)?

¿Tendrás hijos? ¿Cuántos?

¿Qué coche manejarás?

¿Usarás español en tu trabajo?

¿Te acordarás *(remember)* de tu profesor(a) de español?

6-10 El futuro de tus compañeros ¿Qué pasará con tus compañeros de clase en 25 años? En grupos de tres o cuatro, predigan el futuro de un(a) compañero(a) de otro grupo.

Ejemplo   Fulanito vivirá en El Salvador. Ayudará a las personas de su comunidad. Se casará con una salvadoreña de nombre Ana María Rodríguez Villar. Tendrán cuatro hijos guapísimos. Hablará español como un salvadoreño. En agradecimiento, le enviará dinero a su viejo profesor de español.

6-11 Una entrevista de trabajo Aconseja a tu amiga sobre lo que debe o no debe hacer en una entrevista. Contesta las siguientes preguntas usando el condicional.

Ejemplo   ¿Como chicle?
              Yo no comería chicle. Si tengo uno en la boca lo tiraría en la basura antes de entrar a la entrevista.

1. ¿Qué me recomiendas para tener un aliento *(breath)* fresco si no puedo comer chicle?
2. ¿Está bien si fumo?
3. ¿Qué tal si llego con el look de "mal afeitado" que está de moda?
4. Espero una llamada importante y no quiero apagar mi celular.
5. ¿Puedo llevar tacones muy altos? Son mis favoritos.
6. ¿Puedo llevar perfume?
7. ¿Debo sonreír siempre?
8. ¿Qué digo si me hacen preguntas personales?
9. Si me entrevista una mujer, ¿le doy la mano de una manera firme o blanda?
10. ¿Debo tratar a la persona de "tú" o de "usted"?

6-12 A soñar... Con otro(a) estudiante, di qué pasaría si estuvieras en una de las situaciones siguientes: ¿Qué harías? ¿Dónde estarías? ¿Con quién trabajarías? ¿Cuánto ganarías?

Ejemplo   Si fuera cocinero...
              trabajaría en un restaurante elegantísimo, cocinaría platos exóticos y sería muy famoso y ganaría un montón *(a whole bunch)* **de dinero.**

1. Si fuera agente de bienes raíces...
2. Si trabajara en Costa Rica como técnico(a) de computadoras...
3. Si hiciera telemercadeo...
4. Si fuera el (la) jefe(a)...
5. Si trabajara en una carnicería...
6. Si yo trabajara de maestro(a) de español...
7. Si fuera presidente(a) de los Estados Unidos...

Exploración literaria

"Flores de volcán"

Claribel Alegría es una poeta salvadoreña que siempre ha luchado por el derecho de autodeterminación de los habitantes de Centroamérica. En este sentido es la voz poética de los que han sufrido opresiones y violencia. En particular, la poeta hace un llamado de atención a los casos de los miles de desaparecidos, y en general aboga por la justicia social y los derechos humanos. Su poesía es apasionada, directa, y, a veces, gráfica, comunicando los aspectos de una realidad social que es brutal y sangrienta. Su estilo se somete directamente a la temática. Por eso su poesía utiliza el verso libre (versos sin organización estrófica convencional) en que el mensaje y las emociones determinan la forma poética. Su poesía frecuentemente se relaciona con eventos reales. En el poema "Flores de volcán" la poeta utiliza una erupción real de un volcán en El Salvador como una metáfora para comentar sobre la injusticia social, que afecta, sobre todo, a los niños pobres.

Antes de leer

1. ¿Qué escritores estadounidenses escriben sobre la realidad social del país? ¿Cuál es el tema social que más predomina entre estos escritores? (¿la pobreza?, ¿el conflicto armado?, ¿la paz?)
2. ¿Qué desastres naturales en los Estados Unidos han sido la inspiración para cuentos, poemas o ensayos? ¿Y catástrofes en otras partes del mundo?
3. ¿Crees que escribir un poema o un ensayo sobre situaciones sociales es una manera efectiva de promover el mejoramiento de la sociedad? ¿Por qué?

> **Lectura adicional alternativa:**
> Ana Istarú, "Y colgaríamos naranjas en cada nube"

Estrategia de lectura | **Clarificar el significado al entender la estructura de la oración**

When language is employed poetically, it is often distorted, departing from the normative sequence of subject – verb – object, so that certain words or phrases acquire a significance or importance that they wouldn't normally carry in everyday speech. Furthermore, poetry is an art form that is often characterized by the elimination of words or phrases deemed unnecessary by the poet. For this reason, in poetry it is common to encounter not only a rearrangement of language, but also its very elimination. Dealing with the fragmentary and disjointed nature of poetry can sometimes be confusing, especially when reading poetry in a foreign language. To help negotiate the difficulties presented by a poetic text, it often helps to reorganize the text according to more conventional uses of language. If we use the basic premise that sentences, at their most essential level, contain a subject (**un sujeto**) and a verb (**un verbo**), it is possible to reorganize a text, which, though less poetic, is easier to understand.

Below are the first 12 lines of the poem "Flores de volcán." Construct a series of sentences that each have subjects and verbs. In some cases, you will have to provide a subject or a verb that has been left out. Finally, eliminate any repetitive prepositional phrases, that is, extra or redundant phrases that begin with prepositions such as **en, con, de, para,** etc.

> After reorganizing the text into sentences with subjects and verbs and eliminating extra prepositional phrases, the text might look like the following collection of seven sentences:
> Catorce volcanes se levantan en mi país memoria.
> [Hay] catorce volcanes de follaje y piedra donde nubes extrañas se detienen.
> A veces [hay] un chillido de un pájaro extraviado.
> ¿Quién dijo que era verde mi país?
> [Mi país] es más rojo.
> [Mi país] es más gris.
> [Mi país] es más violento.

Catorce volcanes se levantan	y a veces el chillido **chillido** *screech*
en mi país memoria	de un pájaro extraviado
en mi país mito	¿Quién dijo que era verde mi país?
que día a día invento	es más rojo
catorce volcanes de follaje y piedra	es más gris
donde nubes extrañas se detienen	es más violento

Though the poetic impact of the poem is compromised by this process, the meaning of the text is clearer. Now, when we return to the original language of the poem, we can better understand the poetic intention of the poet.

CLARIBEL ALEGRÍA (1924–)

Sobre la autora y su obra

Claribel Alegría nació en Nicaragua en 1924. Al año siguiente la familia se mudó a El Salvador y, por eso, se considera salvadoreña. Cuando tenía 19 años fue a los Estados Unidos donde ingresó en la Universidad George Washington. En 1985, después de residir por varios años en los Estados Unidos, volvió a Nicaragua para colaborar en la reconstrucción del país. Claribel Alegría ha publicado más de veinte libros de poesía. Su colección más famosa es *Sobrevivo,* por la cual obtuvo el premio Casa de las Américas en 1978. Es también ensayista y novelista, y ha publicado varios testimonios, como *Fuga de Canto Grande* (1992) que relata el escape de 47 guerrilleros peruanos del Movimiento "Túpac Amaru", de la cárcel de Canto Grande, el 9 de julio de 1990. Aunque su poesía explora temas como la violencia, las violaciones y la muerte, hay siempre la esperanza del triunfo de la justicia. En el poema "Flores de volcán", la justicia se manifiesta como la venganza de una fuerza natural, la erupción de un volcán.

> ## Flores de volcán

Claribel Alegría

A Roberto y Ana María

Catorce volcanes se levantan
en mi país memoria
en mi país mito
que día a día invento
5 catorce volcanes de follaje y piedra
donde nubes extrañas se detienen
y a veces el chillido
de un pájaro extraviado[1]
¿Quién dijo que era verde mi país?
10 es más rojo
es más gris
es más violento:
el Izalco[2] que ruge
exigiendo[3] más vidas
15 los eternos chacmol[4]
que recogen la sangre
y los que beben sangre
del chacmol
y los huérfanos grises
20 y el volcán babeando[5]
toda esa lava incandescente
y el guerrillero muerto
y los mil rostros traicionados
y los niños que miran
25 para contar la historia.
No nos quedó ni un reino
Uno a uno cayeron
a lo largo de América

el acero[6] sonaba
30 en los palacios
en las calles
en los bosques
y saqueaban[7] el templo
los centauros
35 y se alejaba el oro
y se sigue alejando
en barcos yanquis
el oro del café
mezclado con la sangre
40 mezclado con el látigo[8]
y la sangre.
El sacerdote huía[9]
dando gritos
en medio de la noche
45 convocaba a sus fieles[10]
y abrían el pecho de un guerrero
para ofrecerle al Chac
su corazón humeante[11].
Nadie cree en Izalco
50 que Tlaloc[12] esté muerto
por más televisores
heladeras
toyotas
el ciclo ya se acercaba
55 es extraño el silencio del volcán
desde que dejó de respirar
Centroamérica tiembla

se derrumbó[13] Managua
se hundió[14] la tierra en Guatemala
60 el huracán Fifi
arrasó con Honduras[15]
dicen que los yanquis lo desviaron[16]
que iba hacia Florida
y lo desviaron
65 el oro del café
desembarca en Nueva York
allí lo tuestan[17]
lo trituran[18]
lo envasan[19]
70 y le ponen un precio.
"Siete de junio[20] noche fatal bailando el tango
    la capital."
Desde la terraza ensombrecida
se domina el volcán San Salvador
le suben por los flancos
75 mansiones de dos pisos
protegidas por muros
de cuatro metros de alto
le suben rejas y jardines
con rosas de Inglaterra
80 y araucarias enanas
y pinos de Uruguay
un poco más arriba
ya en el cráter
hundidos en el cráter
85 viven gentes del pueblo
que cultivan sus flores

y envían a sus niños a venderlas.
El ciclo ya se acerca
las flores cuscatlecas
90 se llevan bien con la ceniza
crecen grandes y fuertes
y lustrosas
bajan los niños del volcán
bajan como la lava
95 con sus ramos de flores
como raíces bajan
como ríos
se va acercando el ciclo
los que viven en casa de dos pisos
100 protegidas del robo por los muros
se asoman al balcón
ven esa ola roja
que desciende
y ahogan en whisky su temor[21]
105 sólo los pobres niños
con flores del volcán
con jacintos
y pascuas
y mulatas
110 pero crece la ola
que se los va a tragar[22]
porque el chacmol de turno
sigue exigiendo sangre
porque se acerca el ciclo
115 porque Tlaloc no ha muerto.

---

[1]**extraviado** perdido [2]**Izalco** a still-active volcano in El Salvador [3]**exigiendo** demanding [4]**chacmol** Chac Mool, the Maya-Toltec god of rain, thunder and lightning and the inventor of agriculture; he was appeased by frequent sacrifices [5]**babeando** drooling

[6]**acero** steel [7]**saqueaban** plundered [8]**látigo** whip [9]**huía** was fleeing [10]**fieles** congregation [11]**humeante** steaming [12]**Tlaloc** Aztec god of rain; the counterpart of Chac Mool [13]**se...** crumbled [14]**se...** sank [15]**arrasó...** devastated Honduras

[16]**lo...** redirected it [17]**lo...** roast it [18]**lo...** grind it [19]**lo...** package it [20]**"Siete...** song of unknown origin, popular in El Salvador in 1917, the year of a terrible earthquake [21]**ahogan...** they drown their fear in whisky [22]**tragar** to swallow

Después de leer

 6-13 Clarificando el significado al entender la estructura de la oración Con la ayuda de un(a) compañero(a), identifica las líneas problemáticas del poema. ¿Has podido entenderlas utilizando la estrategia?

 6-14 Comprensión y expansión En parejas o en grupos de tres, contesten las siguientes preguntas.

1. ¿Por qué no piensa la poeta que su país sea verde? ¿Por qué son más adecuados los otros colores?
2. ¿Por qué se describe el volcán Izalco en términos de un dios azteca?
3. ¿Qué significa la línea "No nos quedó ni un reino"?
4. ¿Quiénes son los centauros que "saqueaban el templo"?
5. Según el poema, ¿sigue la explotación hoy en día?
6. ¿Qué representan los televisores, heladeras y toyotas mencionados en el poema?
7. ¿Qué evidencia hay en el poema de que los habitantes de la región no hacen caso del peligro del volcán?
8. ¿Por qué se describe la erupción del volcán en términos de niños pobres bajando hacia las casas de la gente privilegiada?
9. ¿Con qué imagen termina el poema?
10. ¿Has leído de eventos parecidos a los que se describen en el poema?

Introducción al análisis literario | Comprender el lenguaje poético

Poetic language makes use of two primary devices, simile (**símil**) and metaphor (**metáfora**). Similes are comparisons drawn between two words connected by *like* or *as.* Metaphors are also comparisons but involve a substitution of one term for another. In "Flores del volcán" there are numerous metaphors. For example, in the lines **"y saqueaban el templo / los centauros,"** centaurs are a metaphor for the conquistadores who came to conquer the various indigenous empires. The term *centaurs* is evocative because the centaur, a mythical creature, half horse and half man, corresponds to the vision that indigenous peoples held upon contemplating strange-looking Europeans mounted on creatures (horses) that had never been seen before in the Americas.

Below are additional metaphors and similes from the poem. Working with a partner, contemplate each and speculate as to why it was chosen and how it adds to our appreciation of the poem.

> el silencio del volcán
> los niños del volcán bajan como la lava
> como raíces bajan / como ríos
> el Izalco que ruge / exigiendo más vidas / los eternos chacmol

Now that you have considered the metaphors and similes, why do you suppose the poetic language of the poem centers around the volcano? Is the volcano itself a metaphor for something else?

Vocabulario en contexto

El voluntariado

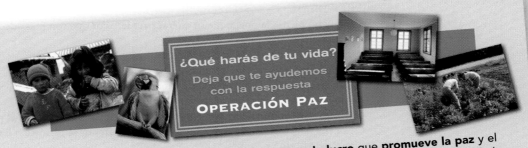

¿Qué harás de tu vida?
Deja que te ayudemos
con la respuesta
OPERACIÓN PAZ

OPERACIÓN PAZ es una organización **sin fines de lucro** que **promueve la paz** y el **mejoramiento** del **bienestar** humano por medio del **voluntariado**. Considera una de las muchas posibilidades que ofrecemos para echar una mano y mejorar el mundo.

El voluntariado doméstico

Programas para **repartir** comida a gente **desamparada** y para la **prevención** del SIDA.

El voluntariado internacional

Programas para **construir viviendas, promover** la educación y para **combatir** las enfermedades **infecciosas**. Puedes hacer una **gira** de tres meses hasta dos años o más.

El voluntariado durante las vacaciones

Si no puedes **comprometerte a largo plazo**, sé voluntario durante 20 días de vacaciones en Costa Rica. Ayuda en el **rescate** de animales silvestres o en la **repoblación** de bosques.

El voluntariado virtual

Puedes **ofrecerte como voluntario** sin moverte de tu casa. Usa tus talentos para dar asistencia técnica, traducir documentos o desarrollar páginas web.

Contáctanos hoy: ¡Tu futuro te espera!
http://www.operacionpaz.org

iLrn ¡OJO! Don't forget to consult the **Índice de palabras conocidas**, pp. A7–A8, to review vocabulary related to volunteerism.

> For additional practice see the **Activity File** at the end of this text: Capítulo 6. **Vocabulario C. Un altruista ecológico.** p. D30: and **Vocabulario D. Voluntario indeciso.** p. D31.

> Other Spanish words or phrases related to volunteerism are cognates with English: **la ayuda humanitaria, colaborar, los desastres naturales, donar** (to donate), **la erupción** (eruption), **impactar, el medicamento** (medication), **el triunfo** (triumph).

> **Atención a la palabra: Atender** is somewhat of a false cognate. It means to attend to (people), but is not used to mean to attend (class). The verb **asistir**, on the other hand, means to attend, as in to be present, but can also mean to serve or to help.

Visit www.thomsonedu.com/ spanish for a Heinle iRadio podcast on pronunciation, **D.**

Para hablar del voluntariado

el altruismo / el (la) altruista	*altruism / altruist*
el estipendio	*stipend*
gratificante	*gratifying*
remunerado(a) / remunerar	*paid / to pay, reward*
en vías de desarrollo	*developing*

Para describir las situaciones y las tareas

el acueducto	*aqueduct*
el agua potable	*drinkable water*
el conflicto armado	*armed conflict, war*
el desarrollo sostenible	*sustainable development*
el deslizamiento	*landslide*
la desnutrición	*malnutrition*
la higiene	*hygiene*
el incendio forestal	*forest fires*
la inundación	*flood*
la pobreza	*poverty*
el puente	*bridge*
la sequía	*drought*
el terremoto	*earthquake*
discapacitado(a)	*disabled*
atender	*to attend to, to pay attention to*
impartir / enseñar clases	*to teach classes*
recaudar fondos	*to raise funds*

Para enriquecer la comunicación: Una llamada telefónica *(formal)*

Quisiera hablar con la señora Peralta.	*I would like to speak with Mrs. Peralta.*
¿De parte de quién?	*Who is calling?*
¿Sería tan amable de dejarle un mensaje?	*Would you be so kind as to give her a message?*
La llamo **con respecto al** anuncio de empleo.	*I'm calling **with respect to the** job announcement.*
Se lo agradecería mucho.	*I would really appreciate it.*
Gracias. **Muy amable.**	*Thank you. You've been **very kind**.*

Práctica y expresión

6-15 Crónicas de El Salvador Juan Carlos Díaz es un español que se ofreció para una
CD1–24 gira voluntaria en El Salvador. Durante su estancia allí grabó varias crónicas. Escucha la
primera y la última y luego contesta las preguntas que siguen.

1. ¿En qué pueblo de El Salvador comenzó su trabajo? ¿Dónde se ubica este pueblo? *to locate*
2. ¿Qué trabajos hizo Juan Carlos en El Salvador?
3. ¿Qué dificultades tuvo en hacer su trabajo?
4. ¿Fue una experiencia positiva o negativa para él? Explica.
5. ¿Te interesaría hacer el trabajo que hizo Juan Carlos? ¿Por qué sí o por qué no?

6-16 Identificaciones Empareja la letra de la palabra o frase en la columna izquierda
con su definición en la columna derecha.

e 1. Pedirle dinero a un grupo para alguna causa en particular	a. el altruismo
h 2. Que no busca ganancias	b. la desnutrición
b 3. Una condición producida por falta de comida, vitaminas o minerales	c. el agua potable
j 4. Dinero recibido por un trabajo o servicio	d. la inundación *flood*
a 5. Preocuparse por el bienestar de otros	e. recaudar fondos *collect*
d 6. Desastre natural producido por un exceso de lluvia	f. remunerar *—pay for services rendered*
f 7. Pagar	g. el deslizamiento *sliding*
i 8. Sistema de agua	h. organización sin fines de lucro *profit*
c 9. Que se puede beber	i. el acueducto
g 10. Desastre natural producido por la caída de piedras y tierra de una colina o montaña	j. el estipendio

6-17 ¡Echa una mano! Con un(a) compañero(a), contesta las siguientes preguntas.

1. ¿Alguna vez te has ofrecido de voluntario(a)? ¿Dónde? ¿Qué hiciste? ¿Por cuánto tiempo?
2. ¿Qué tipo de voluntariado te interesa más y por qué?
3. ¿Qué talentos podrías aportar? ¿Qué trabajos podrías hacer?
4. ¿Qué oportunidades/necesidades hay en tu comunidad para prestar servicio?

6-18 ¿Qué significa el voluntariado? Trabaja con dos compañeros(as) y decidan
cuáles de las siguientes tareas pueden considerarse parte del voluntariado. Luego,
basándose en sus decisiones, formulen una definición del término "voluntariado".

Repartir ropa a gente desamparada en Nueva York
Donar sangre
Construir puentes y acueductos en un país en vías de desarrollo
Cualquier trabajo no remunerado
Atender a los enfermos de SIDA en una clínica como parte de un curso en la universidad
Participar en una campaña contra la destrucción de los bosques en Sudamérica
Recaudar dinero para niños discapacitados en El Salvador
Cuidar a un familiar o amigo discapacitado tres días a la semana
Pasar dos semanas de vacaciones en una zona rural de Panamá impartiendo clases sobre la higiene y la salud reproductiva
Trabajar para una empresa multinacional sin remuneración

6-19 Debate Trabaja con un grupo de compañeros(as) para debatir las siguientes opiniones sobre el voluntariado. Tu grupo tiene que seleccionar una opinión para defender.

1. No existe el altruismo puro: toda forma de voluntariado contiene un elemento de intercambio.

defende

2. El estudiante que presta servicio no remunerado por motivación de un programa escolar, no es por definición voluntario.

3. El beneficiario de un acto de voluntariado tiene que ser alguien que no tenga parentesco con el voluntario.

Espejos

El arzobispo Óscar Romero, un voluntario involuntario

En muchos países hispanohablantes, la iglesia católica es tan importante como el gobierno. La Iglesia está presente en cada evento social y oficial, desde nacimientos, bautizos, comunión, matrimonios y muerte, la Iglesia siempre está presente. Los ricos le dan dinero a la Iglesia para mantener el estatus quo y los pobres rezan *(pray)* por una vida mejor.

Con la esperanza de mantener el orden social de siempre, la Iglesia escogió *(selected)* al conservador Óscar Romero para ser arzobispo. Al principio el arzobispo Romero se mantuvo a la derecha, pero pronto cayó en cuenta *(realized)* del sufrimiento de los salvadoreños cuando su amigo, el padre Rutilio Grande fue brutalmente asesinado por soldados *(soldiers)*. Finalmente, se sintió forzado a hablar por su gente.

Este voluntario involuntario dio un cambio radical y se dedicó desde entonces a usar el poder de la Iglesia para combatir asesinatos y secuestros *(kidnappings)*. Caminó hombro con hombro con su pueblo y se convirtió en su portavoz *(spokesperson)*. Desde el púlpito le imploró varias veces al gobierno de los Estados Unidos que dejara de enviar armas al ejército, sin éxito *(without success)*. La guerra civil tomó las vidas de 75.000 salvadoreños.

El 24 de marzo de 1980, el arzobispo Óscar Arnulfo Romero fue asesinado mientras daba misa en un hospital. Poco antes de su muerte había dicho: "No creo en la muerte, sino en la resurrección. Si me matan, regresaré a la vida en el pueblo salvadoreño."

Las dos culturas

1. ¿A qué mártir te recuerda el arzobispo Óscar Romero? ¿En qué sentido son similares?
2. ¿Sabes por qué los Estados Unidos enviaban *(send)* armas a El Salvador?
3. Además de El Salvador, ¿en qué otros países de habla hispana han intervenido militarmente los Estados Unidos?
4. ¿Crees que hay algún tipo de resentimiento *(resentment)* hacia los Estados Unidos en esos países? ¿Cómo nos ven a nosotros?

¡OJO! Before reading this section, consult pp. A18–A19 of the **Índice de gramática:** Formal command forms for **-ar, -er,** and **-ir** verbs; Informal command forms for **-ar, -er,** and **-ir** verbs; and Irregular informal commands.

Mandatos formales e informales

Formal and informal commands are useful in expressing directives in the realm of service activities and projects. The present subjunctive is used to form affirmative and negative commands for **Ud., Uds.,** and **nosotros(as).** The subjunctive is also used to form negative **tú** commands. Affirmative **tú** commands are formed by using third person singular indicative. Consider the following chart:

Subject	Affirmative command		Negative command	
tú	3rd person sing. indic.	**habla**	no + subjunctive	**no hables**
Ud.	subjunctive	**hable**	no + subjunctive	**no hable**
Uds.	subjunctive	**hablen**	no + subjunctive	**no hablen**
nosotros(as)	subjunctive	**hablemos**	no + subjunctive	**no hablemos**
vosotros(as)	infinitive – **r** + **d**	**hablad**	no + subjunctive	**no habléis**

Nosotros(as) commands are used to include the speaker and translate as *let's.*

—¡**Empecemos** nuestra gira como voluntarios mañana!

The verb **ir** has the only irregular **nosotros(as)** command form and only in the affirmative.

—**Vamos** a la clínica para empezar con nuestro programa de prevención.

Vamos a + infinitive is often substituted for the **nosotros(as)** affirmative command form.

—**No vayamos** a menos que los médicos nos digan que están listos.

—Entonces, **vamos a esperar** hasta que nos llamen.

There are eight irregular affirmative familiar (**tú**) commands:

decir	**di**	ir	**ve**	salir	**sal**	tener	**ten**
hacer	**haz**	poner	**pon**	ser	**sé**	venir	**ven**

Ven conmigo a ver los carteles para el nuevo programa de voluntariado.
No vengas a repartir medicamentos si sólo puedes quedarte un par de horas.

> ## Un paso más allá: Posición de los pronombres con mandatos

> For additional practice see the **Activity File** at the end of this text: **Capítulo 6, Estructuras C. Aquí mando yo!** p. D58: and **Estructuras D. ¿Quién dijo que usted es el jefe?** p. D58.

Affirmative commands require that pronouns be attached to the end of command. As the pronoun(s) become part of the word, it may be necessary to add an accent to maintain the original stress of the word. Negative commands require that pronouns precede the command. In either case, pronouns are placed in the following order: reflexive, indirect, direct.

¡**Ofrécete** como voluntario!
No **te ofrezcas** como voluntario, a menos que quieras ayudar de verdad.

—¿Me pongo los guantes ahora?
—Sí, **póntelos** antes de trabajar con el cemento y no **te los quites** hasta que termines.

Práctica y expresión

6-20 Un terremoto Un amigo nunca ha sentido un terremoto. Dile qué debe hacer si siente un terremoto. Llena los espacios con mandatos informales.

Si estás en un edificio _no uses_ (no usar) los ascensores. _Quédate_ (Quedarse) en el edificio. _No corras_ (No correr) afuera porque van a llover escombros *(debris)*. _Mantiénte_ (Mantenerse) alejado de ventanas y estantes que se te puedan caer encima. _Métete._ (Meterse) debajo de un escritorio. Si estás afuera, _corre_ (correr) hasta llegar a un área abierta, si puedes. Al terminar el terremoto, _escucha_ (escuchar) la radio para recibir instrucciones y _ayuda_ (ayudar) a los heridos, si no estás herido tú.

6-21 Un huracán ¿Qué debemos hacer en caso de que anuncien un huracán? Convierte las siguientes instrucciones en oraciones más directas usando mandatos informales para hablar con un amigo. Usa pronombres cuando sea posible.

> **Ejemplo** Hay que comprar comidas en lata.
> **Cómpralas hoy.**

1. Hay que ir a la tienda antes de que llegue el huracán.
2. Hay que comprar pilas *(batteries)* para las linternas *(flashlights)*.
3. Hay que buscar las linternas.
4. Hay que cubrir las ventanas con madera.
5. Hay que poner agua potable en envases *(containers)* grandes.
6. No podemos beber el agua del grifo *(tap water)*.
7. Hay que hervir *(boil)* el agua.
8. Hay que tener cuidado con los cables eléctricos.

6-22 Instrucciones para mantener la higiene Aconseja a un muchacho. Repítele lo que una vez te dijeron tus padres, pero dilo en una forma más directa usando mandatos informales.

> **Ejemplo** Es bueno comer frutas todos los días.
> **Cómelas todos los días.**

Para mantenerte libre de enfermedades tienes que lavarte las manos antes de comer. Es mejor lavártelas con un jabón antibacterial, si es posible. Al preparar la comida, debes cocinar la carne completamente, no debes dejarla a medio cocer *(half cooked)*. Es importante cocinarla toda para matar las bacterias. Luego de comer es importante cepillarse los dientes. Sería ideal cepillártelos tres veces al día. Hay que ser constante para conservar una buena salud.

6-23 Instrucciones para los voluntarios En un folleto hay instrucciones y consejos para los voluntarios que van a trabajar en regiones rurales en El Salvador. Escribe otra vez las oraciones en forma de mandatos formales.

Es importante ofrecer una palabra de amistad, una sonrisa, ser amable.
No hay que tener miedo de mostrar afecto. Es bueno tener compasión.
Es mejor ver y tratar a las personas como iguales a usted. No es bueno ser arrogante.
Hay que considerar los sentimientos de las personas.
Es importante respetar las ideas y tradiciones de la gente.
Es posible aprender de ellos también. Debe escucharlos.

6-24 Problemas Piensa en un problema que tienes ahora y díselo a un(a) compañero(a) para que te dé consejos. Si tu compañero(a) es de tu misma edad, usa mandatos informales. Si es mayor que tú, usa mandatos formales.

> **Ejemplo**   Quiero ir a Costa Rica de vacaciones y no tengo dinero.
> **Busca un trabajo en el verano o pídele dinero a tus padres.**
> or   **Busque un trabajo en el verano o pídale dinero a sus padres.**

6-25 ¿Qué me recomiendas? ¿Recuerdas los países que hemos estudiado —México, Guatemala, El Salvador, Nicaragua, Costa Rica, Panamá, Honduras y España? Pregúntale a tu compañero(a) qué país recomienda y qué debes hacer allí.

> **Ejemplo**   **Ve a México. Camina por las calles de Acapulco. Nada en el mar. Mira a los (las) muchachos(as) guapos(as) y toma piña coladas en la playa. Ve a Tenochtitlán.**

Costa Rica

Tulúm, México

Rumbo abierto

Una experiencia inolvidable El deseo de poder dedicar parte de nuestro tiempo libre a trabajar en algún proyecto que nos sirva para ganar experiencia profesional, y que al mismo tiempo pueda ayudar a nuestro prójimo es algo que muchos jóvenes españoles logran, participando en una diversidad de programas que diferentes entidades organizan para lograr estas metas. En la siguiente página vas a leer una carta de una española que acaba de regresar a casa después de haber participado en un programa de este tipo.

> **Paso 1** Antes de leer la carta recuerda la estrategia de lectura que aprendiste en este capítulo. Ahora con un(a) compañero(a), describe una experiencia que hayas tenido lejos de casa y de tu familia. Piensa en un viaje con compañeros de tu escuela o quizá la primera vez que viajaste solo(a). Las siguientes preguntas te pueden ayudar a completar la actividad.

¿Adónde fuiste? ¿Por qué? ¿Cómo te sentiste (triste, alegre, entusiasta, con miedo)? ¿Qué hiciste?

> **Paso 2** Ahora lee la carta que aparece en la siguiente página.

> **Paso 3** Después de leer esta carta, decide si las siguientes afirmaciones son ciertas o falsas. Corrige las falsas.

1. Giovanna pasó un mes en el departamento de La Libertad en El Salvador.

2. Ella describe en la carta las diferentes fases de su experiencia.

3. Después de llegar a El Salvador tuvo que tomar un curso de formación.

4. La tarea principal de la voluntaria fue la de realizar un diagnóstico socio-económico.

5. El mural de avisos tiene como función la de informar a la comunidad sobre asuntos importantes.

> **Paso 4** ¿Qué opinas? Con un(a) compañero(a), contesta las siguientes preguntas.

1. ¿Qué ventajas tiene este tipo de trabajo voluntario para un(a) joven universitario(a)?

2. ¿Qué habilidades y conocimientos tienes que puedas utilizar en este tipo de programas de ayuda?

3. ¿Crees que la universidad debe ofrecer este tipo de programas para sus estudiantes? ¿Por qué?

4. ¿Adónde te gustaría ir y qué te gustaría hacer?

Un mes inolvidable
Giovanna García Baldovi

¡Hola, hola!

No hace ni una semana que he vuelto de El Salvador, concretamente del Norte del Departamento de La Libertad; en una pequeña comunidad llamada Ita-Maura. Mi viaje comenzó con el curso de cooperación del Fons Valenciá per la Solidaritat, en mi ciudad, Valencia. Es una asociación de ayuntamientos a nivel de la comunidad valenciana, que financia proyectos en Latinoamérica. Nuestra labor empieza realizando un curso de formación, en el que te preparan muy por encima de lo que vas a ver en los países, lo que debes y no debes hacer, te informan de temas como la cooperación...

La segunda fase es la de convivencia en los países. No tenemos una tarea en concreto, te incorporas en cualquier proyecto que se esté realizando y si tienes ideas que puedan ayudar, pues mejor.

Una vez en El Salvador la organización de allí, UCRES (Unión de Comunidades Rurales del Norte de San Salvador y la Libertad), nos encargó realizar un diagnóstico de la comunidad en la que íbamos a estar, así que eso hicimos. Fue divertido porque ibas conociendo a todas las personas de la comunidad, pero a la vez costoso porque teníamos que preguntar datos sobre ingresos, tierras y algunas personas no quieren confiar en ti para eso. Luego, una vez hecho el diagnóstico, ya teníamos tiempo para llevar a cabo nuestras ideas: preparamos capacitaciones para jóvenes y adultos, sobre creación de empresa (tienen bastantes mini-granjas de pollos), dirección y liderazgo, educación sexual... También realizamos un "mural de avisos" (tablón de anuncios) para que no tuvieran que usar el megáfono cada vez que quisieran dar avisos, en fin si vas con ganas puedes hacer muchas cosas.

Ha sido una experiencia inolvidable: es un mundo diferente, con gente totalmente diferente. Al principio parecía un sueño, porque ¿cómo es posible que cruzando el océano cambie tanto todo? Entonces te das cuenta de todo lo que tenemos; y de que, además, siempre estamos queriendo tener más. En cambio esta gente, si tiene una cosa, por pequeña que sea, esa pequeña cosa te la regalan.

Hay tanta humildad, tanta hospitalidad, tanto amor en ese pequeño país... Da lástima pensar que todo lo que tienen donde yo estuve es gracias a organizaciones españolas. Es triste ver que un país se olvida de la mitad de la población y sólo se hace cargo de unos pocos. El próximo proyecto que quieren realizar es la construcción de una iglesia, estamos buscando financiadores para ellos.

Bueno, no acabaría nunca de contar, pero sí quiero decir una cosa: he ido este año por primera vez, pero volveré el año que viene; y también tengo pensado, en un futuro, quedarme en el país.

¡Saludos!

¡A escribir!

La carta de presentación

ATAJO *Functions:* Writing a letter (formal); Expressing intention
Vocabulary: Personality; Professions; Working conditions
Grammar: Accents; Adjectives: agreement; Nouns: irregular; Nouns: gender; Verbs: commands; Verbs: conditional; Verbs: imperative

> It will be helpful to review the Chapter 5 vocabulary related to personality characteristics, as well as the vocabulary of this chapter before writing your letter.

> If you include a resumé/c.v., you can mention it in the last paragraph of the letter's body: **Anexo mi currículum.**

> ## Paso 1

Por medio de una carta de presentación, el (la) candidato(a) para un puesto de trabajo intenta resaltar su interés en el puesto y la empresa, destacar sus atributos y habilidades, y abrir el camino a nuevos contactos con la empresa u organización. Este tipo de carta se distingue de otros tipos por su estructura y por su formalidad.

Haz una búsqueda por Internet en las bolsas de trabajo o con organizaciones sin fines de lucro que operan en El Salvador, Costa Rica o Panamá. Identifica un puesto de trabajo interesante, remunerado o voluntario, y escribe una carta de presentación para solicitarlo.

> ## Paso 2

Prepárate para escribir la carta haciendo dos listas: una para identificar lo que sabes de la empresa u organización y sus necesidades y otra de los atributos y destrezas que te hacen un(a) buen(a) candidato(a). Apunta ideas para cada lista durante diez minutos; escribe cualquier idea que se te venga a la mente.

Después, selecciona de la primera lista dos o tres detalles que mejor demuestren tu interés en el puesto y tus conocimientos de la empresa u organización. Luego, selecciona de la segunda lista tres de tus atributos y/o destrezas que mejor responden a las necesidades de la empresa u organización.

> ## Paso 3

Escribe la carta siguiendo la siguiente estructura:

La dirección de la persona que escribe la carta, *el (la) remitente:* Va en la parte superior, derecha o izquierda.

La fecha: va debajo de la dirección, a la derecha o a la izquierda.

La dirección de la persona a quien se le manda la carta, *el (la) destinatario(a):* va debajo de la fecha. Va siempre a la izquierda.

El saludo formal: *Estimado(a) Sr(a). Martín,* o en caso de no saber el nombre del destinatario, *Estimado(a) señor(a).*

El cuerpo de la carta: suele consistir en un máximo de cuatro párrafos. En el primero preséntate y explica brevemente lo que buscas. Algunas frases que se usan para abrir la carta son: *Me dirijo a usted para..., Tengo el agrado de presentarme para el puesto de...* o simplemente, *Soy recién graduado(a) de la Universidad de...* En el segundo párrafo escribe lo que sabes del puesto y de la empresa u organización. En el tercer párrafo explica lo que puedes ofrecer, resaltando tus atributos, destrezas y habilidades, que aportarán valor a la empresa u organización. En el último párrafo agradécele al seleccionador su tiempo e intenta abrir el camino a una futura comunicación, ya sea en persona, por teléfono o por correo electrónico. Algunas frases útiles son: *Me gustaría agradecerle el tiempo que se tomó en leer mi carta, Espero poder concertar una entrevista con usted(es) para hablar más...*

La despedida y la firma: Algunas frases formales comunes son: *Me quedo en espera de su respuesta, Atentamente, Respetuosamente, Cordialmente.*

ESTRATEGIA DE ESCRITURA

El uso de los conectores para lograr la cohesión en el texto

Cohesion means the degree to which ideas, sentences and paragraphs of a text flow together. Connectors are phrases that establish or highlight relationships between ideas, sentences, and paragraphs, and can help to guide the reader through your text. Therefore, a careful use of connector phrases can help you to achieve more cohesion in your writing. In Spanish there are many different types of connector phrases. Here are a few organized by the function they serve. Keep in mind that while using these phrases can help you to achieve more cohesion in your writing, overusing them can make your writing sound contrived and difficult to read.

Organizing connectors These phrases help to open, continue, sequence, or close the discussion of a specific topic or an entire composition.

Opening:

Ante todo	*First of all*
En primer/ segundo lugar	*In the first/ second place*

Continuing:

De igual manera	*In the same way*

Sequencing:

Por un lado	*On the one hand*
Por otro lado	*On the other hand*
Primero/Segundo	*Firstly/Secondly*

Concluding/closing:

Por eso	*For that reason*
Por lo tanto	*Therefore*
Por último	*Last*

Countering connectors These phrases help to introduce information counter to ideas or sentences that have already been presented.

Sin embargo	*However*
No obstante	*Nevertheless*

> **Paso 4**

Trabaja con un(a) compañero(a) de clase para revisar tu primer borrador. Lee su carta y comparte con él/ella tus respuestas a las siguientes preguntas: ¿Tiene la carta todos los elementos necesarios? ¿Son apropiados el saludo y la despedida? ¿Incluye suficiente información para que quede claro que él/ella es un(a) buen(a) candidato(a), que sabe mucho del puesto y de la empresa u organización? ¿Qué otros detalles recomiendas que incluya? ¿Usa bien algunos conectores? ¿Usa bien el vocabulario y la gramática del capítulo?

> People's titles, unless the first word of a sentence or greeting, are written in lowercase. However, you must capitalize the first letter of the title if you use its abbreviated form: **Estimado Sr.** vs. **Estimado señor**. Also remember you do not use definite articles with titles when you are addressing someone directly, as in a greeting: **Estimado señor García**, but not **Estimado el señor García**.

> **Paso 5**

Considera los comentarios de tu compañero(a) y luego haz los cambios necesarios. Piensa en si puedes incorporar más vocabulario o gramática del capítulo. ¿Comprobaste que no tienes errores de ortografía?

¡A ver!

> **Paso 1** En muchos países del mundo, los padres no ganan suficiente dinero para mantener a la familia. Por lo tanto, los niños se ven forzados a trabajar para ayudar a sus familias con dinero extra. Con un(a) compañero(a) identifica el tipo de trabajo que realizan estos niños. ¿Dónde trabajan? ¿Cómo son las condiciones de trabajo? ¿Quiénes los contratan? ¿Cuántas horas trabajan? ¿Cuánto ganan?

> **Paso 2** Mira el segmento y toma notas sobre esta situación social de El Salvador.

> **Paso 3** ¿Qué recuerdas? Contesta las siguientes preguntas.

1. ¿Es grande el problema de los niños trabajadores en El Salvador? ¿Cómo se compara con otras partes de Centroamérica?

2. ¿Cuáles son las causas principales de este problema?

3. ¿Qué trabajos hacen los niños?

4. ¿Qué quiere la UNICEF que ocurra?

> **Paso 4** ¿Qué opinas? Con un(a) compañero(a), contesta las siguientes preguntas.

1. ¿Pueden identificar los problemas que tiene esta crisis a corto plazo? ¿Y a largo plazo?

2. ¿Es posible que al tener que trabajar y ganar dinero los niños ganen destrezas y experiencia útil para el futuro? ¿Por qué sí o por qué no?

3. ¿Creen que el trabajo infantil debe estar regulado, o debe estar prohibido totalmente? Apoyen su opinión con argumentos lógicos.

Para hablar de la búsqueda de trabajo

el (la) agente de bienes raíces *real estate agent*

la atención al cliente *customer service*

la bolsa de trabajo *job listings*

el bono *bonus*

la capacitación / capacitar *training / to train*

la carta de presentación *cover letter, letter of introduction*

el (la) científico(a) *scientist*

la comisión *commission*

el (la) consultor(a) *consultant*

...en bases de datos *database consultant*

el (la) corredor(a) de bolsa *stock broker*

el (la) diseñador(a) gráfico(a) *graphic designer*

el (la) ejecutivo(a) de cuentas *account executive*

el (la) empresario(a) *entrepreneur*

el (la) gerente de sucursal *branch manager*

el (la) jefe(a) de finanzas *head of finances*

la pensión *pension*

el (la) reclutador(a) *recruiter*

el sindicato *union*

las ventas *sales*

administrar *to administer, run, manage*

cotizar / la cotización *to quote / quote*

encargarse de *to be in charge of*

hacerse (rico, abogado...) *to become, make yourself (rich, a lawyer . . .)*

implementar *to implement*

montar un negocio *to start a business*

planear *to plan*

supervisar *to supervise*

vender acciones *to sell stocks, shares*

Para hablar de la preparación del candidato

los atributos *attributes*

la buena presencia *good appearance*

las destrezas *skills*

el dominio de *mastery of*

la experiencia previa *previous experience*

el requisito *requirement*

emprendedor(a) *enterprising*

tener manejo de *to manage, understand (to get the hang of)*

trabajar bajo presión *to work under pressure*

(estar) dispuesto(a) a *(to be) prepared to, capable of*

Para hablar del voluntariado

el altruismo / el (la) altruista *altruism / altruist*

el estipendio *stipend*

la organización sin fines de lucro *non-profit organization*

en vías de desarrollo *developing*

gratificante *gratifying*

remunerado(a) / remunerar *paid / to pay, reward*

Para describir las situaciones y las tareas

el acueducto *aqueduct*

el agua potable *drinkable water*

el bienestar *well being*

el conflicto armado *armed conflict, war*

el desarrollo sostenible *sustainable development*

el deslizamiento *landslide*

la desnutrición *malnutrition*

las enfermedades infecciosas *infectious diseases*

la gente desamparada *homeless people*

la gente discapacitada *disabled people*

la gira *tour (of duty)*

la higiene *hygiene*

el incendio forestal *forest fires*

la inundación *flood*

el mejoramiento *betterment*

la pobreza *poverty*

la prevención / prevenir *prevention / to prevent*

el puente *bridge*

la repoblación / repoblar *repopulation, reforestation / to repopulate, reforest*

el rescate *rescue*

la sequía *drought*

el terremoto *earthquake*

la vivienda *housing, house*

el voluntariado *volunteerism, group of volunteers*

atender *to attend to*

combatir *to combat, fight against*

comprometerse *to commit oneself*

impartir/enseñar clases *to teach classes*

ofrecerse de voluntario(a) *to offer to serve as a volunteer*

promover la paz *to promote peace*

recaudar fondos *to raise funds*

a largo/corto plazo *long/short term*

Capítulo 7

RUMBO A ECUADOR, PERÚ Y BOLIVIA

Metas comunicativas

En este capítulo vas a aprender a...

- hablar de las luchas por los derechos
- expresarte ante situaciones desagradables
- comentar y expresar tus opiniones sobre el crimen y la justicia
- describir y opinar sobre un juicio
- escribir un reportaje

Estructuras

- El subjuntivo en cláusulas adjetivales
- El subjuntivo en cláusulas adverbiales

Cultura y pensamiento crítico

En este capítulo vas a aprender sobre...

- diferentes grupos indígenas de Sudamérica
- la pluralidad cultural del continente
- las líneas preincaicas en Nazca, Perú

Mar Caribe
Océano Atlá
ECUADOR
13.447.494
Quito
PERÚ
27.949.639
Lima
SUDAMÉRICA
BOLIVIA
8.445.134
La Paz
Océano Pacífico

Track 2

Ecuador, Perú y Bolivia						
3000 A.C. Viven aquí las culturas Chavín, Mochica, Chimú, Nazca e Inca	**1535** Francisco Pizarro funda la ciudad de Lima, Perú	**1551** Se funda la Universidad Nacional Mayor de San Marcos en Lima, Perú	**1821** Perú declara su independencia de España	**1822** Ecuador se independiza de España		**1884** Bolivia pierde acceso al mar como resultado de la Guerra del Pacífico
3000 A.C.	**1500**	**1550**	**1820**	**1830**		**1880**
		1769 El padre Junípero Serra funda la Misión de California en San Diego		**1830** Andrew Jackson firma el "Indian Removal Act" para obtener las tierras de los indígenas	**1863** Emancipación de los esclavos en los Estados Unidos	

Los Estados Unidos

Derechos y justicia

Simón Bolívar

Carnaval de Oruro

Bolivia

Lago Titicaca

Marcando el rumbo

7-1 Ecuador, Perú y Bolivia: ¿Qué sabes? Con un(a) compañero(a), determina si las siguientes oraciones sobre estas tres naciones de Sudamérica y su gente son ciertas o falsas. Si son falsas, corrígelas.

1. Un alto porcentaje de la población de Ecuador, Perú y Bolivia es indígena y mestiza.
2. Titicaca es uno de los lagos más importantes de Ecuador. F
3. Cuzco fue una de las ciudades más importantes del imperio Inca. C
4. La mayoría de la población de Bolivia es menor de 25 años de edad.

7-2 Ecuador, Perú y Bolivia: Cultura, historia y naturaleza de los Andes

CD2-2

Paso 1: Vas a escuchar una descripción de la naturaleza, la historia y la cultura de Ecuador, Bolivia y Perú. Escucha con cuidado y toma notas.

Paso 2: Contesta las siguientes preguntas.
1. ¿Dónde se encuentra el lago Titicaca? *comparte con Perú aeselago Bolivia*
2. ¿Qué idiomas se hablan en estos tres países? *de las inca*
3. ¿Quién fue Simón Bolívar? *militar → independencia de Bolivia revolucionario Venezolano*
4. ¿Qué tipo de grupo es Sendero Luminoso? *en Peru*
5. ¿Quién fue Oswaldo Guayasamín? *pintor*

quechua, español, aymara

Paso 3: En el cine Piensa en un programa de televisión o una película que tú hayas visto y que tenga como tema o como fondo algún aspecto de la naturaleza, la historia o la cultura de Ecuador, Perú o Bolivia. Ahora describe ese programa o película a otro(a) estudiante de la clase.

1910

1911 Hiram Bingham descubre Machu Picchu, Perú

1940

1948 Se crea la Organización de Estados Americanos

1952 La revolución boliviana

1965

1967 Ernesto Che Guevara es asesinado en Bolivia

1968 Muere asesinado Martin Luther King Jr.

1990

1993 El presidente Clinton le otorga póstumamente a César Chávez la Medalla de la libertad

2000 Arequipa, Perú, es declarada Patrimonio de la Humanidad por la UNESCO

2000

2001 Ataque a las Torres Gemelas del World Trade Center

Vocabulario en contexto

La lucha por los derechos

EL VOCERO
DE LATINOAMÉRICA

SUPLEMENTO ESPECIAL La lucha por los derechos: pasado y presente

El SIDA no **discrimina**.
¡No lo hagas tú!

Perú: Activistas protestan el **maltrato** y la **marginación** de los que sufren del SIDA y VIH y **exigen solidaridad** con estos enfermos. Exigen también acceso a tratamientos contra el virus. Dicen que **privarlos** de las drogas necesarias es privarlos de sus derechos humanos. [Véase la página 3]

Bolivia: UNICEF, gran **defensor** de los derechos de los niños **toma medidas** para proteger su **seguridad**. [Véase la página 6]

El pueblo unido ¡jamás será vencido!

Bolivia: Por medio de un **levantamiento** histórico que incluyó un **paro** nacional de labores y **marchas**, las masas populares (indígenas, obreros, estudiantes...) lucharon en defensa de sus derechos. Lograron **derrocar** al presidente boliviano Sánchez de Lozada. [Véase la página 2]

Ecuador: Los pueblos indígenas realizaron **movilizaciones** con **bloqueos** de carreteras para **llamar la atención** a la situación de corrupción, **desigualdad** y pobreza a la que están **sometidos** los grupos indígenas. [Véase la página 4]

Con **pancartas** al hombro y gritando su **consigna** de protesta, "¡Ahora es cuándo!" las masas populares se levantan en contra de la **opresión**.

iLrn ¡OJO! Don't forget to check the **Índice de palabras conocidas**, p. A8, to review vocabulary related to the struggle for rights.

Visit www.thomsonedu.com/spanish for a Heinle iRadio podcast on pronunciation, **-CION**, **-SION** and **-TION**.

> **Atención a la palabra: Respeto** should not be confused with **respecto**, which is only used in the phrase "with respect to." Therefore you say, **Respeto mucho a mi padre**, but, **Con respecto a la política del país, no tengo mucho que decir.**

> For additional practice see the **Activity File** at the end of this text: **Capítulo 7, Vocabulario A. Recortes de diario.** p. D32; and **Vocabulario B. Candidato a Congresista.** p. D32.

Para describir la lucha por los derechos

la amenaza / amenazar	*threat / to threaten*
la censura / censurar	*censure / to censure*
la creencia	*belief*
la dignidad	*dignity*
el esclavo / la esclavitud	*slave / slavery*
la explotación / explotar	*exploitation / to exploit*
la expresión	*expression*
la liberación / liberar	*liberation / to liberate*
el (la) portavoz	*spokesperson*
la privacidad	*privacy*
el respeto / respetar	*respect / to respect*
la tortura / torturar	*torture / to torture*
la violación / violar	*violation / to violate*
pacífico(a)	*peaceful*
sangriento(a)	*bloody*
tener derecho a...	*to have a right to . . .*

Para enriquecer la comunicación: Cómo expresarse ante situaciones desagradables

¡Qué horror/barbaridad!	*How horrible!*
¡Esto es insoportable!	*This is unbearable!*
Eso me da coraje/rabia.	*That infuriates me.*
Esto es una verdadera pesadilla.	*This is a real nightmare.*
¡Válgame Dios!	*Oh my God!*
¡Caramba!	*Darn it!*

Práctica y expresión

7-3 Radio pública Escucha el programa de radio sobre el pueblo boliviano y la lucha
CD2-3 por sus derechos. Luego contesta las preguntas que siguen.

1. ¿Por qué está el gas natural en el centro de la lucha por los derechos del pueblo boliviano?
2. Según el profesor, ¿cuáles son las razones básicas que llevaron al derrocamiento del presidente Sánchez de Lozada?
3. ¿Por qué es tan importante este derrocamiento en la historia de Bolivia y en la historia de los derechos humanos?
4. ¿Cuándo ocurrió el levantamiento?
5. ¿Cuál fue una de las consignas de las protestas?
6. ¿Qué aspecto del levantamiento le pareció tan interesante a la locutora de radio? ¿Por qué le pareció interesante? ¿Compartes su opinión? ¿Por qué sí o no?

7-4 Los derechos humanos En la columna de la izquierda están algunos de los
derechos humanos proclamados universales por las Naciones Unidas. En la columna de la
derecha están algunas acciones que pueden ser asociadas con estos derechos. Escribe la
letra de todas las acciones que puedan ser asociadas con cada derecho y luego decide si el
derecho permite la acción o la prohíbe.

____ 1. Todo individuo tiene derecho a la vida, a la libertad y a la seguridad de su persona.

____ 2. Nadie será objeto de interferencias arbitrarias en su vida privada, su familia, su domicilio o su correspondencia, ni ataques a su honra o su reputación.

____ 3. Toda persona tiene derecho a la libertad de pensamiento, de conciencia y de religión.

____ 4. A nadie se le privará arbitrariamente de su nacionalidad ni del derecho a cambiar de nacionalidad.

____ 5. Todo individuo tiene derecho a la libertad de opinión y expresión.

____ 6. Toda persona tiene derecho a la libertad de reunión y asociación pacíficas.

____ 7. Toda persona tiene derecho a un nivel de vida adecuado que le asegure, así como a su familia, la salud y el bienestar.

a. Tener seguros médicos

b. Cambiar de creencia religiosa

c. Emigrar de un país a otro

d. Participar en una manifestación contra el gobierno

e. Torturar o maltratar a prisioneros políticos

f. Estar en frente de la Casa Blanca con pancartas de protesta contra el Presidente

g. Publicar un artículo lleno de mentiras sobre una figura pública

7-5 ¿Protección o amenaza? ¿Crees que los siguientes conceptos y acciones protegen los derechos de los seres humanos o los amenazan? ¿Por qué sí o no? Comparte tus opiniones con otros estudiantes. ¿Están todos de acuerdo?

Las siguientes frases pueden ser útiles para expresar el acuerdo o desacuerdo:

Acuerdo	**Desacuerdo**
¡De acuerdo!	No exactamente.
Opino como tú.	No estoy de acuerdo del todo.
Pensamos igual.	No me convences *(you're not convincing me)*.
Decimos lo mismo.	

1. Establecer una lengua oficial
2. El capitalismo
3. La guerra contra el terrorismo
4. La práctica del perfil racial *(racial profiling)*
5. La censura del lenguaje y material gráfico en los medios de comunicación

 7-6 Entonces y ahora ¿Cuánto sabes de las luchas históricas y actuales por los derechos? Contesta las siguientes preguntas con otro estudiante.

1. ¿Cuál ha sido la lucha por los derechos más significativa en los Estados Unidos? ¿Por qué fue tan importante? ¿Quiénes lucharon? ¿Quiénes fueron los portavoces de esta lucha? ¿Qué lograron? ¿Cómo lo hicieron?
2. ¿Cuáles son algunas de las luchas actuales por los derechos en los EE.UU. o en el mundo latino? ¿Quiénes están luchando? ¿Quiénes son los portavoces? ¿Cuáles son los temas más sobresalientes de esta lucha? ¿Qué exigen los que están luchando? ¿Qué han logrado hasta ahora?

 7-7 Manifestación Entre todos o en grupos de estudiantes de la clase, organicen una manifestación pacífica sobre uno de los temas de abajo. Hagan pancartas, desarrollen consignas apropiadas y preparen una lista de demandas. Nombren portavoces para que hagan un discurso durante la manifestación.

1. Los derechos de los estudiantes en la clase
2. Los derechos de los estudiantes en la universidad
3. Los derechos de algunas personas marginadas en su propia comunidad / en el mundo
4. Los derechos de los animales
5. ¿?

Espejos   La situación indígena

En Europa, el año 1492 marca el fin de la Edad Media y el principio de la Moderna, pero para los indígenas de las Américas, este mismo año marcó el principio del fin de su mundo.

En el Perú, el fin de la civilización indígena empezó con el conquistador español Francisco Pizarro, quien en nombre del rey español, asesinó al líder inca, Atahualpa, y capturó Cuzco, la capital incaica en 1533. Desde entonces, los descendientes de esta cultura invasora han desplazado a los indígenas de sus tierras ancestrales, han instituido programas de exterminación y han establecido obvias y claras preferencias hacia los inmigrantes europeos, quienes —hasta hoy día— los siguen relegando y considerando como inferiores.

Además de sufrir la discriminación racial y cultural de sus compatriotas, los indígenas también tienen que hacerle frente a las empresas transnacionales que destruyen sus tierras. Un caso de interés internacional es el oleoducto *(pipeline)* que atravesará Ecuador, y que afectará áreas frágiles de extrema importancia geológica y agrícola. Pasará por once áreas protegidas, incluyendo territorios indígenas.

Estos tristes conflictos culturales han ocurrido por siglos. Las protestas también continuarán.

> Cuatro perspectivas

Perspectiva I ¿Cómo nos vemos a nosotros mismos? ¿Cómo fue la situación con los indígenas en los Estados Unidos? Indica lo que crees que es cierto.

1. El gobierno les quitó las tierras a los indígenas.
2. El gobierno desplazó *(transferred)* a los indígenas a reservaciones.
3. En los EE.UU., la población general considera a los indígenas inferiores.
4. El gobierno, hoy día, está tratando de ayudar a los indígenas.
5. El gobierno quiere devolverle las tierras a los indígenas.

Perspectiva II ¿Cómo los vemos a ellos?

1. ¿Qué piensas del conflicto indígena?
2. ¿Qué debe hacer el gobierno?

Perspectiva III En Perú, Bolivia y Ecuador algunas personas dicen...

El abuso de los indígenas es una situación injusta. ¡Hay que hacer algo!

Algunos indígenas se resisten a asimilarse y eso limita su progreso.

Los extranjeros piensan que todos somos indígenas, pero aquí hay blancos y mestizos también.

Perspectiva IV ¿Qué piensan de nosotros en los Estados Unidos? ¿Sabes?

Las dos culturas

¿Piensas que deben devolverles las tierras a los indígenas en Sudamérica?
¿Piensas que aquí debemos devolverles las tierras también o pagar restitución?
¿Crees que los EE.UU. tiene el derecho moral de criticar esta situación en Sudamérica?

Estructuras

¡LRN **¡OJO!** Before reviewing this section, consult the following topics on p. B20 of the **Índice de gramática**: Personal a; and Negative and indefinite words.

> For additional practice see the **Activity File** at the end of this text: **Capítulo 7, Estructuras B. Promoción policial.** p. D59.

El subjuntivo en cláusulas adjetivales

An adjectival clause modifies or describes a noun in the main clause and is usually introduced by either **que** or **donde**:

Conozco a <u>un hombre</u> **que lucha por los derechos humanos.**

      (Noun   + adjectival clause introduced by **que**)

Él vive en <u>un lugar</u> **donde no hay mucha tranquilidad.**

      (Noun   +   adjectival clause introduced by **donde**)

Speakers of Spanish might use the subjunctive in adjectival clauses in a variety of contexts while discussing issues of social justice and activism. The subjunctive is used in adjectival clauses when:

- the speaker has no knowledge or experience of someone (or something) with a particular attribute.

  Tomás quiere hablar con <u>una persona</u> **que sepa algo sobre el levantamiento popular.** *(Subjunctive—Speaker is not identifying a specific person who knows something about the uprising.)*

  Tengo <u>algunos amigos</u> **que han participado en una huelga de hambre.** *(Indicative—Speaker is referring to a specific group of friends who have participated in a hunger strike.)*

- the speaker is questioning the existence of someone (something) with a particular attribute.

  —¿Conoces a <u>alguien</u> **que proteste contra la discriminación por edad?** *(Subjunctive—Questioning the existence;* **alguien** *does not refer to a specific person.)*

  —Sí, yo conozco a <u>muchas personas</u> **que protestan contra la discriminación por edad.** *(Indicative—Affirming the existence; speaker is referring to a specific group of people.)*

- the speaker is denying the existence of someone (something) with a particular attribute.

  —No hay <u>ningún grupo terrorista</u> **que sea capaz de derrocar el gobierno.** *(Subjunctive—Denying the existence)*

  —Sí, tienes razón. Pero hay <u>algunos</u> **que han afectado el resultado de las elecciones.** *(Indicative—Affirming the existence)*

- the speaker makes a superlative expression about someone or something with a particular attribute about which the speaker is uncertain.

  Este hostigamiento es <u>el peor abuso de derechos humanos</u> **que Tomás haya visto.** *(Subjunctive—The speaker is expressing that this* **may** *be the worst that Tomás has seen, but the speaker cannot be sure.)*

  Con la movilización de más de miles de personas, es la <u>protesta más grande</u> **que ha ocurrido en este pueblo.** *(Indicative—Indicates that the speaker is sure that this protest is the largest that has occurred.)*

> For additional practice see the **Activity File** at the end of this text: **Capítulo 7, Estructuras A. Puesto vacante.** p. D59.

> ## Un paso más allá: El subjuntivo versus el indicativo después de expresiones indefinidas

As the examples given in the previous section demonstrate, using an indefinite or negative expression doesn't necessarily dictate that the subjunctive will be used in an accompanying adjectival clause. The choice between the indicative and the subjunctive depends on whether the speaker is referring to a specific person, place, or thing. With the indefinite quantifier **un(a)**, the presence of the **a personal** indicates that the speaker is referring to a specific person and, therefore, will use the indicative. For example:

> Busco **una** persona que **sepa** hablar con los grupos marginados.
> *(Speaker has no knowledge of who this person might be.)*

> Busco **a una** persona que **sabe** cómo hablarles a los grupos marginados.
> *(Speaker has knowledge of a particular person with this attribute.)*

Nevertheless, with indefinite/negative expressions using **alguien**, or **nadie**, the **a personal** is used regardless of whether the adjectival clause is in the indicative or subjunctive.

> ¿Cómo puedo ayudar **a alguien** que **ha sido amenazado**?
> *(Speaker knows of a particular person who has been threatened.)*

> ¿Conoces **a alguien** que **haya participado** en la movilización?
> *(Speaker does not know of a particular person.)*

Práctica y expresión

7-8 ¿Por qué quiero ir a Bolivia? Llena los espacios en blanco con la forma correcta del subjuntivo o el indicativo para saber por qué Bolivia es tan interesante.

¿Por qué ir a Bolivia? Es que busco un país que _esté_ ✓ (estar) muy alto en las montañas, donde _haga_ ✓ (hacer) frío y viento porque me encanta ese tipo de clima. Bolivia es un país cuya capital _está_ ✓ (estar) a 4.100 metros de altura; ¡fascinante! Quiero ir a un país donde _pueda_ ✓ (poder) observar animales exóticos. También me gustaría conocer a alguien que _hable_ ✓ (hablar) quechua o aymara y así aprender unas palabras. Hay también un sitio que _pienso_ ✓ (pensar) visitar: se llama el valle de la luna. No hay otro paisaje que _sea_ ~~~~ (ser) igual en este planeta. ¡Bolivia es increíble!

 7-9 Una sociedad justa ¿Qué necesitamos para tener una sociedad justa? Con un(a) compañero(a), comparen sus respectivas opiniones. ¿Piensas igual? Completa las siguientes frases con tu opinión. Palabras útiles: respetar, envolverse, luchar, proteger, defender, tolerar.

> **Ejemplo** Necesitamos líderes políticos que... **piensen en su pueblo y no en ellos mismos.**

1. Necesitamos un líder político que...
2. Necesitamos una población que...
3. Necesitamos un gobierno que...
4. Necesitamos una clase alta que...
5. Necesitamos unos activistas que...

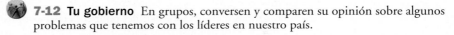

7-10 ¿Hay alguien aquí que... ? Para saber más sobre tus compañeros de clase, levántate y pregúntales a tus compañeros lo siguiente.

¿Hay alguien aquí que...

~~sea~~ (ser) de ascendencia indígena?

~~pueda~~ (poder) hablar un idioma indígena de las Américas?

~~guste~~ (gustarle) la política?

~~luche~~ (luchar) por alguna causa?

~~odie~~ (odiar) la política?

~~conozca~~ (conocer) a un líder de la comunidad?

~~quiera~~ (querer) algún día formar parte del gobierno?

~~considere~~ (considerarse) un(a) activista?

~~comprenda~~ (comprender) las demandas de los indígenas de las Américas?

7-11 Preferencias En grupos de mujeres o de hombres solamente, piensen y hagan una lista de qué tipo de persona buscan en la vida. En un anuncio clasificado, ¿qué escribirían? ¿Qué tipo de hombre o mujer buscan?

Ejemplo **Buscamos a un hombre que nos respete.** o **Queremos a una mujer que le guste viajar.**

7-12 Tu gobierno En grupos, conversen y comparen su opinión sobre algunos problemas que tenemos con los líderes en nuestro país.

Ejemplo **Necesitamos un(a) presidente(a) que piense en los pobres.**

1. presidente(a)
2. senadores(as)
3. gobernador(a)
4. alcalde *(mayor)*
5. presidente(a) de la universidad
6. profesor(a)

Exploración literaria

"Entre dos luces" (selección)

César Bravo, miembro de una nueva generación de dramaturgos peruanos, prefiere en sus obras los temas de la justicia y los derechos humanos. En "Entre dos luces" ofrece un vistazo al mundo sombrío *(somber)* de los universitarios que se dedican a una lucha política por los cambios sociales. En la selección a continuación, el dramaturgo utiliza la oscuridad escénica para comunicar el conflicto principal de la obra que existe entre la ignorancia y la comprensión. En la siguiente escena observamos el encuentro de dos universitarios. Una estudiante, Elizabeth, cree que tiene creencias políticas verdaderas, hasta que empieza a hablar con Hernán, el otro estudiante. En el ambiente de la oscuridad, Hernán le demuestra a Elizabeth que, a veces, una ideología política auténtica tiene que defenderse frente a la violencia.

Antes de leer

1. Hablas de política con tus amigos? ¿Ustedes tienen opiniones similares? ¿En qué temas coinciden y en cuáles están en desacuerdo? ¿Podrías ser amigo(a) de una persona con una ideología opuesta a la tuya?
2. ¿Hay grupos o clubes estudiantiles políticos en tu campus? ¿Qué actividades organizan estos grupos? ¿Has participado o te gustaría participar en algún tipo de protesta con otros estudiantes? ¿En cuáles?
3. En tu opinión, ¿es aceptable una protesta violenta si es para luchar por una buena causa? ¿Por qué sí o por qué no?

> **Lectura adicional alternativa:** José Carlos Mariátegui, "Siete ensayos de interpretación de la realidad peruana"

Estrategia de lectura | **Separar los hechos de las opiniones**

In order to read a text critically, you must first learn to separate factual information from opinions. Factual information consists of objective truths that can be accepted on face value. They are ideas that are true, regardless of particular circumstances, and are not subject to debate or interpretation. For example, it is a fact that César Bravo is a Peruvian playwright. Opinions, on the other hand, are more subjective ideas that reflect biases, or only a partial understanding of an issue. They are ideas that are debatable and subject to interpretation. For example, it is an opinion that César Bravo writes politically subversive plays. Opinions will often depend on a single word or phrase that makes the assertion controversial. In this case, the word "subversive" opens up the claim to debate. Authors will often use a variety of perspectives in their works in order to generate a clash of ideas, with the intent that the reader, in having to sort out these positions, will ultimately have a better appreciation of a particular issue. The following passages, based on the reading, represent either objective truths or an individual perspective. For each one, decide whether the information is factual (**F**) or an opinion (**O**), and then ask yourself on what basis you determined your response. If the idea is an opinion, is there a particular word or phrase that identifies it as such?

1. Soy Elizabeth, amiga de Carlos.

2. La puerta está abierta.

3. El mes pasado hubo disturbios y murió un estudiante.

4. Los terroristas son los de Sendero o Túpac Amaru en Perú.

5. Túpac Amaru es un movimiento burgués bien intencionado, que quiere hacer la Revolución Cubana aquí.

6. Hay varios movimientos en contra de la política del gobierno en Perú.

7. Los que tienen control en el país quieren adueñarse de *(take ownership of)* su destino con palabras tan bonitas como Democracia y Libertad, a costa del trabajo "honrado y digno" que le dan a sus empleados.

8. Gandhi insistió en las prácticas de la no violencia como una manera de resistir.

9. Túpac Amaru es un movimiento progresista.

10. Descubre sentado a Hernán con una venda en los ojos, que contiene pequeñas manchas de sangre y que deprimen su figura de estudiante.

Now that you have practiced separating facts from opinions, you are ready to consider the entire selection. As you read, recall your reasons for the decisions you made in the preceding exercise. Also ask yourself which of the two perspectives offered by the selection is the most convincing to you. Though the two positions still represent subjective opinions, the author of the work clearly favors one over the other.

Sobre el dramaturgo y su obra

César Bravo nació en Lima, Perú, en 1960. Recibió su formación teatral en el Teatro de la Universidad Católica. Actualmente él dirige y escribe teatro. Se dedica también a la enseñanza teatral. Ha trabajado con el grupo Brequeros y con la Escuela del Arte del Espectáculo del grupo Cuatrotablas. Es miembro de una nueva generación de dramaturgos peruanos que están renovando el teatro de Perú.

CÉSAR BRAVO (1960–)

> Entre dos luces (selección)

ESCENA I

EL DEPARTAMENTO DE UN EDIFICIO A OSCURAS. SUENA EL TIMBRE.

H.: ¿Quién es?
E.: ¿Hernán?
H.: Sí. ¿Quién es?
E.: Soy Elizabeth, amiga de Carlos. ¿Puedo pasar? ¿Puedo pasar?
H.: La puerta está abierta.

ELIZABETH SE QUEDA EN EL UMBRAL[1]. TODO ESTÁ OSCURO.

E.: ¿No hay luz? No se ve nada.
H.: Si vas a entrar, cierra la puerta; si no, te puedes ir.

SILENCIO. SE CIERRA LA PUERTA. OSCURIDAD TOTAL.

H.: ¿Estás ahí?
E.: Sí.
H.: ¡Qué valiente! Si caminas cinco pasos de frente, vas a encontrar un sillón.
...
E.: ¿Por qué está todo oscuro? ¿No te da miedo?
H.: Sí, a veces tengo miedo, pero no de la oscuridad.
E.: ¿Sino?
H.: De otras cosas.
E.: ¿Cuáles?
H.: No sé. Pero no de la oscuridad. Bueno, depende de qué oscuridad hablemos.
...
E.: La oscuridad también sirve para esconder, para ocultar.
H.: O para aclarar.
...
E.: El mes pasado hubo disturbios y murió un estudiante, ¿no?
H.: Sí.
E.: En mi universidad hicimos una marcha de silencio, protestando por la represión policial; y estamos organizando, con la ayuda de algunos grupos de teatro, un pasacalle[2] en favor de la paz.
H.: ¿Gandhi? ¿La no violencia?
...
E.: ¿Conocías al chico que murió?
H.: No.
E.: Era de Letras.[3]
H.: Somos tantos.
E.: Dicen que era terrorista.

H.: ¿Terrorista?

E.: ¿No lo era?

H.: ¿Qué es ser un terrorista?

E.: No sé, ... Sendero, Túpac Amaru.[4] ...No sé.

H.: No, no era.

E.: ¿Lo conocías? Se apellidaba Barrientos, una amiga lo conocía ... ¿Te sientes mal?

...

E.: ...¿Me vas a contar qué te pasó en la universidad? ... (SILENCIO) ¿Te llevaron a la Dincote[5]?

H.: No.

E.: ¿Entonces? ¿A la morgue?

H.: Al hospital.

E.: ¿Te hirieron[6]?

H.: Sí.

E.: ¿Dónde?

H.: En el pecho, pero fueron perdigones[7].

E.: ¿Cómo así? ¿Qué pasó?

H.: Saliendo de clases.

E.: No lo sabía.

H.: Mira, prefiero hablar de otras cosas.

...

E.: ... ¿Qué opinas de Sendero?

H.: Es el Partido Comunista del Perú.

E.: ¿Y Túpac Amaru?

H.: Un movimiento burgués[8] bien intencionado, que quiere hacer la Revolución Cubana aquí.

E.: ¿Y Sendero?

H.: La Revolución en el Perú.

E.: ¡Cómo! ¿Matando gente inocente? ¿Sembrando terror en la población?

...

H.: No soy como tú.

E.: ¿Por qué? ¿no te gustan las fiestas? ¿No te gusta el licor, la música, las mujeres?

H.: No, no me gusta.

E.: ¿No te gustan las mujeres?

H.: No.

E.: ¿No te gusto?

H.: No me vas a engañar con tu cara bonita.

E.: Lo que pasa es que no lo quieres reconocer porque saldrías perdiendo.

H.: No tengo nada que perder.

E.: Claro que sí. Si aceptaras que te gusta, perderían tú y tu Partido Comunista y se descubrirían todos sus resentimientos.

H.: ¿Qué resentimientos?

E.: Sus resentimientos de no poder hacer lo que quieren hacer y de no tener lo que quisieran tener. Lo sabes y no lo puedes negar, ¿verdad? ¿O no los tienes?

H.: Sí, los tengo. Porque gente como tú gobierna este país y se quiere adueñar de su destino con palabras tan bonitas como Democracia y Libertad, a costa del trabajo "honrado y digno" que le dan a sus empleados; mientras toman su Coca Cola helada en las playas del sur, porque en la Costa Verde[9] hay muchos cholos[10]. Por eso mi resentimiento, porque tú tienes todo lo que quieres y los demás lo mendigamos[11]. Porque las posibilidades, las relaciones y las invitaciones ya tienen dueño. A mí no me vas a engañar con tus posturas de progresista dando vivas[12] a la izquierda.

...

ELIZABETH SE DIRIGE A LA PUERTA, LA ABRE Y EN UN ARREBATO[13] PRENDE LA LUZ. AL VOLTEAR[14] SUFRE UN IMPACTO, DESCUBRE SENTADO A HERNAN CON UNA VENDA[15] EN LOS OJOS, QUE CONTIENE PEQUEÑAS MANCHAS[16] DE SANGRE Y QUE DEPRIMEN SU FIGURA DE ESTUDIANTE. ELIZABETH SE CHORREA[17] POR EL MARCO DE LA PUERTA Y QUEDA SENTADA EN EL SUELO.

H.: ¿Elizabeth?

E.: Perdóname.

---

[1]**umbral** entrada [2]**pasacalle** procesión [3]**Letras** *Liberal Arts* [4]**Sendero...** grupos peruanos de guerrilla [5]**Dincote** una cárcel de Lima [6]**hirieron** *hurt*

[7]**perdigones** *pellets* [8]**burgués** clase media [9]**Costa Verde** una playa de Lima [10]**cholas** gente con dinero [11]**lo mendigamos** *we beg for it* [12]**dando...** *cheering* [13]**arrebato**

movimiento rápido [14]**voltear** dar una vuelta [15]**venda** *blindfold* [16]**manchas** *stains* [17]**se chorrea** *slides down*

Después de leer

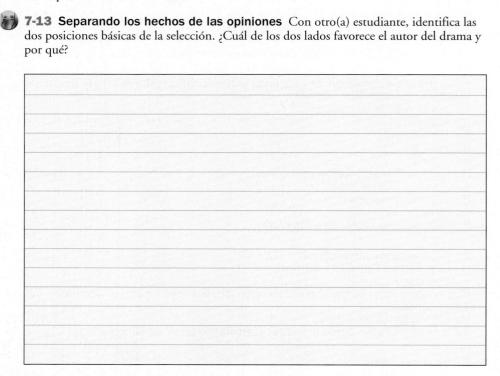

7-13 **Separando los hechos de las opiniones** Con otro(a) estudiante, identifica las dos posiciones básicas de la selección. ¿Cuál de los dos lados favorece el autor del drama y por qué?

7-14 **Comprensión y expansión**

1. ¿Quiénes son los personajes de la selección? ¿En qué circunstancias los encontramos al principio de la obra?

2. ¿Por qué crees que Hernán prefiere la oscuridad?

3. ¿Cómo es la relación entre Hernán y Elizabeth? ¿Crees que son amigos? ¿Por qué?

4. ¿Cómo se llama el chico que murió? ¿Cómo murió?

5. ¿Cómo reaccionaron los estudiantes de la universidad de Elizabeth a la muerte del chico?

6. Según Elizabeth, ¿era terrorista el chico que murió? ¿Y según Hernán?

7. ¿Con qué movimientos políticos se asocian Elizabeth y Hernán?

8. Hernán juzga a Elizabeth por su asociación política. ¿Qué opina él de la ideología del partido político de ella?

9. Hernán y Elizabeth tienen puntos de vista y maneras de ser muy diferentes. ¿Con qué personaje te identificas más? ¿Por qué?

10. En tu opinión, ¿el título "Entre dos luces" es apropiado? ¿Crees que indica el tema de la obra o engaña al lector? ¿Por qué?

Introducción al análisis literario | Comprender las convenciones teatrales

Unlike other literary genres, theater relies entirely on spoken language to communicate meaning to the spectators **(los espectadores).** Given this restriction, a playwright will often resort to other elements of the stage, such as the scenery **(el escenario),** lighting **(la iluminación),** and music to convey additional meanings to the audience. When writing a play, playwrights will include stage directions **(las acotaciones)** in order to specify how the play should be staged to achieve the desired effect. How the director of the play chooses to interpret these stage directions, however, can significantly affect the interpretation of the play.

In the selection you have just read, the stage directions appear in uppercase. Working with a partner, read back over the stage directions. What element in particular stands out as being significant? How does this aspect of the physical staging of the play contribute to the clash of perspectives between Elizabeth and Hernán? Due to the physical presentation of the play, are we more inclined to sympathize with one perspective over the other?

El huésped del sevillano, España

Vocabulario en contexto

El derecho a la justicia

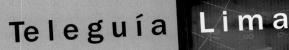

LA CORTE DEL PUEBLO

El **juez** Manuel Franco

Ahora en ATV:
La **corte** del pueblo:
¡El **juicio** ha comenzado!

La corte del pueblo, un programa donde las cámaras de televisión entran en una corte judicial, le trae al televidente todo el drama de las batallas legales. En la corte del juez Franco la justicia se administra de forma rápida y **justa**. Aquí, cualquier ciudadano tiene el derecho a resolver sus **disputas**.
¡Pero la frase "silencio en la corte" es algo que prácticamente no existe! Los **casos** más sencillos pueden convertirse en una batalla emocional. En este programa de la vida real, el honorable y muy directo juez Manuel Franco escucha las **demandas** diarias de la gente en diversas situaciones. ¡Todos buscan la justicia, pero el juez Franco siempre tiene la última palabra!

Esta semana en la corte del pueblo. . .

La borrachera
El **demandante acusa** a su vecino de **manejar ebrio** y chocar con su auto. El **demandado** dice que no es **culpable** y **sospecha** que el demandante mismo estaba muy borracho esa noche.

El mentiroso
La demandante acusa a su ex novio de **fraude**. Dice que la **estafó** por dos mil dólares antes de dejarla. El demandado rechaza la **acusación** y dice que su ex novia es una mentirosa y que el año anterior las **autoridades** la **detuvieron** y la **arrestaron** por **falsificar** documentos legales.

Uds. están **condenados** al drama de lunes a viernes 20:00–20:30.

¡OJO! Don't forget to check the **Índice de palabras conocidas**, p. A8, for other words and phrases related to crime and justice.

> For additional practice see the **Activity File** at the end of this text: **Capítulo 7, Vocabulario C. Ayuda legal.** p. D33; and **Vocabulario D. Escuela de policías.** p. D33.

> **Atención a la palabra:** The term **el (la) acusado(a)** is used for a defendant in a criminal trial; **el (la) demandado(a)** is used in civil trials.

> **¿Nos entendemos?** In many Spanish-speaking countries the word **el tribunal** is used instead of **la corte.** Also, instead of using the phrase **manejar ebrio,** many Spanish speakers say **manejar o conducir bajo la influencia de alcohol.** Do you know variants for other words in the vocabulary list?

Para hablar del crimen

el asesino / el asesinato / asesinar	*murderer / murder / to murder*
el atentado	*attack, assault, attempted attack*
el atraco / atracar	*hold-up, mugging / to hold up, mug*
el (la) desaparecido(a) / desaparecer	*disappeared, missing (person) / to disappear*
el hostigamiento / hostigar	*harassment / to harass*
la pandilla / el (la) pandillero(a)	*gang / gangster*
el plagio / plagiar	*plagiarism / to plagiarize*
el secuestro / secuestrar	*kidnapping / to kidnap*
el soborno / sobornar	*bribe, bribery / to bribe*
el (la) sospechoso(a) / sospechar	*suspect / to suspect*
cometer un delito	*to commit a crime*
dispararle a alguien	*to shoot someone*
herir a alguien	*to wound, hurt someone*

Para hablar del proceso de la justicia

el cargo	*charge*
el castigo / castigar	*punishment / to punish*
la condena / condenar	*conviction, sentence / to convict, to sentence*
los daños	*damages*
la demanda / presentar una demanda contra alguien	*lawsuit / to take legal action against someone*
la denuncia / denunciar / ponerle una denuncia	*accusation / to make an accusation against someone*
el jurado	*jury*
la multa / ponerle una multa	*ticket, fine / to give someone a ticket, fine*
la pena de muerte / la pena / cadena perpetua	*death sentence / life sentence*
estar preso(a) / meter preso(a)	*to be in prison / to put in prison*
jurar	*to testify, swear*

Para enriquecer la comunicación: Cómo expresar inocencia y culpabilidad

Juan siempre se hace el inocente.	*Juan always plays the innocent one.*
¡No me eches la culpa!	*Don't blame me!*
No debería haberlo hecho.	*I shouldn't have done it.*
No se atreve a levantar los ojos.	*He/She doesn't dare raise his/her eyes.*
Me siento culpable.	*I feel guilty.*

Práctica y expresión

CD2–4

7-15 Delitos deliciosos Dos amigas conversan sobre el último episodio de su telenovela favorita. Escucha su conversación y luego contesta las preguntas que siguen.

1. ¿Cuáles son los dos crímenes que cometió Ignacio?
2. ¿Lo condenó la jueza? Explica.
3. ¿Logró justicia Lucinda? ¿Por qué sí o no?
4. ¿Era culpable la hermana de Lucinda? Explica.

7-16 En otras palabras Toma turnos con un(a) compañero(a) de clase para definir las siguientes palabras en español.

1. el hostigamiento
2. jurar
3. pandilla
4. secuestrar
5. el jurado

6. el demandante
7. sobornar
8. el atraco
9. la pena de muerte
10. detener

7-17 El crimen y nuestra sociedad ¿Cuáles son los delitos más problemáticos en nuestra sociedad? Con otro(a) estudiante, ordena la siguiente lista de acuerdo a la gravedad de los delitos mencionados. Justifiquen bien sus decisiones. Pueden incluir otros que no aparecen en la lista.

el asesinato
el crimen organizado
el plagio
manejar ebrio
el atraco
la violencia contra las mujeres
el tráfico de animales exóticos
el tráfico de armas
el tráfico de drogas
el secuestro de niños
el atentado terrorista
¿?

7-18 ¿Crimen o justicia? ¿Crees que las siguientes acciones son formas de conseguir justicia o son delitos? ¿Depende? ¿De qué? Intercambia opiniones con otro(a) estudiante de la clase.

1. Condenar a la pena de muerte a un asesino en serie
2. Las multas dadas por las cámaras en los semáforos
3. Expulsar *(expel)* a un(a) estudiante de la universidad por cometer plagio por primera vez
4. Detener a personas porque se sospecha que son terroristas

7-19 La corte del pueblo Con un grupo de estudiantes dramaticen un juicio y dejen que los otros estudiantes sean el jurado para determinar si es inocente o culpable el acusado o demandado y para decidir el castigo apropiado. ¡Sean creativos!

Espejos

Las líneas de Nazca

Nazca es una pequeña ciudad peruana en el medio de uno de los desiertos más secos *(dry)* del mundo. Este desierto le sirvió a un pueblo preincaico, los nazca, como lienzo *(canvas)* para diseñar unas inmensas figuras de perfecta proporción y exactitud que todavía hoy se consideran uno de los mayores enigmas del mundo.

Muchas líneas forman enormes figuras geométricas: ángulos, triángulos, espirales, rectángulos, y círculos concéntricos. Otras líneas forman animales marinos y terrestres como también figuras humanas. Estas figuras son tan grandes que su creación ha debido tomar cientos de años y un gran número de personas para terminarlas. Para algunos, es difícil creer que una raza de "indígenas primitivos" pudiera tener la inteligencia para concebir tal proyecto y mucho menos la tecnología para llevarlo a cabo *(carry it out)*, pero otros descubrimientos de su cultura demuestran que sí tenía el conocimiento *(knowledge)* para hacerlo.

¿Por qué se construyeron estas líneas? Se dice que es un calendario astronómico que anuncia la llegada de cada estación. Otros afirman que, debido a que sólo se pueden apreciar desde el aire, son señales para visitantes de otros planetas.

En 1970, el Instituto Nacional de Cultura declaró las Pampas de Nazca como zona protegida y sus líneas declaradas por la UNESCO como Patrimonio Cultural de la Humanidad. Desafortunadamente, aunque están protegidos por estrictas leyes, los famosos dibujos de Nazca se están destruyendo en forma acelerada; hay vandalismo, construcciones ilegales a metros de las líneas y excavaciones para robar artefactos preincaicos, entre otros.

Lo que ha podido conservarse por tantos siglos está en peligro de desaparecer a pesar de *(in spite of)* la lucha continua para preservar este gran tesoro nacional.

Las dos culturas

1. ¿Han dejado algo similar los indígenas de Norteamérica?
2. ¿Tienen los arqueólogos alguna explicación?
3. ¿Están estas áreas protegidas por el gobierno, como las líneas de Nazca?
4. ¿Qué piensas tú sobre el "progreso" y la "preservación de la historia"?
5. ¿Hay algo relativamente reciente que se hace en los campos de los EE.UU. similar a las líneas de Nazca?

Estructuras

iLrn ¡OJO! Before reviewing this section, consult the following topics on pp. B20–B21 of the **Índice de gramática:** and Conjunctions; and Interrogative words.

El subjuntivo en cláusulas adverbiales

An adverbial clause modifies or describes a verb in the main clause by stating conditions of time, place, or manner. Adverbial clauses are introduced by a conjunction, such as **cuando** or **para que:**

La víctima <u>lo denunciará</u> **cuando tenga más pruebas del delito.**

(Verb + adverbial clause in the subjunctive introduced by **cuando,** which describes the time when the verb in the main clause will be carried out)

En casos de secuestros, los investigadores <u>piden</u> mucha información **para que** las autoridades **puedan actuar rápido.**

(Verb + adverbial clause in the subjunctive introduced by **para que,** which describes the conditions under which the verb is carried out)

There are certain conjunctions that always require the use of the subjunctive in the adverbial clause. These include:

For additional practice see the **Activity File** at the end of this text: **Capítulo 7, Estructuras C. Mi querido abogado** p. D60; and **Estructuras D. La vida de un criminal** p. D60.

a condición (de) que	*provided that*	por miedo (a) que	*for fear that*
a fin (de) que	*in order that*	en caso (de) que	*in case that*
a menos que	*unless*	para que	*in order that*
a no ser que	*unless*	siempre que	*provided that*
antes (de) que	*before*	(siempre y cuando)	
con tal que	*provided that*	sin que	*without*

En muchos países no es legal interrogar a un sospechoso **antes de que** pueda hablar con un abogado.

El jurado condena al criminal a cadena perpetua **a fin de que** él tenga tiempo para reflexionar sobre sus acciones.

If the subject of both clauses is the same, the infinitive is normally used, for example, **Ella va a hablar con su abogado antes de confesar.**

There are other conjunctions that may cause the subjunctive, depending on whether the action described is experienced versus anticipated, or known versus unknown.

■ With the following conjunctions the subjunctive is used if the action described refers to a future time as an anticipated or pending action. If this is not the case, then the indicative is used.

en cuanto	*as soon as*	luego que	*after*
cuando	*when*	mientras (que)	*while*
después (de) que	*after*	para cuando	*by the time that*
hasta que	*until*	siempre que	*whenever*

Encontraron a los responsables del atentado **en cuanto** recibieron una llamada anónima. *(Verb in the adverbial clause is in the indicative because the act of receiving the call is not presented as a future, pending event in relation to the finding of those responsible.)*

No voy a denunciar la corrupción **hasta que** tenga pruebas *(evidence)* concretas.
(Verb in the adverbial clause is in the subjunctive because the finding of the evidence is described as a future, pending event.)

■ With the following conjunctions, the indicative is used if the speaker has knowledge of the action described. If the speaker has no knowledge or has doubts of the action described, then the subjunctive is used in the adverbial clause.

a pesar (de) que	*in spite of*	de manera que	*so that, in a way that*
aun cuando	*even when*	de modo que	*so that, in a way that*
aunque	*although*	donde	*where*
como	*as, how*		

Siempre paso por la embajada **aunque,** a veces, es peligroso.
(Verb in the adverbial clause is in the indicative because the speaker believes it to be dangerous.)

Voy a pasar por la ciudad **a pesar de que** probablemente haya peligros.
(Verb in the adverbial clause is in the subjunctive because the speaker suspects it may be dangerous, but is not sure.)

With these conjunctions it is common to use two clauses, even if the subject is the same.
Aunque sean terroristas, todavía tienen derechos.

■ The indicative is always used after the following conjunctions, as they always convey experience or knowledge of the action described:

ahora que	*now that*
puesto que	*since*
ya que	*since*

El hombre tiene que aparecer ante el tribunal **ahora que** tiene los documentos necesarios.

 ## Un paso más allá: El subjuntivo después de expresiones indefinidas

After expressions ending in **-quiera** or other similar indefinite expressions, the subjunctive is used in the adverbial clause. These include:

cual(es)quiera	*whichever, whatever*	por + (más) *adjective*	*no matter how*
cuandoquiera	*whenever*	*or adverb* + que	
dondequiera	*wherever*	mientras más... más	*the more . . .*
quien(es)quiera	*whoever*		*the more*

Dondequiera que vayas, habrá disputas entre personas.

En Perú, **por pobre que sea la persona,** siempre va a poder comerse un plato de papas asadas.

Por más difícil que sea, tenemos que combatir el terrorismo.

Mientras más precauciones tomes, más seguro te sentirás.

Práctica y expresión

7-20 Los policías ¿Qué debemos hacer cuando nos dan una multa? Subraya el verbo en el indicativo o el subjuntivo según el contexto.

Daniel: Tengo mala suerte: Algunas veces cuando (tengo / tenga) prisa, manejo un poco rápido y casi siempre (me paran / me paren) y me ponen una multa. A pesar de que yo (les digo / les diga) que yo soy inocente, no tienen compasión.

Amigo: Mira, hay que usar la sicología: la próxima vez, cuando (te para / te pare) un policía, es mejor confesar y ser humilde. Sigue diciendo que es tu culpa hasta que (se cansa / se canse) de oírte. Mientras más (hablas / hables) de tu familia y tus hijos, más culpable (se va a sentir / se sienta) el policía. Mientras (escribe / escriba) la multa, dile lo mucho que admiras el trabajo que hacen los policías. Después de que (te perdona / te perdone) sigue manejando cuidadosamente hasta que (estás / estés) fuera de su alcance. El resto es tu problema.

7-21 Las leyes y la justicia En un mundo perfecto, ¿necesitamos leyes y cortes? Llena los espacios en blanco con la forma correcta del subjuntivo o del indicativo. Decide si estás de acuerdo o no con estas ideas.

Dondequiera que _____ (haber) seres humanos, van a _____ (haber) conflictos. Es parte de la vida. Las leyes existen a fin de que cada uno _____ (respetar) los derechos del otro; esto es así para que todos _____ (poder) vivir sin miedo a que la persona más fuerte _____ (quitarnos) nuestra propiedad. Es mejor tener leyes antes de que todos _____ (pelearse) unos con otros, ya que ésta _____ (ser) la naturaleza humana.

Muchas personas piensan que no hay justicia pura. Por más cuidadoso que _____ (ser) nosotros, siempre mandaremos a algunos inocentes a la cárcel. Y aunque la persona _____ (ser) culpable, no es posible aislar *(isolate)* la justicia de modo que sólo _____ (castigar) a una persona. No podemos enviar a una persona a la cárcel sin _____ (afectar) a su esposo(a) y a sus hijos también. El mundo no es perfecto.

7-22 La pena de muerte En Bolivia y Ecuador se abolió la pena de muerte en 1906 y 1997, respectivamente. En el Perú, no hay pena de muerte a menos de que sea un caso de traición a la patria o sea un caso de terrorismo. Compara tu opinión con la de otro(a) estudiante. ¿En qué casos apoyas *(support)* la pena de muerte?

1. A menos que...
2. Siempre que...
3. Quienquiera que...
4. Siempre y cuando...

7-23 Casos de la vida real Nuestra sociedad tiende a plantear muchas demandas; algunas son frívolas y otras no. Compara tu opinión con la de tus compañeros.

Ejemplo **Tiene derecho a compensación, a no ser que no esté diciendo la verdad.**
o
Tiene derecho a compensación, a pesar de que el caso es ridículo.

1. Un conductor no entendió bien lo que era un "cruise control"; dejó su vehículo de recreación *(RV)* en "cruise control" y se fue a lavar los platos. El vehículo chocó contra un árbol y el conductor planteó una demanda porque no explicaron bien qué era "cruise control".

2. Un hombre que perdió muchísimo dinero apostando *(gambling)*, le planteó una demanda al casino por permitirle apostar mientras estaba bebiendo alcohol.

3. La madre de un atleta planteó una demanda en contra de la escuela que eliminó a su hijo de un equipo. Dice que todos en la escuela deben ser tratados como iguales y nadie debe ser excluido de los equipos atléticos.

4. Una mujer planteó una demanda en contra de un restaurante porque no le notificaron que el café estaba muy caliente y al derramárselo *(spill it)* en la falda accidentalmente, se quemó.

5. Una persona demandó a una empresa de comida rápida porque al almorzar allí todos los días, subió muchísimo de peso.

Rumbo abierto

Paso 1 Vas a leer un reportaje de un periódico ecuatoriano que trata sobre una ordenanza *(law)* que busca controlar la contaminación causada por el ruido. Entrevista a un(a) estudiante de la clase para saber qué opina sobre la contaminación causada por el ruido. Aquí tienes unas preguntas que te pueden servir de guía. ¿Te molesta cuando alguien maneja con el radio a todo volumen? ¿Por qué? ¿Se debe permitir la música en los autobuses y el metro? ¿Por qué? ¿Crees que se deben aprobar leyes limitando el ruido en lugares públicos? ¿Por qué?

Paso 2 Para facilitar tu comprensión de la lectura, recuerda la estrategia de lectura que aprendiste en este capítulo: Cómo separar los hechos de las opiniones. Lee ahora el artículo que aparece en la siguiente página, tomando notas sobre las quejas y las posibles soluciones.

Paso 3 Con otro(a) estudiante, contesta las siguientes preguntas.

1. ¿Qué cosas contribuyen a la concentración del ruido en los autobuses públicos?
2. Según Jéssica Guarderas ¿qué no sanciona hasta ahora el proyecto de Ordenanza?
3. Según la vendedora de cosméticos ¿qué efecto perjudicial tiene el ruido en los autobuses?
4. Según el contexto ¿qué tipo de médico es un otorrinolaringólogo?
5. ¿Qué tiene que suceder antes de que la Ordenanza entre en vigor?

Paso 4 El concejo de tu comunidad ha decidido pasar una ordenanza prohibiendo que los conductores de automóviles transiten por la vía pública con las ventanas abiertas y el volumen del radio muy alto. Con otro(a) estudiante, decidan si ustedes están a favor o en contra de esta ordenanza. Recuerden que esta ley afecta sólo a los autos particulares. Hagan una lista de por lo menos tres razones a favor o en contra, y estén listos a defender su punto de vista.

La ordenanza del ruido pasa el primer debate

El coro "la de pelo suelto y la falda cortita..." retumbaba, el miércoles, a las 18:30, en los parlantes del bus 0272, La Comuna-Primavera. Al llegar a las avenidas Colón y 6 de diciembre, el sonido de ese vallenato se fundió con el ruido del motor a diesel de otro bus. En cada parada se oían pitos y el grito del cobrador: "siga, avance para atrás"...

Los buses del distrito, y también los interprovinciales, son espacios de concentración de ruido.

Sin embargo, según Jéssica Guarderas, de la Dirección de Medio Ambiente, el proyecto de Ordenanza contra el ruido no sanciona a los vehículos por el volumen de sus radios, aunque sí por los pitos y por el ruido de los tubos de escape. Las multas llegan a los 572 dólares.

El miércoles, a las 18:30, Gilda Ruata, de 68 años, estaba sentada en la primera fila del bus tipo 0272 y se veía molesta. "Todos los días me subo en cuatro o cinco buses porque vendo maquillaje y el ruido es fastidioso. Es bonito oír canciones, pero con volumen bajo. Uno llega a la casa con dolor de cabeza, alterada y es por la música que ponen aquí." Al frente suyo estaba Paulina Aguilar, de 18 años, coreando a Los Reyes del Vallenato. "Algunos temas me gustan, pero pido que bajen el volumen." También antier, a las 11:30, los parlantes del bus El Condado-El Congreso emitían un sonido alto. Parecía que Ricardo Arjona ofrecía un "show" en vivo, con su canción "El taxi". Uno de los pasajeros, Enrique Hidalgo, de 56 años, comentaba que los choferes no aprecian la buena música y mientras decía esto en seis parlantes se oía la estrofa: "es mejor olvidar, ya no quiero verte más y sufrir y llorar...".

El jefe de otorrinolaringología, del Hospital Espejo, Fernando Serrano, asegura que, desde 1990, en su consulta, se incrementó de un 10 a 20 por ciento los pacientes con problemas de oído. Él no lo atribuye sólo a la música que se escucha en los vehículos. Pero sí cree que hay una serie de factores a los cuales la gente está expuesta constantemente al transportarse y que pueden perjudicarle. "Hay molestias irreversibles en pacientes de 20 a 30 años, por la exposición al ruido de los pitos, tubos de escape, música de las discotecas, carros...".

La Ordenanza está por salir

Ayer fue aprobada, en primer debate, la Ordenanza para la prevención y control de la contaminación originada por la emisión de ruido y vibraciones. Durante 15 días, la Comisión de Medio Ambiente del Concejo tratará las observaciones realizadas ayer antes de aprobar la norma en segundo y definitivo debate. La Ordenanza pretende regular las emisiones de ruido, ya que éste es un "contaminante que altera o modifica las características del ambiente, perjudicando la salud y el bienestar del ser humano...".

Entre las observaciones realizadas por los concejales está la necesidad de mejorar los mecanismos de control municipales a los emisores de ruido. También buscar una metodología que ayude a canalizar los mecanismos de denuncia de la ciudadanía y la aplicación de las normas de uso de suelo.

¡A escribir!

ATAJO *Functions:*
Describing; Writing a
news item
Vocabulary: Working
conditions; Violence
Grammar: Conjunctions; Verbs:
indicative; Verbs: subjunctive with
conjunctions

Visit www.thomsonedu.com/
spanish for a Heinle iRadio podcast on grammar, subjunctive
mood.

Before beginning your article, read
the **Estrategia de escritura** on
p. 211.

> Paso 1

El reportaje tiene cuatro funciones básicas: investigar, documentar, informar objetivamente y entretener. Acabas de leer un reportaje en **¡A leer!**
y ahora te toca a ti escribir uno sobre una lucha actual por los derechos.
Puede ser en tu universidad, en tu comunidad, en los EE.UU. o en
Latinoamérica (especialmente Ecuador, Bolivia o Perú).

> Paso 2

Después de seleccionar el tema, busca información para contestar las siguientes preguntas: ¿Sobre qué es la lucha? Si se trata de una violación
de los derechos, ¿cómo han sido violados los derechos? ¿Quiénes luchan?
¿Qué han logrado hasta ahora? ¿Qué esperan lograr en el futuro? ¿Es posible lograrlo? ¿Qué tiene que pasar para que lo logren?

Para contestar estas preguntas no puedes contar sólo con tus propias
opiniones, ya que el reportaje debe ser una descripción objetiva del tema. Por
eso, tienes que investigar y documentar los resultados de tu investigación.
Para hacer la investigación puedes usar libros, otros periódicos, Internet o, si
es posible, entrevistas con las personas involucradas *(involved)*. Es siempre
importante tomar buenos apuntes y documentar bien las fuentes de las
cuales consigas la información. Después de consultar con varias fuentes,
mira tus apuntes y trata de escribir una o dos oraciones para contestar cada
una de las preguntas mencionadas arriba. Al lado de cada oración, apunta la
fuente de la cual conseguiste la información.

> Paso 3

Escribe tu primer borrador del reportaje siguiendo la siguiente estructura:

La introducción: Escribe un párrafo para presentar el tema que vas a tratar. Para captar el interés del
lector, puedes usar una cita *(quote)* que resuma bien el tema.

El cuerpo: Escribe las respuestas a las preguntas que contestaste en el Paso 2, recordando que
cada párrafo debe tratar sólo una idea. No te olvides de documentar las fuentes de la información que
presentas.

El final: El reportaje no suele tener una conclusión, como en otros tipos de escritos, porque muchas
veces el tema tratado no ha concluido. Sin embargo, como puedes observar en el reportaje de **¡A leer!,**
el texto sí termina con unas oraciones que resumen el tono del texto. Escribe el final de tu reportaje.
¿Puedes incluir una cita que resuma bien tu reportaje?

El título: Escribe un título que capte el tono de tu reportaje.

**Las citas directas
e indirectas**

There are two ways to quote the words of others when you write, directly and indirectly. A direct quote is always enclosed between **comillas** (" " or << >>), and represents verbatim what a person said: **El piquetero dijo, "Sólo busco justicia".** An indirect quote is when you do not write the exact words someone used, but rather paraphrase what someone said: **El piquetero dijo <u>que</u> buscaba justicia por esta violación de sus derechos.** Quotation marks are only used with direct quotations. Either type of citation, however, can be introduced or followed by a variety of words that can add context and meaning to the quotation. Consider the following examples:
**"Seguiremos la lucha el tiempo que sea necesario", <u>gritaba</u> el activista.
"¿Qué va a hacer el juez ahora?" <u>preguntó</u> la madre de la acusada.
Según <u>advierte</u> la portavoz de los activistas, va a ser una protesta larga.**

The verb **gritar** indicates that the words were not merely said, but shouted, while the verb **preguntar,** highlights that this was a question, and finally the verb **advertir** indicates that what was said was a warning.

Whenever you write, any ideas or words that you use are considered to be your own unless you explicitly indicate otherwise. You must therefore document any source from which you borrow ideas or language. In term papers and other types of writing, a formal bibliography or footnotes are used to acknowledge references. In the **reportaje,** however, you should document your source right in your text. Following are two examples of how this is done:
**Según la Declaración Universal de los Derechos Humanos, <u>ningún</u> ser humano debe ser sometido a torturas.
El periódico peruano, *El Excelsior*, <u>informa que</u> hubo menos crimen urbano en Ecuador el año pasado.**

> **Paso 4**

Trabaja con otro(a) estudiante para revisar tu primer borrador. Lee su reportaje y comparte con él/ella tus respuestas a las siguientes preguntas: ¿Explica bien el tema que trata? ¿Lo puede explicar mejor? ¿Te parece interesante el tema? ¿Puede hacerlo más interesante? ¿Cómo? ¿Incluye citas y documenta bien sus fuentes de información? ¿Usa bien el vocabulario del capítulo? ¿Puede usar más? ¿Ha usado frases que requieren el subjuntivo? ¿Ha utilizado bien el subjuntivo? ¿Tienes otros consejos para mejorar su reportaje?

> **Paso 5**

Considera los comentarios de tu compañero(a) y luego haz los cambios necesarios. Trata de incorporar más vocabulario o gramática del capítulo. ¿Comprobaste que no tienes errores de ortografía?

> Remember that a failure to acknowledge the work of others in your writing is considered plagiarism, and is a serious offense.

¡A ver!

> **Paso 1** El segmento que vas a ver trata del polémico caso de Lori Berenson, una periodista y activista neoyorquina que está detenida en Perú como prisionera política. Con un(a) compañero(a), compartan sus opiniones sobre la importancia del activismo político. ¿Por qué causas luchan generalmente? ¿Creen que los activistas hacen una diferencia en las decisiones políticas de un país? ¿Pueden pensar en casos en los que activistas lograron un cambio importante? ¿Qué riesgos corren los activistas políticos?

> **Paso 2**

Mira el segmento y toma notas sobre el caso Berenson.

> **Paso 3** ¿Qué recuerdas? Contesta las siguientes preguntas.

1. ¿De qué acusan las autoridades peruanas a Lori Berenson?
2. ¿Cuál fue la condena original, y cómo cambió después del segundo juicio?
3. ¿Por qué le concedieron un segundo juicio a Lori Berenson?
4. ¿Qué piensan los Congresistas peruanos de la condena?
5. ¿Por qué cree los Estados Unidos que el juicio no fue justo?

> **Paso 4** ¿Qué opinas? Con un(a) compañero(a), contesta las siguientes preguntas.

1. ¿Crees que Lori Berenson conseguirá su liberación? ¿Por qué?
2. ¿Crees que la condena de Berenson fue algo positivo o negativo para la lucha por los derechos sociales de los peruanos? ¿Por qué?
3. Algunos creen que Lori Berenson fue demasiado lejos con su activismo y que, siendo extranjera, no tenía derecho a intervenir en los problemas sociales de otro país. ¿Estás de acuerdo? Apoya tu punto de vista con argumentos lógicos.

Para hablar de la lucha por los derechos

la amenaza / amenazar *threat / to threaten*

el bloqueo / bloquear *blockade / to blockade*

la censura / censurar *censure / to censure*

la consigna *slogan*

la creencia *belief*

el (la) defensor(a) *defender*

el derrocamiento / derrocar *overthrow / to overthrow*

la dignidad *dignity*

la discriminación / discriminar *discrimination / to discriminate*

el (la) esclavo(a) / la esclavitud *slave / slavery*

la exigencia / exigir *demand / to demand*

la explotación / explotar *exploitation / to exploit*

la expresión *expression*

la (des)igualdad *(in)equality*

el levantamiento *uprising*

la liberación / liberar *liberation / to liberate*

la lucha / luchar contra (por) *struggle / to struggle against (for)*

el maltrato / maltratar *mistreatment / to mistreat*

la marcha / marchar *march / to march*

la marginación / el (la) marginado(a) *marginalization / the marginalized*

la movilización / movilizar *mobilization / to mobilize*

la opresión / oprimir *oppression / to oppress*

la pancarta *(picket) sign*

el paro *stoppage*

el (la) portavoz *spokesperson*

la privacidad *privacy*

el privilegio *privilege*

el respeto *respect*

la seguridad *security, safety*

la solidaridad *solidarity*

la tortura / torturar *torture / to torture*

la violación / violar *violation / to violate*

pacífico(a) *peaceful*

sangriento(a) *bloody*

llamar la atención *to call attention to*

privar(se) de *to deprive (oneself) of*

someter *to subject*

tener derecho a *to have a right to*

tomar medidas *to take measures*

vencer *to defeat, overcome*

Para hablar de la justicia

la acusación / el (la) acusado(a) / acusar *accusation / the accused / to accuse*

el cargo *charge*

el caso *case*

el castigo / castigar *punishment / to punish*

la condena / condenar *conviction, sentence / to convict, to sentence*

los daños *damages*

la demanda / presentar una demanda contra *lawsuit / to take legal action against someone*

la denuncia / denunciar, ponerle una denuncia *accusation / to make an accusation against someone*

la disputa *dispute*

la interrogación / interrogar *interrogation / to interrogate*

el juez *judge*

el juicio *trial*

el jurado *jury*

la multa / ponerle una multa *ticket, fine / to give someone a ticket, fine*

la pena de muerte / pena/cadena perpetua *death sentence / life sentence*

justo(a) *fair*

estar preso(a) / meter preso(a) *to be in prison / to put in prison*

jurar *to testify, swear*

Para hablar del crimen

el asesino / el asesinato / asesinar *murderer / murder / to murder*

el atentado *attack, assault*

el atraco / atracar *hold-up, mugging / to hold-up, mug*

las autoridades *authorities*

el (la) desaparecido(a) / desaparecer *disappeared, missing (person) / to disappear*

la estafa / estafar *fraud, swindle / to cheat, swindle*

el fraude / defraudar *fraud / to defraud*

el hostigamiento / hostigar *harassment / to harass*

la pandilla / el (la) pandillero(a) *gang / gangster*

el plagio / plagiar *plagiarism / to plagiarize*

el secuestro / secuestrar *kidnapping / to kidnap*

el soborno / sobornar *bribe, bribery / to bribe*

el (la) sospechoso(a) / sospechar *suspect / to suspect*

cometer un delito *to commit a crime*

detener *to stop, detain, arrest*

dispararle a alguien *to shoot someone*

falsificar *to falsify*

herir a alguien *to wound, hurt someone*

manejar ebrio *to drive drunk*

ser culpable *to be guilty*

Capítulo 8

RUMBO A COLOMBIA Y VENEZUELA

Metas comunicativas

En este capítulo vas a aprender a...

- hablar de las artes plásticas
- describir la literatura
- expresar tus reacciones a la literatura
- escribir un poema

Estructuras

- El imperfecto del subjuntivo
- El uso del subjuntivo en cláusulas condicionales con **si**
- Pronombres relativos

Cultura y pensamiento crítico

En este capítulo vas a aprender sobre...

- el arte y los artistas de Colombia y Venezuela
- Gabriel García Márquez
- Rómulo Gallegos
- la arquitectura en Caracas

  Track 10

Colombia y Venezuela	**1499** Alonso de Ojeda bautiza al área del lago de Maracaibo con el nombre de Venezuela	**1538** Juan Gonzalo de Quezada funda la ciudad de Santa Fe de Bogotá, la actual capital de Colombia					**1929** Rómulo Gallegos (Venezuela) publica *Doña Bárbara*
	1500	**1530**	**1600**	**1775**	**1875**	**1900**	**1925**
Los Estados Unidos			**1598** Juan de Oñate inicia la conquista de Nuevo México	**1749** Benjamín Franklin funda la Universidad de Pensilvania	**1876** Mark Twain publica *The Adventures of Tom Sawyer*	**1903** El presidente Theodore Roosevelt apoya militarmente la creación de la República de Panamá	**1927** Se otorga en Hollywood el primer Oscar

La expresión artística

Paisaje de Ávila

Puerto Viejo de San Tropez

Café colombiano

Marcando el rumbo

8-1 Colombia y Venezuela: ¿Qué sabes? Con un(a) compañero(a), determina si las siguientes oraciones sobre estas dos naciones de Sudamérica y su gente son ciertas o falsas. Si son falsas, corrígelas.

1. Venezuela es uno de los principales exportadores de petróleo del continente.
2. El estado colombiano lucha con el apoyo de los Estados Unidos en contra de grupos armados que quieren derrocar el gobierno.
3. La calidad del café venezolano tiene más fama que el colombiano.
4. Cali y Medellín son dos ciudades importantes de Colombia.

8-2 Colombia y Venezuela: Dos países andinos

CD2-6 **Paso 1:** Vas a escuchar una descripción de la geografía, la historia y la cultura de Colombia y Venezuela. Escucha y toma notas.

Geografía   Historia   Cultura

Paso 2: Contesta las siguientes preguntas.

1. ¿Cuál es el origen del nombre Venezuela?
2. ¿Cuáles son las regiones principales que caracterizan la geografía de Colombia y Venezuela?
3. ¿Qué significa la palabra *llanero*?
4. ¿Quién fue Andrés Bello?
5. ¿Quién escribió la novela *Cien años de soledad*?

Paso 3: El arte y la cultura de Colombia y Venezuela han contribuido al desarrollo de la cultura hispánica en general. Acabas de escuchar una corta descripción de algunas de las características de estos dos países. ¿Tienes curiosidad por saber más sobre esta área del continente? Con otro(a) estudiante, escribe cinco preguntas sobre el tema de la geografía, la historia y la cultura de Colombia y Venezuela.

1960 Venezuela participa en la fundación de la Organización de Países Exportadores de Petróleo (OPEP)

1964 Se crea en Venezuela el premio de novela Rómulo Gallegos para honrar a escritores del mundo hispánico

1982 Gabriel García Márquez, autor colombiano, gana el Premio Nobel de Literatura

1994 Exhibición de esculturas del artista colombiano Fernando Botero en Chicago

2004 La escritora colombiana Laura Restrepo gana el prestigioso premio Alfaguara con su novela *Delirio*

1940   **1960**   **1965**   **1980**   **1995**   **2000**

1949 Se estrena en Broadway el drama de Arthur Miller *Death of a Salesman*

1954 Ernest Hemingway gana el Premio Nobel de Literatura

1963 Primera exhibición de Arte Pop (incluye obras de Andy Warhol y Jasper Johns) en el Museo Guggenheim de Nueva York

2004 *Farenheit 9/11* recibe el primer premio en el Festival de Cine de Cannes

La expresión artística: Artes plásticas

ArteTour presenta

RECORRIDO
Las Bellas Artes de Venezuela

¡Oportunidad única para **apreciar** y **experimentar** las artes a lo vivo en Venezuela!

Estudie la arquitectura colonial

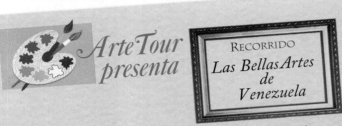

Panteón Nacional **(la cúpula)**

Panteón Nacional **(la fachada)**

Panteón Nacional — lugar histórico donde reposan los restos de Simón Bolívar. Sus orígenes **datan del** siglo XVIII. En una época la fachada era de estilo gótico, pero hoy en día se considera una de las más importantes **muestras** de arquitectura neocolonial en Venezuela. Por dentro guarda varios tesoros artísticos, incluidos los **murales** del gran artista venezolano, Tito Salas.

Explore la diversidad de la **artesanía**

Talla de **madera**

Alfarería

La artesanía es la expresión **simbólica** de los valores y tradiciones de las culturas venezolanas. Hasta hoy en día las piezas son siempre **elaboradas a mano** usando **técnicas** que se trasmiten oralmente de generación en generación.

Aprenda de la pintura de los grandes maestros venezolanos

Paisaje de Caracas; **óleo** sobre **lienzo**

Pintura de Pedro Ángel González (1939–) **Rompió con la tradición** de su época con una expresión más libre en la que pintó **paisajes** y **naturaleza muerta**.

El tour incluye: hoteles, entradas a monumentos, museos, y transporte local. Museos de Caracas incluidos: Museo de Bellas Artes, Museo de Arte **Contemporáneo**, Galería de Arte Nacional.

ArteTour

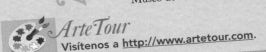

Visítenos a http://www.artetour.com.

iLrn ¡OJO! Don't forget to consult the **Índice de palabras conocidas**, pp. A8–A9, to review vocabulary related to the arts and artistic expression.

> For additional practice see the **Activity File** at the end of this text: **Capítulo 8, Vocabulario A. Arte 101.** p. D34; and **Vocabulario B. Exposición de arte.** p. D34.

> **Atención a la palabra:** The word **arte** in the singular form is masculine and adjectives used with this word are masculine, as in **el arte contemporáneo.** However, when used in the plural, feminine gender agreement is required with adjectives. The term **las bellas artes** refers specifically to the fine arts.

Visit www.thomsonedu.com/ spanish for a Heinle iRadio podcast on pronunciation, **L, LL** and **Y.**

Para hablar de la expresión artística

el arco	*arch*
la torre	*tower*
la acuarela / acuarelista	*watercolor / watercolor artist*
el matiz / matizar	*shade, tint / to blend (colors)*
el pincel	*paintbrush*
pintar al óleo	*to paint in oils*
el lente gran angular / telefoto	*wide angle / telephoto lens*
el rollo de película (blanco y negro / en colores)	*roll of film (black and white / color)*
revelar	*to develop (film)*
la arcilla	*clay*
el mármol	*marble*
la vidriera de colores	*stained glass*
el vidrio	*glass*
la estética / estético(a)	*aesthetics / aesthetic*
la influencia / influir	*influence / to influence*
la sombra	*shadow*
en primer término	*in the foreground*
en el fondo / en segundo término	*in the background*
desafiar / desafiante	*to defy / challenging, defiant*
manipular	*to manipulate*
moldear	*to mold*
tallar	*to carve, shape, engrave (metal)*

Para enriquecer la comunicación: Para hablar de las formas y los colores

El edificio **tiene forma de pirámide.**	*The building is **shaped like a pyramid.***
A mí me encanta el arte **tridimensional.**	*I love **three dimensional** art.*
Su belleza se debe a su **forma simétrica.**	*Its beauty is owed to its **symmetrical shape.***
Son sus **colores cálidos** los que me gustan.	*It's its **warm colors** that I like.*
Su obra se destaca por **los colores brillantes.**	*His/Her work stands out because of its **brilliant colors.***

Práctica y expresión

CD2-7

8-3 Los museos de Caracas El Instituto del Patrimonio Cultural de Venezuela ofrece por teléfono información sobre los museos y eventos relacionados con el arte cada semana. Escucha el mensaje de esta semana y luego contesta las preguntas que siguen.

1. ¿A qué museos puedes ir para ver arte contemporáneo?
2. ¿Es típica del arte de Colombia la obra de Obregón? ¿Por qué sí o no?
3. ¿Qué tipo de muestras de la obra de Obregón tendrá el Museo de Bellas Artes?
4. ¿Por qué se considera la Galería de Arte Nacional una obra de arte de por sí?
5. ¿Qué clases se ofrecen este fin de semana en el Museo de los Niños? ¿Qué se puede aprender en estas clases?
6. ¿Cuál de los museos mencionados te gustaría visitar más? ¿Por qué?

8-4 Asociaciones ¿Qué materiales y técnicas de la columna de la derecha se pueden asociar con las categorías de la columna de la izquierda? Trabajando en grupos de tres, hagan las asociaciones y justifiquen sus decisiones.

1. _____ Fotografía
2. _____ Pintura
3. _____ Arquitectura
4. _____ Artesanía

    a. la arcilla
    b. el arco
    c. el pincel
    d. el lente gran angular
    e. la vidriera de colores
    f. en primer término
    g. la sombra
    h. la talla
    i. la cúpula
    j. el mármol
    k. el paisaje
    m. la torre
    n. moldear

8-5 ¿Aficionado(a) al arte o artista? Entrevista a otro(a) estudiante sobre sus gustos y talentos artísticos. Decide si es artista o al menos aficionado(a) al arte. Usa las siguientes preguntas y algunas tuyas.

¿Aprecias el arte? ¿Qué formas te gustan? ¿Tienes una forma de arte favorita? ¿Por qué es tu favorita? ¿Qué obras de arte o artesanía tienes en tu hogar? ¿Creas arte o artesanía? ¿Qué tipo? ¿Qué técnicas usas? ¿Con qué materiales trabajas?

8-6 El arte que nos rodea Para ganar más dinero, tu universidad decide vender todas las obras de arte que hay en el campus y le toca a tu clase escribir un catálogo en español de las obras de arte en el campus y su valor. Trabaja con otros dos estudiantes para escribir un pequeño catálogo. Incluyan por lo menos seis piezas y para cada una incluyan la siguiente información.

- una descripción del tipo de arte que es y de cuándo data
- una descripción de los materiales y técnicas usados en su elaboración
- una descripción de su valor estético o utilidad
- un precio

8-7 Artistas famosos Con otros dos estudiantes, seleccionen uno de los siguientes artistas para investigar y presentar a la clase. Busquen información sobre el artista, el tipo de artista que es, las obras que ha producido, sus inspiraciones artísticas, el simbolismo de sus obras, etc. Traten de buscar fotos de sus obras para mostrarle a la clase.

1. Fernando Botero
2. Doris Salcedo
3. Alejandro Obregón
4. Jesús Rafael Soto
5. José Antonio Dávila

Jesús Soto, Venezuela

La arquitectura venezolana a través de los años

El palafito es la primera "casa" venezolana. Es un tipo de arquitectura indígena que surge por la necesidad de protección contra los animales y para recibir las brisas de los ríos o lagos. Los canales del río servían de vías de comunicación.

Alonso de Ojeda y con él, un florentino Amérigo Vespucci, de cuyo nombre se deriva el nombre "América", ven los palafitos y como les recuerda a Venecia, le dan el nombre de "pequeña Venecia" o "Venezziola" a la región. Y claro, es de allí que se origina el nombre de Venezuela.

Hoy en día se pueden observar iglesias, mansiones y castillos construidos por los españoles en el período colonial. Otros estilos llegaron de Italia, Portugal y Alemania, como se puede ver en la colonia Tovar, fundada y construida por inmigrantes alemanes.

Pero Venezuela se destaca más por su modernismo, que empezó a principios de los años 1900, cuando mucha de la riqueza del descubrimiento del petróleo se invirtió en la renovación de Caracas. Caracas es una de las ciudades más modernas de Sudamérica.

Cuatro perspectivas

Perspectiva I ¿Qué sabes sobre la arquitectura de los Estados Unidos? Con otro(a) estudiante, hagan una lista de lo que saben sobre:

1. los tipos de vivienda de los indígenas de los Estados Unidos.
2. los diferentes países y culturas que ejercen influencia en las diferentes regiones de los Estados Unidos. ¿En qué edificios?
3. ¿Hay un estilo estadounidense? ¿Sí, no? ¿Por qué? ¿Cómo es?

Perspectiva II ¿Cómo los vemos a ellos?

¿Qué piensas sobre la vivienda en Sudamérica en general? ¿Piensas que es tan moderna como en los Estados Unidos?

¿Hay autopistas? ¿Cómo crees que son las autopistas? ¿Cómo son las casas? ¿Piensas que hay mucha pobreza?

Perspectiva III En Venezuela algunas personas dicen...

Venezuela conserva restos de la arquitectura indígena y colonial.
Caracas se considera una de las ciudades más modernas del mundo.

Perspectiva IV ¿Qué piensan los venezolanos de la arquitectura en los Estados Unidos? ¿Sabes?

Las dos culturas

¿Qué semejanzas hay entre la historia de la arquitectura en Venezuela y la de los Estados Unidos?

Estructuras

El imperfecto del subjuntivo; El uso del subjuntivo en cláusulas condicionales con si

El imperfecto del subjuntivo

iLrn ¡OJO! Before reviewing this section, consult the following topics on pp. B22–B27 of the **Índice de gramática**: Past subjunctive; Conditional tense; Future tense; Present progressive tense; Present perfect tense; Commands; Preterite tense; Imperfect tense; and Past perfect tense/Pluperfect tense.

> In order to preserve the original stress of the word, the **nosotros** form of the imperfect subjunctive carries an accent over the final **e** (for **-er** and **-ir** verbs) or over the penultimate **a** (for **-ar** verbs).

Spanish speakers may use the imperfect subjunctive while making subjective statements about art in the past. To form the imperfect subjunctive, the **-ron** ending is dropped from the third person plural form of the preterite and then the endings **-ra, -ras, -ra, -ramos, -rais, -ran** are added. For example:

pintar → pintaron → pintaran
Nosotros esperábamos que los artistas **pintaran** un cuadro nuevo.

Comprender → comprendieron → comprendiéramos
En la tienda de artesanía, la dependienta habló despacio para que nosotros **comprendiéramos.**

A verb that has an irregular third person plural form in the preterite tense will carry the same irregularity over to the imperfect subjunctive form. For example,

> andar → anduvieron → **anduviera** (él/ella)
> decir → dijeron → **dijeras** (tú)
> dormir → durmieron → **durmiéramos** (nosotros)
> leer → leyeron → **leyeran** (ellos)

> ¿Nos entendemos? A second set of imperfect subjunctive endings may be used in Spain: **-se, -ses, -se, -semos, -seis, -sen.**

The imperfect subjunctive occurs in the same contexts as the present subjunctive. The only difference is that the verb in the main clause is in a past tense rather than in a present or future tense.

La artista **insiste** en que **haya** armonía entre los componentes de sus cuadros.

La artista **insistía** en que **hubiera** armonía entre los componentes de sus cuadros.

The following chart indicates possible combinations between main clause verb tenses and either present subjunctive or imperfect subjunctive in the subordinate clause:

> For additional practice see the **Activity File** at the end of this text: **Capítulo 8, Estructuras A. Club de lectores.** p. D61.

> El maestro nos sugiere pres.
> El maestro nos está sugiriendo
> El maestro nos ha sugerido pp.
> El maestro nos sugerirá fut.
> ¡Dile al maestro que venga en seguida!
> } que nosotros pintemos el lienzo con colores brillantes. subj.
>
> El maestro nos sugirió pret.
> El maestro nos sugería imp.
> El maestro nos había sugerido imp.pl. } que pintáramos el lienzo con colores brillantes. imp. subj.
> El maestro nos sugeriría cond.
> El maestro nos habría sugerido cond.p.

The chart on page 222 indicates probable combinations. However, it is also possible to have a verb in the main clause in the present tense with the verb in the subordinate clause in the imperfect subjunctive.

¡**Es** imposible que **terminaras** el trabajo en una sola noche!

> For additional practice see the **Activity File** at the end of this text: **Capítulo 8, Estructuras B. Artista indeciso.** p. D61.

El uso del subjuntivo en cláusulas condicionales con *si*

The imperfect subjunctive is used with the conditional tense to express hypothetical situations. The imperfect subjunctive always appears in the **si** clause, expressing the situation that is contrary to fact. The conditional tense expresses what *would* happen if the premise in the **si** clause *were* factual.

Si tuviera talento artístico, me dedicaría a la fotografía en blanco y negro.
If I had artistic talent (but I don't), I would dedicate myself to black-and-white photography.

The imperfect subjunctive is also used with **como si** *(as if)* to make hypothetical statement.

Él habla **como si supiera** mucho sobre el surrealismo.
He talks as if he knows a lot about surrealism (but he doesn't).

> ## Un paso más allá: El subjuntivo versus el indicativo en cláusulas con *si*

The imperfect subjunctive is only used in an *if* clause if it presents a situation that is hypothetical or contrary to fact. If the **si** clause presents a possibility that either might occur in the future or might have occurred in the past, then the indicative is used.

INDICATIVE IN **SI** CLAUSE

Si ella **tiene** tiempo, **va a ir** a la exhibición de arte contemporáneo.
(It is possible that she will go.)

Si ella **fue** a la exhibición de arte contemporáneo ayer, no **va a ir** hoy.
(It is possible that she already went.)

SUBJUNCTIVE IN **SI** CLAUSE

Si ella **tuviera** tiempo, **iría** a la exhibición de arte contemporáneo.
(If she had time [and she does not], she would go.)

Si ella **hubiera tenido** tiempo, ella **habría (hubiera) ido** a la exhibición de arte contemporáneo.
(If she had had time [and she didn't], she would have gone.)

Práctica y expresión

8-8 Un artista venezolano Llena los espacios en blanco con la forma apropiada del verbo. Decide si necesitas el imperfecto del subjuntivo o el indicativo (pasado o presente) para saber sobre la vida de este artista venezolano. Indica si te gustaría ver su obra.

A Carlos González Bogen le gustaba el arte desde niño. Mientras otros niños preferían jugar, Carlos le pedía a su madre que (1) _le comprara_ (comprarle) pinceles y lienzos. Esperaba a que todos (2) _se fueran_ (irse) y se ponía a pintar. A los 14 años, cuando fue evidente que (3) _iba a ser_ (ir a ser) un gran artista, le aconsejaron que (4) _se fuera_ (irse) a estudiar a Francia. Allí, otros artistas venezolanos lo invitaron a que (5) _se hiciera_ (hacerse) miembro del grupo "Los disidentes".

De regreso a Caracas, convenció a otros artistas que (6) _lo ayudaran_ (ayudarlo) a fundar una galería de abstracción geométrica. Esperaba que (7) _fuera_ (ser) un éxito y así fue. Más adelante lo invitaron a que (8) _hiciera_ (hacer) una serie de viajes por todo el mundo y (9) _creara_ (crear) obras, que ahora se exhiben en Berlín y París. En Caracas le pidieron que (10) _realizara_ (realizar) varios murales, esculturas y monumentos, por los cuales recibió numerosos premios. No hay duda de que Bogen (11) _fue_ (ser) uno de los artistas más destacados de Venezuela.

8-9 ¿Qué pasaría si...? Completa las siguientes frases para saber qué te pasaría en las siguientes situaciones hipotéticas. Compáralas con las de otro(a) estudiante.

1. Si fuera un buen fotógrafo... _viajaría alrededor del mundo._
2. Si pudiera pintar acuarelas... _pintaría una escena de un lago._
3. Yo sería un muralista si... _mi madre me permitiera pintar en los muros._
4. Yo iría a un museo si... _estuviera en Nueva York._
5. Vendería mis pinturas si... _pensara que estaba de valor._
6. Pintaría todo el día si... _no me necesitara ir a mis clases._
7. ¡Si tuviera mucho dinero... _no trabajaría nunca!_
8. Si fuera un pintor famoso... _me quitaría mi oreja._

acuarelas watercolors

8-10 Expresiones artísticas Trabaja con otro(a) estudiante para ver qué tipo de oración pueden escribir juntos(as). Escribe cuatro frases con el imperfecto del subjuntivo y tu compañero(a) escribirá cuatro frases con el condicional. Cuando acaben, junten las partes para ver las oraciones y miren a ver si tienen sentido o si son graciosas *(funny).*

Ejemplos de frases con el subjuntivo:

Si hubiera sombra...
Si tuviera arcilla...
Si fuera un buen/una buena artista...
...

Ejemplo de frases con el condicional:

...pintaría una montaña.
...sería un pintor impresionista.
...trabajaría con mármol.
...

8-11 Clases de arte Con otro(a) estudiante conversa sobre tus clases de arte en la escuela primaria o secundaria. ¿Tuviste una experiencia similar o diferente?

1. ¿Te pedía la maestra que dibujaras? ¿Podías dibujar bien?

2. ¿Qué te decía la maestra que (no) hicieras? ¿... que no jugaras con la pintura? ¿... que no te pintaras la cara? ¿... que te pusieras un delantal *(apron)?* ¿... que pintaras algo bonito? ¿... que llevaras tu obra a tu casa?

3. ¿Te importaba mucho que otros fueran mejor que tú? ¿Te daba vergüenza? ¿Te sentías orgulloso(a)?

4. ¿Esperabas que tus padres exhibieran tu trabajo? ¿Preferías esconderlo *(hide it)?*

Exploración literaria

"El insomne"

En el poema *El insomne,* Eduardo Carranza emplea el modelo clásico del soneto —una composición poética de 14 versos endecasílabos (de once sílabas) organizada en dos cuartetos (estrofa *[stanza]* de 4 versos que riman ABBA) y dos tercetos (estrofa de 3 versos de rima variable). Por ser de origen italiano, el soneto es reconocido como una estructura clásica con una forma muy controlada. La mayoría de los sonetos de Carranza consideran el amor u otro tópico idealista. En este poema, no obstante, el poeta se dedica a otro tema propio de un hombre mayor contemplando su vejez y su propia mortalidad. En el contexto de una noche en que el poeta no puede dormirse, éste se encuentra con alguien en su casa que se acerca al hombre con una determinación invencible.

Antes de leer

1. ¿Has pasado alguna vez toda una noche despierto/a, sin poder dormirte? ¿Había algo que te preocupaba? ¿En qué pensabas?
2. ¿Tienes miedo a envejecer? ¿Cómo te gustaría que fueran los últimos años de tu vida? ¿Con quién te gustaría compartirlos?
3. El tema de la muerte es común en la literatura hispana. ¿Es también un tema recurrente en la literatura estadounidense? ¿Cuál es la actitud hacia la muerte en la cultura de este país?

> **Lectura adicional alternativa:** Gabriel García Márquez, "La prodigiosa tarde de Baltazar"

Estrategia de lectura | **Reconocer la función de una palabra como indicio de su significado**

Your knowledge of Spanish grammar and sentence structure can assist you in providing clues to the meaning of individual words within a text. As you know from reading the poem in **Capítulo 6,** the structure of poetic language is often distorted in order to achieve rhythmic or symbolic effects. Your first task, then, should be to restructure the words of a verse to provide a more conventional sequence of Subject-Verb-Object. For example, the first line of the poem, **"A alguien oí subir por la escalera."** can be rewritten as *Oí a alguien subir por la escalera.* The third line from the poem is **"Callaban el rocío y la campana."** First we recognize that the line has two nouns, **el rocío y la campana,** because nouns typically carry articles, in this case **el** and **la. Callaban** we recognize as a verb because of its third-person plural ending in the imperfect tense. Because of the plural ending of the verb, we can assume that **el rocío y la campana** function as the subject of the verb and, therefore, could be placed before the verb to render a more conventional reading of the verse: *El rocío y la campana callaban.* Knowing that the verb **callar** means *to be quiet,* we can deduce that two elements of the poet's surroundings are in the process—from the imperfect ending—of becoming quiet. As you probably know, **campana** means *bell.* The only word you may be unfamiliar with in this verse is **rocío** *(dew).* From the next line of the poem, **"...Sólo el tenue crujir de la madera,"** we recognize that the noun **la madera** means *wood.* We recognize the verb **crujir** because of its **-ir** ending and know that it is being used here as a noun because it is in the infinitive form and accompanied by an article, **el.** The preposition **de** following the infinitive attributes the action of the verb to a property of wood. Even if we don't know the meaning of the verb **crujir,** we can limit our guesses to something to do with wood. We might guess that wood *splinters, cracks, knocks,* or *creaks.* Given that the poet has already described a staircase in the first verse of the poem, we can deduce that here **crujir** means *to creak,* the sound made by someone walking up a wooden staircase. The word preceding the verb, **tenue,** is used to modify *the creaking of the wood.* As *the creaking of the wood* is a noun phrase, we know that **tenue** functions here as an adjective. Returning to the context of the first stanza, we know that someone advancing up the staircase causes the wood to creak. We might guess, then, that the adjective **tenue** means *slight.* The line, "**...Sólo el tenue crujir de la madera,**" can be translated as *Only the slight creaking of the wood.* We were able to do this although we knew the meaning of only one word, **la madera.** The rest we determined based on our knowledge of the context and our understanding of Spanish grammar and sentence structure.

The following lines from the poem can be approached in a fashion similar to that used in the lines we just completed. For each one, try to determine the meaning of each underlined word, identifying first whether the word is a noun (**sustantivo**), verb (**verbo**), adjective (**adjetivo**) or adverb (**adverbio**). In some cases, you may want to restructure the sentence in a more conventional order. Use the dictionary only as a last resort.

1. Ni el son del tiempo en mi cabeza cana.

2. (Deliraba de estrellas la ventana.)

3. Sonó un reloj en la desierta casa.

4. Nombrado me sentí por vez primera.

5. en esa voz de acento conocido...

Sobre el poeta y su obra

EDUARDO CARRANZA (1913-1985)

Eduardo Carranza, un poeta colombiano, nació en Apiay en 1913 y murió en 1985 a la edad de 72 años. Era el miembro más conocido de Piedra y Cielo, un grupo de poetas colombianos que se formó en 1935 con la intención de volver a las normas clásicas después del período experimental de la vanguardia. Eduardo Carranza empezó a distinguirse en el campo literario con la publicación de sus poesías en 1934. También fue periodista, catedrático y diplomático. Por un período dirigió con mucho éxito la Biblioteca Nacional de Colombia. Su poesía muestra una preferencia por las formas clásicas, especialmente el soneto. Sus poemas frecuentemente tratan de la patria, la muerte, el amor y el paisaje. Sus obras más conocidas incluyen, *"Canciones para iniciar una fiesta"*, *"Seis elegías y un himno"*, *"Ella, los días y las nubes"*, *"Azul de ti"*, *"Diciembre azul"* y *"El olvidado"*.

El insomne

Eduardo Carranza

A Alberto Warnier

A alguien oí subir por la escalera.
Eran —altas— las tres de la mañana.
Callaban el rocío y la campana.
... Sólo el tenue crujir de la madera.

No eran mis hijos. Mi hija no era.
Ni el son del tiempo en mi cabeza cana.
(Deliraba de estrellas la ventana.)
Tampoco el paso que mi sangre espera...

Sonó un reloj en la desierta casa.
Alguien dijo mi nombre y apellido.
Nombrado me sentí por vez primera.

No es de ángel o amigo lo que pasa
en esa voz de acento conocido...
... A alguien sentí subir por la escalera...

Después de leer

 8-12 Reconociendo la función de una palabra como indicio de su significado
Con otro(a) estudiante, asegúrense de que han identificado todas las palabras problemáticas del texto.¿Qué palabra les resultó más difícil y por qué?

 8-13 Comprensión y extensión En parejas o en grupos de tres, contesten las siguientes preguntas.

1. Tomando en cuenta que *el insomnio* se refiere al estado de no poder dormirse, ¿cuál es el significado del título del poema, *"El insomne"*?

2. ¿A qué hora toma lugar la acción del poema?

3. ¿Qué acción se destaca en la primera estrofa?

4. En la segunda estrofa el poeta rechaza una serie de posibilidades para el ruido que ha escuchado. ¿Cómo contribuye la estructura de la estrofa al enfoque en lo negativo?

5. ¿Cómo se refiere el poeta a sí mismo en la segunda estrofa?

6. ¿Cuál es el significado de ser nombrado el poeta en la tercera estrofa?

7. En la última estrofa, ¿por qué tenemos la sensación de que la visita no será algo positivo para el poeta?

8. ¿Cuál es el efecto de repetir el primer verso del poema al final del poema? ¿Nos indica algo la repetición del verso sobre el tema del poema?

9. ¿Has leído otros poemas similares a éste? ¿En qué sentido es universal el tema del poema?

Introducción al análisis literario | La alegoría

In contemporary literature, George Orwell offers an allegorical treatment of modern society in his novel *Animal Farm*. In this work, humankind is symbolically represented through various societies of animals, each with different virtues and vices. As you know from reading the poem in **Capítulo 5,** symbolic substitutions and comparisons—in the form of metaphor and simile—are quite common in poetry. Allegory depends on a deliberate and systematic substitution of one series of elements for another. In this sense, allegory can be thought of as an extended metaphor in which several features are elaborated, all referring to a central theme or portrayal. The poem you just read presents an allegorical treatment of death. Rather than present us with biological details describing the end of life, the poet prefers to construct an allegory in which death takes the form of a nocturnal visitor.

Assuming that the poem is a literary treatment of death, reread the poem in order to identify the attributes we typically associate with this phenomenon. For example, you might mention the early hour of the morning, the elderly state of the poet, or the death-like quiet of the house. Are there additional attributes you can identify? Identifying allegory is useful to understanding poetry because it allows us to better understand the symbolic context from which the poet is drawing his/her comparisons. For example, we can understand that the poet has chosen to repeat the first verse of the poem at the end of the poem in order to portray death as something inevitable and unavoidable. After you finish with the poem, consider other allegorical treatments you are familiar with and how they might compare to the one you just read.

Vocabulario en contexto

El mundo de las letras

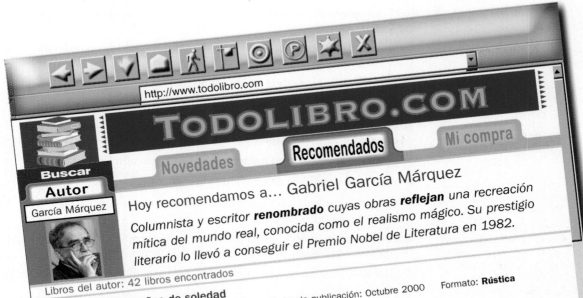

http://www.todolibro.com

TODOLIBRO.COM

Novedades   **Recomendados**   Mi compra

Buscar

Autor

García Márquez

Hoy recomendamos a... Gabriel García Márquez

Columnista y escritor **renombrado** cuyas obras **reflejan** una recreación mítica del mundo real, conocida como el realismo mágico. Su prestigio literario lo llevó a conseguir el Premio Nobel de Literatura en 1982.

Libros del autor: 42 libros encontrados

Cien años de soledad
Fecha de publicación: Octubre 2000   Formato: **Rústica**

Clasificación: **Ficción** y Literatura
Número de páginas: 360
ISBN: 950-07-0029-8

Precio $ 23,00.– US$ 7.85.–   6.48.–

Sin duda es una de las novelas más **fascinantes** del siglo XX. Millones de **ejemplares** de Cien años de soledad son leídos en todas las lenguas y le dio a su autor el premio Nobel de Literatura. Una **aventura** fabulosa de la familia Buendía-Iguarán, con sus milagros, **fantasías**, obsesiones, tragedias, incestos, adulterios, rebeldías, descubrimientos y condenas, representaba al mismo tiempo el **mito** y la historia, la **tragedia** y el amor del mundo entero.

Comprar

El amor en los tiempos del cólera
Fecha de publicación: Agosto 2000   Formato: **Tapa dura**

Clasificación: Ficción y Literatura
Número de páginas: 456
ISBN: 950-07-0320-3

Precio $ 27,00.– US$ 9.22.–   7.61.–

Con humor y su impecable estilo, García Márquez **relata** la historia de sus **protagonistas**, Fermina Daza y Florentino Ariza, y su amor frustrado. Esta novela tuvo un gran recibimiento por parte de los **lectores** y la crítica, y confirmó a García Márquez como un escritor de **reconocimiento** mundial.

Comprar

Doce cuentos peregrinos
Fecha de publicación: Julio 2003   Formato: Rústica

Clasificación: Ficción y Literatura
Número de páginas: 224
ISBN: 987-11-3809-1

Precio $ 12,00.– US$ 4.10.–   3.38.–

"El esfuerzo de escribir un cuento corto es tan intenso como empezar una novela. Pues en el primer párrafo de una novela hay que definir todo: estructura, **tono**, estilo, ritmo, longitud, y a veces hasta el carácter de algún **personaje**..." Este volumen recoge cuentos de García Márquez, precedidos por un prólogo.

Comprar

Otros libros de García Márquez

<u>Vivir para contarla</u> El primer volumen de las **memorias** del autor. Cuenta la historia de sus abuelos, los amores de su padre y su trabajo periodístico.

<u>Cómo se cuenta un cuento</u> García Márquez **revela** algunos de los puntos fundamentales para la creación de un texto.

iLrn ¡OJO! Don't forget to consult the **Índice de palabras conocidas**, pp. A8–A9, to review vocabulary related to the arts.

> For additional practice see the **Activity File** at the end of this text: **Capítulo 8, Vocabulario C. En la Feria del Libro.** p. D35; and **Vocabulario D. ¡Enséñame literatura!** p. D35.

> **Atención a la palabra: Carácter** is somewhat of a false cognate in that it only means personality. **Personaje** is the Spanish word for a character in a story. Notice this contrast in the description of *Doce cuentos peregrinos*.

> Other words and phrases related to literature are cognates with English words: **la antología** *(anthology)*, **la (auto)biografía**, **clásico(a)**, **la fábula** *(fable)*, **el héroe/la heroína** *(hero, heroine)*, **misterio** *(mystery)*, **el (la) prosa** *(prose)*, **el soneto** *(sonnet)*.

Para hablar de la literatura

el cuento de hadas	*fairy tale*
el desenlace	*ending*
la épica	*epic*
la ficción / ficticio	*fiction / fictitious*
la fuente artística	*artistic source, inspiration*
el género literario	*literary genre*
el homenaje	*homage, tribute*
la ironía / irónico(a)	*irony / ironic*
la leyenda	*legend*
la metáfora	*metaphor*
la mitología / mítico(a)	*mythology / mythical*
el (la) narrador(a)	*narrator*
la narrativa	*narrative*
la novela policíaca	*detective novel*
la novela rosa	*romantic novel*
el realismo / realista	*realism / realistic, realist*
la rima / rimar	*rhyme / to rhyme*
la sátira / satírico(a)	*satire / satirical*
el seudónimo	*pseudonym*
el símil	*simile*
la tradición oral	*oral tradition*
la trama	*plot*
el verso	*verse (line of poetry)*
reaccionar	*to react*

Para enriquecer la comunicación: Para comentar una obra literaria

Seguramente va a ser un **"best seller"** / libro de **superventas.**	*Surely it will be a **best seller.***
¡Es un poema **maravilloso!**	*It's a **marvelous** poem.*
Es la historia más **conmovedora** que he leído.	*It's the most **moving** story I've read.*
Ese libro es **incomprensible.**	*That book is **incomprehensible.***
No escribe de **un modo muy asequible.**	*He/She doesn't write in **a very accessible way.***

Práctica y expresión

8-14 La biografía de García Márquez Escucha el siguiente *Momento biográfico* sobre
Gabriel García Márquez y luego contesta las preguntas que siguen.

CD2-8

1. ¿Por qué fueron tan importantes los primeros años de la vida del autor?
2. ¿Por qué usaba García Márquez el seudónimo de Séptimus cuando escribía su
   columna periodística? *Virginia Wolf omenaje*
3. ¿Qué es Macondo? *la villa en su novela "100 years of solitude"*
4. ¿Cuál fue la novela que convirtió al autor en una de las figuras más importantes en la
   literatura latinoamericana? *cien años de soledad*
5. ¿Qué es el realismo mágico?
6. ¿Qué tipo de libro es *Vivir para contarla?* *autobiografíca*
7. ¿Te gustaría leer la literatura de García Márquez?
   Estoy leendo "cien años de soledad" y me gusta mucho.

8-15 En otras palabras Empareja el término de la columna de la izquierda con la frase
que mejor lo defina o ejemplifique en la columna derecha.

1. _____ la ironía
2. _____ la tradición oral
3. _____ el símil
4. _____ la novela policíaca
5. _____ el género literario
6. _____ la novela rosa
7. _____ el desenlace
8. _____ la sátira
9. _____ las memorias
10. _____ el verso

a. categoría de obra literaria: ensayo, novela, poesía,
   teatro, etc.
b. obra biográfica o autobiográfica que relata los
   sucesos de la vida de alguien
c. literatura transmitida de generación en
   generación sin ser escrita
d. novela romántica
e. palabra o grupo de palabras usadas en la poesía
f. lo contrario de lo que se dice o se cree
g. técnica literaria de comparar expresamente una
   cosa con otra
h. técnica literaria de poner en ridículo algo o a
   alguien
i. final de una narración u obra dramática
j. obra que relata historias, delitos o crímenes y el
   trabajo de la policía para investigarlos y capturar
   a los culpables

8-16 Encuesta de gustos literarios En grupos de tres compartan sus respuestas a las
siguientes preguntas. Luego, compartan sus respuestas con la clase para ver quiénes tienen
gustos literarios parecidos.

1. ¿Con qué frecuencia lees por placer?
   __ Todos los días.   __ Sólo durante las vacaciones.
   __ Sólo durante los fines de semana.   __ No me agrada leer.

2. ¿Te gustaría poder leer más?
   __ Si pudiera, viviría en la biblioteca.
   __ Sí, me gustaría poder leer algo más.
   __ Si tuviera más tiempo libre no me lo pasaría leyendo.

3. ¿Cuáles son los dos géneros literarios que más te gustan? ¿Por qué?
   __ novela   __ teatro
   __ cuento corto   __ libro de texto
   __ poesía   __ tira cómica
   __ ensayo

4. ¿Cuáles son los dos tipos de literatura que más te gustan?
   __ fantasía, mitos y leyendas
   __ la sátira
   __ la aventura
   __ novela/cuento rosa
   __ novela policíaca / cuento policíaco
   __ de misterio

5. ¿Cuántas obras literarias has leído en español?
   __ He leído tres o más obras en español.
   __ He leído una obra literaria en español.
   __ Sólo he leído las obras en este libro.
   __ No he leído ninguna obra en español.

6. ¿Te gustaría leer más literatura en español?
   __ ¡Claro que sí!
   __ Me da algo de miedo, pero sí me gustaría.
   __ Sólo si mi profesor(a) me obliga.
   __ ¡No quiero leer más literatura ni en inglés!

8-17 La mejor que he leído Habla con otro(a) estudiante sobre la mejor historia que hayas leído. Cuéntale del título, autor y género de la obra y también cuéntale sobre la trama, los personajes, el narrador y su tono y estilo, y el desenlace. Dile por qué crees que es la mejor historia que has leído.

8-18 ¿Cómo se cuenta un cuento? En grupos, lean el siguiente trozo de un cuento corto de Gabriel García Márquez de su libro *Doce cuentos peregrinos*, y basándose en la información de la selección, inventen un cuento. Antes de relatar la historia, hablen de los personajes, la trama, el estilo que el cuento va a tener, etc. Luego, empiecen a contar el cuento oralmente, tomando turnos entre todos los miembros del grupo.

La mañana siguiente me despertó el teléfono. Había olvidado cerrar las cortinas al regreso de la fiesta y no tenía la menor idea de la hora, pero la alcoba estaba rebozada (cubierta) por el esplendor del verano. La voz ansiosa en el teléfono, que no alcancé a reconocer de inmediato, acabó por despertarme.

—¿Te acuerdas del chico que se llevaron anoche para Cadaqués (pueblo playero de España)?

No tuve que oír más. Sólo que no fue como me lo había imaginado, sino aún más dramático. El chico, despavorido por la inminencia del regreso, aprovechó un descuido de los suecos venáticos (locos) y se lanzó al abismo desde la camioneta en marcha, tratando de escapar de una muerte ineluctable (inevitable).

Este escritor y político venezolano, nacido en Caracas (1884–1969) es el más conocido internacionalmente de todos los escritores venezolanos. Publicó numerosas novelas realistas centradas en la vida de su país y basadas en la lucha de la vida real. En sus obras expone la causa de los mulatos (mezcla de españoles y africanos) y defiende el valor del mestizaje *(the mixing of races)*.

Su obra más conocida es la novela *Doña Bárbara,* publicada en 1929. Esta obra se considera una de las novelas más representativas de la literatura hispanoamericana.

> Tenga mucho cuidado con doña Bárbara. Usted va para Altamira, que es como dicen, los correderos de ella *(her pathways)*. Ahora sí puedo decirle que la conozco. Esa es una mujer que ha fustaneado *(destroyed)* a muchos hombres...
>
> Tal era la famosa doña Bárbara: lujuria *(lust)* y superstición, codicia y crueldad...

De esta obra nacieron varias versiones de películas distribuidas por toda Hispanoamérica. En esta obra se representa la lucha entre el progreso y la civilización, y lo primitivo y lo natural, así como también la lucha contra las fuerzas de la tiranía en Venezuela. Esta fuerte crítica contra el gobierno lo obligó a exiliarse por unos años. Al regresar en 1947, Rómulo Gallegos ganó las primeras elecciones populares de la República de Venezuela. Desafortunadamente, menos de un año después fue depuesto *(deposed)* por un golpe militar.

Como muestra *(gesture)* de su aporte al mundo literario, se fundó el Centro de Estudios Latinoamericanos Rómulo Gallegos. También se creó el Premio Internacional de Novela Rómulo Gallegos, que es uno de los más prestigiosos de Latinoamérica.

Las dos culturas

1. *Doña Bárbara* es una novela realista. ¿Qué crees que es una novela realista?
2. ¿Conoces algún otro escritor latinoamericano o español?
3. ¿Cuáles son los escritores estadounidenses realistas más conocidos? ¿Conoces sus obras?
4. ¿Cuál es el simbolismo del nombre Doña Bárbara? ¿Qué significa el nombre literalmente?
5. ¿Has leído o visto alguna película donde haya una confrontación entre lo primitivo y natural en contra de lo urbanizado y civilizado?

Estructuras

iLrn **¡OJO!** Before reviewing this section, consult the following topics on pp. B27–B29 of the **Índice de gramática**: Pronouns.

> For additional practice see the **Activity File** at the end of this text: **Capítulo 8, Estructuras C. Cien años de soledad.** p. D62; and **Estructuras D. Botero.** p. D63.

> Although in informal English a sentence may end with a preposition, in Spanish the preposition must precede the relative pronoun.

> **Quien** or **quienes** may also be used instead of **que** to introduce a nonrestrictive clause—a clause that provides additional information and is not necessary to complete the idea of the main clause—set off by commas: **El profesor, quien es dramaturgo, viene a charlar con nosotros hoy.**

Pronombres relativos

Spanish speakers will often use relative pronouns when making assertions about an author or an artist and the work that they do. In English there are three primary relative pronouns: *that, which,* and *who/whom.* Relative pronouns are connecting words used to link two sentences together in which the same words or phrases are repeated. For example,

El personaje principal de la obra es un abogado.

El abogado se llama Alberto.

By linking the two sentences together with the relative pronoun **que,** a single, complex sentence—a sentence consisting of two clauses—is formed. This condensation avoids the redundancy of repeating the word **abogado:**

El personaje principal de la obra es un abogado **que** se llama Alberto.

In English the relative pronoun is often omitted. In Spanish, the relative pronoun must be included.

Me encantó el libro de bolsillo **que** me diste.
I loved the paperback book (that) you gave me.

El hombre **con quien** hablaste es autor de novelas policíacas.
The man (that) you talked with is an author of detective novels.

In Spanish, relative pronouns include the following:

que	*that, which, who*
quien, quienes	*who, whom, the one(s) who*
el (la) cual, los (las) cuales	*which, who*
el (lo, la, los, las) que	*the one(s) who (which), he (she, those) who*

In Spanish **que** is the most commonly used relative pronoun. **Que** can be used:

- as either a subject or an object of a verb, substituting a person, place, or thing.

  Carlos es un autor **que** antes escribía novelas rosas. (**que** *is used to substitute for the subject of the clause.*)

- after the short prepositions **a, de, con,** and **en** in reference to a place or thing.

  El libro **en que** estoy pensando es un estudio biográfico.

  ¿Has visto la sección de literatura infantil **de la que** nos habló la bibliotecaria?

The relative pronouns **quien** and **quienes** are used only in reference to people. Furthermore, these pronouns are only used:

- following short prepositions such as **a, de, con,** and **en.**

  Mi amiga, **con quien** hablaste, está escribiendo un libro de memorias.

- to express in Spanish *he who, the one(s) who,* etc.

  Quien se dedique a leer la novela entera encontrará un desenlace fascinante.

The relative pronouns **el (la) cual, los (las) cuales,** and **el (la, los, las) que** are also used:

- with longer prepositions.

  Esos escritores escribían en los años de la dictadura, **bajo la cual (en la que)** había poca libertad de expresión.

- in the case of two antecedents to refer to the more remote of the two.

  El amigo de la directora, **el cual (el que)** viene aquí todos los veranos, tiene su propia compañía de teatro.

In the example above, the more remote antecedent is **el amigo. El cual** or **el que** resolves the potential ambiguity, indicating that it is **el amigo,** rather than **la directora,** who comes here every summer.

- to translate *the one(s) that.*

  Estos versos son buenos, pero **los que** escribiste ayer me gustaban más.

- as an alternative to **quien** or **quienes** to mean *he (she) who, those who.*

  El que se dedique a leer la novela entera encontrará un desenlace fascinante.

> **Un paso más allá: Los usos de *lo que, lo cual* y *cuyo(a/os/as)***

Lo que and **lo cual** are neuter relative pronouns that are used to refer to an entire preceding idea or action.

  La mitología contiene muchos elementos fantásticos, **lo cual (lo que)** me fascina.
  (**lo cual** *in this case substitutes the entire idea that mythology has many fantastic elements.*)

Lo que may also be used to express *what* in the sense of *that which.*

  Lo que más me gusta de la poesía moderna son las metáforas.

Cuyo(a/os/as) is used to express *whose.* As a relative adjective, it must agree in number and gender with the noun that it modifies.

  Los autores realistas, **cuyas novelas** leímos en clase, son mis favoritos.

Práctica y expresión

8-19 Doña Bárbara ¿De qué se trata esta novela venezolana? Para saberlo, lee las oraciones y júntalas con los pronombres relativos: quien, a quien, de quien, con quien, etc. Indica si te gustaría leer esta novela.

Ejemplo   Doña Bárbara es astuta y cruel. Se rumora que tiene un pacto con el diablo.
Doña Bárbara, quien se rumora que tiene un pacto con el diablo, es astuta y cruel.

1. Santos Luzardo es el dueño del Rancho Altamira. Regresó de la ciudad.
2. Doña Bárbara cautiva misteriosamente a los hombres. Les roba sus tierras.
3. Doña Bárbara tuvo una hija con Lorenzo Barquero. Él fue una de sus víctimas.
4. Doña Bárbara nunca habla con Marisela. Marisela es su hija.
5. Doña Bárbara bautizó sus propiedades "El Miedo". Ella tiene fama de bruja *(witch).*
6. El Rancho le pertenece a Santos Luzardo. Santos Luzardo le hace frente *(confronts)* a Doña Bárbara.

8-20 **Una leyenda colombiana** Llena los espacios en blanco con los pronombres relativos correspondientes, para saber sobre esta antigua leyenda colombiana sobre el origen del maíz.

Los indígenas chibchas, ~~quienes / los cuales~~ padecían de hambre y gran miseria, mandaron a un hombre llamado Piracá, _quien_ tenía unas valiosas mantas (*sheets*), al mercado para intercambiarlas por oro. En el mercado obtuvo unos granos de oro ~~los en cuales los que / cuales~~ puso toda su fe (*faith*). En el camino a casa tropezó (*tripped*) y se cayó en un hueco (*hole*). Un ave negra le arrebató (*snatched*) la bolsa ~~en la cual que~~ había puesto el oro. Los granos _que_ se llevó el ave se fueron cayendo uno a uno en la tierra. Piracá logró salir del hueco ~~en el cual que~~ cayó, pero no encontró el oro. Al regresar quince días después, Piracá, ~~cuya~~ fe era grande, encontró abundantes y hermosas plantas, ~~de las cuales las que~~ colgaban granos de color oro. Era el maíz. Desde ese momento los indígenas chibchas no volvieron a sufrir hambre.

8-21 **Definiciones** Escoge una de las palabras del vocabulario de este capítulo y escribe una definición. Otro(a) estudiante debe adivinar qué es y añadir su opinión sobre el género. La definición debe contener pronombres relativos.

Ejemplo —Es una historia en la que hay magia y cuyo final es casi siempre feliz.
—**Es un cuento de hadas. Me gustan mucho los cuentos de hadas.**

8-22 **Personajes interesantes** Con un(a) compañero(a), piensa en un personaje literario de una novela, un cuento o una película conocida. Describe este personaje usando por lo menos dos cláusulas relativas. Tu compañero(a) debe adivinar quién es.

Ejemplo Es el que está enamorado de una mujer joven y que es de una familia enemiga. (**Romeo**)
o
Es un personaje idealista y un poco loco que vive en un lugar de la Mancha, España, cuyo compañero se llama Sancho Panza. (**Don Quijote**)

8-23 **Más sobre los gustos literarios** Con otro(a) estudiante, conversa sobre lo que estás leyendo últimamente y tus gustos literarios.

1. ¿Qué es lo que más te gusta leer? ¿Qué es lo que menos te gusta?
2. ¿Qué estás leyendo ahora?
3. ¿Qué es lo más emocionante del libro? ¿lo que te hizo llorar? ¿lo que te hizo reír más? ¿lo que más te gustó? ¿lo que menos te gustó?
4. Piensa en una novela o cuento con cuyo personaje te identificas más. ¿Quién es?
5. ¿Te gusta la poesía? ¿Qué es lo que te gusta de la poesía? ¿Y qué es lo que no te gusta?

Rumbo abierto

> Paso 1 Vas a leer un reportaje sobre una nueva exhibición del pintor colombiano Fernando Botero. En la siguiente página tienes un ejemplo de una pintura de Botero. Con otro(a) estudiante, describe la pintura y trata de identificar tres o cuatro características del estilo del pintor.

> Paso 2 Para facilitar tu comprensión de la lectura, recuerda la estrategia de lectura que aprendiste en este capítulo: Reconocer la función de una palabra como indicio de su significado. Lee ahora el artículo tomando notas de las opiniones de diferentes personas sobre las características y las funciones del arte en general.

> Paso 3 ¿Qué has entendido? Contesta las siguientes preguntas.

1. ¿Cuál es el tema de estos óleos y dibujos?

2. ¿Cuál es la finalidad principal de esta exhibición según el pintor?

3. ¿Cuáles han sido hasta ahora los temas de Fernando Botero?

4. Según Botero ¿cuál es la finalidad del arte?

5. ¿Con qué otras pinturas famosas se están comparando los óleos de Botero?

> Paso 4 En la lectura te diste cuenta de que existe un debate en cuanto a cuál debe ser la finalidad del arte. ¿Debe ser la de dar placer o la de educar al público? Con otro(a) estudiante decidan si ustedes creen en que el arte en general debe tener una función social (hacer pensar a la gente sobre su situación) o debe sólo entretener. Hagan una lista de cuatro argumentos a favor y cuatro en contra de su opinión.

Fernando Botero retrata la guerra en Colombia en una nueva exposición

BOGOTÁ (AP) — Las gruesas figuras que se han convertido en el sello del pintor y escultor colombiano Fernando Botero, han caído bajo las balas y bombas que desangran a este país desde hace décadas. Así lo refleja la nueva exposición que se inaugura este martes en el Museo Nacional de Bogotá, compuesta por 23 óleos y 27 dibujos donados por el afamado artista que tienen como contexto el conflicto armado provocado por guerrilleros, paramilitares y narcotraficantes. Mujeres llorando a sus familiares, cadáveres devorados por buitres, esqueletos circulando por el mundo de los vivos, hombres desnudos maniatados (*hands tied behind their backs*) y con los ojos vendados, son algunas de las imágenes recurrentes de las últimas obras de Botero.

"La idea de esta exposición es que en el futuro la gente se acuerde del momento más trágico de nuestra historia", explicó el lunes el artista en una conferencia de prensa. Agregó que también busca que en el presente los colombianos reflexionen sobre este "horrible cáncer de la violencia, que viene de todas partes".

Atrás parecen haber quedado las bucólicas imágenes de los aristócratas y campesinos que poblaron durante años sus cuadros y esculturas, que están repartidos por museos, galerías y colecciones privadas de todo el mundo. Sus pinturas más tradicionales suelen representar a familias típicas de los pueblos de su Antioquia natal, generales engalanados con medallas, mujeres desnudas en actitudes cotidianas y voluminosas naturalezas muertas.

Botero aseguró que como artista no podía ser indiferente a la violencia que sacude a su país, a pesar de que vive entre Nueva York y Europa desde hace décadas. Incluso tuvo que ir más allá de sus convicciones, ya que para él, el arte tiene como finalidad "dar placer". La información de prensa fue clave para inspirar estos 50 cuadros pintados entre 1999 y este año. "El pintor puede hacer visible lo invisible en el momento del drama", dijo.

Botero, de 72 años, es el más importante pintor colombiano vivo, e integra la trilogía de los máximos exponentes de la pintura de este país en el siglo XX, junto a Alejandro Obregón y Enrique Grau, ambos fallecidos. Sin embargo, ésta no es la primera vez que el artista incursiona en la temática de la violencia, ya que ha realizado retratos del capo de la droga Pablo Escobar atravesado por las balas y del jefe guerrillero Manuel Marulanda. En el 2000 donó gran parte de su colección personal de obras propias y de otros artistas al Museo de Antioquia, en Medellín, y a la Casa de Moneda del Banco de la República, en Bogotá. En ambos sitios hay muestras permanentes que son visitadas por miles de personas.

La directora del Museo Nacional en Bogotá, Elvira Cuervo de Jaramillo, cree que la nueva donación no sólo es una expresión de la inmensa generosidad del artista, sino también de su voluntad de contribuir a la memoria de Colombia para que el país no repita su historia de violencia. "En 20 o 30 años, cuando el país viva en paz, yo creo que esto será similar al *Guernica* de Picasso o a Los fusilamientos de Goya", dijo Cuervo. La muestra "Botero en el Museo Nacional de Colombia: Donación 2004" recorrerá las principales ciudades del país para regresar después al recinto capitalino.

¡A escribir!

ATAJO *Functions:*
Describing
Vocabulary: Animals,
Emotions; People;
Personality
Grammar: Adjectives: agreement;
Adjectives: placement; Adverbs;
Verbs: *if* clauses

Habrá una exposición de arte poético entre tus compañeros de clase y vas a contribuir con un par de poemas. Puesto que el tema de la exposición es "Pintando con palabras", tus poemas van a presentar una descripción vívida de personas, animales, objetos o ideas.

Paso 1

No hay una sola manera de escribir poesía. En la *Exploración literaria* viste un ejemplo de un tipo de poema llamado soneto, el cual responde a un patrón estructural específico en cuanto al número de versos, estrofas, sílabas y tipo de rima. Los poemas que vas a escribir responden a otro tipo de patrón estructural. Se trata de la poesía cinquain y es parecida al haiku. Los poemas cinquain describen diferentes cosas: animales, personas, edificios, conceptos, etc. Aquí tienes un ejemplo:

<u>Anochecer</u>

Anochecer
resplandeciente, pacífico
iniciando gloriosamente la expiración
imparte con licencia su silencio armónico
serenidad

Antes de comenzar a escribir, piensa en dos o tres temas que te gustaría pintar con tus poemas. Algunas sugerencias son: un(a) amigo(a)/pariente/novio(a)/persona famosa; una mascota; una obra de arte; un deporte; un lugar o paisaje que te gusta.

Paso 2

Selecciona dos de los temas que pensaste. Comienza con un tema y durante cinco o diez minutos, apunta en un papel todo lo que se te venga a la mente para describir precisa y vívidamente ese tema. Piensa primero en los cinco sentidos (cómo se ve, cómo suena, cómo huele, cómo se siente y cómo sabe). Luego piensa en tus reacciones al tema (cómo te hace a ti sentir, pensar, hablar, portarte, etc.). Trata de apuntar todas tus ideas en español y no te preocupes por la forma. Una vez que acabes con un tema, vuelve a hacer lo mismo con el otro.

Paso 3

Ahora vas a escribir tus propios poemas cinquain. Como puedes observar en el ejemplo, el poema cinquain consiste en cinco versos que no riman. A diferencia del soneto, donde el verso tiene una estructura silábica estricta, el verso del poema cinquain se basa en el número de palabras. Sigue esta estructura:

Primer verso: Escribe una palabra que nombre el tema, por ejemplo, *Anochecer*. Normalmente es un sustantivo *(noun)*.

Segundo verso: Describe el tema en dos palabras. Pueden ser dos adjetivos o un sustantivo y un adjetivo.

Tercer verso: Describe en tres o cuatro palabras una acción que hace el tema. Pueden ser tres verbos o una frase verbal.

Cuarto verso: Describe en cuatro o cinco palabras una emoción que provoca el tema.

Quinto verso: Nombra el tema en una palabra, usando un sinónimo del nombre que usaste en el primer verso. Puedes usar un diccionario de sinónimos para ayudarte.

El título: Ponle un título que describa el contenido del poema.

Cuando acabes un poema, vuelve a escribir otro sobre el otro tema. No te olvides de tratar de seguir la estrategia para mejorar la descripción en tus versos.

ESTRATEGIA DE ESCRITURA

La descripción y el lenguaje descriptivo

Good descriptions create a clear, precise, and vivid image for the reader. One of the easiest ways to improve your descriptions is to incorporate more adjectives into your writing. Sometimes it can be hard to think of adjectives in Spanish, so it helps to first visualize the noun and then try to describe it in terms of how it looks, feels, tastes, sounds, or smells. Note whatever comes to mind, and then select from your notes the adjective or adjectives that most precisely represent the noun and match the tone of your writing.

Many nouns and verbs have related adjectival forms, so it is often possible to reduce a more wordy descriptive phrase into a more concise description by using a related adjective. For example, if you are trying to describe a person and you note that he or she likes adventures (**le gustan las aventuras**) you can also use an adjectival form and say that he or she is adventurous (**es aventurero[a]**). In the same way, you can describe a place by saying that it is a place where it rains a lot (**es un lugar donde llueve mucho**) or you can use the adjectival form of the verb **llover** and state that it is a rainy place (**es un lugar lluvioso**). The best way to know if adjectival forms that replace verbs or nouns exist is to look up that verb or noun in the dictionary and see if an adjective form is listed within or next to its entry. Be sure to always read the definition of the adjectival form to make sure that it retains the same meaning that you are trying to convey.

Whereas adjectives describe nouns, adverbs describe verbs, and a judicious use of adverbs and adverbial phrases can greatly add to the quality of your descriptions. Remember that adverbs can describe aspects of a verb such as time, place, and manner. Here are some examples:
Time: **cada viernes, en la mañana, nunca, rara vez, temprano,** etc.
Place: **afuera de, en el rincón, en la parte superior de, desde abajo, por encima de,** etc.
Manner: **apasionadamente, con determinación, directamente, sin delicadeza,** etc.

Your selection of nouns and verbs also contributes to the descriptive picture you paint in your writing. For example, the noun **historia** does not give us as much information (i.e., is not as descriptive) as the noun **aventura**. Likewise, the verb **decir** does not offer as specific information as does the verb **gritar.**

> Paso 4

Trabaja con un(a) compañero(a) de clase para revisar el primer borrador de tus poemas. Lee sus poemas y comparte tus respuestas a las siguientes preguntas: ¿Sigue la estructura del poema cinquain? ¿Describe vívidamente su tema? ¿Cuáles son las palabras descriptivas que usa? ¿Conoces otras que pueda usar? ¿Tiene el poema palabras comunes que puedan ser reemplazadas con palabras más precisas o descriptivas? ¿Tiene un título apropiado? ¿Tienes alguna recomendación para tu compañero(a)?

> Paso 5

Considera los comentarios de tu compañero(a) y vuelve a pensar en el lenguaje que has usado. Trata de explorar más con el diccionario las posibilidades de mejorar la precisión de tus descripciones. Luego, haz los cambios necesarios y escribe el segundo borrador de tus poemas.

> You have already learned that the past participle of many verbs functions as an adjective: **amar > amado; callar > callado; conocer > conocido; divertir > divertido;** etc.

> Remember that many adjectives can become adverbs by using the feminine adjectival form and adding **-mente** (**cuidadoso - cuidadosamente**) or by adding **-mente** only, when the adjective does not have a feminine form (**frecuente > frecuentemente; fácil > fácilmente**).

¡A ver!

> **Paso 1** El segmento que vas a ver trata de una obra de arte llamada "Gente Silla" que se realizó en Bogotá. Antes de ver el video, piensa en el título de la obra. Con otro(a) estudiante, piensen qué les sugiere. ¿Qué medio artístico crees que ha elegido su creadora? ¿Qué técnicas suponen que usó? ¿Qué elementos pueden componer esta pieza? ¿Creen que está en un museo o en la calle?

> **Paso 2** Mira el segmento y toma notas sobre esta obra de arte en Bogotá.

> **Paso 3** ¿Qué recuerdas? Contesta las siguientes preguntas.

1. ¿En qué consiste la obra "Gente Silla"?
2. ¿Quién es la creadora de esta obra tan particular? ¿De qué país es?
3. ¿Qué hace la gente en las sillas?
4. ¿Cuál fue la reacción del público?
5. ¿Cuál es el objetivo de la artista?

> **Paso 4** ¿Qué opinas? Con un(a) compañero(a), contesta las siguientes preguntas.

1. ¿Crees que este tipo de exhibición puede hacerse en cualquier ciudad del mundo? ¿Qué problemas podría tener esta artista en hacer algo así en tu ciudad?
2. ¿Qué tipo de arte consideras que es "Gente Silla"? ¿Por qué?
3. "Gente Silla" representa una crítica a la sociedad. ¿Qué está criticando la artista?

Para hablar del arte

la acuarela / acuarelista *watercolor / watercolor artist*
la alfarería *pottery*
la arcilla *clay*
el arco *arch*
la artesanía *arts and crafts*
la cúpula *dome*
la estética / estético(a) *aesthetics / aesthetic*
la fachada *façade*
la influencia / influir *influence / to influence*
el lente gran angular / telefoto *wide angle / telephoto lens*
el lienzo *canvas*
la madera *wood*
el mármol *marble*
el matiz / matizar *shade, tint / to blend (colors)*

la muestra *sample, copy*
el mural *mural*
la naturaleza muerta *still life*
el paisaje *landscape*
el pincel *paintbrush*
el rollo de película (blanco y negro / en colores) *roll of film (black and white / color)*
el símbolo / simbolizar *symbol / to symbolize*
la sombra *shadow*
la talla / tallar *sculpture, carving / to carve, shape, engrave (metal)*
la técnica *technique*
la torre *tower*
la vidriera de colores *stained glass*
el vidrio *glass*

contemporáneo(a) *contemporary*
en el fondo / en segundo término *in the background*
en primer término *in the foreground*

apreciar *to appreciate*
datar de *to date from*
desafiar / desafiante *to defy / challenging, defiant*
elaborar a mano *to produce, make by hand*
experimentar *to try, to experience*
manipular *to manipulate*
moldear *to mold*
pintar al óleo *to paint in oils*
revelar *to develop (film)*
romper con la tradición *to break with tradition*

Para hablar de las letras

la aventura *adventure*
el cuento de hadas *fairy tale*
el desenlace *ending*
el ejemplar *copy*
la épica *epic*
la fantasía / fantástico(a) *fantasy / fantastic*
la ficción / ficticio(a) *fiction / fictitious*
la fuente artística *artistic source, inspiration*
el género literario *literary genre*
el homenaje *homage, tribute*
la ironía / irónico(a) *irony / ironic*
el (la) lector(a) *reader*
la leyenda *legend*
las memorias *memoirs*

la metáfora *metaphor*
el mito / la mitología / mítico(a) *myth / mythology / mythical*
el (la) narrador(a) *narrator*
la narrativa *narrative*
la novela policíaca *detective novel*
la novela rosa *romantic novel*
el personaje *character*
el (la) protagonista *protagonist*
el realismo / realista *realism / realistic, realist*
el reconocimiento *recognition*
la rima / rimar *rhyme / to rhyme*
la sátira / satírico(a) *satire / satirical*
el seudónimo *pseudonym*

el símil *simile*
la tapa dura / rústica *hard cover / paperback*
el tono *tone*
la tradición oral *oral tradition*
la tragedia *tragedy*
la trama *plot*
el verso *verse (line of poetry)*

fascinante *fascinating*
renombrado(a) *renowned, famous*

reaccionar *to react*
reflejar *to reflect*
relatar *to tell, relate*
revelar *to reveal*

Capítulo 9

RUMBO A ARGENTINA Y URUGUAY

Metas comunicativas

En este capítulo vas a aprender a...

- comentar y explicar los inventos históricos y actuales
- describir las cuestiones éticas que conlleva la alta tecnología
- conversar sobre temas controvertidos
- escribir un ensayo expositivo

Estructuras

- El presente perfecto del subjuntivo y el pluscuamperfecto del subjuntivo
- El futuro perfecto y el condicional perfecto

Cultura y pensamiento crítico

En este capítulo vas a aprender sobre...

- las protestas electrónicas y en vivo
- la agricultura tradicional y moderna
- las actitudes de los argentinos hacia los teléfonos modernos e Internet

SUDAMÉRICA

Océano Pacífico

ARGENTINA
37.812.817

URUGUAY
3.386.575

Buenos Aires   ★Montevideo

  Track 8

Argentina y Uruguay		**1920** Se inicia una época de prosperidad económica en Argentina	**1947** El argentino Bernardo Alberto Houssay gana el Premio Nobel de Medicina	**1971** Eduardo Galeano, uruguayo, publica *Las venas abiertas de Latina América*	
	1900 El uruguayo José Enrique Rodó publica *Ariel*				
1875	**1900**	**1925**	**1950**	**1970**	**1975**
Los Estados Unidos					
1876 Alexander Graham Bell inventa el teléfono	**1909** Se introduce al mercado el modelo T de la compañía Ford		**1945** Se produce la primera bomba atómica	**1969** Neil A. Armstong y Edwin Aldrin logran aterrizar en la Luna	**1977** Se fabrica el primer ordenador Apple

Tecnología: ¿progreso?

Un gaucho   La Pampa   Una
científica

Marcando el rumbo

9-1 Argentina y Uruguay: ¿Qué sabes? Con otro(a) estudiante, determina si la siguiente información sobre estas dos naciones de Sudamérica y su gente es cierta o falsa. Si las oraciones son falsas, corrígelas.

1. Ningún argentino ha ganado el Premio Nobel de Medicina.
2. La agricultura y la ganadería representan dos fuentes de ingresos importantes para las economías de Argentina y Uruguay.
3. Uruguay tiene una de las tasas más altas de alfabetización en el continente.
4. Uruguay es uno de los países latinoamericanos con un buen sistema de bienestar social.

9-2 Argentina y Uruguay

CD2–10 **Paso 1:** A continuación vas a escuchar una descripción de algunos aspectos de la geografía, la población, el desarrollo socio-económico y la cultura de Argentina y Uruguay. Escucha y toma notas.

Geografía	Población
Desarrollo socio-económico	Cultura

Paso 2: Contesta las siguientes preguntas.

1. ¿Cuáles son las características principales de la geografía de Argentina? *los Andes, la pampa*
2. ¿Cuáles son algunas de las características de la población de Argentina y Uruguay? *Europea descendencia principalmente de*
3. ¿Qué avances científicos impulsaron el desarrollo socio-económico de Argentina y Uruguay?
4. ¿Cómo se llaman los argentinos ganadores del Premio Nobel de Medicina? *César Milstein Bernardo Alberto Houssay*

Paso 3: Acabas de escuchar acerca de varios avances científicos en la sociedad argentina y uruguaya. Con otro(a) estudiante, identifica cuatro inventos que hayan influido sobre tu vida diaria y describe de qué manera.

1980 El argentino Adolfo Pérez Esquivel gana el Premio Nobel de la Paz

1980 El argentino Jorge Luis Borges gana el Premio Cervantes

1980

1984 El argentino César Milstein gana el Premio Nobel de Medicina

1985

2003 El uruguayo Rodolfo Gambini gana el primer premio de la Academia de Ciencias del Tercer Mundo

2005

2003 Desastre de la nave espacial Columbia al entrar en la atmósfera terrestre

2004 Se reanuda el debate sobre el uso de células extraídas de embriones humanos en los Estados Unidos

Vocabulario en contexto

Los inventos de ayer y de hoy

http://www.iudadInter.com.ar

CIUDAD INTERNET
Tu portal tecnológico en Argentina

Cuenta de webmail | **Usuario** [   ] **Contraseña** [   ]

Buscador Google + Ubbi [   ]

Alta tecnología

Microsoft Windows anuncia un nuevo **sistema operativo** para PCs.

Autos **híbridos**: Desarrollan proyecto para fabricar autos de **hidrógeno** en Santa Cruz.

Compras

IPOD **Reproductor** de MP3
Para escuchar tu colección de música **digitalizada**

BlackBerry **asistente personal digital** (APD) con teléfono integrado
¡Con una **potencia inimaginable**: 128 MB RAM!

Memoria portátil USB con capacidad de **almacenar** más de 1GB de información.

Foros de debate y opinión

¿Cuál es el **invento** más **útil** de los últimos 200 años? [Participar]

La **cerilla** (237 votos)

La **pila** (343 votos)

El **envase de burbuja** (12 votos)

¿Comprarías un auto híbrido? [Participar]
Sí (300 votos)
No (400 votos)

Educación a **distancia**

LA UNIVERSIDAD DE BUENOS AIRES

iLrn **¡OJO!** Don't forget to consult the **Índice de palabras conocidas**, p. A9, to review vocabulary related to technology.

> For additional practice see the **Activity File** at the end of this text: **Capítulo 9, Vocabulario A. Bill Gates y su abuelo.** p. D36; and **Vocabulario B. No podría vivir sin...** p. D36.

> **Atención a la palabra:** The word **actual** is somewhat of a false cognate, since it means *current*, not *real* as it does in English. The English word *actual* is translated into Spanish as **real**, or **verdadero**, and *actually* is translated as **en realidad** or **de hecho**.

> **¿Nos entendemos?** Because many technological devices are so new and unique, there is no Spanish equivalent for their names, and they are therefore known in the Spanish-speaking world by their English names. In spoken Spanish, these words are pronounced according to the rules of Spanish pronunciation. Some examples include: **el DVD, el microchip, el Palm, el televisor plasma,** and **la webcam.** Because these are not Spanish words, it is not uncommon for there to be variation with respect to their gender or form. For example, in some areas **el Playstation, el Internet,** and **el computador** are used, while in others, **la Playstation, la Internet,** and **la computadora** are preferred.

Para hablar de los inventos de ayer y de hoy

la actualidad / actual	*present time / present, current*
la anestesia	*anesthesia*
el dispositivo	*device, gadget*
el helicóptero	*helicopter*
la herramienta	*tool*
el marcapasos	*pace maker*
la píldora anticonceptiva	*birth control pill*
la predicción / predecir	*prediction / to predict*
el recargador / recargar	*(battery) charger / to recharge*
la rueda	*wheel*
el transbordador espacial	*space shuttle*
anticuado(a)	*old fashioned, antiquated*
descabellado(a)	*crazy / crackpot*
eficaz / eficazmente	*efficient / efficiently*
novedoso(a)	*novel, new*
intercambiar ficheros	*to exchange files, file share*

Para enriquecer la comunicación: Para hacer un juicio sobre algo o alguien

¡Qué bárbaro(a)! (Argentina, Uruguay)	*How terrific!*
¡Es de película!	*It's fantastic!*
No me lo esperaba.	*I didn't expect it.*
¿Sueño o estoy despierto(a)?	*Am I awake or dreaming?*

Práctica y expresión

9-3 Feria de inventos Escucha el siguiente reportaje sobre inventos argentinos y uruguayos y luego contesta las preguntas que siguen.

CD2-11

1. ¿Cuáles son dos de los inventos históricos que nombran en el reportaje? ¿De qué países vienen?
2. ¿Para qué sirve el EMIUM? ¿Por qué predicen que cambiará el mundo en el nuevo milenio?
3. ¿Cuál es el invento uruguayo reciente que se menciona en el reportaje? ¿En dónde se está usando actualmente?
4. ¿Cuál fue el invento que más sorprendió a la reportera? ¿Para qué sirve el aparato?
5. ¿Cuál fue el invento más descabellado de la exposición?
6. ¿Qué se tiene que hacer para conseguir entradas gratuitas para la exposición?
7. ¿Qué invento te pareció más interesante? ¿Por qué?

9-4 Veinte preguntas Toma turnos con otro(a) estudiante para jugar a las veinte preguntas. Selecciona un invento de la lista y deja que tu compañero(a) te haga preguntas para averiguar cuál es. Tú sólo puedes contestar que sí o que no.

> **Ejemplo** (la rueda) Estudiante 1: **¿Lo usas con la computadora?**
> Estudiante 2: **No.**
>
> Estudiante 1: **¿Es algo anticuado?**
> Estudiante 2: **No.**
>
> Estudiante 1: **¿Fue inventado recientemente?**
> Estudiante 2: **No.**
>
> Estudiante 1: **¿Se usa todos los días?**
> Estudiante 2: **Sí.**

1. el helicóptero
2. un sistema operativo
3. el módem inalámbrico
4. el marcapasos
5. el transbordador espacial
6. software para intercambiar ficheros de música
7. la píldora anticonceptiva
8. el reproductor de DVD
9. el envase de burbuja
10. la anestesia

9-5 Los más... Con otros dos estudiantes, trata de pensar en tres inventos o innovaciones de la tecnología para cada categoría. Cada uno tiene que justificar bien sus ideas.

Los inventos más útiles o eficaces   Los inventos más descabellados
Los inventos más novedosos

9-6 El futuro tecnológico Trabaja con otro(a) estudiante y para cada categoría decidan cuáles probablemente serán dos o tres inventos futuros. Luego conversen sobre lo que inventarían si pudieran inventar algo novedoso.

Los aparatos electrónicos   La transportación
  (computadoras, cámaras, etc.)   ¿?
Los electrodomésticos

9-7 El sobreviviente Tú y tres estudiantes serán concursantes *(contestants)* en un programa de realidad. Irán a la Patagonia en julio y competirán con otro equipo para ver quiénes serán los sobrevivientes *(survivors)*. No pueden traer nada consigo, pero cada miembro del equipo puede pedirle al director que le dé dos cosas. Sin embargo, todo el equipo tiene que estar de acuerdo sobre las cosas que va a pedir cada miembro. Conversen y discutan entre todos los miembros del equipo sobre las cosas más importantes para pedir.

Espejos

Caceroladas en el Internet

Argentina está hoy día pasando por una crisis financiera que empeoró el 19 de diciembre de 2001, cuando el gobierno estableció una ley en la que prácticamente prohibió retirar dinero del banco. A esta ley la llamaron "el corralito" *(the little pen)*, porque el dinero puede gastarse en el país, pero no puede salir. Esto ha afectado grandemente a la clase media, a quienes sólo se les permite sacar una fracción, devaluada diariamente, de sus ahorros *(savings)*. La reacción del pueblo argentino ha sido una de indignación y protesta.

Una forma de expresión de protesta desde los años de Salvador Allende en Chile en los años 70, ha sido las "caceroladas" o "cacerolazos", donde unas personas hacen ruido pegándole a una cacerola *(pot)*, a las cuales otros vecinos se unen, hasta esparcirse *(spread)* por toda la ciudad. Como en Chile, en Argentina los manifestantes también forman un impresionante estruendo *(thunderous noise)* que los une en una potente voz de protesta.

Una versión moderna de esta tradicional cacerolada ha surgido en Internet. Citando que muestran una mala imagen de Argentina al mundo, los medios noticiosos, influenciados en gran manera por el gobierno, han montado una campaña para suprimir *(suppress)* las caceroladas, lo que ha hecho que muchas de las protestas se hayan mudado *(moved)* a Internet. Con escribir en un buscador "cacerolas" o "cacerolazo" se encuentran varios lugares dedicados a la protesta. En estos sitios se organizan protestas y se publican foros para la libre expresión. Argentina ha encontrado en Internet otra forma de cacerolada para llamar la atención a su causa.

> Cuatro perspectivas

Perspectiva I En los Estados Unidos...

1. ¿Qué tipos de protestas son comunes? ¿Has participado en algunas?
2. ¿En qué época estuvieron los Estados Unidos en una gran crisis económica?
3. ¿Puede nuestro gobierno influenciar los medios noticiosos?
4. ¿Participas en foros en Internet?

Perspectiva II ¿Cómo vemos a los argentinos? Marca con una (X) las opiniones con las que estás de acuerdo.

1. Los argentinos tienen una forma muy creativa de protestar. _____
2. Las caceroladas le dan una mala imagen a los argentinos. _____

3. Argentina es un país pobre; ¿cómo pueden organizarse por Internet? _____
4. El gobierno tiene influencia sobre los medios noticiosos. _____

Perspectiva III En Argentina algunos dicen...

Las caceroladas y los foros en Internet son un vehículo más de expresión.
En Argentina también se hacen marchas y demostraciones pasivas.

Perspectiva IV ¿Cómo ven los argentinos a los estadounidenses? ¿Sabes?

Las dos culturas

¿Sabes qué papel tienen los Estados Unidos en la crisis económica de Argentina?

Estructuras

iLrn ¡OJO! Before reviewing this section, consult the following topics on p. B30 of the **Índice de gramática**: Past participles; Present perfect tense; and Past perfect tense/Pluperfect tense.

El presente perfecto del subjuntivo; El pluscuamperfecto del subjuntivo

As you know from chapter 2, the perfect tenses are used to refer to an action or condition either before a moment in the present (present perfect) or before a moment in the past (past perfect). Perfect tenses communicate the idea of *having done something* (present perfect) or *had done something* (past perfect) and imply completion with respect to some point in time.

> Al prender la computadora, el programa me pregunta si **he entrado** la contraseña.
> Al prender la computadora, el programa me preguntó si **había entrado** la contraseña.

There are only two forms of the perfect subjunctive: the present perfect subjunctive and the pluperfect (past perfect). Both of these forms may be used when making statements about technology in the context of the past.

El presente perfecto del subjuntivo

The present perfect subjunctive is formed with the present subjunctive of the verb **haber** plus the past participle.

> For additional practice see the **Activity File** at the end of this text: **Capítulo 9, Estructuras A. Expectativas.** p. D64.

el presente del subjuntivo de			
haber		**+ participio pasado**	
	-ar	**-er**	**-ir**
haya	bajado	vendido	prohibido
hayas	digitalizado	comprendido	pedido
haya	intercambiado	prendido	recibido
hayamos	almacenado	encendido	construido
hayáis	recargado	podido	asistido
hayan	recuperado	aprendido	dicho

The present perfect subjunctive is used for the same reasons that require the use of the present subjunctive. The only difference in meaning is that the action has been completed before the time in the present conveyed by the main verb.

> **Me alegro** de que **aproveches** los recursos digitalizados en la biblioteca.
> *(that you are taking advantage of)*

> **Me alegro** de que **hayas aprovechado** los recursos digitalizados en la biblioteca.
> *(that you have taken advantage of)*

> Puedes apagar la computadora **en cuanto almacenes** todos los datos.
> *(as soon as you finish)*

> Puedes apagar la computadora **en cuanto hayas almacenado** todos los datos.
> *(as soon as you have finished)*

For additional practice see the **Activity File** at the end of this text: **Capítulo 9, Estructuras B. El impacto del progreso.** p. D64.

El pluscuamperfecto del subjuntivo

The pluperfect subjunctive is formed with the imperfect subjunctive of the verb **haber** plus the past participle.

el imperfecto del subjuntivo de			
haber		**+ participio pasado**	
	-ar	**-er**	**-ir**
hubiera	bajado	vendido	predicho
hubieras	digitalizado	comprendido	pedido
hubiera	intercambiado	prendido	recibido
hubiéramos	almacenado	encendido	dicho
hubierais	recargado	podido	construido
hubieran	recuperado	aprendido	asistido

The pluperfect subjunctive is used in the same contexts as the imperfect subjunctive. The only difference in meaning is that the action had been completed *before* the time in the past conveyed by the main verb.

> **Era inimaginable** que la empresa **cambiara** tanto con el nuevo sistema inalámbrico. *(that **the company changed**)*

> **Era inimaginable** que la empresa **hubiera cambiado** tanto con el nuevo sistema inalámbrico. *(that **the company had changed**)*

> Si yo no **hubiera visto** los cambios en persona, yo no los **habría creído**.

As the example above demonstrates, **si** clauses can contain both verbs in the perfect tense. The pluperfect subjunctive conveys a hypothetical situation or an idea contrary to the fact and is always associated with the **si** clause.

> **Un paso más allá: Distinguir entre el subjuntivo del presente perfecto, el subjuntivo del pluscuamperfecto y otras formas del subjuntivo**

The present perfect subjunctive will be used only if the speaker wishes to convey that an action or condition has been completed *before* the time *in the present* indicated by the main verb.

> El doctor **espera** que los pacientes **hayan considerado** los riesgos de la cirugía con rayos láser antes de consultar con él. *(The doctor **hopes** that the patients **have considered** the risks of laser surgery **before** consulting with him.)*

> ——— [los pacientes hayan considerado] ——— [el doctor espera] ———→
> *(action completed before time in present)*   ^ *(action /condition in present)*

Similarly, the pluperfect subjunctive will be used only if the speaker wishes to convey that an action or condition had been completed *before* the time *in the past* indicated by the main verb.

El doctor **esperaba** que los pacientes **hubieran considerado** los riesgos de la cirugía con rayos láser antes de consultar con él. *(The doctor **hoped** that the patients **had considered** the risks of laser surgery **before** consulting with him.)*

——— [los pacientes hubieran considerado]—[el doctor esperaba]———→
(action completed before time in past) ∧ *(action / condition in past)*

If the speaker intends to indicate that the action of the subordinate clause occurs either simultaneously or after the time indicated by the main verb, then either present subjunctive or imperfect subjunctive would be used (assuming, of course, that the structure of the sentence requires the use of the subjunctive in the first place).

El doctor **espera** que los pacientes **consideren** los riesgos de la cirugía con rayos láser. *(The doctor **hopes** that the patients **will consider** the risks of laser surgery.)*

El doctor **esperaba** que los pacientes **consideraran** los riesgos de la cirugía con rayos láser. *(The doctor **hoped** that the patients **would consider** the risks of laser surgery.)*

Práctica y expresión

9-8 **Hacia atrás en el tiempo** Imagina que puedes ver y comentar sobre los avances en la tecnología en el año 2060. Usando el presente perfecto del subjuntivo, explícale a un(a) compañero(a) qué te alegra, te molesta, te da lástima o consideras ridículo de lo que hayan inventado.

Ejemplo Inventaron coches que pueden funcionar sin chofer.
Me alegro de que hayan inventado coches que puedan funcionar sin chofer. ¡Qué bárbaro!

1. Cubrieron las ciudades con burbujas gigantes para controlar el clima. *me alegro hayan cubierto*
2. Inventaron un coche que usa agua como combustible. *Me alegro hayan inventado.*
3. Lograron predecir la esperanza de vida *(life expectancy)* de un ser humano al nacer *(at birth)*. *me sorprende hayan logrado*
4. Se implantaron chips en el cerebro para poder hablar una lengua extranjera. *Considero ridículo se hayan implantado*
5. ¡Eliminaron la necesidad de tener profesores de español! *Me molesta hayan eliminado*
6. Encontraron una manera para que animales extintos vuelvan a existir. *Me alegro hayan encontrado*

9-9 Hechos de la historia Completa las oraciones usando el pluscuamperfecto del subjuntivo para contemplar qué habría ocurrido dadas *(given)* otras circunstancias. Pregúntale a un(a) compañero(a): ¿cuáles de estas posibilidades es la más interesante?

> **Ejemplo** Uruguay se independizó de Brasil en 1825.
> Si el Uruguay no se hubiera independizado de Brasil, los uruguayos habrían adoptado el portugués como idioma oficial.

1. Los europeos llegaron a Uruguay y prácticamente extinguieron a los indígenas charrúas.
   Si _____, los indígenas charrúas no se habrían casi extinguido.
2. Uruguay utilizó la nueva invención de la refrigeración para exportar carne a Europa, lo cual ayudó grandemente la economía.
   Si _____, la economía no habría mejorado.
3. Argentina ganó su independencia de España en 1816.
   Si _____, los argentinos habrían sido todavía una colonia de España.
4. Juan Domingo Perón se casó con Eva (Duarte) Perón y ésta llegó a ser la primera dama de la Argentina.
   Si _____, no habría sido la primera dama de la Argentina.
5. Muchos inmigrantes de Italia llegaron a la Argentina y por eso los argentinos hablan español con un acento italiano.
   Si _____, los argentinos no habrían hablado español con un acento italiano.

9-10 Si pudiera regresar en el tiempo ¿De qué te arrepientes *(regret)*? ¿Qué habrías hecho o cambiado? Usando el pluscuamperfecto del subjuntivo, conversa con otro(a) estudiante sobre lo siguiente.

> **Ejemplo** ¿Perdiste algo en la computadora?
> **Sí, y si hubiera guardado mi documento, ¡no habría perdido tantas horas de trabajo!**

1. ¿Perdiste algún objeto? (Ejemplos: llaves, libros, cartera, un documento)
2. ¿Rompiste algo muy caro? (Ejemplos: una herramienta, una computadora)
3. ¿Se enojó alguien contigo? (Ejemplos: tu profesor, tus padres)
4. ¿Te enojaste con alguien? (Ejemplos: tu amigo, tu novio[a])
5. ¿Se te olvidó algo importante? (Ejemplos: la contraseña, comprar baterías)
6. ¿Saliste mal en un examen?

9-11 ¿Es verdad o mentira? En grupos, cada uno escribe individualmente algo que ha hecho. Puede ser verdad o mentira, pero de todas formas, ¡díganlo en una forma convincente! Los demás del grupo deben adivinar si ese estudiante lo ha hecho o no.

> **Ejemplo** Tú dices: **He nadado en el río Paraná en Uruguay.**
> Otro(a) estudiante: **Dudo que hayas nadado en el río Paraná.** o
> **Es posible que hayas nadado en el río Paraná.**

9-12 Comodidades Con un(a) compañero(a), imagínate cómo habría sido tu vida sin estos inventos. (Usa el pasado del subjuntivo.)

> **Ejemplo** teléfono inalámbrico
> **¡Si no hubiera tenido un teléfono inalámbrico, habría tenido que sentarme cerca del teléfono durante toda la conversación!**

1. el microscopio
2. la anestesia
3. las pilas
4. el automóvil
5. la píldora anticonceptiva
6. el microondas
7. el televisor

Exploración literaria

"Zapping" (selección)

En este ensayo, Beatriz Sarlo se enfoca en un invento muy conocido por todos, del cual casi nunca pensamos: el control remoto. La autora describe el gran poder que tiene este dispositivo tan pequeño y tan común. Su intención es analizar el fenómeno del cambio de canales como un reflejo de la mentalidad de la sociedad argentina actual, más específicamente, de los habitantes de Buenos Aires. Este fragmento es del libro *Escenas de la vida posmoderna,* en el que se cuestiona la posición que tienen los artistas y los intelectuales en la sociedad argentina moderna, donde los avances tecnológicos parecen estar dominando las vidas de los ciudadanos.

Antes de leer

1. Cuando miras televisión, ¿usas mucho el control remoto? ¿Cambias de canal durante los anuncios comerciales, o también durante un programa para ver si hay algo mejor? Si no tuvieras un control remoto, ¿mirarías menos la televisión? ¿Por qué sí o por qué no?

2. ¿Crees que antes de la invención del control remoto la gente ponía más atención a un programa? ¿Crees que ahora la atención de la gente está disminuyendo? ¿Por qué?

3. ¿Hay algún invento moderno que no es necesario para vivir pero que es crucial para ti? ¿Qué comodidades te da este aparato?

> **Lectura Adicional Alternativa:**
> Luisa Valenzuela, "Los censores"

Estrategia de lectura | **Reconocer la función de un texto**

If as readers we are aware of the author's purpose in writing a piece of literature, we will have a better understanding of the author's message. Common functions of literary texts include reporting, analyzing, comparing, reviewing, criticizing, and defending. Often times we can deduce a text's function from its titles. For example, the title of Beatriz Sarlo's text **"La vida al ritmo del ringtone"** suggests that the author will be primarily criticizing the use of cell phones.

Below are the titles of six works of Argentine literature. Based on the titles, determine which function or combination of functions the text is likely to have.

1. "Restos pampeanos: ciencia, ensayo y política en la cultura argentina del siglo XX"
2. "La Introducción de la tecnología norteamericana e inglesa en Argentina"
3. "Laberintos de papel : Jorge Luis Borges e Italo Calvino en la era digital"
4. "Cuerpo femenino, duelo y nación : un estudio sobre Eva Perón como personaje literario"
5. "La imaginación técnica: sueños modernos de la cultura argentina"
6. *"La invención de Morel:* ingenio y perversidad"

Next, consider other titles of works you may be familiar with. Can you think of a title for each function mentioned? Are there additional functions that you could add? Are there instances when a title is deceiving? Finally, consider the title of Sarlo's book from which the segment **"Zapping"** was taken: *Escenas de la vida posmoderna: intelectuales, arte y videocultura en la Argentina.* What functions might you attribute to readings from this book?

Sobre la autora y su obra

Beatriz Sarlo nació en Buenos Aires en 1942. Es profesora de literatura en la Universidad de Buenos Aires. Ha sido profesora también en las universidades de Columbia, Berkeley, Cambridge, Maryland y Minnesota. Realizó estudios críticos sobre grandes escritores argentinos como Sarmiento, Borges y Cortázar, entre otros. Ha participado constantemente en debates políticos y culturales en la Argentina, incluso durante los años de dictadura militar. En sus libros, la autora combina muy bien el humor y el sarcasmo, mientras critica y cuestiona la realidad en la que vive.

BEATRIZ SARLO (1942–)

> Zapping (selección)

Beatriz Sarlo

La imagen ha perdido toda intensidad. No produce asombro[1] ni intriga; no resulta especialmente misteriosa ni especialmente transparente. Esta allí sólo un momento, ocupando su tiempo a la espera de que otra imagen la suceda. La segunda imagen tampoco asombra ni intriga, ni resulta misteriosa ni demasiado transparente. Está allí sólo una fracción de segundo, antes de ser reemplazada por la tercera imagen, que tampoco es asombrosa ni intrigante y resulta tan indiferente como la primera o la segunda. La tercera imagen persiste una fracción infinitesimal y se disuelve en el gris topo[2] de la pantalla. Ha actuado desde el control remoto. Cierra los ojos y trata de recordar la primera imagen: ¿eran algunas personas bailando, mujeres blancas y hombres negros? ¿Había también mujeres negras y hombres blancos? Se acuerda nítidamente de unos pelos largos y enrulados[3] que dos manos alborotaban[4] tirándolos desde la nuca[5] hasta cubrir los pechos de una mujer, presumiblemente la portadora[6] de la cabellera. ¿O esa era la segunda imagen: un plano más próximo de dos o tres de los bailarines? ¿Era negra la mujer del pelo enrulado? Le había parecido muy morena, pero quizás no fuera negra y sí fueran negras las manos (y entonces, quizás, fueran las manos de un hombre) que jugaban con el pelo. De la tercera imagen recordaba otras manos, un antebrazo con pulseras y la parte inferior de una cara de mujer. Ella estaba tomando algo, de una lata. Atrás, los demás seguían bailando. No pudo decidir si la mujer que bebía era la misma del pelo largo y enrulado; pero estaba seguro de que era una mujer y de que la lata era una lata de cerveza. Accionó el control remoto y la pantalla se iluminó de nuevo.

Uno, dos, tres, cuatro, cinco, seis, siete, ocho, nueve, cincuenta y cuatro. Primer plano[7] de león avanzando entre plantas tropicales; primer plano de un óvalo naranja con letras negras sobre fondo de una gasolinera; plano general de una platea[8] de circo (aunque no parece verdaderamente un circo) llena de carteles[9] escritos a mano; primer plano de una mujer, tres cuartos perfil, muy maquillada, que dice "No quiero escucharte"; dos tipos[10] recostados sobre el capó[11] de un coche de policía (son jóvenes y discuten); un trasero[12] de mujer, sin ropa, que se aleja hacia el fondo; plano general de una calle, en un barrio que no es de acá; Libertad Lamarque[13] a punto de ponerse[14] a cantar (quizás no estuviera por cantar sino por llorar porque un tipo se le acerca amenazador); una señora simpática le hace fideos[15] a su familia, todos gritan, los chicos y el marido; un samurai, de rodillas, frente a otro samurai más gordo y sobre la tarima[16], al ras[17] de la pantalla, subtitulos en español; otra señora apila[18] ropa bien esponjosa mientras su mamá (no sabe porqué, pero la más vieja debe ser la madre) observa; Tina Turner en tres posiciones diferentes en tres lugares diferentes de la pantalla; después Alaska[19], iluminada desde atrás (pero se ve bien que es ella); una animadora bizca[20] sonríe y grita; el presidente de alguna de esas repúblicas nuevas de Europa le habla a una periodista en inglés; dos locutores hablan como gallegos[21]; Greta Garbo baila con una media en un hotel lujosísimo; Tom Cruise; James Stewart; Alberto Castillo[22]; primer plano de un hombre que gira la cabeza hacia un costado donde se ve un poco de la cara de una mujer; Fito Páez[23] se sacude[24] los rulos; dos locutores hablan en alemán; clase de aerobismo en una playa; una señora bastante humilde[25] grita mirando el micrófono que le acerca una periodista; tres modelos sentadas en un living; otras dos modelos sentadas frente a una mesita ratona[26]; diez muchachos haciendo surf; otro presidente; la palabra fin sobre un paisaje montañoso; una aldea incendiada, la gente corre con unos bultos[27] de ropa y chicos colgados al cuello (no es de acá); Marcello Mastroianni le grita a Sofia Loren, al lado de un auto lujoso, en una carretera; unos chicos entran corriendo a la cocina y abren la heladera[28]; orquesta sinfónica y coro; Orson Welles subido a un púlpito, vestido de cura; Michelle Pfeiffer; un partido de fútbol americano; un partido de tennis, dobles damas; dos locutores hablan en español pero con acento de otro lado[29]; a un negro le dan de trompadas[30] en el pasillo de un bar; dos locutores, de acá, se miran y se ríen; actores blancos y negros en una favela[31] hablan portugués; dibujitos animados japoneses. Acciona el control remoto por última vez y la pantalla vuelve al gris topo.

Demasiadas imágenes y un gadget relativamente sencillo, el control remoto, hacen posible el gran avance interactivo de las últimas décadas que no fue producto de un desarrollo tecnológico originado en las grandes corporaciones electrónicas sino en los usuarios comunes y corrientes[32]. Se trata, claro está, del *zapping*.

El control remoto es una máquina sintáctica, una moviola[33] hogareña[34] de resultados imprevisibles e instantáneos, una base de poder simbólico que se ejerce según leyes que la televisión enseñó a sus espectadores. Primera ley: producir la mayor acumulación posible de imágenes de alto impacto por unidad de tiempo; y, paradójicamente, baja cantidad de información por unidad de tiempo o alta cantidad de información indiferenciada (que ofrece, sin embargo, el "efecto de información"). Segunda ley: extraer todas las consecuencias del

hecho de que la retrolectura[35] de los discursos visuales o sonoros, que se suceden en el tiempo, es imposible (excepto que se grabe[36] un programa y se realicen las operaciones propias de los expertos en medios y no de los televidentes). La televisión explota este rasgo[37] como una cualidad que le permite una enloquecida repetición de imágenes: la velocidad del medio es superior a la capacidad que tenemos de retener sus contenidos. El medio es más veloz que lo que trasmite. En esa velocidad, muchas veces, compiten hasta anularse los niveles de audio y video. Tercera ley: evitar la pausa y la retención temporaria del flujo[38] de imágenes porque conspiran contra el tipo de atención más adecuada a la estética massmediática y afectan lo que se considera su mayor valor: la variada repetición de lo mismo. Cuarta ley: el montaje ideal, aunque no siempre posible, combina pianos muy breves[39]; las cámaras deben moverse todo el tiempo para llenar la pantalla con imágenes diferentes y conjurar[40] el salto de canal.

En la atención a estas leyes reside el éxito de la televisión pero, también, la *posibilidad estructural del zapping*. Los alarmados ejecutivos de los canales y las agencias publicitarias ven en el *zapping* un atentado a la lealtad que los espectadores deberían seguir cultivando. Sin embargo, es sensato que acepten que, sin *zapping*, hoy nadie miraría televisión. Lo que hace casi medio siglo era una atracción basada sobre la imagen se ha convertido en una atracción sustentada en la velocidad. La televisión fue desarrollando las posibilidades de corte y empalme[41] que le permitían sus tres cámaras, sin sospechar que en un lugar de ese camino, por el que transitó desde los largos pianos generales fijos hasta la danza del *switcher*[42], tendría que tomar de su propia medicina: el control remoto es mucho más que un *switcher* para aficionados.

---

[1]**asombro** *awe* [2]**gris topo** *mole gray*
[3]**enrulados** *rizados* [4]**alborotaban** *agitaban*
[5]**nuca** *back of the neck* [6]**portadora** *dueña*
[7]**primer plano** *close-up* [8]**platea** *asientos*
[9]**carteles** *signs* [10]**tipos** *hombres* [11]**capó**
hood [12]**trasero** *buttocks* [13]**Libertad...**
artista argentina [14]**a punto...** *about to
start* [15]**fideos** *un tipo de pasta* [16]**tarima**
plataforma [17]**al ras** *at the bottom of*

[18]**apila** *piles up* [19]**Alaska** *famosa cantante
de la música Punk, popular en los años 80*
[20]**animadora bizca** *cross-eyed host*
[21]**gallegos** *españoles* [22]**Alberto...** *actor
argentino* [23]**Fito...** *cantante argentino*
[24]**se sacude** *shakes* [25]**humilde** *pobre*
[26]**mesita ratona** *coffee table* [27]**bultos**
paquetes [28]**heladera** *refrigerador*
[29]**lado** *lugar* [30]**trompadas** *punches*

[31]**favela** *brazilian slum* [32]**corrientes**
ordinarios [33]**moviola** *device for editing film*
[34]**hogareña** *doméstica* [35]**retrolectura**
re-evaluación [36]**grabe** *tape* [37]**rasgo** *aspecto*
[38]**flujo** *flow* [39]**pianos muy breves** *soft
musical pieces* [40]**conjurar** *impedir*
[41]**empalme** *splice* [42]**switcher** *device used
by the director to switch cameras*

Después de leer

 9-13 Reconocer la función del texto Con la ayuda de un(a) compañero(a), vuelve a considerar la(s) función(es) que habías identificado para la lectura antes de leer. ¿Pensaron en la(s) misma(s) función(es)? Ahora, después de leer, ¿tenían razón? ¿Creen que el título del libro refleja bien la función del texto? ¿Cuáles son otras funciones de este fragmento que podrían añadir?

9-14 Comprensión y expansión En parejas o en grupos de tres, contesten las siguientes preguntas.

1. Según el texto, ¿el control remoto presenta más beneficios o peligros? ¿Está presentado como un avance de la tecnología?
2. ¿Qué beneficios presenta el zapping para los espectadores?
3. ¿Qué inconvenientes tiene el zapping para los ejecutivos de los canales de televisión?
4. Los primeros párrafos están escritos de una manera especial: son frases cortas conectadas por punto y coma (;). ¿Qué efecto busca la autora con esta forma de escribir?
5. ¿La persona que está haciendo zapping en el texto pone atención a lo que ve en la televisión? ¿Cómo sabes esto?
6. ¿Por qué compara a los espectadores con los directores? ¿Qué tienen en común?
7. La autora dice que sin el zapping nadie miraría televisión. ¿Estás de acuerdo? ¿Por qué?
8. Este ensayo se basa en la sociedad argentina. ¿Crees que también podría aplicarse a la cultura de los Estados Unidos? ¿Qué similitudes hay entre lo que describe y lo que ocurre en la sociedad de este país?
9. En tu opinión, ¿cuál es la intención de la autora al escribir un segmento como "Zapping"? ¿Por qué?

Introducción al análisis literario | Comprender las intenciones de la autora en el ensayo

The essay is a genre of literature that, by definition, attempts to persuade the reader to adopt a particular viewpoint. It is important, then, to be aware of the ways in which an author can guide our interpretation of the text towards accepting his or her own perspective or position. Writers may use a number of strategies to persuade us of the validity of their position. These may include, but are not limited to, the following:

- Appeal to authority or to a body of known facts
- References to historical knowledge
- Use of specific discourses (languages specific to certain bodies of knowledge)
- Argumentation or rebuttal to a specific set of ideas

- Anecdotes or examples
- Allegory
- Irony
- Humor
- Sympathy

Successful essayists will often use several of these strategies to influence their readers.

Working with a partner, consider how the author of "**Zapping**" chooses to influence or persuade us of her position that technological advances have caused a change of mindset in society. Once you've identified these strategies, consider which ones are most effective.

Actividad de escritura

In question 3 of **Antes de leer** you identified a modern invention/gadget that you consider crucial. Could you convince an audience about the importance of this invention? Write a short paragraph persuading the class of your perspective. Use at least one of the strategies previously mentioned.

Vocabulario en contexto

La tecnología y la ciencia

BIO LATINA 2007

CONGRESO LATINOAMERICANO DE BIOTECNOLOGÍA Y LA BIOÉTICA

4-5-6-SEPTIEMBRE 2007

RADISSON VICTORIA PLAZA HOTEL | MONTEVIDEO, URUGUAY

PANELES

4 DE SEPTIEMBRE

La **clonación** y las **células madre**

10:00–12:00 Aplicaciones **terapéuticas**
- **Tratamientos** para Alzheimer y Parkinson
- Tratamientos para diabetes

15:00–17:00 El cultivo de las células madre: posibilidades y **cuestiones éticas**
- ¿de la **médula** humana de los adultos?
- ¿del **cordón umbilical** de los recién nacidos?
- ¿de los **embriones** humanos?

5 DE SEPTIEMBRE

La **manipulación genética**

10:00–12:00 **La clonación**
- Animales **clones** y el **transplante de órganos** en los humanos

15:00–17:00 Los alimentos y animales **transgénicos**
- ¿Peces con narices?: La modificación de los **genes** en los animales
- **Beneficios** y **riesgos** de comer productos transgénicos

18:00–19:30 Debate: ¿Se debe permitir, **prohibir** o limitar la investigación de la clonación humana?

6 DE SEPTIEMBRE

El proyecto del **genoma humano**

10:00–12:00 El proyecto y los **remedios** para enfermedades **incurables**
15:00–17:00 La otra cara del proyecto: cuestiones éticas
- El **perfil genético** y la **confidencialidad** de la información
- La selección genética y el aborto

18:00–19:00 Foro abierto: La **terapia** genética

Organizado por:
La Asociación Uruguaya de Empresas de Biotecnología (AUDEBIO)
La Universidad Católica de Uruguay
La Federación Latinoamericana de Empresas de Biotecnología (FELAEB)

¡Lrn™ ¡OJO! Don't forget to consult the **Índice de palabras conocidas**, p. A9, to review vocabulary related to technology.

Visit www.thomsonedu.com/spanish for a Heinle iRadio podcast on pronunciation, **P** and **T**.

For additional practice see the Activity File at the end of this text: **Capítulo 9, Vocabulario C. Médico altruista**. p. D37; and **Vocabulario D. Foro de debate**. p. D37.

Atención a la palabra: Though the word **cuestión** is a cognate with the English word *question*, its meaning is more closely related with the English words *matter* and *issue* since it typically connotes a controversial or critical type of decision. The word **pregunta** is used in the normal sense of the English word *question*.

Para hablar de los beneficios y los peligros de la tecnología y la ciencia

la calidad de vida	*quality of life*
la controversia / controvertido(a)	*controversy / controversial*
la cura / curar	*cure / to cure*
el inconveniente	*drawback*
la prevención / prevenir	*prevention / to prevent*
la repercusión	*repercussion*
los derechos de autor	*copyrights*
la piratería / el(la) pirata / piratear	*piracy / pirate / to pirate*
la propiedad intelectual	*intellectual property*
el espionaje cibernético / el (la) espía / espiar	*cyber spying / spy / to spy*
el esteroide	*steroid*
la fertilización in vitro / la (in)fertilidad	*in-vitro fertilization / (in)fertility*
la hormona sintética	*synthetic hormone*
la prueba de ADN (ácido desoxirribonucleico)	*DNA test*
el robo de identidad	*identity theft*
dañino(a) / dañar	*damaging / to damage*
detectar	*to detect*
prolongar la vida	*to prolong life*

Para enriquecer la comunicación: Para hablar de temas controvertidos

Eso, ¡ni pensarlo!	*Don't even think about it!*
Sus métodos **se han puesto en tela de juicio.**	*Their methods **have been called into question.***
Eso es otra **cuestión.**	*That's a whole different **matter.***
La cuestión es que **no hay pruebas.**	*The thing is that **there is no evidence.***
Lo tienen que **poner a prueba.**	*They have to **put it to the test.***

Práctica y expresión

 9-15 La biotecnología en Argentina Escucha el siguiente programa de radio sobre

CD2–12 avances tecnológicos en Argentina. Luego, contesta las preguntas que siguen.

1. ¿Quién es Pampa? ¿Por qué representa un logro importante para la empresa BioSidus?

2. ¿Por qué buscaba BioSidus otra manera de producir la hormona de crecimiento humano?

3. ¿Por qué dice el señor Criscuolo que sus vacas son transgénicas?

4. ¿Cuál fue el primer país en el mundo en producir una vaca clonada que produce la hormona de crecimiento en su leche?

5. ¿Por qué dice la locutora que la tecnología de BioSidus es controvertida?

6. Según el Señor Criscuolo, ¿cuáles son los beneficios de la tecnología que desarrolla su empresa?

7. ¿Qué piensas tú de los logros de BioSidus? ¿Te interesan? ¿Te sorprenden? ¿Te enojan? ¿Te dan miedo? ¿Por qué?

 9-16 Conexiones Trabaja con otro(a) estudiante para explicar la relación entre las palabras de cada fila. Si no hay una relación entre todas, expliquen por qué.

Ejemplo   transplante, prolongar la vida, espionaje cibernético
Un transplante de un órgano es cuando toman un órgano de una persona o un animal y se lo ponen a otra persona. Un transplante es un tratamiento que puede prolongar la vida de una persona enferma. El espionaje cibernético es cuando una persona espía a otra por la computadora e Internet. No hay una clara relación con el transplante y no puede prolongar la vida.

1. clonación, genes, calidad de vida

2. ADN, espionaje, detectar

3. fertilización in vitro, implantar, cordón umbilical

4. médula, tratamiento, transplante

5. piratería, inconveniente, derechos de autor

6. adelanto, controversia, riesgo

7. alimentos transgénicos, repercusión, dañino

8. perfil genético, robo de identidad, prolongar la vida

9-17 Adelantos y cuestiones éticas Para cada uno de los avances científicos y/o tecnológicos de abajo, trabaja con otro(a) estudiante para describir todos los beneficios actuales y potenciales y todos los posibles riesgos que puedan presentar.

1. Internet

2. Los alimentos genéticamente manipulados (transgénicos)

3. Los esteroides sintéticos

4. El transplante de órganos

9-18 Ciencia-ficción Trabaja con otros dos estudiantes para inventar la trama de una breve historia de ciencia-ficción sobre los riesgos de uno de los adelantos científicos o tecnológicos actuales. ¿Qué grupo puede inventar la mejor historia?

9-19 Cuestiones éticas ¿Estarías a favor o en contra de las siguientes aplicaciones de la tecnología? Comenta cada situación con otros dos estudiantes. ¿A qué conclusiones llegan?

1. La aplicación de la clonación terapéutica para generar células del hígado *(liver)* como tratamiento para alcohólicos a los que se les ha dañado el hígado.

2. El uso del perfil genético para permitir que los padres seleccionen varias características de sus bebés (el sexo, el color del pelo, la probabilidad de ciertas enfermedades).

3. La creación de embriones para cultivar células madre para salvar la vida de un bebé.

Espejos

Tradición y tecnología en la agricultura

Las economías de Uruguay y Argentina están basadas, no sólo en la ganadería *(cattle rasing)*, sino en la agricultura. Por ejemplo, en la región del Cuyo, en el valle oeste-central de la Argentina, se encuentra el corazón de la producción de sus vinos, famosos mundialmente. Argentina ocupa el quinto lugar en el mundo en la producción de vinos. Argentina también es muy conocida por otros productos. Misiones, una provincia situada entre los ríos Paraná y Uruguay, es la tierra natal de la yerba mate, con cuya hoja se prepara una bebida rica en vitamina C. Los otros cultivos principales de la pampa en la parte central del país son el trigo *(wheat)*, maíz, papa, arroz, algodón y la soja *(soy)*.

Tradicionalmente, estos cultivos han sido el pan de cada día de la región, pero en las últimas dos décadas la agricultura se ha ido transformando con la incorporación de nuevos cultivos. Hoy, la soja y sus variedades transgénicas tolerantes a herbicidas y resistentes a plagas, han permitido disminuir *(lower)* los costos de producción: menor gasto en herbicidas, insecticidas y mano de obra *(labor)*. Debido a que las empresas multinacionales ven la soja como un producto con futuro, este producto se ha convertido en el cultivo más importante de la región. La producción de la nueva soja ha crecido exponencialmente debido a que existe un mercado lleno de productores que buscan "la solución definitiva" al problema de las malezas *(weeds)* y el costo de herbicidas. En Argentina se usa poco insecticida, comparado con otros países como Francia (10 veces más) y los Estados Unidos (4 veces más). El efecto de éste en los mamíferos, aves y reptiles es también mínimo comparado con estos dos países.

A pesar de que hay resistencia a los productos genéticamente modificados en varios países de Europa, la producción agrícola argentina le está demostrando al mundo que su sistema productivo está al nivel de calidad que requieren los mercados mundiales.

Las dos culturas

1. ¿Sabes qué se exporta de Argentina y Uruguay a los Estados Unidos? ¿Y de los Estados Unidos a estos países?
2. ¿Has probado algún vino argentino o uruguayo?
3. ¿Has probado la yerba mate?
4. ¿Qué actitud hay en los Estados Unidos en cuanto a los productos genéticamente modificados?
5. ¿Consumes este tipo de producto? ¿Prefieres el uso de insecticidas? ¿Prefieres los productos orgánicos?

Estructuras

iLrn ¡**OJO!** Before reviewing this section, consult the following topics on p. B30 of the **Índice de gramática:** Past participles; Present perfect tense; and Past perfect tense/Pluperfect tense.

> For additional practice see the Activity File at the end of this text: **Capítulo 9, Estructuras C. Ideas descabelladas.** p. D65.

El futuro perfecto; El condicional perfecto

In Chapter 2 you reviewed two perfect tenses, the present perfect **(he aprendido)** and the pluperfect **(había estudiado),** and in the first part of this chapter you reviewed the present perfect subjunctive **(haya comprado)** and the past perfect subjunctive **(hubiera conocido).** There are two additional perfect tenses, the future perfect and the conditional perfect, and like the other perfect tenses, the future and conditional forms convey the idea of an action or condition that is completed before a time conveyed by the main verb or context of the sentence.

El futuro perfecto

The future perfect is formed with the future forms of the verb **haber** plus the past participle.

el futuro de haber	+ participio pasado		
	-ar	-er	-ir
habré	clonado	puesto	prohibido
habrás	implantado	tenido	abierto
habrá	manipulado	vuelto	servido
habremos	beneficiado	roto	dicho
habréis	desempeñado	visto	escrito
habrán	reparado	sido	oído

The future perfect tense is used to indicate that an action or condition *will have been completed* before a moment in time in the *future* conveyed by the main verb or by the context of the sentence.

Para el año 2020, los científicos **habrán hecho** muchos avances en el campo de la manipulación genética.

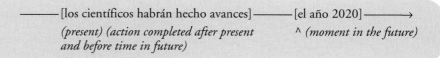

———— [los científicos habrán hecho avances] ———— [el año 2020] ————→
(present) (action completed after present ∧ (moment in the future)
and before time in future)

Los científicos tendrán que enfrentarse con muchas cuestiones éticas debido a los éxitos que **habrán tenido** en prolongar la vida.

> For additional practice see the Activity File at the end of this text: **Capítulo 9, Estructuras D. Situaciones y reacciones.** p. D65.

El condicional perfecto

The conditional perfect is formed with the conditional forms of the verb **haber** plus the past participle.

el condicional de			
haber		**+ participio pasado**	
	-ar	**-er**	**-ir**
habría	clonado	puesto	prohibido
habrías	implantado	tenido	abierto
habría	manipulado	vuelto	servido
habríamos	beneficiado	roto	dicho
habríais	desempeñado	visto	escrito
habrían	reparado	sido	oído

The conditional perfect tense is used to indicate that an action or condition *would have been completed before* a moment in the past but *after* a time conveyed by the main verb or by the context of the sentence. As the idea of *would have* is speculative, it is common to express in translation the idea of *probably*.

En el pasado, antes de la llegada de la edad del ciberespacio, los autores **habrían sufrido** menos problemas con cuestiones de la propiedad intelectual. (they had *probably* suffered fewer problems)

As with other future tenses, the future perfect can also convey the idea of *probably* when used to speculate about ideas in the present.

Ahora, en la edad del ciberespacio, defender los derechos de autor **se habrá convertido** en un problema bastante complicado. (has *probably* become a very complicated problem)

Práctica y expresión

9-20 ¿Qué pasará? Imaginemos un buen futuro para el cono sur. Ya para el año 2020, ¿qué habrá pasado? Usa el futuro perfecto para predecir el futuro.

> **Ejemplo** Un argentino va a encontrar la cura para el cáncer.
> **Para el año 2020, un argentino habrá encontrado la cura para el cáncer.**

1. Van a poder prolongar la vida con esta cura. habrán ~~podido~~ podido
2. Los argentinos van a vender esta medicina y ganarán billones y billones de pesos. habrán vendido ganado
3. Van a poder pagar todas sus deudas *(debts)*. habrán ~~puesto~~ podido
4. El "corralito" va a ser eliminado. habrá sido
5. Las caceroladas van a pasar a la historia. habrán pasado
6. Los uruguayos van a encontrar grandes yacimientos de plata y petróleo. habrán encontrado
7. Los avances tecnológicos van a traer nueva prosperidad. habrán traído
8. El Uruguay se va a convertir en "la Suiza" de Sudamérica. se habrá convertido

9-21 Elecciones electrónicas Abajo se habla de los planes para las próximas elecciones en Argentina y Uruguay. Usa el futuro perfecto para escribir otra vez el párrafo indicando qué habrá pasado en las próximas elecciones si todo va de acuerdo a lo planeado.

> **Ejemplo** Medio millón de argentinos *votarán* electrónicamente en las próximas elecciones.
>
> **Para las próximas elecciones, medio millón de argentinos *habrán votado* electrónicamente.**

Medio millón de argentinos *votarán* electrónicamente en las próximas elecciones. Este sistema se *usará* primero en Buenos Aires. Uruguay está estudiando el mismo sistema y planea *usarlo* para las próximas elecciones también. ¿Cuál es el propósito? *Hacer* el proceso más barato, *simplificar* las elecciones, *ahorrar* papel, *lograr* más transparencia en el sistema y *eliminar* un sistema anticuado.

[anotaciones a mano: habrán votado, habrá usado lo, habrá usado, habrá simplificado, habrá ahorrado, habrá logrado, habrá eliminado, habrá hecho, sujeto: el sistema electrónico]

9-22 Si lo hubiera sabido... Ahora los seres humanos son capaces de hacer muchas cosas. Si lo hubieras sabido antes, ¿qué habrías hecho diferente? Usando el verbo en paréntesis como sugerencia, completa las oraciones usando el condicional perfecto.

> **Ejemplo** Podemos hacer clones y ahora estamos clonando a muchos animales. (hacer)
> **Si lo hubiéramos sabido, no lo habríamos hecho.**

[anotación a mano: if this had happened, then this would have happened...]

1. Tenemos suficientes armas nucleares para destruir el mundo. Si Einstein lo hubiera sabido... (ayudar) *Si lo hubiéramos sabido, no lo habrías ayudado. ~ algunos países.*
2. Podemos copiar y escuchar música de Internet. Si los músicos lo hubieran sabido... (prohibir) *no habrían prohibido.*
3. Podemos manipular los genes de los humanos. Si mis padres lo hubieran sabido... (cambiar) *me habrían cambiado.*
4. Estoy perdiendo mi capacidad auditiva. Si lo hubiera sabido... (escuchar) *no habría escuchado música tú de mi mamá.*
5. Los científicos que trabajan con la genética ganan muchísimo dinero. Si lo hubiera sabido... (estudiar) *habría estudiado en la escuela.*
6. Muchas dietas son dañinas. Si lo hubiera sabido... (comer) *habría comido lo que yo quiero.*

9-23 Tu vida en el futuro Imagina el futuro de tu compañero(a). Usando el futuro perfecto, dile qué habrá pasado para el año 2025.

> **Ejemplo** Salir de la universidad
> **Para el año 2025 ya habrás salido de la universidad.** o
> **Para el año 2025, ¡todavía no habrás salido de la universidad!**

[anotación a mano: In 2025, I will have...]

1. Ejercer una profesión. ¿Cuál? *habrá ejercido una doctora.*
2. Clonar a alguien. ¿A quién? *habrá clonado George Bush para la*
3. Comprar una casa. ¿Dónde? *habrá comprado una casa en Arizona. libertad.*
4. Inventar algo importante. ¿Qué? *habrá inventado una píldora para proteger contra el sol.*
5. Tener hijos. ¿Cuántos? *habrá tenido dos hijos.*
6. Usar autos ecológicos. ¿De qué tipo? *habrá usado autos ecológicos de*
7. Digitalizar todo en la vida. ¿Qué cosas? *habrá digitalizado Hummer, y las billetas del tren, aeroplano...*
8. ¿?

Rumbo abierto

Una encuesta sobre el uso de los teléfonos celulares Algunas encuestas tienen como finalidad determinar las preferencias y opiniones que diferentes personas tienen sobre algún producto, servicio o tema de interés social. La siguiente encuesta explora uno de estos objetivos.

> **Paso 1** Antes de leer la encuesta recuerda la estrategia de lectura que aprendiste en este capítulo. Ahora con un(a) compañero(a), presenta tu punto de vista sobre la función social de los métodos modernos de comunicación. Estas preguntas te pueden ayudar a completar la actividad. ¿Tienes un teléfono celular? ¿Para qué lo usas principalmente? ¿Qué beneficios tiene el teléfono celular que no tiene el teléfono común y corriente? ¿Apoyan los nuevos métodos de comunicación los lazos familiares y las amistades? ¿Qué prejuicios existen contra estos medios de comunicación?

> **Paso 2** Ahora lee la encuesta que aparece en la siguiente página.

> **Paso 3** ¿Qué has entendido? Contesta las siguientes preguntas.

1. ¿Qué porcentaje de los encuestados creen que el teléfono móvil favorece la comunicación familiar?

2. ¿Cuándo prefieren usar las mujeres el celular?

3. Según las mujeres, ¿cuál es uno de los beneficios del celular que contrasta con el punto de vista de los hombres?

4. ¿Cómo explica la psicoanalista las diferencias de actitud ante los celulares entre hombres y mujeres?

5. ¿Cómo podemos resumir los resultados de la encuesta?

> **Paso 4** ¿Qué opinas? Con otro(a) estudiante, contesta las siguientes preguntas. ¿Crees que en los Estados Unidos existe esa diferencia de actitud por parte de mujeres y hombres en cuanto al uso de los teléfonos celulares e Internet? En tu opinión ¿por qué existen estas diferencias? ¿Crees que la clase social y la edad influyan en la actitud de las personas hacia los métodos modernos de comunicación? ¿Por qué? ¿De qué manera?

Una encuesta de la Universidad Argentina de la Empresa (UADE): realizada en capital y GBA. El celular estrecha los lazos familiares

Por Fabiola Czubaj

El 57% piensa que el teléfono móvil favorece la comunicación en la familia. Sobre Internet opinaran que une varias generaciones. Sólo el 5% considera que su uso es perjudicial. Las mujeres prefieren utilizar el celular de noche y en sus casas. Para los varones, utilidad se vincula con el trabajo.

Mucho ya se ha dicho y escrito sobre el uso de Internet y de los teléfonos celulares, visto a través de distintos cristales: social, psicológico, económico... Pero ¿para qué los usan los hombres y las mujeres en la Argentina? Una encuesta *(survey)* reciente que, entre otras, se ocupa de las diferencias entre sexos, señala que siete de cada diez mujeres creen que el teléfono celular favorece la relación con su pareja. Entre ellos, en cambio, la proporción disminuye a cuatro de cada diez. "Para ellas, el celular es una nueva vía de comunicación con sus seres queridos y los resultados de la encuesta dan por tierra *(discredit)* con el prejuicio de que estos nuevos medios los alejan de los seres queridos", señala la doctora María Fernanda Arias, coordinadora del Observatorio de Opinión Pública de la Universidad Argentina de la Empresa (UADE), que realizó la encuesta. "Es por ello que las mujeres, mucho más que los hombres, consideran que favorecen las relaciones familiares, tanto con sus parejas como con sus hijos."

En general, el 57% de los 420 usuarios porteños y bonaerenses consultados opina que el pequeño aparatito mejora cada vez más la comunicación familiar y social, mientras que sólo un 5% responde que la perjudica. Claro que lo que llamó la atención a los autores del trabajo fue que, a diferencia de los hombres, las mujeres lo utilizan más en la casa y a la noche porque están más tranquilas en un ámbito del que son dueñas *(where they are in control)*: el hogar. Para la doctora Arias, el hombre, en cambio, se siente más dueño de la oficina, diferencias que atribuye a una cuestión cultural de la que participan padres, hijos y nietos.

"La investigación demuestra que las diferencias sexuales existen más allá de que hoy por hoy, mujeres y hombres se desarrollen profesionalmente con características de paridad", señala la licenciada Diana Barimboim, miembro adherente de la Asociación Psicoanalítica Argentina. Para la especialista, que considera dicha paridad complementaria y no sinónimo de igualdad, lo masculino está relacionado con la expectativa de poder (económico, político, profesional, etcétera) y se corresponde con el producir y tener. "Lo femenino, en cambio, hace referencia al amor, lo emocional, el sostenimiento de los vínculos mediante un pensamiento más intuitivo y sensible; se liga a lo maternal como la necesidad de estar junto al otro, disponible y hasta casi incondicional. La maternidad representa para la mujer una de sus más importantes «empresas» con la que se compromete de por vida."

Según los entrevistados, el hogar dejó de ser un lugar de encuentro. "Los chicos tienen horarios diferentes porque trabajan y estudian, observa la doctora Arias. Internet es una forma de contacto entre los miembros de la familia, aunque pertenezcan a distintas generaciones."

"Podemos pensar que el teléfono celular e Internet, objetos de la tecnología producidos por la cultura, recrean un espacio intermedio entre la realidad psíquica y la realidad externa, donde permitirían sostener el juego de presencia y ausencia materna fundamental en la constitución psíquica del niño", dice la licenciada Barimboim.

Y es por eso por lo que para lograr ese doble juego de roles de manera efectiva, la mujer aprovecha las herramientas que tiene al alcance de la mano. "Se apropia de estas nuevas tecnologías para establecer un puente imaginario que le garantiza su estar ahí cercano a las necesidades que surjan en la crianza del hijo y en el bienestar de sus padres y de su pareja", advierte la especialista, que también es profesora en la UADE y tuvo acceso a los resultados de la encuesta.

Asimismo, el ciberespacio aparece como especialmente útil para comunicarse con los hijos adolescentes, que permanecen muchas horas frente a la pantalla *(in front of the screen)*. "Es una forma de favorecer el intercambio, utilizar los mismos códigos culturales, destaca. En síntesis, según la investigación, las mujeres valoran positivamente estos objetos tecnológicos más que los hombres porque les permiten satisfacer una de sus necesidades vitales."

¡A escribir!

El título de este capítulo plantea la pregunta de que si los avances tecnológicos implican progreso. Durante todo el capítulo has explorado diferentes perspectivas de la pregunta y ahora te toca a ti elaborar una respuesta a la pregunta en forma de un ensayo expositivo.

ATAJO *Functions:* Writing an essay; Writing an introduction; Making transitions; Writing a conclusion
Vocabulary: Computers; Medicine
Grammar: Prepositions; Nouns; Relatives; Verbs

> Paso 1

El propósito del ensayo expositivo es el de explicar y analizar una pregunta específica sobre un tema. El tema de la tecnología y el progreso es bastante amplio, así que lo primero que tienes que hacer es limitarlo. Toma unos 5 minutos para apuntar algunos sub-temas sobre los que puedas escribir. Algunos ejemplos son:

- los esteroides y los deportes
- los transgénicos y la salud
- la industria de la música y la piratería

Una vez que hayas apuntado varios ejemplos, toma unos minutos más para pensar en algunas preguntas específicas que sugieran tus ejemplos. Por ejemplo, ¿puede destruir la piratería en Internet la industria de la música? Por último, escoge la pregunta sobre la que mejor puedas escribir tu ensayo.

> Before beginning your essay, read the **Estrategia de escritura** on p. 269.

> Paso 2

Para escribir un buen ensayo, tienes que empezar con una tesis, es decir, el punto que vas a explicar, demostrar, analizar, etc. La tesis siempre representa un punto de vista o una opinión que se puede demostrar y no un hecho. Además, tiene que ser interesante para los lectores.

Tesis: *La piratería va a destruir la industria de la música.*

Hecho: *Mucha gente baja música ilegalmente por Internet.*

Tesis no interesante: *Si no hubiera podido bajar música pirata por Internet primero, nunca habría comprado discos del grupo Maná.*

Escribe una tesis para el tema que seleccionaste. Después, durante 10–20 minutos haz una lista de todas las razones (con ejemplos específicos donde sea posible) por las que tienes esa opinión. Es posible que tengas que investigar tu tesis para conseguir información o ejemplos precisos y objetivos. No te olvides de apuntar las fuentes que consultes. Cuando acabes, selecciona las tres mejores razones para demostrar o apoyar tu tesis. Cada razón debe tratar un aspecto distinto de la tesis y debe presentar información objetiva y ejemplos específicos.

ESTRATEGIA DE ESCRITURA

El ensayo académico

It is likely that the academic essay will be the most frequent type of writing you will do in an academic context. This type of essay differs from other types of texts in the following ways.

- **It is non-narrative and addresses a specific topic and question.** This type of essay is neither an anecdote, nor a collection of your thoughts about a general topic, such as *technology*, but rather a logically organized presentation of information and examples to demonstrate a specific point, such as *The Internet is threatening minority languages*.
- **It is objective and well supported.** You must present well-founded and concrete examples and avoid language such as **yo pienso que, mi amigo dice que…**, as one's personal opinion is likely neither objective nor well informed.
- **It is not interactive.** You do not directly address your reader and you cannot assume that he/she shares specific knowledge with you. You cannot discuss things that you have not specifically presented in the essay first.
- **It uses formal language.** You cannot use informal, conversational language. Sentences must be complete, well-structured, and free from slang. Whereas in a personal letter it may be permissible to write **Bueno, pues te voy a explicar por qué creo que el Internet no va a existir en veinte años, pues me parece que no nos va a ser tan útil en el futuro, ¿sabes?** in the academic essay, such an idea must be expressed as **Este ensayo tratará la utilidad actual del Internet y las predicciones para su futuro.**
- **Sources of information are always acknowledged.** A failure to acknowledge your sources is called plagiarism and is illegal. You can acknowledge your sources in several ways including using a list of works consulted or cited, footnotes, endnotes, or in-text references. You should always ask your teacher how sources of information should be acknowledged.

> Paso 3

Escribe tu primer borrador del ensayo siguiendo la siguiente estructura:

La introducción: Escribe un párrafo para presentar el tema y exponer tu tesis. Tu objetivo es el de capturar el interés del lector y al mismo tiempo enfocarlo hacia tu tesis.

El cuerpo: Escribe varios párrafos para explicar, demostrar y apoyar tu tesis. Usa las tres razones que seleccionaste en el Paso 2 y desarrolla cada una en su propio párrafo. Ordena los párrafos según el impacto de la información con la razón más convincente al final.

La conclusión: Escribe un párrafo para resumir la información que presentaste en el ensayo y resaltar *(highlight)* tu tesis. Debe ser parecida a la introducción y no debe presentar información nueva.

El título: Ponle un título que resuma el tema de tu ensayo y que a la vez capture el interés del lector.

> Paso 4

Trabaja con otro(a) estudiante para revisar tu primer borrador. Lee su ensayo y comparte con él/ella tus respuestas a las siguientes preguntas: ¿Tiene una tesis específica? ¿Es una opinión? ¿Es interesante? ¿Se desarrolla en cada párrafo del cuerpo un ejemplo distinto que apoye la tesis? ¿Hay algo que no entiendas o que tenga que explicar más? ¿Es objetivo el contenido y el lenguaje? ¿Tiene ejemplos de lenguaje informal u oral que deba quitar? ¿Tiene elementos narrativos que deba quitar? ¿Resume la conclusión la información presentada en el ensayo? ¿No incluye información que no se haya mencionado en el ensayo? ¿Tiene un buen título? ¿Qué otras recomendaciones tienes para tu compañero(a)?

> Paso 5

Considera los comentarios de tu compañero(a) y haz los cambios necesarios. También haz una revisión de la gramática y el vocabulario. Por último, asegúrate de que has citado todas tus fuentes de información. Escribe tu borrador final.

¡A ver!

> **Paso 1** Cada año, en Buenos Aires, la Asociación Nacional de Inventores realiza una convención para que todos puedan demostrar sus inventos más recientes. Antes de ver el video, responde las siguientes preguntas con un(a) compañero(a).

1. ¿Han estado alguna vez en una exposición de inventos? ¿Qué tipos de inventos se presentan generalmente en esos eventos? ¿Puedes dar ejemplos? (Si no sabes, ¡adivina!)

2. ¿Hay una asociación de inventores en los Estados Unidos? ¿Hay un club de inventores en tu universidad? ¿Conoces a alguien que sea miembro de estos grupos?

3. ¿Creen que las cosas más imprescindibles ya están inventadas, o todavía es posible que se inventen muchas cosas útiles? ¿Ustedes tienen ideas para un buen invento?

 > **Paso 2** Mira el segmento y toma notas sobre estos inventores argentinos y sus dispositivos tan novedosos.

> **Paso 3** ¿Qué recuerdas? Contesta las siguientes preguntas.

1. ¿Cuáles son algunos de los inventos presentados este año por la Asociación Nacional de Inventores?

2. ¿Quién inventó la plantilla para huellas digitales?

3. ¿De qué está hecha esa plantilla?

4. ¿Qué beneficios presenta la plantilla? Menciona dos.

5. ¿Quiénes están interesados en este invento?

> **Paso 4** ¿Qué opinas? Con un(a) compañero(a), contesta las siguientes preguntas.

1. ¿Cuál te pareció más útil? ¿Por qué?

2. ¿Crees que este invento puede ser controvertido? ¿Por qué sí o no? ¿Qué pasa si la persona no quiere dar su información genética?

3. ¿Crees que algún día este dispositivo para obtener huellas digitales va a ser indispensable? ¿Por qué sí o no?

Para hablar de los inventos de ayer y de hoy

la actualidad / actual *present time / present, current*

la alta tecnología *high technology*

la anestesia *anesthesia*

el asistente personal digital (APD) *Personal Digital Assistant (PDA)*

el auto híbrido/de hidrógeno *hybrid car / hydrogen car*

la banda ancha *broad band*

el buscador / la búsqueda *search engine / search*

la cerilla *match*

la contraseña *password*

el dispositivo *device, gadget*

la educación a distancia *distance learning*

el envase de burbuja *bubble wrap*

el foro de debate *debate forum (online forum)*

el helicóptero *helicopter*

la herramienta *tool*

el invento / inventar *invention / to invent*

el marcapasos *pace maker*

la pila *battery*

la píldora anticonceptiva *birth control pill*

la potencia / potente *power / powerful*

el reproductor (de MP3, DVD...) *MP3/DVD player*

la rueda *wheel*

el sistema operativo *operating system*

el transbordador espacial *space shuttle*

el (la) usuario(a) *user*

anticuado(a) *old fashioned, antiquated*

descabellado(a) *crazy / crackpot*

eficaz / eficazmente *efficient / efficiently*

(in)alámbrico / el alambre *wire(less) / wire*

(in)dispensable *(in)dispensable*

(in)imaginable *(un)imaginable*

(in)útil / la (in)utilidad *useful (useless) / usefulness (uselessness)*

novedoso(a) *novel, new*

almacenar *to store*

digitalizar *to digitize*

intercambiar ficheros *to exchange files, file share*

predecir / la predicción *to predict / prediction*

recargar / recargador *to recharge / (battery) charger*

recuperar *to recover*

Para hablar de los beneficios y los peligros de la tecnología y la ciencia

el beneficio *benefit*

la calidad de vida *quality of life*

la célula madre *stem cell*

la clonación / el clon / clonar *cloning / clone / to clone*

la confidencialidad *confidentiality*

la controversia / controvertido(a) *controversy / controversial*

el cordón umbilical *umbilical cord*

la cuestión ética *ethical question, issue*

la cura / (in)curable / curar *cure / (in)curable / to cure*

los derechos de autor *copyrights*

el embrión *embryo*

el espionaje cibernético / el (la) espía / espiar *cyber spying / spy / to spy*

el esteroide *steroid*

la fertilización in vitro / la (in) fertilidad *in-vitro fertilization / (in)fertility*

el gen *gene*

el genoma humano *human genome*

la hormona sintética *synthetic hormone*

el inconveniente *drawback*

la manipulación genética / manipular *genetic manipulation, engineering / to manipulate*

la médula *marrow*

el perfil genético *genetic profile*

la piratería / el (la) pirata / piratear *piracy / pirate / to pirate*

la prevención / prevenir *prevention / to prevent*

la propiedad intelectual *intellectual property*

la prueba de ADN (ácido desoxirribonucleico) *DNA test*

el remedio / remediar *remedy / to remedy*

la repercusión *repercussion*

el riesgo / arriesgar *risk / to risk*

el robo de identidad *identity theft*

el transplante de órganos *organ transplant*

el tratamiento *treatment*

dañino(a) / dañar *damaging / to damage*

terapéutico(a) / la terapia *therapeutic / therapy*

transgénico(a) *transgenetic*

detectar *to detect*

prohibir *to prohibit*

prolongar la vida *to prolong life*

Capítulo 10

RUMBO A CHILE Y PARAGUAY

Metas comunicativas

En este capítulo vas a aprender a...

- describir los temas sociales y ambientales conectados con la globalización
- analizar el impacto de la globalización en el medio ambiente
- elaborar y defender una opinión sobre temas sociales y ambientales
- escribir un ensayo argumentativo

Estructuras

- Los tiempos progresivos
- Repaso de tiempos verbales

Cultura y pensamiento crítico

En este capítulo vas a aprender sobre...

- la migración
- el bilingüismo y el guaraní
- los cartoneros y el reciclaje
- los mapuches de Chile

  Track 5

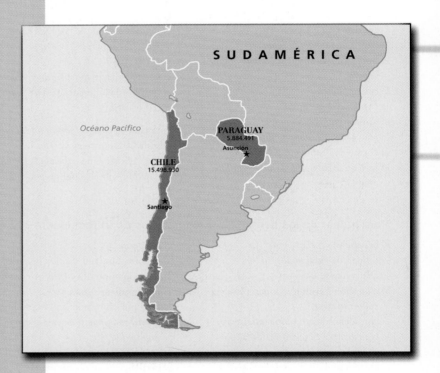

SUDAMÉRICA

Océano Pacífico

PARAGUAY
5.884.491
Asunción ★

CHILE
15.498.930

Santiago ★

Chile y Paraguay					
1605 Diego de Torres funda la Provincia Jesuítica del Paraguay		**1870** Termina la guerra de la Triple Alianza, la cual costó a Paraguay casi dos terceras partes de su población y dejó sólo 29 mil hombres vivos	**1932** Se declara la guerra entre Paraguay y Bolivia por el control de la región del Chaco	**1934** María Luisa Bombal, escritora chilena, publica *La última niebla*	**1945** La poeta chilena Gabriela Mistral recibe e Premio Nobel d Literatura
1600	**1800**	**1900**	**1930**	**1935**	**1945**

Los Estados Unidos				
	1791 Se adoptan las Diez Primeras Enmiendas a la constitución	**1920** Las mujeres ganan el derecho al voto	**1930** Deportaciones masivas de méxico-americanos y mexicanos	

272

Desafíos del mundo globalizado

Carretera rural

Valparaíso, Chile

Metro de Santiago

Marcando el rumbo

10-1 Chile y Paraguay: ¿Qué sabes de esta parte de Sudamérica? Con un(a) compañero(a), determina si las siguientes ideas sobre estas dos naciones de Sudamérica y su gente son ciertas o falsas. Si son falsas, corrígelas y escribe lo que te parezca correcto.

1. Los idiomas oficiales del Paraguay son el español y el guaraní.
2. Los jesuitas fundaron una serie de misiones para colonizar y cristianizar a los indígenas mapuche de Chile.
3. Un sector importante de la economía chilena es la exportación de frutas.
4. El pueblo de Chile eligió de manera democrática el primer gobierno marxista del continente americano.

CD 2–14

10-2 Chile y Paraguay: aspectos de su entorno e historia

Paso 1: A continuación vas a escuchar una descripción corta de la geografía y la historia de Chile y Paraguay. Escucha con cuidado y toma notas.

| Geografía (Chile) | Historia (Chile) |
| Geografía (Paraguay) | Historia (Paraguay) |

Paso 2: Contesta las siguientes preguntas.

1. ¿Dónde se encuentra el desierto de Atacama? *norte del país de Chile*
2. ¿En qué se basa la economía de Paraguay y cómo la podemos caracterizar? *agríco y energía ganadería*
3. ¿Quién fue Salvador Allende? *siglo 20 presidente chileno*
4. ¿Qué impacto pudo haber tenido la elección de Allende en la política estadounidense hacia Latinoamérica?

1973 - golpe militar

1970 El socialista Salvador Allende asume la presidencia de Chile

1971 Pablo Neruda, escritor chileno, recibe el Premio Nobel de Literatura

2003 Los Estados Unidos y Chile firman un acuerdo de libre comercio

2004 La Corte de Apelaciones de Chile suspende la inmunidad del dictador Augusto Pinochet

1950

1970

1975

2000

2005

1954 La Corte Suprema declara ilegal la segregación racial en las escuelas públicas

1970 Se celebra por primera vez el Día de la Tierra

1973 Se aprueba una ley que protege a los animales en peligro de extinción

2001 Los Estados Unidos se retira del Protocolo de Kyoto

2004 Se inaugura el Museo Nacional del Indígena Americano

Vocabulario en contexto

Los desafíos sociales de la globalización

Mujeres que superan las **barreras** al mercado laboral

La hora chilena

SUPLEMENTO ESPECIAL: *Los desafíos sociales de la globalización*

La migración y la **aldea global**

*En tan solo los últimos diez años el **ingreso** de inmigrantes al país ha crecido un seis por ciento y está al nivel más alto de nuestra historia. Casi la mitad de estos nuevos inmigrantes (47%) son nuestros vecinos argentinos y peruanos que **emigran** de sus países con la **esperanza** de encontrar trabajo y una vida mejor.*

¿Fronteras abiertas o restringidas?

La época global nos obliga a desarrollar una **política migratoria** moderna para manejar el movimiento de personas. Pero eso no es una tarea fácil. **Atraer** a los extranjeros para que trabajen e **inviertan** en nuestro país puede resultar **ventajoso**, pero permitir el tránsito libre por las fronteras puede resultar costoso. Sin embargo, restringir estrictamente el acceso al país puede **conllevar** un aumento en la inmigración **indocumentada** y el **tráfico de personas** a través de las fronteras. [Véase p. 3]

Los costos de la emigración

Como la inmigración, el **desplazamiento** de personas fuera de su país también tiene sus costos. Toda la **inversión** del Estado en formar y educar a una persona se pierde cuando emigra, y esto afecta la **mano de obra** de un país, ya que se pierde la productividad de personas capacitadas. Este fenómeno se llama la **fuga de cerebros**, y debe ser una consideración importante en el desarrollo de una política migratoria. Sin embargo, hay que reconocer que la emigración tiene un punto a favor que es el dinero que el emigrado le envía a su familia en su país de origen. Según el Banco Interamericano de Desarrollo, durante los próximos 10 años estas **remesas** hacia los países latinoamericanos sumarán el equivalente a 300 millones de dólares. [Véase p. 2]

- El empleo en la economía global: ¿Se pueden **disminuir** los salarios debido a la competencia con mercados de bajos salarios?

- La nueva economía y la **brecha** entre los ricos y los pobres

- ¿Globalización = **colonización**? Las **inquietudes** de los chilenos sobre los efectos de la globalización en nuestra **identidad cultural**

- Las comunidades indígenas: ¿Más oportunidades para participar en la **toma de decisiones** del país?

- Protección de la **diversidad lingüística** en Chile: las lenguas indígenas y la educación intercultural **bilingüe**

> For additional practice see the **Activity File** at the end of this text: **Capítulo 10, Vocabulario A. Futuro presidente.** p. D39; and **Vocabulario B. Desafíos estudiantiles.** p. D40.

Atención a la palabra: The word **política** can have two meanings: one is its cognate meaning of *politics,* but the other is that of *policy* when referring to a government or managerial plan or course of action. The Spanish word **póliza** refers specifically to an insurance policy.

Para hablar de los desafíos sociales de la globalización

el abuso / abusar	*abuse / to abuse*
el alcance / alcanzar	*reach, range, scope / to reach, attain, achieve*
el convenio	*agreement, treaty*
el desempleo / el subempleo	*unemployment / underemployment*
la disputa / disputar	*dispute / to dispute*
la dominación / dominar	*domination / to dominate*
la exclusión / excluir	*exclusion / to exclude*
el fortalecimiento / fortalecer	*strengthening / to strengthen*
la homogeneización / homogeneizar	*homogenization / to homogenize*
la imposición / imponer	*imposition / to impose*
la legalización / legalizar	*legalization / to legalize*
la lengua materna	*mother tongue, native language*
el menosprecio / menospreciar	*scorn, lack of appreciation / to despise, to undervalue*

Para enriquecer la comunicación: Para debatir y discutir

Por mucho que quieran creerlo, no es cierto.	*However much they want to believe it, it's not true.*
Digamos que es así, mi punto es todavía válido.	*Let's say it's like that, my point is still valid.*
Tienen inquietudes. **Es más,** tienen miedo.	*They have concerns. What's more, they are afraid.*
¡De ninguna manera!	*Certainly not!*
¡Desde luego! Es importantísimo.	*Of course! It's very important.*

Práctica y expresión

(handwritten margin note: la mano de obra – labor force)

10-3 **Radio chilena** Hoy en *La mañana informativa* Pamela Pacheco entrevista a un CD2-15 representante del gobierno chileno sobre el tema de la migración. Escucha la entrevista y contesta las preguntas que siguen.

1. Según el Sr. Torrealba, ¿por qué tiene un papel importante la migración en el comercio del mundo?
2. ¿Cuáles son las tres tendencias migratorias de la historia de Chile?
3. Al Sr. Torrealba no le gusta el término *indocumentado.* ¿Qué término prefiere? ¿Por qué?
4. ¿Quedan excluidos de la mano de obra los inmigrantes en Chile? Explica.
5. ¿Qué inquietud tienen algunos sobre el impacto de los inmigrantes en la mano de obra? ¿Qué dice el Sr. Torrealba al respecto?
6. ¿Tienen acceso a la salud pública todos los inmigrantes en Chile?
7. En tu opinión ¿qué diferencias y semejanzas hay entre las situaciones de Chile y las de los Estados Unidos con respecto al tema de la inmigración?

(handwritten answers: 1. Europa hacia américa latinos, Chilenos a EEUU y Europa; 3. irregulares; 5. tienen miedo; 6. Sí; 7. ellos piensan que los inmigrantes roban los trabajos)

10-4 En otras palabras Trabaja con otro(a) estudiante para definir las siguientes palabras.

atraer	fortalecer
colonización	inquietud
desventajoso	menosprecio
diversidad lingüística	remesa

10-5 Desafíos actuales ¿Cuáles de los desafíos sociales de la lista se aplican a los Estados Unidos en este momento? ¿Por qué son desafíos? ¿Qué se ha hecho hasta ahora para superar estos desafíos? ¿Qué se debe hacer en el futuro?

1. el tráfico de drogas ilegales
2. la exclusión de las mujeres de los altos rangos del mercado laboral
3. las pandillas en los centros urbanos
4. la participación de las minorías en la toma de decisiones del gobierno
5. el multilingüismo
6. la brecha entre los ricos y los pobres
7. la homogeneización de la cultura
8. ¿?

10-6 Opiniones A continuación hay varios argumentos con respecto al tema de la migración. Para cada uno, trata de pensar en por lo menos un ejemplo que lo apoye y en un ejemplo que lo invalide.

1. En el contexto de la globalización, la migración es fundamental para el desarrollo de un país.
2. Una política de fronteras cerradas disminuye el ingreso de inmigrantes indocumentados.
3. Una política de fronteras abiertas hace que un país sea vulnerable al terrorismo.
4. La migración siempre será más ventajosa para algunos sectores y más desventajosa para otros.
5. Las migraciones aumentan los recursos del país en mano de obra.
6. La inmigración es negativa puesto que el país receptor puede perder dinero con las remesas que se envían al extranjero.
7. Las migraciones contribuyen a la riqueza cultural del país receptor.
8. La emigración tiene un impacto negativo en la economía de un país.

> For best results, use a search engine and enter the words **globalización y** along with each of the terms below. Also add specific country names (i.e., Chile, Paraguay, etc.) to refine search.

10-7 ¿Qué sabes de la globalización? Haz una investigación por Internet sobre el estado de la globalización en Chile, Paraguay y en Latinoamérica en general. Luego, presenta a la clase lo que aprendiste con respecto a las siguientes categorías.

1. Los convenios internacionales
2. La mano de obra
3. La fuga de cerebros
4. La salud
5. Las fronteras y la migración
6. La brecha entre los ricos y los pobres
7. Las inversiones en el país
8. La diversidad lingüística y la identidad cultural

Espejos

Paraguay, un país bilingüe

Paraguay, al igual que casi todos los países de los continentes americanos, cuenta con grupos indígenas que han conservado su lengua hasta hoy. Pero si bien es cierto que se conservan y se hablan los idiomas nativos, éstos son hablados por grupos cuya identidad se define más por lo étnico que por lo nacional. La gran diferencia aquí es que ¡la población de Paraguay es una sociedad no indígena que habla una lengua indígena!

El guaraní, junto con el español, es el idioma oficial de Paraguay y es hablado por el 90% de la población. ¿Cómo fue que la población general llegó a adoptar esta lengua? Cuando llegaron los españoles en el siglo XVI, los guaraníes ofrecieron sus hijas a los españoles como prueba de amistad, y éstos, que vinieron de España sin mujeres, tomaron varias esposas cada uno. Los mestizos siguieron hablando el guaraní de su madre y el español de su padre. De esta manera, el guaraní comenzó a cobrar *(gain)* tanta importancia, que los misioneros Jesuitas decidieron adoptar el guaraní para enseñar la fe católica. Se desarrolló un alfabeto (era una lengua oral); surgieron diccionarios, textos de gramática y libros religiosos en guaraní.

Varios líderes políticos intentaron a través de los años, por motivos raciales y sociales, eliminar o destruir esta lengua, pero dos guerras (contra Bolivia, Argentina y Brasil) ayudaron a elevar y a unir el idioma guaraní al orgullo *(pride)* nacional. Durante las guerras, el guaraní fue utilizado por la prensa y en comunicaciones militares. El guaraní se implantó como un factor de unión y consuelo *(solace)* en el país. En 1992 el gobierno paraguayo reconoció oficialmente la importancia del guaraní y lo declaró idioma oficial al mismo nivel que el español.

Cuatro perspectivas

Perspectiva I En los Estados Unidos...

1. ¿Qué idiomas se hablan en los Estados Unidos además del inglés? ¿Dónde?
2. ¿Por qué tenemos sólo el inglés como idioma oficial?
3. ¿Crees que algún día adoptaremos otro idioma? ¿Por qué crees esto?

Perspectiva II ¿Cómo vemos a los paraguayos? Marca con una (X) las opiniones con las que estás de acuerdo.

1. El gobierno paraguayo es menos eficiente porque tiene que traducir todo a dos idiomas. _____
2. El tener un sólo idioma unifica el país. _____
3. Me sorprende que un idioma indígena sea tan dominante. _____

4. No es eficiente aprender un idioma que no se habla fuera de Paraguay. _____
5. Ser bilingüe siempre es mejor que ser monolingüe. _____

Perspectiva III En Paraguay algunos dicen...

Nosotros somos bilingües.

El guaraní nos hace diferentes a otros países. Es parte de nuestra identidad.

Hay un orgullo nacional conectado con el guaraní; nos identifica.

Perspectiva IV ¿Cómo ven los paraguayos a los estadounidenses? ¿Sabes?

Las dos culturas

1. ¿Recuerdas algún tiempo en nuestra historia cuando trataron de suprimir *(surpress)* los idiomas indígenas? ¿y los idiomas que trajeron los inmigrantes? ¿Fue mejor que pasara eso?
2. ¿Fue la situación de Paraguay diferente de la de los Estados Unidos?

Estructuras

Los tiempos progresivos

iLrn **¡OJO!** Before reviewing this section, consult the following topics on pp. B35–B38 of the **Índice de gramática:** Present progressive tense; Present participles; Direct object pronouns; Indirect object pronouns; and Reflexive pronouns.

In describing actions in progress, related to environmental or social challenges, Spanish speakers may use one of the many forms of the progressive. The progressive tenses are formed with the verb **estar,** and less frequently with the verbs **seguir, continuar, ir, venir,** and **andar,** combined with the present participle (**el participio presente**) of a second verb. The present participle of **-ar** verbs ends in **-ando,** and that of **-er** and **-ir** verbs, in **-iendo.**

alcanzar → alcanz**ando**	empobrecer → empobrec**iendo**	pedir → pid**iendo**

Remember that if the stem of an **-er** or **-ir** verb ends in a vowel, the **i** of the participle ending will change to a **y.**

caer	→ cayendo
oír	→ oyendo
leer	→ leyendo
disminuir	→ disminuyendo

There are five indicative progressive tenses and two subjunctive conjugations.

Indicativo		Subjuntivo	
Presente	están colonizando	**Presente**	estén ingresando
Futuro	estarán disminuyendo	**Imperfecto**	estuvieran
Imperfecto	estaban contrarrestando		menospreciando
Condicional	estarían disputando		
Perfecto	han estado buscando		

> For additional practice see the **Activity File** at the end of this text: **Capítulo 10, Estructuras B. A esta hora mañana.** p. D66.

The progressive tense is used in Spanish:

- to indicate an action in progress at the moment of speaking.

  El desempleo **está aumentando** en algunos sectores de la sociedad.

- to indicate an action or condition that is considered unusual or a departure from the norm.

  Por primera vez, el gobierno **estaba intentando** controlar el ingreso de inmigrantes de otros países.

- to add emotional impact to a statement or conjecture.

  ¡Por fin **estamos celebrando** la diversidad lingüística de nuestro país!

  ¿Y qué **estaría pensando** nuestro presidente cuando aprobó los cortes en los programas multiculturales?

- with the verbs **seguir, continuar,** and **venir** to mean *to continue* or *keep on doing something.*

  Los políticos **siguen disputando** la importancia de los gastos militares pero **vienen aprobando** los mismos presupuestos del año pasado.

- with the verb **ir** to indicate progress toward a goal.

  Los miembros del comité **iban fortaleciendo** la importancia de las lenguas maternas en las escuelas primarias.

- with the verb **andar** to convey an action in progress that is haphazard or disorganized.

  Los inmigrantes indocumentados **andan buscando** trabajo donde puedan.

The progressive tense in Spanish is not as commonly used as the progressive in English. The progressive is *not* used:

- to indicate future or anticipated action.

  El mes que viene **ponemos en marcha** (vamos a poner / pondremos) los nuevos programas.
  *Next month **we will be putting into action** the new programs.*

  El presidente dijo que el gobierno **iba a considerar** el problema creciente con las pandillas.
  *The president said that the government **would be considering** the growing problem with gangs.*

- with the verbs **ser, poder,** and **tener;** the use of the progressive with **ir** and **venir** is limited to the specific contexts mentioned previously.

  El país **tiene** problemas serios de xenofobia en este momento.
  *The country **is having** serious problems with xenophobia at this time.*

The subjunctive forms of the progressive are used in the same contexts as other subjunctive tenses.

  Es bueno que la mano de obra **esté diversificándose.**

  Yo no creía que el bilingüismo **estuviera disminuyendo** la importancia de la identidad nacional.

Un paso más allá: El participio presente versus el infinitivo

In English the present participle can be used as a noun. In Spanish, however, the present participle cannot be used as a noun. The only verb form that can assume this function is the infinitive. Consider the following examples:

(El) Estudiar la política migratoria es cada vez más importante.
Studying migration policies is increasingly complex.

Antes de **comenzar** la reunión, los miembros del comité tenían opiniones muy fuertes sobre la colonización.
*Before **beginning** the meeting, the members of the committee had strong opinions about colonization.*

> Using the definite article **el** before the noun when it functions as the subject or direct object of a sentence is optional.

Práctica y expresión

10-8 **¿Qué estaba pasando en estos dos países?** Llena los dos espacios en blanco con la forma correcta del progresivo. (Puedes usar: **estar, continuar, andar, seguir, tratar.**)

1. Cerca del 1620, los españoles en Paraguay _tratabon de_ _~~convirtiendo~~_ (convertir) a los indígenas al catolicismo.

   En los EE.UU., los ingleses _continuaban_ _sobreviviendo_ (sobrevivir) en Norteamérica.

2. Cerca del 1800, la población paraguaya _estaba_ _hablando_ (hablar) dos idiomas.

   En los EE.UU., Lewis y Clark _estaba_ _explorando_ (explorar) el oeste del continente norteamericano.

3. En los años de 1830 a 1840, el gobierno paraguayo _estaba_ _tratando_ (tratar) de homogeneizar la cultura eliminando el idioma guaraní.

   En esos años, el presidente Andrew Jackson _estaba_ _sacando_ (sacar) a miles de indígenas de sus tierras.

4. Era increíble que el gobierno _~~estababa~~_ _~~usando~~_ (usar) la lengua guaraní en sus guerras. _estuviera usando_

   En los EE.UU. fue increíble que en la Segunda Guerra Mundial el gobierno _~~estaba~~_ _desarrollando_ (desarrollar) un código basado en el lenguaje navajo. _estuviera de_

5. Ahora en Paraguay _están_ _enseñando_ (enseñar) el guaraní en las escuelas.

   Ahora en los EE.UU., el gobierno _continua_ _permitiendo_ (permitir) que enseñen las lenguas indígenas.

10-9 **¿Qué estará pasando?** En parejas, mira el dibujo y di lo que posiblemente esté pasando. ¿Piensa tu compañero(a) lo mismo? ¿Qué posibilidades hay?

Ejemplo ¿Qué estará pasando?
No sé, estarán peleando por dinero.
¿Qué crees tú?

1. ¿Qué estará pasando?

2. ¿Qué estará pasando? _está narcotráfico_
   él está vendiendo sus drogas

3. ¿Qué estará pasando?

4. ¿Qué estará pasando?
   estarán luchando por ~~so~~ un hombre ~~nexs~~

10-10 En la oficina de desempleo Mira el dibujo y, usando formas progresivas, describe lo que está pasando en esta oficina de desempleo. Comparte con tu compañero(a) las varias posibilidades en los números 4 y 7.

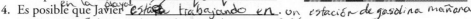

1. Los tres: Roberto, Sofía y Javier _están esperando_.
2. El dependiente y Javier _están luchando_ .el dependiente. de su .
   ~~para~~
3. El dependiente _está pensando que quiere ser_
                                          resume.
4. Es posible que Javier _está trabajando en_. un estación de gasolina mañana.
   en la playa
5. Roberto _está tratando de salir con Sofía_.
6. Sofía _está hablando_ ~~con Roberto~~ porque _no le gusta_.
                  no
7. Es probable que Sofía _esté hablando con_. su novio

 10-11 Antes y ahora Usando una forma del progresivo, habla con otro(a) estudiante sobre lo que estaba pasando antes y lo que está pasando ahora en las siguientes situaciones. ¿Están mejorando o empeorando las cosas?

> **Ejemplo**   Antes muchos chilenos migraban de Chile y ahora...
> **Chile está recibiendo inmigrantes.**

1. Antes se menospreciaban las culturas minoritarias en el mundo y ahora.._en cambio,_
2. El bilingüismo no era importante en los EE.UU. y ahora... _El mundo está celebrandones_
3. La frontera de México–EE.UU. es porosa *(porous)*. ¿Qué está haciendo el gobierno ahora? _Está ~~reforzando~~ implementando reglas más estrictas_
4. En la frontera de Cuba y los EE.UU. hay mucho tráfico. ¿A quiénes están aceptando ahora?
5. En California se hablaba español en el siglo XIX y ahora..._se está hablando inglés._
6. En Paraguay no se aceptaba el guaraní pero ahora... _Se está aceptandolo._

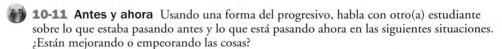 **10-12 Migraciones y fronteras** Con otro(a) estudiante, contesta las siguientes preguntas sobre los problemas de fronteras y aculturación.

1. ¿Qué actitud tenían los residentes de Norteamérica hacia la inmigración en los años 1700–1820? ¿Qué está pasando en la frontera de México–EE.UU. ahora? ¿Tuvo México la misma situación con los emigrantes de los EE.UU. alguna vez? ¿Qué estaba pasando en esos años? ¿Qué crees que pasará en 20 años?
2. ¿Sabes qué cambios están ocurriendo en las fronteras de Chile y Paraguay? ¿Hacia dónde están yendo o viniendo las personas? Adivina *(guess)*.
3. ¿Crees que la actitud hacia los inmigrantes esté cambiando? ¿Qué problemas se les achaca *(are blamed)* a ellos?
4. ¿Puedes imaginarte cómo sería tu vida si tuvieras que emigrar a Paraguay, por ejemplo? ¿Qué estarías haciendo el primer año? ¿Qué lenguas estarían aprendiendo tus hijos?

(handwritten in left margin: ↓ arguing)

Exploración literaria

"Un tal Lucas"

En este cuento del escritor chileno Luis Sepúlveda vas a conocer a un joven argentino llamado Lucas. Cansado de los problemas en la ciudad, se muda con sus amigos a un pueblo de la Patagonia, donde descubre un modo de vida completamente distinto. Allí, ve directamente el impacto devastador de la tala en esa región, y decide actuar. La descripción vívida ayuda al lector a transportarse a la Patagonia argentina y a ponerse en el lugar de Lucas. Esta inspiradora historia, del libro *Historias marginales*, no es ficción, sino que está basada en hechos y personajes reales.

Antes de leer

1. Lee el primer párrafo del cuento: "La Patagonia argentina empieza a cobrar un intenso y creciente color verde a medida que uno se acerca a la cordillera de los Andes, como si el follaje de los árboles que han sobrevivido a la voracidad de las madereras quisiera decirnos que la vida es posible pese a todo, porque siempre habrá algún —o muchos- locos capaces de ver más allá de las narices del lucro." ¿Por qué crees que el autor usa la palabra "locos" para describir a las personas que no piensan solamente en el dinero?
2. En tu opinión, ¿es posible el crecimiento económico sin deteriorar el medio ambiente? ¿Crees que es inevitable que el progreso tenga un efecto devastador en el ecosistema? ¿Por qué?

> **Lectura adicional alternativa**
> Baldomero Lillo: "El Chiflón del Diablo"

Estrategia de lectura | Reconocer palabras conectivas

As you know from the writing strategy in **Capítulo 6**, connecting words serve to establish relationships between ideas. While some words establish a relationship between sentences, others function within a sentence, such as the Spanish conjunctions **porque, aunque** or **tal como**. The choice of subordination can radically change the overall meaning of the sentence: every connecting word has a specific function. For example, the conjunction **porque** indicates a causal relationship, while **aunque** indicates a contrast to an action or condition. Below are groupings of common connecting words and phrases classified according to what they serve to indicate.

■ To indicate the *cause* of an action or condition:

a causa de (que)	debido a (que)
como/ya que	porque

■ To indicate the *motive* of an action or *condition* or a condition upon which it depends:

para que	con tal (de) que

■ To indicate the *effect* of an action or condition:

así (que)	por lo tanto	de modo que
por eso	por consiguiente	entonces

- To indicate *temporal sequence*:

ya	mientras	antes
cuando	después	luego

- To indicate a *contrast* to an action or condition:

aunque	a diferencia de
pese a	a pesar de (que)
en cambio	por otra parte
no obstante	sin embargo
pero	sino

- To indicate a *similarity* to an action or condition:

así como	igual que
de la misma manera	tal como

- To indicate *additional* or *exemplary* information:

además	también	por ejemplo

The best way to understand the specific meaning that each connecting word conveys is to see them utilized in sentences. Use the words and phrases given above to connect the following clauses, ensuring that they correctly indicate the relationship wanted in each case. There could be more than one possibility for each.

1. (EFFECT) Lucas y un grupo de amigos buscaban un tipo de vida diferente al de Buenos Aires, _____ se mudaron a un pueblo lejano de la Patagonia.

2. (TEMPORAL SEQUENCE) Los vecinos primero les trajeron madera para quemar, y _____ los ayudaron a reparar sus cabañas.

3. (CAUSE) El bosque de la Patagonia estaba disminuyendo _____ las compañías madereras japonesas talaban indiscriminadamente.

4. (SIMILARITY) En la Patagonia argentina, el desierto estaba extendiéndose, _____ ya había ocurrido en Chile.

5. (CONTRAST) En Buenos Aires, el gobierno se oponía al proyecto de Lucas, _____ en Epuyén todos lo apoyaban.

Now that you have developed an appreciation for the importance of connecting words, read "Un tal Lucas" and notice how the author uses them. Underline the connecting words as you find them, and identify their function in the sentence. Does the author use a certain category of connecting words more than others? Can you suggest connecting words that could have been used in some phrases where the author did not use one?

Sobre el autor

Luis Sepúlveda nació en Ovalle, Chile en 1949. Publicó su primer libro cuando tenía sólo 20 años. Durante los años de represión militar en Chile, tuvo que vivir en el exilio. Argentina, Brasil, Paraguay, Ecuador, Hamburgo y España son algunos de los lugares en los que vivió. En 1978 participó como periodista en la investigación de la UNESCO en la Amazonia Ecuatoriana. De 1982 a 1987 trabajó a bordo de un barco de Greenpeace, y más tarde actuó como coordinador de esa organización. Sus experiencias con Greenpeace están detalladas en el libro *Mundo del fin del mundo*. La preocupación por el medio ambiente es notable en sus libros. Algunos de los temas en sus obras son: la deforestación de bosques y selvas, la cacería de ballenas en el sur de Chile, y los derrames de petróleo en el océano. Su estilo es directo, sencillo y claro. Su compromiso ideológico es fuerte, y nunca olvida las realidades sociales y geográficas que lo rodean.

LUIS SEPÚLVEDA (1949–)

> "Un tal Lucas"

Luis Sepúlveda

La Patagonia argentina empieza a cobrar un intenso y creciente color verde a medida que[1] uno se acerca a la cordillera de Los Andes, como si el follaje de los árboles que han sobrevivido a la voracidad de las madereras quisiera decirnos que la vida es posible pese a todo, porque siempre habrá algún —o muchos— locos capaces de ver más allá de las narices del lucro.

Uno de ellos es Lucas, o un tal[2] Lucas, como, parodiando a Cortázar[3], lo llaman los lugareños[4] de las proximidades del lago Epuyén.

Durante los años 1976 y 1977, huyendo[5] del horror desatado[6] por los militares argentinos contra todo aquel que pensara, o se viera diferente del modelo establecido según las necesidades de la patria que los mismos militares se inventaron, Lucas y un grupo de chicas y chicos buscaron refugio en la lejana Patagonia.

Eran gentes de la ciudad, estudiantes, artistas, muchos de ellos no habían visto jamás una herramienta de labranza[7], pero llegaron allá cargando sus libros, discos, símbolos, con la sola idea de atreverse[8] a formular y practicar un modelo de vida alternativo, diferente, en un país en donde el miedo y la barbarie lo uniformizaba todo.

El primer invierno, como todos los inviernos patagónicos, fue duro, largo y cruel. Los esfuerzos por cultivar unas huertas[9] no les permitieron hacer acopio[10] suficiente de leña[11], y tampoco alcanzaron a calafatear[12] debidamente los ensambles de los troncos de las cabañas que levantaron. El viento gélido[13] se colaba[14] por todas partes. Era un puñal[15] de hielo que hacía más cortos aún los días australes[16].

Los pioneros, los chicos de la ciudad, se enfrentaban a un enemigo desconocido e imprevisible, y lo hacían de la única manera que conocían; discutiendo colectivamente para arribar[17] a una solución. Pero las palabras bienintencionadas no detenían al viento y el frío mordía los huesos sin clemencia.

Un día, ya con las provisiones de leña casi agotadas, unos hombres de ademanes[18] lentos se presentaron en las mal construidas cabañas y, sin grandes palabras, descargaron la leña que llevaban a lomo de mulas, encendieron las salamandras[19] y se entregaron a reparar los muros[20].

Lucas recuerda que les dio las gracias y les preguntó por qué hacían todo eso.

—Porque hace frío. ¿Por qué va a ser? —respondió uno de los salvadores.

Ése fue el primer contacto con el paisanaje[21] de la Patagonia. Luego vinieron otros, y otros, y en cada uno de ellos los chicos de la ciudad fueron aprendiendo los secretos de aquella región bella y violentamente frágil.

Así pasaron los primeros años. Las cabañas levantadas junto al lago Epuyén se tornaron sólidas y acogedoras[22], las tierras circundantes[23] se transformaron en huertas, puentes colgantes permitieron cruzar los arroyos y, según las lecciones de los paisanos, cada uno de ellos se transformó en un cuidador de los bosques que nacen a los bordes del lago, y se prolongan subiendo y bajando montes.

En 1985, con la riqueza forestal de la Patagonia chilena exterminada por las compañías madereras japonesas, la Patagonia argentina conoció también los horrores del progreso neoliberal[24]: las motosierras[25] empezaron a talar alerces, robles, encinas, castaños[26] árboles de tres-cientos o más años y arbustos que apenas se elevaban a un metro del suelo. Todo iba a dar a las fauces[27] de las picadoras que convertían la madera en astillas[28], en serrín[29] fácil de transportar a Japón. El desierto creado en Chile se extendía hacia la Patagonia argentina.

Los modelos económicos chileno y argentino son la gran victoria de las dictaduras. Las sociedades crecidas en el miedo aceptan como legítimo todo aquello que proviene de la fuerza, sea de las armas o del capital. Junto al lago Epuyén, nada ni nadie parecía capaz de oponerse al siniestro rumor de las motosierras. Pero Lucas Chiappe, un tal Lucas, dijo no, y se encargó de hablar en nombre del bosque con los paisanos que viven al sur del paralelo 42.

—¿Por qué quieres salvar el bosque? —le preguntó algún paisano.

—Porque hay que hacerlo. ¿Por qué va a ser? —respondió Lucas.

Y así, contra viento y marea[30], desafiando y sufriendo amenazas, golpes, encarcelamientos, difamaciones, nació el proyecto «Lemú», que en lengua mapuche significa bosque.

En Buenos Aires los llaman: «Esos *hippies* de mierda que se oponen al progreso», pero junto al lago Epuyén los paisanos los apoyan, porque una elemental sabiduría les indica que la defensa de la tierra es la defensa de los seres humanos que habitan el mundo austral.

Cada árbol salvado, cada árbol plantado, cada semilla[31] cuidada en los almácigos[32] es un segundo preservado del tiempo sin edad de la Patagonia. Mañana, tal vez el proyecto Lemu sea un gran corredor forestal de casi mil quinientos kilómetros de longitud. Mañana, tal vez los astronautas puedan ver una larga y hermosa línea verde junto a la cordillera de Los Andes australes.

Tal vez alguien les diga que eso lo empezó Lucas Chiappe, un tal Lucas, paisano de Epuyén, allá en la Patagonia.

---

[1]**a medida que** *as* [2]**un tal** *somebody by the name of* [3]**Cortázar** escritor argentino famoso que escribió un libro llamado "Un tal Lucas" [4]**lugareños** locales [5]**huyendo** escapando [6]**desatado** *unleashed* [7]**labranza** cultivo [8]**atreverse** tener la audacia [9]**huertas** jardín de vegetales [10]**acopio** *stock* [11]**leña** madera para quemar [12]**calafatear** cubrir los agujeros [13]**gélido** muy frío [14]**se colaba** se metía [15]**puñal** cuchillo [16]**australes** del sur [17]**arribar** llegar [18]**ademanes** gestos [19]**salamandras** *heat radiator* [20]**muros** paredes [21]**paisanaje** gente local [22]**acogedoras** cozy [23]**circundantes** *surrounding* [24]**neoliberal** *political term used to refer to capitalist philosophies relating to globalization and trade between developed and developing countries* [25]**motosierras** máquina para talar [26]**alerces...** nombres de árboles de la Patagonia [27]**fauces** bocas [28]**astillas** pedazos pequeños de madera [29]**serrín** polvo de madera [30]**contra viento...** *come hell or high water* [31]**semilla** seed [32]**almácigos** nursery

Después de leer

 10-13 Comprensión y expansión En parejas o en grupos de tres, contesten las siguientes preguntas.

1. ¿Por qué decidieron Lucas y sus compañeros mudarse a la Patagonia? ¿Tenían la preparación necesaria para hacerlo? ¿Por qué sí o no?

2. En el quinto párrafo el escritor dice que "los chicos de la ciudad enfrentaban a un enemigo desconocido e imprevisible". ¿Quién o qué es este enemigo?

3. ¿Quiénes ayudan a Lucas y sus compañeros durante sus primeros años?

4. ¿Cambia la personalidad del protagonista a lo largo del cuento? Compara cómo es Lucas cuando llega a Epuyén y cómo es después de vivir allí por casi 10 años.

5. ¿Por qué crees que el autor describe a la región como "frágil"?

6. ¿Cómo es la relación entre las personas de Epuyén y la naturaleza?

7. Según el texto, ¿cuál es la causa subyacente del problema de la tala en Chile y Argentina?

8. En este cuento, ¿cuál es la posición del gobierno argentino frente al problema de la tala?

9. Aunque el autor no lo dice explícitamente, ¿puedes describir en qué consiste el proyecto Lemú?

10. ¿Qué espera el narrador que ocurra en el futuro gracias al proyecto Lemú?

11. ¿Por qué crees que el autor insiste en llamar al protagonista con las palabras "un tal" delante del nombre? ¿Qué efecto busca el autor? ¿Qué quiere demostrar con esto?

12. Si vivieras en un lugar como Epuyén y en una situación política como la de Chile y Argentina en 1985, ¿reaccionarías de la misma manera que Lucas? ¿Dedicarías tu tiempo y pondrías tu vida en riesgo por salvar el bosque?

13. ¿Crees que el proyecto Lemú es un poco ambicioso? ¿Por qué?

Introducción al análisis literario | Resumen de conceptos para un análisis completo

Throughout this book you have learned different concepts on literary analysis. You have been able to pin down the most essential elements of a narrative text, such as characters, plots, themes and narrative voice, and you have also explored some commonly used literary devices, such as metaphor, allegory, and irony. In order to do a complete analysis of a literary work, you should consider all of these important concepts:

- **La voz narrativa:** Is it written in 1st, 2nd, or 3rd person? Is the protagonist also the narrator? How does the narrator relate to the story he or she is telling? Is he or she part of the story or removed from the story?

- **La estructura del argumento:** Where are the exposition, conflict, climax, and dénouement in the text?

- **Los temas:** Is the theme implicit or explicit? Is there more than one theme? What are the major themes of the work and how can they be summarized?

- **El lenguaje:** Are the sentences direct and simple, or long and elaborate? Is the narration descriptive or merely informative? Does the author use any literary devices like metaphor, personification, or comparison?

- **Las intenciones del (la) autor(a):** Is the author expression his or her point of view through the story? Can you deduce his or her position on the story's theme? Is he or she criticizing certain aspect of society? What is the relationship between the story and the social context within which it is told?

Now go back and re-read "Un tal Lucas" keeping these concepts in mind. As you read, try to answer the questions stated above. Can you find examples to support your answers? For instance, if you think the narration is descriptive, you could select a few phrases in which the author is describing the landscape of Epuyén.

Actividad de escritura

Using the questions above as guidelines, write one or two paragraphs with the complete literary analysis of "Un tal Lucas". Don't forget to include examples from the text, and make sure you use connective words to establish relationships between your ideas.

Vocabulario en contexto

La ecología global

http://www.econciencia.com

Econciencia
La conciencia ecológica para la aldea global

Portada | **¿Quiénes somos?** | **Sitios de interés** | **Noticias** | **Contáctanos**

El Planeta Tierra:
Un recurso global

**El Día de la Tierra
22 de abril**

Manejo ecológico
del **suelo**
¿Cómo hacer el
abono orgánico?

El abono orgánico es
producido a partir de
plantas que viven,
mueren y **se descom-
ponen** para alimentar
otras plantas. Aprende
a usar tus **deshechos
orgánicos,** como el
corazón de una man-
zana, hojas de árboles,
etc., para hacer tu
propio abono y
mejorar el suelo.

El poder hidroeléctrico: ¿Recurso renovable?

*La Itaipú Binacional, empresa binacional desarrollada
por Paraguay y Brasil. Su **presa** y **embalse** de agua
forman parte de la Central hidroeléctrica más grande
y potente del mundo.*

Ubicado en el río Paraná entre
Paraguay y Brasil, la central
hidroeléctrica produce un 95% de
la energía eléctrica **consumida** en
Paraguay y 24% de la demanda
brasileña. La energía hidroeléctrica no es un **recurso inagotable**
pero sí **renovable**. Sin embargo,
puede también tener un **impacto
devastador** en el medio ambiente.
Las presas crean
riesgos para los **ecosistemas**
acuáticos y varios estudios
demuestran que la producción
hidroeléctrica puede contribuir
al **calentamiento global** con
sus emisiones.

Día Mundial de los **Humedales**

Paraguay tiene una **abundancia** de humedales (alcan-
zan casi 17% del área total del país). Son zonas de
lagunas y de inundación natural de ríos de fundamental
importancia para la **regulación** de flujos de agua.

Con el Día Mundial de los Humedales el gobierno
espera **concienciar** a la gente sobre el valor ambiental
de estas zonas.

*Humedal Chaco Lodge — Reserva privada
Aparte de su riqueza natural, el humedal
es un área de gran valor para la
biodiversidad.*

ESPECIAL La globalización y el **desarrollo sostenible** en Latinoamérica:
Estrategias para hacerlo posible. [Leer más]

iLrn ¡OJO! Don't forget to check the **Índice de palabras conocidas**, pp. A9–A10, to review vocabulary related to conservation and the enviroment.

Visit www.thomsonedu.com/ spanish for a Heinle iRadio pod-cost on pronunciation, **R** and **RR**; and **C, S, Z**.

> ¿Nos entendemos? In many Spanish-speaking countries the word **sustentable** is used in addition to or instead of **sostenible**.

> Other words and phrases related to global ecology that are cognates with English words include: **la atmósfera, la energía hidroeléctrica/nuclear/solar, la erosión, frágil, el generador, el hábitat, la polución, hidráulico(a), revitalizar, tóxico(a)**.

> For additional practice see the **Activity File** at the end of this text: **Capítulo 10 Vocabulario C. Acciones ecológicas.** p. D40; and **Vocabulario D. Causas y consecuencias** p. D41.

Para hablar de la ecología global

el agua dulce	*fresh water*
la cacería / cazar	*hunting / to hunt*
la carencia / carecer	*lack / to lack*
las causas subyacentes	*underlying causes*
el derrame / derramar	*spill / to spill*
el desgaste / desgastar(se)	*wear, corrosion / to wear out (get worn out)*
el deterioro / deteriorar	*deterioration, damage / to deteriorate, damage*
el efecto invernadero	*greenhouse effect*
las especies silvestres	*wild species*
la expansión / expandir	*expansion / to expand*
el incentivo / incentivar	*incentive / to motivate, encourage*
el pantanal	*marsh*
el rescate / rescatar	*rescue / to rescue*
los residuos radioactivos	*radioactive waste*
la restauración / restaurar	*restoration / to restore*
la sobrepesca	*overfishing*
la tala / talar	*tree felling / to fell a tree*
el veneno / envenenar	*poison / to poison*
fallar	*to fail*

Para enriquecer la comunicación: Cómo resumir y concluir

Total, rescataron muchas especies.	***In short**, they rescued many species.*
El consumo innecesario es **en esencia** anti-ecológico.	*Unnecessary consumption is **in essence** anti-ecology.*
En pocas palabras, el desarrollo sostenible es...	***In a few words**, sustainable development is . . .*
Al fin y al cabo resultó muy positivo.	***When all was said and done**, it ended positively.*

Práctica y expresión

10-14 **Visita virtual a la Central Itaipú** Escucha la presentación de la visita virtual a la Central y luego contesta las preguntas que siguen.

CD2-16

1. ¿Cuándo comenzaron las obras en la presa de Itaipú?
2. ¿Cómo se llama el embalse de la Central?
3. ¿Qué fue la operación Mymba Kuera? ¿Por qué lleva ese nombre?
4. ¿Por qué tuvieron que reforestar parte de la región de la Central en los comienzos del proyecto?
5. ¿Por qué estudian la erosión del lago? ¿Qué han aprendido de estos estudios?
6. ¿Qué es el programa "Va y viene"? ¿Cuál es su objetivo?
7. ¿Conoces alguna central en los Estados Unidos parecida a Itaipú?

10-15 **Temas ecológicos** Describe cada uno de los términos ecológicos y luego clasifícalos según las categorías indicadas. Justifica tus clasificaciones.

- Recurso
- Amenaza al medio ambiente
- Estrategia de rescate/restauración/conservación

el calentamiento global	la biodiversidad
el agua dulce	la cacería
la sobrepesca	los residuos radioactivos
concienciar a la gente	el Planeta Tierra
un derrame de petróleo	incentivar el reciclaje
el desarrollo sostenible	el abono orgánico
el humedal	la tala
los deshechos tóxicos	las especies silvestres
una presa	el consumo
la expansión	

10-16 **Las riquezas naturales de Chile y Paraguay** Haz una investigación por Internet sobre los recursos naturales de Chile y Paraguay. Busca información en las siguientes categorías.

- Recursos naturales renovables y no renovables
- La biodiversidad
- Las estrategias de conservación

290 > CAPÍTULO 10   Desafíos del mundo globalizado

10-17 Los desafíos ambientales de la globalización Con otros dos estudiantes, trata de contestar las siguientes preguntas. Luego, busquen información por Internet para confirmar, cambiar o elaborar sus respuestas.

1. En la economía global el crecimiento económico está íntimamente conectado con los conceptos de producción, consumo y competitividad. ¿Qué desafíos ambientales surgen a raíz de este hecho? ¿Creen que puede ocasionar más o menos problemas para los países de Latinoamérica que para los Estados Unidos?

2. ¿Qué significa el desarrollo sostenible? ¿Por qué es importante para la globalización?

3. El transporte de personas, animales, plantas y artículos es mucho más fácil en el mundo globalizado. ¿Qué impacto ambiental puede tener este transporte globalizado?

4. La protección del medio ambiente llega a ser un deber global y por lo tanto se requieren políticas ambientales globales. ¿Qué desafíos creen que puede haber en desarrollar estas políticas?

10-18 Debate La explotación de los recursos renovables es un tema de mucho debate. Por un lado puede ayudar a conservar el medio ambiente, pero al mismo tiempo puede ocasionar grandes inconvenientes, ya sea para el medio ambiente, la industria o los consumidores. ¿Cuáles son algunos de los argumentos a favor y en contra de la explotación y uso de algunos recursos renovables en particular? ¿Cuál sería la postura de los ambientalistas? ¿de los consumidores? ¿de los jefes de negocios/de industria/desarrollo?

Espejos

Los cartoneros y el reciclaje en Chile

Chile ocupa el tercer lugar en el mundo en el reciclaje de la basura. Los cartoneros *(cardboard men),* como los llaman en Chile, aportan un gran servicio rescatando *(rescuing)* la basura como recurso y potencial valioso.

La tarea del cartonero es rescatar de los residuos, papel, plásticos, vidrios *(glass)* y metales que después venderán a empresas recicladoras. Hay gente que se queja por el desorden, otras en cambio, colaboran separando los materiales para facilitar la recolección. No es una ocupación muy bien vista, pero para muchos es "más digna que salir a robar". Se ganan el pan buscando en la basura materiales para reciclar. Reciclan tanto que el gobierno ha reconocido el servicio de los cartoneros como una contribución social y ambiental. En algunas ciudades se les ha dado estatus oficial. Algunos han formado cooperativas que les han ayudado a doblar el dinero que ganaban como trabajadores independientes.

Hoy, la vida de los cartoneros ha mejorado y reciben mérito y reconocimiento por hacer de Chile uno de los países que más recicla en el mundo.

Las dos culturas

1. ¿Tenemos el equivalente a "cartoneros" en los Estados Unidos?
2. ¿Cómo los ve la sociedad?
3. ¿Se recicla en tu comunidad? ¿Reciclas tú?

Estructuras

iLrn™ ¡OJO! Before reviewing this section, consult the following topics on pp. B31–B36 of the **Índice de gramática:** Present Indicative of regular verbs; Present progressive tense; Imperfect tense; Preterite tense; Future tense; Conditional tense; Present perfect tense; Past perfect tense/ Pluperfect tense; Future perfect tense; Conditional perfect tense; Present participles; and Past participles.

For additional practice see the **Activity File** at the end of this text: **Capítulo 10, Estructuras C. Historia de un indocumentado** p. D67; and **Estructuras D. Mis amigos activistas.** p. D67.

Visit www.thomsonedu.com/ spanish for a Heinle iRadio podcast on grammar, preterite and imperfect, and subjunctive mood.

Repaso de tiempos verbales

In our review of Spanish grammar, we have studied five simple (as opposed to compound) indicative verb forms: present, imperfect, preterite, future, and conditional. Of these five, four have commonly used equivalents in the compound tenses of both the perfect and the progressive: present perfect, pluperfect, future perfect, and conditional perfect; present progressive, imperfect progressive, future progressive, and conditional progressive. We have also reviewed two subjunctive tenses, present and past, along with their corresponding perfect and progressive forms. The imperative forms do not display tense and depend on affirmative versus negative meaning, and the nature of the subject: formal versus informal and singular versus plural. The following charts provide a graphic summary of the tenses reviewed in this book with representative conjugations of -**ar**, -**er**, and -**ir** verbs. Of the three verbs appearing below, **proveer** and **revertir** have several irregular forms. Can you identify them and explain why they appear as they do?

Simple Tenses

		Indicative	Subjunctive		Imperative AFF.	NEG.
-ar	Present	regulan	regulen	Ud.	regule	regule
	Imperfect	regulaban	regularan	Uds.	regulen	regulen
	Preterite	regularon		tú	regula	regules
	Future	regularán		vosotros	regulad	reguléis
	Conditional	regularían		nosotros	regulemos	regulemos

		Indicative	Subjunctive		Imperative AFF.	NEG.
-er	Present	proveen	provean	Ud.	provea	provea
	Imperfect	proveían	proveyeran	Uds.	provean	provean
	Preterite	proveyeron		tú	provee	proveas
	Future	proveerán		vosotros	proveed	proveáis
	Conditional	proveerían		nosotros	proveamos	proveamos

		Indicative	Subjunctive		Imperative AFF.	NEG.
-ir	Present	revierten	reviertan	Ud.	revierta	revierta
	Imperfect	revertían	revirtieran	Uds.	reviertan	reviertan
	Preterite	revirtieron		tú	revierte	reviertas
	Future	revertirán		vosotros	revertid	revertáis
	Conditional	revertirían		nosotros	revirtamos	revirtamos

> The preterite tense also has a perfect equivalent—**hubieron regulado,** for example—that is rarely used. The preterite progressive may also be formed with constructions such as **estuvieron regulando,** etc.

Compound Tenses

Perfect verb forms: **haber** + *past participle*

	Indicative	Subjunctive	Past Participle
Present	han	hayan	regulado
Pluperfect	habían	hubieran	provisto / proveído
Future	habrán		revertido
Conditional	habrían		

Progressive verb forms: **estar** + *present participle*

	Indicative	Subjunctive	Present Participle
Present	están	estén	regulando
Pluperfect	estaban	estuvieran	proveyendo
Future	estarán		revirtiendo
Conditional	estarían		

Práctica y expresión

10-19 La leyenda de la yerba mate Esta leyenda guaraní nos explica el origen de la planta llamada yerba mate. Llena los espacios en blanco con la forma apropiada del verbo en paréntesis. Con un(a) compañero(a), justifica tu selección del tiempo verbal.

Cuenta la leyenda, que hace mucho, mucho tiempo, los dioses y diosas (1) _acostumbraban_ (acostumbrar) bajar del cielo y disfrutar de las tierras, la flora y la fauna de los indígenas guaraníes. Uno de estos (2) _fue / era_ (ser) la diosa luna que (3) _caminó / caminaba_ (caminar) por los bosques con mucha frecuencia. Para que nadie la (4) _reconociera_ (reconocer), tomaba la forma de una indígena guaraní.

Una tarde (5) _se sintió / se sentía_ (sentirse) tan feliz (6) _recogiendo_ (recoger) flores que no se dio cuenta que llegaba la noche y de repente (7) _apareció_ (aparecer) un tigre grandísimo. El tigre (8) _saltó_ (saltar) para devorarla pero no llegó a tocarla porque un indígena guaraní (9) _había_ _lanzado_ (lanzar) una flecha y (10) _había_ _matado_ (matar) al tigre. La diosa inmediatamente (11) _tomó_ (tomar) su forma celeste y (12) _subió_ (subir) al cielo.

Por la noche, desde el cielo le (13) _dijo_ (decir) la diosa luna al indígena: "Por salvar mi vida (14) _te daré_ (darte) una recompensa a ti y a todo tu pueblo. Es una planta muy valiosa. ¡(15) _Cuídala_ (cuidarla) bien! ¡Con ella (16) _podrían / podrás_ (poder) preparar un té que (17) _sirve / servirá / servirá_ _sirve_ (servir) de alimento y también (18) _calme / calmará_ _calmará_ (calmar) la sed!"

De ahí en adelante, el té de yerba mate (19) _es_ _ha sido / que_ (ser) la bebida favorita del pueblo guaraní.

10-20 La extinción de los Selknams Lee la historia de los Selknams en esta lista de datos escrita en el presente y nárrasela a otro(a) estudiante en el pasado usando tus propias palabras. Juntos deben contestar y discutir las preguntas que siguen.

Los Selknams viven en la patagonia chilena. *vivían*
Ha sido su tierra por 120 siglos (*centuries*). *Había sido / era*
Cazan guanacos (animales parecidos a las llamas). *cazaban*
Es un pueblo confiado y bondadoso. *Era*
En 1878 llegan los chilenos y los argentinos a apoderarse (*take over*) de su territorio. *llegaron*
Pronto empieza la "caza humana" de los Selknams. *empiezo*
Matan, secuestran y violan a la población. *Mataban, secuestraban, violaban*
Ni el gobierno chileno ni el argentino hace nada para protegerlos. *hizo*
Los recién llegados toman sus tierras para criar ovejas (*sheep*). ~~tomaban~~ *tomaron*
Impactan negativamente su ambiente. *impactaron*
En 1920 sólo quedan 300 Selknams, 84 en 1931 y 2 adultos en 1980. *quedó / quedaban*
En la actualidad el pueblo Selknam está completamente extinguido.

1. ¿Habían oído antes sobre los Selknams? *no*
2. ¿Saben de otros grupos indígenas que hayan desaparecido? *Sí, los mayas*
3. ¿Qué hubiera prevenido la extinción de los Selknams? *la ayuda del gobierno chileno o argentino*
4. ¿Por qué creen que el gobierno no los protegió? *no sé*
5. ¿Creen que la extinción de algunos grupos es inevitable? ¿Creen que es parte de la vida?
no — pienso que es una lástima y no es necesario.

10-21 ¿Qué recomiendas? Aquí hay una lista de problemas ecológicos. Con otro(a) estudiante di: 1. ¿Cuál es tu opinión? 2. ¿Qué soluciones recomiendas? Escoge el tema con el cual estés más familiarizado.

Ejemplo   la cacería

Pienso que la cacería es buena para controlar la población de una especie, pero muchas veces es dañina. Si quieres cazar, consigue una licencia, compra el equipo más caro (a veces es el mejor) ¡y toma precauciones!

Nueva Scotia
Terra Nova
la península de Labrador
Nova Scotia
Newfoundland
— decreasing fish population

1. calentamiento global *global warming cattle*
2. expansión ganadera *expansion of animal population*
3. reciclaje *las cajas diferentes — un poco confusando*
4. regular la población *China — solamente un hijo, huérfanos*
5. materiales radioactivos *para los tratamientos de cancer — Tchernoble*
6. la pesca *pienso que como un deportivo es malo pero como una forma de comida es bueno*

10-22 Un mundo ideal Con otro(a) estudiante habla sobre el tema con el cual estés más familiarizado. Explica: 1. ¿Qué es? 2. ¿Qué pasaría si lo hiciéramos? 3. ¿Cuál sería el efecto en el futuro? 4. ¿Lo harías tú?

1. abono orgánico
2. ser vegetariano
3. un coche híbrido
4. proveer hábitat para especies amenazadas
5. usar recursos renovables

Rumbo abierto

> **Paso 1** Vas a leer un artículo de EcoPortal.net, un sitio en Internet. Este portal de Internet está dedicado a la difusión de información sobre el medio ambiente, la naturaleza, los derechos humanos y la calidad de vida. Antes de leerlo, contesta las siguientes preguntas con un(a) compañero(a). ¿Hay alguna relación entre la contaminación del medio ambiente y los derechos humanos? ¿Hay maneras seguras de deshacerse de la basura que generamos? ¿Quién tiene la responsabilidad de proteger a la comunidad de los problemas del deterioro del medio ambiente?

> **Paso 2** Para facilitar tu comprensión de la lectura, recuerda la estrategia de lectura que aprendiste en este capítulo: prestar atención a esas palabras que sirven para conectar diferentes partes de la oración. Lee ahora el artículo tomando notas sobre los diferentes puntos de vista en este debate.

> **Paso 3** Con otro(a) estudiante, conteste las siguientes preguntas.

1. ¿Qué problema ecológico afecta a las comunidades mapuches?
2. ¿Por qué representa esto un problema grave?
3. ¿Qué acciones han llevado a cabo los mapuches para protestar por esta situación?
4. ¿Por qué consideran los mapuches este problema como un problema de discriminación racial y cultural?
5. Según la cosmovisión del pueblo mapuche ¿cuál es la relación del hombre con la naturaleza?

> **Paso 4** **Cabildeo.** Una de las características de las sociedades democráticas es la habilidad de sus ciudadanos de defender políticas que ellos consideren favorables a sus comunidades y al bienestar de la sociedad. Con otro(a) estudiante, haz una lista de argumentos persuasivos que se puedan utilizar para pedirles a las autoridades competentes de Chile que dejen de utilizar basureros en tierras mapuches, que limpien los que ya existen y que paguen a la comunidad compensación monetaria por los daños que han sufrido. Traten de anticipar los argumentos que los representantes del gobierno van a utilizar para negar este tipo de solución.

Mapuches, Discriminación y Basura

Por Alejandro Navarro Brain

Unas 11.500 toneladas de basura son depositadas mensualmente en tierras mapuches; de los 28 basurales en la región 19 están al interior o muy cercanos de comunidades y el resto en sectores de campesinos pobres.

Desde hace mucho tiempo, las comunidades mapuches de la Novena Región han levantado una demanda, distinta de la reivindicación de tierras ancestrales, y que tiene que ver con revertir una acción concreta y sistemática de discriminación en su contra: la erradicación de los basurales y vertederos instalados en el territorio donde viven desde hace siglos.

Hoy, unas 11.500 toneladas de basura son depositadas mensualmente en tierras mapuches; de los 28 basurales en la región 19 están al interior o muy cercanos de comunidades y el resto en sectores de campesinos pobres; 15 han cumplido su vida útil; varios de ellos se encuentran sin autorización sanitaria y otros sólo la han obtenido a principios y mediados de los años noventa. Del total de vertederos, 25 se encuentran sin resolución de calificación ambiental.

En los últimos meses, al no ser escuchadas, organizaciones de apoyo y familias pertenecientes a la coordinación de comunidades mapuches en conflicto por basurales y konapewman[1], han realizado la clausura simbólica y pacífica de los vertederos de Boyeco, en Temuco; el de Ancúe, en Gorbea; el de Llancamil, en Perquenco; el de Ranquilco Alto, en Nueva Imperial; el de Llancahue y Quechuco, en Pitrufquén; y el de Pelahuenco, en Galvarino, entre otros.

Para los mapuches, que construyen su cultura en relación indisoluble con la tierra, es legítimo rechazar esta "ocupación" de territorio mapuche y propiciar la erradicación de los basurales, que son una versión actualizada de colonialismo. La clausura de los basurales es necesaria para frenar una de las prácticas más racistas que ha afectado al pueblo mapuche: ser el depósito de basuras de las ciudades, recibiendo graves impactos al medio ambiente y la salud de las personas, sin ningún respeto a su cultura y su sociedad.

Un ejemplo de esto es la muerte del niño mapuche Aquiles Epul, de Boyeco, en agosto de 2000. Los médicos determinaron que había sido víctima de la terrible "bacteria asesina", situación que se relacionó con la existencia del basural. Las familias presentaron un recurso de protección que finalmente fue rechazado por la Corte de Apelaciones de Temuco en el 2001. Fue en el marco de esa lucha que se enteraron de la existencia de un nuevo proyecto que buscaba mantener el vertedero funcionando hasta el 2025.

Pese a esta situación, que debiera mover a la preocupación de las autoridades regionales, ha sido la Conadi, el único organismo que ha manifestado su preocupación por el hecho cierto de que los líquidos percolados que emanan del vertedero de Boyeco contaminan el Estero Cusaco, que por su curso, traslada esta contaminación a otras 17 comunidades indígenas de la región. Poco o nada han dicho sobre que la Escuela G-523, con una matrícula de 120 alumnos, esté a sólo escasos metros del vertedero.

[...]

El funcionamiento de basurales ha provocado también la alteración de su sistema de vida, ya que muchos han debido cambiar radicalmente sus actividades de subsistencia. Las posibilidades de desarrollo agrícola, ganadero y turísticos son absolutamente limitadas. Ello también contribuye a que muchos mapuches emigren a zonas urbanas buscando nuevas posibilidades.

Para la cosmovisión del pueblo mapuche su relación con el entorno territorial es de un equilibrio entre las fuerzas de la naturaleza y su forma de vida. La existencia de basurales en sus tierras produce irreparables daños a la cultura territorial. La violación y contaminación de pantanos, árboles como el canelo, plantas medicinales y espacios sagrados donde habitan sus antepasados, generan graves desequilibrios por la ruptura de los elementos de la territorialidad.

Por ello se requiere que tomen las medidas que corresponden ahora. Las comunidades han esperado demasiado. Confiamos en que el alcalde René Saffirio cumplirá su palabra y en 90 días habrá soluciones concretas para más de 200 familias que ven afectada su cultura, su forma de vida y su salud por la existencia de un vertedero, como el de Boyeco, que aunque cuenta con proyecto aprobado sigue funcionando como un simple botadero de basura.

En el futuro inmediato, esperamos que las autoridades regionales consideren las particularidades de cada sector en que pretendan autorizar el funcionamiento de vertederos o rellenos sanitarios. La tierra mapuche y lo que representa merece respeto y no puede seguir convirtiéndose en el basurero de las ciudades. Ya es hora de que las políticas de Estado respeten nuestros orígenes.

[1] **konapewman** grupo que impulsa acciones de voluntariado, sin fines de lucro

ATAJO *Functions:*
Asserting and insisting;
Expressing an opinion;
Making transitions
Vocabulary: Animals; Languages;
Plants; Violence
Grammar: Accents; Relatives;
Verbs

Before beginning your essay, read the **Estrategia de escritura** on p. 299.

El ensayo argumentativo es un tipo de ensayo académico en el que expones y defiendes tu opinión sobre algún tema de debate, con la intención de convencer al lector de tu punto de vista. En este capítulo has explorado varios temas de mucho debate y ahora vas a escribir un ensayo argumentativo sobre uno de ellos.

> Paso 1

Antes de exponer una opinión, tienes que tener un tema interesante sobre el cual puedes presentar una opinión fundamentada. Para identificar un buen tema, haz una lista de los temas de debate que exploraste en este capítulo. Algunos ejemplos son la inmigración, la identidad cultural en el mundo globalizado, el bilingüismo y la protección del medio ambiente. Luego, pasa entre 10 y 20 minutos identificando los debates relacionados con los temas que apuntaste.

Cuando acabes, selecciona el tema y el debate que te parezcan más interesantes y escribe dos o tres frases para anotar tu punto de vista acerca del tema.

> Paso 2

Haz una investigación sobre el tema que elegiste. Busca información objetiva que apoye tu punto de vista y también busca información sobre las opiniones opuestas a las tuyas. No te olvides de apuntar cuidadosamente las fuentes que consultes para documentarlas en tu ensayo.

Después de hacer tus investigaciones, escribe la tesis que quieres apoyar en tu ensayo.

Luego, apunta tres o cuatro de tus mejores argumentos y la evidencia que apoya esos argumentos. No te olvides de incluir información para contradecir por lo menos uno de los argumentos del otro lado del debate.

ESTRATEGIA DE ESCRITURA

Cómo escribir un ensayo argumentativo

The purpose of the argumentative essay is to convince your readers of your point of view about a specific issue. Your ability to be convincing rests largely on the quality of your thesis, the strength of your arguments to support your thesis, and the tone of your language.

Elements of a good thesis:

- It must present an informed opinion about a topic of interest about which there are multiple points of view.
- It must contradict, inform or strengthen the beliefs of your reader about your topic.
- It must be able to be proven or supported by concrete evidence or logical argumentation.

Example: **La cacería regulada es una estrategia efectiva para proteger los animales en peligro de extinción.**

This thesis presents an opinion about a topic of interest and debate that likely challenges the beliefs of many readers and can be supported with statistics, reports, etc.

Example: **Hay muchos desafíos ambientales hoy en día.**

This is a poor thesis because it is not a debatable opinion, but rather a matter of fact.

Elements of effective argumentation:

- Your arguments must be logical and based in fact rather than conjecture or popular opinion. The intelligent reader is not convinced by proclamations without objective facts to back them up. If you are not an expert on your topic, you will need to provide your reader with objective information (facts, data, expert opinions, etc.).
- You must scrutinize your sources of information. You want to consult expert and objective sources. Be particularly careful of information on web pages. Anyone with access to a computer can publish his or her opinion on a topic; this does not make him or her an expert!
- You should present information that refutes some of the stronger opposing points of view. This is the way you get your reader to see the logic of your viewpoint.
- Your tone should be authoritative and objective. Avoid phrases such as **en mi opinión, yo creo, desde mi punto de vista, etc.,** as they weaken your argument by limiting your opinion to yourself alone.

> Paso 3

Escribe tu primer borrador del ensayo siguiendo la siguiente estructura:

La introducción: Escribe un párrafo para presentar el tema y tu tesis. Incluye información específica para demostrar la importancia del tema y también la naturaleza del debate.

El cuerpo: Elabora tus argumentos. Cada argumento debe tratar un aspecto distinto de tu tesis y por eso debe tener su propio párrafo.

La conclusión: Resume tu ensayo, conectando tus argumentos para llegar a la conclusión que presentaste en tu tesis.

El título: Ponle un título que resuma el tema del ensayo y a la vez capture el interés del lector.

> Paso 4

Trabaja con otro(a) estudiante para revisar tu primer borrador. Lee su ensayo y comparte con él/ella tus respuestas a las siguientes preguntas: ¿Trata un tema de debate? ¿Presenta la tesis una opinión fundamentada? ¿Presenta datos y ejemplos específicos, objetivos y convincentes que apoyen la tesis? ¿Refuta algunos de los argumentos en contra de su punto de vista? ¿Usa un lenguaje objetivo? En la conclusión, ¿resume los argumentos presentados para sacar la conclusión presentada en la tesis? ¿Te ha convencido de su punto de vista? ¿Por qué sí o no? ¿Documenta sus fuentes de información? ¿Captura el título el interés? ¿Qué otras recomendaciones tienes para tu compañero(a)?

> Paso 5

Considera los comentarios de tu compañero(a) y haz los cambios necesarios. También haz una revisión de la gramática y el vocabulario.

¡A ver!

> **Paso 1**

Uno de los desafíos ambientales más serios en el mundo es la contaminación del aire. Muchos han identificado las causas, pero muy pocos han propuesto soluciones realistas para mejorar el problema. Propon tres cosas que tú podrías hacer para contribuir al mejoramiento de la calidad del aire. Luego, compara tus ideas con las de un(a) compañero(a) y escojan la propuesta más práctica y más efectiva. Apoyen su elección con buenos argumentos para convencer al resto de sus compañeros de que adopten su solución.

> **Paso 2**

Mira el segmento y toma notas sobre este problema ambiental en la capital chilena.

> **Paso 3**

¿Qué recuerdas? Contesta las siguientes preguntas.

1. ¿Cómo afecta la geografía al aumento de la contaminación en Santiago?
2. ¿Por qué es peor la contaminación en invierno?
3. ¿Cuáles son las causas principales de este problema?
4. ¿Qué consecuencias tiene la contaminación del aire en los habitantes de Santiago?
5. ¿Por qué es irónico que Santiago tenga un nivel tan alto de contaminación en el agua?

> **Paso 4**

Con un(a) compañero(a), imaginen que trabajan para el gobierno chileno y deben crear una campaña para concienciar a la gente sobre los problemas ambientales. ¿Qué información incluirían? ¿Cuáles son los argumentos más persuasivos para convencer a los chilenos de que es un problema grave que requiere una solución inmediata? ¿Les sugerirían la solución que ustedes pensaron en el **Paso 1**? Asegúrense de organizar sus ideas de una manera efectiva y prepárense para presentar su campaña a la clase.

CD2-17

Para hablar de los desafíos sociales de la globalización

el abuso / abusar *abuse / to abuse*

el alcance / alcanzar *reach, range, scope / to reach, attain, achieve*

la aldea global *global village*

la barrera *barrier, obstacle*

la brecha *gap, breach*

la colonización / colonizar *colonization / to colonize*

el convenio *agreement, treaty*

el desempleo / el subempleo *unemployment, underemployment*

el desplazamiento / desplazar(se) *displacement, removal / to displace, move*

la disputa / disputar *dispute / to dispute*

la diversidad lingüística *linguistic diversity*

la dominación / dominar *domination / to dominate*

el emigrante / emigrar *emigrant / to emigrate*

la esperanza *hope*

la exclusión / excluir *exclusion / to exclude*

el fortalecimiento / fortalecer *strengthening / to strengthen*

la fuga de cerebros / fugarse *brain drain / to flee, escape*

la homogeneización / homogeneizar *homogenization / to homogenize*

la identidad cultural *cultural identity*

la imposición / imponer *imposition / to impose*

el ingreso de inmigrantes / ingresar *entrance of immigrants / to enter*

la inquietud / inquieto(a) *anxiety, worry / anxious, worried*

la inversión / invertir *investment / to invest*

la legalización / legalizar *legalization / to legalize*

la lengua materna *mother tongue*

la mano de obra *workforce*

el menosprecio / menospreciar *scorn, lack of appreciation / to despise, to undervalue*

el monolingüismo / bilingüismo *monolingualism / bilingualism*

la pandilla *gang*

la política migratoria *immigration policy*

el racismo *racism*

la remesa *remittance*

la restricción / restringir *restriction / to restrict*

la toma de decisiones *decision making*

el tráfico de personas / traficar *trafficking of people / to traffic*

(des)ventajoso(a) *(dis)advantageous*

indocumentado(a) *undocumented*

atraer *to attract*

conllevar *to entail, involve*

disminuir *to decrease, diminish*

Para hablar de la ecología global

el abono orgánico *compost*

la abundancia / abundar *abundance / to abound*

el agotamiento / agotar *depletion / to deplete*

el agua dulce *fresh water*

la biodiversidad *biodiversity*

la cacería / cazar *hunting / to hunt*

el calentamiento global *global warming*

la carencia / carecer *lack / to lack*

las causas subyacentes *underlying causes*

la conciencia / concienciar (de) *conscience / to make aware (of)*

el consumo / consumir *consumption / to consume*

el derrame / derramar *spill / to spill*

el desarrollo sostenible *sustainable development*

el desgaste / desgastar(se) *wear, corrosion / to wear out (get worn out)*

los deshechos / deshacer *remains / to dissolve, take apart, undo*

el deterioro / deteriorar *deterioration, damage / to deteriorate, damage*

el ecosistema *ecosystem*

el efecto invernadero *greenhouse effect*

el embalse *reservoir*

las especies silvestres *wild species*

la estrategia *strategy*

la expansión / expandir *expansion / to expand*

el humedal *wetland*

el impacto devastador *devastating impact*

el incentivo / incentivar *incentive / to motivate, encourage*

el pantanal *marsh*

el Planeta Tierra *Planet Earth*

la presa *dam*

los recursos renovables *renewable resources*

la regulación / regular *regulation / to regulate*

el rescate / rescatar *rescue / to rescue*

los residuos radioactivos *radioactive waste*

la restauración / restaurar *restoration / to restore*

la riqueza natural *natural richness*

la sobrepesca *overfishing*

el suelo *ground*

la tala / talar *tree felling / to fell a tree*

el veneno / envenenar *poison / to poison*

descomponerse *to decompose, break down*

fallar *to fail*

Apéndices

Índice de palabras conocidas

Capítulo 1

Cómo saludar

Buenos días.	*Good morning.*
Buenas tardes.	*Good afternoon.*
Buenas noches.	*Good evening.*
¡Hola!	*Hi!* (informal)
¿Qué tal?	*What's up?* (informal)
¿Qué hay?	*What's new?* (informal)
¿Cómo estás?	*How are you?* (informal)
¿Cómo está usted?	*How are you?* (formal)

Cómo contestar

Bastante bien.	*Rather well.*
Más o menos.	*So-so.*
(Muy) bien.	*(Very) well.*
Bien, gracias.	*Fine, thanks.*
Me llamo...	*My name is . . .*

Presentaciones

¿Cómo se llama usted?	*What's your name?* (formal)
¿Cómo te llamas?	*What's your name?* (informal)
¿Cuál es tu nombre?	*What's your name?* (informal)
El gusto es mío.	*The pleasure is mine.*
Encantado(a).	*Nice to meet you.*
Mucho gusto.	*Nice to meet you.*
Soy de...	*I'm from . . .*

Cómo despedirse

Adiós.	*Good-bye.*
Buenas noches.	*Good night.*
Chau. / Chao.	*Bye.* (informal)
Hasta luego.	*See you later.*
Hasta mañana.	*See you tomorrow.*
Hasta pronto.	*See you soon.*

Cómo pedir información

¿Cuál es tu nombre?	*What's your name?* (informal)
¿Cuál es tu número de teléfono?	*What's your telephone number?* (informal)
¿De dónde es usted?	*Where are you from?* (formal)
¿De dónde eres tú?	*Where are you from?* (informal)
¿Cómo te llamas?	*What is your name?*
Nos vemos.	*See you later.*

Geografía

el arroyo	*creek*
el bosque	*forest*
el (la) campesino(a)	*farm worker, peasant*
la catarata	*waterfall*
la colina	*hill*
la costa	*coast*
el lago	*lake*
el mar	*sea*
el océano	*ocean*
el río	*river*
la selva	*jungle*
la tierra	*land, earth*
bello(a)	*beautiful*
denso(a)	*dense*
tranquilo(a)	*tranquil, peaceful*

Las estaciones — Seasons

la primavera	*spring*
el verano	*summer*
el otoño	*fall*
el invierno	*winter*

El clima

la lluvia	*rain*
la nieve	*snow*
está despejado	*it's clear*
está nublado	*it's cloudy*
hace buen tiempo	*it's nice out*
hace calor	*it's hot*
hace fresco	*it's cool*
hace frío	*it's cold*
hace sol	*it's sunny*

Preposiciones de lugar

a la derecha de	*to the right of*
a la izquierda de	*to the left of*
al lado de	*next to*
cerca de	*near*
delante de	*in front of*
derecho	*straight*
detrás de	*behind*
enfrente de	*across from*
entre	*between*

hacia	*toward*
lejos de	*far from*
el este	*east*
el norte	*north*
el oeste	*west*
el sur	*south*

Adverbios de lugar

cerca	*near*
demasiado	*too much*
hasta	*up to, until*
lejos	*far (away)*

Nacionalidades

árabe	*Arab*
alemán(-a)	*German*
argentino(a)	*Argentine*
boliviano(a)	*Bolivian*
brasileño(a)	*Brazilian*
canadiense	*Canadian*
chileno(a)	*Chilean*
chino(a)	*Chinese*
colombiano(a)	*Colombian*
coreano(a)	*Korean*
costarricense	*Costa Rican*
cubano(a)	*Cuban*
dominicano(a)	*Dominican (from the Dominican Republic)*
egipcio(a)	*Egyptian*
español(-a)	*Spanish*
estadounidense	*from the United States*
francés(-a)	*French*
guatemalteco(a)	*Guatemalan*
haitiano(a)	*Haitian*
hondureño(a)	*Honduran*
indio(a)	*Indian*
inglés(-a)	*English*
italiano(a)	*Italian*
japonés(-a)	*Japanese*
mexicano(a)	*Mexican*
nicaragüense	*Nicaraguan*
norteamericano(a)	*North American*
panameño(a)	*Panamanian*
paraguayo(a)	*Paraguayan*
peruano(a)	*Peruvian*
puertorriqueño(a)	*Puerto Rican*
ruso(a)	*Russian*
salvadoreño(a)	*Salvadoran*
uruguayo(a)	*Uruguayan*
venezolano(a)	*Venezuelan*

Festivales

los cohetes	*rockets*
el día feriado	*holiday*
el disfraz	*costume*
la máscara	*mask*
la procesión	*parade*
celebrar	*to celebrate*
disfrazarse	*to wear a costume*
gritar	*to shout*
pasarlo bien (mal)	*to have a good (bad) time*
recordar (ue)	*to remember*
reunirse con	*to get together with*

Capítulo 2

Las relaciones familiares

el (la) abuelo(a)	*grandmother/grandfather*
el (la) cuñado(a)	*brother-in-law/sister-in-law*
el (la) esposo(a)	*husband/wife*
el (la) hermano(a)	*brother/sister*
el (la) hijo(a)	*son/daughter*
la madre (mamá)	*mother*
el (la) nieto(a)	*grandson/granddaughter*
la nuera	*daugther-in-law*
el padre (papá)	*father*
la pareja	*couple*
el (la) primo(a)	*cousin*
el (la) sobrino(a)	*nephew/niece*
el (la) suegro(a)	*father-in-law/mother-in-law*
el (la) tío(a)	*uncle/aunt*
el yerno	*son-in-law*
las mascotas	*house pets*
el gato	*cat*
el pájaro	*bird*
el perro	*dog*
el pez	*fish*

Para describir las relaciones familiares

el amor	*love*
el cariño	*affection*
la cita	*date (social)*
el compromiso	*engagement*
el divorcio	*divorce*
la separación	*separation*
la vida	*life*
casado(a)	*married*
soltero(a)	*single*
abrazar(se)	*to hug (each other)*

amar	*to love*		
besar(se)	*to kiss (each other)*		
casarse (con)	*to get married, to marry*		
darse la mano	*to shake hands*		
divorciarse (de)	*to get divorced (from)*		
enamorarse (de)	*to fall in love (with)*		
llevarse bien (mal) (con)	*to get along well (poorly) (with)*		
querer	*to love*		
romper (con)	*to break up (with)*		
salir (con)	*to go out (with)*		
separarse (de)	*to separate (from)*		

Las celebraciones familiares

el anfitrión	*host*
la anfitriona	*hostess*
el banquete	*banquet*
la boda	*wedding*
el cumpleaños	*birthday*
la fiesta (de sorpresa)	*(surprise) party*
la flor	*flower*
los invitados	*guests*
la luna de miel	*honeymoon*
el matrimonio	*marriage*
la novia	*bride*
el noviazgo	*courtship*
el novio	*groom*
la orquesta	*band*
el pastel	*cake*
el ramo	*bouquet*
la recepción	*reception*
los recién casados	*newlyweds*
los regalos	*gifts*
las velas	*candles*
celebrar	*to celebrate*
cumplir años	*to have a birthday*
dar (hacer) una fiesta	*to give a party*
hacer un brindis	*to make a toast*
llorar	*to cry*
olvidar	*to forget*
pasarlo bien (mal)	*to have a good (bad) time*
ponerse + *adjective*	*to become, to get* + adjective
reaccionar	*to react*
recordar (ue)	*to remember*
reunirse con	*to get together with*

Capítulo 3

La gente — *People*

el (la) compañero(a) de clase	*classmate*
el (la) compañero(a) de cuarto/ de apartamento	*roommate*

Cursos y especializaciones — *Courses and majors*

la administración de empresas	*business administration*
el arte	*art*
la biología	*biology*
la ciencia	*science*
la computación	*computer science*
el derecho	*law*
la economía	*economics*
la educación	*education*
la física	*physics*
la geografía	*geography*
la historia	*history*
la ingeniería	*engineering*
el inglés	*English*
la literatura	*literature*
las matemáticas	*math*
la medicina	*medicine*
la música	*music*
el periodismo	*journalism*
la pintura	*painting*
la química	*chemistry*
la sicología	*psychology*
la sociología	*sociology*

Edificios universitarios — *University buildings*

el apartamento	*apartment*
la biblioteca	*library*
la cafetería	*cafeteria*
el campus	*campus*
el centro estudiantil	*student center*
el cuarto	*room*
la escuela	*school*
el gimnasio	*gymnasium*
la librería	*bookstore*
la oficina	*office*
la residencia	*dormitory*
la sala de clase	*classroom*
la universidad	*university*
enseñar	*to teach*
entrar	*to enter*
estudiar	*to study*
practicar	*to practice*
tomar clases/exámenes	*to take classes/tests*

Lugares en el pueblo — *Places in town*

el banco	*bank*
el café	*cafe*
la calle	*street*
el centro	*downtown*
el centro comercial	*mall*

el cine	*movie theater*
la iglesia	*church*
el mercado (al aire libre)	*(outdoor) market*
el museo	*museum*
la oficina de correos	*post office*
el parque	*park*
la piscina	*pool*
la plaza	*plaza*
el restaurante	*restaurant*
el supermercado	*supermarket*
la tienda	*store*

Viajar en avión — Airplane travel

la aduana	*customs*
el aeropuerto	*airport*
la agencia de viajes	*travel agency*
el (la) agente de viajes	*travel agent*
el asiento	*seat*
el (la) asistente de vuelo	*flight attendant*
el avión	*plane*
el boleto (billete) de ida	*one-way ticket*
el boleto (billete) de ida y vuelta	*round-trip ticket*
el control de seguridad	*security*
el equipaje (de mano)	*(carry-on) baggage, luggage*
el horario	*schedule*
la inmigración	*passport control/immigration*
la llegada	*arrival*
la maleta	*suitcase*
el (la) pasajero(a)	*passenger*
el pasaporte	*passport*
el pasillo	*aisle*
la puerta	*gate*
la salida	*departure*
la ventanilla	*window*
el viaje	*trip*
el vuelo (sin escala)	*(nonstop) flight*

Verbos

abordar	*to board*
bajar(se) (de)	*to get off*
facturar el equipaje	*to check the luggage*
hacer escala (en)	*to make a stop (on a flight) (in)*
hacer la(s) maleta(s)	*to pack one's suitcase(s)*
ir en avión	*to go by plane*
pasar (por)	*to go through*
recoger	*to pick up, to claim*
viajar	*to travel*

Expresiones idiomáticas

¡Bienvenido(a)!	*Welcome!*
¡Buen viaje!	*Have a nice trip!*
Perdón.	*Excuse me.*

En el hotel — In the hotel

el aire acondicionado	*air-conditioning*
el ascensor	*elevator*
la cama sencilla (doble)	*single (double) bed*
el cuarto	*room*
el hotel de cuatro estrellas	*four-star hotel*
la llave	*key*
la recepción	*front desk*
el (la) recepcionista	*receptionist*
la reserva	*reservation*

Adjetivos

arreglado(a)	*neat, tidy*
cómodo(a)	*comfortable*
limpio(a)	*clean*
privado(a)	*private*
sucio(a)	*dirty*

Verbos

registrarse	*to register*
quedarse	*to stay*
quejarse de	*to complain about*

Capítulo 4

Los deportes — Sports

el baloncesto	*basketball*
el béisbol	*baseball*
el campo de fútbol/de golf	*football field, golf course*
el ciclismo	*cycling*
el fútbol (americano)	*soccer (football)*
el golf	*golf*
la natación	*swimming*
el partido	*game*
el vólibol	*volleyball*
andar en bicicleta	*to ride a bike*
bucear	*to scuba dive*
caminar por las montañas	*to hike/walk in the mountains*
correr	*to run*
correr las olas	*to surf*
esquiar (en el agua)	*to (water) ski*
ganar	*to win*
jugar (ue) al tennis	*to play tennis*

levantar pesas	*to lift weights*	la carne (de res)	*meat (beef)*
montar a caballo	*to go horseback riding*	la chuleta (de cerdo)	*(pork) chop*
nadar	*to swim*	la hamburguesa	*hamburger*
patinar (en línea)	*to (in-line) skate*	el jamón	*ham*
pescar	*to fish*	la langosta	*lobster*
		los mariscos	*shellfish, seafood*

Los pasatiempos — *Pastimes*

		el pavo	*turkey*
acampar	*to camp*	el pescado	*fish*
bailar	*to dance*	el pollo (asado)	*(roast) chicken*
broncearse (tomar el sol)	*to get a suntan*		
dar un paseo	*to go on a walk*		
hacer esnórquel	*to snorkel*		
hacer un picnic/planes/ ejercicio	*to go on a picnic, to make plans, to exercise*		
hacer una parrillada	*to have a cookout*		
ir	*to go*		
a un bar	*to a bar*		
a un club	*to a club*		
a un concierto	*to a concert*		
a una discoteca	*to a disco*		
a una fiesta	*to a party*		
al cine	*to the movies*		
de compras	*shopping*		
mirar la tele	*to watch television*		
pescar	*to fish*		
pasear en canoa/velero	*to go canoeing/sailing*		
sacar fotos	*to take pictures*		
tocar la guitarra	*to play the guitar*		
tomar el sol	*to sunbathe*		
visitar un museo	*to visit a museum*		

Las frutas y los vegetales — *Fruits and vegetables*

la banana	*banana*
la lechuga	*lettuce*
la manzana	*apple*
la naranja	*orange*
las papas (fritas)	*(french fried) potatoes*
el tomate	*tomato*
las verduras	*vegetables*

Otras comidas — *Other foods*

el arroz	*rice*
el champiñón	*mushroom*
la ensalada	*salad*
el huevo duro	*hard-boiled egg*
el pan (tostado)	*bread (toast)*
el queso	*cheese*
la salsa	*sauce*
el sándwich	*sandwich*
la sopa	*soup*

Las comidas — *Meals*

el almuerzo	*lunch*
la cena	*dinner, supper*
el desayuno	*breakfast*

Los condimentos — *Condiments*

el aceite	*oil*
el azúcar	*sugar*
la mantequilla	*butter*
la pimienta	*pepper*
la sal	*salt*
el vinagre	*vinegar*

Las bebidas — *Beverages*

el agua (f.) mineral con/sin gas	*carbonated/noncarbonated mineral water*
el café	*coffee*
la cerveza	*beer*
el jugo de fruta	*fruit juice*
la leche	*milk*
el refresco	*soft drink*
el té (helado)	*(iced) tea*
el vino (blanco, tinto)	*(white, red) wine*

Los postres — *Desserts*

el flan (casero)	*(homemade) caramel custard*
el helado	*ice cream*

El restaurante

el (la) camarero(a)	*waiter (waitress)*
la cuenta	*check, bill*
la especialidad de la casa	*house specialty*
el menú	*menu*

Los platos principales — *Main dishes*

el bistec	*steak*
los calamares (fritos)	*(fried) squid*
los camarones	*shrimp*

Adjetivos

caliente	*hot (temperature)*
fresco(a)	*fresh*
ligero(a)	*light (meal, food)*
pesado(a)	*heavy (meal, food)*
rico(a)	*delicious*

Verbos

almorzar (ue)	*to have (eat) lunch*
cenar	*to have (eat) supper (dinner)*
cocinar	*to cook*
desayunar	*to have (eat) breakfast*
desear	*to wish, to want*
pedir (i)	*to order (food)*
picar	*to eat appetizers*
preparar	*to prepare*
recomendar (ie)	*to recommend*

Expresiones idiomáticas

¡Buen provecho!	*Enjoy your meal!*
¡Cómo no!	*Of course!*
dejar una (buena) propina	*to leave a (good) tip*
Estoy a dieta.	*I'm on a diet.*
Estoy satisfecho(a).	*I'm satisfied. I'm full.*
La cuenta, por favor.	*The check, please.*
No puedo más.	*I can't (eat) any more.*
¿Qué desean/quieren comer (beber)?	*What would you like to eat (to drink)?*
¡Salud!	*Cheers!*
Te invito.	*It's on me (my treat).*
Yo quisiera...	*I would like . . .*

Capítulo 5

Las partes del cuerpo

la boca	*mouth*
los brazos	*arms*
el cabello / el pelo	*hair*
la cabeza	*head*
la cara	*face*
los codos	*elbows*
el corazón	*heart*
el cuello	*neck*
los dedos	*fingers*
los dedos de los pies	*toes*
los dientes	*teeth*
la espalda	*back*
el estómago	*stomach*
la garganta	*throat*
las manos	*hands*
la nariz	*nose*

el oído	*inner ear*
los ojos	*eyes*
las orejas	*(outer) ears*
la piel	*skin*
las piernas	*legs*
los pies	*feet*
los pulmones	*lungs*
las rodillas	*knees*
los tobillos	*ankles*

Para describir la apariencia física

alto(a)	*tall*
bajo(a)	*short (height)*
bonito(a)	*pretty*
delgado(a)	*thin*
feo(a)	*ugly*
gordo(a)	*fat*
grande	*big*
guapo(a)	*good-looking*
joven	*young*
moreno(a)	*brunette*
pequeño(a)	*small*
rubio(a)	*blond(e)*
viejo(a)	*old*

Para describir el carácter de una persona

amable	*friendly*
antipático(a)	*unpleasant*
artístico(a)	*artistic*
atlético(a)	*athletic*
bueno(a)	*good*
extrovertido(a)	*outgoing*
generoso(a)	*generous*
honesto(a)	*honest*
intelectual	*intellectual*
inteligente	*intelligent*
irresponsable	*irresponsible*
listo(a)	*smart, ready*
malo(a)	*bad*
nuevo(a)	*new*
paciente	*patient*
perezoso(a)	*lazy*
pobre	*poor*
responsable	*responsible*
rico(a)	*rich*
simpático(a)	*nice*
sincero(a)	*sincere*
tacaño(a)	*stingy*
tímido(a)	*shy*
tonto(a)	*silly, foolish*
trabajador(a)	*hard-working*

Para hablar de la moda y las tendencias

el abrigo	overcoat
el anillo	ring
los aretes	earrings
la blusa	blouse
la bolsa	purse, bag
las botas	boots
la bufanda	scarf
los calcetines	socks
la camisa	shirt
la camiseta	T-shirt
la cartera	wallet
el chaleco	vest
la chaqueta	jacket
el cinturón	belt
el collar	necklace
la corbata	necktie
la falda	skirt
las gafas de sol	sunglasses
la gorra de béisbol	baseball cap
los guantes	gloves
el impermeable	raincoat
los jeans	blue jeans
las medias	stockings
los pantalones (cortos)	pants (shorts)
el paraguas	umbrella
la pulsera	bracelet
el reloj	watch
las sandalias	sandals
el sombrero	hat
el suéter	sweater
el traje	suit
el traje de baño	swimsuit
los vaqueros	jeans
el vestido	dress
los zapatos	shoes
de (a) cuadros	plaid
de (a) lunares	polka-dotted
de (a) rayas	striped
es de...	it's made of . . .
algodón	cotton
cuero	leather
lana	wool
seda	silk
hacer juego con	to match
llevar	to wear; to carry
mostrar (ue)	to show
ponerse	to put on
probarse (ue)	to try on
quedarle (a uno)	to fit (someone)
rebajar	to reduce (in price)
usar	to wear; to use

Capítulo 6

Las profesiones / *Professions*

el (la) abogado(a)	lawyer
el (la) arquitecto(a)	architect
el (la) banquero(a)	banker
el (la) carpintero(a)	carpenter
el (la) cocinero(a)	cook, chef
el (la) contador(a)	accountant
el (la) dentista	dentist
el (la) empleado(a)	employee
el (la) fotógrafo(a)	photographer
el (la) gerente	manager
el hombre (la mujer) de negocios	businessperson
el (la) ingeniero(a)	engineer
el (la) jefe	boss
el (la) maestro(a)	teacher
el (la) obrero(a)	worker; laborer
el (la) peluquero(a)	hairstylist
el (la) periodista	journalist
el (la) plomero(a)	plumber
el (la) policía	police officer
el (la) programador(a)	programmer
el (la) siquiatra	psychiatrist
el (la) traductor(a)	translator
el (la) veterinario	veterinarian

La oficina, el trabajo y la búsqueda de trabajo / *The office, work, and the job hunt*

los beneficios	benefits
el (la) candidato(a)	candidate, applicant
el currículum	resumé
la empresa	corporation; business
la entrevista	interview
el informe	report
el proyecto	project
el puesto	job, position
la reunión	meeting
la sala de conferencias	conference room
el salario/el sueldo	salary
la solicitud	application (form)
de tiempo completo	full-time
de tiempo parcial	part-time
contratar	to hire
dejar	to quit
despedir (i)	to fire

jubilarse	*to retire*
llenar	*to fill out (a form)*
pedir un aumento	*to ask for a raise*
renunciar	*to resign*
reunirse	*to meet*
solicitar un puesto	*to apply for a job*

Capítulo 7

Para hablar de los derechos

el aborto	*abortion*
el (an)alfabetismo	*(il)literacy*
la campaña	*campaign*
el (la) candidato(a)	*candidate*
el (la) ciudadano(a)	*citizen*
el congreso	*congress*
la corrupción	*corruption*
el debate	*debate*
el deber	*duty*
la defensa	*defense*
la democracia	*democracy*
los derechos humanos (civiles)	*human (civil) rights*
el (la) dictador(a)	*dictator*
la dictadura	*dictatorship*
el discurso	*speech*
la drogadicción	*drug addiction*
la educación	*education*
el ejército	*army*
las elecciones	*elections*
el (des)empleo	*(un)employment*
el gobierno	*government*
la guerra	*war*
la huelga	*strike*
los impuestos	*taxes*
la inflación	*inflation*
la inmigración	*immigration*
la ley	*law*
la libertad de la prensa	*freedom of the press*
la manifestación	*demonstration*
el partido político	*political party*
la paz	*peace*
el poder	*power*
la política internacional	*international policy*
el (la) político	*politician*
el (la) presidente(a)	*president*
la reforma	*reform*
el terrorismo	*terrorism*
la vivienda	*housing*
el voto	*vote*

conservador(a)	*conservative*
demócrata	*democratic*
liberal	*liberal*
republicano(a)	*republican*
apoyar	*to support*
aprobar (ue)	*to approve; to pass*
aumentar	*to increase*
defender (ie)	*to defend*
discutir	*to discuss*
elegir (i, i)	*to elect*
eliminar	*to eliminate*
firmar	*to sign*
gobernar (ie)	*to govern*
informar	*to inform*
investigar	*to investigate*
oponer	*to oppose*
proteger	*to protect*
protestar	*to protest*
reducir	*to reduce*
votar	*to vote*

Para hablar del crimen y la justicia

el (la) abogado(a)	*lawyer*
el abuso	*abuse*
el arma	*weapon, arm*
la cárcel	*jail*
el crimen	*crime*
el (la) ladrón(a)	*thief, crook*
la policía /el (la) policía	*police force / police officer*
el (la) prisionero(a)	*prisoner*
el robo / robar	*robbery / to rob*
el terrorismo / el (la) terrorista	*terrorism / terrorist*
arrestar	*to arrest*
matar	*to kill*
obedecer	*to obey*

Capítulo 8

Las artes — The arts

el actor	*actor*
la actriz	*actress*
el (la) arquitecto(a)	*architect*
la arquitectura	*architecture*
el artista	*artist*
el bailarín	*dancer*
la bailarina	*dancer*
el ballet	*ballet*
la canción	*song*

el (la) cantante	*singer*
la comedia	*comedy*
el (la) compositor(a)	*composer*
el concierto	*concert*
el cuadro	*painting*
la danza	*dance*
el dibujo animado	*cartoon*
el (la) director(a)	*director*
el documental	*documentary*
el (la) dramaturgo(a)	*playwright*
el edificio	*building*
el (la) escultor(a)	*sculptor*
la escultura	*sculpture*
la fotografía	*photography*
el (la) fotógrafo(a)	*photographer*
la música	*music*
el (la) músico	*musician*
la obra (de arte)	*work (of art)*
la ópera	*opera*
el papel	*role*
la película	*movie, film*
clásica	*classic*
de acción	*action*
de arte	*art*
de ciencia ficción	*science fiction*
de horror	*horror*
de intriga (misterio)	*mystery*
del oeste	*western*
extranjera	*foreign*
romántica	*romantic*
el (la) pintor(a)	*painter*
la pintura	*painting*
el retrato	*portrait*
edificar	*to build, construct*

Las letras

el (la) autor(a)	*author*
la biblioteca	*library*
el drama	*drama, play*
el (la) escritor(a)	*writer*
el (la) poeta	*poet*
la librería	*bookstore*
el libro	*book*
la literatura	*literature*
la poesía	*poetry*
el teatro	*theater*
aburrir	*to bore*
dejar	*to leave; to let, to allow*
molestar	*to bother*

Capítulo 9

Para hablar de los inventos electrónicos

la alarma	*alarm*
la antena parabólica	*satellite dish*
la cámara (digital)	*(digital) camera*
el contestador automático	*answering machine*
el control remoto	*remote control*
el disco compacto	*compact disc (CD)*
el equipo	*equipment*
el estéreo	*stereo*
el fax	*fax machine*
la fotocopiadora	*photocopier*
el satélite	*satellite*
el teléfono celular	*cellular phone*
la videocámara	*video camera*
el videocasete	*videotape*
la videocasetera	*VCR*
apagar	*to turn off*
(des)conectar	*to (dis)connect*
(des)enchufar	*to plug in (to unplug)*
funcionar	*to function (to work)*
grabar	*to record*
prender	*to turn on*

Para hablar de la computadora

los altavoces	*speakers*
el archivo	*file*
el ciberespacio	*cyberspace*
la computadora portátil	*laptop computer*
la conexión	*connection*
el correo electrónico	*e-mail*
el disco duro	*hard drive*
el disquete	*diskette*
el escáner	*scanner*
la impresora	*printer*
Internet	*Internet*
el mensaje	*message*
la página web	*web page*
la pantalla	*screen*
el programa (de CD-ROM)	*(CD-ROM) program*
el ratón	*mouse (of computer)*
el salón (la sala) de charla	*chat room*
el teclado	*keyboard*
abrir un documento (un programa)	*to open a document (program)*
archivar (guardar)	*to save*
estar conectado(a) (en línea)	*to be online*
hacer click (sobre)	*to click (on)*

imprimir	*to print*
navegar la red	*to surf the Net*
programar	*to program*
salir del programa	*to quit the program*
teletrabajar	*to telecommute*

Capítulo 10

El medio ambiente

el (la) agricultor(a)	*farmer*
el arroyo	*stream*
la basura	*trash*
el bosque	*forest*
la carretera	*highway*
la catarata	*waterfall*
el (la) campesino(a)	*farm worker, peasant*
la colina	*hill*
la fábrica	*factory*
la finca	*farm*
la metrópolis	*metropolis*
el rascacielos	*skyscraper*
el ruido	*noise*
la selva	*jungle*
la sobrepoblación	*overpopulation*
la tierra	*land, earth*
el tráfico	*traffic*
el transporte público	*public transportation*
acelerado(a)	*accelerated*
bello(a)	*beautiful*
denso(a)	*dense*
tranquilo(a)	*tranquil, peaceful*
cultivar	*to cultivate*
llevar una vida tranquila	*to lead a peaceful life*
regar (ie)	*to irrigate; to water*
sembrar	*to plant*

La conservación y la explotación

el aire	*air*
la capa de ozono	*ozone layer*
la contaminación	*pollution*
el desarrollo	*development*
el desperdicio	*waste*
la destrucción	*destruction*
la ecología	*ecology*
la energía (solar)	*(solar) energy*
la escasez	*lack, shortage*
el medio ambiente	*environment*
la naturaleza	*nature*
el petróleo	*petroleum*
los recursos naturales	*natural resources*

contaminado(a)	*polluted*
destruido(a)	*destroyed*
puro(a)	*pure*
acabar	*to run out*
conservar	*to conserve*
construir	*to construct*
contaminar	*to pollute*
desarrollar	*to develop*
destruir	*to destroy*
explotar	*to exploit*
proteger	*to protect*
reciclar	*to recycle*
recoger	*to pick up*
reforestar	*to reforest*
resolver (ue)	*to solve, resolve*

Los animales y el refugio natural

el ave	*bird*
la culebra	*snake*
el elefante	*elephant*
las especies	*species*
el gorila	*gorilla*
el guardaparques	*park ranger*
el león	*lion*
el lobo	*wolf*
el mono	*monkey*
el naturalista	*naturalist*
el oso	*bear*
el tigre	*tiger*

Índice de gramática conocida

Capítulo 1

Subject pronouns

I	yo	*we*	nosotros/nosotras
you (informal)	tú	*you* (plural, informal)	vosotros/vosotras
you (formal)	usted	*you* (plural, formal)	ustedes
he	él	*they*	ellos/ellas
she	ella		

Present indicative of regular verbs

To form the present tense of Spanish verbs ending in -**ar**, drop the infinitive ending and add a personal ending to the stem.

hablar

yo	habl**o**	*I speak*
tú	habl**as**	*you (informal) speak*
Ud., él/ella	habl**a**	*you (formal) speak, he/she speaks*
nosotros(as)	habl**amos**	*we speak*
vosotros(as)	habl**áis**	*you (informal) speak*
Uds., ellos/ellas	habl**an**	*you (formal) speak, they speak*

To form the present tense of Spanish infinitives ending in -**er** and -**ir**, add the appropriate personal ending to the stem of each.

	com + er		**viv + ir**	
yo	com**o**	*I eat*	viv**o**	*I live*
tú	com**es**	*you (informal) eat*	viv**es**	*you (informal) live*
Ud., él/ella	com**e**	*you (formal) eat; he, she eats*	viv**e**	*you (formal) live, he/she lives*
nosotros(as)	com**emos**	*we eat*	viv**imos**	*we live*
vosotros(as)	com**éis**	*you (informal/plural) eat*	viv**ís**	*you (informal/plural) live*
Uds., ellos/ellas	com**en**	*you (formal/plural) eat, they eat*	viv**en**	*you (formal/plural) live, they live*

Present indicative of verbs with spelling changes

i > y, before a, e, o		**gu > g, before o**	
construir		seguir (e > i)	
construyo	construimos	**sigo**	seguimos
construyes	construís	sigues	seguís
construye	**construyen**	sigue	siguen

Present indicative of stem-changing verbs

Present tense of *e > ie* stem-changing verbs

Infinitive	comenzar (ie)	pensar (ie)	querer (ie)	preferir (ie)
	(to begin)	*(to think)*	*(to want, to love)*	*(to prefer)*
Stem	comienz-	piens-	quier-	prefier-
	comienzo	pienso	quiero	prefiero
	comienzas	piensas	quieres	prefieres
	comienza	piensa	quiere	prefiere
	comenzamos	pensamos	queremos	preferimos
	comenzáis	pensáis	queréis	preferís
	comienzan	piensan	quieren	prefieren

Two verbs that have stem changes from **e** to **ie** have an irregular **yo** form.

Infinitive	tener (ie)	venir (ie)
	(to have)	*(to come)*
Stem	tien-	vien-
	tengo	**vengo**
	tienes	vienes
	tiene	viene
	tenemos	venimos
	tenéis	venís
	tienen	vienen

Other frequently used **e** to **ie** stem-changing verbs are:

regar (ie)	*to water*	entender (ie)	*to understand*
cerrar (ie)	*to close*	perder (ie)	*to lose; to miss (a function)*
empezar (ie)	*to begin*		

Present tense of *o > ue* **stem-changing verbs**

Infinitive	jugar (ue)*	almorzar (ue)	poder (ue)	volver (ue)	dormir (ue)
	(to play)	*(to have lunch)*	*(to be able)*	*(to return)*	*(to sleep)*
Stem	jueg-	almuerz-	pued-	vuelv-	duerm-
	juego	almuerzo	puedo	vuelvo	duermo
	juegas	almuerzas	puedes	vuelves	duermes
	juega	almuerza	puede	vuelve	duerme
	jugamos	almorzamos	podemos	volvemos	dormimos
	jugáis	almorzáis	podéis	volvéis	dormís
	juegan	almuerzan	pueden	vuelven	duermen

*Jugar is the only u to ue stem-changing verb in Spanish.

Present tense of *e > i* **stem-changing verbs**

Infinitive	servir (i)	pedir (i)	decir (i)
	(to serve)	*(to ask for)*	*(to say)*
Stem	sirv-	pid-	dic-
	sirvo	pido	**digo** (the **yo** form of **decir** is irregular)
	sirves	pides	dices
	sirve	pide	dice
	servimos	pedimos	decimos
	servís	pedís	decís
	sirven	piden	dicen

Present indicative of irregular verbs

There are several Spanish verbs that have irregular **yo** forms only in the present tense.

conocer	*to know, to meet*	conozco	**Conozco** a Carlos Suárez.
dar	*to give*	doy	**Doy** una fiesta el viernes.
estar	*to be (location and health)*	estoy	**Estoy** en la discoteca.
hacer	*to do, to make*	hago	**Hago** mucho ejercicio.
poner	*to put (on)*	pongo	**Pongo** música rock en casa.
saber	*to know (how)*	sé	**Sé** jugar bien al béisbol.
salir	*to leave, to go out*	salgo	**Salgo** todos los sábados.
traer	*to bring*	traigo	**Traigo** mis discos compactos a la fiesta.
ver	*to see*	veo	**Veo** a mi profesora en la tienda.

The other present-tense forms of these verbs are regular with the small exception of **ver**, which does not carry an accent on the -e of the **vosotros(as)** form as other **-er** verbs do.

	hacer	saber	conocer	dar	traer	ver	poner	salir
yo	hago	sé	conozco	doy	traigo	veo	pongo	salgo
tú	haces	sabes	conoces	das	traes	ves	pones	sales
Ud., él/ella	hace	sabe	conoce	da	trae	ve	pone	sale
nosotros(as)	hacemos	sabemos	conocemos	damos	traemos	vemos	ponemos	salimos
vosotros(as)	hacéis	sabéis	conocéis	dais	traéis	veis	ponéis	salís
Uds., ellos/ellas	hacen	saben	conocen	dan	traen	ven	ponen	salen

Other irregular verbs

	estar	oír	ir	haber	decir	reír	ser
yo	estoy	oigo	voy	he	digo	río	soy
tú	estás	oyes	vas	has	dices	ríes	eres
Ud., él/ella	está	oye	va	ha	dice	ríe	es
nosotros(as)	estamos	oímos	vamos	hemos	decimos	reímos	somos
vosotros(as)	estais	oías	vais	habéis	decís	reís	sois
Uds., ellos/ellas	están	oyen	van	han	dicen	ríen	son

Ir a + infinitive

To express future plans, use a form of the verb **ir** plus the preposition **a,** followed by an infinitive.

—¿Qué **vas a hacer** ahora?	—*What are you **going to do** now?*
—**Voy a jugar** al tenis.	—*I'm **going to play** tennis.*

Gender of articles and nouns

Articles

Definite and indefinite articles Both definite articles (**el, la, los, las**) and indefinite articles (**un, una, unos, unas**) agree in number and in gender with the nouns that they modify. When preceding feminine singular nouns that begin with a stressed **a** or **ha,** the masculine singular form of the article is used:

el agua	*but*	las aguas
el hacha	*but*	las hachas *(the axes, hatchets)*
un alma	*but*	unas almas *(some souls)*
un hada	*but*	unas hadas *(some fairies)*

Nouns

How to determine gender of nouns

1. In Spanish, nouns referring to males and most nouns ending in **-o** are masculine. Nouns referring to females and most nouns ending in **-a** are feminine. Definite and indefinite articles must match the gender (masculine or feminine) of the nouns they refer to.

el/un amigo	**la/una** amiga
el/un escritorio	**la/una** biblioteca

2. Most nouns ending in **-l** or **-r** are masculine, and most nouns ending in **-d** or **-ión** are feminine.

el/un papel	**la/una** universidad
el/un borrador	**la/una** lección

3. Some nouns do not conform to the rules stated above. One way to remember the gender of these nouns is to learn the definite articles and the nouns together, for example, **la clase, el día** *(day),* **el mapa,** and **la mano** *(hand).*

   Nouns that are of Greek origin ending in **-ma, -pa** and **-ta** are masculine: **el problema** *(the problem),* **el mapa, el sistema.**

How to make nouns plural

In Spanish, all nouns are either singular or plural. Definite and indefinite articles (**el, la, los, las; un, una, unos, unas**) must match the number (singular or plural) of the nouns they refer to.

To make Spanish nouns plural, add **-s** to nouns ending in a vowel, and **-es** to nouns ending in a consonant.

Singular	Plural	Singular	Plural
el amigo	**los** amigos	una clase	**unas** clases
la amiga	**las** amigas	un professor	**unos** profesores
		una universidad	**unas** universidades

Here are two additional rules for making nouns plural:

1. For nouns ending in **-án**, **-és**, or **-ión**, drop the accent mark before adding **-es**.

el/un alem**án**	**los/unos** alemanes
el/un japon**és**	**los/unos** japoneses
la/una lecc**ión**	**las/unas** lecc**iones**

2. For nouns ending in **-z**, drop the **-z**, then add **-ces**.

el/un lápiz	**los/unos** lápices

Spanish speakers do not consider nouns as being male or female (except when referring to people or animals). Therefore, the terms "masculine" and "feminine" are simply labels for classifying nouns.

Personal a

The personal **a** refers to the placement of the preposition **a** before the name of a person when that person is the direct object of the sentence.

Voy a llamar **a** Enrique.

Contractions

Contractions in Spanish are limited to preposition/article combinations, such as **de + el = del** and **a + el = al**, or preposition/pronoun combinations such as **con + mí = conmigo** and **con + ti =contigo**.

Demonstrative adjectives

Use demonstrative adjectives to point out a specific noun. Note that these adjectives must agree in gender (masculine or feminine) and number (singular or plural) with the noun to which they refer.

Singular: **este(a)** *this*   **ese(a)** *that*   **aquel (aquella)** *that (over there)*

Plural: **estos(as)** *these*   **esos(as)** *those*   **aquellos(as)** *those (over there)*

Note that in order to point out people, things, and places that are far from the speaker and from the person addressed and to indicate something from a long time ago, Spanish speakers use forms of the demonstrative adjective **aquel**. For example:

Este hombre a mi lado es mi tío, **ese hombre** cerca del coche es mi hermano y **aquella niña** en el otro lado de la calle es mi hija.

Demonstrative pronouns

Demonstrative pronouns are used in place of nouns and must agree with them in gender (masculine or feminine) and number (singular or plural). These forms all carry accents to distinguish them from the demonstrative adjectives:

Singular: **éste(a)**   **ése(a)**   **aquél (aquélla)**

Plural: **éstos(as)**   **ésos(as)**   **aquéllos(as)**

—¿Quieres ir a esa tienda?	*Do you want to go to that store?*
—Sí, a **ésa**.	*Yes, that one.*
—¿Son tuyos aquellos libros?	*Are those books (over there) yours?*
—Sí, **aquéllos** son míos.	*Yes, those are mine.*

Capítulo 2

Regular preterite verbs

To form the preterite for most Spanish verbs, add the following endings to the verb stem. Note the identical endings for -**er** and -**ir** verbs.

	hablar	comer	vivir
yo	hablé	comí	viví
tú	hablaste	comiste	viviste
Ud., él/ella	habló	comió	vivió
nosotros(as)	hablamos	comimos	vivimos
vosotros(as)	hablasteis	comisteis	vivisteis
Uds., ellos/ellas	hablaron	comieron	vivieron

Stem-changing preterite verbs

- -**ar** and -**er** stem-changing verbs in the present tense have no stem change in the preterite; use the same verb stem that you would for the **nosotros** form.

  pensar: pensé, pensaste, pensó, pensamos, pensasteis, pensaron
  volver: volví, volviste, volvió, volvimos, volvisteis, volvieron

Verbs with spelling changes in the preterite

- Verbs ending in -**car**, -**gar**, and -**zar** have a spelling change in the **yo** form of the preterite tense.

c changes to **qu**	**g** changes to **gu**	**z** changes to **c**
tocar → toqué	llegar → llegué	comenzar → comencé

- Verbs ending in -**ir** and -**er** that have a vowel before the infinitive ending require the following change in the **usted/él/ella** and **ustedes/ellos/ellas** forms of the preterite tense: the **i** between the two vowels changes to **y**.

	creer	leer	oír
Ud., él/ella	creyó	leyó	oyó
Uds., ellos/ellas	creyeron	leyeron	oyeron

Irregular verbs in the preterite

Some Spanish verbs have irregular verb stems in the preterite. Their endings have no accent marks.

dar:	di diste dio dimos disteis dieron
hacer:	hice hiciste hizo[1] hicimos hicisteis hicieron
ir:	fui fuiste fue fuimos fuisteis fueron
poder:	pude pudiste pudo pudimos pudisteis pudieron
poner:	puse pusiste puso pusimos pusisteis pusieron
saber:	supe supiste supo supimos supisteis supieron
querer:	quise quisiste quiso quisimos quisisteis quisieron
venir:	vine viniste vino vinimos vinisteis vinieron
estar:	estuve estuviste estuvo estuvimos estuvisteis estuvieron[2]
tener:	tuve tuviste tuvo tuvimos tuvisteis tuvieron
decir:	dije dijiste dijo dijimos dijisteis dijeron[3]
traer:	traje trajiste trajo trajimos trajisteis trajeron
ser:	fui fuiste fue fuimos fuisteis fueron

Note that the preterite forms for **ir** and **ser** are identical; context clarifies their meaning in a sentence.

[1]Note the spelling change from **c** to **z** in the **usted/él/ella** form.
[2]**Andar** also follows this pattern: **anduve, anduviste, anduvo, anduvimos, anduvisteis, anduvieron.**
[3]Note that both the preterite stems of **decir** and **traer** end in -**j**. With these two verbs, the -**i** is dropped in the **ustedes/ellos/ellas** form to become **dijeron** and **trajeron,** respectively.

Note that **poder, poner, saber, querer, venir, estar,** and **tener** share the same endings:

pud-	
pus-	-e
sup-	-iste
quis-	-o
vin-	-imos
estuv-	-isteis
tuv-	-ieron

Imperfect tense

Regular imperfect verbs

To form the imperfect, add the following endings to the verb stem. Note the identical endings for **-er** and **-ir** verbs.

	jugar	hacer	divertirse
yo	jug**aba**	hac**ía**	me divert**ía**
tú	jug**abas**	hac**ías**	te divert**ías**
Ud., él/ella	jug**aba**	hac**ía**	se divert**ía**
nosotros(as)	jug**ábamos**	hac**íamos**	nos divert**íamos**
vosotros(as)	jug**abais**	hac**íais**	os divert**íais**
Uds., ellos/ellas	jug**aban**	hac**ían**	se divert**ían**

Irregular imperfect verbs

Note that only three Spanish verbs are irregular in the imperfect:

	ir	ser	ver
yo	iba	era	veía
tú	ibas	eras	veías
Ud., él/ella	iba	era	veía
nosotros(as)	íbamos	éramos	veíamos
vosotros(as)	ibais	erais	veíais
Uds., ellos/ellas	iban	eran	veían

Note: The imperfect tense of **hay** is **había**.

Adverbs of time

• Use the following adverbs to express how often something is done.

a veces *sometimes*	**nunca** *never*
dos (tres, etc.) veces *twice (three times, etc.)*	**otra vez** *again*
muchas veces *very often*	**una vez** *once*
cada día (semana, mes, etc.) *each (every) day (week, month, etc.)*	**solamente** *only, just*
	todos los años (días, meses, etc.)
(casi) siempre *(almost) always*	*every year (day, month, etc.)*

• Use the following adverbs to express the order of events.

primero *first*	**entonces** *then; so*	**finalmente** *finally*
luego *then*	**después** *afterward*	**por fin** *at last, finally*

Time expressions with *hace que*, *llevar*, and *acabar de*

Hace que

The verb construction **hace** + period of time + **que** is used to talk about how long an event or condition has been taking place or how long it has been since an event or condition took place. To indicate how long something has been happening, Spanish speakers use the construction **hace** + period of time + **que** + present tense.

—¿**Cuánto tiempo hace que vives** en San Salvador?	*How long have you been living in San Salvador?*
—**Hace seis años que vivo** aquí.	*I've been living here for six years.*

To express how long ago an action or state occurred, Spanish speakers use the verb form **hace** + period of time + **que** + preterite tense.

—¿**Cuánto tiempo hace que se mudaron** ustedes de San Salvador?	*How long ago did you move from San Salvador?*
—**Hace un año que nos mudamos.** (**Nos mudamos hace un año.**)	*We moved a year ago.*

The question ¿**Cuánto tiempo hace que... ?** can be used to ask about either (1) a period of time that continues into the present or (2) the amount of time since an event took place. The only feature that distinguishes the first scenario from the second is the choice of the present tense versus the past tense. Note the different implications for the following questions:

—¿**Cuánto tiempo hace que estudias** medicina?	*How long have you been studying medicine?* (You continue to study or be a student.)
—¿**Cuánto tiempo hace que estudiaste** medicina?	*How long has it been since you studied medicine?* (You are no longer studying or no longer a student.)

Llevar

Spanish speakers use the verb **llevar** *(to carry)* to indicate how long someone has been experiencing a condition, for example: **Carolina lleva tres días en cama. Llevar** is also used to indicate how long someone has been living in a certain place: **Nosotros llevamos dos años en Bolivia.** *(We've been living in Bolivia for two years.)*

Acabar de

Acabar de + infinitive is a way speakers of Spanish talk about things that have just taken place without using the past tense. Literally, **acabar de** + infinitive means to have just finished doing something.

Juan Carlos **acaba de ver** a tres pacientes.	*Juan Carlos has just seen three patients.*

Regular past participles

Add **-ado** to the stem of **-ar** verbs, and **-ido** to the stem of **-er** and **-ir** verbs.

Infinitive	Past participle	Infinitive	Past participle
-ar verb	stem + **-ado**	**-er/-ir** verb	stem + **-ido**
habl-ar	habl**ado** *spoken*	com-er	com**ido** *eaten*
pens-ar	pens**ado** *thought*	viv-ir	viv**ido** *lived*
lleg-ar	lleg**ado** *arrived*	dorm-ir	dorm**ido** *slept*

Note that several **-er** and **-ir** verbs have an accent mark on the í of their past participles.

leer	leído	*read*	**traer**	traído	*brought*
creer	creído	*believed*	**reír**	reído	*laughed*

Irregular past participles

Other verbs have irregular past participles. Here are some of the most common ones.

Infinitive	Past participle	Infinitive	Past participle
abrir	**abierto** *opened*	morir	**muerto** *died*
decir	**dicho** *said; told*	poner	**puesto** *put*
escribir	**escrito** *written*	ver	**visto** *seen*
hacer	**hecho** *done; made*	volver	**vuelto** *returned*

Saber and *conocer*

Saber

Use the verb **saber** to express knowing something (information) or knowing how to do something.

—¿**Sabes jugar** al tenis?	—***Do you know how to play*** *tennis?*
—No, pero **sé jugar** al golf.	—*No, but I* ***know how to play*** *golf.*
—¿**Sabes qué**? ¡Me gusta el golf!	—***Do you know what?*** *I like golf!*

Conocer

Use the verb **conocer** to express being acquainted with a person, place, or thing. Note that Spanish speakers use the preposition **a** immediately before a direct object that refers to a specific person or persons.

—¿**Conoces** Bogotá?	—***Do you know*** *Bogota?*
—No, pero **conozco** Cali.	—*No, but* ***I know*** *Cali.*
—¿Quieres **conocer a** mi amiga?	—*Do you want* ***to meet*** *my friend?*
—Ya **conozco a** tu amiga Luisa.	—*I already* ***know*** *your friend Luisa.*

Tener expressions

The verb **tener** is used in many idiomatic expressions in Spanish. In addition to expressing age and possession, **tener** is used to express the following:

tener calor	*to be hot*	**tener paciencia**	*to be patient*
tener celos	*to be jealous*	**tener prisa**	*to be in a hurry*
tener éxito	*to be successful*	**tener razón**	*to be right*
tener frío	*to be cold*	**tener sed**	*to be thirsty*
tener hambre	*to be hungry*	**tener sueño**	*to be tired, sleepy*
tener miedo (de)	*to be afraid (of)*		

Capítulo 3

Common verbs with prepositions

acabar de	*to have just*	llevar a	*to lead to/take someone to*
ayudar a (algo)	*to help to*	mandar a	*to send to/send someone to*
comenzar a	*to begin to*	obligar a (algo)	*to oblige to/force/compel*
consistir en	*to consist of*		*someone to do something*
contribuir a (algo)	*to contribute to*	pasar a	*to go on to*
cuidar de	*to take care of*	pensar de	*to have an opinion about*
dejar de	*to stop doing something*	pensar en	*to think about (someone)*
depender de	*to depend on*	presumir de	*to boast about*
dudar en	*to hesitate over*	quedar en	*to agree to (used informally)*
empezar a	*to begin to*	soñar con	*to dream about*
enseñar a	*to show how to; teach to*	terminar de	*to finish*
insistir en	*to insist on*	tratar de	*to try to*
invitar a	*to invite to*	volver a (hacer)	*to (do) again*

Common reflexive verbs

aburrirse	*to get bored*	enojarse	*to get angry*
acostarse	*to go to bed*	lastimarse	*to hurt oneself*
afeitarse	*to shave*	lavarse	*to wash (up)*
alegrarse	*to be happy*	levantarse	*to get up*
animarse	*to cheer up*	maquillarse	*to put on makeup*
arreglarse	*to get ready*	peinarse	*to comb (hair)*
asustarse	*to get scared*	pintarse	*to put on makeup*
bañarse	*to bathe*	ponerse	*to put on (clothes)*
calmarse	*to calm down*	preocuparse	*to worry*
caerse	*to fall (down)*	probarse	*to try on*
cansarse	*to get tired*	quebrarse	*to break (arm, leg)*
cepillarse	*to brush (hair, teeth)*	quedarse	*to stay, remain*
cortarse	*to cut (hair, nails, finger)*	quemarse	*to burn (oneself, one's body)*
decidirse	*to make up one's mind*	quitarse	*to take off (clothes)*
despedirse	*to say good-bye to*	romperse	*to tear (clothes); to break*
despertarse	*to wake up*		*(arm, leg)*
divertirse	*to have a good time*	sentarse	*to sit down*
dormirse	*to fall asleep*	sorprenderse	*to be surprised*
ducharse	*take a shower*	vestirse	*to get dressed*
enfermarse	*to get sick*		

Reflexive pronouns

In English, reflexive pronouns end in *-self* or *-selves*, for example, *myself, yourself, ourselves*. In Spanish, reflexive pronouns are used with some verbs (called **reflexive verbs**) that reflect the action back to the subject of a sentence, meaning that the subject of the verb also receives the action of the verb. In the following example, notice how Juan Carlos is both the subject and recipient of the action of getting himself up.

Subject	Reflexive pronoun	Verb
Juan Carlos	**se**	levanta a las ocho.
Juan Carlos		*gets (himself) up at eight.*

Conjugating reflexive constructions

Reflexive verbs are identified by the pronoun **-se** attached to the end of the infinitive form of the verb. To conjugate these verbs, use a reflexive pronoun (e.g., **me**) with its corresponding verb form (e.g., **levanto**), according to the subject of the sentence (e.g., **yo**).

Reflexive infinitive

levantarse (*to get up*)

Subject	Reflexive pronoun + verb form	
yo	me levanto	*I get up*
tú	te levantas	*you (informal) get up*
Ud., él/ella	se levanta	*you (formal) get up, he/she gets up*
nosotros(as)	nos levantamos	*we get up*
vosotros(as)	os levantáis	*you (informal) get up*
Uds., ellos/ellas	se levantan	*you (formal and informal) get up, they get up*

Note that when reflexive verbs are used with parts of the body or with articles of clothing, use the definite article (**el, la, los, las**), as shown in the following examples.

Juan Carlos se cepilla **los** dientes.	*Juan Carlos brushes his teeth.*
Sara está poniéndose **el** pijama.	*Sara is putting on her pajamas.*
Tomás va a peinarse **el** cabello.	*Tomás is going to comb his hair.*

Placement of reflexive pronouns

• Place the pronoun in front of the conjugated verb.

Juan Carlos **se levanta** a las ocho.   *Juan Carlos **gets up** at eight.*

• When a reflexive verb is used as an infinitive or as a present participle, place the pronoun either before the conjugated verb (if there are two or more verbs used together) or attach it to the infinitive or to the present participle.

Sara **se va a levantar** pronto.
or   *Sara **is going to get up** soon.*
Sara **va a levantarse** pronto.

Sara **se está levantando** ahora.
or   *Sara **is getting up** now.*
Sara **está levantándose** ahora.

> When a reflexive pronoun is attached to a present participle (e.g., **levantándose**), an accent mark is added to maintain the correct stress.

Negation

To make a Spanish statement or question negative, place **no** in front of the verb.

No tengo el mapa.
Carlos no está aquí.

In Spanish there are a number of negative expressions used with *no*.

no... nunca	*never*
no... jamás	*never*
no... nunca más	*never again*
no... tampoco	*neither, not either*
no... nada	*nothing*
no... nadie	*no one*
no... en/por ninguna parte	*nowhere*
ya no	*no more*
todaviá no	*not yet*

Superlative adjectives not ending in -o or -a

When using the superlative suffix **-ísmo/a/os/as,** there are several common changes in spelling for adjectives not ending in **-o** or **-a**. These are summarized in the chart below:

written accent is dropped	difícil	→	dificilísimo
-ble becomes **-bil**	sensible	→	sensibilísmo
c becomes **qu**	poco	→	poquísimo
g becomes **gu**	largo	→	larguísimo
gu becomes **qu**	antiguo	→	antiquísimo
z becomes **c**	feliz	→	felicísimo

Possessive adjectives and pronouns

Unstressed possessive adjectives

In Spanish, possessive adjectives must match the number (singular or plural) and, in the cases of **nosotros** and **vosotros**, the gender (masculine or feminine) of the nouns they describe.

	Singular	Plural
my	**mi** abuelo	**mis** abuelos
your (informal)	**tu** gato	**tus** gatos
his, her, its, your (formal), *their*	**su** familia	**sus** familias
our	**nuestro** hijo	**nuestros** hijos (masculine)
	nuestra hija	**nuestras** hijas (feminine)
your (informal)	**vuestro** primo	**vuestros** primos (masculine)
	vuestra prima	**vuestras** primas (feminine)
their	**su** madre	**sus** madres

Stressed possessive adjective and pronouns

In Spanish emphasis is placed on the possessive by using the stressed forms, identified below:

mío(a)(s)	*my, (of) mine*
tuyo(a)(s)	*your, (of) yours*
suyo(a)(s)	*your, of yours; his, (of) his; her, (of) hers, its*
nuestro(a)(s)	*our, (of) ours*
vuestro(a)(s)	*your, (of) yours*
suyo(a)(s)	*your, (of) yours; their, (of) theirs; his (of) his; her (of) hers*

Stressed possessive adjectives

The stressed possessive adjective must come after the noun and, like most other adjectives, agree in number and gender.

Unstressed:	Éstos son mis guantes.	*These are my gloves.*
Stressed:	Estos guantes son **míos.**	*These are **my** gloves.*
		*These gloves are **mine**.*
Unstressed:	Es su blusa.	*It's her blouse.*
Stressed:	Es una blusa **suya.**	*It's **her** blouse.*
		*It's a blouse **of hers**.*

Stressed possessive pronouns

The stressed possessives often function as pronouns, substituting for the omitted noun. When used as a pronoun, stressed possessive adjectives are preceded by a definite or indefinite article.

Silvia no tiene chaqueta.	*Silvia doesn't have a jacket.*
Le doy **la mía.**	*I'll give her **mine**.*
Mi camiseta está sucia.	*My shirt is dirty.*
Préstame **una tuya.**	*Lend me one **of yours**.*

Capítulo 4

Present subjunctive of regular verbs

To form the present subjunctive of regular verbs, drop the **-o** from the present indicative first-person (**yo**) form, then add the endings shown below:

	-ar verbs	**-er** verbs	**-ir** verbs
	lavarse	hacer	escribir
yo	me lav**e**	hag**a**	escrib**a**
tú	te lav**es**	hag**as**	escrib**as**
Ud., él/ella	se lav**e**	hag**a**	escrib**a**
nosotros(as)	nos lav**emos**	hag**amos**	escrib**amos**
vosotros(as)	os lav**éis**	hag**áis**	escrib**áis**
Uds., ellos/ellas	se lav**en**	hag**an**	escrib**an**

Present subjunctive of irregular verbs

Some verbs have irregular forms in the present subjunctive because their stems are not based on the first-person singular form of the present indicative.

dar	**estar**	**ir**	**saber**	**ser**
dé	esté	vaya	sepa	sea
des	estés	vayas	sepas	seas
dé	esté	vaya	sepa	sea
demos	estemos	vayamos	sepamos	seamos
deis	estéis	vayáis	sepáis	seáis
den	estén	vayan	sepan	sean

Present subjunctive of stem-changing verbs

Stem-changing verbs that end in **-ar** and **-er** have the same stem changes (**ie, ue**) in the present indicative and in the present subjunctive. Pay special attention to the **nosotros** and **vosotros** forms.

pensar (e > ie)		poder (o > ue)	
Present indicative	Present subjunctive	Present indicative	Present subjunctive
pienso	piense	puedo	pueda
piensas	pienses	puedes	puedas
piensa	piense	puede	pueda
pensamos	pensemos	podemos	podamos
pensáis	penséis	podéis	podáis
piensan	piensen	pueden	puedan

Stem-changing verbs that end in **-ir** have the same stem changes (**ie, ue**) in the present indicative and in the present subjunctive. However, the **nosotros** and **vosotros** forms have a stem change (**e** to **i**, **o** to **u**) in the present subjunctive.

divertirse (ie)		dormir (ue)	
Present indicative	Present subjunctive	Present indicative	Present subjunctive
me divierto	me divierta	duermo	duerma
te diviertes	te diviertas	duermes	duermas
se divierte	se divierta	duerme	duerma
nos divertimos	nos divirtamos	dormimos	durmamos
os divertís	os divirtáis	dormís	durmáis
se divierten	se diviertan	duermen	duerman

The verbs **pedir** and **servir** have the same stem change (**e** to **i**) in the present indicative and in the present subjunctive. The **nosotros** and **vosotros** forms have an additional stem change (**e** to **i**) in the present subjunctive.

pedir (i)

Present indicative	Present subjunctive
pido	pida
pides	pidas
pide	pida
pedimos	pidamos
pedís	pidáis
piden	pidan

servir (i)

Present indicative	Present subjunctive
sirvo	sirva
sirves	sirvas
sirve	sirva
servimos	sirvamos
servís	sirváis
sirven	sirvan

Present subjunctive of verbs with spelling changes

The stem of verbs that end in **-car**, **-gar**, and **-zar** have a spelling change to maintain pronunciation.

sacar (c > qu)	llegar (g > gu)	comenzar (z > c)
sa**que**	lle**gue**	comien**ce**
sa**ques**	lle**gues**	comien**ces**
sa**que**	lle**gue**	comien**ce**
sa**quemos**	lle**guemos**	comen**cemos**
sa**quéis**	lle**guéis**	comen**céis**
sa**quen**	lle**guen**	comien**cen**

Past participles

Regular past participles

Add **-ado** to the stem of **-ar** verbs, and **-ido** to the stem of **-er** and **-ir** verbs.

Infinitive	Past participle
-ar verb	stem + **-ado**
habl-ar	habl**ado** *spoken*
pens-ar	pens**ado** *thought*
lleg-ar	lleg**ado** *arrived*

Infinitive	Past participle
-er/-ir verb	stem + **-ido**
com-er	com**ido** *eaten*
viv-ir	viv**ido** *lived*
dorm-ir	dorm**ido** *slept*

Note that several **-er** and **-ir** verbs have an accent mark on the **í** of their past participles.

leer	le**ído** *read*	traer	tra**ído** *brought*
creer	cre**ído** *believed*	reír	re**ído** *laughed*

Irregular past participles

Other verbs have irregular past participles. Here are some of the most common ones.

Infinitive	Past participle	Infinitive	Past participle
abrir	**abierto** *opened*	morir	**muerto** *died*
decir	**dicho** *said; told*	poner	**puesto** *put*
escribir	**escrito** *written*	ver	**visto** *seen*
hacer	**hecho** done; *made*	volver	**vuelto** *returned*

Capítulo 5

Formation and placement of direct object pronouns

Singular		Plural	
me	*me*	nos	*us*
te	*you* (informal)	os	*you* (informal)
lo	*him, you* (formal), *it* (masculine)	los	*you* (formal), *them* (masculine)
la	*her, you* (formal), *it* (feminine)	las	*you* (formal), *them* (feminine)

Direct object pronouns, like indirect object pronouns, are placed according to the nature of the verb.

• Place the pronoun immediately in front of the conjugated verb.

> —¿Cambiaste los pantalones, Alicia?
> —Sí, **los** cambié ayer.

> —¿**Me** llamaste, Jaimito?
> —No, Pablo. No **te** llamé.

• When the direct object pronoun is used with an infinitive (**infinitivo**) or a present participle (**participio presente**), place it either before the conjugated verb or attach it to the infinitive or the present participle. (A written accent is needed to mark the stressed vowel of a present participle or an affirmative command when a direct object pronoun is attached to it.) With reflexive verbs (**verbos reflexivos**) in the infinitive form the direct object pronoun is placed after the reflexive pronoun (**pronombre reflexivo**) at the end of the verb. For example: **Voy a probarme el suéter. Voy a probármelo.** Affirmative commands (**mandatos afirmativos**) also require that the direct object pronoun be attached to the verb.

> **Lo voy** a comprar mañana.
> *or*
> Voy a **comprarlo** mañana.

> **Lo estoy comprando** ahora.
> *or*
> **Estoy comprándolo** ahora.

> **¡Cómpralo** ahora!
> *but*
> No **lo compres** ahora.

Formation and placement of indirect object pronouns

Singular		Plural	
me	*to (for) me*	nos	*to (for) us*
te	*to (for) you* (informal)	os	*to (for) you* (informal)
le	*to (for) you* (formal), *him, her*	les	*to (for) you* (formal), *them*

Indirect object pronouns are placed according to the nature of the verb.

• Place the pronoun immediately in front of the conjugated verb.

> Yo **os** explico ahora cómo ser menos quisquillosos.
> No **me** presentaste a tu amigo.

• When the pronoun is used with an infinitive (**infinitivo**) or a present participle (**participio presente**), place it either before the conjugated verb or attach it to the infinitive or the present participle. Affirmative commands (**mandatos afirmativos**) require that the pronoun be attached to the end of the verb. (A written accent is needed to mark the stressed vowel of a present participle or an affirmative command when an indirect object pronoun is attached to it.)

Les voy a dar esta crema a todos mis amigos con pelo canoso.
or
Voy a dar**les** esta crema a todos mis amigos con pelo canoso.

Les estoy dando la crema ahora.
or
Estoy dándo**les** la crema ahora.

¡Da**les** la crema ahora!
but
No **les** des la crema ahora.

Pronouns as objects of prepositions

When a pronoun is used as the object of a preposition, a different set of pronouns is used.

Subject pronouns	Object of preposition pronouns
yo	mí
tú	ti
él	él
ella	ella
usted	usted
nosotros/as	nosotros/as
vosotros/as	vosotros/as
ellos/as	ellos/as
ustedes	ustedes

This second set of pronouns replaces the noun that comes immediately after a preposition.

María habla **de mí.**
Mercedes compró un anillo **para ella.**

Whenever **mí** follows the preposition **con**, the two words combine to form **conmigo.**

¿Por qué no vienes **conmigo?**

Whenever **ti** follows the preposition **con,** the two words combine to form **contigo.**

No voy **contigo,** voy con ellos.

Whenever you want to say "with him, with her, with you (formal), with them, with you all (formal)" there are two possibilities. If the pronoun is referring to the subject of the sentence, use **consigo.** If the pronoun does not refer to the subject of the sentence, use **con** + the appropriate pronoun.

Six special prepositions are followed by subject pronouns rather than object pronouns.

entre	*between*
excepto	*except*
incluso	*including*
menos	*except*
según	*according to*
salvo	*except*

Entre tú y yo, este vestido es muy feo.

Verbs commonly used with indirect object pronouns

dar	*to give*	mandar	*to send*	recomendar (ie)	*to recommend*
decir	*to say*	preguntar	*to ask a question*	regalar	*to give (as a gift)*
contestar	*to answer*	prestar	*to lend*	servir (ie)	*to serve*
escribir	*to write*	presentar	*to introduce*	sugerir (ie)	*to suggest*
explicar	*to explain*	prometer	*to promise*		
invitar	*to invite*	quitar	*to remove*		

Placement of double object pronouns

• Indirect object pronouns always come **before** direct object pronouns.

Indirect	Direct
me	
te	lo
le (se)	la
nos	los
os	las
les (se)	

• In verb phrases, pronouns may be placed before conjugated verbs or attached to infinitives (**infinitivos**) or present participles (**participios presentes**), but they always come before negative commands (**mandatos negativos**). Pronouns must be attached to affirmative commands (**mandatos afirmativos**); when two pronouns are attached to a verb form, an accent mark is written over the stressed vowel.

Pepa quiere **comprarle** un sombrero de lunares a María Carmen.

Se lo va a comprar hoy.	*or*	Va a **comprárselo** hoy.
Se lo está comprando ahora.	*or*	Está **comprándoselo** ahora.
Pepa, no **se lo** compres allí.	*or*	Pepa, **cómpraselo** allí.

Capítulo 6

Regular verbs in the future tense

To form the future tense for most verbs, add these personal endings to the infinitive: **é, ás, á, emos, éis, án.**

viajar	volver	vivir	irse
viajaré	volveré	viviré	me iré
viajarás	volverás	vivirás	te irás
viajará	volverá	vivirá	se irá
viajaremos	volveremos	viviremos	nos iremos
viajaréis	volveréis	viviréis	os iréis
viajarán	volverán	vivirán	se irán

Verbs with irregular stems in the future tense

Verb	Stem	Ending
decir	dir-	
hacer	har-	
poder	podr-	é
poner	pondr-	ás
		á
querer	querr-	emos
saber	sabr-	éis
salir	saldr-	án
tener	tendr	
venir	vendr-	

Note: The future tense of **hay** is **habrá** *(there will be).*

Regular verbs in the conditional tense

For most verbs, add these personal endings to the infinitive: **ía, ías, ía, íamos, íais, ían.**

viajar	volver	vivir	irse
viajaría	volvería	viviría	me iría
viajarías	volverías	vivirías	te irías
viajaría	volvería	viviría	se iría
viajaríamos	volveríamos	viviríamos	nos iríamos
viajaríais	volveríais	viviríais	os iríais
viajarían	volverían	vivirían	se irían

Verbs with irregular stems in the conditional tense

Add the conditional endings to the irregular stems of these verbs. These are the identical stems you used to form the future tense.

Verb	Stem	Ending
decir	dir-	
hacer	har-	
poder	podr-	ía
poner	pondr-	ías
		ía
querer	querr-	íamos
saber	sabr-	íais
salir	saldr-	ían
tener	tendr	
venir	vendr-	

Note: The conditional tense of **hay** is **habría** *(there would be).*

Formal commands

When we give advice to others or ask them to do something, we often use commands such as *Take bus No. 25* and *Give me your address*. Spanish speakers use formal commands when they address people as **usted** or **ustedes**.

To form formal commands for most Spanish verbs, drop the **-o** ending from the present tense **yo** form and add the following endings to the verb stem:

-**e**/-**en** for -**ar** verbs
-**a**/-**an** for -**er** and -**ir** verbs

To form the negative, simply place **no** before the verb.

	Infinitive	Present-tense *yo* form	Usted	Ustedes
-**ar** verbs	hablar	hablo	hable	hable**n**
-**er** verbs	volver	vuelvo	vuelva	vuelva**n**
-**ir** verbs	venir	vengo	venga	venga**n**

Vengan a visitarme pronto en San Juan.   *Come to visit me soon in San Juan.*
No olvide mi dirección.   *Don't forget my address.*

Verbs ending in -**car**, -**gar**, and -**zar** have a spelling change: the **c** changes to **qu**, **g** changes to **gu**, and **z** changes to **c**, respectively.

Infinitive	Present-tense *yo* form	Usted	Ustedes
sacar	saco	sa**que**	sa**quen**
llegar	llego	lle**gue**	lle**guen**
comenzar	comienzo	comien**ce**	comien**cen**

Saque una foto de nosotros.   *Take a picture of us.*
Lleguen a tiempo, por favor.   *Arrive on time, please.*
No comience a caminar todavía.   *Don't start walking yet.*

Several irregular verbs vary from the pattern above.

Infinitive	Usted	Ustedes
dar	**dé**	**den**
estar	**esté**	**estén**
ir	**vaya**	**vayan**
saber	**sepa**	**sepan**
ser	**sea**	**sean**

Sean buenos estudiantes.   *Be good students.*
Vaya al banco.   *Go to the bank.*

In affirmative commands, attach reflexive and object pronouns to the end of the command, thus forming one word. If the command has three or more syllables, write an accent mark over the stressed vowel. In negative commands, place the pronouns separately in front of the verb.

Póngase el abrigo.   *Put on your overcoat.*
No se lo ponga.   *Don't put it on.*
Cómprelo ahora.   *Buy it now.*
No lo compre mañana.   *Don't buy it tomorrow.*

Informal commnads

For most Spanish verbs, use the third person singular (the **él/ella** verb forms) of the present indicative.

Espera un momento.   *Wait a minute.*
Pide un postre, si quieres.   *Order dessert, if you want to.*

Eight verbs have irregular affirmative *tú* commands.

decir: **di**	salir: **sal**	
hacer: **haz**	ser: **sé**	
ir: **ve**	tener: **ten**	
poner: **pon**	venir: **ven**	

—**Ven** conmigo para ver el piso.   *Come with me to see the apartment.*
—Sí, pero **ten** paciencia, Alberto.   *Yes, but be patient, Alberto.*
—**Pon** la dirección en tu bolsillo, Francisco.   *Put the address in your pocket, Francisco.*
—**Di**me tus opiniones del piso.   *Give me your opinion about the apartment.*

Infinitive	3rd person present indicative	*tú* command	
hablar	habla	**habla**	*speak*
comer	come	**come**	*eat*
escribir	escribe	**escribe**	*write*
cerrar	cierra	**cierra**	*close*
dormir	duerme	**duerme**	*sleep*

Formation of negative informal commands

To form negative informal commands, you'll be using the same strategy as you would to form either affirmative or negative formal commands.

As you recall from the section above, to form both affirmative and negative formal commands for most Spanish verbs, you drop the -**o** ending from the present-tense **yo** form and add the following endings to the verb stem: -**e**/-**en** for -**ar** verbs; -**a**/-**an** for -**er** and -**ir** verbs. Remember that there are also spelling changes for verbs ending in -**car**, -**gar**, and -**zar** and that there are irregular verbs such as **dar, estar, ir, saber,** and **ser.**

The chart below, demonstrating all the command forms for the verbs **hablar, comer, vivir, dormir,** and **ir,** graphically illustrates the similarities among the negative informal command forms and all the formal command forms.

Infinitive	Informal command *(tú/vosotros)*		Formal command *(Ud./Uds.)*	
	(+)	(−)	(+)	(−)
hablar	**habla**	**no hables**	**hable**	**no hable**
	hablad	**no habléis**	**hablen**	**no hablen**
comer	**come**	**no comas**	**coma**	**no coma**
	comed	**no comáis**	**coman**	**no coman**
vivir	**vive**	**no vivas**	**viva**	**no viva**
	vivid	**no viváis**	**vivan**	**no vivan**
dormir	**duerme**	**no duermas**	**duerma**	**no duerma**
	dormid	**no durmáis**	**duerman**	**no duerman**
ir	**ve**	**no vayas**	**vaya**	**no vaya**
	id	**no vayáis**	**vayan**	**no vayan**

As you can see from the chart above, only the affirmative informal commands (**habla/hablad, come/comed, vive/vivid, duerme/dormid,** and **ve/id**) deviate from the endings used in the remaining command forms.

As with negative formal commands, place reflexive or object pronouns before the negated verb.

—No **te** olvides de escribirme.   *Don't forget to write me.*
—No **le** hables.   *Don't talk **to him.***
—¿Debo llamarte?   *Should I call you?*
—No, no **me** llames.   *No, don't call **me.***

Capítulo 7

Negative and indefinite words

algo	*something, anything*	**nada**	*nothing, not anything*
alguien	*somebody, anybody*	**nadie**	*nobody, no one*
algún, alguno(a)	*some, any*	**ningún, ninguno(a)**	*none, not any*
o... o	*either . . . or*	**ni... ni**	*neither . . . nor*
siempre	*always*	**nunca**	*never*
también	*also, too*	**tampoco**	*neither, not either*

In Spanish, a negative sentence always has at least one negative word before the conjugated verb. Sometimes there are several negative words in one sentence.

—¿Quieres beber **algo**?
—**No**, **no** quiero **nada**, gracias.

If a negative word precedes the conjugated verb, the negative word **no** is omitted.

no + verb + negative word	negative word + verb
No viene **nadie** conmigo.	**Nadie** viene conmigo.

no + verb + negative word	negative word + verb
No voy nunca al gimnasio.	**Nunca voy** al gimnasio.

The words **algún, alguno, alguna, algunos**, and **algunas** are adjectives; use **algún** before a masculine singular noun. Note that the plural forms **ningunos** and **ningunas** are not used often; instead, use the singular form, and use **ningún** before a masculine singular noun.

Express *neither / not either* with a subject pronoun (**yo, tú, usted, él, ella**, etc.) + **tampoco**.

—Nunca voy al gimnasio.
—Yo **tampoco**.

Place **ni** before a noun or a verb to express the idea of *neither . . . nor*.

—¿Quieres ir a comer o a ver una película?
—No quiero **ni** ir a comer **ni** a ver una película.

Personal *a* (La *a* personal)

The personal **a** refers to the placement of the preposition **a** before the name of a person when that person is the direct object of the sentence.

Voy a llamar **a** Enrique.

Conjunctions

Conjunctions provide links between similar words or groups of words, such as nouns and verbs. Common conjunctions in Spanish include:

entonces	*so, then*
no... ni	*neither . . . nor*
o	*or*
pero	*but*
sea... sea	*either . . . or*
y	*and*

Interrogative words

¿Qué?	*What?*
¿Cuál(es)?	*Which?*
¿Quién(es)?	*Who?*
¿Cómo?	*How?*
¿Dónde?	*Where?*
¿De dónde?	*From where?*
¿Cuántos(as)?	*How many?*
¿Por qué?	*Why?*
¿Cuándo?	*When?*

As an English speaker, there are few basic linguistic points to keep in mind when using Spanish question words.

¿Cuál... ? *(Which . . . ?)* is used far more frequently in Spanish than in English. It has the same meaning as *what . . . ?* when asking someone's name, address, or telephone number. When it asks about a plural noun, it appears as **cuáles.**

¿Cuál es tu nombre?	***What's** your name?*
¿Cuál es tu número de teléfono?	***What's** your telephone number?*
¿Cuál es tu dirección?	***What's** your address?*
¿Cuáles son tus amigos?	***Which** ones are your friends?*

¿Quién... ?, like **¿Cuál... ?**, must be made plural when it asks about a plural group of people.

¿Quiénes son tus padres?	***Who** are your parents?*

¿Cuántos(as)... ? must agree in gender (masculine or feminine) with the nouns that it describes.

¿Cuántos hombres hay en la clase?	***How many** men are in the class?*
¿Cuántas personas hay en tu familia?	***How many** people are in your family?*

Notice that all question words carry accents. The accent indicates that the word is being used as an interrogative. For example, **que** without an accent means *that*. The word only means *what . . . ?* when it appears as **¿qué... ?**

Capítulo 8

Past subjunctive

For all Spanish verbs, drop the **-ron** ending from the **Uds./ellos/ellas** form of the preterite tense, then add the personal endings shown in boldface below. Any irregularities in the third-person plural of the preterite will be maintained in the imperfect subjunctive (as demonstrated below with the verbs **venir** and **irse**).

	hablar	**venir**	**irse**
Uds., ellos/ellas	**hablaron**	**vinieron**	**se fueron**
	habla**ra**	vinie**ra**	me fue**ra**
	habla**ras**	vinie**ras**	te fue**ras**
	habla**ra**	vinie**ra**	se fue**ra**
	habl**áramos**	vini**éramos**	nos fu**éramos**
	habla**rais**	vinie**rais**	os fue**rais**
	habla**ran**	vinie**ran**	se fue**ran**

> The **nosotros(as)** form always has an accent mark because it is the only form in which the stress falls on the third-from-the-last syllable.

> The past subjunctive has alternate forms that use **-se** instead of **-ra** endings. For example: **hablase, hablases, hablase, hablásemos, hablaseis, hablasen** and **fuese, fueses, fuese, fuésemos, fueseis, fuesen.** These forms are sometimes used in Spain and in literary works or legal documents.

Conditional tense

For most verbs, add these personal endings to the infinitive: **-ía, -ías, -ía, -íamos, -íais, -ían.**

viajar	**volver**	**vivir**	**irse**
viajar**ía**	volver**ía**	vivir**ía**	me ir**ía**
viajar**ías**	volver**ías**	vivir**ías**	te ir**ías**
viajar**ía**	volver**ía**	vivir**ía**	se ir**ía**
viajar**íamos**	volver**íamos**	vivir**íamos**	nos ir**íamos**
viajar**íais**	volver**íais**	vivir**íais**	os ir**íais**
viajar**ían**	volver**ían**	vivir**ían**	se ir**ían**

Add the conditional endings to the irregular stems of these verbs. These are the identical stems you used to form the future tense.

Verb	Stem	Ending
decir	**dir-**	
hacer	**har-**	ía
poder	**podr-**	ías
poner	**pondr-**	ía
querer	**querr-**	íamos
saber	**sabr-**	íais
salir	**saldr-**	ían
tener	**tendr**	
venir	**vendr-**	

Note: The conditional tense of **hay** is **habría** (there would be).

Present progressive tense

To form the present progressive, use a present tense form of **estar** plus a present participle, which is formed by adding **-ando** to the stem of **-ar** verbs and **-iendo** to the stem of **-er** and **-ir** verbs.

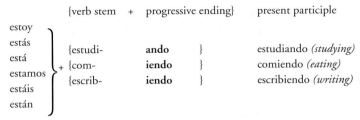

	{verb stem	+	progressive ending}	present participle
estoy				
estás				
está	{estudi-		**ando** }	estudiando *(studying)*
estamos +	{com-		**iendo** }	comiendo *(eating)*
estáis	{escrib-		**iendo** }	escribiendo *(writing)*
están				

Two irregular present participles are **leyendo** *(reading)* and **trayendo** *(bringing)*. Verbs that end in **-ir** and have a stem change, such as the verbs **dormir, pedir,** and **servir,** change in the stem from **o** to **u** or **e** to **i** (forming **durmiendo, pidiendo,** and **sirviendo,** respectively).

Present perfect tense

Use the present tense forms of the auxiliary verb **haber** *(to have)* with the past participle of a verb.

Present of *haber* + past participle

yo	**he**	*I have*	
tú	**has**	*you* (informal) *have*	
Ud., él/ella	**ha**	*you* (formal) *have, he/she has*	**hablado** *spoken*
nosotros(as)	**hemos**	*we have*	**comido** *eaten*
vosotros(as)	**habéis**	*you have*	**vivido** *lived*
Uds., ellos/ellas	**han**	*you have, they have*	

Commands

Formal commands

When we give advice to others or ask them to do something, we often use commands such as *Take bus No. 25* and *Give me your address.* Spanish speakers use formal commands when they address people as **usted** or **ustedes.**

To form formal commands for most Spanish verbs, drop the **-o** ending from the present tense **yo** form and add the following endings to the verb stem:

-e/-en for **-ar** verbs
-a/-an for **-er** and **-ir** verbs

To form the negative, simply place **no** before the verb:

	Infinitive	Present tense *yo* form	Usted	Ustedes
-ar verbs	hablar	hablo	hable	hablen
-er verbs	volver	vuelvo	vuelva	vuelvan
-ir verbs	venir	vengo	venga	vengan

Vengan a visitarme pronto en San Juan.   *Come to visit me soon in San Juan.*
No olvide mi dirección.   *Don't forget my address.*

Verbs ending in **-car, -gar,** and **-zar** have a spelling change: the **c** changes to **qu**, **g** changes to **gu**, and **z** changes to **c**, respectively.

Infinitive	Present tense *yo* form	Usted	Ustedes
sacar	saco	sa**que**	sa**quen**
llegar	llego	lle**gue**	lle**guen**
comenzar	comienzo	comien**ce**	comien**cen**

Saque una foto de nosotros.　　*Take a picture of us.*
Lleguen a tiempo, por favor.　　*Arrive on time, please.*
No comience a caminar todavía.　　*Don't start walking yet.*

Several irregular verbs vary from the pattern above.

Infinitive	Usted	Ustedes
dar	**dé**	**den**
estar	**esté**	**estén**
ir	**vaya**	**vayan**
saber	**sepa**	**sepan**
ser	**sea**	**sean**

Sean buenos estudiantes.　　*Be good students.*
Vaya al banco.　　*Go to the bank.*

In affirmative commands, attach reflexive and object pronouns to the end of the command, thus forming one word. If the command has three or more syllables, write an accent mark over the stressed vowel. In negative commands, place the pronouns separately in front of the verb.

Póngase el abrigo.　　*Put on your overcoat.*
No se lo ponga.　　*Don't put it on.*
Cómprelo ahora.　　*Buy it now.*
No lo compre mañana.　　*Don't buy it tomorrow.*

Informal commands

For most Spanish verbs, use the third person singular (the **él/ella** verb forms) of the present indicative.

Espera un momento.　　**Pide** un postre, si quieres.
Wait a minute.　　*Order dessert, if you want to.*

Eight verbs have irregular affirmative **tú** commands.

decir: **di**	salir: **sal**
hacer: **haz**	ser: **sé**
ir: **ve**	tener: **ten**
poner: **pon**	venir: **ven**

—**Ven** conmigo para ver el piso.
Come with me to see the apartment.

—Sí, pero **ten** paciencia, Alberto.
Yes, but be patient, Alberto.

—**Pon** la dirección en tu bolsillo, Francisco.
Put the address in your pocket, Francisco.

—**Di**me tus opiniones del piso.
Give me your opinion of the apartment.

Infinitive	3rd-person present indicative	*tú* command	
hablar	habla	**habla**	*speak*
comer	come	**come**	*eat*
escribir	escribe	**escribe**	*write*
cerrar	cierra	**cierra**	*close*
dormir	duerme	**duerme**	*sleep*

Formation of negative informal commands

To form negative informal commands, you'll be using the same strategy as you would to form either affirmative or negative formal commands.

As you recall from the section above, to form both affirmative and negative formal commands for most Spanish verbs, you drop the **-o** ending from the present tense **yo** form and add the following endings to the verb stem: **-e/-en** for **-ar** verbs; **-a/-an** for **-er** and **-ir** verbs. Remember that there are also spelling changes for verbs ending in **-car**, **-gar**, and **-zar** and that there are irregular verbs such as **dar, estar, ir, saber,** and **ser.**

The chart below, demonstrating all the command forms for the verbs **hablar, comer, vivir, dormir,** and **ir,** graphically illustrates the similarities among the negative informal command forms and all the formal command forms.

Infinitive	Informal command *(tú/vosotros)*		Formal command *(Ud./Uds.)*	
	(+)	(−)	(+)	(−)
hablar	habla	**no hables**	**hable**	**no hable**
	hablad	**no habléis**	**hablen**	**no hablen**
comer	come	**no comas**	**coma**	**no coma**
	comed	**no comáis**	**coman**	**no coman**
vivir	vive	**no vivas**	**viva**	**no viva**
	vivid	**no viváis**	**vivan**	**no vivan**
dormir	duerme	**no duermas**	**duerma**	**no duerma**
	dormid	**no durmáis**	**duerman**	**no duerman**
ir	ve	**no vayas**	**vaya**	**no vaya**
	id	**no vayáis**	**vayan**	**no vayan**

As you can see from the chart above, only the affirmative informal commands (**habla/hablad, come/comed, vive/vivid, duerme/dormid,** and **ve/id**) deviate from the endings used in the remaining command forms.

As with negative formal commands, place reflexive or object pronouns before the negated verb.

—No **te** olvides de escribirme.   *Don't forget to write me.*
—No **le** hables.   *Don't talk **to him.***
—¿Debo llamarte?   *Should I call you?*
—No, no **me** llames.   *No, don't call **me.***

Preterite tense

Regular preterite verbs

To form the preterite for most Spanish verbs, add the following endings to the verb stem. Note the identical endings for **-er** and **-ir** verbs.

	hablar	comer	vivir
yo	habl**é**	com**í**	viv**í**
tú	habl**aste**	com**iste**	viv**iste**
Ud., él/ella	habl**ó**	com**ió**	viv**ió**
nosotros(as)	habl**amos**	com**imos**	viv**imos**
vosotros(as)	habl**asteis**	com**isteis**	viv**isteis**
Uds., ellos/ellas	habl**aron**	com**ieron**	viv**ieron**

Stem-changing preterite verbs

The **-ar** and **-er** stem-changing verbs in the present tense have no stem change in the preterite; use the same verb stem as you would for the **nosotros** form.

pensar: pensé, pensaste, pensó, pensamos, pensasteis, pensaron
volver: volví, volviste, volvió, volvimos, volvisteis, volvieron

Verbs with spelling changes in the preterite

- Verbs ending in -**car**, -**gar**, and -**zar** have a spelling change in the **yo** form of the preterite tense.

c changes to **qu**	g changes to **gu**	z changes to c
tocar → toqué	llegar → llegué	comenzar → comencé

- Verbs ending in -**ir** and -**er** that have a vowel before the infinitive ending require the following change in the **usted/él/ella** and **ustedes/ellos/ellas** forms of the preterite tense: the **i** between the two vowels changes to **y**.

	creer	leer	oír
Ud., él/ella	creyó	leyó	oyó
Uds., ellos/ellas	creyeron	leyeron	oyeron

Irregular verbs in the preterite

Some Spanish verbs have irregular verb stems in the preterite. Their endings have no accent marks.

dar:	di diste dio dimos disteis dieron
hacer:	hice hiciste hizo[1] hicimos hicisteis hicieron
ir:	fui fuiste fue fuimos fuisteis fueron
poder:	pude pudiste pudo pudimos pudisteis pudieron
poner:	puse pusiste puso pusimos pusisteis pusieron
saber:	supe supiste supo supimos supisteis supieron
querer:	quise quisiste quiso quisimos quisisteis quisieron
venir:	vine viniste vino vinimos vinisteis vinieron
estar:	estuve estuviste estuvo estuvimos estuvisteis estuvieron[2]
tener:	tuve tuviste tuvo tuvimos tuvisteis tuvieron
decir:	dije dijiste dijo dijimos dijisteis dijeron[3]
traer:	traje trajiste trajo trajimos trajisteis trajeron
ser:	fui fuiste fue fuimos fuisteis fueron

Note that the preterite forms for **ir** and **ser** are identical; context clarifies their meaning in a sentence.

Note that **poder, poner, saber, querer, venir, estar,** and **tener** share the same endings:

pud-	
pus-	e
sup-	iste
quis-	o
vin-	imos
estuv-	isteis
tuv-	ieron

---

[1]Note the spelling change from **c** to **z** in the **usted/él/ella** form.

[2]**Andar** also follows this pattern: **anduve, anduviste, anduvo, anduvimos, anduvisteis, anduvieron.**

[3]Note that the preterite stems of both **decir** and **traer** end in -**j.** With these two verbs, the -**i** is dropped in the **ustedes/ellos/ellas** form to become **dijeron** and **trajeron,** respectively.

Imperfect tense

Regular imperfect verbs

To form the imperfect, add the following endings to the verb stem. Note the identical endings for -**er** and -**ir** verbs.

	jugar	**hacer**	**divertirse**
yo	jug**aba**	hac**ía**	me divert**ía**
tú	jug**abas**	hac**ías**	te divert**ías**
Ud., él/ella	jug**aba**	hac**ía**	se divert**ía**
nosotros(as)	jug**ábamos**	hac**íamos**	nos divert**íamos**
vosotros(as)	jug**abais**	hac**íais**	os divert**íais**
Uds., ellos/ellas	jug**aban**	hac**ían**	se divert**ían**

Irregular imperfect verbs

Note that only three Spanish verbs are irregular in the imperfect:

	ir	**ser**	**ver**
yo	iba	era	veía
tú	ibas	eras	veías
Ud., él/ella	iba	era	veía
nosotros(as)	íbamos	éramos	veíamos
vosotros(as)	ibais	erais	veíais
Uds., ellos/ellas	iban	eran	veían

Note: The imperfect tense of **hay** is **habría**.

Past perfect tense/Pluperfect tense

Use the imperfect tense forms of the auxiliary verb **haber** *(to have)* with the past participle of a verb.

Imperfect of *haber* + past participle

yo	**había**	*I had*
tú	**habías**	*you* (informal) *had*
Ud., él, ella	**había**	*you* (formal) *had, he/she had*
nosotros(as)	**habíamos**	*we had*
vosotros(as)	**habíais**	*you had*
Uds., ellos/ellas	**habían**	*you had, they had*

hablado	*spoken*
comido	*eaten*
vivido	*lived*

Pronouns (*Los pronombres*)

Subject pronouns (*Los pronombres sujetos*)

I	yo
you (informal)	tú
you (formal)	usted
he	él
she	ella
we	nosotros(as)
you (plural, informal)	vosotros(as)
you (plural, formal)	ustedes
they	ellos/ellas

Demonstrative pronouns

Demonstrative pronouns are used in place of nouns and must agree with them in gender (masculine or feminine) and number (singular or plural). These forms all carry accents to distinguish them from the demonstrative adjectives:

Singular	Plural
éste(a)	éstos(as)
ése(a)	ésos(as)
aquél (aquélla)	aquéllos(as)

Note: According to the Real Academia, **solo** (adverb) can now be written without an accent on the first **"o."** This applies to the pronoun **este** as well that can now be written without an accent on the first **"e."**

—¿Quieres ir a esa tienda?   *Do you want to go to that store?*
—Sí, a **ésa**.   *Yes, that one.*
—¿Son tuyos aquellos libros?   *Are those books (over there) yours?*
—Sí, **aquéllos** son míos.   *Yes, those are mine.*

Indirect object pronouns

Formation and placement of indirect object pronouns

Singular		Plural	
me	*to (for) me*	**nos**	*to (for) us*
te	*to (for) you* (informal)	**os**	*to (for) you* (informal)
le	*to (for) you* (formal), *him, her*	**les**	*to (for) you* (formal), *them*

Indirect object pronouns are placed according to the nature of the verb.

- Place the pronoun immediately in front of the conjugated verb.

  Yo **os** explico ahora cómo ser menos quisquillosos.
  No **me** presentaste a tu amigo.

- When the pronoun is used with an infinitive (**infinitivo**) or a present participle (**participio presente**), place it either before the conjugated verb or attach it to the infinitive or the present participle. Affirmative commands (**mandatos afirmativos**) require that the pronoun be attached to the end of the verb. (A written accent is needed to mark the stressed vowel of a present participle or an affirmative command when an indirect object pronoun is attached to it.)

  Les voy a dar esta crema a todos mis amigos con pelo canoso.
  or
  Voy a dar**les** esta crema a todos mis amigos con pelo canoso.

  Les estoy dando la crema ahora.
  or
  Estoy dándo**les** la crema ahora.

  ¡Da**les** la crema ahora!
  but
  No **les** des la crema ahora.

Verbs commonly used with indirect object pronouns

dar	*to give*	**mandar**	*to send*	**recomendar (ie)**	*to recommend*
decir	*to say*	**preguntar**	*to ask a question*	**regalar**	*to give (as a gift)*
contestar	*to answer*	**prestar**	*to lend*	**servir (ie)**	*to serve*
escribir	*to write*	**presentar**	*to introduce*	**sugerir (ie)**	*to suggest*
explicar	*to explain*	**prometer**	*to promise*		
invitar	*to invite*	**quitar**	*to remove*		

Direct object pronouns

Formation and placement of direct object pronouns

Singular		Plural	
me	*me*	**nos**	*us*
te	*you* (informal)	**os**	*you* (informal)
lo	*him, you* (formal), *it* (masculine)	**los**	*you* (formal), *them* (masculine)
la	*her, you* (formal), *it* (feminine)	**las**	*you* (formal), *them* (feminine)

Direct object pronouns, like indirect object pronouns, are placed according to the nature of the verb.

• Place the pronoun immediately in front of the conjugated verb.

—¿Cambiaste los pantalones, Alicia?
—Sí, **los** cambié ayer.

—¿**Me** llamaste, Jaimito?
—No, Pablo. No **te** llamé.

• When the direct object pronoun is used with an infinitive (**infinitivo**) or a present participle (**participio presente**), place it either before the conjugated verb or attach it to the infinitive or the present participle. (A written accent is needed to mark the stressed vowel of a present participle or an affirmative command when a direct object pronoun is attached to it.) With reflexive verbs (**verbos reflexivos**) in the infinitive form the direct object pronoun is placed after the reflexive pronoun (**pronombre reflexivo**) at the end of the verb. For example: **Voy a probarme el suéter. Voy a probármelo.** Affirmative commands (**mandatos afirmativos**) also require that the direct object pronoun be attached to the verb.

Lo voy a comprar mañana.
or
Voy a **comprarlo** mañana.

Lo estoy comprando ahora.
or
Estoy comprándolo ahora.

¡**Cómpralo** ahora!
but
No **lo compres** ahora.

Placement of double object pronouns (See also: *Formation and placement of reflexive pronouns,* Chapter 3)

• Indirect object pronouns always precede direct object pronouns.

Indirect before **Direct**

me	
te	lo
le (se)	la
nos	los
os	las
les (se)	

• In verb phrases, pronouns may be placed before conjugated verbs or attached to infinitives (**infinitivos**) or present participles (**participios presentes**), but they always come before negative commands (**mandatos negativos**). Pronouns must be attached to affirmative commands (**mandatos afirmativos**); when two pronouns are attached to a verb form, an accent mark is written over the stressed vowel.

Pepa quiere **comprarle** un sombrero de lunares a María Carmen.

Se lo va a comprar hoy.	*or*	Va a **comprárselo** hoy.
Se lo está comprando ahora.	*or*	Está **comprándoselo** ahora.
Pepa, no **se lo** compres allí.	*but*	Pepa, **cómpraselo** allí.

Capítulo 9

Past participles (*Los participios pasados*)

Regular past participles

Add **-ado** to the stem of **-ar** verbs, and **-ido** to the stem of **-er** and **-ir** verbs.

Infinitive	Past participle	Infinitive	Past participle
-ar verb	stem + **-ado**	**-er/-ir** verb	stem + **-ido**
habl-ar	habl**ado** *spoken*	com-er	com**ido** *eaten*
pens-ar	pens**ado** *thought*	viv-ir	viv**ido** *lived*
lleg-ar	lleg**ado** *arrived*	dorm-ir	dorm**ido** *slept*

Note that several **-er** and **-ir** verbs have an accent mark on the **í** of their past participles.

leer	leído	*read*	traer	traído	*brought*
creer	creído	*believed*	reír	reído	*laughed*

Irregular past participles

Other verbs have irregular past participles. Here are some of the most common ones.

Infinitive	Past participle	Infinitive	Past participle
abrir	**abierto** *opened*	morir	**muerto** *died*
decir	**dicho** *said; told*	poner	**puesto** *put*
escribir	**escrito** *written*	ver	**visto** *seen*
hacer	**hecho** *done; made*	volver	**vuelto** *returned*

Present perfect tense

Use the present tense forms of the auxiliary verb **haber** *(to have)* with the past participle of a verb.

Present of *haber* + past participle

yo	**he**	*I have*	
tú	**has**	*you* (informal) *have*	
Ud., él/ella	**ha**	*you* (formal) *have, he/she has*	**hablado** *spoken*
nosotros(as)	**hemos**	*we have*	**comido** *eaten*
vosotros(as)	**habéis**	*you have*	**vivido** *lived*
Uds., ellos/ellas	**han**	*you have, they have*	

Past perfect tense/Pluperfect tense

Use the imperfect tense forms of the auxiliary verb **haber** *(to have)* with the past participle of a verb.

Imperfect of *haber* + past participle

yo	**había**	*I had*	
tú	**habías**	*you* (informal) *had*	
Ud., él/ella	**había**	*you* (formal) *had, he/she had*	**hablado** *spoken*
nosotros(as)	**habíamos**	*we had*	**comido** *eaten*
vosotros(as)	**habíais**	*you had*	**vivido** *lived*
Uds., ellos/ellas	**habían**	*you had, they had*	

Capítulo 10

Present indicative of regular verbs

To form the present tense of Spanish verbs ending in -**ar**, drop the infinitive ending and add a personal ending to the stem.

	hablar	
yo	habl**o**	*I speak*
tú	habl**as**	*you* (informal) *speak*
Ud., él/ella	habl**a**	*you* (formal) *speak, he/she speaks*
nosotros(as)	habl**amos**	*we speak*
vosotros(as)	habl**áis**	*you* (informal) *speak*
Uds., ellos/ellas	habl**an**	*you* (formal) *speak, they speak*

To form the present tense of Spanish infinitives ending in -**er** and -**ir**, add the appropriate personal ending to the stem of each.

	com + er		viv + ir	
yo	com**o**	*I eat*	viv**o**	*I live*
tú	com**es**	*you* (informal) *eat*	viv**es**	*you* (informal) *live*
Ud., él/ella	com**e**	*you* (formal) *eat, he/she eats*	viv**e**	*you* (formal) *live, he/she lives*
nosotros(as)	com**emos**	*we eat*	viv**imos**	*we live*
vosotros(as)	com**éis**	*you* (informal/plural) *eat*	viv**ís**	*you* (informal/plural) *live*
Uds., ellos/ellas	com**en**	*you* (formal/plural) *eat, they eat*	viv**en**	*you* (formal/plural) *live, they live*

Preterite tense

Regular preterite verbs

To form the preterite for most Spanish verbs, add the following endings to the verb stem. Note the identical endings for -**er** and -**ir** verbs.

	hablar	comer	vivir
yo	habl**é**	com**í**	viv**í**
tú	habl**aste**	com**iste**	viv**iste**
Ud., él/ella	habl**ó**	com**ió**	viv**ió**
nosotros(as)	habl**amos**	com**imos**	viv**imos**
vosotros(as)	habl**asteis**	com**isteis**	viv**isteis**
Uds., ellos/ellas	habl**aron**	com**ieron**	viv**ieron**

Stem-changing preterite verbs

The -**ar** and -**er** stem-changing verbs in the present tense have no stem change in the preterite; use the same verb stem as you would for the **nosotros** form.

pensar: pensé, pensaste, pensó, pensamos, pensasteis, pensaron
volver: volví, volviste, volvió, volvimos, volvisteis, volvieron

Verbs with spelling changes in the preterite

- Verbs ending in -**car**, -**gar**, and -**zar** have a spelling change in the **yo** form of the preterite tense.

c changes to **qu**	g changes to **gu**	z changes to **c**
tocar → toqué	llegar → llegué	comenzar → comencé

- Verbs ending in -**ir** and -**er** that have a vowel before the infinitive ending require the following change in the **usted/él/ella** and **ustedes/ellos/ellas** forms of the preterite tense: the **i** between the two vowels changes to **y**.

	creer	leer	oír
Ud., él/ella	cre**yó**	le**yó**	o**yó**
Uds., ellos/ellas	cre**yeron**	le**yeron**	o**yeron**

Irregular verbs in the preterite

Some Spanish verbs have irregular verb stems in the preterite. Their endings have no accent marks.

dar:	di diste dio dimos disteis dieron
hacer:	hice hiciste hizo[1] hicimos hicisteis hicieron
ir:	fui fuiste fue fuimos fuisteis fueron
poder:	pude pudiste pudo pudimos pudisteis pudieron
poner:	puse pusiste puso pusimos pusisteis pusieron
saber:	supe supiste supo supimos supisteis supieron
querer:	quise quisiste quiso quisimos quisisteis quisieron
venir:	vine viniste vino vinimos vinisteis vinieron
estar:	estuve estuviste estuvo estuvimos estuvisteis estuvieron[2]
tener:	tuve tuviste tuvo tuvimos tuvisteis tuvieron
decir:	dije dijiste dijo dijimos dijisteis dijeron[3]
traer:	traje trajiste trajo trajimos trajisteis trajeron
ser:	fui fuiste fue fuimos fuisteis fueron

Note that the preterite forms for **ir** and **ser** are identical; context clarifies their meaning in a sentence.

Note that **poder, poner, saber, querer, venir, estar,** and **tener** share the same endings:

pud-	e
pus-	iste
sup-	o
quis-	imos
vin-	isteis
estuv-	ieron
tuv-	

Imperfect tense

Regular imperfect verbs

To form the imperfect, add the following endings to the verb stem. Note the identical endings for **-er** and **-ir** verbs.

	jugar	hacer	divertirse
yo	jugaba	hacía	me divertía
tú	jugabas	hacías	te divertías
Ud., él/ella	jugaba	hacía	se divertía
nosotros(as)	jugábamos	hacíamos	nos divertíamos
vosotros(as)	jugabais	hacíais	os divertíais
Uds., ellos/ellas	jugaban	hacían	se divertían

[1]Note the spelling change from **c** to **z** in the **usted/él/ella** form.
[2]**Andar** also follows this pattern: anduve, anduviste, anduvo, anduvimos, anduvisteis, anduvieron.
[3]Note that both the preterite stems of **decir** and **traer** end in **-j**. With these two verbs, the **-i** is dropped in the **ustedes/ellos/ellas** form to become **dijeron** and **trajeron**, respectively.

Irregular imperfect verbs

Note that only three Spanish verbs are irregular in the imperfect:

	ir	**ser**	**ver**
yo	iba	era	veía
tú	ibas	eras	veías
Ud., él/ella	iba	era	veía
nosotros(as)	íbamos	éramos	veíamos
vosotros(as)	ibais	erais	veíais
Uds., ellos/ellas	iban	eran	veían

Note: The imperfect tense of **hay** is **había.**

Future tense

Formation of the future tense

To form the future tense for most verbs, add these personal endings to the infinitive: **-é, -ás, -á, -emos, -éis, -án.**

viajar	**volver**	**vivir**	**irse**
viajaré	volveré	viviré	me iré
viajarás	volverás	vivirás	te irás
viajará	volverá	vivirá	se irá
viajaremos	volveremos	viviremos	nos iremos
viajaréis	volveréis	viviréis	os iréis
viajarán	volverán	vivirán	se irán

Verbs with different future stems from the infinitive form

Verb	**Stem**	**Ending**
decir	**dir-**	
hacer	**har-**	é
poder	**podr-**	ás
poner	**pondr-**	á
querer	**querr-**	emos
saber	**sabr-**	éis
salir	**saldr-**	án
tener	**tendr**	
venir	**vendr-**	

Note: The future tense of **hay** is **habrá** (*there will be*).

Conditional tense

For most verbs, add these personal endings to the infinitive: **-ía, -ías, -ía, -íamos, -íais, -ían.**

viajar	**volver**	**vivir**	**irse**
viajaría	volvería	viviría	me iría
viajarías	volverías	vivirías	te irías
viajaría	volvería	viviría	se iría
viajaríamos	volveríamos	viviríamos	nos iríamos
viajaríais	volveríais	viviríais	os iríais
viajarían	volverían	vivirían	se irían

Add the conditional endings to the irregular stems of these verbs. These are the identical stems you used to form the future tense.

Verb	Stem	Ending
decir	dir-	
hacer	har-	
poder	podr-	ía
poner	pondr-	ías
querer	querr-	ía
saber	sabr-	íamos
salir	saldr-	íais
tener	tendr	ían
venir	vendr-	

Note: The conditional tense of **hay** is **habría** (*there would be*).

Present perfect tense

Use the present tense forms of the auxiliary verb **haber** *(to have)* with the past participle of a verb.

Present of *haber* + past participle

yo	**he**	*I have*	
tú	**has**	*you* (informal) *have*	
Ud., él/ella	**ha**	*you* (formal) *have, he/she has*	**hablado** *spoken*
nosotros(as)	**hemos**	*we have*	**comido** *eaten*
vosotros(as)	**habéis**	*you have*	**vivido** *lived*
Uds., ellos/ellas	**han**	*you have, they have*	

Future perfect tense

Use the future-tense forms of the auxiliary verb **haber** *(to have)* with the past participle of a verb.

Future of *haber* + past participle

yo	**habré**	*I will have*	
tú	**habrás**	*you* (informal) *will have*	
Ud., él/ella	**habrá**	*you* (formal) *will have* *he/she will have*	**hablado** *spoken*
			comido *eaten*
nosotros(as)	**habremos**	*we will have*	**vivido** *lived*
vosotros(as)	**habréis**	*you will have*	
Uds., ellos/ellas	**habrán**	*you will have, they will have*	

Conditional perfect tense

Use the conditional-tense forms of the auxiliary verb **haber** *(to have)* with the past participle of a verb.

Conditional of *haber* + past participle

yo	**habría**	*I would have*	
tú	**habrías**	*you* (informal) *would have*	
Ud., él/ella	**habría**	*you* (formal) *would have, he/she would have*	**hablado** *spoken*
			comido *eaten*
nosotros(as)	**habríamos**	*we would have*	**vivido** *lived*
vosotros(as)	**habríais**	*you would have*	
Uds., ellos/ellas	**habrían**	*you would have they would have*	

Past perfect tense/Pluperfect tense

How to form the past perfect/pluperfect

Use the imperfect tense forms of the auxiliary verb **haber** *(to have)* with the past participle of a verb.

Imperfect of *haber* + past participle

yo	**había**	*I had*	
tú	**habías**	*you* (informal) *had*	
Ud., él/ella	**había**	*you* (formal) *had, he/she had*	**hablado** *spoken*
nosotros(as)	**habíamos**	*we had*	**comido** *eaten*
vosotros(as)	**habíais**	*you had*	**vivido** *lived*
Uds., ellos/ellas	**habían**	*you had, they had*	

Present participles *(Los participios presentes)*

Present participles are formed by adding -**ando** to the stem of -**ar** verbs and -**iendo** to the stem of -**er** and -**ir** verbs.

estudi-	**ando**	estudiando *(studying)*
com-	**iendo**	comiendo *(eating)*
escrib-	**iendo**	escribiendo *(writing)*

Two irregular present participles are **leyendo** *(reading)* and **trayendo** *(bringing)*. Verbs that end in -**ir** and have a stem change, such as the verbs **dormir, pedir,** and **servir,** change in the stem from **o** to **u** or **e** to **i** (forming **durmiendo, pidiendo,** and **sirviendo,** respectively).

Present progressive tense

To form the present progressive, use a present tense form of **estar** plus a present participle, which is formed by adding -**ando** to the stem of -**ar** verbs and -**iendo** to the stem of -**er** and -**ir** verbs.

	{verb stem	+	progressive ending}	present participle
estoy				
estás				
está		{estudi-	**ando** }	estudiando *(studying)*
estamos	+	{com-	**iendo** }	comiendo *(eating)*
estáis		{escrib-	**iendo** }	escribiendo *(writing)*
están				

Two irregular present participles are **leyendo** *(reading)* and **trayendo** *(bringing)*. Verbs that end in -**ir** and have a stem change, such as the verbs **dormir, pedir,** and **servir,** change in the stem from **o** to **u** or **e** to **i** (forming **durmiendo, pidiendo,** and **sirviendo,** respectively).

Past participles *(Los participios pasados)*

Regular past participles

Add -**ado** to the stem of -**ar** verbs, and -**ido** to the stem of -**er** and -**ir** verbs.

Infinitive	Past participle		Infinitive	Past participle	
-**ar** verb	stem + -**ado**		-**er**/-**ir** verb	stem + -**ido**	
habl-ar	habl**ado**	*spoken*	com-er	com**ido**	*eaten*
pens-ar	pens**ado**	*thought*	viv-ir	viv**ido**	*lived*
lleg-ar	lleg**ado**	*arrived*	dorm-ir	dorm**ido**	*slept*

Note that several -**er** and -**ir** verbs have an accent mark on the **í** of their past participles.

leer	leído	*read*	traer	traído	*brought*
creer	creído	*believed*	reír	reído	*laughed*

Irregular past participles

Other verbs have irregular past participles. Here are some of the most common ones.

Infinitive	Past participle		Infinitive	Past participle	
abrir	**abierto**	*opened*	morir	**muerto**	*died*
decir	**dicho**	*said; told*	poner	**puesto**	*put*
escribir	**escrito**	*written*	ver	**visto**	*seen*
hacer	**hecho**	*done; made*	volver	**vuelto**	*returned*

Indirect object pronouns

Formation and placement of indirect object pronouns

Singular		Plural	
me	*to (for) me*	**nos**	*to (for) us*
te	*to (for) you* (informal)	**os**	*to (for) you* (informal)
le	*to (for) you* (formal), *him, her*	**les**	*to (for) you* (formal), *them*

Indirect object pronouns are placed according to the nature of the verb.

- Place the pronoun immediately in front of the conjugated verb.

  Yo **os** explico ahora cómo ser menos quisquillosos.
  No **me** presentaste a tu amigo.

- When the pronoun is used with an infinitive (**infinitivo**) or a present participle (**participio presente**), place it either before the conjugated verb or attach it to the infinitive or the present participle. Affirmative commands (**mandatos afirmativos**) require that the pronoun be attached to the end of the verb. (A written accent is needed to mark the stressed vowel of a present participle or an affirmative command when an indirect object pronoun is attached to it.)

  Les voy a dar esta crema a todos mis amigos con pelo canoso.
  or
  Voy a dar**les** esta crema a todos mis amigos con pelo canoso.

  Les estoy dando la crema ahora.
  or
  Estoy dándo**les** la crema ahora.

  ¡Da**les** la crema ahora!
  but
  No **les** des la crema ahora.

Verbs commonly used with indirect object pronouns

dar	*to give*	**mandar**	*to send*	**recomendar (ie)**	*to recommend*
decir	*to say*	**preguntar**	*to ask a question*	**regalar**	*to give (as a gift)*
contestar	*to answer*	**prestar**	*to lend*	**servir (ie)**	*to serve*
escribir	*to write*	**presentar**	*to introduce*	**sugerir (ie)**	*to suggest*
explicar	*to explain*	**prometer**	*to promise*		
invitar	*to invite*	**quitar**	*to remove*		

Direct object pronouns

Formation and placement of direct object pronouns

Singular		Plural	
me	*me*	**nos**	*us*
te	*you* (informal)	**os**	*you* (informal)
lo	*him, you* (formal), *it* (masculine)	**los**	*you* (formal), *them* (masculine)
la	*her, you* (formal), *it* (feminine)	**las**	*you* (formal), *them* (feminine)

Direct object pronouns, like indirect object pronouns, are placed according to the nature of the verb.

• Place the pronoun immediately in front of the conjugated verb.

—¿Cambiaste los pantalones, Alicia?
—Sí, **los** cambié ayer.

—¿**Me** llamaste, Jaimito?
—No, Pablo. No **te** llamé.

• When the direct object pronoun is used with an infinitive (**infinitivo**) or a present participle (**participio presente**), place it either before the conjugated verb or attach it to the infinitive or the present participle. (A written accent is needed to mark the stressed vowel of a present participle or an affirmative command when a direct object pronoun is attached to it.) With reflexive verbs (**verbos reflexivos**) in the infinitive form the direct object pronoun is placed after the reflexive pronoun (**pronombre reflexivo**) at the end of the verb. For example: **Voy a probarme el suéter. Voy a probármelo.** Affirmative commands (**mandatos afirmativos**) also require that the direct object pronoun be attached to the verb.

Lo voy a comprar mañana.
or
Voy a **comprarlo** mañana.

Lo estoy comprando ahora.
or
Estoy comprándolo ahora.

¡Cómpralo ahora!
but
No **lo compres** ahora.

Placement of double object pronouns (See also: *Formation and placement of reflexive pronouns,* Chapter 3)

• Indirect object pronouns always precede direct object pronouns.

Indirect before Direct

me	
te	lo
le (se)	la
nos	los
os	las
les (se)	

• In verb phrases, pronouns may be placed before conjugated verbs or attached to infinitives (**infinitivos**) or present participles (**participios presentes**), but they always come before negative commands (**mandatos negativos**). Pronouns must be attached to affirmative commands (**mandatos afirmativos**); when two pronouns are attached to a verb form, an accent mark is written over the stressed vowel.

Pepa quiere **comprarle** un sombrero de lunares a María Carmen.

Se lo va a comprar hoy.	*or*	Va a **comprárselo** hoy.
Se lo está comprando ahora.	*or*	Está **comprándoselo** ahora.
Pepa, no **se lo** compres allí.	*but*	Pepa, **cómpraselo** allí.

Reflexive pronouns

In English, reflexive pronouns end in *-self* or *-selves*; for example, *myself, yourself, ourselves*. In Spanish, reflexive pronouns are used with some verbs (called **reflexive verbs**) that reflect the action back to the subject of a sentence, meaning that the subject of the verb, also receives the action of the verb. In the following example, notice how Juan Carlos is both the subject and recipient of the action of getting himself up.

Subject	Reflexive pronoun	Verb
Juan Carlos	**se**	levanta a las ocho.
Juan Carlos		*gets (himself) up at eight.*

Conjugating reflexive constructions

Reflexive verbs are identified by the pronoun **-se** attached to the end of the infinitive form of the verb. To conjugate these verbs, use a reflexive pronoun (e.g., **me**) with its corresponding verb form (e.g., **levanto**), according to the subject of the sentence (e.g., **yo**).

Reflexive infinitive
levantarse (*to get up*)

Subject	Reflexive pronoun + verb form	
yo	me levanto	*I get up*
tú	te levantas	*you (informal) get up*
Ud., él/ella	se levanta	*you (formal) get up, he/she gets up*
nosotros(as)	nos levantamos	*we get up*
vosotros(as)	os levantáis	*you (informal) get up*
Uds., ellos/ellas	se levantan	*you (formal and informal) get up, they get up*

Note that when reflexive verbs are used with parts of the body or with articles of clothing, use the definite article (**el, la, los, las**), as shown in the following examples.

Juan Carlos se cepilla **los** dientes.	*Juan Carlos brushes his teeth.*
Sara está poniéndose **el** pijama.	*Sara is putting on her pajamas.*
Tomás va a peinarse **el** cabello.	*Tomás is going to comb his hair.*

Placement of reflexive pronouns

- Place the pronoun in front of the conjugated verb.

Juan Carlos **se levanta** a las ocho.	*Juan Carlos **gets up** at eight.*

- When a reflexive verb is used as an infinitive or as a present participle, place the pronoun either before the conjugated verb (if there are two or more verbs used together) or attach it to the infinitive or to the present participle.

Sara **se va a levantar** pronto.
or   *Sara **is going to get up** soon.*
Sara **va a levantarse** pronto.

Sara **se está levantando** ahora.
or   *Sara **is getting up** now.*
Sara **está levantándose** ahora.

> When a reflexive pronoun is attached to a present participle (e.g., **levantándose**), an accent mark is added to maintain the correct stress.

Grammar Guide

For more detailed explanations of these grammar points, consult the Index to find the pages where they are explained fully in the body of the textbook.

ACTIVE VOICE (La voz activa) A sentence written in the active voice identifies a subject that performs the action of the verb.

Juan	cantó	la canción.
Juan	*sang*	*the song.*
subject	verb	direct object

In the sentence above Juan is the performer of the verb **cantar**.
(*See also* **Passive voice**.)

ADJECTIVES (Los adjetivos) are words that modify or describe **nouns** or **pronouns** and agree in **number** and generally in **gender** with the nouns they modify.

Las casas **azules** son **bonitas**.
*The blue houses are **pretty**.*

Esas mujeres **mexicanas** son mis amigas **nuevas**.
*Those **Mexican** women are my **new** friends.*

Plazas es un libro **interesante** y **divertido**.
*Plazas is an **interesting** and **fun** book.*

- **DEMONSTRATIVE ADJECTIVES (Los adjetivos demostrativos)** point out persons, places, or things relative to the position of the speaker. They always agree in **number** and **gender** with the **noun** they modify. The forms are: **este, esta, estos, estas / ese, esa, esos, esas / aquel, aquella, aquellos, aquellas.** There are also neuter forms that refer to generic ideas or things, and hence have no gender: **esto, eso, aquello.**

Este libro es fácil.	*This book is easy.*
Esos libros son difíciles.	*Those books are hard.*
Aquellos libros son pesados.	*Those books (over there) are boring.*

Demonstratives may also function as **pronouns**, replacing the **noun** but still agreeing with it in **number** and **gender. Demonstrative pronouns** carry an accent mark over the syllable that would be naturally stressed anyway:

Me gustan esas blusas verdes.	*I like those green blouses.*
¿Cuáles, **éstas?**	*Which ones, **these**?*
No. Me gustan **ésas.**	*No. I like **those**.*

- **STRESSED POSSESSIVE ADJECTIVES (Los adjetivos posesivos acentuados)** are used for emphasis and follow the noun that they modifiy. These adjectives may also function as pronouns and always agree in **number** and in **gender**. The forms are: **mío, tuyo, suyo, nuestro, vuestro, suyo.** Unless they are directly preceded by the verb **ser**, stressed possessives must be preceded by the **definite article.**

Ese perro pequeño es **mío.**	*That little dog is **mine**.*
Dame el **tuyo**; el **nuestro** no funciona.	*Give me **yours**; **ours** doesn't work.*

- **UNSTRESSED POSSESSIVE ADJECTIVES (Los adjetivos posesivos no acentuados)** demonstrate ownership and always precede the **noun** that they modify.

La señora Elman es **mi** profesora.	*Mrs. Elman is **my** professor.*
Debemos llevar **nuestros** libros a clase.	*We should take **our** books to class.*

ADVERBS (Los adverbios) are words that modify **verbs**, **adjectives**, or other adverbs and, unlike **adjectives**, do not have **gender** or **number.** Here are examples of different classes of adverbs:

Practicamos **diariamente.**	*We practice **daily**. (adverb of manner)*
Ellos van a salir **pronto.**	*They will leave **soon**. (adverb of time)*

Jennifer está **afuera**.	*Jennifer is **outside**.* (adverb of place)
No quiero ir **tampoco**.	*I don't want to go **either**.* (adverb of negation)
Paco habla **demasiado**.	*Paco talks **too much**.* (adverb of quantity)

AGREEMENT (La concordancia) refers to the correspondence between parts of speech in terms of **number, gender,** and **person.** Subjects agree with their verbs; articles and adjectives agree with the nouns they modify, etc.

Toda**s** la**s** lengua**s** son interesante**s**.	*All languages are interesting.* (number)
Ella es bonit**a**.	*She is pretty.* (gender)
Nosotros somos de España.	*We are from Spain.* (person)

ARTICLES (Los artículos) precede nouns and indicate whether they are definite or indefinite persons, places, or things.

- **DEFINITE ARTICLES (Los artículos definidos)** refer to particular members of a group and are the equivalent of *the* in English. The definite articles are: **el, la, los, las.**

El hombre guapo es mi padre.	***The** handsome man is my father.*
Las mujeres de esta clase son inteligentes.	***The** women in this class are intelligent.*

- **INDEFINITE ARTICLES (Los artículos indefinidos)** refer to any unspecified member(s) of a group and are the equivalent of *a(n)* and *some*. The indefinite articles are: **un, una, unos, unas.**

Un hombre vino a nuestra casa anoche.	***A** man came to our house last night.*
Unas niñas jugaban en el parque.	***Some** girls were playing in the park.*

CLAUSES (Las cláusulas) are subject and verb combinations; for a sentence to be complete it must have at least one main clause.

- **MAIN CLAUSES (Independent clauses) (las cláusulas principales)** communicate a complete idea or thought.

Mi hermana va al hospital.	*My sister goes to the hospital.*

- **SUBORDINATE CLAUSES (Dependent clauses) (Las cláusulas subordinadas)** depend upon a main clause for their meaning to be complete.

Mi hermana va al hospital	con tal que no llueva.
My sister goes to the hospital	*provided that it's not raining.*
main clause	**subordinate clause**

In the sentence above, *provided that it's not raining* is not a complete idea without the information supplied by the main clause.

COMMANDS (Los mandatos) (*See* **Imperatives.**)

COMPARISONS (Las formas comparativas) are statements that describe one person, place, or thing relative to another in terms of quantity, quality, or manner.

- **COMPARISONS OF EQUALITY (Las formas comparativas de igualdad)** demonstrate an equal share of a quantity or degree of a particular characteristic. These statements use a form of **tan(to)(ta)(s)** and **como.**

Ella tiene **tanto** dinero **como** Elena.	*She has **as much** money as Elena.*
Fernando trabaja **tanto como** Felipe.	*Fernando works **as much as** Felipe.*
Jim baila **tan** bien **como** Anne.	*Jim dances **as well as** Anne.*

- **COMPARISONS OF INEQUALITY (Las formas comparativas de desigualdad)** indicate a difference in quantity, quality, or manner between the compared subjects. These statements use **más/menos... que** or comparative **adjectives** such as **mejor/peor, mayor/menor.**

España tiene **más** playas que México.	*Spain has **more** beaches **than** Mexico.*
Tú hablas español **mejor que** yo.	*You speak Spanish **better than** I.*

(*See also* **Superlatives.**)

CONJUGATIONS (Las conjugaciones) represent the inflected form of the verb as it is used with a particular subject or **person.**

Yo bailo los sábados.	***I dance** on Saturdays.* (1st-person singular)
Tú bailas los sábados.	***You dance** on Saturdays.* (2nd-person singular)

Ella baila los sábados.	*She dances* on Saturdays. (3rd-person singular)
Nosotros bailamos los sábados.	*We dance* on Saturdays. (1st-person plural)
Vosotros bailáis los sábados.	*You dance* on Saturdays. (2nd-person plural)
Ellos bailan los sábados.	*They dance* on Saturdays. (3rd-person plural)

CONJUNCTIONS (Las conjunciones) are linking words that join two independent clauses together.

Fuimos al centro **y** mis amigos compraron muchas cosas.
*We went downtown **and** my friends bought a lot of things.*

Yo quiero ir a la fiesta, **pero** tengo que estudiar.
*I want to go to the party, **but** I have to study.*

CONTRACTIONS (Las contracciones) in Spanish are limited to preposition/article combinations, such as **de + el = del** and **a + el = al**, or preposition/pronoun combinations such as **con + mí = conmigo** and **con + ti = contigo**.

DIRECT OBJECTS (Los objetos directos) in sentences are the direct recipients of the action of the verb. Direct objects answer the questions *What?* or *Whom?*

¿Qué hizo?	*What did she do?*
Ella hizo **la tarea.**	*She did her **homework.***
Y luego llamó a **su amiga.**	*And then called **her friend.***

(*See also* **Pronouns, Indirect object, Personal a.**)

EXCLAMATIVE WORDS (Las palabras exclamativas) communicate surprise or strong emotion. Like interrogative words, exclamatives also carry accents.

¡Qué sorpresa!	*What a surprise!*
¡Cómo canta Miguel!	*How well Miguel sings!*

(*See also* Interrogatives.)

GENDER (El género) is a grammatical feature of Romance languages that classifies words as either masculine or feminine. The gender of the word is sometimes used to distinguish meaning (**la papa** = *the potato,* but **el Papa** = *the Pope;* **la policía** = *the police force,* but **el policía** = *the policeman*). It is important to memorize the gender of nouns when you learn the nouns.

GERUNDS (Los gerundios) are the Spanish equivalent of the *-ing* verb form in English. Regular gerunds are created by replacing the **infinitive** endings (**-ar, -er/-ir**) with **-ando** or **-iendo**. Gerunds are often used with the verb estar to form the present progessive tense. The present progressive tense places emphasis on the continuing or progressive nature of an action.

Miguel está **cantando** en la ducha.   *Miguel is **singing** in the shower.*

(*See also* **Present participle.**)

IDIOMATIC EXPRESSIONS (Las frases idiomáticas) are phrases in Spanish that do not have a literal English equivalent.

Hace mucho frío.   *It is very cold.* (Literally, *It makes a lot of cold.*)

IMPERATIVES (Los imperativos) represent the mood used to express requests or commands. It is more direct than the **subjunctive** mood. Imperatives are commonly called commands and fall into two categories: affirmative and negative. Spanish speakers must also choose between using formal commands and informal commands based upon whether one is addressed as **usted** (formal) or **tú** (informal).

Habla conmigo.	**Talk** to me. (informal, affirmative)
No me hables.	**Don't talk to me.** (informal, negative)
Hable con la policía.	**Talk** to the police. (formal, singular, affirmative)
No hable con la policía.	**Don't talk** to the police. (formal, singular, negative)
Hablen con la policía.	**Talk** to the police. (formal, plural, affirmative)
No hablen con la policía.	**Don't talk** to the police. (formal, plural, negative)

(*See also* **Mood.**)

IMPERFECT (El imperfecto) The imperfect tense is used to make statements about the past when the speaker wants to convey the idea of 1) habitual or repeated action, 2) two actions in progress simultaneously, or 3) an event that was in progress when another action interrupted. The imperfect tense is also used to emphasize the ongoing nature of the middle of the event, as opposed to its beginning or end. Age and clock time are always expressed using the imperfect.

Cuando María **era** joven, ella **cantaba** en el coro.
*When María **was young**, she **used to sing** in the choir.*

Aquel día **llovía** mucho y el cielo **estaba** oscuro.
*That day **it was raining** a lot and the sky **was dark**.*

Juan **dormía** cuando sonó el teléfono.
*Juan **was sleeping** when the phone rang.*

(*See also* **Preterite**.)

IMPERSONAL EXPRESSIONS (Las expresiones impersonales) are statements that contain the impersonal subjects of *it* or *one*.

Es necesario estudiar.	*It is necessary to study.*
Se necesita estudiar.	*One needs to study.*

(*See also* **Passive voice**.)

INDEFINITE WORDS (Las palabras indefinidas) are **articles**, **adjectives**, **nouns** or **pronouns** that refer to unspecified members of a group.

Un hombre vino.	*A man came.* (indefinite article)
Alguien vino.	*Someone came.* (indefinite noun)
Algunas personas vinieron.	*Some people came.* (indefinite adjective)
Algunas vinieron.	*Some came.* (indefinite pronoun)

(*See also* **Articles**.)

INDICATIVE (El indicativo) The indicative is a mood, rather than a tense. The indicative is used to express ideas that are considered factual or certain and, therefore, not subject to speculation, doubt, or negation.

Josefina **es** española. *Josefina **is** Spanish.*
(present indicative)

(*See also* **Mood**.)

INDIRECT OBJECTS (Los objetos indirectos) are the indirect recipients of an action in a sentence and answer the questions *To whom?* or *For whom?* In Spanish it is common to include an indirect object **pronoun** along with the indirect object.

Yo **le** di el libro a **Sofía**.	*I gave the book **to Sofía**.*
Sofía **les** guardó el libro **para sus padres**.	*Sofía kept the book **for her parents**.*

(*See also* **Direct objects** and **Pronouns**.)

INFINITIVES (Los infinitivos) are verb forms that are uninflected or not **conjugated** according to a specific person. In English, infinitives are preceded by *to: to talk, to eat, to live*. Infinitives in Spanish end in -**ar** (**hablar**), -**er** (**comer**), and -**ir** (**vivir**).

INTERROGATIVES (Las formas interrogativas) are used to pose questions and carry accent marks to distinguish them from other uses. Basic interrogative words include: **quién(es)**, **qué**, **cómo**, **cuánto(a)(s)**, **cuándo**, **por qué**, **dónde**.

¿**Qué** quieres?	*What do you want?*
¿**Cuándo** llegó ella?	*When did she arrive?*
¿De **dónde** eres?	*Where are you from?*

(*See also* **Exclamatives**.)

MOOD (El modo) is like the word *mode,* meaning *manner* or *way.* It indicates the way in which the speaker views an action, or his/her attitude toward the action. Besides the **imperative** mood, which is simply giving commands, you learn two basic moods in Spanish: the **subjunctive** and the **indicative.** Basically, the subjunctive mood communicates an attitude of uncertainty or negation toward the action, while the indicative indicates that the action is certain or factual. Within each of these moods there are many **tenses.** Hence you have the present indicative and the present subjunctive, the present perfect indicative and the present perfect subjunctive, etc.

- **INDICATIVE MOOD (El indicativo)** implies that what is stated or questioned is regarded as true.

Yo **quiero** ir a la fiesta.	*I want to go to the party.*
Quieres ir conmigo?	*Do you want to go with me?*

- **SUBJUNCTIVE MOOD (El subjuntivo)** indicates a recommendation, a statement of doubt or negation, or a hypothetical situation.

Yo recomiendo que tú **vayas** a la fiesta.	*I recommend **that you go** to the party.*
Dudo que **vayas** a la fiesta.	*I doubt that **you'll go** to the party.*
No creo que **vayas** a la fiesta.	*I don't believe that **you'll go** to the party.*
Si **fueras** a la fiesta, te divertirías.	*If **you were to go** to the party, you would have a good time.*

- **IMPERATIVE MOOD (El imperativo)** is used to make a command or request.

¡**Ven** conmigo a la fiesta!	*Come with me to the party!*

(*See also* **Indicative, Imperative,** and **Subjunctive.**)

NEGATION (La negación) takes place when a negative word, such as **no,** is placed before an affirmative sentence. In Spanish, double negatives are common.

Yolando va a cantar esta noche.	*Yolando will sing tonight.* (affirmative)
Yolando **no** va a cantar esta noche.	*Yolanda will **not** sing tonight.* (negative)
Ramón quiere algo.	*Ramón wants something.* (affirmative)
Ramón **no** quiere **nada.**	*Ramón **doesn't** want **anything.*** (negative)

NOUNS (Los sustantivos) are persons, places, things, or ideas. Names of people, countries, and cities are proper nouns and are capitalized.

Alberto	*Albert* (person)
el pueblo	*town* (place)
el diccionario	*dictionary* (thing)

ORTHOGRAPHY (La ortografía) refers to the spelling of a word or anything related to spelling such as accentuation.

PASSIVE VOICE (La voz pasiva), as compared to **active voice (la voz activa),** places emphasis on the action itself rather than the agent of the action (the person or thing that is indirectly responsible for committing the action). The passive **se** is used when there is no apparent agent of the action.

Luis vende los coches.	*Luis sells the cars.* (active voice)
Los coches **son vendidos por** Luis.	*The cars **are sold by** Luis.* (passive voice)
Se **venden** los coches.	*The cars **are sold.*** (passive voice)

(*See also* **Active voice.**)

PAST PARTICIPLES (Los participios pasados) are verb forms used in compound tenses such as the **present perfect.** Regular past participles are formed by dropping the **-ar** or **-er/-ir** from the **infinitive** and adding **-ado** or **-ido.** Past participles are the equivalent of verbs ending in *-ed* in English. They may also be used as **adjectives,** in which case they agree in **number** and **gender** with their nouns. Irregular past participles include: **escrito, roto, dicho, hecho, puesto, vuelto, muerto, cubierto.**

Marta ha **subido** la montaña.	*Marta has **climbed** the mountain.*
Hemos **hablado** mucho por teléfono.	*We have **talked** a lot on the phone.*
La novela **publicada** en 1995 es su mejor novela.	*The novel **published** in 1995 is her best novel.*

PERFECT TENSES (Los tiempos perfectos) communicate the idea that an action has taken place before now (present perfect) or before a moment in the past (past perfect). The perfect tenses are compound tenses consisting of the verb **haber** plus the **past participle** of a second verb.

Yo **he comido.**	*I **have eaten.*** (present perfect indicative)
Antes de la fiesta, yo **había comido.**	*Before the party I **had eaten.*** (past perfect indicative)
Yo espero que **hayas comido.**	*I hope that **you have eaten.*** (present perfect subjunctive)
Yo esperaba que **hubieras comido.**	*I hoped that **you had eaten.*** (past perfect subjunctive)

PERSON (La persona) refers to changes in the subject pronouns that indicate if one is speaking (first person), if one is spoken to (second person), or if one is spoken about (third person).

Yo hablo.	*I speak.* (1st-person singular)
Tú hablas.	*You speak.* (2nd-person singular)
Ud./Él/Ella habla.	*You/He/She speak.* (3rd-person singular)
Nosotros(as) hablamos.	*We speak.* (1st-person plural)
Vosotros(as) habláis.	*You speak.* (2nd-person plural)
Uds./Ellos/Ellas hablan.	*They speak.* (3rd-person plural)

PREPOSITIONS (Las preposiciones) are linking words indicating spatial or temporal relations between two words.

Ella nadaba **en** la piscina.	*She was swimming **in** the pool.*
Yo llamé **antes de** las nueve.	*I called **before** nine o'clock.*
El libro es **para** ti.	*The book is **for** you.*
Voy **a** la oficina.	*I'm going **to** the office.*
Jorge es **de** Paraguay.	*Jorge is **from** Paraguay.*

PRESENT PARTICIPLE (*See* **Gerunds.**)

PRETERITE (El pretérito) The preterite tense, as compared to the **imperfect tense,** is used to talk about past events with specific emphasis on the beginning or the end of the action, or emphasis on the completed nature of the action as a whole.

Anoche yo **empecé** a estudiar a las once y **terminé** a la una.
*Last night I **began** to study at eleven o'clock and **finished** at one o'clock.*

Esta mañana **me desperté** a las siete, **desayuné, me duché** y **vine** al campus para las ocho.
*This morning I **woke up** at seven, I **ate breakfast,** I **showered,** and I **came** to campus by eight.*

PERSONAL A (La a personal) The personal **a** refers to the placement of the preposition **a** before the name of a person when that person is the **direct object** of the sentence.

Voy a llamar **a** María.	*I'm going to call María.*

PRONOUNS (Los pronombres) are words that substitute for **nouns** in a sentence.

Yo quiero **éste.**	*I want **this one.*** (demonstrative—points out a specific person, place or thing)
¿**Quién** es tu amigo?	***Who** is your friend?* (interrogative—used to ask questions)
Yo voy a llamar**la.**	*I'm going to call **her.*** (direct object—replaces the direct object of the sentence)
Ella va a dar**le** el reloj.	*She is going to give **him** the watch.* (indirect object—replaces the indirect object of the sentence)
Juan **se** baña por la mañana.	*Juan bathes **himself** in the morning.* (reflexive—used with reflexive verbs to show that the agent of the action is also the recipient)
Es la mujer **que** conozco.	*She is the woman **that** I know.* (relative—used to introduce a clause that describes a noun)
Nosotros somos listos.	*We are clever.* (subject—replaces the noun that performs the action or state of a verb)

SUBJECTS (Los sujetos) are the persons, places, or things that perform the action or state of being of a verb. The **conjugated** verb always agrees with its subject.

Carlos siempre baila solo.
Colorado y **California** son mis estados preferidos.
La cafetera produce el café.

Carlos always dances alone.
Colorado and California are my favorite states.
The coffee pot makes the coffee.

(*See also* **Active voice.**)

SUBJUNCTIVE (El subjuntivo) The subjunctive mood is used to express speculative, doubtful, or hypothetical situations. It also communicates a degree of subjectivity or influence of the main clause over the subordinate clause.

No creo que **tengas** razón.
Si yo **fuera** el jefe, pagaría más a mis empleados.
Quiero que **estudies** más.

*I don't think that **you're** right.*
*If I **were** the boss, I would pay my employees more.*
*I want **you to study** more.*

(*See also* **Mood, Indicative.**)

SUPERLATIVE STATEMENTS (Las frases superlativas) are formed by adjectives or adverbs to make comparisons among three or more members of a group. To form superlatives, add a definite article (**el, la, los, las**) before the comparative form.

Juan es **el más alto** de los tres.
Este coche es **el más rápido** de todos.

*Juan is **the tallest** of the three.*
*This car is **the fastest** of them all.*

(*See also* **Comparisons.**)

TENSES (Los tiempos) refer to the manner in which time is expressed through the **verb** of a sentence.

Yo estudio.
Yo estoy estudiando.
Yo he estudiado.
Yo había estudiado.
Yo estudié.
Yo estudiaba.
Yo estudiaré.

I study. (present tense)
I am studying. (present progressive)
I have studied. (present perfect)
I had studied. (past perfect)
I studied. (preterite tense)
I was studying. (imperfect tense)
I will study. (future tense)

VERBS (Los verbos) are the words in a sentence that communicate an action or state of being.

Helen **es** mi amiga y ella **lee** muchas novelas.
*Helen **is** my friend and she **reads** a lot of novels.*

Auxiliary Verbs (Los verbos auxiliares) or helping verbs are verbs such as **estar** and **haber** used to form the present progressive and the present perfect, respectively.

Estamos estudiando mucho para el examen mañana.
We are studying a lot for the exam tomorrow.

Helen **ha** trabajado mucho en este proyecto.
*Helen **has** worked a lot on this project.*

Reflexive Verbs (Los verbos reflexivos) use reflexive **pronouns** to indicate that the person initiating the action is also the recipient of the action.

Yo **me afeito** por la mañana.
I shave (myself) in the morning.

Stem-Changing Verbs (Los verbos con cambios de raíz) undergo a change in the main part of the verb when conjugated. To find the stem, drop the **-ar, -er,** or **-ir** from the **infinitive: dorm-, empez-, ped-.** There are three types of stem-changing verbs: **o** to **ue**, **e** to **ie** and **e** to **i**.

dormir: Yo d**ue**rmo en el parque.
empezar: Ella siempre emp**ie**za su trabajo temprano.
pedir: ¿Por qué no p**i**des ayuda?

I sleep in the park. (**o** to **ue**)
She always starts her work early. (**e** to **ie**)
Why don't you ask for help? (**e** to **i**)

Los verbos regulares

Infinitive	Present Indicative	Imperfect	Preterite	Future	Conditional	Present Subjunctive	Past Subjunctive	Commands
hablar	hablo	hablaba	hablé	hablaré	hablaría	hable	hablara	habla (no hables)
to speak	hablas	hablabas	hablaste	hablarás	hablarías	hables	hablaras	hable
	habla	hablaba	habló	hablará	hablaría	hable	hablara	hablad (no habléis)
	hablamos	hablábamos	hablamos	hablaremos	hablaríamos	hablemos	habláramos	hablen
	habláis	hablabais	hablásteis	hablaréis	hablaríais	habléis	hablarais	
	hablan	hablaban	hablaron	hablarán	hablarían	hablen	hablaran	
aprender	aprendo	aprendía	aprendí	aprenderé	aprendería	aprenda	aprendiera	aprende (no aprendas)
to learn	aprendes	aprendías	aprendiste	aprenderás	aprenderías	aprendas	aprendieras	aprenda
	aprende	aprendía	aprendió	aprenderá	aprendería	aprenda	aprendiera	aprended (no aprendáis)
	aprendemos	aprendíamos	aprendimos	aprenderemos	aprenderíamos	aprendamos	aprendiéramos	aprendan
	aprendéis	aprendíais	aprendisteis	aprenderéis	aprenderíais	aprendáis	aprendierais	
	aprenden	aprendían	aprendieron	aprenderán	aprenderían	aprendan	aprendieran	
vivir	vivo	vivía	viví	viviré	viviría	viva	viviera	vive (no vivas)
to live	vives	vivías	viviste	vivirás	vivirías	vivas	vivieras	viva
	vive	vivía	vivió	vivirá	viviría	viva	viviera	vivid (no viváis)
	vivimos	vivíamos	vivimos	viviremos	viviríamos	vivamos	viviéramos	vivan
	vivís	vivíais	vivisteis	viviréis	viviríais	viváis	vivierais	
	viven	vivían	vivieron	vivirán	vivirían	vivan	vivieran	

COMPOUND TENSES

Present progressive	estoy estás está estamos estáis están		hablando	aprendiendo	viviendo
Present perfect indicative	he has ha hemos habéis han		hablado	aprendido	vivido
Present perfect subjunctive	haya hayas haya hayamos hayáis hayan		hablado	aprendido	vivido
Past perfect indicative	había habías había habíamos habíais habían		hablado	aprendido	vivido

Los verbos con cambios en la raíz

Infinitive / Present Participle / Past Participle	Present Indicative	Imperfect	Preterite	Future	Conditional	Present Subjunctive	Past Subjunctive	Commands
pensar (to think) e → ie / pensando / pensado	pienso	pensaba	pensé	pensaré	pensaría	piense	pensara	
	piensas	pensabas	pensaste	pensarás	pensarías	pienses	pensaras	piensa (no pienses)
	piensa	pensaba	pensó	pensará	pensaría	piense	pensara	piense
	pensamos	pensábamos	pensamos	pensaremos	pensaríamos	pensemos	pensáramos	
	pensáis	pensabais	pensasteis	pensaréis	pensaríais	penséis	pensarais	pensad (no penséis)
	piensan	pensaban	pensaron	pensarán	pensarían	piensen	pensaran	piensen
acostarse (to go to bed) o → ue / acostándose / acostado	me acuesto	me acostaba	me acosté	me acostaré	me acostaría	me acueste	me acostara	
	te acuestas	te acostabas	te acostaste	te acostarás	te acostarías	te acuestes	te acostaras	acuéstate (no te acuestes)
	se acuesta	se acostaba	se acostó	se acostará	se acostaría	se acueste	se acostara	acuéstese
	nos acostamos	nos acostábamos	nos acostamos	nos acostaremos	nos acostaríamos	nos acostemos	nos acostáramos	
	os acostáis	os acostabais	os acostasteis	os acostaréis	os acostaríais	os acostéis	os acostarais	acostaos (no os acostéis)
	se acuestan	se acostaban	se acostaron	se acostarán	se acostarían	se acuesten	se acostaran	acuéstense
sentir (to feel) e → ie, i / sintiendo / sentido	siento	sentía	sentí	sentiré	sentiría	sienta	sintiera	
	sientes	sentías	sentiste	sentirás	sentirías	sientas	sintieras	siente (no sientas)
	siente	sentía	sintió	sentirá	sentiría	sienta	sintiera	sienta
	sentimos	sentíamos	sentimos	sentiremos	sentiríamos	sintamos	sintiéramos	
	sentís	sentíais	sentisteis	sentiréis	sentiríais	sintáis	sintierais	sentid (no sintáis)
	sienten	sentían	sintieron	sentirán	sentirían	sientan	sintieran	sientan
pedir (to ask for) e → i, i / pidiendo / pedido	pido	pedía	pedí	pediré	pediría	pida	pidiera	
	pides	pedías	pediste	pedirás	pedirías	pidas	pidieras	pide (no pidas)
	pide	pedía	pidió	pedirá	pediría	pida	pidiera	pida
	pedimos	pedíamos	pedimos	pediremos	pediríamos	pidamos	pidiéramos	
	pedís	pedíais	pedisteis	pediréis	pediríais	pidáis	pidierais	pedid (no pidáis)
	piden	pedían	pidieron	pedirán	pedirían	pidan	pidieran	pidan
dormir (to sleep) o → ue, u / durmiendo / dormido	duermo	dormía	dormí	dormiré	dormiría	duerma	durmiera	
	duermes	dormías	dormiste	dormirás	dormirías	duermas	durmieras	duerme (no duermas)
	duerme	dormía	durmió	dormirá	dormiría	duerma	durmiera	duerma
	dormimos	dormíamos	dormimos	dormiremos	dormiríamos	durmamos	durmiéramos	
	dormís	dormíais	dormisteis	dormiréis	dormiríais	durmáis	durmierais	dormid (no durmáis)
	duermen	dormían	durmieron	dormirán	dormirían	duerman	durmieran	duerman

Los verbos con cambios de ortografía

Infinitive / Present Participle / Past Participle	Present Indicative	Imperfect	Preterite	Future	Conditional	Present Subjunctive	Past Subjunctive	Commands
comenzar (e → ie) *to begin* z → c before e comenzando comenzado	comienzo comienzas comienza comenzamos comenzáis comienzan	comenzaba comenzabas comenzaba comenzábamos comenzabais comenzaban	comencé comenzaste comenzó comenzamos comenzasteis comenzaron	comenzaré comenzarás comenzará comenzaremos comenzaréis comenzarán	comenzaría comenzarías comenzaría comenzaríamos comenzaríais comenzarían	comience comiences comience comencemos comencéis comiencen	comenzara comenzaras comenzara comenzáramos comenzarais comenzaran	comienza (no comiences) comience comenzad (no comencéis) comiencen
conocer *to know* c → zc before a, o conociendo conocido	conozco conoces conoce conocemos conocéis conocen	conocía conocías conocía conocíamos conocíais conocían	conocí conociste conoció conocimos conocisteis conocieron	conoceré conocerás conocerá conoceremos conoceréis conocerán	conocería conocerías conocería conoceríamos conoceríais conocerían	conozca conozcas conozca conozcamos conozcáis conozcan	conociera conocieras conociera conociéramos conocierais conocieran	conoce (no conozcas) conozca conoced (no conozcáis) conozcan
construir *to build* i → y, y inserted before a, e, o construyendo construido	construyo construyes construye construimos construís construyen	construía construías construía construíamos construíais construían	construí construiste construyó construimos construisteis construyeron	construiré construirás construirá construiremos construiréis construirán	construiría construirías construiría construiríamos construiríais construirían	construya construyas construya construyamos construyáis construyan	construyera construyeras construyera construyéramos construyerais construyeran	construye (no construyas) construya construid (no construyáis) construyan
leer *to read* i → y; stressed i → í leyendo leído	leo lees lee leemos leéis leen	leía leías leía leíamos leíais leían	leí leíste leyó leímos leísteis leyeron	leeré leerás leerá leeremos leeréis leyeron	leería leerías leería leeríamos leeríais leerían	lea leas lea leamos leáis lean	leyera leyeras leyera leyéramos leyerais leyeran	lee (no leas) lea leed (no leáis) lean

Los verbos con cambios de ortografía *(continued)*

Infinitive / Present Participle / Past Participle	Present Indicative	Imperfect	Preterite	Future	Conditional	Present Subjunctive	Past Subjunctive	Commands
pagar *to pay* **g → gu before e** pagando pagado	pago pagas paga pagamos pagáis pagan	pagaba pagabas pagaba pagábamos pagabais pagaban	**pagué** pagaste pagó pagamos pagasteis pagaron	pagaré pagarás pagará pagaremos pagaréis pagarán	pagaría pagarías pagaría pagaríamos pagaríais pagarían	**pague** **pagues** **pague** **paguemos** **paguéis** **paguen**	pagara pagaras pagara pagáramos pagarais pagaran	paga (no **pagues**) **pague** pagad (no **paguéis**) **paguen**
seguir (e → i, i) *to follow* **gu → g before a, o** siguiendo seguido	**sigo** sigues sigue seguimos seguís siguen	seguía seguías seguía seguíamos seguíais seguían	seguí seguiste siguió seguimos seguisteis siguieron	seguiré seguirás seguirá seguiremos seguiréis seguirán	seguiría seguirías seguiría seguiríamos seguiríais seguirían	**siga** **sigas** **siga** **sigamos** **sigáis** **sigan**	siguiera siguieras siguiera siguiéramos siguierais siguieran	sigue (no **sigas**) **siga** seguid (no **sigáis**) **sigan**
tocar *to play, to touch* **c → qu before e** tocando tocado	toco tocas toca tocamos tocáis tocan	tocaba tocabas tocaba tocábamos tocabais tocaban	**toqué** tocaste tocó tocamos tocasteis tocaron	tocaré tocará tocarás tocaremos tocaréis tocarán	tocaría tocarías tocaría tocaríamos tocaríais tocarían	**toque** **toques** **toque** **toquemos** **toquéis** **toquen**	tocara tocaras tocara tocáramos tocarais tocaran	toca (no **toques**) **toque** tocad (no **toquéis**) **toquen**

Los verbos irregulares

Infinitive / Present Participle / Past Participle	Present Indicative	Imperfect	Preterite	Future	Conditional	Present Subjunctive	Past Subjunctive	Commands
*andar to walk andando andado	ando andas anda andamos andáis andan	andaba andabas andaba andábamos andabais andaban	anduve anduviste anduvo anduvimos anduvisteis anduvieron	andaré andarás andará andaremos andaréis andarán	andaría andarías andaría andaríamos andaríais andarían	ande andes ande andemos andéis anden	anduviera anduvieras anduviera anduviéramos anduvierais anduvieran	 anda (no andes) ande andad (no andéis) anden
*caer to fall cayendo caído	caigo caes cae caemos caéis caen	caía caías caía caíamos caíais caían	caí caíste cayó caímos caísteis cayeron	caeré caerás caerá caeremos caeréis caerán	caería caerías caería caeríamos caeríais caerían	caiga caigas caiga caigamos caigáis caigan	cayera cayeras cayera cayéramos cayerais cayeran	 cae (no caigas) caiga caed (no caigáis) caigan
*dar to give dando dado	doy das da damos dais dan	daba dabas daba dábamos dabais daban	di diste dio dimos disteis dieron	daré darás dará daremos daréis darán	daría darías daría daríamos daríais darían	dé des dé demos deis den	diera dieras diera diéramos dierais dieran	 da (no des) dé dad (no deis) den
*decir to say, tell diciendo dicho	digo dices dice decimos decís dicen	decía decías decía decíamos decíais decían	dije dijiste dijo dijimos dijisteis dijeron	diré dirás dirá diremos diréis dirán	diría dirías diría diríamos diríais dirían	diga digas diga digamos digáis digan	dijera dijeras dijera dijéramos dijerais dijeran	 di (no digas) diga decid (no digáis) digan
*estar to be estando estado	estoy estás está estamos estáis están	estaba estabas estaba estábamos estabais estaban	estuve estuviste estuvo estuvimos estuvisteis estuvieron	estaré estarás estará estaremos estaréis estarán	estaría estarías estaría estaríamos estaríais estarían	esté estés esté estemos estéis estén	estuviera estuvieras estuviera estuviéramos estuvierais estuvieran	 está (no estés) esté estad (no estéis) estén

Los verbos irregulares *(continued)*

Infinitive / Present Participle / Past Participle	Present Indicative	Imperfect	Preterite	Future	Conditional	Present Subjunctive	Past Subjunctive	Commands
haber *to have* habiendo habido	he has ha [hay] hemos habéis han	había habías había habíamos habíais habían	hube hubiste hubo hubimos hubisteis hubieron	habré habrás habrá habremos habréis habrán	habría habrías habría habríamos habríais habrían	haya hayas haya hayamos hayáis hayan	hubiera hubieras hubiera hubiéramos hubierais hubieran	
*hacer *to make, to do* haciendo **hecho**	**hago** haces hace hacemos hacéis hacen	hacía hacías hacía hacíamos hacíais hacían	**hice** hiciste hizo hicimos hicisteis hicieron	**haré** harás hará haremos haréis harán	**haría** harías haría haríamos haríais harían	**haga** hagas haga hagamos hagáis hagan	hiciera hicieras hiciera hiciéramos hiciérais hicieran	haz (no hagas) haga haced (no hagáis) hagan
ir *to go* **yendo** ido	**voy** vas va vamos vais van	iba ibas iba íbamos ibais iban	fui fuiste fue fuimos fuisteis fueron	iré irás irá iremos iréis irán	iría irías iría iríamos iríais irían	vaya vayas vaya vayamos vayáis vayan	fuera fueras fuera fuéramos fuerais fueran	ve (no vayas) vaya id (no vayáis) vayan
*oír *to hear* **oyendo** oído	oigo oyes oye oímos oías oyen	oía oías oía oíamos oíais oían	oí oíste oyó oímos oísteis oyeron	oiré oirás oirá oiremos oiréis oirán	oiría oirías oiría oiríamos oiríais oirían	oiga oigas oiga oigamos oigáis oigan	oyera oyeras oyera oyéramos oyerais oyeran	oye (no oigas) oiga oíd (no oigáis) oigan

Los verbos irregulares *(continued)*

Infinitive / Present Participle / Past Participle	Present Indicative	Imperfect	Preterite	Future	Conditional	Present Subjunctive	Past Subjunctive	Commands
poder (o → ue) can, to be able **pudiendo** podido	puedo / puedes / puede / podemos / podéis / pueden	podía / podías / podía / podíamos / podíais / podían	pude / pudiste / pudo / pudimos / pudisteis / pudieron	podré / podrás / podrá / podremos / podréis / podrán	podría / podrías / podría / podríamos / podríais / podrían	pueda / puedas / pueda / podamos / podáis / puedan	pudiera / pudieras / pudiera / pudiéramos / pudierais / pudieran	
*poner to place, to put poniendo **puesto**	pongo / pones / pone / ponemos / ponéis / ponen	ponía / ponías / ponía / poníamos / poníais / ponían	puse / pusiste / puso / pusimos / pusisteis / pusieron	pondré / pondrás / pondrá / pondremos / pondréis / pondrán	pondría / pondrías / pondría / pondríamos / pondríais / pondrían	ponga / pongas / ponga / pongamos / pongáis / pongan	pusiera / pusieras / pusiera / pusiéramos / pusierais / pusieran	pon (no pongas) / ponga / poned (no pongáis) / pongan
querer (e → ie) to want, to wish queriendo querido	quiero / quieres / quiere / queremos / queréis / quieren	quería / querías / quería / queríamos / queríais / querían	quise / quisiste / quiso / quisimos / quisisteis / quisieron	querré / querrás / querrá / querremos / querréis / querrán	querría / querrías / querría / querríamos / querríais / querrían	quiera / quieras / quiera / queramos / queráis / quieran	quisiera / quisieras / quisiera / quisiéramos / quisierais / quisieran	quiere (no quieras) / quiera / quered (no queráis) / quieran
reír (e → i) to laugh **riendo** reído	río / ríes / ríe / reímos / reís / ríen	reía / reías / reía / reíamos / reíais / reían	reí / reíste / rió / reímos / reísteis / rieron	reiré / reirás / reirá / reiremos / reiréis / reirán	reiría / reirías / reiría / reiríamos / reiríais / reirían	ría / rías / ría / riamos / riáis / rían	riera / rieras / riera / riéramos / rierais / rieran	ríe (no rías) / ría / reíd (no riáis) / rían

Los verbos irregulares *(continued)*

Infinitive Present Participle Past Participle	Present Indicative	Imperfect	Preterite	Future	Conditional	Present Subjunctive	Past Subjunctive	Commands
saber to know sabiendo sabido	sé sabes sabe sabemos sabéis saben	sabía sabías sabía sabíamos sabíais sabían	supe supiste supo supimos supisteis supieron	sabré sabrás sabrá sabremos sabréis sabrán	sabría sabrías sabría sabríamos sabríais sabrían	sepa sepas sepa sepamos sepáis sepan	supiera supieras supiera supiéramos supierais supieran	sabe (no sepas) sepa sabed (no sepáis) sepan
salir to go out saliendo salido	salgo sales sale salimos salís salen	salía salías salía salíamos salíais salían	salí saliste salió salimos salisteis salieron	saldré saldrás saldrá saldremos saldréis saldrán	saldría saldrías saldría saldríamos saldríais saldrían	salga salgas salga salgamos salgáis salgan	saliera salieras saliera saliéramos salierais salieran	sal (no salgas) salga salid (no salgáis) salgan
ser to be siendo sido	soy eres es somos sois son	era eras era éramos erais eran	fui fuiste fue fuimos fuisteis fueron	seré serás será seremos seréis serán	sería serías sería seríamos seríais serían	sea seas sea seamos seáis sean	fuera fueras fuera fuéramos fuerais fueran	sé (no seas) sea sed (no seáis) sean
tener to have teniendo tenido	tengo tienes tiene tenemos tenéis tienen	tenía tenías tenía teníamos teníais tenían	tuve tuviste tuvo tuvimos tuvisteis tuvieron	tendré tendrás tendrá tendremos tendréis tendrán	tendría tendrías tendría tendríamos tendríais tendrían	tenga tengas tenga tengamos tengáis tengan	tuviera tuvieras tuviera tuviéramos tuvierais tuvieran	ten (no tengas) tenga tened (no tengáis) tengan

Los verbos irregulares *(continued)*

Infinitive / Present Participle / Past Participle	Present Indicative	Imperfect	Preterite	Future	Conditional	Present Subjunctive	Past Subjunctive	Commands
traer to bring **trayendo** **traído**	**traigo** trae trae traemos traéis traen	traía traías traía traíamos traíais traían	**traje** trajiste trajo trajimos trajisteis trajeron	traeré traerás traerá traeremos traeréis traerán	traería traerías traería traeríamos traeríais traerían	traiga traigas traiga traigamos traigáis traigan	trajera trajeras trajera trajéramos trajerais trajeran	trae (no traigas) traiga traed (no traigáis) traigan
venir to come **viniendo** venido	**vengo** **vienes** **viene** venimos venís **vienen**	venía venías venía veníamos veníais venían	**vine** viniste vino vinimos vinisteis vinieron	**vendré** **vendrás** **vendrá** vendremos vendréis vendrán	**vendría** **vendrías** **vendría** vendríamos vendríais vendrían	venga vengas venga vengamos vengáis vengan	viniera vinieras viniera viniéramos vinierais vinieran	ven (no vengas) venga venid (no vengáis) vengan
ver to see viendo **visto**	**veo** ves ve vemos veis ven	**veía** **veías** **veía** **veíamos** **veíais** **veían**	**vi** viste vio vimos visteis vieron	veré verás verá veremos veréis verán	vería verías vería veríamos veríais verían	vea veas vea veamos veáis vean	viera vieras viera viéramos vierais vieran	ve (no veas) vea ved (no veáis) vean

*Verbs with irregular *yo* forms in the present indicative

Introducción

En esta parte del cuaderno de trabajo, encontrarán una serie de preguntas y sugerencias para la observación, reflexión y acción. Se ha querido seguir el proceso de adquisición del conocimiento de Paulo Freire, observar, reflexionar y actuar.

Cada capítulo ha sido desarrollado usando el vocabulario y el contenido gramatical y cultural que aparece en el libro de texto principal, **Rumbos.** Esto es para que los estudiantes puedan profundizar más en los temas y también se den cuenta que lo que aprenden en la clase tiene uso práctico con la gente nativa.

Es muy importante que los profesores conozcan un poco la comunidad adónde los estudiantes irán a compartir. Visitar la comunidad ayudará a los profesores a comprender la experiencia de los estudiantes. Es posible que en algunos lugares sea más fácil o más difícil encontrar una comunidad latina. Hay lugares donde esta comunidad está muy bien organizada y se pueden aprovechar los centros comunitarios que existen para enviar a los estudiantes a compartir con ellos. Si existe esta posibilidad, es aconsejable que se trabaje por lograr una buena comunicación con los líderes comunitarios para establecer las bases para un buen Aprendizaje Basado en la Comunidad (ABC).

Por parte de los estudiantes y la clase, se debe explicar a la comunidad que la razón principal de enviar a los estudiantes allí, es para que aprendan de los latinos las distintas formas de vida, sobre sus lugares de origen, costumbres y tradiciones, además de tratar de convivir con ellos para entender mejor sus sueños y problemas. Tan importante como esto es explicar que los estudiantes, al mismo tiempo que aprenden sobre la gente de la comunidad, van a estar reflexionando sobre su propia vida, sus orígenes, su cultura, sus sueños y los obstáculos que pueden tener para lograrlos. Esto se hace para que quede claro que la comunidad no es "un laboratorio" sino una escuela más dónde ambas partes aprenden compartiendo sus culturas. Los estudiantes aceptarán hacer algún tipo de trabajo que les ayude a comunicarse mejor con las personas *en español.*

En cuanto a la comunidad se espera que los estudiantes tengan seguridad, que sean instruidos en cuanto a problemas sociales que puedan existir en el área y que les adviertan de los peligros que corren si usan cualquier color en la ropa o si desarrollan cualquier tipo de conducta que lleve a una confrontación. También se espera que en los centros comunitarios no pongan a los estudiantes a hacer trabajos que los aislen de los hispanohablantes, sino por el contrario, que los estudiantes se vean forzados a usar el español de forma natural.

Es posible que la universidad tenga que llenar algunos formularios expresando la elegibilidad de los estudiantes para poder trabajar con niños. No es extraño que los estudiantes tengan que pasar por un escrutinio de su historia policial, para asegurar que no hayan tenido problemas con la ley, así como un examen de tuberculosis, especialmente si se va a trabajar con niños. En muchas universidades existe ya un centro que se ocupa de toda la logística que conlleva el ABC. Si su establecimiento aún no lo tiene, podría visitar **http://www.scu.edu/ignatiancenter/arrupe/** para tener una mejor idea de cómo funciona un centro para el ABC en una universidad.

Si no existe una comunidad latina en el área donde se enseña, es posible establecer un programa que consista en llevar a toda la clase, o a los interesados en ABC, en autobús adonde se encuentren los latinos. Este tipo de programa lo ha tenido Central College en Pella, Iowa. Ellos llevan a los estudiantes a Des Moines que está a una hora de camino. Si tampoco es posible establecer un programa de acercamiento por medio de transporte, se pueden hacer electrónicamente, vía Internet. Para esto será necesario que los mismos estudiantes entren en la Red y busquen personas de diferentes países que estén dispuestos a compartir con ellos vía correo electrónico. En cualquiera de los casos, es indispensable establecer las bases para conseguir una buena comunicación. Se deberá explicar claramente cuál es el objetivo del programa, antes de empezar.

Otro punto importante es establecer cierta regularidad en los intercambios. Por ejemplo lo ideal es que los estudiantes pasen dos horas por semana haciendo una inmersión total en la comunidad (física o electrónica). El número de semanas será a elección del profesor ya que puede variar si el ciclo académico es por semestres o trimestres.

Para finalizar, quiero recordar a los profesores y alumnos que ABC no es para todos. No se puede ni se debe forzar a nadie a hacer este tipo de aprendizaje. Aún sabiendo la importancia y las grandes ventajas que tiene para la educación integral, debemos reconocer que forzar a alguien a hacer esto podría ser contraproducente. Así como pensar que ABC en español no es necesario para los estudiantes latinos, sería un grave error.

Es posible tener una clase donde unos hagan ABC y otros hagan algo diferente. También, puede darse el caso en el que unos estudiantes vayan a la comunidad y otros elijan hacerlo electrónicamente. En este caso recomiendo estudiar muy bien cada caso porque los estudiantes tímidos van a inclinarse siempre por la versión electrónica. Sugiero que si es así, se trate de convencer al estudiante de la importancia que tiene la comunicación cara a cara y ayudarles a vencer el miedo. En los casos de falta de disponibilidad por horario o distancia, no dudaría en aconsejar que lo hicieran electrónicamente.

Lo anterior se aplica también a los profesores. Lo ideal es que todo un departamento haga ABC, pero si hay alguien que no quiere, sería aconsejable analizar cada caso y establecer si las razones que se tienen para no hacerlo son valederas y aceptables para la institución donde se trabaja. Es posible que algunos profesores también sientan pena y miedo de utilizar este tipo de aprendizaje, por no creer que estén suficientemente preparados para ello. En estos casos, sugiero que se invite a expertos a dar algún taller para compartir experiencias, tanto metodológicas como de evaluación para incrementar la confianza de los docentes. Lo fundamental para hacer ABC es siempre sentirse maestro y siempre sentirse alumno.

Lucia T. Varona

Capítulo (1)

Envolviéndonos en el mundo hispano

Preguntas

1. Fíjate bien cómo es la gente que habla español en la comunidad. ¿De dónde han venido estas personas?

2. Observa bien y verás cómo los hispanos tenemos características físicas similares y diferentes. ¿Podrías explicar el por qué de estas diferencias y similitudes?

3. ¿De dónde son los hispanos que tú conoces en la comunidad? Encuentra en un mapa los países de origen de las personas que vas conociendo.

4. Elige a cinco personas de la comunidad y descríbelas. ¿Has usado en tu descripción algún estereotipo como, por ejemplo, todos los mexicanos son muy alegres? Revisa tus descripciones y cuida de no hacer generalizaciones. Limítate a describir a las personas que estás conociendo.

5. Ahora haz una lista de estereotipos que tú has escuchado o que tienes sobre las personas hispanas. Por ejemplo, todas las familias hispanas son grandes; las personas de Guatemala tienen rasgos indígenas. Comprueba a ver si los estereotipos coinciden con alguna percepción que tú has tenido.

   El problema con los estereotipos no es que no existan personas con esas características, sino que se las adjudicamos a todo un grupo. No te sientas mal al descubrir que tienes estereotipos; lastimosamente, todos los tenemos, pero trata de aclararlos. En todas partes hay personas amables, alegres, malhumoradas, tristes, de tez *(piel)* morena y clara, etcétera.

6. Ahora trata de pensar en tu origen. ¿De dónde eres tú? ¿Cómo son percibidas las personas de donde tú eres? En otras palabras, ¿cuáles son los estereotipos que existen en relación a tu grupo étnico? ¿Eres muy similar o diferente a las personas con quienes vas a compartir en la comunidad?

Reflexión

Después de haber escrito las respuestas a las preguntas anteriores, piensa mucho sobre los estereotipos que hay para la gente hispana y para otros grupos. Piensa en qué efectos puede tener que una persona crea que *debe* ser como los demás la perciben y no como realmente es. Piensa si ese sentimiento podría afectar su identidad cultural o no, por ejemplo, si una persona que tiene apellido González vive en los Estados Unidos y no sabe ni una palabra de español. ¿Cómo se sentirá ella cada vez que se asume que es una hispanohablante? Piensa en ti y trata de explorar cuáles son tus sentimientos cuando tus características físicas no corresponden a las ideas que tienen de ti, por ejemplo, cuando vemos personas que son muy altas y asumimos que les gusta el baloncesto.

Toma el caso de una persona y escribe un pequeño resumen del estereotipo y cómo la persona no coincide con él. Llévalo a la clase y comparte con tus compañeros cuáles crees tú que son los sentimientos que puede tener esa persona. También, deberás pensar qué medidas vas a tomar tú para evitar los estereotipos que tienes para otros, tanto como los que otros tienen para ti.

Acción

Escribe en una hoja de papel una oración donde expliques qué vas a hacer para contrarrestar los estereotipos. Usa letras grandes e ilustraciones si así lo quieres. Lleva a la clase esta hoja para compartirla con los demás y formar un collage con el trabajo de todas las personas en la clase.

Capítulo **2**

La familia: Tradiciones y alternativas

Preguntas

1. ¿De dónde venimos? ¿Cuáles son nuestras raíces? ¿Cómo era la vida de los inmigrantes cuando vivían en sus países de origen? Trata de conversar con alguien en la comunidad y pregúntale cuáles son sus raíces. Pregúntale no sólo por sus raíces más próximas, pero también por sus raíces históricas. ¿Quiénes eran sus antepasados—los aztecas, los mayas, los incas, los españoles, los chinos, los africanos…?

2. Ahora piensa en tu propio pasado. ¿Cómo fue tu infancia? ¿Recuerdas qué juegos jugabas, dónde, con quién y con qué lo hacías?

3. En América Latina, hay muchos países muy pobres, entre ellos Guatemala, Honduras y Nicaragua. ¿Cómo crees tú que es la infancia de un niño pobre? ¿Qué juegan, con quién, dónde y con qué? Trata de encontrar en la comunidad a alguna persona que venga de un país pobre y que haya sido pobre cuando vivía allí. Habla con ellos y pregúntales cómo fue su infancia. Compara la tuya con la de ellos.

4. Todos tenemos una serie de ritos y tradiciones que incluimos en nuestro diario vivir. Por ejemplo, rezamos antes de dormir, celebramos ciertas fiestas de especial manera, como la Navidad, el Año Nuevo, el día de la independencia, etcétera. ¿Qué celebraciones recuerda la gente de la comunidad con quienes estás tú compartiendo y cómo las celebraban?

5. ¿Has participado en alguna celebración de la comunidad latina últimamente? ¿Qué te llamó más la atención?

Reflexión

Toma un tiempo para pensar. ¿Cómo fue tu niñez? Piensa en las cosas que hacías con regularidad, las cosas que ocurrieron una sola vez, esas celebraciones especiales que tuviste y quiénes estaban a tu alrededor. ¿Qué *cosas* te hacían feliz? ¿Con qué *personas* disfrutabas más? ¿En qué *lugares* disfrutaste los momentos más felices de tu infancia?

Ahora piensa, ¿esas *cosas, personas* y *lugares* que te dieron tanta felicidad están al alcance de toda la gente de cualquier país y/o grupo social? Piensa en los miles de niños que quedan huérfanos debido a las guerras, los lugares que son bombardeados y las cosas que se pierden cuando una casa es destruida. Piensa también en las personas que son víctimas de desastres naturales. Piensa en las personas que nunca podrán salir de la pobreza.

¿Pensabas en todas estas cosas cuando los inmigrantes te decían que ellos dejaron su país, su familia y todo lo suyo para darles una mejor vida a sus hijos?

> ## Acción
>
> Lleva a clase un juguete que simbolice tu niñez. Preséntalo al resto de la clase explicando cómo lo jugabas, con quién y en dónde.
>
> Todos los juguetes que se reúnan en la clase pueden ser donados a una institución que trabaje con niños.

Explorando el mundo

Preguntas

1. Trata de conversar con algunas personas en la comunidad que sean inmigrantes recientes o que tengan tiempo de estar aquí. Pregúntales sobre su viaje a los Estados Unidos: ¿Por qué medios de transporte viajaron? ¿Por cuánto tiempo? ¿Por dónde cruzaron la frontera? ¿Para qué se arriesgaban *(risked)* tanto?

2. ¿Crees tú que los inmigrantes en los Estados Unidos sufren de choque cultural al llegar? ¿Cómo lo manifiestan? ¿Qué se hace para ayudarles?

3. Cuando tú viajas, ¿qué medios de transporte usas? ¿Para qué viajas? ¿Por cuántos días te vas usualmente?

4. Compara uno de tus viajes con el viaje de los inmigrantes a este país. ¿Qué viaje es más largo, el tuyo o el de ellos? ¿Quiénes usaron más medios de transporte? ¿Quién viajaba con menos dinero? ¿Qué viaje es el más difícil?

5. Comparando las comodidades que tenían tanto los inmigrantes en su viaje para Estados Unidos y las que tú tienes cuando viajas, ¿piensas tú que es fácil para los latinoamericanos tomar la decisión de arriesgarlo todo para buscar un futuro mejor?

6. Observa en la comunidad quiénes usan los medios de transporte público. Averigua los precios de los boletos y compara los precios para saber cuál es el más económico.

   Las personas mexicanas en la comunidad, ¿con qué frecuencia viajan a México? ¿Qué medio de transporte usan? ¿Por cuánto tiempo se van? ¿Qué cosas llevan para regalar a sus familiares?

Reflexión

Antes de empezar esta reflexión busca en Internet información sobre la frontera entre México y Estados Unidos. Trata de informarte bien leyendo varios artículos no sólo los escritos por las autoridades de migración, pero también los escritos por grupos que defienden a los inmigrantes.

Busca un mapa y localiza el lugar de dónde han venido por lo menos unas cinco personas con quienes compartes en la comunidad. Con el dedo trata de trazar el recorrido que ellos hicieron para llegar a los Estados Unidos. Piensa en las condiciones en que ellos hicieron el viaje. Piensa en el itinerario, las inconveniencias y también piensa en la ilusión que les motivaba a seguir adelante. Trata de ponerte en el lugar de estas personas. Piensa en la posibilidad de que algún día tú tuvieras que salir de tu país y empezar una nueva vida en otra parte.

Acción

En la clase comparte con un(a) compañero(a) la historia de una de las personas con quienes hablaste en la comunidad. Tu compañero(a) también compartirá contigo la historia de una de las personas con quien él/ella habló. Después de compartir sus historias, expresen sus opiniones sobre el problema de la inmigración en los Estados Unidos.

Capítulo 4

El ocio

Preguntas

1. Por mucho tiempo en los Estados Unidos se ha conectado a las culturas latinas con el ocio. Por ejemplo, las palabras "fiesta" y "cerveza" parecen ser las preferidas de muchos estudiantes universitarios de español. Sin embargo, observando a la gente en la comunidad, ¿qué es lo que realmente ves? ¿Qué hace la gente para distraerse en la comunidad además de tener fiestas y beber algunas cervezas?

2. Observa un día de fiesta, ya sea domingo o feriado, y trata de ver quiénes están en los parques públicos. ¿Cómo celebran los días de fiesta los latinoamericanos en los Estados Unidos?

3. ¿Qué hacen los jóvenes latinos en la comunidad y en la universidad para relajarse? ¿Qué deportes practican?

4. Pide a dos o tres personas en la comunidad que te recomienden algunas cosas para disfrutar este fin de semana. ¿Qué te recomienden que hagas?

5. Observa en la comunidad qué comidas tienen ellos que tú no encuentras en la tuya.

6. ¿Por qué crees tú que hay tanta gente en América Latina que sufre por falta de comida mientras que en los Estados Unidos muchos latinoamericanos están teniendo problemas de sobrepeso?

Reflexión

Piensa en las diferentes formas de combatir el estrés. Algunos hacen deportes, otros van al cine, otros meditan, otros salen a comer, a bailar, etcétera.

Piensa ahora en la gente de la comunidad. Toma una familia y piensa: ¿Qué hace esa familia para distraerse? Haz una lista de las cosas que crees que ellos hacen.

Luego haz una lista de las cosas que tú y tu familia hacen.

Ahora reflexiona. ¿Tú, tu familia y tus amigos tienen tiempo para relajarse? ¿Con quiénes se relajan? ¿Qué hacen para lograrlo? ¿Qué diferencias y similitudes hay entre las personas de la comunidad y los estudiantes universitarios en la forma de vivir el ocio?

Acción

Escribe una lista de recomendaciones para tus compañeros para relajarse. Estas recomendaciones tienen que estar basadas en tu reflexión y debes señalar qué recomendaciones vienen de tu propia cultura y qué cosas has aprendido de la gente de la comunidad.

Capítulo 5

La imagen: Percepción y realidad

Preguntas

1. ¿Cuántos tipos de personalidad encuentras en la comunidad? Describe la personalidad de por lo menos tres personas con quienes tú compartes en la comunidad.

2. ¿Qué tipo de ropa le gusta a la gente en la comunidad? ¿Cómo se visten los niños, los jóvenes y los adultos en general? ¿Ves algunas tendencias en cuanto a la moda? Describe detalladamente la forma de vestir de la gente.

3. En la comunidad no es fácil encontrar inmigrantes de España. Es posible que se deba a que España es un país que está bastante bien económicamente. También, puede ser que para ellos no es tan fácil emigrar a los Estados Unidos, en comparación con los países latinoamericanos. Sin embargo, sí hay algunos inmigrantes españoles en los Estados Unidos y es posible que hasta tengas algunos compañeros de universidad que son de allí. ¿Crees tú que hay muchas diferencias entre Latino América y España? ¿Qué raíces compartimos y cuáles nos diferencian?

4. Puedes preguntar a personas en la comunidad ¿qué piensan ellos de España y de los españoles? Escribe las respuestas y trata de descubrir cuál es la imagen que ellos tienen de los españoles.

5. Ahora ¿podrías decir cuáles son los estereotipos que existen en la comunidad con respecto a España y los españoles?

Reflexión

Revisa la ropa que usas, cómo la llevas y qué imagen de ti crees que tiene la gente que te rodea. ¿Crees tú que la gente en la comunidad está consciente de la imagen que presentan por la manera en que se visten? ¿Es correcto juzgar a alguien por la forma en que va vestido o vestida? ¿Qué importancia tiene la primera impresión en toda relación humana?

Acción

Propón en la clase que un día vayan vestidos de acuerdo con la imagen que quieran presentar o con el mensaje que quieran dar. Cada estudiante dejará que el resto de la clase interprete la forma en que va vestido o vestida. La pregunta final es: ¿Estoy presentando la imagen que quiero y dando el mensaje que quiero con la forma en que visto?

Capítulo (6)

Explorando tu futuro

Preguntas

1. Basándote en lo que observas en la comunidad y en lo que ya sabes sobre la inmigración, ¿cómo ves el futuro de los latinos en los Estados Unidos en cuanto a la vivienda, el trabajo y la educación?

2. Habla con la gente en la comunidad y pregúntales: ¿Cuáles son sus planes a corto y largo plazo?

3. Tomando en cuenta los planes que tenga la gente, escribe una serie de sugerencias, usando los mandatos formales para los adultos e informales para los niños o jóvenes, y discútelos con ellos. Pregúntales: ¿Qué piensan Uds. de las sugerencias?

4. ¿Crees tú que después de haber compartido con la gente en la comunidad, tú cambiarás tu forma de pensar y de actuar con los inmigrantes en los Estados Unidos? ¿Por qué sí o por qué no? Si tu respuesta es afirmativa, ¿cómo va a cambiar tu forma de tratarlos?

5. Si tú fueras un inmigrante en este país, ¿cómo sería tu vida? Piensa en dónde vivirías, cómo sería tu vecindario, dónde estudiarías, qué comerías y cómo te divertirías.

6. ¿Qué tipos de trabajo hacen los latinos en la comunidad? ¿Por qué hacen ellos estos tipos de trabajo?

7. ¿Cómo afectaría la economía del país si efectivamente se lograra cerrar las fronteras y no se dejara pasar a ningún inmigrante ilegal?

Reflexión

Para la reflexión sobre este capítulo, te aconsejo que veas la película *A Day Without Mexicans*, una película de Sergio Arau. Puedes conseguirla en DVD. Podrían verla todos en la clase y hacer un cine forum.

Realmente, ¿el problema de la inmigración es un problema político, social, económico o todo lo anterior? Trata de explicar tu respuesta.

Acción

Piensa en el lugar donde estás haciendo tu experiencia en la comunidad y haz una lista de sugerencias para mejorar los servicios que prestan a los inmigrantes.

Capítulo (7)

Derechos y justicia

Preguntas

1. Busca en la comunidad los periódicos bilingües que ellos leen o explora el Internet y observa si tienen artículos sobre la situación política actual en los países de donde viene la gente con quienes trabajas. Comenta con los adultos lo siguiente:

   - ¿Qué piensa Ud. de la situación política actual en su país?
   - ¿Qué tipo de gobierno cree Ud. que sería el mejor para su país?

   Si no es posible hablar con adultos que tengan información o que puedan opinar sobre la política de su país, deberás buscar información en Internet —en los periódicos de cada país de donde vienen las personas con quienes trabajas— y hacerte tú mismo(a) las preguntas o conseguir alguien con quien chatear en Internet.

2. ¿Qué piensas tú de la política exterior de los Estados Unidos?

3. Si un gobierno es la representación del pueblo, ¿cuáles son tus responsabilidades como ciudadano(a) de los Estados Unidos?

4. ¿Qué puedes hacer cuando el gobierno no está actuando de la manera que tú crees es la correcta?

Reflexión

Trata de ver los hechos históricos ocurridos en la historia de los Estados Unidos que están relacionados con los derechos humanos y la justicia social. Piensa en Rosa Parks y el Dr. Martin Luther King, Jr., y su lucha por la igualdad de los africano-americanos, en César Chávez y su lucha por los derechos de los trabajadores agrícolas. Piensa también en muchos otros que han luchado y siguen luchando por los derechos humanos no sólo en este país sino en todo el mundo.

¿Qué piensas tú del dicho "Para lograr la paz, hay que ir a la guerra"? ¿Qué medios usarías tú para promover la paz mundial?

Acción

Con un grupo de compañeros, creen un poster con un mensaje para lograr la paz y expónanlo en algún mural de tu universidad o en la misma clase donde se reúnen para la clase de español.

Capítulo (8)

La expresión artística

Preguntas

1. Observa en la comunidad y piensa si a las personas con quienes tú te relacionas se les diera la posibilidad de expresarse a través del arte, ¿qué tipo de expresión artística usarían y por qué?

2. ¿Crees tú que la estética es algo cultural? Explica tu respuesta comparando algunos cuadros de pintores latinos con los de otros artistas que no son de la misma área geográfica.

3. ¿Por qué será que se dice que en la comunidad latina hay más inclinación artística, sobre todo hacia la música y las artes plásticas, que entre otros grupos étnicos? ¿Es esto verdad o es un estereotipo? Explica tu respuesta.

4. ¿Qué beneficios crees tú que tiene el integrar el arte en la vida diaria?

5. Podemos ver, a través de la historia, que el arte se desarrolla más cuando las necesidades básicas del individuo o de la sociedad están satisfechas. ¿Cómo ves tú que las personas en la comunidad integran el arte en sus vidas? ¿Crees tú que la mayoría de las personas en la comunidad han caído en el círculo vicioso de trabajar más para tener más y no dejan tiempo para alimentar el alma por medio del arte? Explica tu respuesta.

Reflexión

Si tú tuvieras que escribir una alegoría[1] basada en tu experiencia en la comunidad, ¿qué título le pondrías? ¿Cuál sería el tipo de metáfora que usarías? ¿Por qué?

Acción

Comparte tu reflexión con otros tres compañeros y trata de entender por qué tus compañeros usaron la metáfora que usaron.

---

[1] Figura retórica que consiste en el uso de metáforas consecutivas dentro de un discurso, creando un sentido real y otro figurado, para expresar un asunto abstracto o ideal por medio de lo concreto, por ejemplo, *La divina comedia* utiliza la alegoría de un viaje para representar el más allá.

Capítulo 9

Tecnología: ¿progreso?

Preguntas

1. Observa en la comunidad y responde a las siguientes preguntas: ¿Qué tipo de tecnología es accesible a las personas con quienes compartes? ¿Qué consecuencias tiene esto?

2. Trata de conversar con alguien en la comunidad y pregúntale si tenía acceso a la tecnología moderna como el teléfono residencial, el Internet, los aparatos eléctricos para el trabajo en la casa o en el taller, cuando vivía en su país.

3. Observa cómo es un día común y corriente en tu vida. ¿Qué uso haces de la tecnología? Ahora compara el uso tuyo con el de una persona en la comunidad que tenga más o menos la misma edad que tú.

4. Para el año 2050, ¿cómo habrá cambiado la sociedad estadounidense en cuanto al uso de la tecnología?

5. ¿Cuáles son tus sentimientos en cuanto a la tecnología que ha sido inventada, especialmente con relación a la comunicación y la forma en que es usada o no usada en la comunidad?

6. ¿Cómo ves tú el uso de la tecnología en la agricultura en los países pobres de América Latina?

7. ¿Qué piensa la gente mayor en la comunidad con respecto a la forma que los jóvenes usan el teléfono celular, los videojuegos y los aparatos para escuchar música individualmente?

Reflexión

¿Crees tú que la tecnología nos ayuda a tener mejor calidad de vida? Escriba una lista de los daños y los beneficios que tiene el uso de la tecnología en la vida diaria.

Acción

Con toda la clase, discutan qué valores humanos se están perdiendo y cuáles se están fomentando con el uso de la tecnología y la globalización. Por ejemplo, la tecnología de comunicación vía correo electrónico promueve el individualismo pero, al mismo tiempo, fomenta la vida sedentaria. Por otra parte, es beneficiosa para las personas que tienen problemas de timidez y prefieren no tener que enfrentar cara-a-cara a otras personas. Pueden usar dos o tres inventos que se hayan hecho últimamente y analizarlos sus efectos.

Después de conversar sobre la tecnología, escribe un párrafo dando tu opinión sobre la globalización y la responsabilidad que tenemos todos de conocer más sobre las culturas para respetarlas. Da algún ejemplo que ilustre este tema.

Desafíos del mundo globalizado

Preguntas

1. Observa en la comunidad y trata de responder a esta pregunta: ¿Crees tú que se está haciendo un esfuerzo real para mantener el español entre la comunidad latina en los Estados Unidos? Explica tu respuesta demostrando con hechos que están ocurriendo y que apoyan tu opinión.

2. ¿Cómo ves tú que las personas en la comunidad tratan de mantener su identidad cultural tomando en cuenta que hay muchas culturas dentro de lo que llamamos "cultura latina"? Trata de distinguir las diferentes culturas latinas que hay en la comunidad donde tú compartes.

3. Pregunta a las personas si en sus países de origen tienen programas de reciclaje y de conservación ambiental.

4. ¿Qué programas de reciclaje tienen en la comunidad donde tú compartes?

5. ¿Crees tú que las personas que viven en la comunidad donde tú compartes llevan ideas sobre programas de reciclaje y conservación a sus países de origen cuando van de visita?

6. Los niños reciben bastante instrucción cívica sobre programas para proteger el medio ambiente. ¿Qué programas has visto tú en la comunidad que estén dirigidos a los adultos?

7. ¿Cómo ve la gente a las personas que se dedican a reciclar cartón, botellas, latas y plásticos de la basura? ¿Qué se puede hacer para cambiar esta imagen?

Reflexión

Reflexiona sobre los siguientes temas:

- ¿Qué impacto tiene la globalización en el medio ambiente?

- ¿Crees tú que los gobiernos deben regular la conservación del medio ambiente?

- ¿Qué deben hacer los países más desarrollados para disminuir el consumo de los recursos naturales y la contaminación del medio ambiente?

- ¿Cómo ves el futuro de los países no desarrollados, si no se establecen programas educativos sobre el medio ambiente?

- ¿Crees que con el desarrollo de los países también aumenta la irresponsabilidad en cuanto a la conservación del planeta? ¿Por qué?

Acción

Escribe una reflexión explicando cómo era la vida de las personas en la comunidad con relación al medio ambiente cuando vivían en sus países. ¿Cómo es ahora que viven en los Estados Unidos? ¿Cómo crees tú que cambiará su estilo de vida debido a la información que reciben sobre los problemas con el medio ambiente? Comparte tu trabajo con otros tres compañeros y trata de ver si hay similitudes o diferencias en la forma en que perciben la vida de los latinos y la relación que tienen con el medio ambiente.

Vocabulario

Capítulo 1

Vocabulario

A. Diversidad geográfica Se sabe mucho de la diversidad cultural que abunda en el mundo hispano. También hay mucha diversidad geográfica. A continuación hay algunos ejemplos de la variedad de atractivos en Latinoamérica. Completa el párrafo con la palabra apropiada de la lista. No todas las palabras se utilizan.

Mar Mediterráneo	isla	altiplano
cordillera	puestas del sol	tropicales
seco	bahías	altura
nieva	Mar Caribe	queda
gozan	desierto	húmedo

Entre Chile y Argentina se encuentra la **1.** _____ de los Andes, una cadena de

montañas alucinante. En las zonas más altas la temperatura es muy baja y **2.** _____

durante muchos meses al año. En contraste, cerca de la frontera entre Chile y Perú se puede visitar el

3. _____ de Atacama, donde hace mucho calor y el clima es muy

4. _____. Por otra parte, Bolivia se destaca por su **5.** _____,

donde hay pueblos y ciudades a miles de metros de **6.** _____. Bolivia no tiene acceso

al océano, pero la mayoría de los países latinoamericanos tienen hermosas costas. Nicaragua, por ejemplo,

tiene acceso al Océano Pacífico por el oeste y al **7.** _____ por el este. Cuba, que es

una **8.** _____, tiene millas de playas **9.** _____. Y si hablamos

de playas, no hay que olvidarse de México. La ciudad de Puerto Vallarta, por ejemplo, está situada en una

de las **10.** _____ más grandes del mundo, donde el agua es calma por estar protegida

naturalmente.

B. Un hispano en los Estados Unidos Ésta es la historia de Eric, un inmigrante hispano que ahora vive en los Estados Unidos. Para conocer más sobre sus retos y logros, completa el siguiente párrafo con las palabras adecuadas. No todas las palabras se utilizan.

antepasados	minoría	destacarse
establecerse	abundar	superar
grupo étnico	boricua	chicano
valores	aporte	inmigramos
asimilarse	pertenecer	influir

¡Hola! Mi nombre es Eric. Nací en San Juan de Puerto Rico. Estoy muy orgulloso de ser

1. _____. Cuando era niño, mis padres, mis hermanos y yo

2. _____ a los Estados Unidos. Ahora vivimos en un pueblo de Michigan donde los hispanos son la **3.** _____ porque no es un **4.** _____

muy numeroso en esta parte del país. Al principio fue difícil **5.** _____ a esta cultura

tan diferente. Mi familia tuvo que **6.** _____ muchos obstáculos después de

7. _____ en este país. Con el tiempo logramos **8.** _____ a esta

cultura, pero sin abandonar los **9.** _____ y las costumbres de Puerto Rico que

aprendimos de nuestros **10.** _____.

C. Amnesia El presentador del pronóstico del tiempo local en el canal de televisión hispano ha sufrido de amnesia y no recuerda muy bien los términos adecuados para hablar del clima. Ayúdalo a recordar el significado de estas palabras. Escribe la letra de la palabra al lado de la definición que corresponda.

_____ **1.** caer agua de las nubes

_____ **2.** llover suavemente

_____ **3.** opuesto de seco

_____ **4.** tipo de lluvia fuerte y corta

_____ **5.** cuando no hay ninguna nube en el cielo

_____ **6.** el sonido que acompaña a un relámpago

_____ **7.** viento muy violento

_____ **8.** nube muy baja, que dificulta más o menos la visión

_____ **9.** viento, lluvia, y, a veces, relámpagos

a. el chubasco
b. la tormenta
c. el trueno
d. el huracán
e. húmedo
f. llover
g. la neblina
h. despejado
i. lloviznar

D. Los hispanos en mi ciudad Tu profesor(a) de español te ha pedido que prepares una presentación oral sobre los hispanos y sus celebraciones en tu ciudad. Primero tienes que asegurarte de que sabes los términos claves correctamente. Une cada palabra con su definición, escribiendo la letra que corresponda.

_____ **1.** abundar

_____ **2.** el premio

_____ **3.** la cumbia

_____ **4.** la pachanga

_____ **5.** el aporte

_____ **6.** asimilarse

_____ **7.** la patria

_____ **8.** la mayoría

_____ **9.** la población

_____ **10.** el entusiasmo

_____ **11.** el hispanohablante

_____ **12.** superarse

a. el interés apasionado
b. una persona que habla español
c. la contribución
d. adaptarse a una nueva cultura
e. hacer algo mejor que en ocasiones pasadas
f. un grupo numeroso entre los habitantes de una región
g. haber gran cantidad
h. un tipo de ritmo bailable latino
i. los habitantes de un lugar
j. la fiesta
k. lo que recibe el ganador de un certamen
l. el país donde se nace

Vocabulario

A. Vecino curioso El hijo de tu vecino, que siempre es muy curioso y quiere saber todo, está aprendiendo español y tiene muchas preguntas acerca de los lazos familiares. Para ayudarlo a entender quién es quién, completa las definiciones con las palabras adecuadas de esta lista. No todas las palabras se utilizan.

bisabuelo   hijo único   tía abuela
primos segundos   primogénito   hijastra
hijos adoptivos   bisnieto   tatarabuelo
niñera   huérfana   primos hermanos

1. Mi segunda pareja ya tenía una hija cuando nos casamos. Ahora su hija es mi _____.

2. El hijo que nace primero es _____.

3. Si una pareja no tiene hijos biológicos puede tener _____.

4. Una persona que no tiene ni padre ni madre es _____.

5. Un niño que no tiene hermanos es _____.

6. El papá de tu abuelo es tu _____.

7. El abuelo de mi abuelo es mi _____.

8. La hermana de tu abuela es tu _____.

9. Mi hijo es el _____ de mi abuela.

10. Los hijos del hermano de mi madre son mis _____.

B. ¡Más preguntas! La curiosidad del hijo de tu vecino es insaciable. Ahora que entendió quién es quién en su familia, quiere saber cómo describir las relaciones familiares. Respira profundo, ten paciencia, y ayúdalo a entender estos conceptos. Escribe la letra de la definición al lado de la palabra o frase que mejor corresponde.

_____ 1. la comunicación franca

_____ 2. monoparental

_____ 3. mimar

_____ 4. convivir

_____ 5. cercano

_____ 6. regañar

_____ 7. cohesiva

_____ 8. rechazar

_____ 9. soportar

_____ 10. fracasar

a. lo opuesto de distante o lejano
b. castigar verbalmente
c. lo opuesto de aceptar
d. hablar honestamente
e. tipo de familia que sólo tiene un padre
f. lo opuesto de tener éxito o funcionar
g. vivir juntos
h. tolerar
i. darle todo lo que quiera a un(a) niño(a)
j. unida

C. Tradición favorita Cada uno(a) de tus amigos tiene una tradición preferida distinta. Para conocer más sobre la forma en que cada uno(a) la celebra, completa los espacios en blanco con las palabras adecuadas de la siguiente lista. No todas las palabras se utilizan.

decorar	trasnochar	regalos
candelabro	la cuaresma	rezar
globos	Jánuca	payaso
colocar	conmemoramos	emborracharse

ANA MARÍA: "Mi tradición favorita es un cumpleaños. Típicamente en las fiestas de cumpleaños de mi familia hay muchos **1.** _____ de distintos colores y **2.** _____ para la persona que cumple años. Si es una fiesta para niños, contratamos un **3.** _____ para entretenerlos."

PATRICIA: "Sin ninguna duda, mi tradición favorita es la Noche Buena, el 24 de diciembre. Mi mamá prepara una cena exquisita, y después de comer nos gusta **4.** _____ la casa con guirnaldas rojas y verdes. Uno de nuestros ritos es que la persona más joven presente tiene que **5.** _____ el ángel sobre la parte más alta del árbol de Navidad."

JAIME: "En mi familia no celebramos la Navidad, pero celebramos **6.** _____ o *el festival de luces.* Se celebra en diciembre, como la Navidad. En esta celebración judía hay una ceremonia en que encendemos las velas en un **7.** _____ muy especial que se llama la *menorrah.*"

RICARDO: "Yo soy muy romántico. A mí me gusta el aniversario de bodas porque es cuando mi esposa y yo **8.** _____ el día en que nos prometimos amor eterno. Generalmente celebramos con una cena en un restaurante elegante, y después nos gusta **9.** _____ para quedarnos recordando los momentos felices que hemos vivido juntos."

D. ¿Y tu tradición favorita? Tus amigos ahora quieren saber cuál es tu tradición favorita y cómo la celebras. Para explicarles bien, sin malentendidos, tienes que utilizar los términos correctamente. ¿Estás seguro que sabes cómo describir las tradiciones familiares? Escribe la letra de la definición al lado de la palabra o frase que mejor corresponde.

_____	**1.** el villancico	**a.** narrar historias cómicas breves
_____	**2.** el adorno	**b.** beber demasiadas bebidas alcohólicas
_____	**3.** la misa	**c.** dirigir oraciones religiosas a un dios o a un santo
_____	**4.** el regocijo	**d.** canción que se canta en Navidad
_____	**5.** emborracharse	**e.** dar las gracias
_____	**6.** dar el pésame	**f.** objeto que se usa para decorar
_____	**7.** sobremesa	**g.** celebración religiosa que ocurre todos los días
_____	**8.** contar chistes	**h.** alegría, felicidad
_____	**9.** agradecer	**i.** expresar tristeza por la muerte de una persona
_____	**10.** rezar	**j.** charla informal que ocurre después de una comida

Capítulo  3

Vocabulario

A. Estudiante en el extranjero Tu mejor amigo está estudiando este semestre en Guadalajara y acaba de mandarte un mensaje por correo electrónico. Para enterarte cómo va su experiencia, completa los párrafos con las palabras de la lista que correspondan. No todas las palabras se utilizan.

ruinas	cursar	involucrarme	mudarme
hospedo	extraño	choque	integrarme
enfrentar	darme de baja	enriquecer	acoplarme

Al principio fue difícil **1.** _____ al nuevo entorno y sentía el

2. _____ cultural; tuve que **3.** _____ a muchos nuevos retos.

Y también es cierto que **4.** _____ mucho a mi familia, los amigos ¡y al perro! Sin

embargo, decidí hacer un constante esfuerzo para **5.** _____ en la cultura de esta

ciudad única. He visitado monumentos y **6.** _____ fascinantes aquí, pero lo más

fascinante es la gente. Empecé a **7.** _____ en actividades y esto me está ayudando a

conocer a nuevos amigos.

Ya no me **8.** _____ en el colegio residencial. Estoy en la casa de una familia que

es muy generosa conmigo. Ellos me han ayudado a **9.** _____ del colegio residencial a

su casa. Por ahora, todo va bien.

B. Mi sueño El sueño de Darci siempre ha sido poder estudiar en la UNAM, pero nunca había podido realizar su sueño por falta de dinero. Completa el párrafo con las palabras adecuadas para aprender cómo su sueño de estudiar en México se ha hecho realidad. Las palabras necesarias se encuentran en la lista que sigue.

hospedaje	trámites	colegiatura
asistencia financiera	historial académico	beca
vigente	estancia	gastos

Cuando decidí estudiar en el extranjero, tenía ganas de abordar el avión en ese mismo instante, pero

primero tuve que realizar algunos **1.** _____ administrativos. En primer lugar, como

no tengo mucho dinero, tuve que utilizar **2.** _____. Solicité una

3. _____ y para esto necesitaba enviar una copia oficial de mi

4. _____ y una copia **5.** _____ de mi pasaporte. Al final, la

universidad me aceptó y me ha hecho una oferta que va a cubrir la **6.** _____

de 12 créditos por semestre, y todos los otros **7.** _____ mensuales. ¡Incluso va a pagar el **8.** _____ con una familia mexicana! Tengo planeada una

9. _____ de dos semestres en México, D.F. ¡Mi sueño por fin se ha hecho realidad!

¿Puedes creerlo?

C. Antes de ir Darci está muy contenta de poder ir a estudiar a México, pero antes de ir, tiene algunas preguntas sobre lo necesario para instalarse en el nuevo entorno. Ayúdala a encontrar la palabra correcta para formular cada pregunta.

1. ¿Para qué quiero una _____?

La necesitas para retirar dinero de una máquina.

2. ¿Qué hago en una _____?

Es el lugar donde cambias dólares por pesos.

3. ¿Qué es una llamada _____?

Es una llamada telefónica de un país a otro.

4. ¿Para qué me sirve un _____?

Es para poder enchufar los aparatos de Estados Unidos, que usan una corriente distinta.

5. ¿Qué se hace en el _____?

Es donde los estudiantes pueden hospedarse. Muchos viven ahí porque está en el campus y es barato.

D. Servicio al turista Trabajas en un puesto de información turística en México, D.F. Todos los días, miles de turistas pasan por allí y te hacen preguntas sobre el transporte en México. A continuación hay una lista de los consejos que generalmente ofreces. Combina las frases de las dos columnas para que formen una oración completa y lógica.

_____ **1.** Para abordar el avión…

_____ **2.** Para tomar el metro…

_____ **3.** El viaje redondo es…

_____ **4.** Para comprar los pasajes…

_____ **5.** Para ahorrar dinero…

_____ **6.** Si el avión llega con retraso…

_____ **7.** Algunos hostales ofrecen…

_____ **8.** Es recomendable regatear…

_____ **9.** Las tarifas del autobús…

_____ **10.** Para más información…

_____ **11.** Si usted pierde el autobús…

_____ **12.** Para garantizar una plaza…

a. de ida y vuelta.

b. varían según el itinerario.

c. descuentos de 20% para estudiantes.

d. va a tener que pedir un aventón.

e. el precio antes de abordar un taxi.

f. necesita comprar una ficha.

g. se necesita la tarjeta de embarque.

h. debería reservarla con anticipación.

i. vaya a la taquilla.

j. no va a poder transbordar al otro vuelo.

k. pueden hospedarse en un hostal barato.

l. pueden leer este folleto.

Capítulo 4

Vocabulario

A. Algo para cada ocasión Son muchas las actividades que se pueden hacer en Santo Domingo. La Guía del Ocio en la Red asegura que hay muchas cosas para hacer si hace sol o si llueve. A continuación hay algunos ejemplos de actividades, pero necesitan ser catalogadas apropiadamente. ¿Cuáles son para realizarse adentro, cuando llueve? ¿Y cuáles es preferible hacerlas afuera cuando hace sol? Colócalas en la categoría apropiada.

el paracaidismo   las damas   los dardos
el ajedrez   la tablavela   el boliche
la escalada en roca   explorar cuevas   volar una cometa

Si llueve…   Si está soleado…

_____   _____

_____   _____

_____   _____

B. Amigos aburridos Tus amigos están muy aburridos y quieren practicar una actividad nueva. Cada uno está leyendo las instrucciones para diferentes juegos, pero hay algunas cosas que no entienden. Completa sus preguntas con las palabras que correspondan.

1. ¿Qué es _____?

Es arriesgar dinero en base al resultado. Si ganas, recibes dinero. Si pierdes, tienes que pagar.

2. ¿Qué es _____?

Es formar grupos de jugadores.

3. ¿Qué es _____?

Es voltear todos los bolos de una vez.

4. ¿Qué es _____?

Es mezclar las cartas.

5. ¿Qué es _____?

Es el círculo hacia donde apuntas los dardos.

6. ¿Qué es _____?

Es lo que ocurre cuando dos jugadores obtienen el mismo resultado final. Nadie gana, nadie pierde.

7. ¿Qué es _____ las cartas?

Es darle a cada jugador el mismo número de cartas.

C. Tostones ¿Te gustaría aprender a hacer tostones? ¡Son deliciosos! Esta receta tradicional de Puerto Rico es muy sencilla. Tu amiga boricua te ha mandado los pasos a seguir, pero no entiendes su letra muy bien. Completa la receta con las palabras que faltan.

pizca	sartén	recipiente
agregar	retirar	trozos
fuego alto	verdes	enfriar
remojar	descartar	freír

◆ Pelar los plátanos 1. _____ y cortarlos en 2. _____.

◆ Ponerlos en un 3. _____ con una 4. _____ de azúcar blanco y 5. _____ en agua fría unos 30 minutos.

◆ 6. _____ el agua y secar con papel absorbente.

◆ 7. _____ aceite abundante a una 8. _____ grande y calentar a 9. _____.

◆ Cuando el aceite está caliente, 10. _____ los plátanos cortados.

◆ 11. _____ del fuego, secar el aceite y dejar 12. _____.

D. Clase de cocina Preparar los tostones te pareció tan divertido que has decidido tomar clases de cocina. Durante la primera clase, el chef te enseñó algunos términos básicos. Para ayudarte a recordarlos, une cada palabra con su definición. Escribe la letra que corresponda al lado de cada número.

_____ 1. la canela

_____ 2. el mortero

_____ 3. la libra

_____ 4. la yema

_____ 5. sazonar

_____ 6. picar

_____ 7. maduro

_____ 8. picante

_____ 9. la olla

_____ 10. agrio

a. una forma de medir el peso (weight) de algo
b. que no está verde
c. cortar en trozos
d. poner especias a una comida para darle sabor
e. el recipiente que se usa para machacar
f. que tiene un sabor muy fuerte, con muchas especias
g. lo opuesto de dulce
h. la parte amarilla del huevo
i. especia de color marrón, muy aromática
j. recipiente de metal que se usa, por ejemplo, para hervir agua

Vocabulario

A. www.Cupido.com En este popular sitio de Internet puedes conocer a tu futura pareja. Para ayudarte a encontrarla, debes describir qué te gusta y qué no te gusta físicamente. ¿Qué tipo de cuerpo consideras atractivo? ¿Cómo quieres que sea la cara? ¿Hay un tipo de pelo que no te gusta mucho? Coloca cada una de las siguientes cualidades en la columna que corresponda.

calvo   cejas pobladas   lacio
mentón redondo   rizado   nariz aguileña
delgada de caderas   facciones delicadas   pequeña de estatura

El cuerpo	La cara	El pelo

B. ¿Y la personalidad? Es cierto que la primera impresión depende del aspecto físico, pero la personalidad también importa. Aquí hay partes de algunos anuncios personales de Cupido.com. ¿Con qué palabra puedes describir el carácter de cada una de estas personas? Escribe el número de la descripción al lado de la palabra o frase que mejor corresponda.

1. Se me caen cosas con frecuencia.
2. Sólo hago cosas para mí.
3. Me gusta besar y abrazar a mi pareja.
4. Soy impulsivo; si quiero algo, lo consigo.
5. Creo en la honestidad y el sentido común.
6. No tengo miedo de nada.
7. Nunca digo "gracias" ni "por favor".
8. Es imposible hacerme cambiar de opinión.

_____ **a.** maleducado

_____ **b.** sensato

_____ **c.** patoso

_____ **d.** valiente

_____ **e.** egoísta

_____ **f.** caprichoso

_____ **g.** terco

_____ **h.** cariñoso

C. De compras en Barcelona Tus mejores amigos están de viaje por España, y ayer fueron de compras en Barcelona. Éstas son algunas de las prendas que más les gustaron. ¿Puedes nombrarlas todas? Asegúrate de inlcuir el artículo definido apropiado.

1. _____

4. _____

2. _____

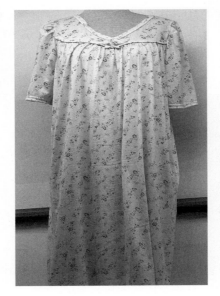

5. _____

3. _____

6. _____

7. _____

D. Hablando de moda Un periódico local en español te ha contratado para escribir un artículo sobre un desfile que va a ocurrir en tu ciudad. Tú no te consideras un(a) experto(a) en moda, pero aceptas el reto. Ahora tienes que prepararte y familiarizarte con algunos términos claves. Escribe el número de la definición al lado de la palabra o frase que mejor corresponda.

1. tipo de tela que se usa mucho para la lencería
2. expresión para describir algo que está de moda
3. algo absolutamente necesario
4. algo nuevo, diferente a todo lo anterior
5. los dibujos, imágenes o colores que cubren una prenda
6. mostrar lo bien que le queda una prenda
7. el nombre del diseñador o de la compañía textil
8. algo que llama la atención y causa una impresión duradera en la persona que lo ve

_____ **a.** innovador

_____ **b.** la marca

_____ **c.** impactante

_____ **d.** encaje

_____ **e.** imprescindible

_____ **f.** lucir un estilo

_____ **g.** en boga

_____ **h.** estampado

Capítulo 6

Vocabulario

A. Bolsa de trabajo ¡Buscar trabajo es mucho trabajo! Hay muchas opciones diferentes y cada una tiene sus requisitos. Completa los siguientes avisos clasificados para conocer cuáles son algunas de las vacantes en www.yahoraque.com.

capacitar   científicos   buena presencia   corredor de bolsa
implementar   supervisar   gerente de sucursal
agente de bienes raíces   vender acciones   jefe de finanzas

Se busca **1.** _____ con conocimiento de NASDAQ y DOW. Su tarea principal

será **2.** _____ en mercados internacionales como Wall Street.

Banco internacional busca **3.** _____ con un mínimo de cinco años de

experiencia previa en un puesto similar para administrar y **4.** _____

la más reciente adición a nuestra cadena de bancos.

Empresa bioquímica está contratando **5.** _____ con experiencia en el campo

de la genética. Se ofrece la posibilidad de **6.** _____ a la persona indicada

sobre los procedimientos de nuestro laboratorio.

"Mi Casa Es Su Casa" está buscando **7.** _____ con experiencia previa en

la compra y venta de casas y apartamentos. Debe tener **8.** _____ ya que

será la imagen de nuestra compañía para los clientes.

Compañía multinacional busca **9.** _____. Requisitos: un mínimo de 4 años

de experiencia previa, título de Maestría en Economía o Contabilidad, actitud emprendedora e

innovadora. Debe saber cómo **10.** _____ un plan para aumentar las ganancias

de la compañía.

B. Entrevista de trabajo A veces una entrevista de trabajo parece una interrogación policial. ¡Tantas preguntas! Pero, ¿crees que es más difícil entrevistar a alguien o ser entrevistado? Imagina que tú eres el/la jefe y tienes que entrevistar a un candidato. Completa las preguntas con la palabra correcta para saber si te gustaría contratar a esta persona. No todas las palabras de la lista se utilizan.

manejo	emprendedora	pensión	atributos
dispuesto	trabajar bajo presión	requisito	experiencia previa

JEFE: ¿Cuáles son sus **1.** _____ más relevantes para este puesto?

CANDIDATO: Soy muy organizado, puntual, responsable y presto atención a los detalles.

JEFE: ¿Está acostumbrado a **2.** _____?

CANDIDATO: Definitivamente. En mi puesto anterior tenía muchas responsabilidades y estaba a cargo de aspectos vitales para el buen funcionamiento de la compañía.

JEFE: ¿Es usted una persona **3.** _____?

CANDIDATO: Sin duda. Siempre busco nuevas formas de mejorarme y mejorar a la compañía. Sé cómo sugerir e implementar cambios positivos.

JEFE: Un **4.** _____ básico de este puesto es ser bilingüe.

¿Tiene buen **5.** _____ del español y el inglés?

CANDIDATO: Me he criado hablando las dos lenguas, así que no veo ningún problema en eso.

JEFE: ¿Tiene **6.** _____ en atención al cliente?

CANDIDATO: Sí, claro. Trabajé durante dos años como recepcionista y un año en un puesto de ventas.

JEFE: ¿Está **7.** _____ a trabajar los sábados?

CANDIDATO: Por supuesto. Mi horario es flexible y no tendría ningún problema en trabajar los fines de semana.

C. Un altruista ecológico Hay muchas organizaciones sin fines de lucro que ayudan al mundo. Alberto se ofreció de voluntario para Greenpeace y tuvo una experiencia muy buena que le gustaría compartir contigo. Para saber si te gustaría hacer lo mismo que Alberto, completa su breve historia con las palabras adecuadas.

repoblación	gratificante	prevenir
ofrecerme	rescate	remunerado
incendio forestal	gira	sequía

El año pasado decidí **1.** _____ a ayudar al medio ambiente. Obviamente

no lo hice por el dinero porque no esperaba ser **2.** _____. Lo hice

simplemente porque sabía que sería una experiencia **3.** _____. Nuestra

4. _____ me llevó a países como Costa Rica y El Salvador. En Costa Rica

nuestra misión fue el **5.** _____ de especies en peligro de extinción. En El Salvador, la

6. _____ causada por más de tres meses sin lluvias, fue nuestra preocupación más grande. El riesgo de un **7.** _____ era muy alto. Nosotros educamos a la gente sobre la **8.** _____ de bosques y selvas, y explicamos maneras de **9.** _____ un desastre ecológico como ése para que no ocurra en el futuro.

D. Voluntario indeciso Te ofrecen la posibilidad de ir a un pueblo de Panamá como voluntario, pero todavía no te has podido decidir si el voluntariado es para ti. Un representante de una organización sin fines de lucro está dispuesto a contestar todas tus preguntas. Para formular tus preguntas, completa los espacios en blanco con las palabras correspondientes.

desamparada	acueducto	pobreza	estipendio
impartir clases	potable	desnutrición	

TÚ: ¿Hay mucha **1.** _____?

REPRESENTANTE: Sí, mucha gente gana menos de 5 dólares por semana y no tiene dinero para las necesidades básicas.

TÚ: Entonces los casos de **2.** _____ deben ser numerosos, ¿no?

REPRESENTANTE: Claro, especialmente en los niños. A veces pasan días sin comer y no reciben las vitaminas y minerales necesarios.

TÚ: Pero hay agua **3.** _____, ¿cierto?

                     ¿No hay un **4.** _____ que lleva el agua al pueblo?

REPRESENTANTE: Bueno, sí, hay uno, pero no toda la gente utiliza el agua de allí. Por eso tenemos tantos problemas con enfermedades.

TÚ: Y las viviendas ¿cómo son?

REPRESENTANTE: Son bastante precarias, pero lo peor es que hay mucha gente **5.** _____ que ni siquiera tiene eso.

TÚ: La situación parece bastante mala. ¿Qué puedo hacer yo para ayudar?

REPRESENTANTE: Queremos a alguien que pueda **6.** _____ para educar a la gente sobre la prevención de enfermedades infecciosas. Sería información muy básica. No necesitas ser un experto.

TÚ: ¿Recibiré un **7.** _____ mensual?

REPRESENTANTE: Sí, pero no es mucho dinero.

Capítulo 7

Vocabulario

A. Recortes de diario Las noticias en el diario *El Vocero* de Ecuador no son muy buenas hoy. Parece que todos han decidido salir a protestar. El titular de la primera página dice "El día más caótico en Quito". Para poder informarte sobre qué es lo que causó tanto caos, une las frases de las dos listas para que formen una oración completa y lógica.

_____ 1. Un grupo de periodistas dice que la censura representa…

_____ 2. El portavoz de un grupo de escritores exige…

_____ 3. Mucha gente llevaba pancartas en…

_____ 4. Un grupo de activistas políticos propone un levantamiento para conseguir…

_____ 5. Un grupo de mujeres protesta para luchar contra…

_____ 6. Un grupo de inmigrantes hispanos se queja de la opresión y de…

_____ 7. Un grupo de ecologistas organizó una movilización…

a. el derrocamiento del gobierno actual.

b. pacífica, pero muy efectiva.

c. una violación de la Constitución.

d. la discriminación a la que son sometidos.

e. la liberación de uno de sus colegas.

f. la marcha más grande de este año en Quito.

g. el maltrato físico y la violencia doméstica.

B. Candidato a Congresista Pedro González quiere ser Congresista en La Paz y hoy está en campaña, dando un discurso para miles de personas. ¿Qué les promete? Completa las oraciones con las palabras adecuadas para enterarte.

igualdad	dignidad	vencer
privilegios	defensor	tomar medidas
discriminación	respeto	

¡Mis queridos compatriotas! Necesitamos a alguien en el Congreso que sepa defender nuestros

derechos. Yo soy ese **1.** _____ que los bolivianos estamos buscando.

Parece que los políticos de hoy se olvidaron lo que es la honestidad. En mis años de carrera política

siempre he conservado el honor y la **2.** _____. He sabido ganarme

el **3.** _____ de mis colegas y de mis superiores. Creo en la

4. _____ de la gente porque todos hemos sido creados de la misma

manera. No creo en **5.** _____ porque pienso que nadie tiene más derechos

que otra persona. Estoy totalmente en contra de la **6.** _____ en base al

grupo étnico, edad, sexo, o cualquiera sea el factor para crear segregación. Como Congresista, prometo

7. _____ para terminar con estas diferencias injustas. No tengo ninguna duda de que juntos vamos a **8.** _____ todos los obstáculos que la corrupción ha puesto en nuestro camino.

C. Ayuda legal Uno de tus compañeros de clase ha tenido problemas con la policía en Perú y ahora tiene que consultar a un abogado. Te pide que lo ayudes en entender qué dice su abogado. Para explicarle algunos de los términos que el abogado utiliza, une cada palabra con su definición.

_____ **1.** acusado

_____ **2.** daños

_____ **3.** condena

_____ **4.** cadena perpetua

_____ **5.** jurado

_____ **6.** denunciar

_____ **7.** disputa

_____ **8.** multa

a. hacer una acusación
b. dinero pagado como castigo
c. persona a quien se culpa de un crimen
d. pelea, discusión, desacuerdo
e. consecuencias negativas de un crimen
f. pasar la vida en la cárcel como castigo
g. sentencia, pena
h. personas que producen el veredicto en un caso

D. Escuela de policías Justo Ramos quiere unirse al cuerpo de la Policía Federal de Ecuador, pero no tiene idea ni de los conceptos más básicos relacionados con la lucha contra el crimen. Explícale algunos de los términos claves que todo policía debe saber. Une cada palabra con su definición.

_____ **1.** delito

_____ **2.** secuestrar

_____ **3.** manejar ebrio

_____ **4.** atentado

_____ **5.** asesinar

_____ **6.** estafar

_____ **7.** soborno

_____ **8.** plagiar

a. matar a alguien con premeditación
b. copiar el trabajo de otra persona sin autorización
c. ataque, acto de violencia
d. dinero que se da para obtener favores ilegales
e. sinónimo de crimen
f. conducir después de tomar mucho alcohol
g. quitar dinero a través de engaños y mentiras
h. tomar a una persona contra su voluntad y pedir dinero por su liberación

Capítulo (8)

Vocabulario

A. Arte 101 Tú y tus amigos han decidido tomar una clase en la cual se enseñan conceptos generales sobre distintos tipos de arte. Para demostrar cuánto has aprendido, une cada palabra con su definición.

_____ 1. fachada

_____ 2. tallar

_____ 3. sombra

_____ 4. técnica

_____ 5. revelar

_____ 6. contemporáneo

_____ 7. experimentar

a. que es del mismo tiempo o época en que se vive
b. modo de elaboración, manera de trabajar, procedimiento
c. frente de un edificio o casa
d. probar algo nuevo, intentar
e. proyección oscura en dirección opuesta a la luz
f. esculpir en madera o hacer marcas en metal
g. tratar químicamente un rollo de película para obtener imágenes

B. Exposición de arte Estás de viaje por Bogotá y vas a visitar el Museo Nacional de Colombia. En la entrada te dan un volante informativo con cosas para ver en el museo. Completa las oraciones con las palabras adecuadas para poder conocer más del museo.

artesanías	en el fondo	apreciar	mármol
datan	influencia	paisajes	rollos de película

Hay varias secciones en el museo: Arqueología, Arte, Historia y Etnografía. Las colecciones de historia

1. _____ del siglo XVI.

La sección de arte se divide en pintura, escultura y fotografía. Entre las pinturas, es posible

encontrar distintas interpretaciones artísticas de **2.** _____ de los campos

de Colombia. Generalmente se refleja a su gente en primer término y su naturaleza salvaje

3. _____. En la sección de escultura hay numerosas piezas de madera y también

algunas de **4.** _____. La parte más popular de nuestro museo es la de fotografía,

donde podemos **5.** _____ las imágenes de Antonio Salcedo, un artista local que utiliza

casi exclusivamente **6.** _____ blanco y negro. Finalmente, en la sección de Etnografía

se encuentran **7.** _____ indígenas elaboradas a mano, que reflejan la

8. _____ de los primeros habitantes de Colombia.

C. En la Feria del Libro Cada año en Caracas se realiza la Feria del Libro, donde muchos autores presentan sus obras más recientes. María Luisa tuvo la oportunidad de ir, y ahora quiere compartir su experiencia contigo. Completa las oraciones con las palabras adecuadas para saber cómo fue la Feria del Libro este año.

cuento de hadas	lectores	tapa dura	renombrados
novela rosa	seudónimos	ejemplares	

Había mucha gente en el puesto de una autora mexicana que escribió una **1.** _____

llamada *Te amo, te odio.* Yo nunca había escuchado ese título. Me pareció que era simplemente

una historia más de amor y romance. No era nada especial, pero estaban vendiendo muchísimos

2. _____ de tapa rústica, y hasta tenían una edición especial de

3. _____. Como no me interesaba, me fui a otra sección. Pasé por el

puesto de libros para niños, donde promocionaban un nuevo **4.** _____.

Por fin llegué al sector de ficción. Había muchos **5.** _____ como yo que

querían saludar a los autores **6.** _____. Yo conocía a varios de ellos por sus

7. _____ pero no sabía sus nombres verdaderos. Fue muy interesante aprender más de

la vida de ellos y conocerlos en persona.

D. ¡Enséñame literatura! Una compañera de clase se ha unido a un club de lectores, pero tiene problemas en comentar los libros cada semana. Ella dice que necesita aprender las palabras adecuadas para hablar de literatura. ¿Puedes ayudarla? Une cada palabra con su definición.

_____ **1.** trama

_____ **2.** protagonista

_____ **3.** realismo

_____ **4.** relatar

_____ **5.** revelar

_____ **6.** narrador

_____ **7.** ficción

a. la voz que cuenta la historia
b. contar una historia
c. personaje principal
d. género literario que se basa en hechos no reales
e. historia
f. género literario que refleja la vida real
g. exponer, mostrar, descubrir

Capítulo 9

Vocabulario

A. Bill Gates y su abuelo Bill está conversando con su abuelo sobre su trabajo. El abuelo de Bill no está muy familiarizado con la alta tecnología, y mucho menos con los términos usados por los expertos en computadoras. Ayúdalo a Bill a explicarle a su abuelo los siguientes términos. Une cada palabra con su definición.

_____ **1.** buscador

_____ **2.** contraseña

_____ **3.** foro de debate

_____ **4.** banda ancha

_____ **5.** sistema operativo

_____ **6.** usuario

_____ **7.** almacenar

_____ **8.** recuperar

a. sirve para enviar y recibir información más rápidamente
b. guardar, poner ficheros en un lugar de la memoria
c. persona que tiene acceso a un sitio o un sistema
d. sirve para proteger la confidencialidad, limitando el acceso
e. obtener información que estaba guardada
f. sirve para encontrar información en Internet
g. lugar en Internet para expresar opiniones
h. conjunto de programas necesarios para que una computadora funcione correctamente

B. No podría vivir sin... Todos tenemos una cosa que nos parece indispensable. Claro que no todos estamos de acuerdo en cuál es esa cosa. Depende de cómo sea nuestra vida. A continuación están las opiniones de distintas personas acerca de qué consideran imprescindible en sus vidas. Completa las oraciones con las palabras adecuadas, según corresponda. No todas las palabras de la lista son usadas.

el transbordador espacial	la cerilla	el marcapasos	la pila
el envase de burbuja	la rueda	el helicóptero	
el recargador	la herramienta	la anestesia	

Un millonario dice: "No podría vivir sin **1.** _____. Es mi única forma de transporte. No soporto el tráfico, y mi avión es solamente para viajes de larga distancia."

El dueño de la compañía Ford dice: "No me imagino la vida sin **2.** _____. Es uno de los inventos más antiguos, pero es absolutamente necesario para un automóvil. Mi compañía no existiría sin este invento."

Un empleado de una compañía de mudanzas dice: "Creo que un invento extremadamente útil que muy poca gente valora es **3.** _____ porque sin él muchas cosas se romperían y sería muy complicado transportar objetos frágiles."

Un dentista dice: "El mejor invento humano es sin duda **4.** _____. Si no existiera, mis pacientes sentirían mucho dolor cada vez que me visitan."

Un astronauta dice: "Es posible que no sea algo necesario para vivir, pero para mí es inimaginable la vida sin **5.** _____. Al menos, la vida sería muy aburrida sin este invento porque no podríamos explorar otros planetas."

Una agente de bienes raíces dice: "Aparte de mi teléfono celular, no podría vivir sin

6. _____ porque la pila se acabaría y el teléfono sería inútil."

Un paciente dice: "Literalmente no podría vivir sin **7.** _____ después del ataque cardíaco que sufrí el año pasado."

C. Médico altruista Uno de tus compañeros se ha ofrecido de voluntario para ayudar a enfermos en el norte de Argentina, pero tiene problemas en entender algunos términos médicos en español. ¿Puedes ayudarlo? Une cada palabra con su definición.

_____ **1.** el cordón umbilical

_____ **2.** la prueba de ADN

_____ **3.** clonar

_____ **4.** la médula

_____ **5.** el remedio

_____ **6.** el gen

_____ **7.** la infertilidad

a. crear una copia genéticamente exacta
b. lo que se usa para curar una enfermedad
c. condición que impide tener hijos biológicos
d. lo que conecta al embrión con la madre
e. procedimiento que determina si existe una relación genética
f. material que se encuentra dentro de los huesos
g. la unidad genética más pequeña

D. Foro de debate Estás realizando investigación en Internet sobre los progresos de la tecnología y encuentras un foro de debate de Uruguay, donde la gente ha escrito sus opiniones. El monitor de tu computadora no es muy bueno y no puedes leer claramente algunas de las palabras. Completa los párrafos para saber qué opinan estos uruguayos sobre la ciencia y la tecnología.

el perfil genético	los espías cibernéticos	el robo de identidad	trangénicas
los derechos de autor	la confidencialidad	la cuestión ética	la piratería

Yo creo que poder descargar música y películas en Internet es abrir las puertas a

1. _____. Está claro que obtener los archivos sin pagar por ellos es una

violación de **2.** _____.

Gustavo, de Punta del Este

Ese no es un peligro muy grande. Después de todo, los artistas ya ganan bastante dinero. En mi opinión, el

peligro más grande de Internet es **3.** _____ ya que muchos sitios no protegen

4. _____ de los usuarios. Actualmente, es muy fácil para

5. _____ acceder a tu número de identidad, tu cuenta del banco o tu tarjeta de

crédito.

Cristina, de Montevideo

No puedo creer que la gente se preocupe por cosas tan frívolas como esas. Todos esos problemas pueden prevenirse con un poco de sentido común. Que te quiten tu número de tarjeta de crédito es algo menor comparado con la posibilidad de que los doctores obtengan **6.** _____ de una persona y la clonen. Eso sí que es jugar con la vida de las personas.

Marta, de Colonia

Marta, entiendo que te preocupa **7.** _____ asociada con la clonación humana. Sin embargo, creo que el avance científico al que te refieres también tiene sus beneficios, como por ejemplo detectar enfermedades **8.** _____ y prevenir mutaciones.

Federico, de La Paloma

Capítulo 10

Vocabulario

A. Futuro presidente En Chile, uno de los candidatos a presidente para las próximas elecciones está siendo entrevistado por las noticias locales. Uno de los temas más relevantes este año es la inmigración. Completa la entrevista con las palabras adecuadas para conocer cuál es la opinión de este candidato. No todas las palabras son usadas.

identidad cultural	mano de obra	bilingüismo
causas subyacentes	racismo	desempleo
lengua materna	indocumentados	identidad cultural
política migratoria	fuga de cerebros	brecha

PERIODISTA: ¿Qué planes tiene para reformar la **1.** _____ actual?

CANDIDATO: Las leyes actuales son eficaces. No creo que sea necesario reformarlas. Yo creo que

primero hay que entender las **2.** _____. Si no entendemos por

qué ocurre, nunca vamos a poder resolver nada.

PERIODISTA: ¿Y por qué cree usted que llegan tantos inmigrantes a nuestro país?

CANDIDATO: Es obvio que el problema está en que nuestros países vecinos tienen mucho

3. _____, lo cual hace que la gente venga a Chile a

buscar trabajo.

PERIODISTA: ¿Qué impacto tiene esto en nuestra economía?

CANDIDATO: El impacto que me preocupa más es el social. Una de las consecuencias más horribles

que estamos viendo es el **4.** _____. Los inmigrantes son

discriminados y maltratados por el mero hecho de no haber nacido en este país

o por tener la piel más oscura. ¡Es ridículo!

PERIODISTA: ¿Qué soluciones propone usted?

CANDIDATO: Educar es fundamental. Tenemos que aprender a respetar la

5. _____ de estas personas. No sirve de nada

imponer nuestras costumbres o nuestra forma de hablar. Muchos de ellos, por ejemplo,

no hablan muy bien el español porque su **6.** _____

es el aymara o quechua.

PERIODISTA: Pero el idioma oficial de Chile es el castellano. ¿No creen que deben aprenderlo para poder integrarse?

CANDIDATO: Estoy absolutamente de acuerdo, pero también pueden seguir hablando el dialecto que aprendieron en su patria. El **7.** _____ no es nada nuevo para Chile. Creo que debemos aprender de Paraguay en ese aspecto.

B. Desafíos estudiantiles Uno de tus vecinos ha ido a estudiar a la Universidad Católica en Santiago de Chile, y está muy interesado en poder entender los desafíos sociales que afectan los estudiantes. No tiene un buen manejo del español y te pide que le expliques algunas palabras útiles para poder hablar de este tema con los otros estudiantes. Une cada palabra con la definición que corresponda.

_____ **1.** fuga de cerebros

_____ **2.** barrera

_____ **3.** brecha

_____ **4.** pandilla

_____ **5.** inquietud

_____ **6.** restringir

_____ **7.** imponer

a. preocupación, miedo
b. forzar, obligar, mandar
c. obstáculo, límite, algo que impide el éxito
d. distancia cronológica o social que divide dos grupos
e. poner límites
f. grupo de jóvenes que se dedica a actividades ilegales
g. emigración masiva de estudiantes o graduados

C. Acciones ecológicas Rocío va a viajar a Asunción para dar una conferencia en ecología, y quiere que la ayudes a familiarizarse con todas estas acciones relacionadas al medio ambiente. Une cada verbo con la definición que corresponda.

_____ **1.** cazar

_____ **2.** talar

_____ **3.** agotar

_____ **4.** concienciar

_____ **5.** deteriorar

_____ **6.** carecer

_____ **7.** abundar

_____ **8.** rescatar

a. educar, informar
b. no tener, faltar
c. salvar, sacar del peligro
d. matar animales por comida o entretenimiento
e. acabar, terminar, consumir por completo
f. cortar árboles para obtener madera
g. empeorar, dañar
h. haber exceso de algo, existir en gran cantidad

D. Causas y consecuencias Para entender el impacto que el ser humano tiene en el medio ambiente, hay que conocer bien tanto las causas como las consecuencias. Algunas tienen un impacto mayor que otras, pero todas son importantes. ¿Puedes identificar qué consecuencia tiene cada causa? Escribe la letra que corresponda a cada número.

CAUSAS

_____ **1.** el efecto invernadero

_____ **2.** los residuos radioactivos

_____ **3.** la expansión de ciudades

_____ **4.** la cacería

_____ **5.** la construcción de presas

_____ **6.** la descomposición

_____ **7.** el consumo

CONSECUENCIAS

a. la explotación del suelo
b. los deshechos
c. el agotamiento
d. la creación de embalses
e. el calentamiento global
f. las mutaciones genéticas
g. los animales en peligro de extinción

Estructuras

Capítulo 1

Estructuras

A. Conociendo a Javier Cada cultura tiene diferentes maneras de celebrar ocasiones especiales. Javier Rosenbrock Spinetta, un estudiante de Argentina, quiere compartir más sobre las celebraciones en su familia. Para saber cómo celebran en la Patagonia, completa el párrafo con la forma correcta del verbo entre paréntesis. Utiliza el tiempo presente del indicativo.

Mi familia y yo siempre **1.** _____ (festejar) las fiestas patrias argentinas con una

buena parrillada *(barbecue)*, en la que todos nosotros **2.** _____ (degustar) distintos

tipos de carne. Mis tíos y mis primos **3.** _____ (venir) a almorzar con nosotros.

En nuestras celebraciones **4.** _____ (abundar) la buena comida. Mi madre

5. _____ (superarse) cada año y nos **6.** _____ (sorprender)

con un platillo exquisito. Su ascendencia italiana definitivamente

7. _____ (influir) en su comida. Mi padre **8.** _____

(destacarse) por sus habilidades en la pista de baile. Mi familia **9.** _____ (valorar)

mucha la amistad. Nosotros **10.** _____ (acoger) a todos los que quieran compartir

un buen momento juntos.

B. Un día en clase Leonardo es un estudiante mexicano que ha venido por primera vez a los Estados Unidos para cursar un semestre. Está cansado y no tiene ganas de escuchar al profesor de historia, entonces comienza a escribir una carta para sus padres en México. Para conocer más acerca de su experiencia en este país, completa su mensaje con la forma correspondiente en el presente de los verbos **ser, estar, haber** y **tener.**

Hoy **1.** _____ lunes. **2.** _____ las ocho y cuarto de la

mañana y mis compañeros y yo **3.** _____ en la clase de historia. La clase

4. _____ muy aburrida, pero me gusta mucho la gente que estoy conociendo

en esta universidad. **5.** _____ una gran diversidad de gustos e intereses, de

tamaños y colores, de edades y ascendencias; no **6.** _____ un estudiante

típico. Los estudiantes **7.** _____ de ascendencia irlandesa, africana, alemana,

japonesa, italiana, mexicana e indígena. Algunos **8.** _____ rubios y otros

9. _____ morenos; algunos **10.** _____ ojos azules y otros

11. _____ ojos marrones. La mayoría **12.** _____ veinte años,

pero algunos **13.** _____ mayores. Ahora **14.** _____ aprendiendo

acerca de la llegada de Cortés a México. Yo 15. _____ aburrido y por eso les
16. _____ escribiendo. También 17. _____ hambre porque todavía
no desayuné, pero afortunadamente en la universidad 18. _____ varios lugares para
comprar comida. Otro día les escribo más. Ahora voy a prestarle atención al profesor de historia.

C. Otra contribución hispana No hay duda que muchos hispanos contribuyen al desarrollo de los
Estados Unidos. Este párrafo trata de uno de ellos. Para conocer más sobre este hispano ilustre, completa el
párrafo con un artículo definido, un artículo indefinido o ningún artículo.

1. _____ doctor Edmond J. Yunis es **2.** _____ profesor de Patología en **3.** _____ Escuela Médica
de Harvard. **4.** _____ año pasado, en **5.** _____ ceremonia muy grande en Los Ángeles, recibió **6.**
_____ premio de "Científico Hispano del Año" en Estados Unidos. Este es **7.** _____ premio muy
prestigioso que reconoce a **8.** _____ científico o **9.** _____ científica del mundo hispano. En esta
ocasión se reconoció a este doctor colombiano, por su participación en **10.** _____ promoción de
11. _____ ciencias entre **12.** _____ jóvenes latinos en Estados Unidos. **13.** _____ científico
dice que va a continuar dando **14.** _____ conferencias por Estados Unidos donde les habla a
15. _____ jóvenes sobre **16.** _____ poder de **17.** _____ educación y **18.** _____ perseverancia.

D. Todos somos iguales Claudia, una estudiante de Uruguay, y Cecilia, de Chile, están charlando sobre
sus países. Las comparaciones son inevitables, pero encuentran muchas cosas en común. Completa las
oraciones que ellas dicen, modificando el adjetivo para que concuerde en género y número.

1. Mi mejor amiga en Uruguay es charlatana. Tus amigas en Chile también son

_____ .

2. La gente de mi país es encantadora. Los chilenos también son _____ .

3. En mi país hay una minoría francesa. En tu país también hay inmigrantes _____ .

4. La música de mi país es variada. Los ritmos bailables de tu país también son

_____ .

5. Los atractivos de mi país son alucinantes. La geografía de tu país también es

_____ .

6. El clima en verano en Santiago es húmedo. En Montevideo los veranos también son

_____ .

7. Mi país tiene zonas rocosas. En tu país también hay lugares _____ .

8. En mi país el clima no es tropical. ¿Tu país tiene áreas _____ ?

Estructuras

A. Una familia perfecta ¿Crees que es imposible tener una familia perfecta? María Luisa dice que la familia perfecta existe y es la suya. Si quieres conocer más acerca de esta familia ideal, completa el párrafo con la forma correcta en el presente perfecto de cada verbo entre paréntesis.

Mis padres me **1.** _____ (criar) de una manera excelente.

Ellos y yo siempre **2.** _____ (comunicarse) francamente. Yo

3. _____ (poder) contar con mis padres en toda ocasión.

Mis hermanos y yo nunca **4.** _____ (pelearse). En mi casa siempre

5. _____ (haber) armonía. La relación de mis padres siempre

6. _____ (ser) estable y cariñosa. La duradera relación de mis padres

me **7.** _____ (hacer) más optimista sobre mi futura pareja.

Todavía no **8.** _____ (encontrar) a esa persona especial, pero no

tengo dudas que la voy a encontrar. Mi madre me **9.** _____ (decir)

más de una vez que debo ser paciente. ¿Y tú? ¿**10.** _____ (tener)

tanta suerte en tener una familia como la mía?

B. Una celebración caótica La primera comunión del hijastro de Luis no fue para nada ideal. Luis llegó tarde y no estuvo presente para muchos de los caóticos eventos. Completa el párrafo con la forma correcta de los verbos en el pluscuamperfecto para saber qué cosas ya habían ocurrido cuando Luis llegó a la fiesta.

Mi primo hermano ya **1.** _____ (emborracharse). Mis sobrinos ya

2. _____ (pelearse) por un malentendido. Mi madre ya

3. _____ (regañar) a mis hermanos menores quince veces. Todos los

globos **4.** _____ (explotar). Nadie **5.** _____

(bendecir) la mesa. Mi hijastro ya le **6.** _____ (hacer) bromas al cura.

Mi tío abuelo ya **7.** _____ (contar) chistes inapropiados. El novio de

mi sobrina **8.** _____ (prender) una fogata en el comedor. La niñera

9. _____ (intentar) prevenir todos estos problemas, pero obviamente

10. _____ (fracasar).

C. Una historia de Navidad Para mucha gente, la Navidad es una de las tradiciones familiares preferidas. Definitivamente lo es para Natalia, quien nos cuenta la historia a continuación. Completa el párrafo con las formas correctas del pretérito o imperfecto, según el contexto.

Cuando yo **1.** _____ (ser) niña, me **2.** _____ (encantar) la Nochebuena. Por la tarde mi familia y yo siempre **3.** _____ (decorar) el árbol con adornos mientras **4.** _____ (cantar) villancicos. Luego, después de una cena deliciosa **5.** _____ (quedarse) de sobremesa para contar historias y chistes. Más tarde, a la medianoche, **6.** _____ (ir) a la misa del gallo. Después de eso mis hermanos y yo **7.** _____ (acostarse) para esperar a Papá Noel.

Este año yo **8.** _____ (trasnochar), envolviendo los regalos y haciendo los otros preparativos. **9.** _____ (Ser) las cuatro de la madrugada cuando por fin **10.** _____ (acostarse). Mi hijo me **11.** _____ (despertar) a las seis menos cuarto. Con mucho sueño, yo **12.** _____ (ver) la cara de mi hijo y por un momento yo **13.** _____ (creer) otra vez en Papá Noel.

D. El valor de la amistad En los países hispanos es muy común considerar a los amigos como parte de la familia. La historia de Blanca y Clara, dos amigas muy cercanas, es un buen ejemplo. Completa el párrafo con las formas correctas del pretérito o imperfecto, según corresponda.

Yo **1.** _____ (conocer) a Clara hace 14 años. Nos conocemos desde que nosotras **2.** _____ (ser) niñas. Nos **3.** _____ (criar) juntas. Su madre **4.** _____ (casarse) con mi padre cuando Clara **5.** _____ (tener) ocho años y yo **6.** _____ (tener) diez. Cuando **7.** _____ (ser) pequeñas **8.** _____ (pelear) a menudo y nuestros padres nos **9.** _____ (regañar) pero nosotras siempre **10.** _____ (hacer) las paces. Hoy seguimos siendo hermanas y amigas.

Estructuras

A. Viajando por México Darci finalmente ha llegado a México y ya ha tenido algunas aventuras que contar. Para saber exactamente qué ha estado haciendo en su estancia en México, completa la carta que ella les escribió a sus padres con **por** or **para**.

Salimos 1. _____ México el domingo 2. _____ la noche. Primero visitamos

Teotihuacán, una ciudad indígena que fue abandonada 3. _____ razones desconocidas. Luego,

fuimos a Chichén Itzá 4. _____ ver las ruinas. Allí había puestos donde vendían cosas

5. _____ los turistas. Compré un sombrero y unas postales. El sombrero es gigante y

pagué sólo 10 dólares 6. _____ él. Las postales son 7. _____ ustedes. En

México, D.F. pasamos 8. _____ muchos puntos turísticos. 9. _____ desgracia,

no tuvimos tiempo 10. _____ visitar la UNAM. En el hotel, intenté regatear el precio pero

no sirvió 11. _____ nada. 12. _____ lo menos nos dieron un desayuno completo

13. _____ la mañana.

B. Una historia de amor estudiantil Ryan es un estudiante estadounidense, y Julieta es una estudiante mexicana. Los dos van a la UNAM y tienen una historia muy apasionada que contar. Para conocer su historia, completa el párrafo con la forma correcta de los verbos entre paréntesis. Utiliza el pretérito o el imperfecto, según corresponda, y decide si el verbo debe ser reflexivo o no.

Ryan y Julieta 1. _____ (conocer/se) en la UNAM. Al principio

2. _____ (odiar/se) tanto que ni siquiera 3. _____ (mirar/se)

a los ojos. Ryan 4. _____ (jactar/se) de ser mejor que Julieta; y Julieta

5. _____ (quejar/se) de que Ryan era muy arrogante. Un día, Julieta

6. _____ (dar/se) cuenta de que no tenía sentido ser enemigos, y

7. _____ (probar/se) ser amiga de Ryan. Ellos 8. _____

(acordar/se) dejar de pelear. Este plan 9. _____ (parecer/se) funcionar por

un tiempo, pero cuando Ryan no 10. _____ (acordar/se) del cumpleaños de Julieta,

ella 11. _____ (poner/se) muy furiosa y 12. _____ (arrepentir/

se) de su decisión de ser amiga de Ryan.

C. Estudiar en México El semestre ha comenzado en la UNAM y Darci ya ha aprendido mucho sobre la vida estudiantil. Completa las oraciones con las expresiones negativas apropiadas para conocer cómo va su experiencia. Algunas expresiones se usan más de una vez, y algunas no se usan ni siquiera una vez.

nada	nunca	ningún/o/a	jamás
nadie	tampoco	ni… ni…	todavía no

1. Conozco a algunas profesoras de física, pero no conozco a _____ profesora de química.

2. Siempre hay exámenes sorpresivos en la clase de matemática, pero _____ en la clase de geografía.

3. Algunos estudiantes de la UNAM son de Estados Unidos, pero _____ estadounidense está en mis clases.

4. Siempre traigo mi comida de casa; _____ como en la cafetería de la universidad.

5. Alguien en mi clase sabe un poco de inglés, pero _____ ha estado en los Estados Unidos.

6. Me dijeron que algunos libros son baratos, pero yo no pude encontrar _____.

7. El profesor López siempre nos da algo que hacer de tarea, pero la profesora Muñoz _____ nos da _____ de tarea.

8. Quería tomar una clase de historia o una de literatura, pero ahora parece que no voy a poder darme de alta _____ en la clase de historia _____ en la clase de literatura.

9. Yo ya me inscribí, pero _____ he comenzado a cursar.

D. Recorridos turísticos Darci está pensando en realizar un recorrido turístico con Estudiantours, pero no está segura cuál elegir. Para ayudarla en su elección, completa las siguientes comparaciones entre dos de los recorridos, según la información dada. En cada caso decide si debes usar una forma de igualdad o desigualdad.

1. El recorrido "Cozumel" dura seis horas. El recorrido "Tulúm" también dura seis horas.

   El recorrido "Cozumel" dura _____ el recorrido "Tulúm".

2. El recorrido "Cozumel" cuesta $N728,00. El recorrido "Tulúm" cuesta $N897,00.

   El recorrido "Cozumel" cuesta _____ el recorrido "Tulúm".

3. El recorrido "Tulúm" tiene diez paradas. El recorrido "Cozumel" tiene ocho paradas.

   El recorrido "Tulúm" tiene _____ el recorrido "Cozumel".

4. En el recorrido "Tulúm" pueden ir veinte pasajeros. En el recorrido "Cozumel" pueden ir treinta pasajeros.

   En el recorrido "Tulúm" pueden ir _____ en el recorrido "Cozumel".

5. En el recorrido "Cozumel" hay dos guías. En el recorrido "Tulúm" también hay dos guías.

En el recorrido "Tulúm" hay _____ en el recorrido "Cozumel".

6. Todos los días, el recorrido "Tulúm" ofrece una salida. Todos los días, el recorrido "Cozumel" ofrece dos salidas.

Todos los días, el recorrido "Tulúm" ofrece _____ el recorrido "Cozumel".

7. El itinerario del recorrido "Cozumel" es interesante. El itinerario del recorrido "Tulúm" también es interesante.

El itinerario del recorrido "Cozumel" es _____ el itinerario del recorrido "Tulúm".

8. El autobús del recorrido "Cozumel" es muy bueno y tiene asientos muy cómodos. El autobús del recorrido "Tulúm" es malo y ni siquiera tiene aire acondicionado.

El autobús del recorrido "Cozumel" es _____ el autobús del recorrido "Tulúm".

Capítulo 4

Estructuras

A. Opiniones en la cocina Tres amigos —Alberto, Beatriz y Carlos— abrieron un restaurante nuevo que sirve comida cubana. Ahora sólo tienen que crear el menú, pero no parece ser algo fácil ya que cada uno tiene opiniones distintas. Completa el diálogo a continuación para saber qué decisiones han tomado. Utiliza la forma correcta del subjuntivo presente para cada verbo.

ALBERTO: Yo no creo que nosotros **1.** _____ (poder) tener más de diez opciones para el plato principal.

BEATRIZ: Estoy de acuerdo. De lo contrario, es posible que el chef **2.** _____ (enojarse) con nosotros.

CARLOS: ¡Yo dudo que **3.** _____ (haber) más de diez platillos cubanos en el mundo!

ALBERTO: Eso no es cierto. Tú sólo tienes miedo de que nuestro menú no **4.** _____ (ser) variado.

CARLOS: No sé. Ojalá que nuestro restaurante **5.** _____ (tener) más de dos platillos en el menú.

BEATRIZ: Bueno, si van a pelear así, no vamos a tener ningún platillo. Es importante que nosotros

6. _____ (organizarse) y **7.** _____ (utilizar) bien el tiempo.

ALBERTO: Tienes razón. Carlos, espero que tú también **8.** _____ (estar) de acuerdo.

CARLOS: Sí, está bien. No vamos a pelear. Pero honestamente prefiero que ustedes

9. _____ (elegir) los platillos del menú. Yo no sé nada de la cocina cubana.

BEATRIZ: Me alegro que tú **10.** _____ (pensar) eso, Carlos. Es lo mejor para el restaurante. Alberto y yo vamos a crear el menú. Tú puedes encargarte de la decoración.

B. Consejos y sugerencias Trabajas en la recepción del Hotel Villa Cuba en Varadero. Los turistas siempre te piden consejos sobre qué hacer en la isla. A continuación hay algunos de ellos. Completa las oraciones con la forma correcta del verbo entre paréntesis. Decide si debes usar el indicativo, el subjuntivo o el infinitivo, según corresponda.

1. Les aconsejo que _____ (ir) al recital de merengue hoy por la noche.

2. Creo que _____ (haber) una bolera cerca del hotel.

3. Sugiero que tú _____ (probar) un buen platillo de "moros y cristianos".

4. No creo que practicar tablavela _____ (costar) mucho dinero.

5. Les recomiendo _____ (explorar) las cuevas que están cerca de la costa.

6. No dudo que la mejor actividad de la isla _____ (ser) navegar a vela.

7. Es imposible que los turistas no _____ (entretenerse) en esta ciudad tan bonita.

8. Me sorprende que el casino no _____ (ofrecer) más mesas de Veintiuna.

9. Estoy contento de que a usted _____ (gustar) Cuba.

10. Les propongo que _____ (volver) a Varadero el año próximo.

C. Asistente del chef La Casa del Chuletón en San Juan de Puerto Rico acaba de contratarte como asistente del chef. Eres tan eficiente que ya has hecho todo lo que el chef te pide. Contesta cada una de sus órdenes con la forma de **estar** + participio pasado.

Ejemplo   ¡Decora los pasteles!
           Ya están decorados.

1. ¡Adoba el pollo!

   Ya _____.

2. ¡Abre esa lata!

   Ya _____.

3. ¡Hierve los plátanos!

   Ya _____.

4. ¡Cubre ese recipiente!

   Ya _____.

5. ¡Bate las yemas!

   Ya _____.

6. ¡Escribe la receta!

   Ya _____.

7. ¡Derrite la mantequilla!

   Ya _____.

8. ¡Sazona el arroz!

   Ya _____.

9. ¡Fríe los mariscos!

   Ya _____.

D. Cambio de planes Tú y tus amigos habían dedicado el día entero al ocio. Pensaban hacer muchas actividades divertidas, pero algo salió mal cada vez. Nadie quiere tener la culpa de arruinar un día libre. Utiliza el *se accidental* para contar qué problemas tuvieron. Completa las oraciones con la forma apropiada en pretérito del verbo entre paréntesis.

1. Primero pensamos jugar a los dardos, pero a mi amigo Darío

   _____ (perder) los dardos.

2. Después yo sugerí ir a remar, pero a mis amigos Rodrigo y Roberto

   _____ (olvidar) los remos.

3. Entonces, mi amiga Cora sugirió ir a volar una cometa al parque, pero a mí

   _____ (romper) el cordón de la cometa.

4. Andrés, que estaba aburrido, quería ir a apostar al casino, pero a nosotros

   _____ (acabar) el dinero.

5. Valeria sugirió jugar a la Veintiuna entre nosotros sin apostar nada, pero a mi amigo Camilo

   _____ (quedar) las cartas en casa.

6. Yo pensé que era una buena idea ir a montar en la montaña rusa, pero al parque de atracciones

   _____ (descomponer) la montaña rusa.

7. Finalmente, mi amiga Eva sugirió ir a la exposición de arte, pero cuando llegamos nos informaron

   que al artista _____ (caer) todas las piezas de cerámica.

Estructuras

A. Después del desfile Fuiste al gran desfile de modas de tu ciudad y ahora tus amigos quieren saber cómo fue. Responde a sus preguntas utilizando los pronombres de objeto directo que sean necesarios.

1. ¿Quién llevaba la cazadora?

_____ llevaba una modelo muy alta.

2. ¿Saludaste a las modelos?

Sí, _____ saludé.

3. ¿Viste a Antonio Miró y Agatha Ruiz de la Prada?

No, no _____ vi.

4. ¿Admiras a esos diseñadores?

Sí, _____ admiro mucho.

5. ¿Sacaste fotos de las prendas?

Sí, _____ saqué.

6. ¿Quién vestía el gorro de lana?

_____ vestía un muchacho muy guapo.

7. ¿Vendían las prendas después del desfile?

_____ vendían, pero eran muy caras.

8. ¿Compraste un atuendo de Miguel Palacio?

No, no pude comprar _____.

B. Lista de regalos Estás de buen genio y te sientes generoso. Para demostrarles a tus parientes y tus amigos cuánto los quieres, decides hacer una lista de regalos. Complétala colocando los pronombres de objeto indirecto que correspondan.

1. _____ voy a comprar una gargantilla a mi hermana.

2. _____ voy a enviar unos jerseys a mis padres.

3. Voy a regalar _____ unos pantalones a ti.

4. Voy a dar _____ un camisón a mi tía.

5. _____ voy a mandar unas gorras de béisbol a mis sobrinos.

6. Y voy a comprar _____ unos zapatos planos para mí.

C. Anuncio personal Anabel decidió poner un anuncio personal en Cupido.com para conocer a su pareja ideal. Ella quiere asegurarse de que su anuncio la describe bien. Completa sus oraciones conjugando los verbos entre paréntesis.

A mí **1.** _____ (encantar) ir de compras y pasar el día en el centro comercial.

Generalmente hago eso con mis amigas. A nosotras **2.** _____ (fascinar) las prendas

que están en boga. A mí **3.** _____ (molestar) la gente que no tiene paciencia para ir

de compras. Espero que a ti **4.** _____ (gustar) los centros comerciales tanto como

a mí. ¡El problema es que a mí siempre **5.** _____ (faltar) el dinero suficiente para

comprar todo lo que **6.** _____ (gustar)! A mis padres no **7.** _____

(importar) qué hago con mi dinero. A mi familia **8.** _____ (parecer) bien que yo

gaste dinero en ropa si eso me hace feliz.

D. Para conocerte mejor Alguien vio el anuncio personal de Anabel y está interesado en conocerla. Le ha enviado un mensaje de correo electrónico con varias preguntas. Ayuda a Anabel a responderlas, usando los pronombres de objeto directo, de objeto indirecto o pronombres de objeto dobles cuando sea necesario.

1. ¿Das dinero a los pobres?

No, nunca _____ _____ doy.

2. ¿Vas a decirme siempre la verdad?

Sí, siempre _____ _____ diré.

3. ¿Te gusta contar cuentos a los niños?

No, no me gusta contár _____.

4. Generalmente, ¿tienes que pedir dinero a tus padres?

Sí, a veces _____ _____ tengo que pedir.

5. Cuando vas al centro comercial, ¿les compras prendas a tus amigas?

No, no _____ _____ compro.

6. ¿Me prometes que vas a llamarme?

Sí, _____ _____ prometo.

7. ¿Me puedes enviar una foto?

_____ _____ voy a enviar más tarde.

Capítulo 6

Estructuras

A. Clarividente pesimista Estás de visita en El Salvador y piensas que sería divertido ir a ver a un clarividente *(clairvoyant),* pero resultó ser lo opuesto completamente. ¡El futuro que este clarividente ve es bastante oscuro! Para conocer cuáles son sus predicciones, completa el párrafo con la forma correcta del verbo en futuro.

El año próximo **1.** _____ (haber) un terremoto en nuestra capital que

2. _____ (destruir) la ciudad completamente. Un mes más tarde,

3. _____ (llover) durante cuarenta días y eso **4.** _____

(causar) inundaciones masivas. Irónicamente, todos los bosques y selvas **5.** _____ (ser)

destruidos en un incendio forestal que los bomberos no **6.** _____ (poder) contener.

El gobierno **7.** _____ (decir) que tiene soluciones, pero no

8. _____ (hacer) nada. El conflicto armado **9.** _____

(continuar). Todos nosotros **10.** _____ (tener) que vivir en guerra y nada

11. _____ (poner) fin a nuestro sufrimiento.

B. Empresario soñador La introducción de autos híbridos ha reducido las ventas de la compañía petrolera de Jorge Arbusto y ahora es pobre, pero todavía es optimista. No deja de imaginar cómo sería su empresa si las ventas fueran más altas. Ayúdalo a soñar, completando las oraciones con la forma correcta del verbo en condicional.

Yo **1.** _____ (dar) comisiones generosas a mis ejecutivos de cuentas.

Yo **2.** _____ (poder) abrir más sucursales en distintos países.

Yo **3.** _____ (contratar) a más gente, y **4.** _____ (poner)
a mi mejor amigo a cargo de las finanzas.

Mis empleados **5.** _____ (venir) a trabajar contentos.

Ellos y yo **6.** _____ (salir) a beber cervezas los viernes por la tarde.

Todos nosotros **7.** _____ (tener) un futuro mejor.

Y, por supuesto, yo **8.** _____ (hacerse) rico.

C. ¡Aquí mando yo! El gerente de Ventásticas quiere que sus empleados sepan quién es el jefe, pero no quiere que piensen que es autoritario. Escribe sus órdenes del día usando mandatos informales.

1. Tú debes ser paciente con los clientes.

_____ paciente con los clientes.

2. Todos deben superarse cada día.

_____ cada día.

3. Todos deben venir temprano y salir tarde.

_____ temprano y _____ tarde.

4. Tú no debes decirles la pura verdad a los clientes.

No _____ la pura verdad a los clientes.

5. Tú no debes quejarte del salario.

No _____ del salario

6. Tú debes vender más o debes buscar otro trabajo.

_____ más o _____ otro trabajo.

D. ¿Quién dijo que usted es el jefe? Los empleados de Ventásticas no creen que el gerente es justo. Ellos también quieren darle órdenes. Dale voz a sus pedidos usando mandatos formales.

1. Usted debe quedarse a trabajar tarde con todos los empleados.

_____ a trabajar tarde con todos los empleados.

2. Usted debe dar aumentos más frecuentemente.

_____ aumentos más frecuentemente.

3. Usted debe preocuparse por el bienestar de sus empleados.

_____ por el bienestar de sus empleados.

4. Usted debe promover a los empleados más trabajadores.

_____ a los empleados más trabajadores.

5. Usted no debe contratar sólo a sus amigos.

No _____ sólo a sus amigos.

6. Usted no debe hacernos trabajar tanto.

No _____ trabajar tanto.

Capítulo 7

Estructuras

A. Puesto vacante La Corte Suprema de Bolivia está contratando jueces y ha puesto este anuncio en una bolsa de trabajo. Completa los requisitos con la forma correcta del verbo entre paréntesis para conocer cuáles son.

Buscamos jueces…

que **1.** _____ (saber) qué es la Constitución.

que **2.** _____ (vivir) en La Paz, preferentemente cerca de la Corte.

que no **3.** _____ (querer) derrocar al gobierno actual.

que nunca **4.** _____ (manejar) ebrios.

que **5.** _____ (tener) experiencia trabajando en juicios.

a quienes **6.** _____ (gustar) estar en el medio de disputas.

que **7.** _____ (considerarse) personas justas.

B. Promoción policial Hace diez años que Mario trabaja como policía en Quito. Sus jefes están considerando la posibilidad de promoverlo, pero primero tienen algunas preguntas para él. Si quieres saber cómo le fue en su entrevista, completa el diálogo con la forma correcta del verbo entre paréntesis.

JEFE: ¿Qué le gusta más de su trabajo actual?

MARIO: Me gusta poder asistir a la gente que **1.** _____ (pedir) ayuda y me gusta

meter presas a las personas que **2.** _____ (cometer) delitos.

JEFE: ¿Por qué quiere este puesto más alto?

MARIO: Quiero un trabajo que me **3.** _____ (dar) más retos. Busco un puesto

donde yo **4.** _____ (tener) más responsabilidades.

JEFE: ¿Qué piensa de la burocracia en la policía?

MARIO: Creo que no existe ninguna organización que **5.** _____ (ser) perfecta,

pero nosotros tenemos un sistema que **6.** _____ (funcionar).

Bueno, casi siempre.

JEFE: ¿Acepta sobornos?

MARIO: Yo no, pero conozco a otros policías que **7.** _____ (aceptar) sobornos.

JEFE: ¿Tiene amigos en prisión?

MARIO: No, no conozco a nadie que **8.** _____ (estar) preso.

C. Mi querido abogado Eduardo está preso y su abogado es su única esperanza. Desafortunadamente, su abogado no parece ser tan efectivo como Eduardo esperaba. Para entender la frustración de Eduardo con su abogado, completa las oraciones con la forma correcta del verbo entre paréntesis.

1. Mi abogado no trabaja a menos que yo le _____ (pagar) por adelantado.

2. Nunca contesta el teléfono cuando yo lo _____ (llamar) desde la prisión.

3. Me dio su tarjeta cinco minutos después de que yo _____ (cometer) el delito.

4. Me dijo que me va a representar en el juicio siempre y cuando él _____ (saber) que va a ganar.

5. Su plan para sacarme de la prisión es sobornar al jurado antes de que ellos

   _____ (decidir) el veredicto.

6. Dice que no me van a meter preso a no ser que él no _____ (poder) sobornar a todos.

7. Mi abogado se irá a Hawaii en cuanto el juicio _____ (terminar).

D. La vida de un criminal Quizás el crimen perfecto no exista, pero ¿es posible que haya un criminal perfecto? Vicente es un criminal muy orgulloso y organizado. Tiene sus reglas y cree que nada puede poner fin a su carrera criminal. Si quieres conocer mejor a Vicente, completa el párrafo con la forma correcta del verbo entre paréntesis.

Falsifico dinero y compro cosas con él sin que nadie lo **1.** _____ (notar). No

hiero a nadie por más enojado que yo **2.** _____ (estar). Seguiré cometiendo

delitos hasta que las autoridades me **3.** _____ (detener), pero eso no va a ocurrir.

Para cuando la policía **4.** _____ (darse) cuenta quién cometió el crimen, yo ya

me mudé a otro estado. De todos modos, trato de cambiar de nombre con frecuencia por miedo a que

alguien me **5.** _____ (reconocer). A veces pienso en denunciar a las autoridades

por hostigamiento puesto que ellos me **6.** _____ (seguir) dondequiera que yo

7. _____ (ir). ¡Sólo van a atraparme cuando las vacas

8. _____ (volar)!

Estructuras

A. Club de lectores Te has unido a un club de lectores y hoy es el día en que comparten sus opiniones sobre el libro que leyeron esta semana. No les ha gustado a todos. Para saber qué opiniones hay, completa las oraciones con la forma correcta del verbo entre paréntesis. Decide si debe ser imperfecto del subjuntivo o imperfecto de indicativo según corresponda.

1. Me sorprendió que el desenlace _____ (ser) tan abrupto.

2. Pensaba que esta autora _____ (ser) renombrada.

3. No me gustó que los personajes _____ (tener) personalidades tan simples.

No tenían nada que los _____ (hacer) especiales.

4. Creo que la autora usó un lenguaje más simple solamente para que más lectores

_____ (comprar) el libro.

5. No creí que los críticos _____ (tener) razón.

6. Le sugeriría a la autora que no _____ (escribir) más libros y que

_____ (buscar) otro trabajo.

7. Me uní a este club con tal de que nosotros no _____ (leer) novelas rosas, ¿y éste es el primer libro que escogieron?

B. Artista indeciso Hernando quiere convertirse en el pintor más famoso del mundo, pero no es muy seguro de sí mismo y siempre está buscando la opinión de los demás. No sabe muy bien cómo puede mejorar su cuadro y te pide tu más sincera opinión. Responde a sus preguntas completando el diálogo con la forma correcta del verbo entre paréntesis. Decide si debes usar imperfecto del subjuntivo o condicional según corresponda.

HERNANDO: ¿Y si uso acuarelas?

TÚ: Si **1.** _____ (usar) acuarelas, tu obra **2.** _____ (perder) su originalidad.

HERNANDO: ¿Y si pinto una nube en el cielo?

TÚ: Si **3.** _____ (pintar) una nube, no **4.** _____ (cambiar) nada.

HERNANDO: ¿Más énfasis en el fondo?

TÚ: Nadie **5.** _____ (poner) atención al primer término si tú

6. _____ (poner) más énfasis en el fondo.

HERNANDO: Quizás con sombras…

TÚ: Si **7.** _____ (agregar) sombras, las figuras **8.** _____ (parecer) más realistas.

HERNANDO: ¿Y con colores más provocativos?

TÚ: Tu pintura **9.** _____ (captar) más miradas si tú

     10. _____ (elegir) colores provocativos.

HERNANDO: ¿Debo darles importancia a los críticos?

TÚ: Si le **11.** _____ (dar) importancia a lo que dicen los críticos,

     12. _____ (volverse) loco.

C. *Cien años de soledad* Esta novela es sin duda una de las obras literarias más famosas del mundo hispano. ¿La has leído? Si quieres enterarte de qué se trata, completa las oraciones con los pronombres relativos que correspondan. En cada caso, elige el pronombre correcto de la lista.

1. La trama transcurre en un pueblo llamado Macondo, _____ fue creado e imaginado por García Márquez.

(donde, cuyo, el cual, lo que, quien)

2. Es una historia _____ cubre 100 años y 6 generaciones.

(quien, cuya, la que, cual, que)

3. Uno de los personajes es José Arcadio, _____ matrimonio con Ursula da inicio a la historia.

(el que, que, lo que, cuyo, quien)

4. Otro personaje es Melquiades, _____ José Arcadio le compraba cosas.

(con quien, a quien, por quien, con el que, de lo que)

5. Estos objetos eran inventos de Melquiades, _____ había un imán para buscar oro.

(de los que, de los cuales, en los que, entre los cuales, entre lo cual)

6. Melquiades también le vendió una lupa _____ José Arcadio pretendía realizar muchos de sus experimentos.

(con la que, con cuya, con cual, con quien, con lo que)

7. Por eso, los críticos literarios dicen que es una novela _____ abunda el realismo mágico.

(en los que, en quien, en cuya, en que, en la que)

D. Botero Colombia es famosa por muchas cosas y muchas personas. Entre ellas, se encuentra Fernando Botero, pintor y escultor nacido en Medellín. A continuación hay una serie de datos acerca de él. Convierte las dos frases en una sola, usando el pronombre relativo indicado entre paréntesis.

1. Botero tenía un tío llamado Joaquín. Joaquín era gran aficionado de las corridas de toros. (que)

_____

2. A los doce años, él lo envió a una escuela de matadores. La escuela de matadores funcionaba en la plaza de la Macarena de Medellín. (la cual)

_____

3. Botero llevó sus primeros dibujos al almacén de don Rafael Pérez. En el almacén de don Rafael Pérez se vendían entradas para la plaza de toros. (en el que)

_____

4. Botero llamó a su primera obra _Toros y Toreros_. El precio de esta obra fue de dos pesos. (cuyo)

_____

5. En 1948 se realizó una muestra colectiva en el Instituto de Bellas Artes de Medellín. En esta muestra fueron incluidas dos de sus acuarelas. (en la que)

_____

6. En 1949 conoció al pintor Rafael Sáenz. Rafael Sáenz, entre otras, le mostró reproducciones de Giotto. (quien)

_____

7. En 1954 conoció a Gloria de Artei. Se casó con Gloria de Artei al año siguiente. (con quien)

_____

Capítulo 9

Estructuras

A. Expectativas De hoy hasta el año 2015 van a pasar muchas cosas. ¿Qué esperas que ya haya pasado para ese año? Completa las oraciones con las formas correctas de los verbos entre paréntesis. Utiliza el presente perfecto del subjuntivo para expresar tus expectativas sobre el avance de la ciencia y la tecnología para el año 2015.

Para el año 2015 espero que…

la piratería ya **1.** _____ (ser) eliminada.

las compañías automotoras ya **2.** _____ (introducir) más modelos de autos híbridos.

expertos en medicina **3.** _____ (proponer) nuevas formas de prolongar la vida.

todos nosotros ya **4.** _____ (aprender) a prevenir y curar enfermedades infecciosas.

el gobierno **5.** _____ (abrir) más laboratorios para estudiar los usos de las células madre.

se **6.** _____ (inventar) un buscador más eficaz que Google.

los expertos en computadoras **7.** _____ (diseñar) un sistema operativo que nunca pierde datos.

B. El impacto del progreso No hay duda que los avances de la ciencia y la tecnología tienen un impacto en nuestras vidas. Muchas cosas habrían sido diferentes sin ciertos inventos. A continuación hay una serie de preguntas con situaciones hipotéticas para hacerte pensar en el impacto que el progreso ha tenido en tu vida. Completa las preguntas con la forma correcta en pluscuamperfecto del subjuntivo del verbo entre paréntesis.

1. ¿Habrías sacado mejores notas en la escuela si tú no _____ (tener) un televisor?

2. ¿Habrías usado el Internet para hacer tus proyectos en la escuela primaria si la banda ancha

_____ (existir) en esa época?

3. ¿Habrías llegado a tiempo a todos lados si _____ (comprar) un helicóptero en vez de un coche?

4. ¿Crees que se habrían prevenido muchos problemas ecológicos si Henry Ford

_____ (hacer) una versión híbrida del Modelo T?

5. Si se _____ (permitir) la clonación humana, ¿crees que muchos actores de Hollywood habrían querido clonarse?

6. Si los banco no _____ (imponer) el uso de contraseñas, ¿crees que la gente habría usado el Internet para acceder a sus cuentas de ahorros?

7. ¿Crees que nuestras ciudades habrían sido diseñadas completamente diferentes si nunca se

_____ (descubrir) la rueda?

C. Ideas descabelladas Una de tus compañeras de clase tiene mucha imaginación y sus ideas sobre qué habrá pasado en 30 años te parecen un poco descabelladas. Para conocer cuáles son estas ideas, completa las preguntas con la forma correcta en futuro perfecto del verbo entre paréntesis.

1. ¿Se _____ (encontrar) una fuente inagotable de petróleo?

2. ¿Los científicos _____ (descubrir) una forma de volar como los pájaros?

3. ¿El gobierno de los Estados Unidos _____ (establecer) una ciudad en la Luna?

4. ¿Se _____ (construir) una máquina del tiempo?

5. ¿Crees que tú _____ (crear) una píldora mágica para aprender español?

6. ¿Crees que yo _____ (ser) elegida presidente?

7. ¿Crees que tú y yo _____ (hacerse) ricos?

D. Situaciones y reacciones No todos los avances de la ciencia y la tecnología son sinónimos de progreso. En muchos casos, los peligros asociados con estas innovaciones nos ponen en situaciones poco deseables. ¿Cómo crees que habrían reaccionado cada una de las siguientes personas en la situación dada? Completa las oraciones con la forma del verbo entre paréntesis en condicional perfecto.

1. Si alguien me hubiera robado la identidad por Internet, _____ (cancelar)

mi tarjeta de crédito y _____ (hacer) una denuncia policial.

2. Si John Lennon hubiera sido afectado por la piratería, no le _____ (importar)

y _____ (estar) contento que más gente tuviera acceso a su música.

3. Si una prueba de ADN te hubiera informado que eres el/la primo(a) de Donald Trump,

_____ (escribir) una carta pidiéndole tu parte del dinero.

4. Si al presidente le hubieran ofrecido la posibilidad de ser clonado, ya lo _____
(hacer).

5. Si a mi familia y yo nos hubieran invitado a tomar un transbordador espacial para ir a Marte,

_____ (ir) sin dudarlo.

6. Si a mi mejor amigo le hubieran tenido que transplantar un riñón (kidney), yo se lo

_____ (donar) y no le _____ (pedir) nada a cambio.

Capítulo  10

Estructuras

A. Reaccionado a las noticias Tú y tu mejor amigo(a) acaban de ver las noticias por televisión. Tu amigo(a) no parece darle mucha importancia, pero tú tienes muchas reacciones sobre lo que acabas de ver. Expresa tus opiniones usando la forma progresiva del presente del subjuntivo.

1. Es terrible que el número de pandillas _____ (aumentar).

2. Es importante que nosotros _____ (contribuir) al fortalecimiento de la democracia.

3. Me alegro que la fuga de cerebros _____ (disminuir).

4. Me sorprende que los miembros de Greenpeace no _____ (hacer) nada para prohibir la cacería de especies silvestres en Paraguay.

5. No es bueno que el gobierno _____ (invertir) dinero en compañías petroleras.

6. Me molesta que tú no _____ (poner) atención a las noticias.

7. Es una lástima que solamente yo me_____ (preocupar) por lo que pasa en el mundo.

B. A esta hora mañana La globalización nos permite saber qué está pasando en varias partes del mundo en este mismo instante. ¿Qué crees que estará pasando mañana a esta hora? Utiliza la forma progresiva del futuro para hacer tus predicciones.

1. El presidente de Chile _____ (imponer) una política migratoria más estricta.

2. Muchos paraguayos se_____ (ir) del país en busca de trabajo.

3. Los cartoneros _____ (dormir) en las calles de Santiago.

4. El Planeta Tierra _____ (girar), como siempre.

5. Los deshechos orgánicos se _____ (descomponer).

6. Tú _____ (consumir) recursos no-renovables.

7. Yo te _____ (incentivar) a conservar y reciclar.

C. Historia de un indocumentado Rogelio es un indocumentado paraguayo que actualmente está viviendo en Santiago de Chile. Para conocer su historia, completa el párrafo con la forma correspondiente del verbo entre paréntesis. Decide si debes usar el indicativo o el subjuntivo, el presente o pasado y los tiempos simples o compuestos.

Cuando yo **1.** _____ (tener) trece años, **2.** _____ (cruzar) la

frontera hacia Chile. Mis padres ya **3.** _____ (emigrar) dos años antes. Si ellos

no **4.** _____ (venir), yo no los **5.** _____ (dejar) en Asunción.

Hoy hace casi veinte años que nosotros **6.** _____ (vivir) en este país como

indocumentados. Honestamente, no creí que **7.** _____ (ser) tan fácil conseguir

trabajo siendo ilegal. No hay duda de que **8.** _____ (existir) restricciones, pero yo

9. _____ (ser) una persona optimista y **10.** _____ (ver) el lado

positivo. No creo que **11.** _____ (haber) ningún obstáculo en esta vida que yo no

12. _____ (poder) superar.

D. Mis amigos activistas Renata tiene unos amigos un poco especiales. Ellos no pasan sus fines de semana de compras al centro comercial o mirando películas en casa. Son activistas y se preocupan mucho por el medio ambiente. Para conocerlos, completa el párrafo con la forma correspondiente del verbo entre paréntesis. Decide si debes usar el indicativo, el infinitivo o el subjuntivo, el presente o pasado y los tiempos simples o compuestos.

A mis amigos **1.** _____ (interesar) todo lo relacionado con el

activismo y **2.** _____ (fascinar) la ecología. El año pasado, ellos

3. _____ (ir) a Paraguay para **4.** _____ (concienciar)

a la gente sobre la importancia de los humedales. Ellos ya **5.** _____ (visitar)

Paraguay el año anterior para **6.** _____ (protestar) contra la cacería ilegal de

especies salvajes. En los dos viajes que **7.** _____ (realizar), les sorprendió que nadie

8. _____ (hacer) nada por el medio ambiente. Ellos me **9.** _____

(decir) que las autoridades no demostraban interés en su causa a menos que les **10.** _____

(ofrecer) sobornos. Ellos no pensaban que **11.** _____ (haber) tanta corrupción en el

gobierno paraguayo. El año próximo, ellos **12.** _____ (ir) a impartir clases en Chile.

Quieren que todos los chilenos **13.** _____ (conocer) los efectos del calentamiento

global en los glaciares.

Juegos

Capítulo (1)

Descifrar el mensaje Escribe la palabra que corresponde a cada definición en el lugar adecuado del cuadro. Luego, encuentra en el cuadro cada letra indicada por coordinadas (A2, E4, etcétera) y escríbela en su lugar apropiado para descifrar el mensaje que aparece al final. Una pista: es un refrán hispano relacionado con el clima.

A. Mar en el que se encuentra la isla de Cuba.

B. Exceso de estimación propia, muchas veces por causas nobles, pero que puede confundirse con arrogancia.

C. Denominación para una persona que habla inglés.

D. Un ciudadano de Estados Unidos de ascendencia mexicana.

E. El momento del día opuesto al atardecer.

F. Una montaña con una apertura por donde salen —en ciertas ocasiones— humo, llamas y lava.

G. Término para describir un día despejado, con mucho sol.

H. Término para describir algo que existe desde hace mucho tiempo, o que existió en un tiempo pasado remoto.

I. División administrativa de un estado o país, muy común en los Estados Unidos.

J. Disfrutar, tener el placer de algo.

	1	**2**	**3**	**4**	**5**	**6**	**7**	**8**	**9**	**10**	**11**	**12**	**13**
A	A1	A2	A3	A4	A5	A6							
B	B1	B2	B3	B4	B5	B6	B7						
C	C1	C2	C3	C4	C5	C6	C7	C8	C9	C10	C11	C12	C13
D	D1	D2	D3	D4	D5	D6	D7						
E	E1	E2	E3	E4	E5	E6	E7	E8					
F	F1	F2	F3	F4	F5	F6							
G	G1	G2	G3	G4	G5	G6	G7						
H	H1	H2	H3	H4	H5	H6	H7						
I	I1	I2	I3	I4	I5	I6	I7						
J	J1	J2	J3	J4	J5								

Mensaje:

"
___ ___ ___ ___ ___   ___ ___ ___ ___ ___ ___ ___ ___
A2 A5 E8 H4 F3   B5 B6 H6 F1 D3 I2 G1 J2

___ ___ ___ ___   ___   ___ ___ **Y** ___
D2 C1 E6 C13   C7   E2 H1   G2

___ ___ ___ ___ ___ ___ ___ "
C6 A6 J5 E2 D7 G1 B1

Crucigrama familiar ¿A quién no le gusta jugar con la familia? Usa las claves a continuación para completar el crucigrama. ¡No te olvides de los acentos!

Horizontales

  2. Una ceremonia para despedirse de una persona que se ha muerto.
  6. Ceremonia religiosa en la que el bebé se baña en agua para simbolizar la aceptación en la iglesia.
  9. Persona que cuida niños.
10. Enseñar, impartir, instruir.
11. El año pasado, en mi graduación, todos me _____ (hacer) muchas bromas.

Verticales

1. Un cumpleaños muy importante para una jovencita hispana; la niña ya se considera una mujer.
3. Ocasión en la que un bebé llega al mundo.
4. Cuando era joven, mi bisabuelo _____ (trasnochar) mucho; ahora se duerme a las siete de la tarde.
5. Se inflan con gas y flotan en el aire; a los niños les encantan, sobre todo en las fiestas de cumpleaños.
7. Antes, yo _____ (convivir) con mi segunda pareja, pero ahora vivo solo.
8. Mi familia le _____ (agradecer) al cura por bendecir la mesa.

Sopa mezclada La sopa de letras a continuación contiene varias palabras relacionadas con los viajes. Esos términos aparecen en la lista a continuación, pero las letras están mezcladas. ¿Crees que puedes descifrar las palabras y encontrarlas en la sopa? Las palabras pueden estar en cualquier dirección. ¡Buena suerte!

```
B  U  E  N  V  P  A  I  A  C  O  J  E  A  F
P  K  B  E  A  I  F  G  Q  R  I  L  T  S  M
Q  L  F  R  G  L  I  U  C  U  B  F  Z  A  V
Z  H  A  V  S  P  R  L  W  C  M  Z  V  Y  A
F  D  D  E  Y  P  A  W  U  E  A  G  V  C  J
A  S  B  V  F  R  T  T  A  R  C  X  A  S  T
Y  O  K  J  D  R  X  R  L  O  L  T  H  C  N
B  M  C  E  W  I  H  J  L  J  W  R  C  L  S
Q  I  T  R  Q  A  V  P  I  W  W  A  I  C  P
L  A  N  I  M  R  E  T  U  C  H  O  F  E  R
C  G  G  F  V  D  J  J  Q  Z  M  I  J  O  G
V  V  P  D  I  F  Z  R  A  E  T  A  G  E  R
R  Z  R  O  H  K  Y  K  T  S  U  X  Q  F  H
B  M  V  D  N  H  H  L  V  S  A  V  M  Z  P
I  Q  S  I  A  K  G  M  G  S  O  P  A  R  Q
```

1. MOBICA = _____
2. DARECTAL = _____
3. HOFREC = _____
4. CERRUCO = _____
5. HACIF = _____
6. ADRAPA = _____
7. JASEPA = _____
8. ARREGATE = _____
9. LAQUITAL = _____
10. FRIATA = _____
11. LAMINTRE = _____

Dígalo con fotos Dicen que una imagen vale más que mil palabras. En este juego, cada imagen vale el número de letras indicado en el siguiente cuadro. Escribe la palabra o frase que corresponda a cada foto.

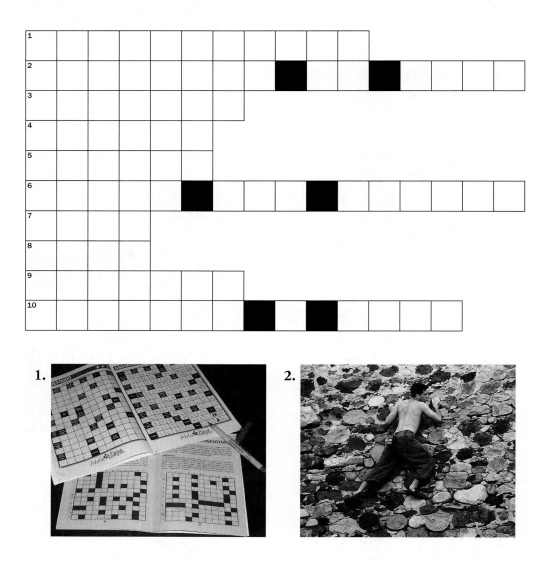

1.

2.

3.

4.

5.

6.

7.

8.

9.

10.

Crucigrama vanidoso Todos sabemos que un crucigrama se trata de escribir la palabra que corresponde a cada definición en el lugar adecuado del cuadro. Pero este crucigrama es tan vanidoso que quiso ser diferente. ¡No todas las pistas son definiciones! Algunas son anagramas: una palabra con las mismas letras pero en distinto orden. Buena suerte…

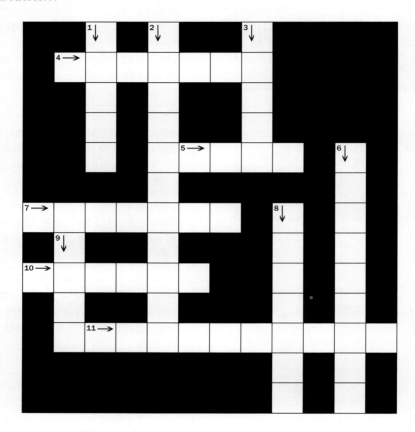

1. "Napa"
2. El amor propio, la apreciación de uno mismo.
3. "Cosa"
4. Zapatos sin tacón.
5. Pronombre de objeto directo para reemplazar "zapatos"
6. Un sinónimo de mentón.
7. "Cofres"
8. Chaqueta, prenda que se usa en invierno.
9. Pronombre de objeto indirecto para reemplazar "a mis amigos"
10. Tipo de pelo que no es rizado.
11. Tipo de calzado deportivo.

Capítulo 6

¡Doble riesgo! El objetivo es ganar la mayor cantidad de puntos posibles. Elige una categoría y un valor de puntos, lee la pregunta y responde rápido. Si respondes incorrectamente, pierdes los puntos. ¡Si respondes correctamente, puedes ganar hasta 1200 puntos! ¿Listos?

	Futuro y condicional	Mandatos	Buscando trabajo	Ayudando al mundo
20 puntos	Futuro: ella/vender _____	Tú/poner _____	Lugar donde se ponen anuncios de trabajo. _____	Recolectar dinero para una buena causa. _____
40 puntos	Condicional: nosotros/montar _____	Usted/atender _____	Persona que encuentra trabajos a la gente. _____	Pagar, dar dinero a cambio de un trabajo realizado. _____
60 puntos	Futuro: tú/poder _____	Tú/no ser _____	Entrenar, enseñar al empleado algo nuevo. _____	Acumulación excesiva de agua en un lugar. _____
80 puntos	Condicional: ustedes/hacer _____	Ustedes/promover _____	Remuneración aparte del salario basada en el número de ventas. _____	Guerra, pelea entre bandos enemigos con bombas, rifles, etc. _____
100 puntos	Futuro: yo/ofrecerse _____	Usted/prevenir _____	Documento que se entrega con el currículum. _____	Desastre natural en el que la tierra tiembla (shakes) violentamente. _____

Sopa incompleta La sopa de letras a continuación contiene varias palabras sacadas de la sección policial del periódico. Esos términos aparecen en la lista a continuación, pero algunas letras han desaparecido. ¿Crees que puedes descifrar las palabras y encontrarlas en la sopa? Las palabras pueden estar en cualquier dirección. ¡Buena suerte!

```
T R P E R S O A Z A N A
A I P A N D I L L A P O
C D R R N C S O S A D E
O P T E E C T M R I E N
R R D E Z S L O C N M A
T C E L L I O E U P A T
S R U S P A R O E M N R
E E C M O A D S S E D A
U D I S P A R A R Z A C
C I O A A R A R T A R N
E M S E N L A S O N C A
S E R D A M E N A Z A P
D S O C U E S T D O P N
A P A I C N E E R C Z A
I D S I A R L A M E N A
```

1. _____ A _____ C A _____ _____ A

2. _____ A N D _____ L _____ A

3. C _____ E _____ N C _____ _____

4. A M _____ _____ _____ _____ A

5. _____ E M A _____ _____ _____

6. S _____ _____ _____ E S _____ R _____

7. _____ R E _____ _____

8. D _____ _____ A _____ A _____ _____ _____ _____ D O

9. P _____ _____ O

10. _____ I S _____ _____ _____ A _____

Capítulo 8

Descifrar el mensaje Escribe la palabra que corresponde a cada definición en el lugar adecuado del cuadro. Luego, encuentra en el cuadro cada letra indicada por coordinadas (A2, E4, etcétera) y escríbela en su lugar apropiado para descifrar el mensaje que aparece al final. Una pista: es el título de un libro de Gabriel García Márquez.

A. Lo que se usa para pintar.
B. Copia de un libro.
C. Tributo dedicado a una persona para celebrar sus obras.
D. Inspiración, persona o cosa que motiva la creación de arte.
E. Material proveniente de los árboles que se usa para tallar.
F. Famoso, conocido por mucha gente.
G. Dudaba que la exposición _____ (incluir) arte precolombino.
H. El guardia del museo no quería que nosotros _____ (poner) ni un dedo sobre las esculturas.
I. No pensaba que tú _____ (tener) la paciencia necesaria para elaborar artesanías.

	1	2	3	4	5	6	7	8	9	10	11	12	13	14	15	16
A																
B																
C																
D							■									
E																
F																
G																
H																
I																

" ___ ___ ___ ___   ___ ___ ___ ___ ___ ___ ___
  E3 F10 A4 B1   G3 I2 E4 D4 D10 C2 I8

___ ___ ___ ___ **G** ___ ___ ___ ___ ___ "
H1 A5 F1 C8   H6 I4 F3 F10 D12

Tormenta de palabras El objetivo de este juego es adivinar las palabras más populares asociadas con las siguientes cuatro categorías. Hay muchas palabras aprendidas en este capítulo relacionadas con cada categoría, pero solamente cuatro de esos términos son los que valen puntos. ¿Crees que puedes predecir cuáles son esos términos y ganar todos los puntos posibles? Tienes un minuto en cada categoría para decir la mayor cantidad de palabras que puedas.

Inventos de ayer

1. _____
2. _____
3. _____
4. _____

Inventos de hoy

1. _____
2. _____
3. _____
4. _____

Avances de la ciencia

1. _____
2. _____
3. _____
4. _____

Peligros de la tecnología

1. _____
2. _____
3. _____
4. _____

Capítulo 10

Riesgo verbal El objetivo es ganar la mayor cantidad de puntos posibles. Elige un número de puntos y responde rápido con la forma correcta del verbo, según su tiempo, modo y sujeto. Si respondes incorrectamente, pierdes los puntos. ¡Si respondes a todas correctamente, puedes ganar más de 1900 puntos!

Puntos	Tiempo	Modo	Sujeto	Verbo
10	Presente	Indicativo	Yo	traer
20	Pretérito	Indicativo	Los voluntarios	querer
30	Imperfecto	Indicativo	El ecosistema	ser
40	Futuro	Indicativo	Nosotros	hacer
50	Condicional	Indicativo	Tú	poder
60	Presente	Subjuntivo	La gente	llegar
70	Imperfecto	Subjuntivo	Los animales	tener
80	Presente perfecto	Indicativo	El presidente	decir
90	Presente perfecto	Subjuntivo	El gobierno	imponer
100	Futuro perfecto	Indicativo	Los inmigrantes	volver
110	Condicional perfecto	Indicativo	Yo	leer
120	Pluscuamperfecto	Indicativo	Nosotros	abrir

Puntos	Tiempo	Modo	Sujeto	Verbo
130	Pluscuamperfecto	Subjuntivo	Ustedes	atraer
				_____
140	(Afirmativo)	Imperativo	Usted	salir
				_____
150	(Negativo)	Imperativo	Tú	dormir
				_____
160	(Afirmativo)	Imperativo	Ustedes	legalizar
				_____
170	(Afirmativo)	Imperativo	Nosotros	incentivar
				_____
180	(Negativo)	Imperativo	Usted	cazar
				_____
190	(Afirmativo)	Imperativo	Tú	ir
				_____
200	(Negativo)	Imperativo	Ustedes	pescar
				_____

Respuestas

Vocabulario

CAPÍTULO 1

A. Diversidad geográfica

1. cordillera
2. nieva
3. desierto
4. seco
5. altiplano
6. altura
7. Mar Caribe
8. isla
9. tropicales
10. bahías

B. Un hispano en los Estados Unidos

1. boricua
2. inmigramos
3. minoría
4. grupo étnico
5. asimilarse
6. superar
7. establecerse
8. pertenecer
9. valores
10. antepasados

C. Amnesia

1. f
2. i
3. e
4. a
5. h
6. c
6. c
7. d
8. g
9. b

D. Los hispanos en mi ciudad

1. g
2. k
3. h
4. j
5. c
6. d
7. l
8. f
9. i
10. a
11. b
12. e

CAPÍTULO 2

A. Vecino curioso

1. hijastra
2. primogénito
3. hijos adoptivos
4. huérfana
5. hijo único
6. bisabuelo
7. tatarabuelo
8. tía abuela
9. bisnieto
10. primos hermanos

B. ¡Más preguntas!

1. d
2. e
3. i
4. g
5. a
6. b
7. j
8. c
9. h
10. f

C. Tradición favorita

a. globos
b. regalos
c. payaso
d. decorar
e. colocar
f. Jánuca
g. candelabro
h. conmemoramos
i. trasnochar

D. ¿Y tu tradición favorita?

1. d
2. f
3. g
4. h
5. b
6. i
7. j
8. a
9. e
10. c

CAPÍTULO 3

A. Estudiante en el extranjero

1. acoplarme
2. choque
3. enfrentar
4. extraño
5. integrarme
6. ruinas
7. involucrarme
8. hospedo
9. mudarme

B. Mi sueño

1. trámites
2. asistencia financiera
3. beca
4. historial académico
5. vigente
6. colegiatura
7. gastos
8. hospedaje
9. estancia

C. Antes de ir

1. tarjeta de banco
2. casa de cambio
3. de larga distancia
4. adaptador eléctrico
5. colegio residencial

D. Servicio al turista

1. g
2. f
3. a
4. i
5. k
6. j
7. c
8. e
9. b
10. l
11. d
12. h

CAPÍTULO 4

A. Algo para cada ocasión

Si llueve…
- el ajedrez
- las damas
- los dardos
- el boliche

Si está soleado…
- el paracaidismo
- la escalada en roca
- la tablavela
- explorar cuevas
- volar una cometa

B. Amigos aburridos

1. apostar
2. formar equipos
3. lograr el golpe
4. barajar
5. el blanco
6. el empate
7. repartir

C. Tostones

1. verdes
2. trozos
3. recipiente
4. pizca
5. remojar
6. Descartar
7. Agregar
8. sartén
9. fuego alto
10. freír
11. Retirar
12. enfriar

D. Clase de cocina

1. i
2. e
3. a
4. h
5. d
6. c
7. b
8. f
9. j
10. g

CAPÍTULO 5

A. www.Cupido.com

El cuerpo
delgada de caderas
pequeña de estatura

La cara
mentón redondo
cejas pobladas
facciones delicadas
nariz aguileña

El pelo
calvo
rizado
lacio

B. ¿Y la personalidad?

1. c
2. e
3. h
4. f
5. b
6. d
7. a
8. g

C. De compras en Barcelona

1. la cazadora
2. los vaqueros
3. los zapatos de tacón alto
4. el jersey
5. el camisón
6. la sudadera con capucha
7. las chanclas

D. Hablando de moda

1. d
2. g
3. e
4. a
5. h
6. f
7. b
8. c

CAPÍTULO 6

A. Bolsa de trabajo

1. corredor de bolsa
2. vender acciones
3. gerente de sucursal
4. supervisar
5. científicos
6. capacitar
7. agente de bienes raíces
8. buena presencia
9. jefe de finanzas
10. implementar

B. Entrevista de trabajo

1. atributos
2. trabajar bajo presión
3. emprendedora
4. requisito
5. manejo
6. experiencia previa
7. dispuesto

C. Un altruista ecológico

1. ofrecerme
2. remunerado
3. gratificante
4. gira
5. rescate
6. sequía
7. incendio forestal
8. repoblación
9. prevenir

D. Voluntario indeciso

1. pobreza
2. desnutrición
3. potable
4. acueducto
5. desamparada
6. impartir clases
7. estipendio

CAPÍTULO 7

A. Recortes de diario

1. c
2. e
3. f
4. a
5. g
6. d
7. b

B. Candidato a Congresista

1. defensor
2. dignidad
3. respeto
4. igualdad
5. privilegios
6. discriminación
7. tomar medidas
8. vencer

C. Ayuda legal

1. c
2. e
3. g
4. f
5. h
6. a
7. d
8. b

D. Escuela de policías

1. e
2. h
3. f
4. c
5. a
6. g
7. d
8. b

CAPÍTULO 8

A. Arte 101

1. c
2. f
3. e
4. b
5. g
6. a
7. d

B. Exposición de arte

1. datan
2. paisajes
3. en el fondo
4. mármol
5. apreciar
6. rollos de película
7. artesanías
8. influencia

C. En la Feria del Libro

1. novela rosa
2. ejemplares
3. tapa dura
4. cuento de hadas
5. lectores
6. renombrados
7. seudónimos

D. ¡Enséñame literatura!

1. e
2. c
3. f
4. b
5. g
6. a
7. d

CAPÍTULO 9

A. Bill Gates y su abuelo

1. f
2. d
3. g
4. a
5. h
6. c
7. b
8. e

B. No podría vivir sin...

1. el helicóptero
2. la rueda
3. el envase de burbuja
4. la anestesia
5. el transbordador espacial
6. el recargador
7. el marcapasos

C. Médico altruista

1. d
2. e
3. a
4. f
5. b
6. g
7. c

D. Foro de debate

1. la piratería
2. los derechos de autor
3. el robo de identidad
4. la confidencialidad
5. los espías cibernéticos
6. el perfil genético
7. la cuestión ética
8. transgénicas

CAPÍTULO 10

A. Futuro presidente

1. política migratoria
2. causas subyacentes
3. desempleo
4. racismo
5. identidad cultural
6. lengua materna
7. bilingüismo

B. Desafíos estudiantiles

1. g
2. c
3. d
4. f
5. a
6. e
7. b

C. Acciones ecológicas

1. d
2. f
3. e
4. a
5. g
6. b
7. h
8. c

D. Causas y consecuencias

1. e
2. f
3. a
4. g
5. d
6. b
7. c

Estructuras

CAPÍTULO 1

A. Conociendo a Javier

1. festejamos
2. degustamos
3. vienen
4. abunda
5. se supera
6. sorprende
7. influye
8. se destaca
9. valora
10. acogemos

B. Un día en clase

1. es
2. Son
3. estamos
4. es
5. Hay
6. hay
7. son
8. son
9. son
10. tienen
11. tienen
12. tiene
13. son
14. estamos
15. estoy
16. estoy
17. tengo
18. hay

C. Otra contribución hispana

1. El
2. –
3. la
4. El
5. una
6. el
7. un
8. un
9. una
10. la
11. las
12. los
13. El
14. –
15. los
16. el
17. la
18. la

D. Todos somos iguales

1. charlatanas
2. encantadores
3. franceses
4. variados
5. alucinante
6. húmedos
7. rocosos
8. tropicales

CAPÍTULO 2

A. Una familia perfecta

1. han criado
2. nos hemos comunicado
3. he podido
4. nos hemos peleado
5. ha habido
6. ha sido
7. ha hecho
8. he encontrado
9. ha dicho
10. has tenido

B. Una celebración caótica

1. se había emborrachado
2. se habían peleado
3. había regañado
4. habían explotado
5. había bendecido
6. había hecho
7. había contado
8. había prendido
9. había intentado
10. había fracasado

C. Una historia de Navidad

1. era
2. encantaba
3. decorábamos
4. cantábamos
5. nos quedábamos
6. íbamos
7. nos acostábamos
8. trasnoché
9. Eran
10. me acosté
11. despertó
12. vi
13. creí

D. El valor de la amistad

1. conocí
2. éramos
3. criamos
4. se casó
5. tenía
6. tenía
7. éramos
8. peleábamos
9. regañaban
10. hacíamos

CAPÍTULO 3

A. Viajando por México

1. para
2. por
3. por
4. para
5. para
6. por
7. para
8. por
9. Por
10. para
11. para
12. Por
13. por

B. Una historia de amor estudiantil

1. se conocieron
2. se odiaban
3. se miraban
4. se jactaba
5. se quejaba
6. se dio
7. probó
8. acordaron
9. pareció
10. se acordó
11. se puso
12. se arrepintió

C. Estudiar en México

1. ninguna
2. nunca
3. ningún
4. nunca
5. nadie
6. ninguno
7. nunca… nada
8. ni… ni
9. todavía no

D. Recorridos turísticos

1. tantas horas como
2. menos que
3. más paradas que
4. menos pasajeros que
5. tantas guías como
6. menos salidas que
7. tan interesante como
8. mejor que

CAPÍTULO 4

A. Opiniones en la cocina

1. podamos
2. se enoje
3. haya
4. sea
5. tenga
6. nos organicemos
7. utilicemos
8. estés
9. elijan
10. pienses

B. Consejos y sugerencias

1. vayan
2. hay
3. pruebes
4. cueste
5. explorar
6. es
7. se entretengan
8. ofrezca
9. le guste
10. vuelvan

C. Asistente del chef

1. está adobado
2. está abierta
3. están hervidos
4. está cubierto
5. están batidas
6. está escrita
7. está derretida
8. está sazonado
9. están fritos

D. Cambio de planes

1. se le perdieron
2. se les olvidaron
3. se me rompió
4. se nos acabó
5. se le quedaron
6. se le descompuso
7. se le cayeron

CAPÍTULO 5

A. Después del desfile

1. La
2. las
3. los
4. los
5. las
6. Lo
7. Las
8. lo

B. Lista de regalos

1. Le
2. Les
3. te
4. le
5. Les
6. me

C. Anuncio personal

1. me encanta
2. nos fascinan
3. me molesta
4. te gusten
5. me falta
6. me gusta
7. les importa
8. le parece

D. Para conocerte mejor

1. se lo
2. te la
3. selos
4. se lo
5. se las
6. te lo
7. Te la

CAPÍTULO 6

A. Clarividente pesimista

1. habrá
2. destruirá
3. lloverá
4. causará
5. serán
6. podrán
7. dirá
8. hará
9. continuará
10. tendremos
11. pondrá

B. Empresario soñador

1. daría
2. podría
3. contrataría
4. pondría
5. vendrían
6. saldríamos
7. tendríamos
8. me haría

C. ¡Aquí mando yo!

1. Sé
2. Supérense
3. Vengan / salgan
4. les digas
5. te quejes
6. Vende / busca

D. ¿Quién dijo que usted es el jefe?

1. Quédese
2. Dé
3. Preocúpese
4. Promueva
5. contrate
6. nos haga

CAPÍTULO 7

A. Puesto vacante

1. sepan
2. vivan
3. quieran
4. manejen
5. tengan
6. les guste
7. se consideren

B. Promoción policial

1. pide
2. cometen
3. dé
4. tenga
5. sea
6. funciona
7. aceptan
8. esté

C. Mi querido abogado

1. pague
2. llamo
3. cometí
4. sepa
5. decidan
6. pueda
7. termine

D. La vida de un criminal

1. note
2. esté
3. detengan
4. se da
5. reconozca
6. siguen
7. vaya
8. vuelen

CAPÍTULO 8

A. Club de lectores

1. fuera
2. era
3. tuvieran / hiciera
4. compraran
5. tuvieran
6. escribiera / buscara
7. leyéramos

B. Artista indeciso

1. usaras
2. perdería
3. pintaras
4. cambiaría
5. pondría
6. pusieras
7. agregaras
8. parecerían
9. captaría
10. eligieras
11. dieras
12. te volverías

C. *Cien años de soledad*

1. el cual
2. que
3. cuyo
4. a quien
5. entre los cuales
6. con la que
7. en la que

D. Botero

1. Botero tenía un tío llamado Joaquín que era gran aficionado de las corridas de toros.
2. A los doce años, él lo envió a una escuela de matadores, la cual funcionaba en la plaza de la Macarena de Medellín.
3. Botero llevó sus primeros dibujos al almacén de don Rafael Pérez, en el que se vendían entradas para la plaza de toros.
4. Botero llamó a su primera obra *Toros y Toreros,* cuyo precio fue de dos pesos.
5. En 1948 se realizó una muestra colectiva en el Instituto de Bellas Artes de Medellín en la que fueron incluidas dos de sus acuarelas.
6. En 1949 conoció al pintor Rafael Sáenz, quien, entre otras, le mostró reproducciones de Giotto.
7. En 1954 conoció a Gloria de Artei con quien se casó al año siguiente.

CAPÍTULO 9

A. Expectativas

1. haya sido
2. hayan introducido
3. hayan propuesto
4. hayamos aprendido
5. haya abierto
6. haya inventado
7. hayan diseñado

B. El impacto del progreso

1. hubieras tenido
2. hubiera existido
3. hubieras comprado
4. hubiera hecho
5. hubiera permitido
6. hubieran impuesto
7. hubiera descubierto

C. Ideas descabelladas

1. habrá encontrado
2. habrán descubierto
3. habrá establecido
4. habrá construido
5. habrás creado
6. habré sido
7. nos habremos hecho

D. Situaciones y reacciones

1. habría cancelado / habría hecho
2. habría importado / habría estado
3. habrías escrito
4. habría hecho
5. habríamos ido
6. habría donado / habría pedido

CAPÍTULO 10

A. Reaccionado a las noticias

1. esté aumentando
2. estemos contribuyendo
3. esté disminuyendo
4. estén haciendo
5. esté invirtiendo
6. estés poniendo
7. esté preocupando

B. A esta hora mañana

1. estará imponiendo
2. estarán yendo
3. estarán durmiendo
4. estará girando
5. estarán descomponiendo
6. estarás consumiendo
7. estaré incentivando

C. Historia de un indocumentado

1. tenía
2. crucé
3. habían emigrado
4. hubieran venido
5. habría dejado
6. vivimos
7. fuera
8. existen
9. soy
10. veo
11. haya
12. pueda

D. Mis amigos activistas

1. les interesa
2. les fascina
3. fueron
4. concienciar
5. habían visitado
6. protestar
7. realizaron
8. hiciera
9. dijeron
10. ofrecieran
11. hubiera
12. irán
13. conozcan

Juegos

CAPÍTULO 1

Descifrar el mensaje

A. CARIBE
B. ORGULLO
C. ANGLOHABLANTE
D. CHICANO
E. AMANECER
F. VOLCÁN
G. SOLEADO
H. ANTIGUO
I. CONDADO
J. GOZAR

Mensaje: "Abril lluvioso hace a mayo hermoso"

CAPÍTULO 2

Crucigrama familiar

Horizontales
 2. FUNERAL
 6. BAUTISMO
 9. NIÑERA
 10. EDUCAR
 11. HICIERON

Verticales
 1. QUINCEAÑERA
 3. NACIMIENTO
 4. TRASNOCHABA
 5. GLOBOS
 7. CONVIVÍA
 8. AGRADECIÓ

CAPÍTULO 3

Sopa mezclada

```
+ + + + + P A + + C O + + + +
+ + + + A + F + + R I + + + +
+ + + R + + I + + U B + + + +
+ + A + + + R L + C M + + + +
+ D + + + + A + + E A + + + +
A + + + + R T + A R C + A + +
+ + + + D + + + L O + + H + +
+ + + E + + + + L + + + C + +
+ + T + + + + + I + + + I + +
L A N I M R E T U C H O F E R
C + + + + + + J Q + + + + + +
+ + + + + + + R A E T A G E R
+ + + + + + + T S + + + + + +
+ + + + + + + + + A + + + +
+ + + + + + + + + + P + + +
```

 1. CAMBIO
 2. CATEDRAL
 3. CHOFER
 4. CRUCERO
 5. FICHA
 6. PARADA
 7. PASAJE
 8. REGATEAR
 9. TAQUILLA
 10. TARIFA
 11. TERMINAL

CAPÍTULO 4

Dígalo con fotos

1. CRUCIGRAMAS
2. ESCALADA EN ROCA
3. AJEDREZ
4. SARTEN
5. CARTAS
6. VOLAR UNA COMETA
7. OLLA
8. TAZA
9. BOLICHE
10. NAVEGAR A VELA

CAPÍTULO 5

Crucigrama vanidoso

1. PANA
2. AUTOESTIMA
3. SACO
4. PLANOS
5. LOS
6. BARBILLA
7. FRESCO
8. ABRIGO
9. LES
10. LACIO
11. ZAPATILLA

CAPÍTULO 7

Sopa incompleta

1. PANCARTA
2. PANDILLA
3. CREENCIA
4. AMENAZA
5. DEMANDA
6. SECUESTRO
7. PRESO
8. DESAPARECIDO
9. PARO
10. DISPARAR

```
+ + + + + + + + + + +
+ + P A N D I L L A P O
+ + + R + + + + A D +
O + + E + + + R I E +
R + + + S + O C + M A
T + + + + O E + + A T
S + + + + R + + + N R
E + + + A + + + + D A
U D I S P A R A R + A C
C + + A + + + + + + N
E + S + + + + + + + A
S E + + A M E N A Z A P
D + + + + + + + + + +
+ + A I C N E E R C + +
+ + + + + + + + + + +
```

CAPÍTULO 6

¡Doble riesgo!

	Futuro y condicional	Mandatos	Buscando trabajo	Ayudando al mundo
20 puntos	Venderá	Pon	Bolsa de trabajo	Recaudar fondos
40 puntos	Montaríamos	Atienda	Reclutador	Remunerar
60 puntos	Podrás	No seas	Capacitar	Inundación
80 puntos	Harían	Promuevan	Comisión	Conflicto armado
100 puntos	Me ofreceré	Prevenga	Carta de presentación	Terremoto

CAPÍTULO 8

Descifrar el mensaje

A. PINCEL
B. EJEMPLAR
C. HOMENAJE
D. FUENTE ARTÍSTICA
E. MADERA
F. RENOMBRADO
G. INCLUYERA
H. PUSIÉRAMOS
I. TUVIERAS

"DOCE CUENTOS PEREGRINOS"

CAPÍTULO 9

Tormenta de palabras

Inventos de ayer
1. la rueda (20 puntos)
2. la cerilla (15 puntos)
3. la pila (10 puntos)
4. el marcapasos (5 puntos)

Inventos de hoy
1. el auto híbrido (20 puntos)
2. el asistente personal digital (15 puntos)
3. la banda ancha (10 puntos)
4. el transbordador espacial (5 puntos)

Avances de la ciencia
1. la clonación (20 puntos)
2. el transplante de órganos (15 puntos)
3. la prueba de AND (10 puntos)
4. la fertilización in vitro (5 puntos)

Peligros de la tecnología
1. el robo de identidad (20 puntos)
2. la piratería (15 puntos)
3. el espionaje cibernético (10 puntos)
4. la cuestión ética (5 puntos)

CAPÍTULO 10

Riesgo verbal

Puntos

10	traigo
20	quisieron
30	era
40	haremos
50	podrías
60	llegue
70	tenían
80	ha dicho
90	haya impuesto
100	habrán vuelto
110	habría leído
120	habíamos abierto
130	hubieran atraído
140	salga
150	no duermas
160	legalicen
170	incentivemos
180	no cace
190	ve
200	no pesquen

Glosario español-inglés

This Spanish-English Gossary includes all the words and expressions that appear in the text except verb forms, regular superlatives and diminutives, and most adverbs ending in **-mente.** Only meanings used in the text are given. Gender of nouns is indicated except for masculine nouns ending in **-o** and feminine nouns ending in **-a.** Feminine forms of adjectives are shown except for regular adjectives with masculine forms ending in **-o.** Verbs appear in the infinitive form. Stem changes and spelling changes are indicated in parentheses, e.g., **divertirse (ie, i); buscar (qu).** The number following each entry indicates the chapter in which the word with that particular meaning first appears. The following abbreviations are used:

adj. adjective
adv. adverb
conj. conjunction
m. masculine
f. feminine
pl. plural
prep. preposition

A

a *prep.* at, to
  a fin (de) que in order that, 7
  a la deriva drifting, 10
  a lo major *quizás,* 4
  a lo menos at least, 1
  a medida que as, 10
  a menos que *conj.* unless, 7
  a menudo *adv.* often, 2
  a no ser que *conj.* unless, 7
  a pesar de despite, 3
  a pesar de que in spite, 6
abanico fan, 4
abono órganico compost, 10
abordar to board, get on, 3
abrasar to burn, 5
abrigo overcoat, 5
abolladuras y mellas dents and nicks, 1
abúlico *adj. perezoso,* 3
abundancia abundance, 10
abundar to abound, 1
aburrido *adj.* boring; bored, 1
abusar to abuse, 10
abuso abuse, 10
acabadito de lustrar recently polished, 4
acabar to finish, 1; **acabar** *terminar,* 4
acantilado cliff, 1
acarrear *llevar,* 1
acceso a Internet de alta velocidad high-speed Internet access, 3
acera sidewalk, 2
acero steel, 6
acertar (ie) to be right, 4
acogedora *adj.* cozy, 10
acoger to welcome, 1
acopio stock, 10

acoplar to fit in, 3
acordar (ue) to agree, 3
  acordarse de to remember, 3
acotación *f.* stage direction, 7
actual *adj.* present, current, 9
actualidad *f.* present time, 9
acuarela watercolor, 8
acuarelista *m./f.* watercolor artist, 8
acueducto aqueduct, 6
acusación *f.* accusation, 7
acusado(a) accused, 7
acusar to accuse, 7
adaptador *m.* **eléctrico** electricity adapter, 3
adelantado: por adelantado in advance, 3
adelgazar to lose weight, 5
adivinar to guess, 1
ademán *m. gesto,* 10
administrar to administer, run, manage, 6
adobar to marinate, 4
adobo marinade, 4
adoptar to adopt, 2
adorno ornament, decoration, 2
adueñarse de to take ownership of, 7
afán *m. intención,* 3
aficionado(a) fan *(sports, music),* 4
afluir to appear in great numbers, 10
agazaparse to hide, 10
agente de bienes raíces *m./f.* real estate agent, 6
agobiado *adj.* worn out, 2
agotamiento depletion, 10
agotar to deplete, 10
agraciado *adj.* attractive, 5
agradecer (zc) to thank, 2
agradecimiento gratefulness, gratitude, 2

agregar (gu) to add, 4
agridulce *adj.* sweet and sour, bittersweet, 4
agrio *adj.* bitter, sour, 4
agua *f.* **potable/del grifo** drinkable/tap water, 6
  agua dulce fresh water, 10
aguacero downpour, 2
aguinaldo Christmas bonus, 9
agujero piercing, 5
ahogar (gu) to drown, 6
ahora: por ahora for now, 3
ahorros *pl.* savings, 9
ajedrez *m.* chess, 4
alambrada tangle of wiring, 4
alambre *m.* wire, 9
al azar random, 3
alborotar *agitar,* 9
alcance *m.* reach, range, scope, 10
alcanzar to reach, attain, achieve, 10
aldea global global village, 10
alfarería pottery, 8
algo something, 3
alguien someone, 3
algún, alguno *adj.* some, 3
  de algún modo somehow, 3
  alguna vez sometime, ever, 3
  de alguna manera some way, 3
alguno(a) someone, 3
aliento breath, 6
alimenticio *adj.* food, nutritional, 4
alivio relief, 2
almacenar to store, 9
almácigo nursery, 10
alojarse to stay, lodge, 3
al ras at the bottom of, 9

alta tecnología high technology, 9
alternativo *adj.* alternative, 2
altiplano high plateau, 1
altruismo altruism, 6
altruista *m./f.* altruist, 6
altura height, altitude, 1
alucinante *adj.* amazing, incredible, 1
amanecer *m.* sunrise, 1
amenaza threat, 7
amenazar to threaten, 7
americana men's blazer, 5
amigo(a) por correspondencia
    pen pal, 2
aminorar to mitigate, 2
andén *m.* platform, 3
anestesia anesthesia, 9
anglohablante *m./f.* English speaker, 1
anhelante *adj.* yearning, longing, 5
animadora bizca cross-eyed host, 9
aniversario de bodas wedding
    anniversary, 2
anoche *adv.* last night, 2
antepasado(a) ancestor, 1
antes (de) que *conj.* before, 7
anticuado *adj.* old-fashioned,
    antiquated, 9
antiguo *adj.* old, 1
antojarse to fancy, feel like, 10
antro joint *(anatomy)*, 10
aparecero sharecropper, 1
apariencia física physical appearance, 5
apasionado *adj.* passionate, 5
apearse *bajarse,* 1
apegado *adj.* attached, 3
apelar to ask, appeal, 9
apenas *adv.* barely, 1
apersonarse to show up, 9
apilar to pile up, 9
aplastarse to become crushed, 1
apogeo height *(of fame, power)*, 3
aporte *m.* contribution, 1
apostar (ue) to bet, gamble, 4
apoyar to support, 7
apreciar to appreciate, 8
apuntar to aim, 4
arcilla clay, 8
arco arch, 8
argumento plot *(of a play or film)*, 4
arrasar to devastate, 6
arrebatar to snatch, 9
arrebato rapid movement; a fit of
    anger/passion, 7
arrepentirse (ie) to repent, 3; to regret, 9
arribar *llegar,* 10
arriesgar (ue) to risk, 9
arrimar to bring

arrimar un banquillo to bring a stool
    closer, 4
    arrimarse to approach
arrollar to run over, 10
arroz con melao lit. rice and honey, 4
arrugar (gu) la nariz to wrinkle one's
    nose, 1
arte *m.* art, 8
artesanía arts and crafts, handicrafts, 8
asa handle, 1
asar to roast, 4
    asar a la parrilla to broil, grill, 4
ascendencia heritage; nationality, 1
aseada *adj. ordenada,* 4
asesinar to murder, 7
asesinato murder, 7
asesino(a) murderer, 7
asesor(a) advisor, 3
así como así just like that, 2
asilo convalescent home, 2
asimilarse to assimilate, 1
asistencia financiera financial aid, 3
asistente personal digital (APD) *m.*
    Personal Digital Assistant (PDA), 9
asomar to begin to appear, 4
asombro awe, 9
astilla *pedazo pequeño de madera,* 10
atado *adj.* tied, 5
atención *f.* **al cliente** customer service, 6
atender (ie) to attend to, 6
atentado attack, assault, 7
atiborrar to fill, stuff, 2
atinar to find, come upon, 2
atletismo track and field, 4
atolondrado *adj.* scattered, confused, 10
atracar (qu) to hold-up, mug, 7
atraco hold-up, mugging, 7
atractivo attraction, 1
atraer to attract, 10
atraso delay, 4
atreverse *tener la audacia,* 10
atrevido *adj.* daring, risqué, 5
atributo attribute, 6
atuendo outfit, 5
atusarse los bigotes to smooth his
    whiskers, 4
audaz *adj.* daring, bold, 5
aullar to howl, 4
austral *adj. del sur,* 10
auto híbrido/de hidrógeno hybrid/
    hydrogen car, 9
autodenominarse to call oneself, 1
autoridad *f.* authority, 7
aventura adventure, 8
avisar to warn, 1
ayer *adv.* yesterday, 2

B

babear to drool, 6
bahía bay, 1
balaustrada balustrade, 10
balaustre *m.* banister, 4
banda ancha broadband, 9
bandeja tray, 5
baraja deck of cards, 4
barajar to shuffle, 4
barbilla redonda round chin, 5
barrendero(a) janitor, 1
barrera barrier, obstacle, 10
barriada neighborhood, 5
batir to whip, 4
bautismo baptism, 2
beca scholarship, 3
bendecir (i) (la mesa) to bless
    (the table), 2
bendición *f.* blessing, 2
beneficio benefit, 9
bienestar *m.* well-being, 6
bilingüismo bilingualism, 10
biodiversidad *f.* biodiversity, 10
bisabuelo(a) grandfather
    (grandmother), 2
bisnieto(a) great-grandson
    (great-granddaughter), 2
blanco target, 4
bloquear to blockade, 7
bloqueo blockade, 7
bobo *adj.* silly, 4
bochorno sultriness, stuffiness, 2
bolera bowling alley, 4
boliche *m.* bowling, 4
bolsa bag
    bolsa de trabajo job listings, 6
    de bolsa in a bag, 4
bolsillo pocket, 5
bono bonus, 6
boquete *m.* narrow entrance, 2
boricua *m./f.* Puerto Rican, 1
botica pharmacy, 3
boxeo boxing, 4
bragas panties, 5
brecha gap, breach, 10
brindis *m.* toast (at a celebration), 2
bruma mist, 10
bueno *adj.* good, 1
bullir to boil, 10
bulto *paquete,* 9
burbuja: envase *m.* **de burbuja**
    bubble wrap, 9
burgués *adj. clase media,* 7
buscador *m.* search engine, 9
búsqueda search, 9
    búsqueda de trabajo job search, 6

C

cabizbajo *adj. con la cabeza baja*, 1
cabrito kid, young goat, 4
cacería hunting, 3
cacerola pot, 9
caerse bien/mal to like/dislike a person, 5
cal *f.* lime, 9
calafatear *cubrir los agujeros*, 10
calamitoso *adj.* disastrous, 5
caldera large pot, 3
calentamiento global global warming, 10
calidad *f.* **de vida** quality of life, 9
calvo *adj.* bald, 5
calzado footwear, 5
calzoncillos underpants (men's), 5
camarote *m.* ship's cabin, 3
cambio loose change, 3
camión *m. autobús*, 1
camisón *m.* nightgown, 5
camposanto cemetary, 1
candelabro candelabra, 2
canela cinnamon, 4
canilla shin, 5
capacitación *f.* training, 6
capacitar to train, 6
capataz *m. jefe*, 1
capo hood, 9
caprichoso *adj.* capricious, impulsive, 5
captar to capture, 5
capucha: con capucha hooded, 5
carácter *m.* character, 5
carecer (zc) de to lack, 10
carencia lack, 10
cargo charge, 7
cariñoso *adj.* affectionate, loving, 5
carrera de relevo relay race, 4
carruaje *m.* carriage, 10
carta de presentación cover letter, letter of introduction, 6
carta card, 4
cartel *m.* sign, 9
casa de cambio place to exchange currency, 3
casco helmet, 10
caso case, 7
castañetear los dientes to chatter the teeth, 2
castigar (gu) to punish, 7
castigo punishment, 7
catedral *f.* cathedral, 3
causa subyacente underlying cause, 10
cazadora jacket *(waist length)*, 5
cazar to hunt, 10
ceja poblada thick eyebrow, 5
celebración *f.* celebration, 1
célula madre stem cell, 9

censura censure, 7
censurar to censure, 7
cercano *adj.* close, 2
ceremonia ceremony, 2
cerilla match, 9
cerro hill, 1
certamen *m.* contest, 1
chabacano vulgar, 4
chancla flip-flop, beach sandal, 5
chaqueta con puños abotonados jacket with buttoned cuffs, 5
chasquido cracking sound, 3
chavito *centavo*, 4
chicano(a) Chicano, 1
chicharrón *m.* pork rind, 4
chocita shack, 1
chofer *m.* driver, 3
cholo *m. gente con dinero*, 7
choque cultural *m.* culture shock, 3
chorrearse to slide down, 7
chubasco heavy rain shower, 1
chuleta pork or lamb chop, 4
científico(a) scientist, 6
cierre *m.* **de cremallera** zipper, 5
cinta ribbon, 4
circundante *adj.* surrounding, 5
claraboya skylight, 3
clase *f.* **social** social class, 1
clima *m.* climate, 1
clon *m.* clone, 9
clonación *f.* cloning, 9
clonar to clone, 9
cobertura total complete coverage, 3
cobrar to gain, 10
   cobrar un cheque to cash a check, 3
cocina kitchen; cooking, 4
cohesivo *adj.* cohesive, 2
colarse *meterse*, 10
colchón *m.* mattress, 1
coleccionar to collect, 4
coleccionismo collecting, 4
colegiatura tuition, 3
colegio residencial dorm, 3
colocar (qu) to hang, to place, 2
colonización *f.* colonization, 10
colonizar to colonize, 10
color guayaba guava fruit color, 4
columpiarse to swing, 4
combatir to combat, fight against, 6
cometer un delito to commit a crime, 7
comisión *f.* commission, 6
como *adv.* like; as, 3
compartir share, 1
comprometerse to commit oneself, 6
comunicación *f.* **franca** frank/open communication, 2

comunión: primera comunión *f.* first communion, 2
con tal que *conj.* provided that, 7
concha sea shell, 1
conchabarse to band together, 9
conciencia conscience, 10
concienciar (de) to make aware (of), 10
concordar (ue) to make agree, 1
condado county, 1
condena conviction, sentence, 7
condenar to convict, sentence, 7
confidencialidad *f.* confidentiality, 9
conflicto armado armed conflict, war, 6
conjunto outfit (clothing), 5
conjurar *impedir*, 9
conllevar to entail, involve, 10
conmemorar to commemorate, 2
conocimiento knowledge, 7
consabido *adj.* normal, usual, 9
consentir (ie) en to agree to, 2
consigna slogan, 7
consultor(a) (en bases de datos) (database) consultant, 6
consumir to consume, 10
consumo consumption, 10
contar (ue) to count; to tell
   contar con to count on, 2
   contar chistes to tell jokes, 2
contemporáneo *adj.* contemporary, 8
contraseña password, 9
controversia controversy, 9
controvertido *adj.* controversial, 9
convenio agreement, treaty, 10
convivir to live together, 2
cordillera mountain chain, 1
cordón *m.* **umbilical** umbilical cord, 9
corredero pathway, 8
corredor(a) de bolsa stockbroker, 6
corriente *adj. ordinario*, 9
corrillo clique, 5
corteza bark, 10
costal *m.* bag, 3
cotización *f.* quote, 6
cotizar to quote, 6
creencia belief, 7
crianza good manners, 4
criar to raise, 2
crimen *m.* crime, 7
crío infant, 5
crisis *f.* crisis, 2
crisol *m.* melting pot, 1
crucero cruise, 3
crucigrama *m.* crossword puzzle, 4
crudo *adj.* raw, primitive, 5
cual(es)quiera whoever, whatever, 7
cuando *conj.* when, 2

cuandoquiera *conj.* whenever, 7

cuaresma Lent, 2

cuatro guitar-like Puerto Rican instrument, 4

cubrir to cover, 4

cucharada tablespoon, 4

cucharadita teaspoon, 4

cuellicorto short-necked, 5

cuenca eye socket, 3

cuento de hadas fairy tale, 8

cuestión *f.* **ética** ethical question, issue, 9

culpable *adj.* guilty, 7

cumplido compliment, 5

cúpula dome, 8

cura *m.* priest, 2; *f.* cure, 9

curable *adj.* curable, 9

curar to cure, 9

cursar to take courses; to deal with a process, 3

D

damas *pl.* checkers, 4

dañar to damage, 9

dañino *adj.* damaging, 9

daño damage, 7

dar to give

   dar el pésame to offer condolences, 2

   dar vivas to cheer, 7

   darse cuenta de to realize, 3

   darse de alta/baja to add/drop, 3

dardo dart, 4

datar de to date from, 8

decisiones: toma de decisiones decision making, 10

decorar to decorate, 2

defensor(a) defender, 7

defraudar to defraud, 7

dejar to leave (something), 1

degustar to taste, sample, 1

delantal *m.* apron, 4

delito: cometer un delito to commit a crime, 7

demanda lawsuit, 7

denuncia accusation, 7

denunciar to make an accusation against someone, 7

departamento apartment, 3

depuesto *adj.* deposed, 8

derecho *n.* right, 3

derechos de autor copyright, 9

derramar to spill, 10

derrame *m.* spill, 10

derretir (i) to melt, 4

derrocamiento overthrow, 7

derrocar (qu) to overthrow, 7

derrumbarse to crumble, 6

desabastecimiento scarcity, 9

desafiante *adj.* challenging, defiant, 8

desafiar to defy, 8

desafío challenge, defiance, 10

desaire *m.* rejection, 4

desamparo helplessness, 2

desaparecer (zc) to disappear, 7

desaparecido(a) missing person, 7

desarrollo sostenible sustainable development, 6

   en vías de desarrollo developing, 6

desasosiego anxiety, 2

desatado *adj.* unleashed, 10

desazón *f.* uneasiness, 2

desbaratar to fall apart, 5

descabellado *adj.* crazy, crackpot, 9

descartar to discard, throw out, 2

descomponerse to decompose, break down, 10

descomunal *adj.* large, 5

desconcertado *adj. sorprendido,* 3

describir to describe, 1

descuento discount, 3

desempleo unemployment, 10

desenlace *m.* ending, 8

desenmascarar to unmask, 4

desfallecido *adj.* faint, 10

desgajar to rip, tear off, 2

desgastar to wear out, 10

desgaste *m.* wear, corrosion, 10

desgranar to spew forth, 10

deshacer to dissolve, take apart, undo, 10

deshechos *pl.* remains, 10

desierto desert, 1

desigualdad *f.* inequality, 7

deslizamiento landslide, 6

deslizar to slip by, 2

desmoronamiento period of economic crisis, 9

desnivelado *adj.* unbalanced, 5

desnudez *f.* nudity, 5

desnutrición *f.* malnutrition, 6

desolador(a) *adj.* bleak, 5

despedir (i) to fire, 3

   despedirse de to say good-bye, 3

despegar (gu) to open, 10

desplazamiento displacement, removal, 10

desplazar to transfer, 7; to displace, move, 10

desplumado *adj.* featherless, 4

despreocupado *adj.* carefree, 5

después (de) que *conj.* after, 7

destacar(se) (qu) to (make something) stand out; to make oneself stand out, 1

desternillarse de risa to erupt in laughter, 5

destino destination, 3

destreza skill, 6

destripar to disembowel, 3

desventajoso *adj.* disadvantageous, 10

desviar to redirect, 6

detectar to detect, 9

detener (ie) to stop, detain, arrest, 7

deteriorar to deteriorate, damage, 10

deterioro deterioration, damage, 10

día *m.* **del santo** day of one's saint's name, 2

dicho saying, 4

digitalizar to digitize, 9

dignidad *f.* dignity, 7

diosa goddess, 5

directorio management, 9

discriminación *f.* discrimination, 7

discriminar to discriminate, 7

diseñador(a) gráfico graphic designer, 6

diseño design, 5

disminuir to lower, 9; to decrease, diminish, 10

dispararle a alguien to shoot someone, 7

disponer to dispose, arrange, 2

disponibilidad *f.* availability, 3

disponible *adj.* available, 3

dispositivo device, gadget, 9

disputa dispute, 7

disputar to dispute, 10

diversidad *f.* **lingüística** linguistic diversity, 10

dominación *f.* domination, 10

dominar to dominate, 10

dominio de mastery of, 6

dondequiera *adv.* wherever, 7

dormir (ue) to sleep, 3

   dormirse to fall asleep, 3

duradero *adj.* lasting, 2

durante *prep.* during, 2

E

echar to throw, 5

   echar(le) sal to add salt *(to something)*, 4

ecosistema *m.* ecosystem, 10

edad *f.* age, 6

educación *f.* **a distancia** distance learning, 9

educado *adj.* well-mannered, polite, 5

educar (qu) to educate; to teach manners to, 2

efecto invernadero greenhouse effect, 10

eficaz *adj.* efficient/ efficiently, 9

eficazmente efficiently, 9

egoísta *adj.* selfish, 5

egresado(a) graduate, 3

ejecutivo(a) de cuentas account executive, 6

ejemplar *m.* copy, 8

ejército army, 1

elaborar a mano to produce, make by hand, 8

embalse *m.* reservoir, 10

embestir (i) to attack, 4

emborracharse to get drunk, 2

embozado *adj.* muffled, masked, 2

embrión *m.* embryo, 9

emigrante *m./f.* emigrant, 10

emigrar to emigrate, 10

empacar (qu) to pack, 2

empalme *m.* splice, 9

empatar to tie *(the score)*, 4

empate *m.* tie *(score)*, 4

empolvarse *ponerse maquillaje*, 4

emprendedor(a) *adj.* enterprising, 6

empresario(a) entrepreneur, 6

en *prep.* in

    en caso (de) que *conj.* in case that, 7

    en cuanto as soon as, 7

encaje *m.* lace, 5

encantador(a) *adj.* charming, 1

encantar to delight, to love, 5

encargarse (gu) de to be in charge of , 6

encontradizo encounter, 3

encuesta survey, 9

enfermedad *f.* **infecciosa** infectious disease, 6

enfermo(a) *n.* sick person; *adj.* ill, 1

enfrentarse a los retos to confront challenges, 3

enfriar to cool, 4

engalanarse *vestirse elegantemente*, 4

engañar to deceive, 1

engordar to gain weight, 5

enojar to anger, 5

    enojarse to get angry, 1

enriquecer (zc) to enrich, 3

enrulado *adj. rizado*, 9

ensabanar *cubrir*, 1

enseñar clases to teach classes, 6

ensimismado *adj.* self-absorbed, 5

enterarse de to learn about, 5

entorno surroundings, 3

entre *prep.* between, 3

entrecortado *adj.* intermittent, 2

entrelazarse to become entwined with, 10

entretener(se) (ie) to entertain (oneself), 4

entretenido *adj.* entertaining, 1

entusiasmo enthusiasm, 1

envasar to package, 6

envase *m.* container, 6

    envase de burbuja bubble wrap, 9

envenenar to poison, 10

enviar to send, 6

envolver (ue) regalos to wrap presents, 2

épica epic, 8

esbozar to outline; to sketch, 10

escalada en roca rock climbing, 4

escapada escapade, 3

escenario stage, 1; scenery, 7

escéptico *adj. dudoso*, 3

esclavitud *f.* slavery, 7

esclavo(a) slave, 7

escoger to pick, 2; to select, 6

escombros *pl.* debris, 6

esconder to hide, 8

escurridizo *adj.* slippery, 10

escusado toilet, 1

esfumarse to fade, 10

esmirriado *adj.* skinny, 5

espantoso *adj.* horrible, 5

esparcir to spread, 9

especie *f.* **silvestre** wild species, 10

espectáculo show, 1

espectador(a) spectator, 7

esperanza hope, 10

    esperanza de vida life expectancy, 9

espía *m./f.* spy, 9

espiar to spy, 9

espionaje *m.* **cibernético** cyber spying, 9

estable *adj.* stable, 2

establecer(se) (zc) to establish (oneself), 1

estafa fraud, swindle, 7

estafar to cheat, swindle, 7

estampado print, 5

estancia stay, period of time, 3

estanque *m.* pond, 10

estar to be

    estar de luto to be in mourning, 2

    estar de sobremesa to be at the table for table talk, 2

    estar despejado to be clear *(skies)*, 1

    estar dispuesto a to be prepared to, capable of, 6

    estar en el borde to be on the edge, 1

    estar en las afueras to be on the outskirts, 1

    estar preso(a) to be in prison, 7

    estar situado to be situated, 1

    no estar para to not be in the mood for, 3

esternón *m.* sternum, 5

esteroide *m.* steroid, 9

estética aesthetics, 8

estético *adj.* aesthetic, 8

estipendio stipend, 6

estrategia strategy, 10

estrellarse to smash, crash, 3

estrepitosamente noisily, 2

estruendo clamor, noise, 2

    impresionante estruendo thunderous noise, 9

estupor *m.* stupor, 5

etnia ethnicity, 1

étnico: grupo étnico ethnic group, 1

evitar to avoid, 1

excluir to exclude, 10

exclusión *f.* exclusion, 10

exigencia demand, 7

exigir to demand, 6

éxito success, 6

expandir to expand, 10

expansión *f.* expansion, 10

expectativa expectation, 2

experiencia previa previous experience, 6

experimentar to try; to experience, 8

explícito *adj.* explicit, 3

explorar cuevas to explore caves, 4

explotación *f.* exploitation, 7

explotar to exploit, 7

exposición *f.* exposition, 4

expresión *f.* expression, 7

exprimir en un paño to squeeze with a cloth, 4

exquisito *adj.* exquisite, 1

extendido *adj.* extended, 2

extenuado *adj.* very tired, 10

extrañar a los amigos to miss friends, 3

extraviado *adj.* lost, 6

F

facciones grandes/delicadas *pl.* large/delicate facial features, 5

fachada façade, 8

fajar to whip, 1

fallar to fail, 3

falsificar (qu) to falsify, 7

falta sin, 5

faltar to be missing, lacking, 5

fantasía fantasy, 8

fantástico *adj.* fantastic, 8

farola lamp post, street light, 5

fascinante *adj.* fascinating, 8

fascinar to fascinate, 5

fauces *f.pl. bocas*, 10

favela brazilian slum, 9

fe *f.* faith, 8

fecha límite deadline, 3

feligrés(esa) parishoner, 2

fertilidad *f.* fertility, 9

fertilización *f.* **in vitro** in vitro fertilization, 9

festejar to celebrate, 1

festivo *adj.* festive, 1

ficción *f.* fiction, 8

ficha token, 3
ficticio *adj.* fictitious, 8
fidelidad *f.* faithfulness, 2
fideos *m.pl. un tipo de pasta,* 9
fieles *pl.* congregation, 6
fiesta patria celebration in honor of one's homeland, 1
fiesta patronal *fiesta en honor a un santo,* 4
fijarse en to pay attention to, 5
flagrante *adj.* flagrant, 2
flujo flow, 9
fogata bonfire, 2
folleto brochure, 3
fondear to anchor, 3
fondo: en el fondo in the background, 8
foro de debate debate forum (online forum), 9
fortalecer (zc) to strengthen, 10
fortalecimiento strengthening, 10
fracasar to fail , 2
fracaso failure, 2
franela flannel, 5
franquear to enter, pass through, 10
fraude *m.* fraud, 7
freír to fry, 4
fresco *adj.* fresh, 5
frotarse to rub, 1
fuego fire
   a fuego bajo/medio/alto on low/médium/high heat, 4
   fuegos artificiales *pl.* fireworks, 1
fuente *f.* **artística** artistic source, inspiration, 8
fuga de cerebros brain drain, 10
fugar (gu) to flee, escape, 10
fulgurante *adj.* brilliant, 10
funeral *m.* funeral, 2
fustanear to destroy, 8

G

gallego *español,* 9
gallinero hencoop, 1
ganadería cattle raising, 9
garantía guarantee, 3
garantizar to guarantee, 3
gargantilla short necklace, choker, 5
gastar bromas to play a joke, 2
gasto expense, 3
gaviota seagull, 3
gélido *adj.* icy cold, 3; *adj. muy frío,* 10
gen *m.* gene, 9
género literario literary genre, 8
genoma *m.* **humano** human genome, 9
gente *f.* people, 6
   gente desamparada homeless people, 6
   gente discapacitada disabled people, 6

geografía geography, 1
gerente *m./f.* **de sucursal** branch manager, 6
gira tour (of duty), 6
globalización *f.* globalization, 10
globo balloon, 2
gomina hair grease, 5
gorra cap *(with visor),* 5
gorro cap *(no visor),* 5
gozar to enjoy, 1
grabe *m.* tape, 9
gracioso *adj.* funny, 2
graduación *f.* graduation, 2
gratificante *adj.* gratifying, 6
gris topo mole gray, 9
guagua bus *(Caribbean),* 4
guijarro pebble, 10
guirnalda garland, 2
gusto: a gusto to taste, 4

H

haber to have *(auxiliary verb),* 9
habichuela bean, 4
hablar to speak, 1
hacer to do; to make
   hacer bromas to play a joke, 2
   hacer caso omiso *ignorar,* 3
   hacer dedo to hitchhike, 3
   hacer el juego to play along, 4
   hacer equipos to form teams, 4
   hacerse cargo de to take charge of, 2
   hacerse rico/abogado to become, make yourself rich/a lawyer, 6
   hacerse un nudo en la garganta to feel a lump in the throat, 1
harapo rag, tatter, 2
hasta que *adv.* until, 7
hazaña deed, 4
heladera *refrigerador,* 9
helicóptero helicopter, 9
herir (ie) a alguien to wound, hurt someone, 7
herramienta tool, 3
hervido *adj.* boiled, 4
hervir (ie) to boil, 4
higiene *f.* hygiene, 6
hijastro(a) stepson (stepdaughter), 2
hijo(a) adoptivo(a) adopted child, 2
hijo(a) único(a) only child, 2
hinchado *adj.* swollen, 2
hipos hiccups; sobs, 5
hispanohablante *m./f.* Spanish speaker, 1
historial *m.* **académico** academic transcript, 3
hogareña *adj. doméstica,* 9

hojarasca fallen leaves, 10
homenaje *m.* homage, tribute, 8
homogeneización *f.* homogenization, 10
homogeneizar to homogenize, 10
hormona sintética synthetic hormone, 9
hospedaje *m.* lodging, 3
hospedarse to stay, lodge, 3
hostal *m.* hostel, 3
hostigamiento harassing, harassment, 7
hostigar (gu) to harass, 5
hoy *adv.* today, 9
hueco *adj.* hollow, 2; *n.* hole, 9
huérfano(a) orphan, 2
huerta *jardín de vegetales,* 10
huir to flee, 6; **huir** to flee, 6; *escapar,* 10
humeante *adj.* steaming, 6
humedal *m.* wetland, 10
húmedo *adj.* humid, 1
humilde *adj. pobre,* 9
hundirse to sink, 6
huracán *m.* hurricane, 1
huraño *adj.* unsociable, 10
husmear *investigar,* 4

I

icono icon, 1
identidad *f.* **cultural** cultural identity, 10
   robo de identidad identity theft, 9
igualdad *f.* equality, 7
iluminación *f.* lighting, 7
impactante *adj.* striking, powerful, 5
impacto devastador devastating impact, 10
impartir clases to teach classes, 6
ímpetu *m. energía,* 4
implementar to implement, 6
implícito *adj.* implicit, 3
imponer to impose, 10
importar to matter to; to be important to, 5
imposición *f.* imposition, 10
imprescindible *adj.* indispensable, 5
impresionante estruendo thunderous noise, 9
impuesto tax, 3
imputable a due to, 9
inacabado *adj.* unfinished, 5
inalámbrico *adj.* wireless, 9
incendio forestal forest fire, 6
incentivar to motivate, encourage, 10
incentivo incentive, 10
inconveniente *m.* drawback, 9
independizarse to become independent, 2
indígena *adj.* indigenous, 1
indispensable *adj.* indispensable, 9
indocumentado *adj.* undocumented, 10
infertilidad *f.* infertility, 9

infidelidad *f.* unfaithfulness, 2
influencia influence, 8
influir to influence, 1
ingresar to enter, 10
ingreso de inmigrantes entrance of immigrants, 10
inimaginable *adj.* unimaginable, 9
inmenso *adj.* enormous, 3
inmigrar to immigrate, 1
inmutar to change, 2
innovador *adj.* innovative, 5
inquieto *adj.* anxious, worried, 10
inquietud *f.* anxiety, worry, 10
inscribirse to enroll, 3
integrarse to integrate oneself *(into a country)*, 3
intempestivo *adj. inapropiado*, 3
intercambiar ficheros to exchange files, file share, 9
interesar to be of interest to, 5
interrogación *f.* interrogation, 7
interrogar (gu) to interrogate, 7
intimidad *f.* intimacy, 2
íntimo *adj.* intimate, 2
inundación *f.* flood, 6
inútil *adj.* useless, 9
inventar to invent, 9
invento invention, 9
inversión *f.* investment, 10
invertir (ie) to invest, 10
involucrarse en actividades to get involved in activities, 3
ir to go, 3
    irse to leave, go away, 3
ira *rabia*, 3
ironía irony, 8
irónico *adj.* ironic, 8
isla tropical tropical island, 1
itinerario itinerary, 3

J

jactarse to boast, 3
jaculatoria ejaculatory prayer, 2
jamás *adv.* never, 3
Janucá Chanukah, 2
jefe(a) de finanzas head of finances, 6
jengibre *m.* ginger, 4
jersey *m.* pullover sweater, 5
juego de mesa board game, 4
juez *n.* judge
juguetón(ona) *adj.* playful, 5
juicio trial, 7
jurado jury, 7
jurar to testify, swear, 7
justo *adj.* fair, 6
juzgar (gu) to judge, 6

L

labranza *cultivo*, 10
lacónico *adj. breve*, 3
lado *lugar*, 9
ladridos barking, 1
lanzarse miradas to throw looks at each other, 3
lata: de lata canned, 4
látigo whip, 6
lazo bow, 4
lazos familiares family ties, 2
lector(a) reader, 8
legalización *f.* legalization, 10
legalizar to legalize, 10
lejano *adj.* distant, 2
lencería lingerie, 5
lengua materna mother tongue, 10
leña *madera para quemar*, 10
lente *m.* **telefoto/gran angular** telephoto/wide-angle lens, 8
levantamiento uprising, 7
leyenda legend, 8
liberación *f.* liberation, 7
liberar to liberate, 7
libra pound, 4
licencia de manejo driver's license, 3
licenciatura undergraduate degree, 3
lienzo canvas, 7
línea camionera/aérea bus/airline, 3
lino linen, 2
linterna flashlight, 6
lío problem, 4
lista de espera waiting list, 3
listo *adj.* clever; ready, 1
llamada local / de larga distancia / por cobrar local / long distance / collect phone call, 3
llamar la atención to call attention to, 7
llamativo *adj.* showy, flashy, 5
llaneza *simplicidad*, 3
llegar (ue) a casa to return home, 1
llevar a cabo to carry out, 7
llover (ue) to rain, 1
lloviznar to drizzle, 1
loco *adj.* insane; crazy, foolish, 1
lodo *barro, tierra*, 1
lograr el golpe to get a strike *(bowling)*, 4
logro achievement, 1
lucha struggle, 7
luchar to fight
    luchar contra (por) to struggle against (for), 7
    luchar por los derechos to fight for one's rights, 7
lucir (zc) un estilo to show off a style, 5
luego que *adv.* after, 7

lugareño *adj.* local, 10
lujuria lust, 8

M

machacado *adj.* mashed, 4
machacar (qu) to crush; to mash, 4
madera wood, 8
madurar to mature, 3
maduro *adj.* ripe, 4
magullado *adj. con dolor*, 1
maleducado *adj.* bad-mannered, impolite, 5
malentendido misunderstanding, 2
maleza weeds, 9
malo *adj.* bad; ill, 1; **de mala gana** *con mal humor*, 3
maltratar to mistreat, 7
maltrato mistreatment, 7
mancha stain, 7
manejar ebrio to drive drunk, 7
mango handle, 4
manguera hose, 1
manija handle; crank, 2
manipulación *f.* **genética** genetic manipulation, engineering, 9
manipular to manipulate, 8
manjar *m. comida muy rica*, 4
mano *f.* **de obra** labor, 9; workforce, 10
mansedumbre *f.* tameness, gentleness, 5
mar *m.* **Mediterráneo/Caribe** Mediterranean/Caribbean Sea, 1
marca brand, 5
marcapasos *m.* pacemaker, 9
marcha march, 7
marchar to march, 7
marchitarse to wilt, 10
mareado *adj.* dizzy, 1
marginación *f.* marginalization, 7
marginado(a) marginalized person, 7
mármol *m.* marble, 8
más *adv.* more, 3
matiz *m.* shade, tint, 8
matizar to blend *(colors)*, 8
maullar to meow, 4
medio hermano(a) half brother (half sister), 2
médula marrow, 9
mejora improvement, 5
mejoramiento betterment, 6
melancólico *adj.* melancholy, sad, 2
melao honey-like substance, 4
melcocha sticky mix, 4
memorias *pl.* memoirs, 8
mendigar (gu) to beg, 5
menos *adv.* less, 3
    a lo menos at least, 1
    a menos que unless, 7

menospreciar to despise; to undervalue, 10

menosprecio scorn, lack of appreciation, 10

mentón *m.* **redondo** round chin, 5

mesita ratona coffee table, 9

mestizaje *m.* mixing of races, 8

metáfora metaphor, 8

meter preso(a) to put in prison, 7

mezquino *adj.* petty, 10

mientras *conj.* while, 2

mimado *adj.* spoiled, pampered, 5

mimar to spoil, 2

minoría minority, 1

miradas: lanzarse miradas to throw looks at each other, 3

misa (del gallo) (Midnight) mass, 2

mismo *adj.* same, 2

mítico *adj.* mythical, 8

mito myth, 8

mitología mythology, 8

moda style, 5

moldear to mold, 8

molestar to annoy, 5

monolingüismo monolingualism, 10

monoparental single parent, 2

montaña rusa roller coaster, 4

montañoso *adj.* mountainous, 1

montar un negocio to start a business, 6

montón *m.* whole bunch, 6

monumento monument, 3

moqueante *adj.* runny-nosed, 5

morir (ue) to die, 10

mortero mortar, 4

motosierras *máquina para talar,* 10

movilización *f.* mobilization, 7

moviola device for editing film, 9

movilizar to mobilize, 7

muchedumbre *f. grupo numeroso,* 1

mudarse to move *(residence),* 3

muestra gesture; sample, copy, 8

multa ticket, fine, 7

   ponerle una multa to give someone a ticket, fine, 7

mural *m.* mural, 8

muro *pared,* 10

música salsa/cumbia/merengue salsa/cumbia/merengue music, 1

mustio *adj.* limp, withered, 10

N

nacer (zc) to be born, 1

nacimiento birth, 2

nada nothing, 3

nadie no one, 3

nariz aguileña/chata hooked/flat nose, 5

narizotas nostrils; person with a big nose, 5

narrador(a) narrator, 8

narrativa narrative, 8

naturaleza muerta still life, 8

navegar (gu) to sail, navegate

   navegar a vela to sail a sailboat, 4

   navegar en canoa to travel by canoe, 4

neblina fog, 1

negar (ie) to deny, 3

   negarse a to refuse, 3

nevar (ie) to snow, 1

ni a sol ni a sombra *nunca,* 3

ni siquiera not even, 3

ni... ni neither . . . nor, 3

ningún, ninguno *adj.* none, no, 3

   de ningún modo by no means, 3

   de ninguna manera no way, 3

ninguno(a) no one, 3

niñera baby-sitter, 2

no bien *tan pronto como,* 4

novedoso *adj.* novel, new, 9

novela novel

   novela policíaca detective novel, 8

   novela rosa romantic novel, 8

nuca back of the neck, 9

nunca *adv.* never, 3

O

o... o either . . . or, 3

ocio leisure, 4

ofrecerse (zc) de voluntario(a) to offer to serve as a volunteer, 6

oleaje *m.* surf, 2

oleoducto pipeline, 7

olla saucepan, 4

olor *m.* smell, 9

oponer to oppose, 2

opresión *f.* oppression, 7

oprimir to oppress, 7

organización *f.* **sin fines de lucro** nonprofit organization, 6

orgullo pride, 1

orondo *adj. robusto,* 4

P

pachanga party, party music, 1

pacífico *adj.* peaceful, 7

padecer (zc) to suffer, 5

paisaje *m.* landscape, 8

paisanaje *m.* landscape, 8

paja straw, 4

paleta ruler, 1

palidecer *ponerse pálido,* 1

palillo toothpick, 5

palio canopy, 2

pana corduroy, 5

pancarta (picket) sign, 7

pandilla gang, 10

pandillero(a) gangster, 7

pantalla screen, 9

pantanal *m.* marsh, 10

para *prep.* for

   para cuando by the time that, 7

   para que in order that, 7

parachoques *m.* bumper, 1

parada stop (bus), 3

parecer (zc) to seem, 3; to appear, 5

   parecerse a to resemble, 3

pareja: segunda pareja second marriage; second wife/husband, 2

paro stoppage, 7

parque *m.* **de atracciones** amusement park, 4

parra grapevine, 1

parrilla grill, 9

pasa raisin, 4

pasacalle *m.* procession, 7

pasaje *m.* ticket, passage, 3

pasito *suavemente,* 4

pata leg of animal, 4

patas de un compás hands of a compass, 5

patita small foot, 4

patizambo *adj.* bowlegged, 5

patoso *adj.* clumsy, 5

patrón *m. jefe,* 3

pavor *m.* fear, 3

payaso clown, 2

pecera fish bowl, 5

pechugón(ona) *adj.* big-chested or breasted, 5

pedazo piece, 4

pegar (gu) to hit, 1; **pegar (cerrar) los ojos** to close your eyes, 1

pelea fight, 2

pelear to fight, 2

pelo lacio/rizado straight/curly hair, 5

pelotón *m.* **de fijo** permanent platoon, 3

pena penalty

   pena de cadena perpetua life sentence, 7

   pena de muerte death sentence, 7

pensión *f.* pension, 6

perder (ie) el tren/autobús/vuelo to miss the train/bus/flight, 3

perdigón *m.* pellet, 7

perejil *m.* parsley, 4

perfil *m.* profile, 5

   perfil genético genetic profile, 9

   perfil racial racial profiling, 7

perro de casta *perro con pedigree,* 4

personaje *m./f.* character, 8

personalidad *f.* personality, 5
pertenecer (zc) a to belong to, 1
pesado *adj.* difficult, 1
peso-completo heavyweight (boxing), 4
pianos muy breves soft musical pieces, 9
picante *adj.* spicy, 4
picar (qu) to cut, 4
pícara *adj.* roguish, 4
picudo *adj.* bony, 5
pieza de cerámica ceramic piece, 4
pila battery, 6
píldora anticonceptiva birth control pill, 9
pincel *m.* paintbrush, 8
pintar al óleo to paint in oils, 8
piojo louse, 1
pirámide *f.* pyramid, 3
pirata *m./f.* pirate, 9
piratear to pirate, 9
piratería piracy, 9
pista de baile dance floor, 1
pizca pinch, 4
pizcador *m.* picker, 1
plagiar to plagiarize, 7
plagio plagiarism, 7
planear to plan, 6
Planeta *m.* **Tierra** Planet Earth, 10
plano *adj.* flat, 1; **primer plano** *n.* close-up, 9
platea *asientos,* 9
platillo volante flying saucer, 5
plaza space *(on a bus),* 3
plazo: a largo/corto plazo long/short term, 6
pliegues *m.* creases, 4
plumero feather duster, 4
población *f.* population; village, 1
pobreza poverty, 6
política migratoria immigration policy, 10
polvo dust, 1; face powder, 4
poner to put, 3
pómulo cheekbone, 3
    ponerle una denuncia to make an accusation against someone, 7
    ponerse to put on, to become, 3
    ponerse el sol *atardecer,* 1
    a punto de ponerse about to start, 9
por *prep.* for
    por adelantado in advance, 3
    por aquí around here, 3
    por casualidad by chance, 3
    por ciento percent, 3
    por cierto for sure, by the way, 3
    por completo *adv.* completely, 3
    por dentro *adv.* inside, 3
    por desgracia *adv.* unfortunately, 3

por ejemplo for example, 3
por eso therefore, 3
por favor please, 3
por lo general *adv.* usually, 2
por lo menos at least, 3
por lo visto *adv.* apparently, 3
por mi parte as for me, 3
por ningún lado nowhere, 3
por si acaso in case, 3
por supuesto of course, 3
por todas partes everywhere, 3
portadora *dueña,* 9
portavoz *m./f.* spokesperson, 6
posgrado graduate studies, 3
potencia power, 9
potente *adj.* powerful, 9
pozo *adv.* well, 3
practicar (qu) to practice
    practicar paracaidismo to skydive, 4
    practicar tablavela to windsurf, 4
predecir (i) to predict, 9
predicción *f.* prediction, 9
premiar to award, 1
premio award, 1
preparativos *pl.* preparations, 2
presa dam, 10
presagio omen, 2
presencia: buena presencia good appearance, 6
presentar una demanda contra to take legal action against someone, 7
prevención *f.* prevention, 6
prevenir (ie) to prevent, 6
primero first
    por primera vez for the first time, 3
    primera comunión *f.* first communion, 2
primo(a) hermano(a) first cousin, 2
primo(a) segundo(a) second cousin, 2
primogénito(a) first born, 2
primorosamente *con amor,* 4
privacidad *f.* privacy, 2
privar(se) de to deprive (oneself) of, 7
privilegio privilege, 7
probar (ue) to try, taste; to prove, 3
    probarse to try on, 3
procesión *f.* procession, 2
prohibir to prohibit, 9
prolongar (gu) la vida to prolong life, 9
promover (ue) la paz to promote peace, 6
propiciar *causar,* 3
propiedad *f.* **intelectual** intellectual property, 9
protagonista *m./f.* protagonist, 8
proteico *adj.* varied; protein, 4
proveedor(a) provider, 2

proveer to provide, 2
prueba de ADN (ácido desoxirribonucleico) DNA test, 9
prueba evidence, 7
puente *m.* bridge, 6
puesta del sol sunset, 1
puesto que *conj.* since, 7
puesto booth, 1
pulcro clean, 9
puñado handful, 4
puñal *m. cuchillo,* 10
punto: hacer punto to knit, 5
puntada stitch, 3
pupitre *m. escritorio pequeño,* 1

Q

quedar to turn out, 3; to fit; to remain; to keep, 5
    quedarse de sobremesa to stay at the table for table talk, 2
    quedarse de sobremesa to stay at the table for table talk, 2
quejarse de to complain of, 3
quien(es)quiera whoever, 7
quimérico *adj.* unreal, unrealistic, 4
quinceañera fifteenth birthday; Sweet Fifteen, 2
quisquilloso *adj.* finicky, fussy, 5
quitar to take away, 3
    quitarse to take off, 3

R

rabioso *adj.* violent, rabid, 2
racimo bunch, 1
racismo racism, 10
raja stick, 4
rascarse to scratch, 4
rasgo *aspecto,* 9
rayar to grate, 4
reaccionar to react, 8
realismo realism, 8
realista *adj.* realistic; *n.* realist, 8
realizar to carry out, 4
recámara bedroom, 3
recapacitar to reconsider, 2
recargador battery charger, 9
recargar (gu) to recharge, 9
recaudar fondos to raise funds, 6
recelo distrust, 3; suspicion, 10
rechazar to reject, 2
rechazo rejection, 2
rechistar to protest, 2
recipiente *m.* container, 4
recital *m.* recital, 4
reclutador(a) recruiter, 6
reconocimiento recognition, 8

recorrer to pass through, 5
recorrido turístico sightseeing trip, 3
recuperar to recover, 9
recursos renovables renewable resources, 10
reflejar to reflect, 8
regalos: envolver regalos to wrap presents, 2
regañar to scold, 2
regatear to bargain, 3
regocijo joy, merriment, 2
regulación *f.* regulation, 10
regular to regulate, 10
rejas *pl.* bars (of prison), 2
relaciones *f. pl.* **familiares** family relations, 2
relámpago lightning flash, 1
relatar to tell, relate, 8
religioso *adj.* religious, 2
reluciente *adj. muy limpia,* 4
remar to row, 4
remediar to remedy, 9
remedio remedy, 9
remesa remittance, 10
remo rowing; paddle, 4
remojar to soak, 4
remolino swirling, 10
remunerado *adj.* recompensed, 4
remunerar to pay, reward, 6
rendijas nooks and crannies; cracks, 10
renombrado *adj.* renowned, famous, 8
rentar un carro to rent a car, 3
repartir las cartas to deal cards, 4
repentino *adj.* sudden, 10
repercusión *f.* repercussion, 9
repercutir to beat, repel, 10
replegar (ie) (gu) to fold, 10
repoblación *f.* repopulation, reforestation, 6
repoblar (ue) to repopulate, reforest, 6
reproductor *m.* **de MP3/DVD** MP3/DVD player, 9
requisito requirement, 6
resaltar to stand out, 2; to highlight, 9
resbalar *caer,* 3
rescatar to rescue, 10
rescate *m.* rescue, 6
resentimiento resentment, 6
reservar con anticipación to reserve in advance, 3
residuos radioactivos *pl.* radioactive waste, 10
respeto respect, 7
restauración *f.* restoration, 10
restaurar to restore, 10

restricción *f.* restriction, 10
restringir to restrict, 10
retirar dinero to withdraw money, 3
retirar to remove, 4
retos: enfrentarse a los retos to confront challenges, 3
retraso delay, 3
retrolectura *re-evaluación,* 9
revelar to reveal; to develop *(film)*, 8
rezar to pray, 2
rico *adj.* rich (prosperous); delicious, 1
riesgo risk, 9
rima rhyme, 8
rimar to rhyme, 8
riqueza natural natural richness, 10
risible *adj.* funny, 5
ritmo bailable danceable rhythm, 1
rito rite, 2
robo de identidad identity theft, 9
rocoso *adj.* rocky, 1
roída por comejenes *comida por termites,* 1
rollo de película (blanco y negro / en colores) roll of film (black and white / color), 8
romper con la tradición to break with tradition, 8
ropa de etiqueta designer clothing, 5
rueda wheel, 3
ruina ruin, 3

S

sabor *m.* taste, 4
saborear *disfrutar,* 1
sabroso *adj.* tasty, delicious, 4
sacerdote *m.* priest, 2
saco men's blazer, 5
sacudión *m.* strong jolt, 3
sacudirse to shake, 9
sahumar to perfume with incense, 9
salamandras heat radiator, 10
saltamontes *m.* grasshopper, 5
sangriento *adj.* bloody, 7
saquear to plunder, 6
sarta series, 10
sartén *f.* frying pan, 4
sastre *m.* tailor, 3
sátira satire, 8
satírico *adj.* satirical, 8
sazonar to season, 4
sección *f.* **de no fumadores** nonsmoking section, 3
seco *adj.* dry, 1
secuestrar to kidnap, 7
secuestro kidnapping, 6

segunda pareja second marriage; second wife/husband, 2
seguridad *f.* security, safety, 7
seguro *adj.* safe; sure, certain, 1
semilla seed, 10
sensato *adj.* sensible, 5
sensible *adj.* sensitive, 5
sequía drought, 6
ser to be
    ser (in)fiel to be (un)faithful, 2
    ser de pequeña estatura to be small in stature (size), 5
    ser delgado(a) de cintura/caderas to be thin waisted / in the hips, 5
serrín *m. polvo de madera,* 10
servir: no servir para nada to be useless, 3
seudónimo pseudonym, 8
siempre *adv.* always, 2
    para siempre *adv.* forever, 3
    siempre que *conj.* provided that, whenever, 7
sien *f.* temple *(anatomy)*, 10
sigilosamente secretly, 2
siglo century, 3
simbolizar to symbolize, 8
símbolo symbol, 8
símil *m.* simile, 8
sin que *conj.* without, 7
    sin que viniera al cuento out of nowhere, 3
sindicarse (qu) to unionize, 4
sindicato union, 6
sinvergüenza *m./f.* shameless person, 5
sistema *m.* **operativo** operating system, 9
sobornar to bribe, 7
soborno bribe, bribery, 7
sobrepesca overfishing, 10
sobresaltarse to startle, 1
sobreviviente *m./f.* survivor, 9
sofocado *adj.* overwhelmed, 1
sofocamiento *calor,* 3
soja soy, 9
soldado soldier, 6
soleado *adj.* sunny, 1
solidaridad *f.* solidarity, 7
sombra shadow, 8
sombrío *adj.* somber, 7
someter to subdue, 3; to subject, 7
soportar to tolerate, 2
soso *adj.* bland, 4
sospechar to suspect, 7
sospechoso *adj.* suspect, 7
sostén *m.* bra, 5
subempleo underemployment, 10
sublevar to stir up, arouse, 3

subyacente: causas subyacentes underlying causes, 10
sucedáneo(a) substitute, 9
sudadera sweatshirt, sweat suit, 5
sudor *m.* sweat, 1
suelo ground, 10
sujetador *m.* bra, 5
sumido *adj.* sunken, 1
superar(se) to overcome; to improve (oneself), 1
supervisar to supervise, 6
suprimir to suppress, 9
surco trench, 1
sustantivo noun, 1
susurrar *decir en voz muy baja,* 4
switcher *m.* device used by the director to switch cameras, 9

T

tala tree felling, 10
talante *m. actitud,* 3
talar to fell a tree, 10
talla sculpture, carving, 8
tallar to carve, shape, engrave (metal), 8
tambalear to stagger, 10
también *adv.* also, 3
tampoco *adv.* neither, not either, 3
tapa dura/rústica hard cover / paperback, 8
taquilla ticket office, 3
tarea homework, 6
tarifa price, 3
tarima *plataforma,* 9
tarjeta card
  tarjeta de banco bank card, 3
  tarjeta de embarque boarding pass, 3
  tarjeta telefónica de pre-pago prepaid phone card, 3
tasa de cambio exchange rate, 3
tatarabuelo(a) great-great-grandfather (great-great-grandmother), 2
tatuaje *m.* **adhesivo** adhesive tattoo, 5
taza cup, 4
techo roof, 2
técnica technique, 8
tecnología: alta tecnología high technology, 9
teja tile, 10
tema *m.* theme, 3
temporada season, 3
tener (ie) to have
  tener arrugas / una cicatriz to have wrinkles / a scar, 5
  tener buen aspecto to look good, 5
  tener buen/mal genio to have a bad/good temper, 5

tener derecho a to have a right to, 7
tener el amor propio to have pride/ self-respect, 5
tener (in)seguro(a) de sí mismo(a) to be (in)secure of oneself, 5
tener (la) autoestima to have self-esteem, 5
tener manejo de to manage, understand (to get the hang of), 6
teñido *adj.* dyed, 5
terapéutico *adj.* therapeutic, 9
terapia therapy, 9
terco *adj.* stubborn, 5
terminal *f.* terminal, 3
término: en primer/segundo término in the fore/background, 8
ternera veal, 4
terremoto earthquake, 2
tieso *adj.* rigid, 5
tinieblas *f. pl.* total darkness, 2
tío(a) abuelo(a) great-uncle (great-aunt), 2
tipo *hombre,* 9
tirar to throw
tiradita little pull, 4
  tirar la bola to throw the ball, 4
  tirarse to throw or hurl oneself, 4
tiritar to shake, shiver, 2
tocino bacon, 4
toma de decisiones decision making, 10
tomar medidas to take measures, 7
tonalidad *f.* shade in color, 9
tono tone, 8
tormenta storm, 1
torneo tournament, 4
torre *f.* tower, 8
tortura torture, 7
torturar to torture, 7
tostar to brown; to toast, 4; to roast, 6
trabajar bajo presión to work under pressure, 6
tradición *f.* **oral** oral tradition, 8
traficar (qu) to traffic, 10
tráfico de personas trafficking of people, 10
tragar (gu) to swallow, 6
tragedia tragedy, 8
trama plot, 8
trámite *m.* step (in a process), 3
transbordador *m.* **espacial** space shuttle, 9
transbordar to transfer *(on a bus),* 3
transgénico *adj.* transgenetic, 9
transmutado *adj.* transformed, 5
transplante *m.* **de órganos** organ transplant, 9

transporte *m.* transportation, 3
trasero buttocks, 9
trasfondo background, 2
trasnochar to stay up very late, 2
traste (plato) *m.* dish, 1
trata de esclavos slave trade, 1
tratamiento treatment, 9
trigo wheat, 9
triturar to grind, 6
trompada *n.* punch, 9
tropezar to trip, 9
trozos: en trozos in pieces, 4
trueno thunder, 1
tumbar to knock down; to overthrow, 4

U

último last
  por última vez for the last time, 3
  por último *adv.* lastly, finally, 3
umbral *m. entrada,* 7
usuario(a) user, 9
útil *adj.* useful, 9
utilidad *f.* usefulness, 9

V

vacío emptiness; special boneless cut of meat, 9
vacuna vaccination, 3
vagón *m.* car (of a train), 3
vaho vapor, 9
valiente *adj.* courageous, 5
valor *m.* value, 1
valorar to value, 1
vals *m.* waltz, 2
vanidoso *adj.* vain, conceited, 5
vaqueros jeans, 5
  vaqueros de pata ancha wide-legged jeans, 5
veces: muchas veces often, 2
veintiuna blackjack, 4
vencer to defeat, overcome, 7
venda blindfold, 7
vendaval *m.* storm, 10
vender acciones to sell stocks, shares, 6
veneno poison, 10
venta sale, 6
ventajoso *adj.* advantageous, 10
ventarrón *m.* strong wind, 5
verdadero *adj.* real, true, 1
verde *adj.* green; unripe, 1
vergüenza shame, 3
verso verse, 8
verter (ie) to pour out, 4

vestir (i) (una prenda) to wear (an item of clothing), 5

viaje *m.* **redondo** round trip, 3

vicario vicar, 2

vidriera de colores stained glass, 8

vidrio glass, 4

vidrioso *adj.* glassy, 5

vientos alisios *pl.* trade winds, 2

vigente *adj.* current, 3

villancico Christmas carol, 2

viña *plantación de uvas*, 1

violación *f.* violation, 7

violar to violate, 7

vislumbrar to make out, 10

vistoso *adj.* showy, flashy, 5

vivienda housing, house, 6

vivo *adj.* sharp; cunning, 1

volante *m.* steering wheel, 1

volar una cometa to fly a kite, 4

volcán *m.* volcano, 1

voltear to turn over, roll over, 7

  voltear los bolos to knock over bowling pins, 4

voluntariado volunteerism, group of volunteers, 6

volverse to turn around, 1

Y

ya que *conj.* since, 7

yema yolk, 4

Índice

Credits

Text/Realia Credits

13: Francisco Jiménez, *Cajas de Cartón,* © Francisco Jiménez. Reprinted with author's permission; **29:** "Entrevista con Francisco Alarcón," reprinted by permission of Norma López-Burton; **45:** From LAS CHRISTMAS (SPANISH LANG. EDITION) by Esmeralda Santiago and Joie Davidow, copyright Traducción copyright © 1998 por Alfred A. Knopf, Inc. Ilustraciones copyright © 1998 por José Ortega. Used by permission of Vintage Books, a division of Random House, Inc.; **59:** "Corpus Christi: El mico y la paloma, tradición del pueblo católico en Guatemala," reprinted from *La Hora;* **77:** Hernán Lara Zavala, "Un lugar en el mundo": From *De Zitilchén* copyright © by Hernán Lara Zavala; reprinted by permission of the author; **93:** "Aprovechar oportunidades de intercambio: Entrevista con el alumno Enrique Acuña de Relaciones Internacionales, desde Rouen, Francia" by RLG, reprinted by permission from *Nuestra comunidad;* **109:** Ferré, Rosario, "La cucarachita Martina": From Sonatinas *Cuentos de niños* copyright © 1989 by Rosario Ferré; published by Ediciones Huracán, Puerto Rico, reprinted by permission of Susan Bergholz Literary Services, New York; All rights reserved; **123:** "Antes que anochezca" by Carlos Infante, reprinted by permission of *Estrellas en la noche;* **138:** Rosa Montero, "La gloria de los feos" relato perteneciente a la obra AMANTES Y ENEMIGOS. CUENTOS DE PAREJAS © Rosa Montero, 1998; **151:** "Javier Bardem, ternura tras rudos rasgos," reprinted from Wanadoo España, S.L.; **167:** "Flores de volcán / Flowers from the Volcano" is from FLOWERS FROM THE VOLCANO, by Claribel Alegría, translated by Carolyn Forché, © 1982, reprinted by permission of the University of Pittsburgh Press; **179:** "Una experiencia inolvidable" by Giovanna García Baldovi, reprinted by permission of *Hacesfalta.org;* **196:** "Entre dos luces" (selección) by César Bravo, reprinted by permission of the author; **209:** "La ordenanza del ruido pasa el primer debate," reprinted from *elcomercio.com;* **228:** "El insomne" by Eduardo Carranza, reprinted by permission of the author; **239:** "Fernando Botero retrata la guerra en Colombia en una nueva exposición," from the Associated Press, May 4, 2004, reprinted by permission of the Associated Press; **255:** Beatriz Sarlo, "Zapping": © Beatriz Sarlo - © Emecé Editores S.A./Seix Barral; **267:** "Una encuesta de la Universidad Argentina de la Empresa (UADE): realizada en Capital y GBA. El celular estrecha los lazos familiares" by Fabiola Czubaj, reprinted from *diario.lanacion.com.ar;* **284:** Luis Sepúlveda, "Un tal Lucas": Luis Sepúlveda: Historias marginales © Luis Sepúlveda, 2000, by arrangement with Literarische Agentur Dr. Ray-Güde Mertin; **297:** "Mapuche, discriminación y basura" by Alejandro Navarro Brain, reprinted by permission of *EcoPortal.net.*

Photo Credits

CHAPTER 1
3 left: ©Ezio Peterson/UPI/Landov; **3 center:** ©CBS/Landov; **3 right:** ©Time Life Pictures/Getty Images; **4 top left:** ©David Mercado/Reuters/Corbis; **4 bottom left:** ©The Thomson Corporation/Heinle Image Resource Bank; **4 top right:** ©Sanguinetti/BASF/DDBryant Stock Photography; **4 bottom right:** ©The Thomson Corporation/Heinle Image Resource Bank; **7:** ©Penny Tweedie/Stone/Getty Images; **11:** AUTHOR; **13:** Courtesy of the author, Francisco Jiménez; **18 top right:** ©AP Photo/Elise Amendola/Wide World Photos; **18 bottom left:** ©David Turnley/Corbis; **18 top right:** ©Phil Shermeister/Corbis; **18 bottom right:** ©Lindsay Hebberd/Corbis; **20 top left:** ©Getty Images; **20 top center:** ©Brooks Kraft/Corbis; **20 top right:** ©Julio Donoso/Corbis Sygma; **20 bottom left:** ©AP Photo/Paul Sakuma/Wide World Photos; **20 bottom center:** ©Don Lansu/Ai Wire/Landov; **20 bottom right:** Salma Hayek; ©Akio Suga/EPA/Landov; **22 left:** ©Getty Images; **22 right:** ©Bill Greenblatt/UPI/Landov; **27 top, 27 bottom, and 29:** AUTHOR.

CHAPTER 2
33 left: ©AFP/Getty Images; **33 center:** ©Timothy O'Keefe/Index Stock Imagery; **33 right:** ©Oswaldo Rivas/Reuters/Landov; **34 top:** ©Cory Langley; **34 bottom left:** ©ThinkStock LLC/Index Stock Imagery; **34 bottom right:** ©Gerry Adams/Index Stock Imagery; **40:** ©AP Photo/Stuart Ramson/Wide World Photos; **46 top left:** ©Bill Gentile/Corbis; **46 top right:** ©J Marshall/Tribaleye Images; **46 bottom:** ©Sean Sprague/The Image Works; **50:** ©Kilke Calvo/V & W/The Image Works.

CHAPTER 3
65 left: ©William Coupon/Corbis; **65 center:** ©Stephanie Colasanti/Corbis; **65 right:** ©Banco de Mexico Diego Rivera & Frida Kahlo Museums Trust Av. Cinco de May No. 2, Col. Centro, Del. Cuahtemos 06059, Mexico, D. F. Photo from Art Resource, NY; **66 top, 2nd from top and bottom:** ©Royalty-Free/Corbis; **66 third from top:** AUTHOR; **69:** ©Russell Gordon/Aurora; **70:** OmniPhotoCommunications/Index Stock Imagery; **75:** ©The Thomson Corporation/Heinle Image Resource Bank; **77:** Courtesy of the author, Hernán Lara Zavala; **82 top left:** ©Stephanie Maze/Corbis; **82 top right:** ©DD Bryant Stock Photography; **82 bottom left: and both on bottom right:** ©Royalty-Free/Corbis; **86 top:** ©Jose Vicente Resino; **page 80 bottom:** ©Sergio Pitamitz/Corbis.

CHAPTER 4
99 center: ©AP Photo/Jose Goitia/Wide World Photos; **99 right:** ©Don Lansu/Ai Wire/Landov; **102 left, center left and center right:** ©The Thomson Corporation/Heinle Image Resource Bank; **102 right:** ©Bjorn Kindler/istockphoto.com/RF; **105:** AUTHOR; **109:** Photo of Rosario Ferré ©AP Photo/Ricardo Figueroa; **114 and 117 (all):** AUTHOR.

CHAPTER 5

129 left: ©Walker/Index Stock Imagery; **129 center:** ©The Thomson Corporation/Heinle Image Resource Bank; **129 right:** ©Archivo Iconografico, S. A./Corbis; **130 top left:** ©Elisa Cicinelli/Index Stock Imagery; **130 top right:** ©Grantpix/Index Stock Imagery; **130 center:** ©Jose Luis Peleaz, Inc/Corbis; **130 bottom left and bottom right:** ©Frank Siteman Studios; **133:** ©photolibrary.com.pty.ltd./Index Stock Imagery; **138:** ©Heinz Hebeisen/Iber Image; **141 left:** ©Photos.com.Select/istockphoto.com/RF; **141 center:** ©Dan Fletcher/istockphoto.com/RF; **141 right:** ©photolibrary.com.pty.ltd/istockphoto.com/RF; **145:** Soroila y Bastida, Joaquin (1863–1923) Prado, Madrid, Spain. Out of copyright. **Photo:** Bridgeman Art Library, NY; **151:** ©Juanjo Martin/EPA/Landov.

CHAPTER 6

157 left: ©John Coletti; **157 center:** ©Aldalberto Rios Lanz/Sexto Sol/Photodisc/Getty; **161:** ©Photos.com Select/istockphoto/RF; **167:** ©Courtesy of Curbstone Press, Willimantic, CT; **170 top left:** ©The ThomsonCorporation/Heinle Image Resource Bank; **170 top left second:** ©Lynn Eodice/Index Stock Imagery; **170 top right third:** ©Bernd Klumpp/istockphoto.com/RF; **170 top far right:** ©Jaleen Grove/istockphoto.com/RF; **170 center left:** ©Marcos Larrain/EPA/Landov; **170 center right:** ©Calvin Ng Choon Boon/istockphoto.com/RF; **170 bottom left and bottom right:** ©The Thomson Corporation/Heinle Image Resource Bank; **173 top:** ©Jeff Greenberg/Index Stock Imagery; **173 bottom:** ©The Thomson Corporation/Heinle Image Resource Bank; **174:** ©Leif/Skoogfors/Corbis; **177 top:** ©The Thomson Corporation/Heinle Image Resource Bank; **177 bottom:** ©Royalty-Free/Corbis.

CHAPTER 7

185 left: ©The Thomson Corporation/Heinle Image Resource Bank; **185 center:** ©Jacob Halaska/Index Stock Imagery; **185 right:** ©Angelo Cavalli/Index Stock Imagery; **186 top:** ©The Thomson Corporation/Heinle Image Resource Bank; **186 center left, center right and bottom:** Courtesy of Mark Becker; **190:** ©The Thomson Corporation/Heinle Image Resource Bank; **196:** AFP/Getty Images; **199:** ©Bernardo Rodriguez/EPA/Landov; **200:** AUTHOR; **203 top:** ©Jacob Halaska/Index Stock Imagery; **203 bottom:** ©Kevin Schafer/Corbis; **207:** ©The Thomson Corporation/Heinle Image Resource Bank.

CHAPTER 8

215 left: Artist: Manuel Cabr, Coleccion Fundación Galeria de Arte National, Foto: Francisco Prada; **215 center:** Artist: Magda Andrade, Coleccion Fundación Galeria de Arte National, Foto: Francisco, **215 right:** ©The Thomson Corporation/Heinle Image Resource Bank; **216 top left (both):** Author; top right: Talla de Madera: Archivo Instituto del Patrimonio Cultural, photo by Sr. Mariano Diaz; **216 far right:** ©Greg Wolkins/istockphoto.com/RF; **216 bottom:** Artist: Pedro Angel Gonzolez, Coleccion Fundación Galeria de Arte National, Foto: Francisco Prada; **219:** ©Reuters/David Maris-Files/Landov; **220 top left, bottom left, and bottom right:** ©The Thomson Corporation/Heinle Image Resource Bank; **220 top right:** ©Craig Lovell/Corbis; **228:** ©Archivo Casa De Poesia Silva; **230 top:** ©REUTERS/Bernardo de Niz/Landov; **234:** ©Corbis; **239:** #49 Picador, 1985 (oil on canvas) by Botero, Fernando (b. 1952) Private Collection James Goodman Gallery New York, USA in Copyright. ©Fernando Botero, courtesy, Marlborough Gallery, New York.

CHAPTER 9

245 left, center and right: ©The Thomson Corporation/Heinle Image Resource Bank; **246 top left:** ©Dean Lewins/EPA/Landov; **246 next:** ©Kim Kulish/Corbis; **246 next:** ©Loic Bernard/istockphoto.com/RF; **246 bottom left:** ©Jim Orr/istockphoto.com/RF; **246 top right:** ©Daniel Vineyard/istockphotoc.om/RF; **246 bottom right:** ©Maartje van Casple/istockphoto.com/RF; **249:** ©AFP/Getty Images; **255:** Photo of Beatriz Sarla, ©Enrique García Medina/Archivo Latino; **258 top:** ©Peter MacDonald/Reuters/Landov; **258 center:** ©The Thomson Corporation/Heinle Image Resource Bank; **258 bottom:** ©Jaleen Grove/istockphoto.com/RF; **262 top:** ©Michael Mory/istockpphoto.com/RF; **262 bottom:** ©The Thomson Corporation/Heinle Image Resource Bank.

CHAPTER 10

273 left, center and right: ©The Thomson Corporation/Heinle Image Resource Bank; **274 top:** ©Gisele Wright/istockphoto.com/RF; **274 center:** ©Ron Pratt/istockphoto.com/RF; Archivo: Maria Luisa Bombal; **284:** Photo of Luis Sepúlveda ©Ulf Andersen/Getty Images; **288 top right:** ©James Davis, Eye Ubiquitous/Corbis; **288 bottom left:** ©Tanya Costey/istockphoto.com/RF; **288 bottom right:** Courtesy of the Fundación DeSdel Chaco; **292:** ©Patrick Zachmann/Magnum.